KB269365

새벽의 찬가 · 가족

타계하기 전 1973년부터 건강이 급격하게 나빠지기 시작했다. 그런데도 병원 가기를 그렇게 싫어했다.
사진은 삼성출판사 간행 『한국현대 문학전집』 제6권에서.

1. 1972년 6월 20일 자유의 다리 앞에서. 왼쪽이 박목월 시인, 필자.

2. 연세대학교의 여학생들이 모이는 녹지당 시문학회의 '시인의 밤' 행사를 마치고. 앞줄 오른쪽부터 홍윤숙 시인, 필자, 시인 박두진 교수.

3. 1971년 '연세인 문학회'를 마치고. 해마다 연세대학교 출신의 문인들이 모여 작품 발표도 하는 등 서로를 위로하고 격려했다. 앞줄 왼쪽부터 전규태 교수, 차범석 교수, 필자 그리고 오른쪽 끝이 이선영 교수.

①
──
②
──
③

1. 연세대학교 문과대학장 재직시 가깝게 지내던 교수들과 연세대 문과대학 정문 앞에서, 1975년. 왼쪽이 영문학자 이군철 교수, 가운데가 필자.
2. 동아일보에 장편소설 『고속도로』를 연재하던 1969년 5월, 삽화가 이순재씨와 함께 경부고속도로 톨게이트를 찾아서. 왼쪽이 필자.
3. 1975년 제7회 대한민국 문화예술상을 수상한 뒤, 모교인 연세대학교에서 수상 축하회를 열어 주었다. 오른쪽 이우주 총장. 가운데가 필자.

만우 **박영준 전집** ❿ /중·장편

새벽의 찬가 · 가족

동연

『박영준 전집』을 내며

만우(晩牛) 박영준(朴榮濬) 선생이 가신 지 30년이, 그리고 단편집 전6권이 발간된 지도 5년이 지났다. 선생이 돌아간 동안(1976~2006), 그처럼 지식인들이 두려워 떨던 군사독재 정권도 무너졌고, 민간인 정권도 세 번째나 돌아와 있다. 우리는 선생의 생애가 일제의 가열한 민족 침탈기로부터 시작되었음을 기억하고 있다. 일제의 폭력이 혹독했던 1930년대에 문필활동을 시작하여, 가장 민감했던 청년 시절에 글쓰기의 어려운 현실적 상황이 어떤 것인지를 몸소 체험하였다.

1934년 연희대학교 문과를 졸업하던 해에 《조선일보》 신춘문예에 「모범경작생」(模範耕作生)이, 같은 해 《신동아》에 장편소설 『일년』(一年)과 꽁트 「새우젓」이 동시에 당선되어 일약 문단의 화제를 일으켰던 만우 박영준은 평생을 작품 쓰기와 모교 연세대학교에서 문학 가르치는 가운데 생애를 마감하였다. 1911년 3월 2일에 태어나 1976년 7월 14일 돌아가기까지, 66년 생애를 산 그는 일제 식민체험은 물론이고 해방정국에서의 좌우익 대립의 스산한 처신, 6·25 전쟁, 군사독재의 심란한 정국 등 소용돌이치는 역사의 현장에 놓여 있었다.

66년 그 생애의 시간 도막 위에는 지울 수 없는 국내외적 회오리바람들이 있었다. 유아기로부터 소년기에 이르는 기간은 일제 폭력의 억압 속에 있었고, 광복이 된 청년기에는 6·25 동족 전쟁이 그를 괴롭혔다. 전쟁이 끝나고 난 해로부터 모교인 연세대학교에서 후진들을 기르며 작품활동을 하던 시기가 그에게는 황금기였다. 글쓰고 가르치는 동안 틈틈이 등산과 낚시, 운동경기 관람 등으로 비교적 여유 있는 생활을 누리던 시기에 그는 갔다. 그는 일생 동안 자신의 작품 속에서 인간의 윤리적 관계 거리 조절에 관한 긴장의 눈길을 멈추지 않았다. 제자들에게도 그는 엄격한 윤리적 규범을 글쓰기의 핵심이라고 가르쳐 왔다. 그러한 그의 원칙은 여러 편으로 남긴 작품 속에 고스란히 살아 있다.

문학 교육에 관한 한 엄격하고도 자상한 스승으로서, 때로는 어버이 같은 자애로움으로 그는 제자들을 가르쳐 왔다. 이제 그가 남긴 필생의 문학작품을 모아 뒤늦게나마 전집으로 묶어 후생들에게 보이고자 하는 뜻은 그의 문학적 발자취와 함께, 우리에게 보인 그의 사람에 대한 치열한 애정을 드러내 보여주고자 함에 있다. 살아 있는 것에 대한 치열한 애정 없이는 문학 할 생각을 말라고 가르쳤던 분이신 박영준 선생께 우리 제자들은 그 동안 전집 발간에 관한 마음을 짐을 지고 살아왔다.

마침 선생과 너무도 닮은 모습으로 살아가시는 선배이며 만우 선생의 큰자제인 승렬 형이 우리에게 마음의 빚을 탕감할 방도를 알려주며 격려함으로써 이 전집 간행의 빛을 보게 되어 기쁘기 한량없다. 그의 재정적인 뒷받침이 없었다면 아직도 우리는 그 많은 분량의 전집(단편집 전6권, 중·장편집 전7권) 간행을 꿈도 못 꾸었을 것이다. 이것은 또한 우리의 부끄러움이기도 하다.

출판 사정이 여러 면에서 어려운 시기에 단편집 출간 후 수년의 과정을 거치면서, 각 선집이나 잡지에 실린 글들은 물론이고 신문에 실려 있어 읽기가 여간 어렵지 않았던 글들을 꼼꼼히 읽고 잘못 인쇄된 철자법을 바로잡고 인멸될 처지에 있던 작품들을 찾아내어 깨끗한 인쇄에 붙이도록 만들어 준 동연출판사 백규서 사장에게도 우리는 여러 면에서 여간 고마운 게 아니다. 이 자리를 빌어 깊은 고마움의 뜻을 표하는 바이다.

2006년 3월 1일
만우 전집 편집위원

차례

일러두기

1. 『만우 박영준 전집』은 박영준이 발표한 모든 작품을 대상으로 하여 단편소설 전6권(1차분), 중·장편소설 전7권(2차분) 총 13권으로 엮는다.

2. 『만우 박영준 전집』은 박영준이 발표한 모든 문학작품을 총망라하여 일반 독자에게 소개하는 것은 물론 문학사적인 연구·정리에 목표를 둔 것이지만, 단편소설 가운데 찾을 수 없는 일부 작품과 중·장편소설 가운데 일부 작품은 제외하였다.

3. 『만우 박영준 전집』에 수록된 작품의 배열순서는 발표 연대순에 따랐다.

4. 각각의 작품 말미에 발표년도와 발표지를 밝혀 놓았으나 정확하지 않은 작품은 따로 표시하였다.

5. 『만우 박영준 전집』에 수록한 모든 작품은 발표 당시 신문·잡지의 원문을 그대로 옮긴다는 원칙에 따랐으나, 단 작가가 직접 퇴고하여 단행본으로 간행하였을 경우에는 개작본을 정본으로 삼았다.

6. 맞춤법과 띄어쓰기는 현행 규정에 맞게 고쳤으나 대화에 나오는 구어체와 사투리는 그대로 살렸다.

7. 현대 독자가 이해하기 힘든 낱말은 편집자 주( )로 설명하였다.

8. 외래어는 현재의 외래어 표기법에 맞도록 고쳤으며, 과도하게 쓰인 생략부호(……)나 장음 표시(——)는 읽기 편하도록 조절하였다.

9. 부호는 아래와 같이 사용했다.

대화	" "
인용과 강조	' '
단편 작품	「 」
책명(단행본)과 장편	『 』
신문, 잡지	《 》
영화, 노래제목	< >

새벽의 찬가

도시의 밤

도시의 낮은, 밤을 위해 한 시간 한 시간 흘러가고 있다. 끊임없는 공간과 시간을 교차(交叉). 방향감각을 잃은 듯하나 스피디한 물체들. 모두가 고속도의 윤전기로 시간을 말아가고 있다. 시간을 말아가며 밤을 향해 질주하고 있다. 한국의 근대화를 자랑하듯 수없이 솟아올라 도시의 면목을 보여주고 있는 고층건물들. 근대화를 비웃듯 하늘의 높이를 모르고 땅바닥에 달라붙는 단층 건물들. 여기에 포화상태에 이를 만큼 팽창된 인구가 서식하고 있다.

작열하는 태양 밑에서 허덕이던 삼백오십 만의 시민들은 해가 기울어질 무렵 긴 한숨들을 내뿜는다.

피곤하고 권태롭다. 긴 한숨을 내뿜고 나서는 사방을 둘러본다. 어딘가 휴식처가 없는가 하고. 활동을 위한 휴식인지, 휴식을 위한 활동인지. 어쨌든 시민들은 활동과 휴식의 혼선 속에서 방황하기를 시작했다.

여기 밤을 위한 대기소가 있다. 종로 네거리에서 동대문 쪽으로 오십 미터쯤 내려가다가 오른편 골목으로 접어들면 몇 집도 안 가 오층 건물의 이층에 있는 녹주(錄珠)란 다방이 바로 그곳이다.

오후 네 시가 지나면 이 다방 한편 구석에는 매일처럼 나오는 부인들이 자기네 지정석인 것처럼 자리잡고 앉는다. 보통 네댓 명이 모이지만 때로는 칠팔 명이 되는 수도 있다.

모두가 다방 마담의 영업을 협조하기 위해서라는 명목으로 나와 차 한 잔씩을 팔아 주는 것이지만 그미('그미'는 女性三人稱單數代名詞임)들이 다방 영업에 반드시 협조하는 것은 아니었다. 친한 사이라 해도 현금 내지 않고 차 마시는 여자는 없지만, 그들이 죽치고 앉아 있는 동안은 딴 손님들도 움직일 줄 모르기 때문이다. 여인들은 모두가 유부녀다. 거기에는 처녀도 과부도 없다. 어엿한 유부녀들이지만 삼십에서 사십까지의 유복한 가정부인들이라 그 차림새로 처녀와 가정부인의 구별을 혼란케 하는 여자가 대부분이다. '녹주' 다방 마담의 친구와 그 친구의 친구들로 이루어진 이 여인들이 앉아 히히덕거리는 것을 보면 웬만한 남자는 그미들을 유한마담이라고 직결해 버릴 것이다. 그리고 밤을 기다리기 위해 모여 있는 것이라 단정할 것이다.

"요전에 맡겼다던 그 옷이니?"

한 여자가 어떤 여자의 새 원피스를 보고 하는 말이었다.

"참 멋있구나. 글자들이 모두 국제공항들 이름 아냐? 물론 미제 천이겠지?"

딴 여자가 영자(英字)로 씌어 있는 공항들의 이름을 읽으며 말했다.

"것두 말이라구 해?"

또 한 여인은 그 옷을 만져 보며,

"국산은 아무래도 좀 입기가 안됐지."

자기도 미제 옷이 아니면 입지 않는다는 것을 암시했다.

"난 이번 ××양장점에서 옷을 하나 만들었는데, 말은 일류래두 재단은 역시 ○○양장점이 최곤 것 같아."

한 여인의 이야기로 그미들의 화제는 그미들 각자의 의상으로 흘러갔다. 얼마 동안 한 화제 속에서 각자의 언권을 행사하다가 흥미가 진하면,

"넌 왜 겨드랑 밑을 깎지 않지?"

화제가 백팔십도로 비약한다. 화제가 몇 번 비약해도 이야기는 그치지 않는다.

일 없는 손님들은 주위의 눈치도 살피지 않고 환담하는 이 성숙할 대로 성숙한 여성들을 호기심과 의혹의 눈길로 바라본다.

그래도 다방 마담 길미재(吉美哉) 여사는 눈살 하나 찌푸리지 않고 그미들을 바라본다. 바라볼 뿐 아니라 가끔 그리로 가서 한 마디씩 말동무를 해 주기도 한다.

미재는 다방에 매달리지 않고는 살 수 없을 만큼 생활이 궁핍하지 않다. 엄밀하게 말하면 반드시 돈을 벌어야겠다는 생각으로 다방을 경영하는 것이 아니다. 그것을 빙자해서 자유스럽게 외부생활을 할 수 있다는 것이 다방 경영의 목적이라고도 말할 수 있다. 그런 만큼 친구들이 모여들어 죽치고 앉아 있다 해도 짜증을 느끼지 않는다. 도리어 친구들로 말미암아 생활이 다양화할 수 있는 것을 즐거워하고 있다.

"이 애가 어제 십칠 년 전의 연인을 만났었대."

미재가 그미들 옆으로 갔을 때, 한 여인이 자기 옆에 앉아 있는 여인을 가리키며 말했다.

"그새 한 번두 만나지 못했었는데?"

미재가 흥미로운 화제에 끌려 들어갔다.

"한 번두 만난 일이 없었어."

장본인의 대답이었다.

"그래 처음으로 만난 감상이 어떤데?"

"환멸을 느꼈을 뿐이야. 속물(俗物)이란 인상밖에 받은 것이 없었어."

"그럼, 다시는 안 만나기루 했니?"

"만나자구 그러더라. 십칠 년 동안 나만을 생각하며 살아 왔다나…… 빨간 거짓말이지. 난 안 만나기루 했어."

"속물이란 인상은 어디서 온 거니?"

"그새 출세를 했다나. 지금 과장이래. 나하고 결혼을 못했기 때문에 성공했을지도 모른다는 거야. 완전한 속물이지 뭐니?"

"만나는 순간은 그렇지두 않았겠지?"

"물론, 내 첫사랑이었으니까. 제법 가슴이 두근거리더라. 그렇지만 몇 마디 이야기를 해 보니 두근거릴 가치조차 없는 남자란 걸 알았어."

"그래?"

미재는 알았다는 듯이 고개를 끄덕이고는 그 이상 다른 말을 묻지 않았다. 그미는 조종유(趙鐘裕)를 생각하고 있었던 것이다. 그미가 지금의 남편과 결혼하기 직전까지 사랑하던 종유를 만난 것은 몇 달도 안 되는 일이다. 그를 십여 년 만에 만났을 때 그미는 그에게서 속물이란 인상을 받지 않았다. 몇 달이 지난 오늘까지도 그런 느낌을 받은 일이 한 번도 없다. 어째서일까?

"넌, 그 사람하구 결혼을 왜 안 했지?"

미재는 친구를 아는 것이 자기를 아는 길이라 생각하며 물었다.

"결혼할 단계에 이르기는 했었지만 막상 결혼하려고 하니깐 어쩐지 망설여졌겠지. 아마 생활력이 없었기 때문이었을 거야. 그런데 마침 6·25 때라 입대해서 출정하지 않아. 잘 됐다 생각하고 지금 허즈와 결혼했지."

"그럼 애정이 진했던 거로구나……."

미재는 십여 년 만에 처음 만난 종유가 속물이란 인상을 주지 않는 이유를 짐작했다. 문제는 종유에게 있는 것이 아니다. 종유를 대하는 자기의 마음에 있는 것이다. 종유는 그때도 그랬었지만, 지금은 그때보다 더한 생활 무능력자이다.

그런데도 종유는 좋기만 하다. 물론 사회적으로 출세를 하지 않았으니 속물이 될 수도 없지만 그렇다고 무능력자라고 경멸할 마음도 생기지 않는다.

"언니, 전화예요."

카운터에 앉아 있는 레지가 미재를 불렀다. 그미는 종유에게서 온 전화려니 생각하며 전화통이 있는 데로 달려갔다. 전화는 뜻밖에도 남편 신형구(申亨求)에게서 온 것이었다.

"나 오늘밤 못 들어갈지두 모르겠어. 친구들과 마작을 하기루 했단 말야."

용건은 그것이었다. 미재는 장기를 잘 두는 사람은 몇 수 앞을 내다본다는 말을 생각했다. 가끔 외박을 하면서도 사전에 전화를 건 적이 없는 남편이 이 날따라 전화 거는 이유가 어디 있을까?

요즘 자기가 종유와 만나고 있음을 알고 있다.

알고 있으면서도 모른 체한다. 모른 체하면서도 초조로움을 감추지 못해 전화를 건다.

미재는 남편이 무서워졌다. 지금도 종유를 생각하고 있는 자기 마음속을 들여다보면서 전화를 건 것처럼 생각되었던 것이다.

'외박한다는 말로 나를 안심시켜 놓고 나를 감시하려는 것은 아닐까……?'

남편을 그렇게까지는 생각하고 싶지 않았다. 이때까지 무관심이라고 말할 만큼 자기에게 자유를 주어 온 남편이다.

그것은 인격적인 믿음 때문이 아니라, 차라리 가정에 대한 애정의 결핍에서 오는 것이라 말할 수 있다.

형식적인 면에서 가정이라든가 부부라는 것을 중요시할 뿐 애정으로 가정과 부부를 다루려 하지 않는 것이다. 비밀리에 첩 같은 여자를 두고 생활비를 대 주고 있다. 알고 있으면서도 아는 체하지 않는 데 남편의 방탕성은 유지되고 있다.

미재는 신형구와 결혼 생활을 하면서도 종유가 차지하고 있던 마음의 일부분을 그냥 비운 채 살아온 만큼 남편에게 무관심할 만큼 관대할 수가 있었던 것이다. 결국 그들 부부는 서로 다른 이유 밑에서나마 서로 무관심할 수 있기 때문에 부부 생활을 곧잘 유지해 왔던 것이다.

'감시를 하겠거든 하라지.'

미재는 스스로 자기 태도를 결정하지 않을 수 없었다. 새삼스럽게 남편이 자기를 감시한다고 해도 종유와 만나지 않을 수는 없다. 땅덩어리가 하늘과 부딪쳐 두 조각이 난다 해도 종유를 만나지 않을 수는 없다.

그미는 친구들이 모여 있는 데로 다시 갔다.

"넌 어떡할래?"

그미들은 앞으로의 계획에 대해 의논을 하고 있는 중이었다.

"난 오늘 비었어."

“넌?”

“난 약속이 있어.”

이렇게 각자의 입지조건이 모두 설명된 모양이었다. 미재에게,

“넌 어떠니?”

프리타임이냐고 묻는다.

“난 좀 바빠.”

그미는 막연하게 대답했다. 그미들 사이엔 비밀이 없고 비밀엔 절대 관대한 것이 예의로 되어 있지만, 종유와 약속이 있다는 것은 말할 수가 없었다. 역시 남편에게 온 전화로 자기도 모르게 위축되고 있기 때문이다.

“그럼, 갈 사람은 가자.”

모여 앉은 다섯 명 가운데 세 여자가 자리를 일어났다. 모두가 남편을 가지고 있다. 그리고 또 모두 보이 프렌드를 가지고 있다. 그러면서도 갈 곳이 없어 여자들끼리만 카바레로 가는 그들 세 명이 어쩐지 측은해 보였다. 그러면서도 하루나마 남자 없이는, 인생을 공치는 것 같아, 살지 못하는 그 여자들이 자기와 멀리 떨어진 공중에 사는 여자들 같기도 했다.

세 여자가 나간 뒤 미재는 카운터에 가 섰다. 그리고 한편 구석 자리에 앉아 서로 손을 꼭 쥐고 다정하게 이야기하는 젊은 아베크를 응시했다. 스물대여섯쯤 되어 보이는 남녀였다. 그러니깐 그들은 지금 인생의 초입에 서 있다. 단순히 애정만을 생각하며 살 수 있는 단순과 순수 속에서 삶을 엔조이하고 있는 것이다.

아이가 셋. 큰애는 벌써 열 살. 유지해야 할 가정을 가지고 있으면서도 자기는 또 종유를 사랑하고 있다. 틀림없이 자기는 단풍이 돌기 직전인 녹음의 계절 속에 살고 있다.

보송보송한 땅 위에 싹이 터 오르는 계절이 아니라 덩쿨과 잎이 얽히고설킨 성하(盛夏) 속에 살고 있는 자기를 생각할 때, 미재는 자기 인생이 갈피를 잡을 수 없을 만큼 복잡하다는 것을 느꼈다. 한 여인은 한 남편으로 족해야 한다. 그런데 자기는 남편이 있는데도 그 남편을 사랑하지 못한다. 그렇다고 해서 미워하는가 하면 그렇지도 못하다.

사슴에는 뿔이 있다.

무성한 숲을 지나갈 때는 거추장스럽기만 한 것이라 해도 사슴을 그 뿔을 뽑아 버릴 생각을 못한다. 도리어 호숫가로 가서 그 뿔을 자랑삼아 물 위에 비쳐 본다. 사슴의 뿔 같으나마 어엿한 남편이 있다면 딴 남자를 생각지 말아야 한다. 그런데 자기는 남편을 한 번도 자랑해 본 적이 없다.

미재는 시계를 들여다보았다. 일곱 시 십 분이었다. 종유와 만날 시간이 아직 이십 분이나 남아 있었다. 그미는 서둘러 현금을 정리했다. 이제 나가면 밤 안으로는 돌아올 수가 없다. 그러니 매상고와 지출액을 계산하고 잔액을 가지고 나가야 했다. 그런데 현금을 정리하고 있을 때 한공희(孔姬)가 다방으로 들어왔다. 다방으로 들어서자 그미는 친구들이 앉아 있는 데로 가지 않고 미재에게로 와서,

"오늘은 어찌된 일이니?"

모여 있는 친구들을 눈짓으로 가리키며 물었다.

"벌써 한 패는 떠났어. 카바레루……."

미재가 대답하자 공희는 시계를 보며,

"내가 늦었지? 집에 손님이 와서 빠져 나올 수가 있어야지…… D카바레루 갔겠지 뭐."

하고 그미들을 뒤따라갈 자세를 취했다.

"아르바이트하는 데두 거기밖에 아는 데가 없니?"

갈 테면 가 보라는 듯이 미재가 말했다.

"지금쯤 어디 가서 저녁을 먹고 있겠지.

그러니까 천천히 따라가도 늦지 않는다는 듯 공희는 남아 있는 친구들에게로 가려 했다. 금세 몸을 미재에게로 돌리고,

"참, 너의 남편 이거 괜찮게 생겼더라."

공희는 새끼손가락을 올려 보이며 미재 남편의 눈이 그리 어둡지 않더라는 듯이 칭찬을 했다. 남의 일이니까 능히 그렇게 말할 수 있었을 것이다. 그리고 미재도 그런 것쯤 다 알고 있는 줄 믿고 있기 때문에 자연스럽게 이야기했을 것이다. 그러나 당사자인 미재는 새로운 사실을 알아낸 듯,

“네가 직접 봤니?”

사뭇 놀라는 표정으로 물었다.

“응, 지금 합승을 타고 오는데 광화문 네거리로 네 남편이 그 여자하고 같이 걸어가고 있지 않아!”

“몇 살이나 나 뵈던?”

“스물일곱, 여덟은 되어 보이더라.”

“그래?”

미재는 그 이상 더 흥분하지 않았다. 남편이 첩을 두고 있다는 것까지 대강 짐작하고 있었다. 그러면서도 그것을 잡아내려고 한 일이 한 번도 없었다. 외박을 하지 않고 요령 있게 첩의 집을 다녀 온 것을 짐작할 때도 그것을 아는 체해 본 적이 없다. 그런 정도로 질투를 표현하지 않고 살고 있는 미재인 만큼 남편에 방탕에 대한 구체적 정보가 입수되었다고 해서 크게 흥분할 필요는 없었던 것이다. 다만 여자와 같이 놀러 가면서 마작을 하러 간다고 친절하게도 전화를 일부러 건 남편의 마음을 이해할 수 없는 것이 문제였다. 무엇 때문에 거짓말을 했을까? 안 해도 좋을 거짓말을. 오늘은 여자와 같이 외박을 할 작정인가? 그렇다고 해서 외박을 전혀 안 하는 남편도 아니었다. 그러나 오늘은 외박은 안 할 계획일 것이다. 돌아와서 아내를 감시하려는 것은 아닐까……?

참으로 기분 나쁘다. 자기는 남편을 감시해 본 일이 없는데 남편은 자기를 감시하려 한다. 이제부터는 과거와 달리 자기를 방임하지 않겠다는 것일까?

미재는 현금을 정리한 뒤 친구들에게 인사를 하고 다방을 나섰다. 종유와 약속한 시간이 일 분밖에 남지 않았던 것이다.

“우리두 간다야.”

연인들을 만나러 뒤따라 나오는 친구들을 본 체도 않고 다방을 나온 미재는 자기가 화장을 고치지 못한 것을 생각하며 한청빌딩 앞으로 걸었다. 다방에 있으면 한 시간도 안 되어 거울 앞에 서게 되는 것이 버릇처럼 되어 있다.

지금 그미는 화장을 고치지 못한 것이 약간 불안스러웠다. 걸으면서 손가락으로 머리를 만지며 머리가 혹시 흐트러지지나 않았는가를 살폈다. 별로 흐트러진 것 같지는 않았다.

"음식점에 들어가 거울을 보지."

혼자 생각을 하며 일 분도 안 걸리는 한청빌딩 앞에 이르렀을 때 거기엔 종유가 이미 와 있었다. 하늘색 남방셔츠에 남빛 바지를 입은 키가 후리후리한 종유를 보자 미재는 끌려가듯 걸음을 빨리했다.

"오래 기다리셨어요?"

종유의 하숙도 다방에서 얼마 멀지 않은 곳에 있기 때문에 미리 나왔으리라 생각되지 않았지만, 자기가 종유보다 늦었다는 미안감을 느꼈던 것이다.

"한 오 분 되었을까?"

무엇 때문에 오 분이나 일찍 나왔을까 하는 생각에 앞서 미재는 종유가 하루 종일 얼마나 갑갑했을까를 생각했다. 아무 하는 일 없이 오직 저녁 이 시간을 위해 살고 있는 종유.

"미안합니다."

그미는 무조건 미안하다는 말을 했다. 그리고는,

"왜 전화두 안 걸었어요?"

무정하듯이 물었다.

"별일도 없이 전화를 걸기가 안돼서……."

"안되기는 뭐가 안돼요? 나보고 뭐랄 사람이 누가 있다구요……."

"그래두……."

그들은 을지로 입구 쪽으로 걷고 있었다. 광교를 지나 조흥은행 앞을 지날 때, 종유가 불쑥,

"유는 왜 전화두 걸지 않았소?"

하고 물었다. 정식 부부가 아니라 당신이란 대명사를 떳떳하게 쓰지 못하고 있는 그들이다. 그래서 당신 대신 영어의 유(YOU)를 통용하고 있다.

그 말을 듣자 미재는 그런 공격을 받을 만도 하다고 생각했지만,

"그렇게 한가한 줄 아세요?"

도리어 자기를 몰라 주는 당신이었던가 하는 식으로 응수했다.

"그렇게 바쁜 사람에게 난들 어떻게 전활 건담."

종유의 말이 틀리지 않았다. 그러나 미재는,

"그만둬요. 책임을 남에게 뒤집어 씌우구……."

신경질을 부렸다. 졌기 때문에 종유의 입을 막기 위한 수단이었다.

그들은 메트로 호텔 칠층 양식부로 가서 테이블을 사이에 놓고 마주 앉았다. 마주 앉아 미재는 우선 거울을 꺼내 보고 나서 종유의 얼굴을 쳐다봤다. 언제 보아도 싫증이 안 나는 얼굴이었다. 피곤해 보이면서도 무엇인가를 생각하고 있는 듯한 눈. 종유는 지금 미재의 시선을 피해 테이블의 한 시점(視點)에 못박고 있었다.

"왜 내가 보기 싫으세요?"

자기에게 관심을 기울이지 않는 종유에 대한 그미의 불만이었다.

"왜?"

종유가 그미를 보며 물었다.

"보지두 않으니까요."

미재는 금시 빵긋 웃었다.

"하루 종일 이 시간만 기다리구 있다가 나온 사람보구 그게 무슨 말인지?"

종유의 말 속에는 불만보다 한탄이 더 많이 섞여 있었다.

"그런데두 반가워 보이지가 않으니까 그렇지 뭐예요?"

미재는 자기의 불만이 불만으로 성립되지 못함을 알기 때문에 미소지으며 말했다.

"그럼 끌어안구 키스를 해야 하나?"

"쉬이."

미재는 사방을 둘러보았다. 자기와 가까운 곳에 손님이 없는 것을 보고서,

"그럼요."

하고 입술을 뾰족 내밀었다.

"정말?"

종유는 상체를 들고 몸을 약간 앞으로 내밀었다.

"사람들이 봐요."

"보면 누가 잡아 가나."

종유는 제자리에 도로 주저앉으며,

"나는 그런 것이 싫단 말야. 정 하고 싶은 거라면 남들이 본다고 못할 게 뭐람. 길거리에서는 팔도 못 끼게 하구."

하고 사뭇 불만스럽게 말했다.

"그럼 철없는 젊은 애들과 같아요?"

"젊은 사람들은 철이 없어서 그러는군? 천만의 말씀. 그들은 정열을 무엇에나 굴복시키지 않기 때문이야."

그때 바로 옆자리에 손님이 와 앉았기 때문에 그들의 대화는 중단되지 않을 수 없었다. 대화가 중단된 대신 미재가 테이블 밑으로 종유의 구두를 밟았다. 제 딴은 자기에게도 정열이 있다는 것을 보이기 위함이었다. 그때 종유도 반발적으로 미재의 고무신을 구두 끝으로 건드렸다. 무슨 할 말이 있느냐는 옥박지름이었으리라.

저녁을 먹기 시작할 때 미재가 남이 들어도 괜찮을 만큼 정색한 얼굴로,

"혼자 계실 땐 극장 구경이라도 하세요."

새로운 화제를 꺼냈다. 그러자 종유는,

"혼자서 무슨 맛으로 극장엘 가?"

퉁명스런 말로 미재의 말을 막아 버렸다.

"그럼 당구나 바둑 같은 것을 배우시든지."

미재는 아무 하는 일 없이 혼자 하숙방에 들어앉아 있기만 하는 종유를 생각해서 말했다. 그래도 종유는,

"싫다니까, 싫은 걸 어떻게 해."

하고 두말도 못하게 하였다.

"내가 정말 미운가 봐."

미재가 비관적인 태도로 말했지만,

"그럴지도 모르지. 정말 미워."

종유는 빗나가기만 했다.

"왜 밉지요? 난 조금도 안 그런데……."

"생각해 봐. 생각하면 다 알 거야."

미재는 종유의 신경질이 어디서 온 것일까를 생각했다. 근본적인 불만을 가지고 있음은 어쩔 수 없는 일이다. 그러나 그 불만을 불만으로 터트릴 때는 반드시 별도의 원인이 있어야 한다. 오늘은 약속 시간보다 오 분 일찍 나와 기다렸으니, 그때 정신적 피곤을 느꼈던 것일까? 그렇지 않으면 자기가 종유에게 전화를 한 번도 걸어 주지 않아, 나오기 전부터 화를 내고 있었던 것일까?

참, 오늘은 이상하게도 전화를 한 번도 걸지 못했다. 단순히 자기들 두 사람의 대화를 위해 칠만여 원이나 주고 그의 하숙에 가설해 논 전화이다. 보통 날에는 적어도 두세 번 이상 전화를 걸었었는데 오늘은 어쩐 일인지 한 번도 걸지를 못했다. 미재는 종유의 신경질이 자기 때문이라는 것을 생각하고 그것을 빨리 풀어 줘야 한다고 생각했다.

"오늘밤 좋은 데 갈까요?"

좋은 데란 종유를 즐겁게 해 줄 수 있는 곳이다. 춤을 출 줄 모르는 종유를 즐겁게 해 줄 수 있는 곳이란 호텔밖에 없다. 미재는 머릿속으로 호텔을 생각하며 좋은 데 가자고 했지만 종유는,

"좋은 데가 어디 있어?"

마치 호텔도 싫다는 듯이 퉁명스럽게 말했다.

미재는 종유가 좋은 곳에 대한 구체적 제시를 요구하는 것이라구만 생각되어,

"그래, 서울에 좋은 데가 없어요?"

하고 반문했다.

"서울에 좋은 데가 어디 있담."

미재의 속을 알고 하는 말인지 모르고 하는 말인지, 종유는 아직도 무뚝뚝하게 대답했다. 그래도 미재가 조금만 더 구체적인 이야기를 한다면 아주 풀어질 것 같은 기색이었다. 그래서,

"저, 필동에 있잖아요?"
하고 언젠가 갔던 A호텔을 암시해 주려고 했다.

그러나 A호텔을 생각하는 순간 미재는 자기 남편을 생각했다. 남편도 오늘 어떤 여자와 데이트를 하고 있다. 혹시 남편이 A호텔에 간다면……? 종유와 같이 그 호텔로 들어가다가 남편과 마주친다면 어떻게 될까? 어떻게 될까를 생각하기 전에, 있어서는 안 될 일이라고 생각했다.

다른 호텔이라면? 동대문이나 용산 같은 좀 떨어진 곳이라면 조금 안전할지 않을까? 그렇지만 남편도 자기와 같은 생각으로 떨어진 곳을 찾아다닌다면 그런 데서라고 안 만날 수가 없다.

미재는 종유의 하숙집으로 간다면, 하고 생각했다. 가장 안전한 곳이다. 자기 남편이 절대로 알지 못하는 곳이다. 그러나 그곳엔 갈 수가 없다.

자기가 경영하는 다방에서 멀지 않은 곳이다. 누가 볼지 모른다. 그리고 하숙집 주인을 간접적으로 알기 때문에 자기가 거기 출입만 하면 곧 소문이 퍼진다. 그래서 이제까지 한 번도 가지 않았던 곳이다.

'다음날 가지.'

미재는 혼자 생각했다. 설사 아무런 사고가 생기지 않는다 해도 남편이 딴 여자와 외박하는 날 딴 남자와 외박한다는 것이 하늘에 대해 부끄러운 일 같았다.

더욱이 남편이 외박한다고 한 전화를 생각해서라도 일찍 들어가는 것이 좋을 것 같았다. 신경이 쓰이는 일을 할 것이 무엇인가?

"좋은 곳이 없다면 할 수 없죠, 뭐."

종유가 신경질을 풀지 않으면 나도 할 수 없다는 식으로 말했다. 그래야 좋은 데 못 가는 책임을 종유에게 씌울 수 있겠기 때문이었다.

"그럴 줄 알았어."

종유는 미재가 이해할 수 없는 말을 하고 시무룩한 채 고기를 썰었다. 무엇을 알았단 말인가? 좋은 데 가기로 했다가 안 가기로 한 이유를 알았단 말인가? 있을 수 없는 일이지만 캐물을 수도 없는 일이었다.

"왜 오늘은 종일 기분이 나빠하시죠?"

자기도 기분이 나쁘다는 기미로 그렇게 말했다.

"내 인생이란 것이 그런 거니까……."

종유가 내뱉듯이 대답했다.

"새삼스럽게 왜 그런 말씀을 하시죠? 아무래도 내가 싫어지셨나 봐……."

미재라고 해서 종유의 마음을 모를 리가 없다. 그것은 어쩔 수가 없는 종유의 성격이요 또 어쩔 수 없는 현실이기도 하다. 알면서도 건드릴 수 없는 것이 미재의 위치요 또 그래야만 하는 것이 미재로서 할 수 있는 유일의 방법이다.

그렇기 때문에 그런 말이 나오면 '내가 싫어서 그러는 거지요.'로 그의 입을 막는 것이 또한 미재의 버릇이다.

"그만둬, 유가 싫어서 그런 건 아냐."

"한 번 웃어 봐요, 네? 그리고 딴 데루 가요."

미재가 달래기만 하면 화를 곧잘 푸는 종유였다. 미재가 미소를 띠고,

"그럼, 한 번 웃어 봐요. 예?"

하면, 가슴 속에 엉켰던 피곤이 다 사라지는 것이었다. 사랑스런 미재, 그미를 어루만지고 싶은 생각만이 든다. 그는 십여 년을 결혼도 안 하고 미재만을 생각하며 살아왔다. 파란곡절 많은 십 년의 세월이 흐른 뒤 미재를 우연히 만났다. 착잡한 감정이었다. 지금도 착잡하지 않은 것은 아니다. 그러나 미재를 매일 만날 수 있다는 것은 그것이 신의 형벌이든 신의 은총이든 어쨌든 자기에게 지워진 운명이다. 운명이라 생각하기 이전에 그러한 현실을 자기의 생명으로 느끼고 있다. 미재를 안 보면 못 살 것 같다. 그것이 설사 거짓이라고 해도 미재의 따뜻한 음성을 듣지 않고는 숨이 막힐 것만 같다.

미재는 자기의 여자가 아니다. 따라서 그미의 애정이 자기에게만 향해 있는 것도 아니다. 그런 것이 생각되는 순간, 자기를 죽여서라도 현실을 부정하고 싶다. 그러나 탈출구는 없었다. 앞뒤가 꽉 막힌 절벽 속에서, 설사 미재의 애정이 자기 남편에게 주다 남은 찌꺼기라 해도 그것을 어찌 마다할 수 있단 말인가? 좌우간 종유에게 있어서 미재는 전부였다. 그것이 미재의

극히 작은 부분이라 해도 그에게 있어서는 생명처럼 중요한 것이었다.

"어디루 갈까?"

종유는 미재의 기분을 돌이켜,

'좋은 데로 가요.'

하던 때의 미재로 끌고 싶었다. 미재도 자기를 좋아하는 것만은 사실이다. 그미도 나를 소유하고 싶으리라.

"좌우간 나가요."

기분을 전환시키는 의미에서 두 사람은 똑같이 가볍게 레스토랑에서 나왔다. 거리는 이미 어두워 있었다. 용기를 낳는 어둠은 오직 의욕만을 기다리고 있었다. 그래서 도시의 밤은 화려할지도 모른다.

레스토랑을 나올 때 종유는 멀리 갈 것 없이 메트로 호텔을 이용했으면 하는 생각을 했다. 미재도 그렇게 생각해 주기만을 바랬다. 그래서 엘리베이터를 타지 않고 일부러 층계를 걷기 시작했다. 그러나 1층까지 다 내려오도록 미재는 아무런 눈치를 보이지 않는다. 호텔 밖을 나오자 어둠을 이용하여 그의 팔을 껴 줄 뿐이었다. 그리고는,

"어디루 갈까? 극장?"

하는 데는 실망하지 않을 수 없었다. 그미가 좋은 데로 가자고 한 것은 고작 극장을 두고 한 말이었던가? 그렇다고 실망을 말로 표현할 수가 없었다. 이때까지 그래 본 적이 없었던 것이다. 그런 실망을 보이면, 그런 것이 자기의 전부라는 것처럼 보이는 것 같다. 그러기만은 싫었다. 사랑에는 그것도 포함된다. 그러나 그것이 사랑의 전부라고 생각하기는 싫었다. 동시에 그것을 전부처럼 인상 주기도 싫다.

"극장? 아무렇게나……."

이렇게 미재의 의사에 추종했을 때,

"좋은 덴 다음에 가요, 응."

미재가 팔에 힘을 주어 종유의 팔을 당겼다.

실망에 그치는 것이 아니라, 여운을 남겨 주는데 그는 만족하지 않을 수 없었다. 그는 용기를 내어 미재의 허리를 껴안았다. 역시 좋았다. 미재의 남

편 신형구가 뒤에서 보아 주었으면 하는 생각이 날 만큼 통쾌하기도 했다.

"아이 러브 유."

그는 흥분해서 미재 귀에 입을 대고 속삭였다.

흥분해서 제법 용기를 내는 종유가 믿음직스러워 좋았지만 미재는 그를 내버려 둘 수가 없었다. 어두컴컴한 골목이기는 하지만 오십 보도 안 가 훤한 길이 내다보인다. 어찌 남의 눈을 두려워하지 않을 수 있단 말인가? 그미는 종유의 팔에서 몸을 피하고는 그가 말한 '아이 러브 유.'를 듣지도 못한 채 밝은 거리를 향해 걸었다. 그러자 종유가 발을 멈추고 그 자리에 버텨섰다. 자기의 애정을 거부한 미재에 대한 항의였다. 그리고는 혼자 돌아가 버릴까 하고 생각했다. 자기에게 용기를 내게 한 것은 미재였다. 그런데 용기를 내어 통쾌함을 느끼자 차돌처럼 차게 돌변하고 말았다. 그것은 애정의 거부라기보다도 인간적인 모욕이다.

어느 일요일, 그들은 관광버스를 타고 산정호수에 갔었다. 점심을 먹으려 할 때, 미재는 이왕이면 사람이 없는 숲 속으로 가자고 했다. 그미가 하자는 대로 산으로 올라가 조용한 숲 속에 자리를 잡았다. 거기서 점심을 먹으려 할 때 미재가,

"유."

하며, 손을 내밀었다. 악수를 하자는 것이었지만 악수에 그칠 일이 아니었다. 그는 미재를 끌어안고 키스를 하려 했다. 그런데 입술과 입술이 닿으려는 순간 그미가 깜짝 놀라 한 걸음쯤 물러앉았다.

"왜 그러지?"

종유는 불만이 아닐 수 없었다.

"사람 발짝 소리가 났어요."

그미는 이렇게 말했지만, 발자국 소리는 난 일이 없었다. 그 후에도 발자국 소리는 들리지 않았다. 그런데도 그 뒤 그미는 그에게 키스할 기회도 다시 주지 않았다.

남의 가슴을 곧잘 흥분시켜 놓고는 시침을 딱 떼는 그미를 악의로 해석하기는 힘들지 모른다. 그러나 그런 일을 당하는 그런 순간만은 격분하지 않

을 수 없었다.

'결국 내 맘대로 할 수 없는 여자니까…….'

종유는 이런 생각까지를 하며, 백년 사랑해야 결국 속만 태우다 말 것이란 결론을 내렸다.

'돌아가자.'

몸을 돌려 미재와 반대 방향으로 걸으려 할 때였다. 미재가 뛰어와서 종유의 팔을 잡고,

"꼭 어린애야. 누군 할 줄 몰라서 못하나? 어서 가기나 해요."

종유를 꼼짝 못하게 명령했다. 횡포한 명령이 아니라 동감자(同感者)의 명령이라, 종유는 반발할 수가 없었다. 못마땅하고 불쾌하기는 했지만 그야말로 어린애처럼 엇나갈 수는 없었다. 어색했지만 끌려갔다. 끌려가면서도 표정은 죽은 채였다. 불이 밝은 거리로 나왔을 때, 미재가 시무룩해 있는 종유 곁에 바싹 붙어 걸으며,

"남들이 창피해요. 싸운 줄 알 거 아녜요."

표정에 변화를 일으키라고 했다.

"누가 뭐래?"

종유는 자기가 아무렇지도 않다는 말을 역시 무뚝뚝하게 말하자,

"우리 카바렐 가요."

하고 미재가 앞장을 서서 걸었다.

"춤두 출 줄 모르는데……."

종유는 가 본 적도 없는 곳이었지만 싫다고 버틸 수가 없었다.

"누군 출 줄 알아요? 분위기에 휩쓸려 보자는 거지."

종유는 영화 구경하는 것보다는 춤 구경하는 것이 도리어 따분하지 않을 것 같아 미재 뒤를 따랐다.

그야말로 구경이나 할 셈으로 따라나섰던 것이다. 카바레엘 가면 술도 마실 수 있다. 춤은 추지 못하나 술을 마시면 카바레 분위기에 이야기를 마음대로 할 수 있을지 모른다. 그런데 미재 친구들이 늘 간다는 아르바이트 전문의 D카바레로 간다면 곤란하다고 생각했다. 거기 가면 미재의 친구들

을 만나게 될지도 모른다. 아는 여자들을 만난다면 미재가 또 신경을 기울여, 이야기할 기회도 없게 될 것 같았기 때문이다. 내무부 앞 전찻길에 나섰을 때,

"어떤 카바레로 가지?"

마치 카바레에 대한 지식이 많은 것처럼 물었다.

"M카바레로 가요. 싫으시면 딴 데루 가구……."

미재는 종유의 대답을 기다리며 발걸음을 멈추었다.

"아무데면 어때? D루 가지나 않나 했지."

"미쳤나? 친구들이 간 델 뭣 하러 가요? 기분 잡치게……."

"친구들이 있으면 기분 잡치나?"

"듣기 싫어요."

화가 났다가도 상대가 몇 마디 말만 하면 상대방의 마음을 풀어놓는 미재였다. 그것은 그미가 진심으로 종유를 사랑하기 때문이리라. 입에 발린 말만 하는 여자라면 아무리 재치 있게 하는 말에도 종유의 마음이 순식간에 풀릴 수는 없다. 단 둘이서만 즐기고 싶어하는 그미의 마음속이 들여다보이기 때문에 종유는,

"남들이 창피하지 않아? 싸운 사람들처럼."

미재가 얼마 전에 한 말을 그대로 하며, 어깨로 그미의 어깨를 톡 쳤다.

"누가 할 소릴 누가 하는지……."

그들은 M백화점 오층에 있는 카바레로 갔다. 시간이 이른지 사람이 그리 많지는 않았다. 그래도 춤추는 사람만이 출입하는 곳에 춤 못 추는 사람이 들어간다는 것은 예사로운 일이 아니었다. 졸업식 날 상장을 받으러 강단에 올라가는 기분이었다. 그저 미재를 믿고 그가 하라는 대로만 했다.

테이블을 정하고 앉자 미재가 비어를 주문했지만, 종유는 아무 말 안 했다. 비어를 마시기 시작할 때야,

"춤 안 추는 사람두 올 수 있나?"

그야말로 촌사람처럼 물었다.

"누가 뭐래요? 춤 안 추구 술만 팔아 주면 더 좋아하지."

얼마 동안 술만 마셨다. 어느새 사람도 모였다. 모두들 신나게 춤췄다. 밤의 인생을 즐기는 사람들. 종유는 술이 입에 당겼다. 자꾸만 마셨다. 시간도 가고 술도 얼근했을 때 미재가,

"한 번 나가 봐요."

하고 춤을 권했다.

"출 줄 모른다잖았어?"

"괜찮대두……."

종유는 술기운으로 나가기는 나갔으나 어떻게 해야 할지를 몰랐다. 무턱대고 미재를 끌어안았다. 그리고는 선 자리에서 얼굴을 비볐다. 그래도 미재는 아무 말 안 했다. 사실 종유 말고도 선 자리에서 발만 뗐다 놨다 할 뿐별로 움직이지 않고 여자와 얼굴만 비비고 있는 사람이 적지 않았다.

"재, 이게 어디야?"

사람이 들끓는 가운데서도 미재를 마음껏 끌어안을 수 있다는 데 그는 감격했던 것이다.

"좋아요?"

미재가 생긋이 웃으며 물었다.

"응."

포화 상태

종유는 그 순간 시간이 굳어 버렸으면 했다. 흐르는 시간이 스톱하고 자기는 미재를 안은 채 화석이 되었으면 했다. 그가 미재의 육체를 소유해 본 것은 한두 번이 아니었지만 이렇게 감격해 본 기억은 없었다. 과거가 비교되지 않을 만큼 그저 황홀하기만 한 순간이었다. 사람들이 많은 가운데서 미재를 마음껏 껴안은 것은 정말 처음이었다. 사람이 없는 데서 포옹을 하고 키스를 할 경우뿐이었다. 그러나 지금은 그렇지가 않았다. 아무가 봐도 상관없다는 개방적인 기분이었다.

음악이 끝나고 쉬는 시간, 테이블로 들어간 종유는,

"그 친구가 좀 봤으면……."

그랬으면 얼마나 통쾌할 것이냐는 식으로 말했다.

"보겠으면 보라지."

미재도 겁없는 대답을 했다.

"날 죽이려고 할걸."

"그이야말로 이런 델 다니지 않으니깐 걱정 마세요."

"그래서 안심하고 있군?"

"나 하고 싶어서 하는 일인데 무서울 게 뭐예요."

종유는 비어를 한 컵 들이켰다. 그리고는 용기를 내어,

"그래도 이혼할 생각은 안 하지?"

하고 말했다. 처음으로 하는 말이 아니지만 말할 때마다 용기를 필요로 하는 말이다. 그는 오늘 하루 종일 집안에 있는 동안 기회 있는 대로 한 번 말해 봐야 한다고 생각했다.

좀더 진지하게 이야기를 전개하고 그래도 응하는 기색이 없을 때는 자기 태도를 달리해야 한다고까지 생각했다.

이제 그 이야기를 할 기회가 온 것이다. 그런데 미재는 또 이야기를 전개시키려 하지 않았다.

"또 그 소리? 삐루나 마시세요."

미재는 종유의 말을 막고 비어 병을 부어 주려 했다. 종유는 비어를 받으면서,

"그 이야기 좀 합시다. 난 언제까지나 이런 상태 속에서는 살 수 없어."

라고 심각한 표정을 했다.

"해야 끝이 없는 이야기해선 뭣 해요? 술이나 들어요."

"끝이 없다는 건 이혼을 할 수 없다는 말이겠지?"

"글쎄, 내 문제는 내가 해결할 테니깐 자꾸 그러지 말아요."

"그건 유의 개인 문제만이 아니란 말야. 나와 관계있는 말인데 어찌 내가 말을 안 할 수 있어."

"아이 참, 나가서 춤이나 춰요."

미재는 그 이야기만 나오면 언제나 도피적이다. 결국 이혼은 할 생각이 아닌 것이다.

종유는 그미를 뒤따라나갔지만, 그리고 전처럼 포옹을 했지만 신이 나지 않았다. 미재가 자기 남편과 이혼을 안 한다면 자기는 언제까지나 숨어서 사는 사람이 된다. 경제적으로는 미재의 기생충이 되고 인간적으로는 그늘에서 사는 존재, 없는 존재가 된다.

십 년 동안 인생의 그늘 속에서 살아왔다. 생명의 존재까지 잃어버리고 살아 온 십 년을 발판으로 앞으로는 성숙된 인간으로 살려고 했다. 그러나 그 십 년이 지난 뒤, 우연히 만난 미재로 말미암아 자기는 또다시 미성숙한 인간 테두리 속에서 존재 가치를 잃고 살게 되었다.

아, 싫다! 이런 생활을 더 계속하는 것은 정말 싫다. 미재는 떠나는 한이 있다고 해도 이 생활을 그대로 계속할 수는 없다.

그 뒤부턴 종유는 테이블로 나와 비어만 마실 뿐 플로어로는 나가지도 않았다.

"춤 안 춰요?"

미재가 그를 달래려고 했지만,

"술이 더 좋아."

하고 끝내 고집을 부렸다.

"나는 그런 것이 싫어. 명랑하게 놀 때는 명랑하게 노는 거지, 왜 딴 생각을 하며 분위기를 깨트리느냐 말예요?"

"내가 못난 놈이 돼서 그런 거야. 못났지, 못났어. 그러니까 상대를 안 하면 되지 않아……."

"그럼, 정말 안 만나도 괜찮아요. 참을 수 있어요?"

"십 년두 참았는데, 백 년을 못 참아……."

종유는 결말을 짓고야 말 것 같았다.

"마지막 블루스예요. 응, 부탁이니까 나가요."

미재가 비는 흉내를 내며 종유의 팔을 잡아끌었다.

‘그래라. 마지막 블루스. 모두가 마지막이다.’

종유는 혼자 중얼거리며 미재에게 끌려 플로어로 나갔다. 어두운 홀이 한 층 더 어두웠다. 옆 사람의 얼굴도 자세히 보이지 않을 정도였다. 춤추는 사람의 팔십 퍼센트 이상이 모두 눈을 감고 명상 속에서 스텝을 밟고 있는 것 같았다. 종유도 자연 눈을 감고 미재의 뺨에 뺨을 댔다.

“아이 러브 유.”

하며, 입술을 내밀었다. 때로 미재가 미워지는 수가 있다. 그러나 싫어하는 일은 없다. 언제나 싫지 않은 사람의 감미로운 키스를 마다할 수는 없다. 정말 미재의 달콤한 입맞춤이었다.

블루스가 끝나자 불이 밝아졌다.

‘밤을 새우며 블루스를 불러 주는 곳은 없을까?’

종유는 도시의 밤이 너무나 짧다고 생각했다. 그래서 카바레를 나올 때,

“재! 나, 하숙에 가기 싫어.”

하고 애원을 했다. 미재가 자기의 완전한 소유가 못 된다 해도 이 날 밤만은 소유하고 싶었다.

“오늘만 말구. 다음에.”

미재가 이렇게 말할 때 종유는 술이 일시에 깨는 느낌이었다.

다음날은 상관없다는 사람이 어째 오늘은 안 된다는 것일까? 결국 미재는 내가 그미를 필요로 하는 것만큼 나를 필요로 하지 않는다는 것이다. 집에 가면 남편이 기다리고 있지 않느냐?

“좋아. 내일은 내가 필요 없단 말야. 내게는 내일이 없단 말야.”

그는 주정을 하듯 투정을 했다.

“또 이러시기예요. 왜 내일이 없어요? 즐거운 내일을 위해 오늘을 편히 휴식하세요.”

“휴식? 나는 휴식 속에서 인생을 썩히고 있는 거야, 가. 나는 내가 갈 곳으로 갈 테니까.”

“그러지 말아요. 내일은 유가 하라는 대루 무어나 다 할게. 그래도 못 믿겠어요?”

"믿어? 무얼 믿으란 말야? 믿음을 내게서 뺏어간 사람이 누군데…….."

미재는 종유를 놓지 않았다. 비틀거리는 그를 끌고 그의 하숙까지 가고야 말았다.

"오늘밤만 내 말을 들어요. 내일 낮에 전화 걸게…….."

미재는 종유를 하숙집 대문 안까지 떠밀어 넣고 자기 집으로 돌아갔다.

열두 시가 다 된 때인 만큼 집안은 조용했다. 혹시나 해서 남편 방에 들어갔더니 남편은 방에 들어와 잠들어 있었다.

미재는 우선 외박하지 않고 돌아온 자기를 잘 했다고 생각했다. 여자와 아베크 할 계획이면서도 마작을 하겠다고 했고, 돌아와 자면서도 자고 오겠다고 한 것은 틀림없는 하나의 계략이었다. 그 계략의 이유가 어디 있든 남편이 외박한다는 것을 곧이듣고 자기도 외박하고 들어왔다면 그것은 자기가 남편에게 지는 것이 된다. 어쨌든 남편에게 져서는 안 된다.

미재는 가벼운 한숨을 내 쉰 뒤 남편의 코 고는 소리를 감정했다. 진짜로 코를 고는 것인지 가짜로 코를 고는 것인지를 식별하기 위함이었다. 잠도 들지 않고 일부로 코를 고는 체한다면 그는 전화를 걸 때부터 자기를 테스트하려고 했음이 틀림없다. 그러나 십여 년 동안의 체험에서 얻은 지식으로 코 고는 소리가 가짜 아님을 알 수 있었다. 미재는 또 안심을 했다. 전화를 건 것은 어떤 정신착란의 현상으로 해석해도 좋다고 판정을 내렸던 것이다. 사실, 지금에 와서 자기를 새삼스럽게 의심하고 테스트하려고 할 이유가 없다. 그렇게 할 성의나 있다면 차라리 좋게. 그미는 자기 방으로 들어갔다. 그리고는 옷을 훨훨 벗어 던지고는 잠옷을 찾았다. 잠옷을 찾아 놓고 옷을 벗는 것이 아니라 알몸뚱이가 된 뒤 옷장에 있는 잠옷을 꺼낸다. 그미는 혼자 있을 경우 부끄러움을 느끼지 않는다. 그것은 아직도 자기 육체에 대한 자신을 갖고 있기 때문일지 모른다. 잠옷을 입기 전 옷장에 붙어 있는 거울에 자기 몸을 비춰 본다. 아이를 셋이나 낳은 탓으로 유방이 조금 늘어졌다. 그러나 그것은 브래지어로 추켜올리면 된다. 그미는 나체로 되었을 경우에도 브래지어를 벗지 않는다.

그 유방 이외의 부분은 처녀 시대와 조금도 다름없다고 생각했다. 허리도 날씬하다. 애를 셋이나 낳았는데도 배가 퍼지지 않아 근육이 낡았다는 인상을 주지 않는다. 그 탄력성 있는 근육. 그미는 거기를 손바닥으로 가려 봤다. 그리고는 잠시 뒤 손을 떼 봤다. 웃었다.

잠옷을 입자 그미는 이불 속으로 들어가면서 책상 모서리에 있는 전화 스위치를 돌렸다. 남편 방으로 통하게 했던 스위치를 자기 방 수화기로만 쓸 수 있도록 해 놓은 것이다.

이불 속에 들어가자 그미는 곧 다이얼을 돌렸다. 신호가 두 번이나 가도록 저편에서는 전화를 받지 않았다. 벌써 잠이 들었을까? 그렇지 않으면 딴 데로 가 버린 것일까? 미재는 종유가 자기에 대한 불만을 품고 호텔로 가서 매음녀를 사서 자는 것이나 아닌가 생각했다.

신호가 네 번째 가는데도 받지를 않는다. 분명 호텔로 간 모양이었다. 아, 싫다. 종유가 알지도 못하는 여자를 끼고 자다니. 머리털이 곤두서는 것 같았다. 하룻밤을 참지 못해 그 불결한 행동을 하다니…… 이상한 일이었다. 종유가 독신으로 사는 동안 자기는 결혼하여 남편 품 속에서 잠들곤 할 때 종유에게 과연 몇 번이나 미안하다는 생각을 가졌었던가? 그런데 자기는 종유에게 질투를 느끼고 있다.

'사실이라면 내일부터 만나지 말아야지.'

이런 생각을 하고 있을 때였다. 그러니까, 신호가 여섯 번째 울릴 때 수화기 떨어지는 소리가 나고,

"여보세요."

잠이 온 종유의 목소리가 들렸다. 미재는 죽음 속에서 구원을 받은 것 같은 느낌이었다.

종유가 외출하지 않고 집에 있다는 것만으로 감격한 미재는 정신 나간 사람처럼 말을 못하고 있었다.

"누구시요? 누구야?"

술이 깨지 않은 듯, 그러면서도 역증이 나는 목소리로 종유가 소리를 질렀다.

"누군 누구예요? 저예요."

미재는 미소를 지으며 수화기를 쓸어 만졌다.

"저가 누구야? 남 잠두 못 자게……."

전화를 걸 때마다 '저예요만' 하면 알아듣던 그가 오늘밤이라고 못 알아들었을 리 없었다. 뻔히 알고 있으면서도 공연히 투정을 부리고 것이라 생각한 미재는,

"미안합니다. 아직 화 안 풀렸어요?"

정중하게 말했다. 좀처럼 잘못했다거나 미안하다는 말을 안 하는 미재다. 그러나 이 순간만은 진심으로 미안하다는 말이 하고 싶었던 것이다.

"화를? 화낼 자격이나 있어?"

종유는 역시 삐뚤어지게 말했다.

"오늘밤 화내지 않구 자면 내일 선물 드릴게요."

"그만둬."

"유."

미재는 입술로 뽀뽀 소리를 냈다. 그러고 나서,

"들었지요? 안녕히 주무세요."

하고 말했다.

"거 무슨 소리지?"

미재는 대답 대신 뽀뽀 소리를 다시 한 번 냈다.

"유한테 보내는 거예요."

그때야 종유는 이때까지와 달리,

"옆에 누워 계신 분이 잠드셨나?"

도리어 걱정하는 투로 물었다.

미재는 자기 부부 생활을 될 수 있는 한 종유에게 이야기하지 않고 있다. 그렇기 때문에 그들 부부가 딴 방을 쓰고 있고 전화기도 따로따로 쓰고 있다는 것을 그는 알지 못하고 있다.

"글쎄요, 들으면 또 어때요?"

미재는 새삼스럽게 자기가 혼자 있다는 것을 이야기하고 싶지 않았다.

"그럼 빨리 끊어."

도리어 종유가 당황해할 때 미재가,

"내 걱정은 마시라니까요. 그 대신 주무실 때도 수화기를 내려놓은 채 주무세요. 오늘밤엔 유의 코고는 소리를 들으며 잠들고 싶어요."

"쓸데없는 소린 말구 어서 끊어."

"정말예요. 유의 잠꼬대가 듣고 싶어요. 만져는 못 봐두 숨소리만 들으면 옆에서 자는 것 같을 게 아녜요. 정말 끊지 말고 주무세요, 네."

"모르겠는데…… 마음대로 해."

"그럼 수화기를 놓으세요."

"그래."

"어디다 놓으셨어요?"

"베개 옆에."

"입 가까이 놓으세요."

"그래."

"그럼 안녕!"

미재는 수화(受話)의 구멍이 달린 곳을 자기 귀 가까이에 대고 누웠다. 정말 종유의 숨소리가 들렸다. 부스럭거리는 이불 소리도 들렸다. 어느새 잠이 들었는지 코 고는 소리도 들렸다. 남자는 역시 감각이 둔한가 생각했다. 그러나 술 때문이려니 생각하고 자기도 잠을 청했다. 잠이 올 턱이 없었다.

"유."

전화통에 입을 대고 종유를 불렀다. 아무 대답이 없었다.

"아이 러브 유."

그때 종유가 듣고 하는 소린지 어쨌든 '응 응' 하는 소리가 들려 왔다.

다음날 아침 눈을 뜨자 미재는 전화통에 입을 대고 종유를 몇 번이나 불렀으나 통 깨 주지를 않았다. 곤히 잠든 사람을 깨우기가 애처로운 마음으로 전화를 끊고 옷을 갈아입었다. 옷을 갈아입고는 애들 방으로 갔다. 아침 한때밖에 볼 수 없는 애들의 얼굴이 보고 싶었던 것이다. 애들은 벌써 일어나 세수까지 하고 모여 앉아 가위 바위 보를 하고 있었다. 무슨 내기를 하는 모양이었다.

미재가 들어서는 것을 보자, 세 애는 다 같이 달려와,

"엄마."

하며, 치마에 매달렸다. 엄마의 애정에 기갈을 느낀 애들 같았다. 그런 것을 알면서도 미재는,

"잘들 잤니?"

하고 세 애의 등을 다 같이 쓸어 줄 뿐이었다. 그 이상 애정의 표현 방법이 없었던 것이다.

"엄마, 세수했어? 빨리 조반 먹어."

열 살 난 큰애 성배(成培)가 그미의 치마를 놓고 물러서자 여덟 살짜리 성희(成姬)도 슬그머니 그미에게서 물러섰다.

애들도 엄마에게 요구할 그 이상의 애정을 모르고 있는 모양이다.

"빨리 세수하고 올게."

미재는 애들 방을 나와 남편 방으로 갔다. 예의상 안 들를 수 없었던 것이다. 남편은 아직도 누워 있었다. 그미는 남편 신형구를 흔들어 깨우고 자기만이 세면실로 가서 세수를 했다. 양치와 세수만을 한 뒤 그미는 애들을 데리고 응접실 겸 식당으로 쓰는 방으로 들어갔다. 식탁에 앉을 때는 성배와 성희를 양 옆에 앉히고 둘째 성표(成杓)는 맞은편 자리에 앉혔다. 그리고 성희에게,

"어제두 유치원에 잘 갔다 왔지?"

한 뒤, 이마에 입술을 대 주었고 성배에게는,

"숙제 다 했지?"

한 뒤, 그의 궁둥이를 두들겨 주었다. 모두가 애정의 표시였다. 그만한 애정쯤 어떤 어머니에게도 있을 수 있는 것이지만, 그미로서는 의식적으로 표시한 애정이었다.

가정교사를 두어 오후와 밤을 애들과 같이 지내게 하고, 식모에게 애들 간식을 매일 지시해 주기 때문에 애들에게 정성껏 해 주는 것이라고 생각하는 미재다. 그러나 애들을 대하는 시간이 언제나 아침뿐이라는 것 그리고 성격적으로 애들에게 다정스럽게 해 주지 못하는 탓으로 가끔 일부러 친절

하게 해 주는 수가 있다. 그런데 성배가 갑자기 화를 내며,

"엄마, 미워."

하고 몸을 움찔 그미에게서 떨어져 나갔다. 순간 미재는 성배에게서 종유를 느꼈다. 삐쭉하고 투정 부리기 잘 하는 종유를! 외모로 보아 별로 닮은 데가 없지만 같은 피란 어쩔 수 없는 것이란 생각을 했다. 사실 성배는 미재를 닮은 데가 몇 군데 있지만, 종유를 닮은 데는 별로 없었다. 눈이 조금 닮았다고 할까. 그러나 그것도 그러려니 하고 보아야 알 수 있을 정도다.

다행스러운 일이지만 성배에게서 종유와 공통되는 점을 새로 발견하는 순간 그미는 등골이 오싹함을 느꼈다. 남편과 성배에게는 물론 종유에게까지 비밀로 지키고 있는 사실이다.

자기만이 알고 있는 사실이지만, 그것을 자기나마 자주 느끼게 될 것이 겁났던 것이다. 그래서 그미는,

"엄마가 왜 밉지?"

자기 감정을 감쪽같이 감추고 성배를 끌어다 안으며, 그러는 성배가 더욱 귀엽다는 듯이 물었다.

"사친회도 안 오는걸, 뭐. 딴 애들 엄마는 어제도 다 왔단 말야."

성배의 투정은 겨우 그것이었다. 미재는 안심을 하고 웃음을 웃으며,

"그래, 선생님한테 꾸중 들었니?"

"그럼."

"결국 돈 내라는 거지?"

"방학숙제 책값하고 또 뭐 있대."

"방학이 얼마 안 남았으니까 선생님 수고료두 거두는 거겠지. 얼마 내라던?"

"오백 원이래."

"오늘 그 돈을 줄게, 네가 제일 먼저 갖다 내. 그럼 선생님이 너를 제일 귀여워해 주실 거 아냐. 그럼 됐지, 응."

이렇게 해서 성배의 투정을 구슬려 넘겼지만, 미재는 아슬아슬한 고비를 넘긴 느낌이었다. 정말 그미는 아슬아슬한 인생을 살고 있다. 남편과 살아온

과거도 아슬아슬했다. 무심히 걷다가는 번번이 넘어지고야 말 것 같은 그러한 길이었다. 무수히 깔려 있는 돌을 하나하나 살펴 가며 조심스레 걸었기에 오늘까지 살아왔다. 종유와의 관계도 그렇다. 플래시로 비쳐 보기만 하면 무서워서 걸을 용기가 안 날 만큼 험한 길이다. 그 험한 길을 눈을 감고 걸어온 길이다.

이제 성배가, 옷 속에 숨어 있던 흠집이 외부로 노출되려는 것처럼 자기 의식세계 밖으로 뛰어나오려 하고 있다.

모두가 자업자득이다. 누가 시켜서 된 일이 아니다. 그래도 행복하다는 것일까?

그래도 미재는 순간적 위기를 모면한 듯한 안도감을 느꼈다. 그리고 식모가 가지고 온 조반을 먹기 시작하려고 할 때, 남편 형구가 들어왔다.

"어서 앉으세요."

미재는 냉정도 아니고 친절도 아닌 태도로 남편을 맞이했다. 왔으니 왔나 보다는 태도였다.

형구는 그 말도 못 들은 채 대답을 않고 자기 수저가 놓여 있는 빈자리로 가 앉았다. 무언중에 식사는 시작되었다. 그런 분위기에 익숙해 있기 때문인지 애들도 식사만 할 뿐 말이 없었다.

"마짱을 안 하셨어요?"

분위기가 너무 황량해서 미재가 먼저 입을 열었다. 밤을 새우겠다고 일부러 전화까지 했던 남편인 만큼 그 말만은 물어도 괜찮을 것 같았던 것이다.

"하다가 그냥 왔어."

남편이 예사롭게 말했지만 미재는 거짓말하는 형구의 얼굴을 한 번 쳐다봤다. 어떤 여자와 어떤 짓을 하고 돌아다녔을까? 그리고는 천연스럽게 거짓말을 하는 저 마음속은 어떤 것일까?

"젊은 여자하고 같이 다니는 걸 누가 봤다던데요?"

이런 말이 입 안에서 꼬무락거렸지만 참았다. 최소한도,

"돈을 잃었어요?"

속은 것처럼 보이기 위해 추궁하고 싶었지만 그것마저 참았다. 모두가 질

투에서 출발한 말들이다. 여자의 생명이 질투라고도 하지만, 형구 앞에서 자기 알맹이를 보여 줄 필요가 무엇인가?

'마음대로 하라지. 이혼만 하자고 하지 않는 한.'

이혼이 무서운 것은 아니었다. 저쪽에서 청한다면 언제나 응할 용의가 있다. 다만 자기 의사로 이혼하기가 싫다는 것, 그리고 이혼 자체가 좋은 것이 못 된다고 생각할 뿐이다. 그래서 무관심 상태가 지속되는 것이다.

"국 식기 전에 어서 잡수세요."

이 말만 했을 때, 식사를 하던 형구가 갑자기 소리를 질렀다.

"뭐야? 조심 안 하고."

손에 쥐었던 숟가락을 떨어뜨렸다고 성배에게 화를 내는 것이었다.

미재는 가슴이 철렁 내려앉음을 느꼈다. 가만 있던 사람이 별일도 아닌 것을 가지고 소리를 와락 지르는 데는 딴 이유가 숨어 있는 것 같았기 때문이다.

하필 성배에게 화를 냈다는데, 미재는 형구가 혹시 성배의 비밀을 알고 있지 않나 하는 생각을 하였다.

만약 그가 그 일을 알고 있다면 자기네 부부 생활은 마지막이다. 미재의 인간 전부가 마지막이 될지도 모른다. 빈혈증에 걸린 것처럼 눈앞이 어지러워졌다.

그러나 이제까지 모르고 있던 일을 갑자기 어디서 알았을까 하고 생각한 자기 걱정에 혼자 놀란 것을 후회하지 않을 수 없었다. 그 비밀이란 자기 입으로 새어나가지 않는 한 아무도 알 수 없는 비밀이다. 자기 입은 철문처럼 무겁게 잠가져 있다.

미재는 어젯밤 종유와 같이 카바레에 갔던 것을 생각했다. 종유와 춤 아닌 춤을 추던 광경을 보았다면 화를 낼 법도 하다. 그래서,

"소리 안 지르면 안 돼요?"

하고 우선 형구의 신경을 건드려 보았다. 화가 터지면 화의 근원이 드러날 것 같았기 때문이었다. 그러나 형구는,

"병신처럼 왜 숟가락을 떨어뜨리냐 말야?"

기분은 언짢으나 훨씬 낮은 목소리로 말했다. 그 이상 더 화를 내지 않을 모양이었다.

"그렇다고 소리지를 게 뭐예요. 놀라지 않아요?"

그럴수록 미재는 야단을 쳐야 했다.

미재가 야단치는 바람에 형구는 쑥 들어가고 말았지만, 팽팽하던 스트링(줄)이 끊어진 것처럼 말을 잃어버리는 것은 형구의 성격이다. 그는 집안에서 트러블이 일어나는 것을 무엇보다도 싫어한다.

외부에서 하고 있는 사업에 신경을 쓰고 있기 때문에 그는 집안에서까지 신경을 쓰며 살려고 하지 않는다. 그는 D제재소 상무로 있다. 돈도 잘 벌고 있지만, 이삼천 명의 종업원을 데리고 있는 만큼 시끄러운 문제가 줄곧 연발하고 있다.

더구나 개인적으로는 여자를 좋아하기 때문에 여자 문제로 골치 아픈 때가 적지 않다. 그런 만큼 집에서는 무사주의를 쓰는 것이 그의 처세술이기는 하다. 아내 미재가 자기를 구속만 하지 않는 한 자기도 아내를 구속하지 않으려 하고 있다. 무사주의의 한 양상(樣相)이다.

그러나 기분이 나쁠 때는 가끔 자기도 모르게 신경질을 부리는 수가 있다. 물론 미재에게 직접적으로 터뜨리는 것은 아니지만……

어젯밤 어떤 다방 레지와 만났다. 호텔까지 갈 계획이었다. 그런데 중도에서 여자가 말을 듣지 않았다. 그래서 일찍 들어왔던 것이지만, 자기 말을 듣지 않은 그 여자를 생각할 때 기분이 상쾌하지 않았다. 돈으로 해결되는 여자 치고 자기 말을 안 듣는 여자가 별반 없었던 것이다. 그 기분 나쁜 일이 가슴에 얹혀 성배에게 신경질을 부리게 했던 것이지만, 계속할 성질의 신경이 아니라 곧 누그러지고 말았던 것이다.

아무 말도 않고 밥을 다 먹은 형구는 자기 방으로 돌아가 옷을 갈아입기 시작했다. 와이셔츠를 입고 넥타이까지 맸는데 미재는 얼씬을 안 했다. 애들 학교 가는데 치다꺼리를 해 주는 거겠지만, 형구는 그런 줄 알면서도 미재를 불렀다.

"왜요?"

미재가 의아한 표정으로 들어왔을 때,

"손수건이랑 양말이랑 좀 찾아 줘야지 않나?"

형구는 아주 다정한 부부의 다정한 생활을 한 번 연출해 보는 것이었다. 정신이 안정되지 못했을 때 안정을 가장해 보려는 얕은꾀일지도 모른다. 상대방이 자기 속을 들여다보건 말건 자기는 자기대로 애정을 한 번 표시해 보는 것이었다.

미재는 오늘은 또 어떤 여자에게 곱게 보이려고 저러는가 하는 생각을 했다. 그리고 식모를 불러 달라고 해도 좋은 물건인데 일부러 자기를 불러 꺼내 달라는 데는 특별한 이유가 있을 것이라고 생각했다. 주로 이십대 여자만을 상대로 하고 있는 만큼 자기 얼굴을 그 여자들과 비교해 보기 위해 부른 것은 아닐까?

어떤 여자와 교제를 하던 자기와 상관없는 일이다. 그러나 그 여자들과 자기를 비교한다는 것만은 불쾌한 일이었다. 그래서 옷장 서랍을 열고 흰 손수건을 꺼낸 뒤,

"어떤 양말루 할까요? 빨강? 파랑?"

야유 섞인 음성으로 물었다. 만약 빨간 것을 달라고 하면 오늘 만나는 여자는 빨간 빛깔을 좋아하는 여자냐고 물어 볼 참이었다. 그런데 형구는,

"아무거나 줘."

미재에게 선택의 자유를 주었다. 김이 빠지는 것 같았다. 그미는 일부러 빨간 양말을 골라 주고는 무엇인가 한 마디 해 주려다 그만두었다. 그러는 것도 질투다. 치사스럽게 질투의 감정을 보이다니…….

아무 말 않고 양말을 주고는 형구에게 양복 웃저고리를 입혀 주었다. 소매에 팔을 끼고 저고리를 입은 형구가 슬그머니 미재를 끌어안으며 키스를 하려 했다.

"애들이 오면 어떡해요."

하면서도, 미재는 형구를 밀치지 않았다.

그렇게 해서라도 부부생활의 명맥을 유지해야 하지 않으냐는 쌍방의 묵계가 이루어진 것이다. 가벼운 키스를 하자, 형구가 양복 속주머니에서 지갑

을 꺼내고 십만 원짜리 수표 한 장을 주었다. 마치 키스의 대가를 치르기나 하는 것처럼.

미재도 당연한 대가를 받는 것처럼 액면의 숫자만 보고는 아무 말 않고 주먹 안에 꽁꽁 쥐었다. 그러고 난 뒤 형구는 양말을 신고 이미 와 기다리고 있는 회사 지프를 타고 나가 버렸다.

출근하러 나가면서도 다녀오겠다는 말만 했을 뿐 몇 시쯤 온다는 말은 없었다. 지프차 앞까지 나간 미재도 오늘은 몇 시쯤 돌아오느냐는 말을 묻지 않았다. 그런 것은 그들 부부에게 금지되어 있기 때문이다.

미재는 남편과 애들을 다 보낸 뒤, 우선 남편이 준 십만 원짜리 수표를 핸드백 속 수첩에 넣었다. 비록 종이 한 장에 지나지 않지만 수표가 든 핸드백이 든직해 보였다. 묵직한 핸드백을 바라보며 며칠 전부터 돈을 빌려 달라던 공희를 생각했다. 지업회사를 경영하는 그미 남편이 쓴다는 것이었다. 종이를 매매하는 상점이니 현금을 취급하는 상점이나 마찬가지다. 더구나 대학동창인 공희가 자기 돈이야 떼먹지 않겠지.

미재는 예금통장에 현금이 있으면서도 그 돈은 남에게 빌려 주지 않고 있다. 남편에게 보여 준 탓도 있겠지만 현금을 가지고 있어야지만 마음이 든든했기 때문이었다. 아무리 비싼 이자를 준다고 해도 고리대금업이 그미의 성격에 맞지 않는 탓도 있었다.

그런데 오늘 아무 예고도 없이 받은 돈이 어쩐지 공것 같은 기분이 들었다. 남편이 돈을 줄 때마다 그 처리 방법을 미재에게 일임하는 것이지만, 오늘만은 어쩐지 어젯밤에 저지른 죄를 속죄하기 위해서 주는 돈 같아 아무렇게 써도 좋을 것 같은 생각이 들었던 것이다.

미재라고 해서 돈을 싫어하는 것은 아니었다. 형구가 외도하는 여자들에게서 뿌리는 것 같은 기분으로 돈을 준다고 느껴질 때 기분이 언짢을 뿐이었다. 그래도 살림에 쓰고 남은 돈은 대부분이 저축해 왔다. 무엇에 쓰겠다는 구체적 목적이 없었고 남편이 불어 가는 저축액을 물어 보는 일이 없지만 저축 자체가 즐거웠던 것이다.

미재는 오늘 받은 돈으로는 고리로 빚을 놓아 볼까 생각했다.

팔 푼 이자를 주겠다니 일 년만 지나면 이자만 본금과 맞먹는다. 일 년 뒤에는 십만 원이 이십만 원이 되고……. 이런 생각을 했으나 곧,

"까짓 것 써 버리지."

딴 생각을 했다. 형구가 딴 여자와 놀아나서 돌아다니다가 미안해서 주는 돈을 재산으로 적금시킨다는 것은 오욕의 재산 위에 자기 장래를 앉히겠다는 것이나 마찬가지의 일이다. 미재는 불현듯 전화통을 들고 다이얼을 돌렸다. 신호 소리가 났다. 곧 이어 종유의 목소리가 들렸다.

"굿모닝!"

"누구시지요."

뻔히 알면서도 종유가 또 빗나가고 있었다.

"누구긴 누구예요. 아침 일찍 전화 걸 여자가 또 있어요?"

"그러니까 묻는 게 아닙니까?"

"저예요."

"저라니요? 나 미스 저란 여잘 모르는데요."

"아침부터 왜 이러세요. 좋은 플랜을 이야기하려는데……."

그때 종유는,

"전화를 끊지 말라고 한 사람은 누구고, 전화를 먼저 끊은 사람은 누구죠?"

삐뚤어진 동기를 짐작할 수 있도록 이야기를 했다. 미재는,

"아침에 일어나서 아무리 소리쳐두 대답이 없는 걸 어떡해요. 세수도 하구 밥두 먹어야 하니까 끊었죠, 뭐. 그게 제 잘못인가요."

하고 신경질을 냈다. 자기 잘못이 아니라고 생각될 때 양보하는 일이 없는 그미다. 또 이런 경우 강하게 나가야 종유가 누그러지는 것을 잘 알고 있기 때문에 일부로 목소리를 높였던 것이다.

"또 내 잘못이로군……."

"생각해 보세요. 전 일곱 시까지 전화통에 귀를 대고 있었어요. 잠을 자며 노래는 왜 부르시죠? 아주 슬픈 노래만 부르시던데……."

"피곤하면 자면서 노래 부르는 것이 습관이니까……."

종유는 기분이 어느 정도 풀린 것 같았다.

“우리 제주도 여행가요.”

“갑자기 여행은?”

“갑자기 생각한 건 아녜요.”

“오늘 선물 주겠다는 것이 바로 그건가?”

“응, 멋진 선물이죠?”

미재는 멋진 계획이라고 칭찬해 주리라 생각하며 말했다. 그런데,

“글쎄.”

종유의 대답이 시원치 않았다.

“글쎄라니요?”

“가슴이 떨려 말하기가 힘든데…….”

“사실을 나두 떨려요. 허니문(蜜月) 같은…….”

“두 번째 허니문두 떨릴까?”

“점수 깎이는 소리 또 한다. 그럼 전화 끊을 테예요.”

“마음대로.”

“정말?”

미재는 정말 전화를 끊을 것처럼 잠시 말을 않고 있다가 입을 열었다.

“오늘두 일곱 시 반에 만나요. 그때까지 여행 플랜이나 세우세요.”

미재는 남편이 준 십만 원으로 종유와 함께 제주도 여행 갈 생각에 가슴
도 부풀었다. 종유의 습관성 투정에 괘념할 여유가 없었다. 만나서 이야기만
하면 눈 녹듯 없어지는 그 투정을 문제 삼을 것도 못 된다 생각하며 전화를
끊었다.

허니문! 인생의 꿈이 처음으로 문 열리는 날이다. 남의 눈치를 살필 것
없이 떳떳하게 사랑을 엔조이하는 날을 허니문이라고 한다. 그러니 종유라
해도 허니문일 수는 없다. 꿈의 문이 열리는 것도 아니고, 떳떳한 엔조이를
하는 것도 아니다. 미재는 종유와의 여행이 허니문일 수 없다고 생각하면서
도 그 여행이 꿈처럼 아롱져 그리워짐을 어쩔 수 없다. 제주도가 아는 사람
하나 없는 고도(孤島) 같은 생각이 들었다. 고도에서의 사랑은 사랑의 극치

다. 서로 의지하지 않고서는 한시도 배겨날 수 없는 자연적 환경 속에서 두 사람은 잠시도 달라붙지 않을 수 없을 것이다. 미래가 없어도 좋다. 남들이 공인을 해 주지 않아도 좋다. 행복할 수 있는 날까지 행복하면 그만이다.

미재는 남편 신형구와의 허니문을 회상해 보았다.

해운대였다. 6·25 동란 뒤라 시설도 엉망이었지만 바다에는 들어갈 수도 없는 추운 겨울이었다. 유폐된 듯 방 안에 갇혀 지루하다는 기억밖에 남아 있지 않았다. 될 대로 되라고 내맡긴 몸이었지만 형구는 자기를 너무나 혹사했다. 밥을 먹다가도 그랬다. 나중에는 그걸 하기 위해 태어난 인간인가라는 생각까지 들게 했다. 지겨웠다. 지겨우니 지루할 수밖에. 그러면서도 그미는 며칠 전 종유에게 처음으로 정조 바친 일을 생각했다. 그리고 오기노(荻野)식 수태법(受胎法)을 생각했다. 동시에 지금 광적에 가까운 형구의 성행위는 아무런 결실도 맺지 못한 헛수고임을 알았다. 이 달에 임신을 한다면 그것은 단 한 번에 그쳤지만 종유의 것이다. 종유와 그러고 난 뒤 책에서 읽은 지식을 가지고 그미는 그렇게 단정했었다. 그러기에 신형구의 헛수고를 속으로 냉소할 수 있었다. 냉소할 수 있었기에 참을 수도 있었다.

그렇게 무의미했던 형구와의 허니문의 비해 종유와의 여행은 그것이 비록 허니문이 되지 못한다 해도 질적으로 큰 차이를 가져올 것이다. 외형적인 허니문과 실질적인 허니문. 인간은 외형에 만족할 수 없다. 실질적인 행복을 갈망하는 것은 인간의 권리가 아니겠는가?

미재는 부푼 가슴으로 다방엘 나갔다. 그리고 열두 시가 되기 전에 형구에게 전화를 걸었다. 여행을 가려면 미리 예고를 해 두어야겠다는 조바심 때문이었다.

"오늘 점심은 제가 살까요?"

슬쩍 친절을 베풀어 보았다. 점심시간이 다 된 때 점심 약속이 없지 않으리라는 것을 상상하며…….

"고마워. 그렇지만 공장장(工場長)과 점심을 같이 하기로 약속해 놔서……."

"그럼 어떡하나? 할 수 없지요, 뭐."

그러고 나서 미재는 여행갈 뜻을 밝혔다.

"어딜 가려구?"

"친정엘 한 번 다녀오겠어요."

"언제?"

"이삼 일 뒤."

"가구 싶으면 갔다 오는 거지."

형구는 그 이상 더 묻지도 않고 승낙했다. 사실은 승낙도 아니다. 하고 싶은 대로 하라는 방임이었다. 미재는 승낙을 구하기 위해서 그런 말을 꺼낸 것은 아니었다. 아무 말도 없다가 갑자기 떠나는 것보다 미리 한 번 귀띔해 두었다가 떠나는 것이 마음 가벼울 것 같아 한 번 말해 본 데 불과했다.

그러고도 형구와 이야기를 끝내고 종유에게 전화를 걸 때는 마치 종유와의 여행을 형구에게서 허락받은 것 같은 가벼운 기분이었다.

"뭘 하고 계세요?"

미재는 종유와 함께 점심 먹을 곳을 생각하며 반가운 목소리를 보냈다.

점심을 먹으며 여행의 달콤한 플랜을 의논하리라는 생각하며 전화를 걸었는데,

"누워 있습니다."

무감각한 상태에서 대답했다. 그래도 미재는,

"날 생각하면서요?"

자기 말이 들어맞기를 기대하며 웃음을 보냈다. 그런데 종유는 예상외로,

"그렇겠지요."

맛이 없는 무뚝뚝한 대답이었다. 무엇 때문에 또 틀어졌나 생각해 봤지만 그 이유를 알 수 없었다. 그렇다고 전화로 다투기도 안되어,

"점심 잡수러 나오세요. 할 이야기가 있으니까."

포용성 있는 태도로 말했지만

"안 나가겠습니다. 저녁때나 나가죠."

종유는 이미 결심한 것처럼 대답했다.

"무슨 일이 생겼어요?"

"발광증이."

"발광증이라뇨?"

"그냥 미치고 싶은 거지, 아무것두 아냐. 내 좀 있다 전화 걸게."

종유는 전화를 끊어 버렸다. 정말 이상한 일이었다. 무엇 때문에 심술을 부리며 남까지 기분 나쁘게 하는 것일까? 설사 불만이 있다고 하자. 그렇지만 해결지을 수 없는 불만이라면 차라리 외면하고 모른 척하는 것이 위생상 옳은 섭생법이 아닐까? 나는 하노라고 하고 있다. 종유를 위해 인색했던 것이 무엇이었단 말인가? 상을 받아야 할 나다. 그런데도 밤낮 투정만을 하고 있으니 나는 어떻게 해야 한단 말인가? 미재는 종유에 대한 애정에 얄궂은 회의를 느꼈다. 모두가 시들한 생각이 들었다. 그래서 레지들이 잠자는 주방 옆 조그마한 방으로 들어가 벽에 등을 기대고 다리를 길게 뻗었다. 한숨이 저절로 나왔다.

인생을 힘들게 살려고 할 필요가 무엇인가? 하루하루를 일어나는 그대로 살아 나가는 것이 인생이 아닐까? 복잡하게 생각할 필요도 없다. 되어 가는 대로 살면 된다.

미재는 최선을 다해서 종유를 사랑하려 했다. 그러나 종유는 그것을 순수하게 받아들이지 않고 회의를 하며 가치관(價値觀)을 앞세우려 하고 있다. 당초부터 옳지 않은 일이란 건 다 알고 있는 일이 아닌가? 옳지 않은 일을 하면서 거기에 가치관은 무슨 가치관인가?

미재는 핸드백에서 콤팩트를 꺼내 화장을 고치기 시작했다. 화장을 고치는 것은 마음을 안정시키는 방법이다. 거울을 보며 퍼프로 얼굴을 문지를 때, 그미는 문득 자기가 아직 젊었다고 생각했다. 서른다섯이면 인생의 가장 가운데 토막이다. 자주적 생활로 따지면, 살아온 것보다 살아갈 인생이 더 길다. 스스로를 괴롭힐 필요는 하나도 없다. 이런 생각을 하고 있을 때, 레지가 들어와 손님이 왔다고 전했다.

어떤 놈팡이일까 생각하면서도 누구냐는 것을 묻지 않고 다방으로 나갔다. 아무면 상관할 게 무엇이랴 하는 단순한 직업의식이었다. 그런데 찾아온 손님은 남자가 아니라 오랜만에 만나는 사촌동생 상희(尙喜)였다. 나이가 스물여섯이면서도 결혼할 생각을 않고 농촌복지운동을 하고 있는 노처녀다. 사실을 노처녀랄 수가 없을지도 모르지만, 시골에 파묻혀 살기 때문에 얼굴이나 몸에서 풍기는 체취가 삼십도 넘어 보였다. 상희를 보자 미재는 마침 잘 왔다고 생각했다. 남편에게 친정엘 다녀오겠다고 한 자기 말이 무턱대고 한 말이 아니라는 것을 보여 주는 하나의 증거가 될 것 같았기 때문이었다.

미재는 상희를 비어 있는 자리로 끌고 가며 언제 왔느냐고 물었다. 상희는 의자에 앉아서야 침착하게 입을 열었다.

"오늘 아침 차루 도착했어요. 일찍부터 부산을 피기가 미안해서 볼일 좀 보구 오는 길예요."

"애두, 미안할 거 뭐니? 그렇게 생각하면 되레 스스러워지지 않아? 그래 재미가 어떠니?"

"시골 사람이야 재미를 생각하며 사나요? 머리에 차 있는 것이 일뿐인데요."

"결혼할 생각두 않구 그래 일만 하구 있니?"

"일이 바쁘니까 결혼할 생각두 못하는 거지요."

"참, 애두……."

미재는 한탄이나 하는 수밖에 없었다. 자기뿐이 아니다. 친척이란 친척이 모두가 상희의 결혼을 걱정하고 있지만, 당사자인 상희는 결혼할 생각을 안한다. 그러니 오랜만에 만난 자리에서 상희가 귓등으로도 듣지 않는 결혼 걱정을 할 필요가 없었다. 그저 한탄이나 하는 수밖에……. 그래서 미재는 고향 이야기를 물어 보며 회제를 돌렸다. 미재는 친정 식구로 고향 땅에 사는 식구는 하나도 없다. 늙은 부모는 맏오빠를 따라 부산 가서 산다. 둘째 오빠는 서울서 산다. 그러니 상희네 집안과 동네 사람들의 이야기가 오갈 뿐이었다.

"문경도(文庚道) 아시죠? 그이가 이장(里長)이 됐어요. 언니하구 국민학교 동창일걸! 그의 누이동생 진숙이 말이야. 그이가 서울서 화류계루 돌아다니다가 몇 달 전에 내려왔어요. 그래서 동네서 야단났었지."

상희는 자기 동네에서 생긴 일들을 이야기했지만, 미재에게는 별 흥미가 없었다. 상희와 마주 앉아 이야기를 하는 동안, 미재의 머릿속에는 딴 생각이 들었기 때문이었다. 종유와 상희가 결혼을 한다면 하는 뚱딴지같은 생각을 했던 것이다. 종유는 나이가 들었지만, 결혼을 해 보지 못한 법적 총각. 상희는 법적으론 물론 발가벗긴 인간으로 대해도 상희는 종유에게 조금도 꿇릴 데가 없는 여자다.

종유는 사십이 거의 다 된 할아버지 총각인데다가 경제적으로 무능하다. 종유에게는 과남한 상대라 하지 않을 수 없다.

상희에게는 고집이 세다는 결함이 있지만, 그래도 결혼만 하면 종유는 행복해질 것이다. 현실 불만에서 오는 자기 학대에서 벗어나 안온한 생활을 할 것이다. 선량하기 그지없는 종유와 결혼하면 상희도 행복해질 수가 있을 것이고. 그렇지만 나는? 나도 종유를 아주 뺏기는 것은 아니다. 보고 싶을 때는 서울에 올라오게 해서 만나면 그뿐 아닌가? 종유도 딴 여자와 결혼한다고 해서 나를 잊을 수는 없을 것이다. 그러면 만사는 다 해결이 된다.

"너 언제까지 혼자 살 작정이니?"

미재는 상희에게 종유 이야기는 꺼낼 수는 없었다. 결혼에 대한 계획만 알면 그 뒤는 힘든 일이 아닐 거라 생각했던 것이다.

"아직 생각 안 하고 있어요."

"참, 이상한 애다. 결혼하구는 농촌운동을 할 수 없니?"

"농촌운동 문제가 아녜요. 그냥 혼자 살구 싶은 거지."

그 이야기도 더 할 필요가 없다고 생각했다. 이야기는 천천히 하면서, 우선 종유와 교제할 기회를 만들어 주어야 한다고 생각했던 것이다. 교제하면서 좋은 인상을 받는 것 같으면 이야기를 적극적으로 추진시킨다.

"너 오늘 몇 시까지 일 다 보니?"

미재는 오늘 저녁으로라도 상희를 종유와 만나도록 하고 싶었다.

"저녁때까지 일단 끝낼 것 같아요."

그 뒤에야 미재는 상희에게 차를 주었고, 점심 먹자는 이야기를 했다.

저녁 일곱 시 이십 분 미재는 상희와 함께 다방을 나와 택시를 잡아 탔다.

남산에 있는 외교구락부로 가는 것이었다.

"서울 올 때만은 화장을 좀 해라 애……."

"언니두, 서울이 여자 전시장인가 뭐."

"너 이 옷 언제 한 거니?"

"몇 해 됐을 거야."

"길이를 조금 줄이기만 해두 괜찮을 텐데……."

화장하지 않은 얼굴, 잘라 그냥 늘어뜨린 단발, 무릎 밑까지 축 늘어진 원피스, 모두가 미재의 눈에 거슬렸던 것이다. 촌스러운 것이 눈에 거슬려 하나하나 지적했지만, 속으로는 도리어 안심하는 미재였다. 처음 만나 종유에게 상회를 소개시켜야겠다고 생각하던 때와 종유에게 소개시키기 위해 자동차를 타고 가는 지금과, 미재의 마음은 아주 달라지고 있는 것이었다.

점심을 먹은 뒤 상회가 볼일을 보러 갔고 그 동안 종유에게 전화를 걸어 외교구락부에서 만나도록 약속을 해 놓았지만 약속 시간이 가까워질수록 미재의 마음은 변했던 것이다.

종유와 상회는 정말 사랑할 가능성이 있는 사람들이다. 그 가능성이 결실을 맺으면 어떻게 할까? 그미는 일종의 전율을 느꼈다. 자기는 구렁텅이에 던져진 몸이 된다. 자기에게 돌아올 것은 조소밖에 없다.

종유가 전혀 미지의 여자와 결혼을 한다면 그래도 감내할 수가 있겠지만 사촌 동생인 상회와 결혼한다는 것은 생각할 수 없는 일이었다.

"오늘 어떤 분과 같이 저녁을 먹기루 했어."

미재는 상회를 견제하기 위해 종유에 대한 이야기를 미리 해 둬야 한다는 것까지 생각했었다.

"어떤 분인데요?"

"내가 결혼하기 전부터 알구 있던 분이야."

이것도 미리 생각해 두었던 대로 한 말이었다.

"어마, 성배 아빠가 아시면 큰일날 일 아뉴?"

"네가 고해바치렴. 아마 이혼하자구 야단을 치겠다."

"난 안 갈 테야. 아이 무서워."

상회는 뛰어내리기라도 할 것처럼 자동차 문을 만지작거렸다.

"걱정 마. 내 알아서 다 할 테니까."

미재는 호호 웃으며 상희를 안심시켰다.

자동차가 외교구락부 뜰에서 멎었을 때 상희는 정말 지옥 입구에 이르기나 한 것처럼 공포의 눈으로 사방을 둘러보았다.

"널 믿고 같이 온 거야. 혼자만 알구 있어. 그럼 되는 거야."

미재는 상희의 손을 잡고 자동차에서 내렸다. 보이에게 종유의 인상을 말하고 종유가 오거든 안내하라고 한 뒤 방 안으로 들어갔을 때, 미재는 혼자 속으로 미소를 지었다.

이제는 상희를 종유에게 소개해도 안심이다. 안심이 되니까 그런 생각이 드는 것이겠지만 하루 사이에 일어났던 마음의 변동이 너무나 비정상적이었다는 것을 느꼈다. 그리고 자기는 역시 종유를 사랑하고 있다는 생각을 했다.

종유가 들어왔을 때 종유와 상희를 마주 앉히고 자기가 사이에 끼어 앉았다. 그리고 상희에게 보이기 위해 의식적으로 다정한 태도를 종유에게 보였다.

"제 사촌동생 상희예요. 고향에서 놀러 왔어요."

소개만을 시킨 뒤 종유의 웃저고리를 벗겨 손수 벽에 걸어 주고는,

"오늘은 예뻐지셨는데요? 면도를 하셨군요."

혼자서 웃기도 하였다. 두 사람이 어리둥절해 있는데도 미재는 부채를 들어 종유에게 부쳐 주며 종유가 자기 애인이라는 것을 보여 주기에 애썼다.

탈출구

저녁을 먹자 미재는 상희를 위해 극장 구경이라도 가자고 했다. 종유는 모르는 여자 앞에서 싫다고 할 수가 없었다. 택시를 타고 H극장까지 가서 별로 신통치도 않은 영화를 구경했다. 택시 안에서도 그랬지만 극장 안에서도 미재는 가운데 자리에 앉았다. 그리고 기대듯이 몸을 꼭 붙이고 앉아 한

쪽 손으로 종유의 손을 잡았다. 상희 모르게 하는 행동이었지만 상희가 눈
치를 못 챌 리 없다고 생각할 때 미재의 용기에 새삼 놀라는 종유였다. 용기
에 놀라면서도 그 애정과 그 용기가 자기를 만났을 때만 나타나는 것이라
생각했다. 간헐애정(間歇愛情)이다. 시한애정(時限愛情)이다. 나와 헤어져
집으로 돌아가는 순간 그미는 남편만 생각하고 남편만의 것이 된다.

며칠째 종유는 이런 생각 속에서 뛰쳐 나올 수 없는 고민을 계속하고
있다.

나는 전부를 바치고 있는데 미재는 반도 주지를 않고 있다. 질적으로 따
지면 오 분의 일도 못 될지 모른다. 확실히 균형을 잃은 애정이다. 균형 잃
은 애정에 인생 전부를 걸고 살 수가 있는가?

시간의 여유가 있으면 점심을 먹자고 나오라고 한다. 자극 없이는 애정을
느낄 수가 없으니까 때로는 팔을 껴 본다. 때로는 호텔로도 가자고 한다. 시
간과 정력의 공백을 메우기 위함이다. 나는 무엇이란 말인가? 누구를 위해
사는 인간이란 말인가?

며칠 동안 계속해 오던 고민이라 종유는 스크린을 바라보면서도, 그리고
미재의 손을 잡고 있으면서도 그런 생각을 하고 있었다. 이제 헤어지고 돌
아가면 남편과 같이 친정 집 이야기에 꽃을 피울 것이다. 자기와 만났던 일
은 입 밖에도 꺼내지도 않고 남편만을 위해 존재하는 여자처럼 남편에게 친
절을 베풀 것이다. 미재가 손에 힘을 주어 종유의 손을 꼭 쥐었다. 애정의
신호였다. 그래도 종유는 무감각한 사람처럼 신호를 받아들이지 않았다. 두
번째의 신호가 왔을 때 그는 자기도 모르게 미재의 손을 힘껏 쥐었다. 그것
은 신호의 응답이 아니라, 미재에게 고통을 주기 위한 행동이었다. 미재가
아야 소리를 내고야 말 것 같은 때야 힘을 놓았다. 미재가 눈을 흘겼을 때
종유는 빙그레 웃었다.

영화가 끝나자 케이크집으로 가자고 했다. 케이크를 먹으며 마주 앉았
으나 종유는 미재의 얼굴을 쳐다보지 못했다. 자꾸 외면만 하고 싶었던 것
이다.

“서울은 참 싫은데요.”

갑자기 상희가 말했다.

"서울 온 지 하루두 안 돼서?"

미재가 이해할 수 없다는 듯이 물었다.

"숨이 막힐 것 같아요."

밤이 늦었는데도 케이크집에 사람이 그득 우글거리고 있음이 신경을 자극한 모양이었다. 그때 종유가,

"시굴이 좋을 거예요."

농촌을 동경하듯 시선을 허공에 두고 말했다.

"서울에선 순간순간 늙는 것을 느끼며 살아야 할 것 같아요."

상희가 대꾸를 하자, 종유는

"일만 하면 먹구 살 수가 있죠?"

당장에라도 농촌으로 가고 싶다는 의사를 표시했다.

"그럼요. 가난해도 인심은 서울보다 나으니까요. 굶어 죽는 사람을 그냥 보고만 있지는 않습니다."

"할 일은 있을까요?"

"농번기에야 언제나 손이 모자라니까요. 그렇지만 선생님 같은 분은 글쎄……."

"내가 가려는 건 아닙니다."

종유와 상희는 서로 웃으며 맞바라보았다. 지나친 농담을 했다는 듯이.

그러나 농담에 지난 이야기는 아니었다. 그들과 헤어져 하숙으로 돌아온 종유는 농촌을 심각하게 생각하기 시작했다. 서울을 탈출해야 한다. 탈출할 때는 농촌으로 가는 길밖에 없지 않나 하고.

며칠 동안 종유는 탈출이라는 것을 생각하고 있었다. 지난 과거를 생각해 볼 때 다이빙으로 물 속에 몸을 던지듯 하나의 현실에 몸을 던진 일은 있지만 몸을 던졌던 현실 속에서 목적을 정해 놓고 탈출해 본 일은 한 번도 없었다.

십오 년 전 6·25 때 아버지와 동생들과 함께 피난을 가다가 조치원 근처에서 폭격을 맞아 가족 전부를 잃었다. 9·28 수복 때 서울 집을 지키고

계시던 어머니에게 희망을 걸고 서울로 올라 왔으나 집과 더불어 어머니도 폭격에 돌아가 뼈도 줍지 못했다.

중공의 개입으로 다시 서울을 내 놓고 후퇴를 할 때 종유는 떠돌아다니다가 자기도 폭격에 맞아 죽으려 했다. 그래서 부산으로 직행하지를 않고 피난민의 무리를 따라 정처 없이 유랑을 했다. 전주 광주 진주 마산 등지로 전전하며 포탄이 머리 위에 떨어지기를 기다렸으나 그때는 폭격이 별반 없었다. 죽으려는 사람을 죽여 주지를 않았던 것이다. 부산까지 갔을 때 그가 다니던 대학이 거기서 문을 열었지만 학교에 다닐 생각도 안 했다. 부두에 가서 하역 노동을 하여 돈을 벌어서는 술만 마셨다. 그러다가 동급생들을 만나 그들의 권유로 학교 등록을 했고 그러는 동안 T대학에 다니는 미재를 알았다. 미재를 안 뒤부터 그는 육체노동을 해 가면서까지 공부를 하는 데 자기 불만을 느끼지 않았다. 가족을 송두리째 잃은 슬픔의 탈출구를 미재의 애정에서 구했던 것이다.

졸업을 하고 환도(還都)를 한 뒤 종유는 직장을 구하지 못했다. 바로 그때 미재가 딴 남자와 결혼을 했다. 자기를 사랑하지만 부모들이 강제로 시키는 결혼이라 어떻게도 할 수 없다는 것이었다. 미재도 울고불고 했다. 그러나 미재의 결혼을 미재의 의사와 아주 상반된 것이라고는 생각할 수 없었다. 그는 죽음을 내다보며 군대에 지망했다. 부모들과 같이 폭격에 죽었어야 할 몸이라 생각할 때 죽음이 조금도 무섭지 않았다. 죽음에로의 탈출구를 택했으나 그는 죽지를 못했다. 죽지 못한 육신을 가지고 제대를 했을 때 그는 부모들과 같이 살았고 현재 미재가 살고 있는 서울로 갈 수가 없었다. 부대가 있던 강원도 일대를 헤매며 죽음으로 잊으려던 추억들을 망각세계에 몰아넣으려 했다. 그는 절에 들어가는 사람보다 더한 결심을 가지고 탄광 속으로 들어갔다. 육칠 년 동안 광부 생활을 하면서 자기가 옛날의 조종유가 아니기를 희구했다. 그리고 그 희구가 이루어졌다고 생각되었을 때 탄광을 나와 서울로 올라왔다. 세 번째의 탈출로 자기는 인간적인 성장이 있었다고 자부했다. 성장된 인간으로서의 생활이 보장될 줄 믿었다. 그러나 미재를 만남으로…… 미재를 만남으로써 그는 자기의 성장이 후퇴했음을 느꼈다.

어느 때보다도 가장 큰 위구 속에서 초조감을 느꼈다.

탈출을 해야 한다. 그러나 이번만은 좀더 안정성이 있는 탈출구를 구해야 한다. 내 뼈가 묻힐 수 있는 정착지를 구해야 한다. 농촌을 마음속에 두고 정착지로 생각하고 있을 때 미재에게서 전화가 왔다. 무엇 하고 있느냐는 전화였다.

종유는 문득,

"나 시골로 가서 농사 질 생각을 하구 있어. 서울서 멀리 떨어진 산 속 두메로……."

마치 농촌에 대한 떨어 버릴 수 없는 향수라도 가진 듯 말했다.

"호호. 광부 노릇을 해 봤으니 농부가 그리우신 게군요. 그렇지만 웃기지 마세요."

"아니야, 나는 심각하게 생각하구 있는 거야."

"내가 아주 싫어졌다는 거군요?"

종유가 조금이라도 비위에 거슬리는 언동을 하면 언필칭 내가 싫어진 게로군요 하는 것이 미재의 버릇처럼 되어 있지만, 미재에게서 탈출하려고 생각하고 있는 때인 만큼 종유는 미재의 말을 무시하는 태도로 나갈 수가 없었다.

"말 같지 않은 소리 하지도 말어. 자주적인 생활을 세워 보겠다는 것뿐이야."

"그만둬요. 종유 씨가 그렇게 솔직하지 못한 남자란 걸 이제 알았어요."

미재는 종유와 상희와의 결혼까지 생각할 만큼 종유를 어떤 거리에다가 두고 소원한 관계를 맺을까 했었다. 그러나 종유가 자기 곁을 떠나는 일에 심각한 태도를 보일 때 반발하지 않을 수가 없었다. 무조건 반발이었다.

미재가 강력하게 반발하자, 종유는 어떤 경우에라도 미재를 섭섭하게 하고 떠나서는 안 된다는 생각이 들었다.

"땅 한 평도 없이 고용인 생활을 하기 위해 농촌엘 가겠어? 공연히 한 번 해 본 걸 가지구 신경 쓸 것 없어."

"광부 노릇두 한 사람이 고용인은 못 될 것 어디 있어요? 가구 싶어요?

가구 싶거든 가세요."

"농사짓던 사람들도 살 수가 없어 도회지로 떠나는데 어림두 없는 소릴 하지두 말어."

사실 고용인이 되기 위해서 농촌을 갈 수는 없는 일이었다. 아는 농촌도 없다. 땅도 없고 연고도 없이 농촌에 간다는 말을 어떻게 할 수 있을 것인가? 농촌 지도를 한다고 해도 경제적 지반이 전혀 없이 지도자 노릇을 할 수는 없다.

"그럼, 다시는 농촌 이야기 하지두 마세요."

"알았어."

막연하게나마 농촌을 생각했던 것도 순간적 환상에 지나지 않았다. 꿈이 환상으로 변하자 종유는 최후의 희망이 깨어진 것처럼 허황하기 짝이 없었다. 그런데다가 미재가,

"내일 전화 걸게, 안녕히 주무세요."

하고 전화를 끊을 때 그의 고독은 새삼스럽게 팽창해졌다. 오늘은 왜 어젯 밤처럼 전화를 끊지 말고 자란 말을 안 할까? 제주도 여행에 대해서는 어째서 일언반구가 없을까? 가변성(可變性)의 애정 소유자라는 것과 약속에 책임감을 느끼지 않는 여자란 생각이 들었다.

미재가 결혼하기 바로 직전이었다. 종유는 그미가 결혼식을 거행하기 이전에 서울을 탈출해야 한다고 생각했다.

천하에 머리 둘 곳이 없는 고아(孤兒)라는 것을 느꼈던 것이다. 따뜻한 말 한 마디 해 줄 사람이 없는 고아. 종유는 그런 고아 의식을 넣어 준 미재를 떠나 조그마한 섬으로 도망가 사슴처럼 지내고 싶었다. 언제나 경계의 눈을 두리번거리며 주위를 살펴야 하는 놀란 사슴처럼.

그럴 때 미재가 하숙으로 찾아왔다. 내일 모레면 딴 남자와 결혼할 여자가 과거의 미련이 남았기로서니 놀란 사슴과 같은 자기를 찾을 것이 무엇이었겠는가? 종유는 아무 말도 할 수가 없었다. 그러나 미재는 울면서 사랑하는 것은 종유뿐이라고 하며 자기 마음을 호소했다. 믿어지지가 않았다. 믿어도 소용없는 일이라고 생각했다.

"알았어. 알았으니까 마음놓고 결혼을 해. 축복을 해 줄게."

이 말과 함께 종유도 울고야 말았다. 가슴을 찢고야 말았다. 가슴을 찢고 그 피로 그녀의 결혼을 축복해 주고 싶은 심정이었다.

"아무두 사랑 안 해요. 오직 당신만……."

미재가 몸부림치며 죽여 주어도 좋다는 듯이 종유에게 늘어졌다. 그 뒤 그들은 자기라는 것을 잊어버렸다. 오랜 사랑의 종말 앞에서 몸부림칠 뿐이었다.

그러니까 육체적인 월경(越境)도 어쩔 수 없는 몸부림의 하나였다. 몸부림을 끝냈을 때 그들은 정열이란 것이 되살아나지 못하게 그 뿌리까지 불태운 것 같은 기진맥진을 느꼈다. 그러면서도 미재는 종이에 써 놓았다.

"아무두 사랑하지 않아요. 오직 당신만을……."

이런 글을 써 놓고도 그미는 형구와 결혼을 하기 위해 밤이 깊기 전 돌아가고 말았다. 애정의 주머니를 두 개씩 가지고 다니는 것일까? 하나의 주머니라고 해도 그 속에 담겨져 있는 애정이 화학작용을 일으켜 수시로 생각을 달리하는 것일까?

허니문이라고까지 하며 여행의 플랜을 세우라고 해 놓고는 하루도 안 가 거기에 대한 말을 한 마디도 언급하지 않는 미재를 생각하며,

'어디로든 떠나야 한다.'

탈출의 결심을 또 한 번 새롭게 했다. 탈출을 했다가도 다시 체포되어 죄목만이 가중되는 그런 탈출이 아니라, 살아서는 다시 잡혀 오지 않을 곳으로 탈출해야 한다. 그러나 탈출구가 없다. 꽉 막혀 버린 탈출구.

다음날 아침, 종유는 농업협동조합을 찾아갔다. 어떻게 해서 그런 생각을 하게 되었는지 모른다. 농협을 찾아가면 탈출구가 열릴 것 같은 막연한 생각이 들었던 것인지? 농협은 농촌의 경제를 비롯해서 농촌 문제 전반에 걸쳐 지도적 역할을 다하고 있는 기관이다. 농촌 문제 가운데 지도자 결핍이 가장 초미의 일이라고 말하고 있는 때 농촌을 위해 몸을 바치겠다는 사람이 나타나면 두 손을 들어 환영해 줄 것이라는 막연한 기대를 가졌던 것인지도 모른다.

그러나 종유가 만난 사람은 첫마디로 종유에게 농촌 지도의 경험이 있느냐고 물었다. 그런 일이 없다고 대답하자 그 사람은 더 물어 볼 말이 없다는 듯 자기 일만 했다.

"농촌에는 지도자가 필요하다면서요? 저는 평생을 농촌에 바칠 결심입니다."

"………"

"보수를 바라는 것두 아닙니다. 일 할 수 있는 곳만 소개해 주십시오."

"그런 자리가 없습니다."

"지도자를 필요루 한다면서 자리가 없다는 것은 무슨 말씀입니까?"

"농촌진흥청으루 가 보십시오. 거기서는 지도원을 늘 모집하고 있으니까요."

그 사람은 종유가 취직운동 하러 온 것으로만 생각한 모양이었다. 그래서 종유는 취직이 아니라 헌신적 봉사라고 몇 번이나 설명했지만 그 말을 받아 주지 않았다. 아무리 설명해도 취직하려는 것이 아니라는 것을, 이해하지 못하는 모양이었지만 인물이 필요하다면서도 헌신적으로 일하겠다는 사람을 받아 주지 않는 이유를 알 수 없었다. 종유는 회의를 느끼며 사무실을 나왔다. 경사진 넓은 뜰을 걸어 나오며 지식인들 대부분이 기피하는 농촌이지만 거기도 마음대로 갈 수 없다는 고독감을 씹었다. 한 대 얻어맞은 기분으로 걸어 나오고 있을 바로 그때, 어제 미재랑 같이 저녁을 먹은 상회가 인사를 할까 말까 망설이는 표정으로 걸어오는 것이 보였다. 저쪽에서 본 체를 안 한다면 이쪽에서도 본 체를 할 필요가 없다고 생각하며 걸을 때 상회가,

"조 선생님 아니세요?"

긴가민가했던지 발걸음을 멈추고 물었다.

"네, 어떻게 여길?"

종유는 상회가 농촌운동을 하고 있다는 사실을 알면서도 농협을 찾아온 그미에게 놀란 표정을 지었다.

"좀 볼일이 있어서요. 선생님은 돌아가시는 길인가요?"

"네……."

종유는 상희를 붙잡고 이야기를 해야겠다고 생각했다.

그는 주저할 필요가 없다고 생각하면서 바쁘지 않으면 잠깐만 이야기할 시간을 달라고 했다. 상희는 시간 약속을 하고 찾아가는 것이 아니니까 상관없다고 하며 종유의 뒤를 따랐다. 농협 근처에 있는 다방으로 갔다. 차를 시키자 종유는 곧 자기가 농협을 찾아갔던 이유를 설명하고,

"농촌에는 지도자가 필요하다는데 어째서 지원자를 받아 주지 않을까요?"

마치 세상일이 요지경 같다는 투로 말했다. 그런데 상희도 종유에게 동조해 주려 하지 않았다.

"관료(官僚)란 사무적 아녜요? 사무적인 일에는 절차가 필요할 테니까 그런 거겠지요."

"전쟁 때 군인을 희망하면 무조건 받아 주지 않습니까? 필요로 하는 지도자를 지망하는데 무슨 절차가 필요합니까?"

"접수하고 채용하는 성질이 다르지 않습니까? 지원병은 접수하는 것이지만, 지도자는 채용하는 것이니까요."

"그럼, 채용시험을 거쳐야 한다는 건가요?"

"말하자면 그런 수속이 필요한 거겠지요."

"보수를 바라지 않는 지도자가 어떻게 시험을 칩니까?"

"너무나 순수하시군요. 누가 선생님을 지도자로 인정해 줍니까? 그런 경력을 가지구 계신가요?"

종유는 상희도 농협 직원이 한 것과 같은 경력이란 말을 하는데 적이 놀랐다.

"농촌 지도는 의지와 신념으로 하는 것이 아닙니까? 꼭 경력이 있어야 하나요?"

"농촌 경력 없이 농민 지도란 공상에 불과할 것입니다. 옛날에는 그런 감상주의적 지도 이념이 통했지만 지금은 절대 안 될 것 같아요."

"그럼, 나 같은 사람은 농촌 일을 할 수 없다는 말입니까?"

"얼마 동안 공부를 하셔야지요."

종유는 자기의 생각이 너무나 무계획적이었다는 것을 알았다. 그래서,

"농촌에나 가려 했더니 그것도 틀렸군⋯⋯."

혼자 탄식조의 말을 내 뱉었다.

"왜 농촌엘 가시려구 그러시나요? 서울이 더 좋으실 텐데⋯⋯."

상희가 물었다.

"서울이 싫어졌습니다. 어디로든 탈출하고 싶은 심정입니다."

"그러시면 농촌에다 땅을 좀 사세요. 땅을 사서 농사를 지으시면서 농촌 지도를 해 보십시오."

"글쎄요."

종유는 확실한 대답을 할 수 없었다. 땅 살 돈이 없기 때문이었다.

"땅을 사시구 농사를 지으시면 제가 편의를 봐 드리겠습니다."

"글쎄요?"

"농촌에는 정말 지도자가 필요합니다. 그렇지만 지도자를 모실 능력이 없는 데가 또한 농촌입니다. 선생님 같은 분이 오셔서 농사를 지으시며 농민을 지도해 주신다면 참말 다행한 일일 것 같아요."

"경력이 전혀 없는데두요."

"그러니까 농사를 지으시면서 경력을 쌓으셔야지요. 가족은 몇이나 되시나요?"

"가족요? 나 하나뿐입니다."

"네?"

상희는 놀랐다. 삼십이 훨씬 지나 사십을 비리보는 사람에게 가족이 하나도 없다니⋯⋯.

"그러니까 어디든 떠나기가 쉽지요."

"사모님은요?"

"아직 결혼해 본 일이 없습니다."

"그래요?"

상희는 또 놀랐다. 결혼을 안 하고 미재 언니와 연애만 하며 일생을 보낼 생각인가라는 의심이 들었다.

상희의 머리로써는 이해할 수 없는 수수께끼 같은 일이었다.

그런데 서울을 탈출하고 싶다는 것은 무엇 때문일까? 미재 언니와의 사랑에 금이 갔다는 것일까? 남편 있는 여자와 사랑한다는 데 대한 부당성을 깨달았다는 것일까?

상희는 생각했다. 어떤 이유로든 서울을 탈출하고 싶다는 종유의 생각에 박차를 가하게 해서 미재 언니와의 관계를 끊도록 할 수는 없을까 하고. 두 사람의 심경도 자세히 모른다. 두 사람의 관계가 어느 정도라는 것도 잘 모른다. 그러나 있을 수 없는 일인 것만은 사실이다. 미재 언니의 가족은 물론 길씨(吉氏)네 가문 전체에 영향을 끼치는 일이다. 만약 미재 언니가 종유와의 관계로 이혼이라도 하게 되는 날이면 길씨 집안 전체가 얼마나 수치스런 일이 되겠는가?

그러나 상희는 어떻게도 할 수 없는 일이었다. 손아랫사람으로서 중간 역할을 하겠다고 나설 수가 없다. 우선 두 사람의 관계가 어느 정도냐는 말을 물어 볼 수도 없는 형편이다.

상희는 한참 동안 생각했다. 두 사람의 관계를 확인하는 방법이 없을까 하고. 한참 동안 생각한 끝에 겨우 입을 열었다.

"선생님, 저희 동네로 오세요. 쌍수로 환영하겠어요. 자기 고향을 위해 일하러 가신다면 미재 언니두 찬성할 거 아녜요?"

슬쩍 미재 이야기를 꺼냈다. 그랬더니 뜻밖에도 종유는 자기 감정을 솔직하게 고백했다.

"나는 미재 씨 곁을 떠나려는 겁니다. 스스로의 성장을 위해 살고 싶은 겁니다."

종유는 상희가 그와 미재의 관계를 다 알고 있는 것이라 생각하는 모양이었다.

"두 분이 아직 좋아하시는 것이라 생각하구 있는데 왜 그런 말씀을 하시죠?"

"좋아하는 것만은 사실이겠죠. 그렇지만 불균형의 애정은 병적이고 또 불행한 것 아니겠어요? 누구에게 바치기 위한 제물 같아 감내할 수가 없습니다."

"선생님이 서울을 떠나시면 언니가 울지 않겠어요?"

상희는 자기를 스스로 능청스럽다 생각하며 물었다.

"울겠죠. 순간적으로는……. 그렇지만 영원한 안식처를 가진 여자니까 금시 빈자리가 자기도 모르게 메워질 겁니다."

상희는 종유의 심경을 충분히 알았다고 생각했다. 그래서,

"그럼, 제가 내려가서 편지를 드리겠어요. 제가 오시라고 하면 언제나 오실 수 있을까요?"
하고 종유의 의사를 물었다.

"네, 재생하는 기분으로 내려가겠습니다."

종유가 가볍게 대답하자 상희는 어떤 의무감 같은 것을 느끼며 종유의 주소를 물어 기입했다.

"저, 이장의 부탁으로 어떤 사람을 만나야 해요. 동네에 문고(文庫)를 만드는데 책을 좀 보내 달라고 편지를 전하는 심부름예요."

상희는 자기의 용건을 말하고 종유와 작별하려고 했다. 그런데 종유가,

"내가 이야기한 건 비밀로 해 주십시오. 부탁합니다. 미재 씨를 위해서라두 비밀루 해 주셔야 할 겁니다."
하고 비밀 보장을 당부했다.

"알겠어요. 저두 어린애는 아니니까 걱정 마십시오."

이야기를 다 해 놓고 난 뒤 이건 비밀입니다 하고 이쪽 인격을 의심하는 듯한 말을 할 때 기분 좋을 사람이 없을 것이다. 상희는 기분이 덜 좋았지만 지켜야 할 비밀임을 알기 때문에 불쾌한 낯을 보이지 않았다. 상희와 작별한 종유는 상희를 알았다는 사실이 탈출구의 실마리를 붙잡은 듯한 느낌에 꽉 막혔던 눈앞이 약간 트이는 것 같음을 느꼈다.

다방을 나와 상희와 작별한 종유는 갑자기 다리가 굳어짐을 느꼈다. 어디론지 옮겨야 할 다리가 방향을 잡지 못했던 것이다. 하숙으로는 가기 싫었다. 하숙에 가면 반드시 미재의 전화가 온다. 그리고 몇 시 어디서 만나자고 할 것이다. 당분간 미재를 만나지 않고 혼자서 지내고 싶다. 신통한 수가 없

을지 모르지만 혼자서 생각하고 싶었던 것이다.

어디로 갈까? 그는 합승정류장 있는 데로 걷기 시작했다. 걸으면서 갈 곳을 생각하려 함이었다. 합승정류소에 머물렀다가 떠나가는 합승들의 방향을 보았다. 동대문, 약수동, 필동 그리고 상도동행 합승들이 거의 쉴 새 없이 왔다가는 떠나간다. 그는 떠나간다. 그는 어떤 방향도 자기가 갈 곳이 아니라는 것을 생각한다. 그러나 상도동행 합승이 발 앞에 와 멎었을 때 그는 바삐 합승에 올라탔다. 상도동 가는 도중에 한강이 있다는 것을 생각해냈던 것이다. 넓은 백사장을 혼자서 헤매고 싶었다. 끝없는 광야를 헤매고 싶은 심정이었다.

그것은 비단 미재 때문이 아니었다. 자기 자신은 그것을 감지하지 못했지만 상희에게서 오는 자기 불만 또한 적지 않은 것이었다. 상희는 좋은 여자다. 자기에게 어떤 희망을 가져다 줄 여자일지도 모른다. 그렇지만 처음 만난 여자에게 어째서 미재 이야기를 숨김없이 털어놓았단 말인가? 비밀을 함부로 털어놓다니…….

나는 미재는 사랑하지 않는단 말인가? 사랑하지도 않기 때문에 탈출하려는 것도 아니다. 경솔했다. 복잡한 자기 감정을 혼자 소화시킬 수 없다고 해서 처음 만난 여자에게 자기 사랑 이야기까지 했다는 것은 경솔 이외에 아무것도 아니다. 종유는 상희와 헤어진 뒤 자기도 모르게 경솔했던 자기 자신에 대해 혐오감을 느꼈던 것이다.

합승에서 내리자 종유는 눈앞에 내다보이는 한강 푸른 물과 흰 모래사장에 친숙감을 느끼며 걷기를 시작했다. 얼마를 걷고 있는데 누가,

"조 형 아니요?"

하고 그를 부르는 소리가 났다. 그는 뒤돌아보았으나 자기를 부른 남자의 얼굴을 기억할 수 없었다.

"나 모르겠소? ○○ 연대에 있던 노 하사……."

그러고 보니 알 듯한 얼굴이었다. 군대에 있을 때의 전우다. 기억이 별로 없어도 반가운 체해야만 했다.

"이거 몇 해 만이요?"

서로 손을 붙잡고 옛정을 나누었다. 그리고 제대한 뒤의 이야기를 서로 나누었다.

"그래, 지금 뭘 하고 있소?"

노 하사가 물었다.

"하는 일이 없어서 걱정이야. 형은?"

"나? 저걸 하지. 강상(江上)요리점이랄까?"

노 하사는 배 위에 지어 놓은 요리점을 가리켰다. 멋있는 장사로 돈을 버는 모양이었다. 종유는 얼핏 생각했다. 이 친구에게 요청을 하면 땅 살 돈을 돌려 주지 않을까 하고. 거저 달라는 것이 아니니까 말해 볼 만도 한 일이었다.

"재미 단단히 보겠군?"

우선 돈을 어느 정도 버는가 타진하기 시작했다.

"말 말어. 작년에는 장균(腸菌)이 있다구 수영을 못하게 했거든. 쫄딱 망했지 뭐야? 금년엔 홍수가 날 거구."

"그걸 어떻게 아나?"

"짐작이지. 짐작이라도 맞을 때가 많아. 그래서 팔아 버릴까 해."

그렇다면 이야기를 꺼낼 필요도 없다.

"그래?"

종유가 어물어물해서 헤어지려고 할 때였다.

"혹시 육군본부에 누구 아는 사람 없소? 굉장한 돈벌인데 한 번 같이 해 봐."

노 하사가 종유의 옆구리를 찔렀다.

돈벌이! 종유가 별로 생각해 본 적이 없는 일이다. 그렇다고 해서 아주 흥미 없는 일도 아니다.

나는 무엇인가를 찾고 있는 것이 사실이다. 찾고 있으면서도 그것이 무엇인지를 모르고 있다. 찾고 있는 것이 돈이라면? 그것도 해롭지는 않을 것이다. 돈을 벌어 그것으로 내 생활의 새로운 기반을 잡는다면 그것도 해롭지 않은 일이다. 그렇지만 육군본부에 아는 사람이 있는 것 같지 않다. 가서 살

삳이 뒤지면 아는 사람이 한두 명 나올지도 모르지만, 현재 안다고 생각되
는 사람은 하나도 없다. 사바사바를 해서 돈벌이를 하려는 모양인데 그렇다
면 나는 거기 낄 자격이 없다. 그러면서도,

"무슨 일인데?"

돈벌이라는 막연한 흥미로 물어 봤다.

"가루 고추장이야. 비닐봉지에 넣은 것인데 휴대하고 다니다가 물만 타면
맛있는 고추장이 되거든. 육십만 군인이 하루 한 명이 한 봉지씩만 먹어도
하루에 육십만 봉지가 팔린단 말야. 한 달이면 일천팔백만 개구. 한 봉지에
일 원씩만 남기면 하루에 육십만 원, 한 달이면 일천팔백만 원, 일 년이면
말야 이억 일천만 원의 이익금이 들어오는 거야."

노 하사는 숫자를 뜬눈으로 외며 신이 났다.

"아직 그런 게 없나?"

"있기는 있지만 내가 만든 것만은 못하지……. 몇 달을 두고 여럿이서
연구한 거거든. 공장두 차려 놓을 계획이구……."

종유는 그만 흥미가 가시고 말았다.

그렇게 큰 사업에 자기를 끼우리라는 것도 있을 수 없는 일이지만 일 자
체가 허황된 것으로 느껴졌던 것이다.

이미 있던 것보다 좋은 것이라면 질(質)을 가지고 당당하게 싸울 수가 있
다. 그런데도 자기 같이 무능한 사람의 힘까지 빌어 보려는 것은 일확천금
을 꿈꾸는 허황된 망상이라고밖에 생각할 수가 없다. 서울 사람들이란 그런
망상 속에서 살고 있는 것이나 아닐까?

"내가 아는 사람이 어디 있어야지."

종유가 흥미마저 포기했다. 그러나 노 하사는 곧 딴 이야기를 꺼냈다.

"그럼, 출자를 좀 해 줘. 워낙 돈이 들어야지. 돈을 조금이라도 내서 동업
을 하잔 말야."

그러니까 결국은 종유의 돈을 우리려는 목적이 있다.

"나 지금 룸펜이야. 털터린걸."

종유는 주머니를 톡톡 쳐 보이며 쓴웃음을 웃었다. 정말 쓴웃음이 나왔

다. 토지를 사기 위해 돈을 돌려 달라고 하려던 자기에게 도리어 돈을 뜯어 먹으려 하니 무슨 말을 할 것인가?

양복을 깨끗이 입고 할 일 없이 한강까지 나왔으니 돈푼이나 있는 줄 알았던 모양이다. 노 하사는 실망한 눈으로 종유를 아래위로 훑어보고는,

"바루 저게 내 배니깐 한 번 놀러와. 막걸리라두 한잔 합시다."

하고 바쁜 일이 있다는 핑계를 주워 대고 시내를 향해 사라졌다.

종유는 모래밭을 걷기 시작했다. 한강에는 보트를 타는 사람이 적지 않았지만 수영하는 사람은 별루 없었다. 역시 장균 때문에 수영이 금지되고 있는 것일까? 푹푹 빠지는 모래밭을 걷기 힘들다는 생각이 들었다. 지면에 탄력이 없기 때문인지 걸어도 걷는 것 같지가 않았다. 물기가 있는 물가를 걸어 본다. 한결 걷기가 편했다. 그러나 물이 구두 속으로 스며들 우려가 있다.

그는 보트를 탔다. 기분이 조금 상쾌했다. 더욱이 배를 흔들게 하는 동승자가 없어 안전감을 느꼈다. 귀찮게 구는 사람도 없고 위험한 곳으로 몰아넣는 사람도 없다. 먹고 살 수만 있다면 죽을 때까지 혼자 사는 것이 얼마나 편할 것인가?

혼자를 즐기며 천천히 노를 저어 상류로 올라갔다. 노가 물을 때리며 밀어내고 올라올 때 물결이 부서지고 물방울이 흩어지는 소리가 사뭇 음률적이다. 철썩, 철썩. 노가 물을 때리고 물을 밀어 치운다. 끊임없이 계속되는 가운데 배는 전진하고 시간은 흘렀다. 전진하면서도 방향은 마음대로 정할 수가 있다. 좌로 갈 수도 있고 우로 갈 수도 있으며, 경우에 따라서는 아주 반대 방향으로 갈 수도 있다. 파도가 센 것도 아니다. 잔잔한 강 위에서 보트를 타는 만큼 산다는 것도 용이하다면…….

두어 시간 혼자를 즐기며 노를 젓다가 팔의 피곤을 느낄 때 모래사장으로 나왔다. 노점에서 빵을 몇 개 사 먹고는 모랫바닥 위에 벌렁 누워서 눈을 감았다가 다시 뜨고 시계를 보았다. 시간이 무척 지났으리라고 생각했었는데 겨우 두 시밖에 안 되었다. 앞으로 어떻게 시간을 보낼 것인가가 걱정되었다. 그리고 보니 이때까지 혼자를 즐긴 것은 정말 혼자를 즐긴 것이 아니라 시간을 보내기 위한 사역(使役) 속에서 자기를 묶어 놓고 있었던 것이다. 할

일 없어서 그 숱한 일 가운데 시간 보내는 일에 의미를 붙이며 열중하다니……. 그러나 따지고 보면 대부분의 인간이 시간을 보내기 위해 행동을 하면서 그 행동에 의미를 부여하고 있지나 않을까?

종유는 눈을 꼭 감았다. 그리고는 흘러가는 시간의 소리는 들으려 했다. 들릴 까닭이 없었다. 들린다고 해도 물 흐르는 소리처럼 단조롭기 짝이 없을 것이다.

지루했다. 앞으로 몇 시간, 시간의 흐름과 보조를 같이하며 무위로 지낼 생각을 하니 눈앞이 아득했다.

그는 누운 채 손을 주머니 속에 넣었다. 지갑이 잡혔다. 그는 지갑을 꺼내 그 속에 들어 있는 미재의 사진들을 보기 시작했다. 결혼하기 전의 미재와 몇 달 전의 미재였다. 둘 다 거의 같은 표정이었다. 웃는 듯 마는 듯한 눈매. 그러면서도 다 같이 자기를 보고 있다. 렌즈를 보며 찍었으니 그렇게 보이는 것이겠지만……. 종유는 자기를 바라보고 있는 미재의 눈매에서 따뜻한 애정을 느꼈다.

미재는 언제나 나를 바라보며 웃는 듯 말 듯한 얼굴로 무엇인가를 이야기하고 있다. 나의 영원한 애인. 종유는 미재의 결혼 전 사진을 얼굴 위에 올려놓았다. 결혼 전 자기만의 연인이었던 미재가 더 그리웠던 모양이다. 자기 얼굴에 덮쳐진 미재의 얼굴에서,

'나의 영원한 애인!'

이것을 몇 번이고 되뇌었지만 가마 밑에서 끓어오르는 물거품처럼 그의 폐부 속에서는,

'영원한 나의 소유가 될 수 없는 여자.'

란 소리가 뭉쳐 올라왔다. 연인은 연인이되 소유할 수 없는 연인이다. 먹을 수 없는 떡은 보지도 말아야 한다. 그러나 소유할 수 없는 꽃이라고 보고 즐길 수도 없단 말인가?

그새 미재는 몇 번이나 전화를 걸었을지 모른다. 전화를 걸 때마다 실망을 느꼈겠지. 소식도 없이 어디를 갔을까 안달하고 있을 것이다.

당장에 뛰어가고 싶었다. 가서는 한강 백사장에서 당신을 생각하고 있었

다는 말을 해 줘야지. 그러나 그는 발길을 돌리지 않았다. 그리움을 누르며 입술을 깨물었다.

그리우면 그리운 대로 참아야 하는 것이 종유의 사랑이었던 것이다.

일곱 시나 거의 되어서야 하숙집에 돌아왔다. 돌아가자 전화통을 바라보았으나 전화통은 아무런 말도 안 해 주었다.

그새 몇 번이나 전화를 걸었을까?

그는 앉지도 못한 채 다이얼을 돌렸다.

"나요."

"어찌된 일예요? 도대체."

"미안해……."

종유는 배신이라는 것을 생각했다. 미재에 대한 배신 말이다.

미재는 나를 사랑하는데 나는 미재에게서 탈출하는 것만을 생각했으니 이 어찌 배신이 아니겠는가? 미재가 신형구와 결혼할 때 그미가 나를 배신한 것만은 사실이지만 배신한 여자라고 해서 내가 배신으로 보복한다면 나는 미재보다 더 악질적이다. 거기다 나는 비굴하다는 말을 들어야 한다. 비굴한 인간은 아무에게도 떳떳치 못한 인간임을 말한다.

종유는 최소한도 미재에게 비굴한 인간이 되어서는 안 된다고 생각했다.

"종일 어디 가 계셨어요?"

수신기를 통해 울려오는 미재의 목소리가 가랑가랑했다.

"한강에 나갔었어. 거기서 아는 친구를 만나 그만 늦게야……."

종유는 핑계를 만들어 가며 미재가 불쾌해할 말을 피했다. 그러면서도 종일 미재를 생각하고 있었다는 말은 못했다.

"곧 다방으로 오세요. 갈 데가 있어요."

미재는 지나간 일보다 앞으로의 일이 더 급한 듯 아주 명령적으로 말했다.

"그래 갈게."

우선 복종해야 했다. 갈 데가 어디냐는 것을 물어 보지도 않고 복종부터 하는 것이 미재에 대할 속죄처럼 생각되었던 것이다.

"오 분 이내에 오세요."

미재가 다짐을 할 때야 종유는,

"어디를 가는 건데?"

하고 가는 곳을 알기나 하자는 식으로 물었다.

"오시면 알 거 아녜요. 곧 오세요."

"그럴게."

종유는 전화를 끊고 다방을 나왔다. 좀처럼 다방엘 가는 일이 없지만 그는 미재가 하라는 대로 다방으로 걷고 있었다. 다방으로 걸으면서 그는 지금의 자기가 비굴한 것이나 아닌가 생각했다.

소유할 수 없는 여자에게서 탈출하는 것은 배신이 아니다. 미재가 결혼할 수 있는 조건 위에 있는데 도피를 한다면 그것은 배신일 수 있다. 그러나 지금의 자기의 경우 어떤 일을 한다 해도 배신이 될 수는 없다. 하루 동안 말 없이 혼자 시간을 보냈다고 해서 어찌 그것이 배신이라고 할 수 있을 것인가? 배신을 한 것도 아닌데 조금도 거역을 하지 못하고 노예처럼 끌려가는 것이야말로 비굴한 행동이 아닐 수 없다.

'지지리 못난 사나이.'

자기 자신을 비웃으며 다방까지 갔다. 벌써 그런 시간이 되었는지 다방에는 손님이 별반 없었다. 도어를 지켜 보고 있던 미재가 따라나오며,

"그냥 가요."

앞장을 서서 층계를 내려갔다. 어떻게나 서두르는지 말도 붙일 수가 없었다. 거리로 나와 택시를 잡아 탈 때까지도 종유는 어디로 가느냐고 물어 보지를 못했다. 택시 안에서야,

"어디로 가는 거지?"

하고 물었다.

"우리 집으로 가는 거예요."

"뭐?"

종유는 놀라지 않을 수가 없었다. 집이라면 신형구가 사는 집이 아니겠는가?

"놀랄 것 없어요. 상희가 내일 내려가니까 저녁이나 같이 먹자는 거예

요.”

“그렇지만……."

“걱정하실 것 없어요. 무슨 죄를 지었어요? 인사하구 지내는 것이 도리
어 좋을 거예요.”

“뭐라구?”

종유로서는 도저히 상상도 할 수 없는 일이었다. 죄 지은 것이 없으니 신
형구와 인사를 하고 지내라? 절대로 있을 수 없는 일이었다.

“공연히 죄 지은 사람처럼 피해 다닐 필요 있어요?”

미재는 승산을 가지고 계획 세운 일인지 모르지만 종유로서 그것만은 복
종할 수 없는 일이었다. 그래서 자동차를 스톱시키려 했다.

자동차를 스톱시키려고 허리를 곧추 세운 뒤 운전사에게 말을 걸려고 하
는데,

“나 하라는 대루만 하세요.”

하며, 미재가 종유의 팔을 잡아끌었다.

“저녁 준비가 다 돼 있을 거예요. 안 가면 되려 의심받을 걸 알아야지.”

종유의 직선적인 생각을 꺾어 놓았다.

종유가 판단력을 잃고 어리둥절해 있을 때 미재가,

“상희 보구 시골 가구 싶다는 말 하셨다지요? 그 이야기두 결론을 내야
할 거 아녜요.”

알아서 하라는 듯이 고삐를 늦추는 척했다. 그리고는,

“나두 딴 데서 먹을까 했지만 상희가 외식(外食)은 싫다고 고집을 부려
할 수가 있어야지요.”

자기 변명 비슷한 말을 중얼거렸다.

상희가 있고 또 상희와 시골 갈 이야기를 해야 하지 않겠느냐는 말에, 종
유는 있을 수 없다고 생각했던 일을 할 수 없는 일로 돌려 생각했다.

상희까지 있는 데서 신형구가 자기와 싸우자고 대들지는 못할 것 같았다.
미재와 자기와의 비밀을 속속들이 알고 있다 해도 체면상 입을 열지 못할
것이 아닌가? 만약 무엇이라 떠들어대면 그때 패배자는 다른 사람이 아닌

신형구다. 정숙한 아내로만 믿고 살아온 십여 년의 결혼 생활이 위선이었다는 것을 스스로 폭로하는 것이니까.

"될 대루 되라."

종유는 이렇게 생각하는 수밖에 없었다. 그래도 효자동에 있는 미재의 집 앞에서 자동차를 내려 미재 뒤를 따라 현관 안으로 들어설 때, 그는 가슴이 떨리는 것을 억제할 수가 없었다. 꼭 도둑질을 한 집에 끌려가는 기분이었다.

현관에 들어서자, 미재가

"상희야! 조 선생님 오셨다."

소리를 지르고 난 뒤 신장에서 슬리퍼를 꺼내 가지고 종유에게 권했다.

상희가 방에서 나오며,

"왜 이렇게 늦으셨어요. 어서 오세요."

반갑게 맞이해 주었다.

"만나기가 어떻게나 힘이 드는지. 이제야 겨우 연락이 됐어."

미재가 수선을 떨며 어서 어서 식으로 종유를 끌다시피 방으로 안내했다. 어수선한 환대 속에서도 가슴을 떨며 방 안에 들어섰을 때, 거기에 신형구가 우뚝 서서 종유를 바라보고 있었다.

응접실이었다. 십여 명이 둘러앉을 수 있는 소파가 놓여 있고 책장과 텔레비전 등 있을 만한 것이 전부 있는 방이었다.

종유는 이때까지 신형구의 얼굴은 본 일이 없지만 직감적으로 신형구라는 것을 직감하고 고개를 숙였다. 그냥 고개를 숙였던 것이다.

"조종유 선생님이세요. 농촌 사업을 하시겠다는……."

미재가 종유를 소개했다.

"나, 신형굽니다."

신형구가 손을 내밀며 악수를 청했다. 종유는 할 수 없이 형구와 악수를 하며,

"조종웁니다."

하고 신형구와 똑같이 자기 이름만을 말했다.

“앉으시지요.”

형구가 자리를 권했다. 모두 자리에 앉자 그때는 미재에게 코피를 가져오라고 했다. 준비해 놓았던 것인지, 나가자마자 가져오는 커피를 마시기 시작할 때,

“농촌에서 사시려면 아무래도 갑갑하실 텐데요……”

형구가 옛 친구를 대하듯 아무렇지도 않게 말을 건넸다.

종유는 형구가 모든 것을 알고도 연극을 꾸미는 것인지 그렇지 않으면 정말 아무것도 모르고 바보처럼 태연한 것인지 전혀 판단할 수가 없었다. 그렇다고 미리 질겁하고 떨 필요도 없다고 생각했다.

종유는 마음을 단단히 먹고,

“일에 보람을 느끼며 산다면 장소가 문제되지 않겠지요.”

냉정하고 여유 있는 태도로 대답했다. 그러나 형구가,

“거야 그러시겠죠.”

하고 거만하다고 할까 조롱하는 것 같다고 할까, 지극히 높은 데서 아래를 내려다보는 듯한 태도로 말할 때, 종유는 자기가 마치 고문실(拷問室)에 와 앉아 있는 것 같음을 느꼈다. 형구와 미재와 상희는 자기가 오기 전 자기에 대해 꽤 자세한 이야기를 한 것이 분명했다. 그리고 형구는 종유가 시골로 가는 데 찬성을 한 것이다. 죄를 지은 사람은 멀리 가야 한다는 것이리라. 죄를 지은 사람은 죄의 값을 받아야 한다. 죄의 값은 네 자신이 알 것이다.

형구가 이런 눈으로 자기를 보고 있다는 생각을 할 때, 종유는 이런 자리에 끌고 온 미재가 원망스러웠다. 왜 나를 불쾌한 이런 자리에 앉게 한 것일까? 미재가 나를 사랑한 것은 결국 형구와 공모하여 나를 불쾌하고 치욕적인 자리에 앉게 하기 위함이었던가?

그는 커피잔을 들고 될 수 있는 대로 천천히 그러면서도 적은 분량의 커피를 마셨다. 행동으로 마음의 냉정을 잃지 않기 위함이었다. 그러면서 속으로 생각했다. 져서는 안 된다. 형구는 밑을 내려다보는 자세인데 나만 이 위를 올려다보는 자세를 취한다는 것은 결국 형구에게 지는 것이 된다. 형구에게는 물론 세상 모든 사람에 머리를 들 수 없는 죄를 지었다고 해도

비굴해서는 안 된다. 어째서 죄를 지었다고 생각해야 하는가? 형구와 나는 투쟁을 해야 했다, 투쟁이다. 미재의 애정을 쟁취한다는 평등한 입장에서 싸웠다. 내가 지는 싸움이라고 해도 형구 앞에서 비굴하게 백기를 들 수는 없다.

"오늘은 조 선생님을 위한 파티예요. 좀 말씀을 하세요."

상희가 분위기를 조성하려는 가운데 나섰다. 그 말에 종유는 '고문을 받으러 온 것이 아니다, 초청받은 주빈으로 와 앉아 있는 것이다.' 생각을 돌리고,

"집이 좋은데요. 책두 많군요. 책 구경을 좀 할까요."
하고 자리에서 일어섰다. 몸을 움직이는 것이 자기를 위장하는 데 편리할 것 같았기 때문이었다.

책장 앞으로 갔을 때 미재가 따라와 유리문을 열어 주었다.

"책이라고 사 오는 사람이 있어야지요."

이런 말을 하는 미재와 미재 옆에서 책장 안을 들여다보는 종유의 몸이 바싹 닿은 채 대화가 계속되었다.

"책이 많은데요."

"많기는요."

"책을 읽으며 사는 사람이 그 중 행복할 텐데……."

확실히 다정한 대화였다. 몸이 닿은 채 다정한 이야기를 나누는 순간, 종유는 형구의 따가운 시선을 등 뒤로 느꼈다. 확실히 형구는 총알과 같은 눈총으로 자기를 쏘아볼 것이다. 순간 이삼 일 전 카바레에서 미재를 포옹하고 키스했던 장면을 회상했다. 그리고 그 장면을 형구에게 보여 주었더라면 하는 생각과 아울러 지금 이 자리에서 미재를 포옹하고 키스를 해 준다면 하는 생각을 했다. 그러면 싸움은 자기의 승리로 돌아온다. 지극히 중요한 순간이다.

미재 때문에 청춘의 대부분을 공중으로 떠올려 보낸 자기의 인생에 중간 종지부를 찍는 순간이 될 것이다. 하찮은 신형구의 눈을 피해 가며 인생의 뒷골목에서 사느니 보다 신형구에게 도전을 하여 판가름을 하자. 미재를 쟁

취하느냐 미재에게서 완전히 물러나느냐 뚜렷한 획을 긋고 인생의 광장으로 나서자.

종유는 슬쩍 미재의 옆얼굴을 훔쳐보았다. 활짝 트인 얼굴이었다. 요구만 하면 무조건 가슴에 와 안길 것 같았다. 신형구가 두 손을 번쩍 들게 미재를 안아 버리자.

종유는 신형구 앞에서의 보라는 듯이 미재를 포옹하는 환상을 그리는 순간, 문득 자기가 무서운 악마라는 생각을 했다. 악마. 다른 것이 악마가 아니다. 남의 맘을 아프게 하는 자가 악마다. 신형구는 알고서든 모르고서든 지금 평온 상태를 보이고 있다. 그러한 신형구 앞에서 그의 아내 미재의 부정(不貞)을 목격시킨다면 그는 발광을 할 것이다. 이 집안은 불난리가 날 것이다. 남의 마음을 아프게 하고도 자기의 행복을 노리는 자는 악마가 아닐 수 없다.

종유는 미재에게서 한 걸음 옆으로 물러섰다. 책 구경에 정신을 뺏겼던 것처럼,

"책은 보기만 해도 마음이 평화스러워지는데요."

하며, 자기 자리로 가서 앉았다. 소파에 깊숙이 앉아, 그는 눈을 감고,

"내가 악마가 될 수 있는가?"

생각했다. 남들이야 어떻게 볼지 모르지만 자기 자신은 그렇게 생각되지 않았다. 삼십칠 년 동안 살아온 과거의 생활에서 남의 가슴을 아프게 한 일이 별반 없다고 생각했다. 만약 악마적 소질이 있다고 하면, 미재가 형구와 결혼할 때 그 결혼을 결사적으로 반대했을 것이다. 결사적으로 방해를 했다면 그들의 결혼은 성립할 수 없다. 그때도 그는 스스로 후퇴함으로써 그들의 결혼을 성립시키지 않았던가?

악마가 못 될 바에야 형구와 미재 앞에서 후퇴해야만 한다는 생각이 들었다. 내 괴로움을 없애기 위한 탈출이 아니라, 악마가 되지 않기 위한 후퇴가.

"저녁 잡수실까요."

식사 준비로 왔다갔다 하던 미재가 미소를 지으며 말했다. 그 뒤를 이어 형구가 주인답게,

"저쪽 방으로 가실까요?"

하며, 소파에서 일어났다. 그들은 식당이라는 한식 방으로 안내되었다. 진수성찬이었다. 어느새 이런 준비를 했을까 하고 놀랄 정도였다.

'신형구의 적인 나를 위해 이런 음식을 장만하다니⋯⋯.'

종유는 이중 삼중으로 놀랐다.

"맛있게 많이 잡수세요."

형구 옆에 앉은 미재가 종유를 마주 바라보며 또 미소지었다. 종유는 자기 옆에 미재가 않지 않고 상희가 앉아 있음을 보고 씁쓸한 입맛을 다셨다. 형구와 자기가 함께 있을 경우, 미재는 형구 옆에 앉아야 하는 여자다.

"많이 먹겠습니다."

인사를 하고 숟가락을 들었지만 음식이 제대로 넘어가지 않았다. 아무래도 가시방석에 앉은 기분이었다. 한참 동안 식사를 하고 있을 때, 불현듯 상희가 입을 열었다.

"조 선생님, 내일 저하구 시골로 가실까요?"

뜻밖의 말이었다. 그렇게 갑자기 이야기가 결정되리라고는 꿈에도 생각지 못했던 일이다.

"네?"

"저하고 같이 내려가서 우선 야학과 도서관 일을 맡아 주셨으면 해요."

그러자 미재가,

"우선 그런 일을 하시며 농촌 경험을 쌓으시면 좋겠군요."

맞장구를 쳤다. 그런가면 형구는,

"고생이실 텐데⋯⋯. 겪어내실 수 있을까요?"

종유의 결심을 시험하듯 말했다.

종유는 잠시 대답을 못했다. 그럼 말들을 하기까지에는 자기 모르게 의논이 있었음이 틀림없다. 자기 없는 자리에서 제삼자인 그들이 자기 일을 의논하고 결정했다는 것이 불쾌하기도 했다. 어쩐지 당하는 기분이었다. 신형구가 참여하고 있음을 생각할 때 더욱 그러했다.

"어디라구 그러셨지요?"

종유는 상희의 마을이 어디 있는지도 모른다는, 말하자면 자기의 무관심을 보였다.

"경상도 거창군이에요. 아주 두메산골이지요. 그렇지만 일은 그런 데서 해야 보람이 있다구 생각해요."

상희의 대답이다.

"야학생은 몇 명이나 되는데요?"

"지금은 한 이십 명밖에 안 됩니다. 국민학교에 다니는 애들이지요. 그렇지만 겨울엔 부녀자까지 합해서 오륙십 명이 넘습니다."

"국민학교 애들에게 뭘 가르칩니까?"

"학교에 갔다 와서는 집안일을 돕기에 공부할 시간이 없습니다. 그래서 다문 한 시간이라두 복습을 시키는 것이지요."

"도서관 일은요?"

"도서관이 곧 공회당이구 야학이기두 합니다. 책이 한 천 권 있는데. 그것을 관리하는 일이지요."

"이때까지는 누가 맡아 봤습니까?"

"동네 청년들이 윤번제루 돌려 가며 일을 보는데 아무래두 전임이 있어야 할 것 같아요."

"그러니까 그런 일들을 맡아서 하면 밥이나 먹여 주시겠다는 거군요?"

"당분간이겠지요. 조 선생님이 자립해서 농사를 지실 때까지 말씀입니다."

이때 미재가,

"땅을 사구 싶다면서요? 가서 땅을 직접 보시구 마음에 드시는 걸루 사시면 되겠군요."

땅 사는 이야기를 꺼냈다. 여기서 종유는 또 입을 다물지 않을 수 없었다. 미재가 자기에게 땅 살 돈에 대한 복안을 가지고 있는 듯한 눈치였다. 그런데도 돈이 있다든지 없다든지 하는 말을 한다면 자기가 서투른 연기자가 되고 미재는 형구의 의심을 받게 된다. 차라리 입을 다물고 있는 편만 못했다.

"그럼요. 보시구 사셔야지. 땅을 사실 때는 저두 같이 봐 드리겠어요."

상회의 말이었다. 그러니까 상회와 미재는 자기가 없을 때 땅 사는 이야
기까지 다한 것이 분명했다. 더구나 미재가,

"돈걱정은 마십시오. 상회가 어디서 돌려다가라도 사도록 해 드리겠다니
까요."

할 때는 그것이 틀림없는 계획적 일이라고 생각했다.

조금 서투른 연극이었다. 상회와 처음 알게 된 사인데 상회가 자기를 위
해 돈을 돌려주겠다는 말을 형구가 정말 곧이들어 줄 것인가?

도대체 이이들은 형구에게 나를 무엇이라고 소개했을까? 궁금한 일이었
다. 궁금하기 때문에 침묵을 지켜야 했지만 침묵을 지키고 있는 동안 종유
는 형구가 불쌍한 인간이란 생각을 했다. 정말 속고 있는지 그렇지 않으면
속고 있는 체하는지 알 수 없는 일이지만 설사 속고 있는 체한다고 해서
서투른 연극을 깨부수지 못하는 형구가 어떤 결함을 가지고 있는 인간 같
았다.

식사를 끝내자 일동이 다시 응접실로 갔다. 응접실로 가자 미재가,

"조 선생님의 장행을 축하하며 축배를 드리겠어요. 술은 식사 전에 드셔
야 하는 것인 줄 알구 있지만 건강을 위해 식사부터 먼저 드린 겁니다. 술
못하는 여자들도 있구 해서……."

하고는 양주병과 술잔들을 꺼내 가지고 왔다.

"배가 부른데 술을 어떻게 마시노?"

형구가 한 마디 하자 미재가,

"당신을 손님이 아니니까 언권이 없어요."

웃어 가며 형구의 입을 막았다. 다정한 부부였다. 종유에게는,

'유.'

로 호칭하는 미재가 형구에게는,

'당신.'

이란 말을 자연스럽게 쓰고 있었다.

그뿐도 아니었다. 술병을 상회에게 주며,

"조 선생님에겐 네가 부어 드려."

한 뒤 상희가 미재의 말대로 하자 이번에는,

"당신에게는 내가 부어 드리지."

하며 술병을 가지고 형구 앞으로 가서 술을 부었다. 종유의 눈에는 불이 번쩍였다. 나를 이 집으로 초대한 것은 저 꼴을 보이기 위함이었던가? 시골로 추방하기로 결정한 뒤 저런 꼴을 보임으로써 미련을 버리게 하려 함인가? 추방도 좋다. 탈출도 좋다. 살 수만 있다면 어디로든 가자.

그때 상희가 와서,

"내일 떠나실 수 있을까요? 저는 내일 떠나야겠는데요."

하고 물었다.

"떠나지요. 정리할 것이라구 아무것두 없으니까요."

종유는 당장에라도 떠나고 싶은 마음으로 대답했다.

"그럼 내일 오후 두 시 차루 가십시다. 한 시 반까지 서울역에 나와 주세요. 차표는 제가 사 놓겠습니다."

"고맙습니다."

종유는 한결 마음이 가벼워짐을 느꼈다. 세 사람이 잔을 내밀고 축하한다면서 건배를 하자고 한 때도,

"고맙습니다."

웃어 가며 명랑하게 그들을 바라볼 수가 있었다. 내가 없는 데서야 무슨 일인들 안 할 것인가? 친밀한 부부 사이라는 것을 눈으로 보았다고 해서 불쾌해 할 필요가 무엇인가? 질투 같은 것은 개에게나 던져 주자. 이런 심정이었다.

"조 선생."

형구가 빈 잔을 내밀었다. 종유가 그것을 받았다. 주는 대로 술을 마셨다. 그리고는 그 잔을 형구에게 돌려 주며,

"언제 다시 뵐지 모르겠습니다."

술잔에 술을 부었다. 네가 승자(勝者)연 하면 나도 그럴 수 있다는 태도였다.

"처갓집 동네니까 가 볼 기회가 있겠지요."

처갓집? 그렇다. 나는 너의 처갓집 동네로 추방을 당하는 거다. 그렇지만 추방을 당하는 것이 아니라 탈출해 가는 것이다. 나의 과거와 굿바이 하는 거다. 종유는 형구와 술잔을 마주 들고 서로 술잔을 부딪친 뒤 건배를 했다.

건배가 형구에게는 내 아내와 만나지 않게 되어 고맙다는 뜻일지 모르지만, 종유에게는 굿바이의 인사였다.

가자, 망각의 세계로. 나에게는 오직 망각만이 있을 뿐이다.

하숙으로 돌아와서도 종유는 망각 망각하며 망각이란 말을 계속해서 되풀이했다. 미재와 그미 남편과의 애정 생활을 연상하는 것은 십자가를 짊어지는 것과 같은 고통이었다. 천당으로 가는 십자가가 아니다. 누구를 위해 지옥행의 십자가를 짊어져야 하는 것인가?

어서 내일이 오라. 시간은 언제나 망각을 향해 달음질치고 있다. 더구나 미재와 공간적 거리를 멀리하게 될 때 시간은 망각을 더욱 촉진할 것이다.

"그러나."

종유의 머리에는 '그러나'라는 말이 떠올랐다. 십 년 동안 미재가 알지 못하는 공간 속에서 시간을 날려 보내며 살아 왔다. 그러나 그 시간은 망각을 가져다 주지 못했다. 앞으로 십 년, 또 본의 아닌 시간의 허망 속에서 그미를 잊지 못하고 산다면 어떻게 할까? 종유는 자리 속에 누워 잠을 청했지만 자기 앞으로 다가올 시간에 대한 공포감을 느끼며 잠을 못 이루었다. 그때 전화벨이 울려 왔다.

누구에게서 온 전화건 받을 필요가 없었다. 내일이면 나는 서울 사람이 아니다. 아주 남남이 되는 것이다. 서울 사람과 나는 할 말이 없다.

전화벨이 두 번째 울렸다. 미재에게서 온 전화란 생각이 들었다. 다른 데서 올 전화가 없다. 미재하고는 무슨 할 말이 있는가? 아무 말 말고 형구 품에서 잠이나 자거라.

세 번째 벨소리가 들렸다. 두 번째보다 더 강한 소리 같았다. 미재가 목소리를 내뽑고 자기 이름을 부르는 것 같았다.

미안하다고 사과를 하고 싶은 것이겠지. 받을까 말까 망설이다가 그만 놓쳐 버렸다. 네 번째 벨이 울릴 때 마지막 음성이나 들어 보자 하고 수화기를 들었다.

"왜 전화를 안 받으세요?"

첫마디가 바늘끝 같다. 종유는 대답을 안 했다. 화난 목소리를 듣자는 것이 아니었기 때문이었다. 종유가 대답을 안 하고 있자, 미재는,

"화나셨어요?"

종유의 기분을 묻는 누그러진 목소리였다. 화라구? 화 정도가 아니지 않느냐?

"화 안 날 수 있어? 이젠 끝이 났으니까 전화도 걸지 마."
하고 전화를 끊고 싶었다. 그런데 이상한 일이었다. 미재의 부드러운 음성 앞에서 조금도 강할 수가 없다.

"왜 잠이나 자지 전활 걸었어?"

고작 하는 소리가 이것이었다. 앞으로도 미재를 잊지 못한다면 하고, 그것을 도리어 공포처럼 생각할 정도였지만 미재와 단 둘이 딱 부닥치면 그만 약해지고 마는 종유였다.

"화나셨을 거예요. 그렇지만 할 수 없었어요."

무엇이 할 수 없었다는 것인가? 자기를 미재의 집으로 초대했던 것? 자기를 시골로 가도록 한 것? 그렇지 않으면 자기 앞에서 형구에게 친절을 보여 준 것? 어느 것이건 종유에게는 흥미 없는 일이었다. 망각의 세계로 돌진하려는 종유에게 그러한 것들이 아랑곳할 바 아니었다.

"그런 소리 할 것 없어. 난 내일 떠나는 사람이니까……."

종유는 듣기 좋게 미재의 입을 막았다.

"떠나시면 아주 잊어버리는 건가요?"

"못 잊으면 어떡해?"

"그건 안 돼요."

"안 돼두 할 수 없지. 운명이니까……."

"그럼 시골 못 가셔요."

"이제 나를 막을 사람이 누군가?"

"나예요."

"그러지 마. 우리는 이때까지 운명 속에서 살아 온 거야. 앞으로두 운명
에 맡기구 사는 수밖에 없지 않아?"

"제 의지로 사는 거지, 운명이 어디 있어요?"

이 말에 종유는 대답을 안 했다. 만약 미재의 말을 긍정한다면 그미가 형
구와 결혼한 것도 그미의 의지에 의한 것이 아니냐고 반문해야 한다. 그런
말은 해서 무엇 하겠는가?

대답을 안 하자, 미재는,

"이 전화를 끊지 말고 수화기를 베개 옆에 놔 두세요. 밤을 새우면서라두
이야길 해야겠어요."

"좋도록 해."

종유는 미재의 비위를 건드리지 않도록 말했으나 곧 끊어 버렸다. 얼마
안 있어 전화벨이 울렸지만 그는 수화기를 들어 방 한구석에 내 던지고 말
았다. 수화기를 울리는 미재의 말소리가 금속성 음향으로 들려 왔지만 그는
모른 체 내버려 두었다. 들을 필요가 없었던 것이다. 내일 떠나면 모두가 마
지막이어야 하니까…….

다음날 아침 눈을 떴을 때 수화기에서 또 금속성 음향이 울려나왔다. 종
유는 수화기를 들고,

"여보세요."

자기가 수화기를 들고 있다는 것을 알렸다. 미재는 밤새 왜 전화를 통 받
지 않았냐고 불평 어린 말을 했다.

"그만 잠이 들었다가 이제야 깼구만……. 굉장히 곤했던 모양이지."

전화 못 받은 변명을 했다.

"좀 있으면 갈 테니깐 그때까지 기다리세요. 알았죠?"

"그래."

전화를 끊었지만 종유는 미재가 이상한 여자라는 생각을 했다. 자기가 없
다고 못 살 것이 아니다. 과거 십여 년을 자기 없이 잘 살았다. 앞으로도 그
럴 것이다. 그렇다면 가면 가나 보다 하고 내버려 두는 것이 미재로서 응당
취해야 하는 태도다. 정 섭섭하면 정거장에나 나와 작별의 인사를 나누면

될 것이고, 하숙으로 찾아와서는 무엇 할 것인가?

그러나 올 테면 오라지 하는 생각을 하며 하숙집 주인에게 오늘 시골로 떠난다는 말을 전하고 짐을 싸기 시작했다. 짐이라야 이부자리 한 보따리와 옷가지를 넣은 트렁크 하나뿐이었다. 짐을 챙겨 놓고 담배를 피우고 있는데 미재가 찾아왔다. 아무것도 걸린 것이 없는 밋밋한 사면 벽을 바라보고 난 뒤,

"떠나는 데는 급하시군요."

빈정거렸다.

"떠나가는 사람의 일은 빨리 떠나는 거뿐이겠지."

종유도 지지 않고 빈정거렸다.

"그렇지만 떠난다고 아주 떠나시는 건 아녜요. 우리의 사랑을 보다 더 연장시키기 위해서 떠나시는 거예요. 떨어져 있는다구 해서 사랑이 식는다구는 생각하지 않아요. 도리어 뜨거워지는 거지……."

"글쎄……."

종유의 대답은 냉소적이었다.

"시골루 내려가셔두 최소한두 한 달에 한 번은 올라 오셔야 해요. 안 올라오심 안 될 일을 만들어 놀 테니까요."

"일을 시작하면 떠나기가 그리 쉽지 않을걸."

"그곳 일만이 일이 아니니까요. 친구와 같이 학원(學院)을 하나 만들기로 벌써부터 이야길 해 오고 있어요. 집이 결정되지 않아 유한테는 이야기두 안 했던 것이지만 이젠 적극적으로 추진시켜야겠어요."

"학원이면 대학입시 준비시키는 곳 말야?"

"그렇죠. 그게 얼마나 돈벌이 좋은 사업인 줄 아세요?"

"교육을 빙자해서 장사하는 것, 나는 그런 걸 싫어합니다. 교육이면 교육이고, 장사면 장사지 그게 뭡니까?"

"교육이라 생각할 것 없이 순수한 장사라고 생각하면 되잖아요? 사실 그런 것이구요."

"그래두 시골서 농사나 짓겠습니다. 내 육체를 가지구 노동을 하며 깨끗

하게 사는 게 얼마나 좋습니까?”

“내가 하라는 대루만 하세요. 사업을 빙자하구 서울 올라오는 구실을 만드는 일인 걸요, 뭐…….”

“그럼, 시골 가는 것을 단념하는 것이 좋지 않을까?”

“가기를 결정지은 걸 이제 그럴 수 있어요? 잠시 동안만 가 계시다가 이곳 일이 잘 되면 그때 아주 올라오셔두 좋다구 생각해요.”

“그럼, 나는 누구를 위해 시골루 가는 거지?”

“누구를 위하기는 누구를 위하는 거예요? 형편이 그렇게 됐으니까 가시는 거지.”

미재는 종유가 다음 말을 할 시간적 여유를 주지 않고 자기 손가락에 꼈던 다이어 반지를 빼서 종유 무명지에 껴 주는 것이었다.

미재의 반지가 종유의 손가락에 들어갈 리가 없었다. 그런데도 미재가 몇 번씩이나 꼈다 뺐다 할 때 종유는 떠나 있어도 잊지 말라는 그런 것을 주려는 것이라 생각했다. 그래서 그런 것은 절대로 받지 않는다고 마음먹었다. 그런 물건을 가지고 사람의 마음을 포로처럼 만들려는 미재의 속이 들여다보이는 것 같았다.

더구나 약혼반지로 형구에게 받았을 그런 물건을 자기 몸에 끼고 다닐 수가 있겠는가?

“나는 그런 물건 안 받아.”

이 말을 하기 전이었다. 미재가 그 반지를 다시 자기 손가락에 끼고,

“유! 시골 간다구 정말 아주 가는 건 아네요, 네?”

딴 소리를 하며 종유의 손을 잡았다.

“내가 시골루 안 갈 수 없게끔 된 상황 속에서 떠나는 것만은 사실이야. 그렇지만 거긴 내 의지가 들어 있다는 걸 알아야 해. 얼마 동안 있을지는 나두 몰라. 그렇지만 있는 동안은 내 의지대루 일을 하며 살래.”

“또 엇나가시는군요. 그러지 말구 내가 편지할 때는 곧 올라오세요. 제주도에두 가야 할 거 아네요.”

미재는 종유의 가슴을 파고 얼굴을 묻었다.

“이러지 마.”

종유가 미재를 밀었다. 그러자 미재는 더욱 바싹 달라붙으며,

“그냥 떠나시기예요?”

하고 종유를 쳐다봤다. 종유는 암말 않고 미재를 끌어안았다. 끌어안고는 속으로 생각했다.

‘미재! 나는 너를 사랑했다. 너 이외에 아무도 사랑하지 않았다. 내가 너를 떠나가는 것은 내 의지가 아니다. 떠나지 않는 수 없는 상황(狀況)이 나를 떠나보내는 거다. 어쩔 수 없지 않느냐?’

종유의 눈시울이 뜨거워졌다. 이심전심인지 종유 얼굴에 뺨을 대고 있는 미재 눈에서도 눈물이 떨어지고 있었다.

“내가 결혼할 때 왜 그 결혼을 못하게 하지 않았어요? 네?”

눈물을 흘리면서 미재가 독백처럼 중얼거렸다.

“강하게 끌었다면 나는 그이와 결혼 안 했을 거예요.”

그것이 미재의 진심처럼 종유의 가슴을 울렸다.

“나두 그렇게 생각해. 그렇지만 지금은 부질없는 이야기야.”

종유는 자기 손수건을 꺼내 미재의 눈물을 닦아 주었다. 그때였다. 누군가의 발소리가 창문 밖에서 들려 왔다.

미재는 깜짝 놀라며 종유에게서 물러나 앉아 눈물을 말끔히 닦았다. 주인집 어떤 식구가 밖으로 나가는 소리였다. 물러나 앉았던 미재는 딴 사람이 된 것처럼,

“좀 있다가 정거장으루 나가겠어요.”

하고 의젓하게 자리에서 일어섰다. 종유도 일어서서 미재의 이마에 가벼운 키스를 해 주고,

“굿 럭 투 유(Good luck to You).”

미재를 보냈다.

미재는 나가다가 주인을 불러 하숙비를 청산하고 전화기를 조금 뒤 사람을 시켜 떼 가겠다는 말을 하는 동안 종유는 미재의 반지 사건을 생각했다.

아무 말두 않고 끼워 보고는 그냥 가지고 간 이유는 무엇일까? 아무리

생각해도 알 수 없는 일이다. 종유는 생각할 가치조차 없는 일이라 생각하고 시골 간 뒤의 자기를 더듬어 보기 시작했다.

가기는 간다. 그러나 가서 무엇을 할 것인가? 정말 농촌에 대한 지식은 하나도 없다. 단지 인텔리라는 것 하나만으로 농촌 지도자연할 수가 있을까? 상회가 하라는 일이나 제대로 해서 동네 사람들에게 실망을 주지 않을 수 있을까?

어린애들을 지도하려면 무엇보다도 어린애들이 처해 있는 환경을 알아야 한다. 농촌이라고 구경도 못한 그가 어떻게 농촌 어린애들의 환경을 어떻게 안다 할 수 있겠는가? 그러니 이념 때문에 농촌으로 간다는 말은 입 밖에 꺼낼 수가 없다. 역시 탈출구를 구해 가는 것뿐이다. 이념 없이 탈출구를 구해 가지고 가는 사람이 농촌에 얼마나 유익한 존재가 될 수 있을 것인가?

어쩐지 오래 있지 못할 것 같은 예감이 들었다. 이념이 없으니 곧 싫증이 날 것이고 싫증이 나면 인내할 수가 없게 될 것이다.

어떻게 하나? 그렇다고 이제 안 간달 수도 없는 일이 아닌가? 가서 농촌을 공부하자. 공부하는 가운데 이념을 가지자. 모르기는 모르지만 농촌에도 할 일이 얼마든지 있다. 얼마든지 있는 그 일들이 사람을 필요로 할 것이다. 사람이 필요로 하는 인물보다는 일이 필요로 하는 인물이 되기가 쉬울 것이 아닌가? 어쨌든 가자.

그는 한 시쯤 정거장으로 나가 상회를 기다리다가 차표를 사 가지고 나오는 상회를 만나 짐을 소화물로 부치고 개찰구 앞에 쭉 늘어 서 있는 사람들 뒤로 가서 대열에 끼었다.

부산행 특급열차 삼등 손님 속에 끼었을 때 종유는 서울을 아주 떠난다는 서글픔에 가까운 고독을 느꼈다. 몇 달 동안 미재와의 사랑을 생활의 전부로 삼고 서울의 한 식구로서 살아 왔다. 이제 서울 식구 한 사람이 서울을 떠난다. 그래도 남아 있는 식구들은 떠나는 가족을 본 체도 않고 잘들 살 것이다. 미재까지 그럴 것이다. 종유를 위해 소비하던 시간과 정력까지 합쳐 형구에게 바칠 것이 아닌가?

기차가 떠나는 시간까지 삼십 분도 남지 않았는데 미재는 나타나지를 않는다. 마지막 떠난다고 작별까지 인색하게 할 작정인가? 종유는 또 시계를 보았다. 앞으로 남은 시간 이십팔 분. 아주 나오지를 말아라. 그러면 미련 없이 홀가분한 감정으로 떠날 수 있겠지. 한 일 분쯤밖에 지나지 않았을 때 그는 다시 시계를 들여다보았다. 그때였다.

"여기 있었구나. 난 이등 대기실만 찾아 봤지."

미재가 상희와 종유에게로 달려왔다.

"시골 사람들인데 뭐……."

시골 사람들인데 이등차를 탈 수 있느냐는 뜻으로 상희가 말했다. 종유에게는 그런 말들이 귀에 들어오지 않았다. 못 보고 떠날 줄 알았던 미재가 나왔다는데 가슴이 마구 두근거릴 뿐이었다.

뭐니뭐니 해도 사랑해 왔다. 지금도 사랑하고 있다. 사랑하면서도 떠나지 않을 수 없는 마음.

종유가 벅찬 가슴으로 말을 못하고 있을 때 미재가 케이크 상자를 상희에게 주며 가다 먹으라고 했다. 그리고는 종유에게,

"잠깐만……."

하며, 그들 대열에서 끌어내고는 상희 보지 못하는 데서 조그마한 물건 하나를 종유 주머니에 넣어 주고,

"혼자서 꺼내 보세요."

한 뒤, 상희 옆으로 돌아 왔다.

종유는 미재의 말을 거역할 수 없어 물건을 꺼내 볼 수가 없었지만 무엇인지 보고야 견딜 심정이었다. 그래서 주머니 속에서나마 손가락으로 포장지를 찢었다. 포장지 속에서는 케이스가 나왔다. 케이스를 또 손가락으로 열고 그 속에 들어 있는 물건을 만져 보았다. 눈으로 보지 않고 손가락의 감촉만으로는 그것이 반지라는 것을 알았다. 종유는 아침에 미재가 다이아반지를 종유 무명지에 끼워 본 이유를 알았다. 무슨 반질까? 그는 주먹 속에 넣고 남 못 보게 반지를 꺼내 보았다. 순금반지였다.

순금반지를 보자 종유의 얼굴이 화끈 달아올랐다. 미재의 진짜 속마음을 눈으로 보는 것 같았기 때문이다. 미재의 진짜 속마음을 왜곡해서 생각했던

자기의 잘못이 부끄럽기도 했다.

미재는 나를 사랑하는 것이다. 사랑하는데도 나는 미재를 떠나고 있는 것이다. 종유의 가슴은 울렁이었다. 어떻게 할지를 모를 만큼 가슴이 울렁거렸다.

개찰이 시작되어 대열이 움직일 때 미재가 입장권을 사러 갔다. 종유가 개찰구 가까이 이르렀을 때 미재가 돌아와 상회와 종유 사이에 끼었다. 그때 종유는 앞에선 미재에게 고개를 내밀어,

"고맙습니다."

경어를 써 가며 감사했다. 떠나기는 떠나지만 미재의 마음을 고맙게 받는다는 마음의 표현이었다. 미재가 손을 뒤로 하고 흔들었다. 상회가 들을지도 모르니 조용하라는 뜻이었다. 종유는 흔들고 있는 미재의 그 하얀 손을 꼭 잡아 주고 싶었다. 아무에게도 알릴 수 없는 사랑, 손으로 쉬쉬하면서도 사랑을 주고야 배기는 미재.

플랫폼에 나가 기차에 올랐을 때 창 밖으로 내다보이는 미재는 더욱 아름다웠다. 격한 마음으로 금시 울 것처럼 말없이 서 있는 미재는 비너스 석고상처럼 아름다웠다.

"언니, 들어가요."

상회가 창 밖으로 고개를 내밀고 작별을 독촉했다.

"걱정 마. 가거든 곧 편지나 해라. 나두 봐서 한 번 내려갈게……."

미재는 작별의 서글픈 감정 속에 젖어 있을 수만은 없는지 여러 가지 말을 했다.

"방학하거든 애들 데리고 꼭 한 번 와요, 꼭."

그들이 이야기하고 있을 때 종유는 출입구로 나가 주머니 속에서 금반지를 꺼냈다. 거추장스러운 케이스를 레일 위에 던져 버리고 반지를 꺼내 만져 보았다. 그리고 혹시 무슨 글자라도 새긴 것이나 아닐까 하고 속을 들여다보았다.

'재.'

단 한 자, 미재의 이름자가 새겨져 있음이 첫눈에 보였다.

종유는 그 글자를 보며, 내 영원히 당신을 잊지 않으리라고 마음속에 다짐을 했다.

상희와 작별 인사를 하고 종유 앞으로 온 미재를 보았을 때 종유는 내 영원히 당신을 잊지 않으리 하는 말 대신 반지 낀 손가락을 들고 미재에게 흔들어 보았다.

고맙다는 뜻인지 마음이 또 격해져 가는 것인지 그미는 고개를 숙였다.

발차 벨이 울릴 때까지 숙인 고개를 들지 않았다. 기차가 움직이기 시작할 때 두 사람은 서로의 얼굴을 바라보기만 했다. 그들은 잘 있으라거나 잘 가거라거나의 인사말도 못했다. 기차가 속력을 가하기 시작할 때 그들은 꼭같이 손을 들어 흔들었다. 그것뿐이었다. 종유의 모습이 희미해질 때부터는 손을 흔드는 것도 멈추었다. 손을 흔들지 않았지만 선 자리에서 움직이지를 않았다. 종유도 미재의 모습이 아주 보이지 않을 때까지 서울역 쪽을 바라보며 정신 잃은 사람처럼 멍하니 서 있었다.

"이젠 그만 들어가세요."

상희가 출입구로 나왔다. 보아도 보이지 않는 미재였다. 종유는 미련의 마지막 눈초리를 한 번 던졌다가 기차 안으로 들어갔다.

"감회가 복잡하시겠습니다."

상희가 종유의 고독을 깨쳐 주려는 듯 말을 건네었다. 그러나 종유는 대답을 안 했다. 한참만에야,

"서울을 떠났군요."

하고 서울의 마지막 부분 같은 용산 쪽으로 눈을 보냈다.

무언의 투쟁

종유를 떠나보내고 돌아온 미재는 염세증에 걸린 사람처럼 누구하고도 이야기하려 하지 않았다. 아는 손님들에게는 돌아다니며 인사라도 해 주어야 좋아하는 것을 알고 있지만, 그미는 다방으로 돌아가자 카운터 뒷자리에

앉아 손님들을 바라보지도 않았다. 레지가 식료품 가게와 전기회사에서 수금을 하러 왔었고 낯모를 남자가 찾아왔더란 말을 할 때도, 응 응 할 뿐 낯모를 사람의 용건이 무엇이었는가를 물어 보지도 않았다.

허전한 마음을 어찌할 바 몰랐던 것이다. 부모도 다 살아 계시고 자식도 잃어 본 일이 없다. 그러니 가까운 사람의 죽음을 본 일이 없으면서도 가장 가까운 사람이 죽었을 때의 허전함이 이런 것이 아닐까 생각했다.

참으로 이상했다. 자기가 찬성해서 종유를 시골로 보냈다. 자기가 찬성하지 않았다면 절대로 시골에 갈 수 없는 종유다. 말하자면 자기 손으로 보내 놓고도 떠나보낸 뒤가 이렇게 허전하다니…….

생각하면 오직 상희가 원망스러울 뿐이었다. 무엇 때문에 종유를 시골로 보내라고 꼬상꼬상 꾀었을까? 본인도 희망하고 있었지만 농촌에는 종유 같은 인물을 얼마나 바라고 있는지 모른다고 했다. 그가 안주할 수 있게 토지만 조금 사 주면 그는 훌륭한 농촌 지도자가 될 가능성이 있다고 했다.

상희는 무엇 때문에 종유를 데리고 농촌으로 가서 그를 농촌 지도자로 만들려고 했을까? 아무래도 딴 생각을 가지고 있는 것 같았다. 아무리 독신주의를 고집하고 있다고 해도 그것은 결국은 눈에 차는 남자를 발견하지 못했기 때문일 것이다.

사랑하던 남자가 죽어서 그 타격 때문에 결혼을 안 한다는 것은 친척들 사이에 이미 돌고 있는 이야기다. 그렇지만 마음에 맞는 남자가 나타나기만 하면 결혼을 안 하고 못 배길 것이다.

첫눈에 본 종유가 마음에 들었던가? 그럴 수 있는 일이다. 십이 년이나 위니 나이를 좀 꺼릴지 모르지만 그 밖에는 나무랄 데가 없는 종유다. 필시 종유에 대한 야심을 가졌으리라.

괘씸한 계집애. 내가 종유를 좋아한다는 사실을 자기 눈앞에서 보여 주었는데도 종유를 앗아가다니……. 만약 종유와 결혼한다는 말만 해 봐라. 절대로 가만 두지는 않을게다. 상희가 낯을 못 들게 망신을 주고, 종유에게 사 주기로 한 땅을 그냥 주지 않으리라.

이런 생각을 하면서도 그미는 설마 하고 생각을 돌이켰다. 상희는 어렴풋이나마 종유와 자기와의 관계를 알고 있다. 종유가 농사지을 땅을 사도록 상회에게 이십만 원을 보내 주기로 약속했다.

그런 돈까지 주려는 것을 보고 보통 사이라고는 생각지 않을 것이다. 그런데 설마 종유에게 딴 마음을 먹을 수 있는가? 정말 있을 수 없는 일이라고 생각했다. 더구나 자기하고는 사촌이 아닌가?

결국 잘못은 내게 있다. 권태기를 만난 부부도 조금 떨어져 있으면 다시 애정을 회복할 수 있다는 단순한 생각에 상회의 말을 그대로 들어 준 내가 잘못한 것이다. 멀리 떨어져 있다가 가끔 만나면 사랑이 더 뜨거워질 것이고 그 사랑은 또 오래 오래 지속할 수 있다고 생각한 내가 잘못인 것이다. 내가 사 준 땅으로 농사를 지으며 산다면 차마 딴 여자와 결혼을 못하리라고 생각한 내가 잘못인 것이다. 역시 사랑을 하려면 옆에 있어야 한다. 옆에 있어야만 마음이 든든하다. 멍하니 앉아 이런 생각을 하고 있을 때였다.

"안녕하세요?"

카운터 앞에 불쑥 나타나 인사하는 여자가 있었다. 남편의 누이동생 혜미였다.

찬물을 끼얹은 것처럼 정신이 번쩍 들었다.

"웬일이세요?"

미재는 벌떡 일어나 반기는 얼굴로 신혜미를 맞이했다. 절대로 반가운 사람은 아니었다. 언제 만나도 너그러운 말 한 마디 안 하는 깍쟁이라는 인상만을 주는 여자다. 시누이니 푸대접할 수 없을 뿐이었다.

"지나가던 길에 잠깐 들렀어요."

"참, 오래간만이군요."

미재는 카운터 안에서 나와 그미를 데리고 빈자리로 갔다. 토마토 주스를 가져오게 하고 집안 문안을 한 뒤,

"종종 놀러 나오시지 않구……."

치레 인사나마 가까이 지냈으면 하는 말을 했다. 그랬더니,

"나두 애들을 기르느라구 한가해야지요."

하며 미재를 똑바로 쳐다봤다. 똑바로 쳐다보는 그 눈총에는 다방 하는 여

자처럼 한가할 줄 아느냐? 너는 좀 찾아와서 안 되느냐는 나무람과 비꼼이
도사리고 있었다. 미재는 아차 하고 자기의 실언을 깨닫는 동시 화제를 돌
렸다.

"학수(국민학교에 다니는 혜미의 큰아들) 공부 잘 하죠? 늘 일등이지요?"

그런데 혜미는 그 말은 들은 체도 않고 다른 말을 꺼냈다.

"아까 들어오다 보니까 수심에 차 있는 것 같데요? 무슨 근심거리라두
있나요?"

미재는 놀랐다. 못 본 체해도 좋을 일을 꼬집어 묻는 것이 심상치 않은
일 같았기 때문이었다.

"걱정은요? 피곤하니까 앉아 있었던 거지요."

"그래요?"

더 캐서 묻지는 않았지만, 네 속을 다 알고 있다는 표정이었다. 불쾌했지
만 어떻게도 할 도리가 없었다.

그 뒤에는 토마토 주스를 스트로로 소리가 나게 쪽쪽 빨아 마시다가,

"맛이 괜찮아요."

칭찬인지, 비꼬는 소린지 알 수 없는 말을 했다. 주스를 다 마시고는 남대
문 시장에 살 것이 있어서 가 봐야겠다면서 일어섰다.

미재는 아래층으로 내려가 한길까지 그미를 배웅해 주었다.

뒷맛이 씁쓸했다. 집이 서대문인데 남대문 시장에 간다면 바로 가는 것이
가깝다. 일부러 아니고는 들를 수가 없는 일인데, 무엇 때문에 일부러 들러
남을 불쾌하게 하고 돌아가는 것일까?

그렇지 않아도 가슴이 뒤숭숭한데 혜미까지도 불쾌한 흔적을 남기고 가
자, 미재는 다방에 더 오래 있고 싶은 마음이 없었다. 일찌감치 집에 가서
누워 있기나 하리라 생각했다.

몸과 마음이 꼭 같이 피로했다. 기운 빠진 문어처럼 사지가 땅바닥에 눌
어붙는 것 같아 몸을 일으키기가 힘들었다. 넋 잃은 듯 앉아 있을 때 문득
시어머니의 목소리가 귀에 들렸다.

"남몰래 하는 일이 없느리라. 무어나 다 알게 되는 거야."

결혼한 지 몇 달도 안 되었을 때였다. 낮에 혼자 심심하겠다면서 형구가 고급과자들을 사다 주곤 했다. 아무도 줄 것 없이 혼자 먹으라고 했다.

미재는 형구가 하라는 대로 혼자서 그것을 두고 먹곤 했다. 시어머니가 그것을 안 것이다.

"어린애들두 있는데, 그래 혼자 먹다니? 그게 목에 넘어가던?"

미재는 그저 부끄럽기만 했다. 그러면서도 그런 말을 하는 시어머니보다 고자질을 한 혜미를 더 얄밉게 생각했다. 자기 방에 출입하는 사람은 혜미밖에 없었다. 자기는 암말 않고 어머니를 시켜 그런 말을 하게 한 혜미가 얄밉지 않을 수 없었다.

미재는 불쾌한 기억을 지워 버리기 위해 벌떡 일어나 집으로 돌아갈 준비를 했다.

집으로 돌아오자 미재는 욕실(浴室)로 가서 옷을 훌훌 벗었다. 냉수로 샤워를 했다. 줄기를 이루며 떨어지는 물방울들이 피부에 간지러웠다. 물을 많이 틀어 놓았다. 그래도 물줄기는 너무나 가늘었다.

"아프게 때려 주었으면……."

그미는 통증을 느끼도록 맞아 봤으면 하고 생각했다. 자학의식이었다. 모든 것은 나의 손에 의해 이루어졌다. 종유를 기차에 태워 멀리 보낸 것도 내가 한 일이다. 종유는 지금 어디쯤 가고 있을까? 종유는 좀체로 서울에 올 생각을 안 하고 있다. 나는 어떻게 해야 하나?

그미는 머리털 한 오라기를 잡아 뽑았다. 털이 뽑히는 것을 감각적으로 느낄 정도일 뿐 통증이 느껴지는 것은 아니었다. 열댓 오라기를 모아 쥐고 뽑으려 했다. 그러면 아프다고 느낌이 올 것 같았다. 그러나 그미는 그것을 잡아뽑는 대신 머리털 전체를 쓸어 주었다. 지나친 자학의 무의미를 느낀 동시에 고통을 감내할 자신이 없었던 것이다.

결국 나는 나를 아끼고 있는 것이다.

그미는 부드러운 자기 머리털을 만지며 포근한 느낌을 느꼈다. 그리고 그 머리털을 쓰다듬어 주던 종유를 생각하는 것이었다.

'그립구나, 종……. 언제나 다시 만나게 되는 거지?'

샤워를 끝내고 자기 방으로 돌아오자 가벼운 화장을 하고는 누워 버렸다. 얼마 동안을 누워 있으니 갈증이 나는 때처럼 답답함을 느꼈다. 다방에서 돌아 온 것을 후회했다. 다방에 앉아 있다면 손님들을 바라볼 수가 있다. 찾아오는 친구들도 만날 수 있다. 혼자서 이게 무슨 고역이람?

문득 형구에게 전화가 걸고 싶어졌다. 혼자라는 것이 싫었던 것이다. 그러나 그것은 안 될 일이었다. 종유가 떠난 지 몇 시간도 안 되었는데 그 고독을 형구에게서 메우려 하다니……. 그렇게까지 불성실한 여자가 될 수는 없다.

미재는 몇 시간이나 반듯이 누운 채 몸을 움직이지 않았다. 그새 학교에 갔던 애들이 돌아왔지만 아는 체를 안 했다.

애들도 그런 시간에 엄마가 와 있으리라는 것을 생각 못하는지 그미의 방문을 열어 보지도 않았다.

답답했다. 무엇인가 할 일이라도 있었으면 하는 생각이 들었다. 그러나 할 일도 없었지만 하고 싶은 마음이 내키지 않았다. 그냥 앉았다 누웠다 하며 시간을 보냈다. 지루했다. 자기의 고독을 감내하기 힘들 때 지루함을 느끼는 것이지만 그미는 고독을 씹으면서 지루함과 싸워야 한다고 생각했다. 오랜 세월이 자기 앞에 지루함을 가져다 준다 해도 그것과 싸워 이겨야 한다고 생각했다. 종유는 십 년 동안 나를 생각하며 지루함과 싸웠던 것이 아닌가?

미재는 응접실에서 가서 책을 가져다가 읽을까도 생각했지만 그러기도 싫었다. 지루함과 정면으로 맞서고 싶었던 것이다. 그미는 체경 앞으로 가섰다. 고독한 자기 얼굴을 보기 위함이었다. 어제의 자기 얼굴과 지금의 자기 얼굴에 차이가 있었지만,

'고독하게 생겼구나…….'

그미는 혼자 중얼거렸다. 얼굴 어떤 곳에 그런 것이 나타나고 있는지는 몰랐다. 그렇지만 얼굴 전체가 외로워야 할 운명을 타고난 것처럼 보였다.

남들처럼 남편과 가정만을 생각하며 산다면 고독이고 뭐고 할 것이 없다. 고독을 느끼는 것은 고독을 만들지 않고 배길 수 없는 나의 운명 때문인 것

이다.

운명이라기보다 자기의 생리 구조가 그렇게 생겨먹은 것이라고 생각했다.

여섯 달쯤 전, 크리스마스와 연말 기분에 거리가 떠들썩했을 때였다. 미재는 초대받은 친구의 집엘 가려고 밤거리를 걷다가 사람들이 몰려 서 있는 곳을 지나고 있었다.

길을 막고 서 있는 사람 틈을 빠져나가려 할 때,

"내가 어떻게 했다는 거야?"

하는 커다란 목소리가 들렸다.

"왜 떠드는 거지? 이리 좀 와. 오란 말야……."

앙칼진 목소리의 주인이 허름한 옷을 입은 사람의 멱살을 잡고 좁은 골목으로 끌었다. 좁은 골목에서 때리고 가진 물건을 뺏으려는 모양이었다.

미재는 사람들 틈으로 싸우는 사람들을 바라보았고 동시에 허름한 옷을 입은 사람이 종유라는 것을 알았다. 십 년 만에 처음 보는 종유였다.

그때 미재는 종유 앞으로 다가갔다. 그리고 종유의 팔을 끌고 구경꾼 틈을 빠져 나왔다.

그때 종유를 구출하고 그냥 돌려 보냈다 해도 일은 간단했을지 몰랐다. 종유가 묵고 있는 동대문 밖 그 누추한 하숙방까지 가서 부둥켜안고 울었다. 그리고 그 날 밤으로 하숙을 여관으로 옮기게 했다.

"너무 누추해요. 빨리 옮기세요."

"내버려 둬. 내게는 내 세계가 따루 있으니까……."

"제겐 죄책감이 있어요. 죄책감을 위해 이걸 보구 그냥 있을 순 없어요."

"다 지나간 일이야. 죄책감두 내게는 필요 없어, 나는 십 년 동안 내 마음 속을 허(虛)로 채우려 했어. 과거를 존재하지 않은 것으로 생각하려구 했어. 그러니 제발 지나간 일들이 내 마음속에서 되살아나지 않게 해 줘. 나를 위해 빨리 돌아가 달란 말이야."

"안 돼요. 저는 십 년 동안 종유 씨를 단 한 번이라도 만나 제 잘못을 용서받아야 한다는 것만 생각하며 살았어요. 오늘 우연히 만나게 됐지만 이건 우연이 아녜요. 십 년 동안의 저의 염원이 이루어진 거예요."

"아무 소리두 하지 마. 과거를 헛산 것으루 만든다면 내게는 미래두 없을 거야. 빨리 돌아가 줘."

"죽어도 안 돼요. 제 말을 들어 주지 않으면 전 돌아갈 수가 없어요."

종유가 그렇게까지 싫다고 하는데도 미재는 그를 여관으로 옮기게 하고야 말았던 것이다.

하숙을 옮겨 주고 곧 돌아왔다면 종유는 그 다음날 미재 모르게 행방을 감추었을지도 모른다. 그러나 그 날 밤 그들은 밤이 깊도록 지나간 이야기들을 나누었다. 그리고 다시 만났다는 감격 속에서 자기를 잊고 사랑의 정열을 마음껏 불태워 버렸다.

그러지 않아도 죄책감을 버리지 못하고 살아온 미재로서, 미재 때문에 십 년 세월을 자기 망각을 위해 고생해 온 종유를 모른 체 돌아갈 수가 있었겠는가? 그미의 눈에는 아무것도 보이지 않았다. 형구에 대한 죄책감이 새롭게 떠올랐지만 종유를 향한 불타는 정열 앞에서는 그것이 극히 둔하게밖에 작용하지 못했다.

그것은 형구와 결혼하기 이전에 벌써 죄를 지었다는 그미의 전과범적인 죄의식의 희박성과 형구와의 결혼 생활이 다정하지 못하다는 데서 기인되었을 것이다.

어쨌든 몸을 바치고 나자 그들은 타기 시작한 정열을 불사르는 일 이외에 딴 것을 생각할 수 없게 되었다.

성격, 운명, 어떤 것이든 자기로서 어떻게도 할 수 없는 것이 자기 인생이 아닌가 하고 생각했다. 자기 의지대로 산다고 하면서도 의지를 자기 마음대로 할 수 없는 것이 생명의 생리요, 운명의 신비가 아닐까? 이런 생각을 하고 있을 때 남편 형구가 돌아왔다. 몹시 명랑한 표정을 하고.

열 시가 채 못 되었는데 벌써 돌아왔다. 더구나 그의 손에는 과자 봉지가 들려 있다. 미재가 예기하지 못했던 일들이었다.

"이거 애들 줘."

과자 봉지를 내미는 형구의 태도가 아주 담담했다. 미재가 과자를 받자,

"일찍 들어왔어?"

하고 묻는 말도 극히 담담했다. 종유가 없으니까 일찍 들어왔구나 하는 비꼬는 마음이 조금도 보이지 않았다.

"조금 전에 들어왔어요."

일찍 돌아왔다면 수상하게 생각할 것 같아 조금 전이란 말로 얼버무리는 미재의 마음이 도리어 켕겼다. 그래서 그미는 형구를 따라 형구 방까지 따라갔다. 죄를 지은 사람처럼. 그랬더니, 형구는 옷을 벗어 하나씩 미재에게 내주었다. 아내를 부려먹을 수 있는 남편의 당연한 행동처럼. 미재도 가장 순종적인 아내처럼 옷들을 받아 솔질을 해서 그것을 옷장 속에 걸었다. 미재가 옷들을 다 걸자, 형구는 침대에 걸터앉아,

"코피 한잔 마실까."

눈으로 미재를 지켜 보며 말했다.

"그러세요."

미재가 부엌으로 나갈 때, 형구는,

"위스키병두 좀 가지구 와."

하고 미재가 다시 돌아오지 않을 수 없도록 했다. 미재는 부엌에 가서 식모에게 커피를 끓이게 하고 위스키를 가지러 응접실로 갔다.

오늘은 웬일일까? 일찍 들어오기도 했지만 자기를 아내로 부려먹으려 하고 있다. 어린애들에게 줄 과자까지 사 가지고 왔으니, 갑자기 가정에 대한 애착심을 느꼈다는 것일까? 그저께는 외박을 한다고 해 논 뒤 일찍 돌아 왔다. 어제는 이쪽에서 청했지만, 집에서 저녁까지 먹었다. 청춘사업이 뜻대로 되지 않는 것일까?

미재는 자기에게 다정한 형구에게 고마움을 느끼기보다 그 마음의 변화에 의심을 더 품었다. 무슨 이유가 없이는 자기를 그렇게 대해 주지 않을 것만 같았던 것이다.

응접실에 있는 찬장에서 위스키병과 글라스 하나를 들고 남편에게 갖다 주었을 때, 그는,

"왜 잔을 하나만 가져왔어?"

같이 마실 생각이었음을 암시했다.

“난 안 마셔요.”

그러자, 형구는 위스키병을 미재에게 주고 글라스를 내밀며,

“자작을 해서야 맛이 나나.”

하고 술 따라 주기를 기다렸다. 할 수 없이 술을 붓자, 형구는 그것을 두 번에 다 마시고 나서,

“당신두 조금만 해.”

하고 글라스와 술병을 바꾸었다. 미재는 글라스를 받아 남편이 주는 술을 한 모금 마셨다. 그러나 술이 남은 술잔을 식탁 위에 놓고, 거기다가 술을 더 부어 형구에게 내밀었다. 한 잔쯤 못 마실 것도 아니었지만, 하라는 대로 다 하다가는 무슨 일이 벌어질지 모른다는 의구심이 생겼던 것이다.

“혼자만 마시라는 거지.”

형구는 더 권하지 않고 혼자서 위스키를 마셨다.

“애들한테 과자 갖다 주고 올게요.”

미재는 아무렇지도 않은 것처럼 보이면서 속으로는 딴 생각을 하는 사람 같아 형구가 무서워졌다. 그래서 애들 과자를 핑계로 형구 옆을 피했다.

애들 방으로 간 미재는 될 수 있는 한 시간을 오래 끌기 위해 애들이 공부하는 것을 보기도 하고, A대학 영문과 삼학년생인 가정교사 고명선에게 애들의 성적을 물어 보기도 했다.

“성적이 떨어지지는 않구 있으니까 염려 마십시오. 성배가 몸이 좀 약한 것 같아 그게 걱정입니다.”

명선이 성배의 건강을 걱정할 때, 형구가 ‘여보’라고 미재를 큰 소리로 불렀다.

“네.”

미재는 대답만을 해 놓고 명선과 이야기를 계속했다.

“본시 몸이 약한데 보약을 좀 먹일까요?”

“아직 어린애니까 줄뛰기 같은 것이 적당하지 않을까요? 그리구 산보 같은 것이 좋을 것 같습니다.”

“그럼, 고 선생이 맡아서 운동을 시켜 주셔야겠군요.”

이때 다시 형구가,

"여보! 코피가 식어요."

하고 소리를 질렀다.

미재는,

"네."

대답을 한 뒤 명선에게,

"수고하세요."

하고 웃는 얼굴을 보였다.

오늘은 왜 극성일까 생각하며 형구에게로 갔을 때,

"코피를 그리루 갖다 줄 걸 그랬나?"

형구가 극성부린 것을 후회하는 듯이 말했다.

"성배가 약해서 운동을 시켜야겠다는 이야기를 하다가 늦었어요."

미재는 늦은 이유를 이야기하고 미안한 표정을 지었다. 그 뒤 그들은 아무 말도 않고 커피를 마셨지만, 미재는 폭풍 전의 정숙 같은 것을 느꼈다. 그래서 커피를 마시면서도 형구의 얼굴을 살금살금 엿보았다. 저류(底流)가 있는 표정 같지는 않았다. 그런데도 미재는 혼자서 공포심 같은 것을 건성으로 품고 있는 자기를 생각했다. 형구가 자기를 어느 정도까지 알고 있는지 모른다. 전혀 모를 것이라고 단정할 수는 없다. 그렇다고 전부를 다 안다고도 단정할 수 없다. 알고 모르건 간에 겉으로 태연함을 보이고 있다. 그러한 형구에게 약점을 보일 필요는 없다. 자기에게 약점이 있는 것만은 사실이다. 그러나 약점을 약점으로 시인하고 머리를 숙이려면 최소한도 그 약점이 과거로 돌아간 뒤이어야 한다. 과거를 참회하고 싶은 심정이 일어날 때 비로소 남에게 자기를 비하(卑下)시키는 데 당위성을 느낀다.

미재는 현행범이다. 현행범이면서도 그것을 참회하지 않고 있다. 그것을 중절(中絶)시키려 하지도 않고 있다. 사건의 진행에 휩쓸려 정신을 차리지 못하고 있는 것이다. 그러니 참회할 마음의 여유를 가지지 못하고 있다. 그런 만큼 형구에게 약점을 보이고 싶어하지 않는 것 또한 당연한 일일지 모른다.

“그 앤 누굴 닮아서 약한지 모르겠어? 약이라두 좀 먹여야 하지 않을까?”

성배의 건강에 대한 이야기를 받아 형구도 걱정하는 말을 했다.

“누구를 닮긴? 당신을 닮아서 약하겠지.”

성배에게 형구를 닮은 데가 있을 까닭이 없다. 그렇지만 미재는 소화불량으로 늘 약을 먹는 형구의 약체를 이용하며 강하게 나갔다.

“그래두 그 앤 위장이 약한 것 같지 않던데…….”

그 말도 옳았다. 그래서,

“병이란 꼭 유전으로 내려오는 거만인가요?”

형구의 말 전체를 부정해 버렸다. 그리고는 술병을 들고 술잔에 술을 부어 주었다.

“취하겠는데…….”

“잘 텐데 취하면 어때요?”

미재는 형구가 빨리 취해서 잠이나 자 주었으면 하고 바랐다. 과연 형구는 미재가 바란 대로 몇 잔의 술에 취기를 보이며 침대로 들어갔다. 아무것도 요구하지 않고. 미재는 곧 자기 방으로 돌아갔지만 형구가 자기를 사랑하지 않고 있는 것만은 사실이라고 생각했다.

딴 짓을 하며 돌아다니다가 늦게 들어왔다면 모른다. 연 사흘 동안 일찌감치 돌아온 남편이 더구나 취기까지 돌아 얼굴이 불그스름해 가지고도 아내를 건드리려 하지 않는다는 것은 애정의 결핍이라 생각지 않을 수 없었다. 전과 달리 다정스러웠다는 것이 위장된 연극이라는 것을 느끼게 했다. 외부에서 소비하기 위해 집안에서는 정력을 소비하지 않으려는 심산이란 말인가?

미재는 불만이라기보다 불쾌를 느꼈다. 어떤 비밀들을 가지고 있든 부부는 부부다. 최소한도 부부는 생활은 유지해야 할 것이 아닌가? 그러나 그런 것을 생각 않기로 했다. 불쾌감을 생각 않기로 했다. 불쾌감을 없애려면 자기부터 형구에게 충실해야 한다. 충실하지 못하면서 불쾌감을 불쾌하게 생각한다는 것은 자기를 모르는 사람의 심보다.

종유의 이야기를 한 마디도 물어 보지 않은 데 대해서만은 생각지 않을 수 없었다. 미재의 입으로 한 번도 설명한 적이 없는 종유다. 그를 집에 초대해서 저녁까지 먹였다. 오늘 상희와 같이 시골로 떠나갔으리라는 것도 알고 있다. 그런데 어째서 종유에 대한 것을 한 마디도 묻지 않는 것일까? 관심이 없다는 것일까? 그렇지 않으면 미재를 믿는 나머지 물어 볼 필요를 느끼지 않는다는 것일까?

믿기는? 아직 젊은 부인인데 무엇을 믿는단 말인가? 하기야 종유 이외에 딴 남자와의 관계가 한 번도 없었으니 종유와의 관계를 모른다면 믿을 만도 한 일이기는 하지만.

미재는 이렇게 생각하고 있었다. 그러나 그럴 것은 아니었다.

형구는 결혼 직후 어떤 친구에게서 미재가 어떤 남자와 연애했다는 이야기를 들었다. 그래서 결혼하기 전 미재가 어떤 남자와 같이 다니는 것을 보았다는 혜미의 말을 믿게 되었다. 혜미의 말만을 들었을 때는 그것을 믿으려 하지 않았던 것이다. 그러나 혜미가 보았다는 미재 연인의 인상과 형구 친구가 보았다는 미재 연인의 인상이 서로 같을 때 그 사실을 믿지 않을 수 없었다.

그 사실을 믿게 되는 순간 형구는 불쾌감을 느꼈다. 그러나 이미 지나간 과거였다. 거기 구애될 필요가 없다고 생각했다. 그런데 몇 달 전 혜미가 거리에서 그 남자를 또 보았다고 했다. 그 남자와 미재와의 관계가 심상한 것 같지 않다는 말까지 했다.

그 말을 들었을 때 형구는 자기가 능욕을 당한 것 같아 혜미에게 왜 남을 의심하느냐고 나무랐다. 그러면서도 미재의 행동들을 살피려고 했지만 자기가 뒤따르기에는 너무나 유치한 일 같았고 흥신소 같은 데 부탁하기에는 너무나 치사한 것 같아 저절로 알게 될 때까지 기다리기로 했던 것이다.

그 동안 형구는 육감으로 미재에게 심상치 않은 일이 생겼다는 것을 느꼈다.

그러면서도 확증을 잡지 못하고 있을 때 미재가 상희와 같이 농촌 사업을 하려는 사람이 자기 고향으로 내려간다면서 그를 집으로 초대하겠다는 말을 했다. 그리고 자기보고도 참석해 달라고 했다.

형구는 절호의 기회라 생각하고 얼마 전부터 교제하고 있는 자기 사무실 타이피스트와의 약속도 물리치고 일찌감치 돌아와 종유란 남자와 저녁을 같이 먹었다. 그리고는 오늘 혜미를 시켜 오후 두 시 정거장에 나가 미재가 전송하는 남자의 인상을 보게 했다. 그 결과 종유가 미재의 옛날 애인임을 확인했다.

혜미가 그때의 그 남자에 틀림없단 전화 보고를 할 때 형구는 한 대 얻어맞은 기분이었다.

잊어버렸던 결혼 전의 일까지가 의심스럽게 생각되었다. 현재는 어떤 관계일까? 앞으로 이 일을 어떻게 처리해야 할 것인가? 그는 생각에 생각을 거듭했다.

많이 생각했다. 파격적으로 혼자 음식점엘 가서 혼자 술을 마시면서까지 생각해 보았지만 만족할 만한 결론이 나오지 않았다.

이때까지 미재에 대해 무간섭주의를 써 왔다. 그것은 미재를 믿어서가 아니라 자기가 간섭을 받고 싶지 않은 연쇄 관념에서 온 것이었다.

이유야 어쨌든 결과적으로는 아내를 신뢰하고 아내에게 관대한 것으로 나타났다.

미재가 종유와 불륜의 관계를 맺고 있다 하자. 그러나 그것은 과거에 알던 사람과의 재접촉이다. 과거 자기와 결혼하기 이전의 접촉은 아무런 죄가 되지 않는다. 한때 죄가 되지 않던 일이 결혼 뒤라고 해서 죄 될 법이 있는가? 종유가 상희와 같이 시골로 내려갔다는 것은 종유의 의사이기보다 미재의 의사일지 모른다. 최소한도 종유는 자의반 타의반으로 시골에 갔을 것이다. 그렇다면 미재도 종유와의 재접촉을 마음속으로 꺼려한 것이 분명하다. 외적 타격을 받지 않고 스스로 종유를 멀리한 미재는 전통적인 죄의식을 가진 여자다. 종유를 다른 데로 아닌 자기 친정으로 보낸 것만 보아도 자기가 결백하다는 것을 남에게 보이기 위함이요, 또 앞으로도 결백해야 할 자기를 견제하기 위함이 아닐까?

이렇게 생각하는 수밖에 없었다. 그러면서도 기분은 좋지 않았다. 찜찜하고 역했다.

일찍 돌아가자. 오늘은 미재도 일찍 돌아올 것이다. 미재를 만나 미재의 얼굴에서 종유를 떠나보낸 마음의 여파를 살펴보자. 아무리 속과 겉이 다른 인간이라 해도 마음속의 그림자가 어느 정도만은 얼굴에 비칠 것이니까.

형구는 과거의 습성으로 무관심한 태도를 취하면서도 미재를 옆에서 떠나지 못하게 하고 그미를 관찰했다. 어딘가 초조로운 데가 없지도 않았지만 별 다른 것을 포착하지 못했다.

옛날에 사랑하던 사람이니 만나지 않을 수 없었겠지만 부덕(婦德)을 아주 망각한 여자는 아니다.

이런 생각을 했을 때 형구는 마음을 놓았다. 마음의 부담을 놓게 해 준 미재에게 고마움까지는 느끼지 못했다. 당연한 일처럼 생각했다. 아무 일도 없었던 것처럼 원상 그대로의 생활을 계속하면 된다고 생각했다. 더구나 술을 몇 잔 마셨더니 마음이 노곤해 왔다. 동시에 윤미나(尹美奈)의 얼굴이 떠올랐다. 잠도 비교적 잘 왔다.

다음날 아침 눈을 뜨자 그는 미재의 방으로 갔다. 미재에게 친절히 해 주고 싶은 마음이 일어났던 것이다. 친절하게 해 주어야만 좋아한다. 여자란 친절하게 말해 주면 울다가도 웃는다. 의심하다가도 신뢰를 한다. 미재로 하여금 자기를 신뢰케 만들어 놔야만 자기가 하는 사업에 지장이 없게 된다.

"잘 잤어?"

상냥하게 아침 인사를 하며 자리 속에 누워 있는 미재 곁으로 갔다. 미재는 눈을 뜨고 있었다. 그런데도 말똥말똥 쳐다볼 뿐 말을 안 했다. 애무를 기다리고 있는 것처럼 보였다. 형구는 요 위에 앉아서 두 다리를 뻗치고 허리를 굽혔다. 무척 불편했다. 형구는 미재가 왜 침대를 좋아하지 않을까 하고 생각했다. 침대에만 누워 있다면 얼마나 빠르게 그미를 애무해 줄 수가 있을 것인가? 형구는 몸에 중심을 잡으면서 한 손을 뻗쳐 미재를 끌어안았다.

미재는 아무런 반응도 보이지 않았다. 설사 속으로 달가워하지 않는다고 해도 강력하게 포용하고 애무를 해 주면 즐거워할 것이다. 그래서 우선 뜨거운 키스를 해 주려고 할 때였다. 순간 미재가 발딱 일어나며 방문 있는 데로 뛰어갔다.

그리고는 방문을 열고 신문을 집어 든 뒤 방문 앞에서 신문을 읽기 시작했다. 형구는 미재를 지켜 보며 자기에게로 돌아오기를 기다렸지만, 방바닥에 달라붙었는지 돌아올 생각을 안 했다. 식모의 목소리에 놀라 자리에서 뛰어나갔다 해도, 식모가 돌아간 이상 자기 곁으로 와야 할 것이 아니겠는가?

"신문은 좀 있다 보면 안 돼?"

이렇게 말하면 자기의 뜻을 알 수 있을 텐데도 미재는,

"또 누가 올지 알아요?"

하고 신문을 방바닥에 놓은 뒤 옷을 갈아입기 시작했다. 형구는 고깝게 생각지 않을 수 없었다. 자기를 좋게 해 주려는데도 핑계를 대며 멀리하는 것은 정열이 떠오르지 않기 때문이리라.

애정을 폭발시키지 않고 배길 수 없는 정열을 가졌다면 남의 눈을 두려워할 것이 무엇인가? 떳떳한 부부 사이의 일인데, 누가 보면 또 어떻단 말인가?

미재는 마음을 딴 데 쏟고 있기 때문에 자기에게 정열을 기울이지 않는 것이다.

형구는 옷을 갈아입는 미재에게 달려가 옷을 몽땅 벗겨 버리고 싶은 충동도 느꼈지만, 그래서는 안 된다고 생각하며 자기를 억제했다. 한 번 정열을 보이면 그것을 계속해서 보여 줘야 한다. 그럴 수는 없는 일이다. 한편에서 정열을 보이면, 저편에서도 정열적이 된다. 미재가 자기에게 정열을 느끼고 꼼짝 못하게 사로잡으려 하게 되면, 그때 손해를 보는 것은 자기뿐이다.

여자와 개는 길들이기에 달렸다고 한다. 길을 잘 들여야 한다. 그래서 자기는 자유가 보장되고, 미재는 방종을 불허하는 분위기를 마련해야 한다.

그는 불만스러운 눈으로 미재를 잠시 노려보았으나 아무렇지도 않다는 듯이,

"애들을 깨워야 할 시간이지?"

하고는, 자기 방으로 건너가 버렸다.

형구가 가자, 미재는 약간 미안한 것을 느꼈다.

형구의 요구를 무조건 거부하려는 것은 아니지만, 신경을 쓰는 일이 하기 싫었을 뿐이었다. 그것은 형구에게만 그런 것이 아니었다. 종유에게도 그러했다. 물불을 가리지 않고 정열을 쏟다가도 손톱만큼이라도 신경이 쓰이는 일이라고 생각될 때는 태도를 획 달리해 버리는 것이 그미의 모순된 성격이라고도 할 수 있다.

종유 때문에 머리가 약간은 긴장되어 있을 형구에게 본의는 아니나마 불복종한 인상을 주어, 그런 것으로 자기를 더 의심하지나 않을까 하는 생각도 했다. 약간 미안하게 생각하면서도,

"무얼 안다구……."

형구가 자기에 대해서 아무것도 모르는 것이라 마음으로 단정하며 세면소로 갔다. 형구가 자기의 비밀을 알 턱이 없다. 형구가 모르도록 모든 행동에 세심한 주의를 해 왔으니까. 만약 종유가 좀더 오래 서울에 있었으면 혹시 꼬리를 잡혔을지도 모른다.

미재는 정신적으로 꿀리는 마음을 가질 필요가 없다고 생각하며, 떳떳한 어머니로 애들을 거들어 학교에 보냈고, 떳떳한 아내로 남편을 거들어 출근시켰다. 마음을 떳떳하게 먹어서 그런지, 집안에 아무도 없어서 그런지, 종유도 없어서 그런지, 종유 생각이 더 간절하게 온 마음을 점령했다. 어제만 같아도 전화로 그의 목소리를 들을 수 있다.

지금 천여 리 떨어진 먼 곳에 있으니 몸부림을 쳐도 목소리마저 들을 수 없다. 그립다. 보고 싶구나. 그가 있는 곳에도 전화가 있다면……. 미재는 다방에 나가서도 종유만을 생각했다. 생소하고 모든 것이 불편하기 만한 시골에서 그는 얼마나 고독할까?

"언니, 저 여자가 좀 보재요."

멍하니 서 있는 미재에게 레지가 와서, 삼십 조금 넘어 보이는 여자손님을 눈으로 가리켰다.

얼핏 보아 전혀 알지 못하는 여자였다. 전혀 모르는 여자라 해도 용건이 있는 모양이니 만나지 않을 수 없었다.

미재는 그 여자 곁으로 가서,

"나를 보자고 그러셨어요?"

하고 선 채로 물었다.

"네."

여인은 얼굴을 붉히면서 틀림없이 미재에게 할 말이 있다는 것을 표시했다.

"누구신데요?"

하고 물었다. 그때 여인은,

"저, 신형구 씨 부인이시지요?"

똑똑한 발음으로 묻고는 미재더러 앉으라고 했다. 미재는 듣지 않을 수 없는 이야기가 있는 것이라 생각하고 그때야 여인 맞은편 자리에 앉았다.

"무슨 말씀인가요?"

미재가 구체적인 이야기를 들으려 할 때 여인은 처음과는 달리 아주 냉정한 태도로 이야기를 시작했다.

"저 유경화(劉卿和)라구 해요. 신형구 씨와 한 사 년 동안 정을 주구 살았어요. 세 살 난 계집애까지 있습니다. 그런데 몇 달 전부터 발을 끊고 아주 모른 척을 합니다. 나야 젊으니 상관없지만 어린것이 불쌍하지 않아요? 그래서 몇 번이나 찾아갔지만 통 마음을 돌리지 않습니다. 요새는 만나 주지두 않구요. 하 답답해서 부인이라도 만나 사정을 해 볼까 하고 찾아온 거예요."

미재는 형구에게 첩이 있다는 것을 어렴풋이 짐작하고 있었다. 그러나 어떤 여자라는 것을 모르고 있었던 만큼 처음으로 나타난 장본인을 대하자 안개에 가렸던 먼 산을 밝은 햇빛 아래 바라보는 것 같은 실감을 느꼈다. 그래서 잠시 경화의 얼굴만 살펴보았다. 삼십이 넘었을까 말까한 아직 젊은 여자인데 동그스름한 얼굴에 아직 애티가 어려 있었다. 남자들이 좋아할 토실토실한 얼굴이었다. 고생을 해서 그런지 기미가 낀 것이 조금 흠이랄까.

미재는 딴 사람에게 그 인상을 설명할 수 있을 만큼 경화의 얼굴을 뜯어본 뒤,

"그이가 왜 발을 끊기 시작했지요?"

하고 물었다. 무엇보다도 알고 싶은 것이 그것이었던 것이다.

"모르겠어요. 남자의 마음을 어떻게 알겠어요?"

사실 경화로서도 알 수 없는 일이겠지.

"그런 일이 있으리라는 것을 전혀 생각지 못했었나요?"

"못했어요."

단순하거나 무지한 여자라고 생각했다.

"잘 말씀해서 어린애나 굶기지 않도록 해 주십시오."

미재는 사람이 궁해지면 체면도 경우도 잊게 되는 것이라고 생각했다.

"남편이 저지른 일을 부인이 뒷수습 해 주는 일두 있나요?"

미재는 어이가 없어 이렇게 말했다.

"그럼, 저는 어떻게 해야 합니까?"

경화가 우는 얼굴을 했다.

"직접 본인과 만나 해결지으세요."

"만나 주지도 않는걸요."

"그래요? 참, 무책임하군요."

미재는 이삼 일 전 형구에게서 받은 십 만원을 생각했다. 그 돈이라도 주어서 형구와의 관계를 끊게 할까 했던 것이다. 형구도 모르게 경화 문제를 해결해 놓으면 나중에라도 형구가 얼마나 고마워할 것인가?

그러나 형구의 비밀을 자기 앞에서 폭로시킴으로써 형구의 약점을 잡아 둬야겠다는 생각이 번개처럼 머리를 스치고 지나갔다. 그래서,

"집으루 오세요. 집으루 찾아오면 안 만나 주지 못할 겁니다."

하고 경화에게 지혜를 빌려 주었다.

밤에는 늘 늦게 들어오니 밤보다 아침이 좋다는 것, 그리고 집으로 찾아와서는 형구를 부르지 말고 자기를 부르라는 것, 그러면 자기가 적극 협력해 주겠다는 말까지 했다.

"고맙습니다."

경화는 일이 다 해결되기나 한 것처럼 몸을 가볍게 움직이며 돌아갈 채비를 했다. 퍽 순진한 여자 같았다.

"차나 한 잔 하구 가세요."

미재는 경화를 붙잡고 과일 주스를 한 잔 가져오게 했다.

"미안해서요."

경화가 황송해 했다. 미재는,

"차 한 잔쯤……."

했지만 경화가 밉진 않은 것을 느꼈다. 나이도 아래지만 정신연령으로 보아 자기가 훨씬 어른 같은 느낌이 들어 진심으로 그미를 돌봐 주고 싶은 마음이 들었다. 자기가 돌봐 주지 않으면 정말 돌봐 줄 사람이 없을 것 같은 생각까지 들었다. 그래서 미재는 메모 용지에 경화의 주소를 적어 논 뒤,

"이삼 일 뒤 집으루 찾아와요."

집으로 찾아오면 경화 대신 자기가 애써 줄 것을 밝혔다. 주소를 적어 논 것은 자기가 필요해서 찾아가게 될 경우가 있을지도 모른다는 예비심에서였고 내일이 아니라 이삼 일 뒤 오라고 한 것은 그새 형구의 마음을 떠 보리라 생각했기 때문이었다. 한편 형구를 곯려 주며 한편 경화를 도와주겠다는 마음에서였다.

그러나 경화가 돌아간 뒤 혼자 생각을 하고 있을 때 형구가 괘씸하다는 마음이 외곬으로 흘렀다. 자기 이외의 여자와 관계를 하는 것은 설사 무방하다 해도 자기 모르게 세 살 난 애까지 가지고 있다니……. 형구는 그 애가 세 살 날 때까지 속여 왔다. 있을 수 없는 일 같았다.

만약 딴 여자가 이런 일을 당했다면 어떻게 할까? 절대로 가만 있지는 않을 것이다.

쌍벌죄로 고소를 하고 이혼을 해 버리겠지. 그렇지 않으면……. 그 밖에 대안이 있을 것 같지 않았다. 회사에 가서 야료를 부려 쫓겨나도록 한다든가 신문기자를 움직여 사회적으로 매장을 시키는 방법도 있기는 하지만 그것은 도리어 야비한 인상을 주어 자기 인격을 저하시키는 결과를 가져온다. 결국은 고소를 하고 이혼하는 수밖에 없다.

차제에 형구와 이혼해 버릴까? 그리고 종유와 결혼을 해 버릴까? 이혼을 한다면 이보다 더 좋은 기회는 다시없을 것이다.

이혼을 하자. 그러면 종유는 얼마나 기뻐할 것인가? 종유는 늘 그것을 바라고 있었다. 그것을 거부한 자기에게 불만을 품고 우울하게 지냈었다. 시골로 간 원인도 거기에 있다. 그 불만은 죽을 때까지 사라지지 않겠지. 그 불만이 사라지지 않는 동안 그는 자기의 사랑을 의심할 것 또한 사실이다. 그를 진정으로 사랑하지 않기 때문에 형구와 이혼할 생각을 안 가지는 것이라고.

이제 이혼을 하면 그의 의심과 불만은 녹아 없어질 것이다. 그저께 밤 집으로 초대받고 와서 자기와 형구와의 사이를 보고 불심(不審)하게 생각했던 일까지 그는 문제삼지 않을 것이다.

미재는 그저께 밤 일이 가슴에 걸려 내려가지가 않고 있었던 것이다. 종유를 일부러 집으로 초대한 것은 단순히 다음을 위해서였다.

종유와 만나거나 편지 왕래하는 것을 형구가 보아도 변명할 여지를 만들어 두는 것이 좋을 것 같았던 것이다. 종유를 초대한 자리에서는 종유에 비해 그 비중이 너무나 가벼운, 말하자면 형구를 무시하게 되는 자기 마음을 경계하기 위해 일부러 형구에게 술을 따르며 친절을 보였던 것이다. 그러나 그때 질투에 번쩍이던 종유의 눈동자를 지금도 잊을 수가 없었다.

소중한 종유에게는 소홀하게 보이고 소원한 형구에게는 소중한 체 보이려고 한 것은 종유를 믿는 마음에서였다. 자기 마음을 알고 있는 만큼 종유는 아무렇게 해도 이해해 줄 줄 알았던 것이다.

그런데 질투에 번쩍이는 종유의 눈을 보았을 때 미재는 자기의 계산이 착오였다는 것을 느꼈다. 착오였다는 것을 느끼는 순간부터 미재는 초조했다. 종유에게 미안했던 것이다.

그러나 그 미안한 마음을 풀 기회가 없는 채 종유를 떠나보냈다. 지금도 종유는 그때의 광경을 생각하고 있을지 모른다. 원만하게 해 보려던 좁은 소견. 세상에 원만이 어디 있는가? 좋으면 좋고 싫으면 싫은 것이다.

이제 종유의 질투도 사라지게 되었다. 형구와 이혼하면 과거가 문제될 까닭이 없지 않은가?

이 날 미재의 친구 주애림(朱愛林)이 다방으로 찾아왔다. 대학교 입학 수

험생을 위한 강습소를 만들자고 의논해 오던 여자였다. 애림이 다방에 들어서자 강습소를 열 만한 집을 물색해 놓았다고 했다. 어떤 사람이 인쇄공장을 하던 집인데 주인이 갑자기 죽어 경영을 못하게 되었기 때문에 헐값으로 빌 수 있다는 것이었다.

좋은 기회라고 생각되었다. 그러나 미재는 며칠만 참아 달라고 했다. 형구와 이혼을 하려면 며칠 동안 정신이 없을 것이다. 그리고 이왕 이혼을 한다면 종유가 올라오기를 기다려 종유와 모든 것을 상의해서 하는 것이 좋을 것 같았다. 종유는 학원 같은 것을 반대했었으니까…….

"딴 사람이 알게 되면 돈을 더 주구라두 얻으려 할 거야."

"그럼, 빌린다는 언약만 해 두지."

"언약만 해 둘 게 뭐야? 계약을 하지."

"그런 사정이 있다니까."

"무슨 사정인데?"

"차차 이야기할게….."

미재는 그쯤 해서 애림을 돌려 보냈다. 애림이 가자 매일처럼 몰려드는 친구들이 하나 둘 모이기 시작했다. 모두들 즐거운 표정이었다. 어젯밤에도 춤을 추러 갔었는지 카바레에서 그 중 재미 본 날이라고 하며 미재보고 오늘밤엔 꼭 같이 가자고 했다.

"어제 왔던 패들이 오늘도 온다구 했는데 참 멋쟁이들이야. 오징어 수출을 하는 사람들인지 오징어 냄새가 좀 나는 것 같았지만 그럴 듯한 남자들이던데. 너두 하나 골라 연앨 해 봐."

어떤 여자가 이런 말을 할 때 미재는 너희들이나 재미 봐. 나는 바쁜 일이 있어서 못 갈거야 하고 시무룩하게 대답했다.

"가벼운 연애쯤 괜찮아. 지금 재미 안 보면 늙어서 후회한다. 늙을 날두 며칠 안 남았단 말야."

"나두 알구 있어. 그래서 지금 준비를 하구 있는 거야."

미재는 어정쩡하게 말했다. 연인이 있다는 것을 알려 주고 싶지는 않고 그렇다고 해서 그런 것을 전혀 생각지 않고 있는 것처럼 시침을 뗄 수도 없었던 것이다.

저녁때가 다 되어 그들을 보낸 뒤 미재는 오늘밤 남편과 단정을 내고야 말 이혼 문제를 생각하며 집으로 돌아갔다. 돌아가기 전 남편에게 전화를 걸어 급한 일이 있으니 빨리 들어오라고 말하고 싶었지만 늦게라도 들어오려니 하는 생각에 그냥 돌아갔다. 아무 예고도 없이 이야기를 꺼내는 것이 도리어 효과적일 것 같았던 것이다.

남편은 밤 열한 시가 거의 되어서야 돌아왔다. 돌아와서는 곧 자기 방으로 가서 자려는 것을,

"잠깐만 이리 오세요."

하고 그를 불러 자기 방으로 오게 했다.

형구는 이 날 윤미나를 데리고 워커힐엘 갔다. 나이트클럽에서 저녁을 먹고는 쇼를 구경한 다음 힐탑 바로 가서 술을 마시고 춤을 추며 즐겼다.

"정말 좋은데요……."

미나는 워커힐이 처음인지 찬탄의 말을 그치지 않았다.

"이번 일요일엔 모터보트를 타러 올까? 모터보트 빌려 주는 데두 있으니까……."

"그걸 타구 어디까지 가지요?"

"한강 상류 어디까지나 가지. 청평발전소 있는 데까지……."

"그럼 청평발전소두 구경하겠네요? 거기 서양인 유원지가 있다던데….."

"그 유원지에 가려면 자동차를 타구 가야 할거야. 거기두 모터보트가 있지."

"그럼 거길 가요."

"그러지."

미나는 대학을 졸업했지만 가정이 그리 윤택하지 못해서인지 여행을 별로 다녀 보지 못했을 뿐 아니라 서울 근교의 명승지도 찾아본 일이 없는 것 같았다. 그러기에 형구가,

"청평 유원지에 가면 정말 바다에 간 기분이지. 그 넓고 잔잔한 물 위를 모터보트로 달리면 그만이야. 양쪽에는 높은 산이 있구……. 참 산정호수

엘 가 봤나? 김일성의 별장이 있었다는 삼팔선을 넘어서두 한참 가야 하는 곳에 있는 우리 나라 유일의 호수말야.”

“말은 들었어두 가 보진 못했어요. 거기두 참 좋다지요?”

했을 때, 미나는 미지의 아름다운 동산을 그리는 듯 한 호기심에 어린 눈으로 형구를 바라보았다. 그리고는,

“그런 델 가려면 회사 자동차루 못 가겠지요?”

하고 물었다.

“택시는 어디라두 가니까 걱정 마.”

“그럼, 이번 일요일에는 우선 청평 유원지엘 가요 네?”

“그러지……..”

그새 몇 번 영화 구경이니 카바레니 다녔기 때문에 상당히 친근한 사이가 되었지만 단 둘이서 멀리 드라이브를 가자고 제의하는 것을 볼 때, 형구는 미나가 틀림없이 자기 마음대로 할 수 있게 된 여자란 생각을 했다. 그러나 이때까지 접촉해 온 그런 방면의 직업여성과 같이 취급해서는 안 된다는 생각을 하며 이 날도 아무런 눈치를 보이지 않고 헤어졌다. 여자라고 만나면 당장에 요절을 내고야 말던 형구였지만 미나는 미나대로 맛이 있었다. 갓 잡은 생선처럼 싱싱하고 신선한 맛이었다.

다음 일요일이라야 이삼 일밖에 남지 않았지만 그 일요일을 기대하며 집으로 돌아오자 미재가 할 말이 있다면서 자기 방으로 끌고 갔다. 전에 없던 일이라,

“왜 그래?”

하고 용건을 물었다. 그러자 미재는 독이 오른 얼굴로,

“요즘 어떤 여자와 교제하지요?”

밑도 끝도 없는 말을 꺼냈다. 형구는 미재가 혹시 미행이나 한 것이 아닌가 하고 가슴이 질렸지만,

“무슨 소릴 그렇게 하는 거야?”

그런 말 하는 미재를 나무랐다.

“아무하구 교제하나 그건 나하구 상관없는 일이겠지요. 그렇지만 절대

용서 못할 일이 있어요. 뭔지 알겠지요?"

아무래도 무슨 냄새를 맡은 모양 같았다. 형구는 미재의 입을 막는 수밖에 없었다.

"왜 이러지? 애인을 멀리 보내더니 마음이 산란해진 거로군?"

미재의 약점을 찔렀다. 인격상 그런 말은 절대로 입 밖에 꺼내지 말아야 할 것이지만 그냥 내버려 두었다가는 무슨 말이 나올지 몰랐기 때문이었다.

"뭐요?"

효과는 즉석에서 나타났다. 미재가 얼굴이 빨개지면서 입술을 떨었던 것이다. 흥분한 나머지 말도 제대로 못했다.

"말이 지나쳤다면 용서해. 그렇지만 죄 지은 여자에게 돌을 던지려고 할 때 예수가 여러 사람들 앞에서 뭐라고 했는가 그 말을 기억해 봐. 죄를 짓지 않은 사람은 돌을 던져라 했단 말야. 참 명언이라구 생각해."

형구는 태도를 누그러뜨렸다. 그러면서도 언젠가 책에서 읽은 일이 있는 성경 이야기를 인용하며 미재의 죄책감에 채찍질을 했다. 형구가 과거를 캐내려는 것이 아니라, 미재 입에서 자기 이야기를 봉쇄하자는 것이었다.

"내가 무슨 죄를 졌어요? 돌을 던지지 못할 만큼 죄 지은 것이 뭐예요? 애인을 멀리 보내다니 내 애인은 또 누구예요?"

미재는 우선 자기가 결백하다는 것을 강조하지 않을 수 없었다. 형구의 비행을 문제화 시키려 하는 때 도리어 이쪽 비행을 들추어 입을 막으려 하는 형구의 비굴성을 공박하지 않을 수 없었다.

"내 입에서 말이 나와야 하나? 남모르게 하는 일이 세상에 있는 줄 아나 보군."

형구는 고삐를 늦추지 않았다. 그때 미재가 약이 오를 대로 올라 앉은뱅이걸음으로 형구에게 다가가며

"좋아요. 말해 봐요. 죽어두 듣구야 말 테니까."

불똥이 튀는 듯한 눈동자를 반짝이었다.

"흥분하지 말어. 흥분한다는 것부터가 이상하지 않나?

“흥분 안 했어요. 따질 것을 따지자는 것뿐예요. 어서 말해 봐요. 내가
어떤 짓을 했나? 애인을 멀리 보냈다는 건 무슨 말이구?”
　이때 형구는 태도를 달리하기 시작했다.
　“우리 조용히 이야기해. 당신이 내한테 협박적으루 나오니까 내가 그런
말을 할 수밖에 없지 않아? 아무것도 아닌 것을 침소봉대해서 생각하면 무
슨 일이나 그것이 세상에서 제일 중대한 일처럼 여겨지는 거야. 조금만 불
행하면 자기가 세상에서 가장 불행한 사람이라구 생각하는 것이 인간의 과
대망상증 아냐?”
　미재의 입을 막았다는 마음이 들었기 때문에 형구는 그미의 어깨를 쓸어
가며 달래기 시작했던 것이다.
　“말해요. 말하지 않으면 나는 죽어 버릴 테야.”
　미재가 몸부림을 치며 말했지만, 형구는 속으로 웃었다. 죽기는 왜 죽어
하며, 그래도 속는 체하면서,
　“누구나 화가 나면 아무 말이나 하게 되는 거야. 흥분할 것 조금두 없어.
나는 당신을 믿구 있으니까……”
　미재를 껴안아까지 주었다. 그때 미재는 흑흑 느껴 울며,
　“조종유 씨를 의심하는 거예요. 죄 없는 사람을 왜 의심하는 거죠?”
　“그만둬요. 화가 나니까 그래 본 거지, 따질 것 아무것두 없어.”
　“안 따질 수 있어요? 나야 아무렇지두 않지만, 죄 없는 사람이 억울하지
않아요?”
　“억울할 것두 아무것도 없어. 자, 그만 해 두라니까!”
　형구는 미재가 말을 못하게 자기 입술로 그미의 입을 덮었다. 그러고는
　“아무 생각 말구 잘 자.”
하고 미재를 요 위에 누이고 머리에 베개를 괴어 주었다.
　미재는 지는 체하는 수밖에 없었다. 방을 나가는 형구를 보고도 붙잡고
따질 생각을 포기했다. 사실 따진대야 자기에게 불리하기만 하다. 모른 체하
고 눈을 감아 버리자.
　다만 문제는 이혼을 어떻게 할 것이냐는 것이었다. 형구가 자기의 입을

막기 위해서 자기의 비행을 들고 나왔지만 그것은 단순히 입을 막기 위한 방패만도 아니다. 이쪽에서 이혼을 하자고 하면 피동적으로 이혼을 당하는 것이 아니라, 능동적으로 나와 저쪽에서 이혼을 제기할 기세라고도 볼 수 있다. 말하는 것으로 보아 형구는 종유와 자기와의 관계를 상당히 알고 있는 것 같다. 특히 남모르게 하는 일이 있는 줄 아느냐고 하던 말이 가슴에 걸렸다. 언젠가 시어머니가 한 말 그대로였다. 시어머니가 혜미를 내세워 자기가 시어머니 모르게 케이크 먹는 것을 알아낸 것처럼, 형구도 누구를 내세워 종유와 자기와의 관계를 내색했는지 모른다. 만약 형구가 자기의 비밀 전부를 안다고 하면 자기는 형구에게 이혼을 하자고 큰소리할 처지가 절대 못 된다.

저쪽에서 쌍벌죄로 고소를 하고 이혼을 하자 해도 꼼짝할 수가 없다.

"왜 이러지? 애인을 멀리 보내더니 마음이 산란해진 거로군."

하던, 형구의 말이 귀에서 울렸다. 정말 나는 종유 씨가 멀리 갔기 때문에 그가 더욱 그리워져 형구와 이혼할 생각을 했던 것이 아닐까? 그랬을지도 모른다.

종유와 같이 행복한 날을 보내기 위해, 형구와의 이혼할 생각을 했었는지도 모른다. 미재는 고개를 까닥까닥 흔들었다. 그럴 수는 없는 일이라고. 만약 형구와 이혼을 하고 종유와 결혼을 하면 집안은 물론 모든 세상이 자기를 백안시할 것이다. 모든 세상 사람들에게 백안시를 당하면서 종유와 함께 살 수가 있을 것인가? 물고기가 물에서 뛰어나가서는 살 수 없다.

연애는 감정만 가지고 해서는 안 된다. 삼십이 넘었으면 지성을 잃어버리지 않아야 하지 않겠는가?

미재는 이혼을 단념하지 않을 수 없었다. 그렇다고 해서 경화 문제를 모른 체할 수는 없다고 생각했다. 경화가 찾아오면 형구가 꼼짝을 못하게 만들어 주어야 한다고 생각했다. 그래서 다시는 딴 여자와의 관계를 짓지 못하게 만들어 줘야 한다.

그런데 다음날 아침이었다. 아직 세수도 하지 않았을 때, 경화가 찾아왔다.

　현관에서 경화를 보았을 때, 미재는 우선,

　"며칠 뒤 오라구 했는데요."

하고 약속 지키지 않은 경화를 나무랐다. 자기가 경화와 짜고 경화를 집으로 오게 한 것 같은 인상을 형구에게 줄 것 같았기 때문이었다. 며칠 뒤에만 왔다고 하면 그런 혐의는 받지 않을 텐데…….

　약속을 지키지 못한 경화에게 할 말이 있을 리 없었다. 대답을 못하고 있을 때, 미재는 이왕 온 것이니 할 수 없는 일이라 생각하고 잠깐 기다려 있으라고 했다. 그리고는 형구에게 가서,

　"어떤 젊은 여자가 찾아왔군요."

하고 태연하게 말했다. 경화에 대한 것을 알고 의심하는 체하기가 싫었던 것이다. 왜 그런지 알 수 없었다. 아는 체하기도 싫었고 질투를 보이기는 더욱 싫었다.

　그 문제로 이혼을 하지 않을 바에야 치사스런 감정만 보일 필요가 없다고 생각되었는지 모른다.

　"어떤 여자야?"

　형구가 놀란 표정으로 물었다. 그러나 미재는,

　"누가 알아요?"

　별 관심이 없는 듯이 말하고 다시 현관으로 나갔다. 그리고는 경화에게,

　"나, 만났단 말 하지 마세요."

　가는 목소리로 말하고는 세면소로 갔다. 세수를 하고는 애들 방으로 갔다. 일부러 관심 없는 것을 보이기 위함이었다. 애들 방에 가서는 둘째와 셋째를 깨워 옷을 입혀 주었다. 성배는 벌써 일어나 가정교사와 함께 아침 산보를 나간 모양이었다.

　미재는 성배의 줄넘기를 잊어버렸던 자기를 생각했다. 오늘은 꼭 사다 줘야겠다고 생각하며 성표와 성희를 세면실로 데리고 가 양치질하고 세수하는 것을 보아 주었다. 남편과 경화가 자기에게 구애됨이 없이 자유스럽게 이야기하게 해 주기 위해 그들 옆을 피해 준 것이지만 유치원에 다니는 성희가 입 안에 가득 차는 잇솔을 물고 그래도 이쪽 저쪽 번갈아 가며 이 닦는 것

을 볼 때 귀여운 생각이 들었다. 수돗물도 자기 손으로 틀고 비누질까지 해 가며 세수하는 모양은 저 애가 언제부터 저렇게 어른이 되었던가 하는 감탄을 느끼게 했다. 미재는 세숫수건을 들고 있다가 세수를 끝낸 성희 얼굴을 닦아주었다. 그런데도 성희는 가만 있지를 않고 수건을 뺏어 자기가 닦으려 했다.

나는 애들을 너무 방치해 두었었구나! 애들 동심 세계에 찬물만 끼얹어 주며 살아왔구나.

그미는 어머니로서의 자기가 너무나 불성실했음을 깨달았다.

애들이 세수를 끝내자 그들을 데리고 다시 애들 방으로 가 성표가 가지고 갈 책을 챙겨 준 뒤 성희의 옷을 갈아입혀 주고는 새 수건을 꺼내 앞자락에 달아 주었다. 그러고 있을 때 성배가 가정교사와 같이 돌아왔다,

"어디까지 갔었지?"

미재는 성배의 머리를 쓸어 주며 물었다,

"자문밖까지 갔어. 성을 타구……."

"기분이 좋으니?"

"응."

미재는 가정교사에게,

"고맙습니다."

하는 말까지 잊지 않았다. 그러고는 성배에게,

"줄넘기 줄을 잊어 먹구 못 사 왔다. 오늘은 꼭 사 올게……."

하고 자기 잘못을 솔직하게 사과했다. 그러는 것이 다 즐거웠던 것이다.

앞으로는 어머니로서 좀더 충실하게 하고, 혼자 마음속으로 다짐하기도 했다.

"가서 조반 먹자."

그미는 애들을 데리고 식당으로 갔다. 그런데 형구가 아직 이야기를 끝내지 못한 모양 같았다. 그미는 성배를 시킬까도 생각했지만 그러는 것이 도리어 의심받을 것 같아 자기가 직접 형구 방으로 가서,

"식사를 하셔야지 않아요? 손님 식사두 준비할까요?

그들의 용담에 전혀 무관심한 태도로 말했다.

"그럴 것 없어 곧 끝내구 갈게."

형구가 멍멍한 얼굴로 미재더러 어서 가 있으라는 뜻의 말을 했다. 미재는 무조건 복종하는 태도를 보이고 식당으로 돌아왔다.

'경화에게 볶이고 있으리라. 그래도 내가 들을 것이 겁나 큰소리도 치지 못하고 무척 속이 답답하겠구나.'

미재는 혼자 생각하며 형구를 기다렸다. 얼마 안 돼 형구가 경화를 보내고 식당으로 왔지만 얼굴 표정은 아무렇지도 않았다. 미재는 형구의 밥그릇 뚜껑을 열고 밥을 권한 다음 애들에게도 밥을 먹으라고 했다. 다들 밥 먹기를 시작했을 때야 미재는,

"손님 가셨어요?"

하고 물었다.

"갔어."

"새벽처럼 남의 집을 찾아다니는 여자가 다 있어요? 무슨 일예요?"

"대단치두 않은 일이야."

형구는 정말 대단치 않은 일이라는 것처럼 열심히 밥을 먹으며 대답했다. 역시 미재에게는 숨기려는 모양이었다. 미재는 형구가 자기를 속여도 좋다고 생각했다. 속을 수 있을 때까지 속아 주자.

미재는 속은 체하며 형구의 말을 추궁하지 않았다. 조반을 먹고 출근을 할 때 형구는 현관까지 배웅 나간 미재에게,

"오늘은 일찍 들어올 테야. 저녁 준비를 시켜 줘."

생활 태도가 달라진 것을 실천으로 보여 줄 테니 두고 보라는 듯이 말했다.

"취미가 저속해지시는 거 아녜요?"

미재는 웃으면서 남편의 기적과 같은 행동을 만족해하는 듯 말했다.

"때로는 좀 저속해지기두 해야지……."

남편도 농담을 하며 명랑하게 지프를 탔다.

남편이 출근을 하자 미재는 경대 앞에서 화장을 시작했다. 거울에 비친

자기 얼굴을 보면서 그미는 자기가 연극을 곧잘 한다고 생각했다. 셰익스피어가 인간을 모두 배우라고 말했지만 옳은 말 같았다.

형구와 이혼하기로 마음을 단단히 먹었지만 형구의 협박으로 이혼이란 말도 꺼내지 못했다. 형구의 협박을 불쾌하게 생각하면서도 대들지 못했던 자기.

경화를 집으로 오게 한 것이 자기면서도 정작 경화가 찾아왔을 때는 모른 체했다. 경화가 왔던 일에 대해서도 한 마디 물어 보는 말을 안 했다. 경화 때문에 이혼을 생각했던 것인데, 경화가 형구를 만나 이야기한 경과를 알아 볼 생각도 안 하다니……

자기 일이면서도 알 수 없는 일이었다. 그러나 화장을 끝내고 다방에 나갔을 때 그미는 경화를 찾아가지 않을 수 없을 만큼 초조했다. 역시 궁금했던 것이다. 어떻게 이야기했으면 경화가 큰소리 한 마디 안 하고 그냥 돌아갔을까? 얼마나 어수룩한 여자기에 형구의 말에 속아 넘어갔을까?

미재는 어제 적어 두었던 경화의 주소를 가지고 신촌으로 나갔다. 국민학교가 있는 곳에서 얼마 멀리 떨어져 있지 않은 좁은 골목의 조그마한 한식집이었다. 그런 집 방 하나를 빌려 쓰고 있기 때문에 번지만 가지고 찾기가 무척 힘들었지만 그래도 찾아내고야 말았다.

경화는 무척 반가워했다. 왜 반가워하는지도 모르고 미재는,

"오늘 아침 타협이 잘 됐어요."

라고, 물었다. 그러자 경화는 만족스러운 듯한 목소리로 대답했다.

"네, 덕택에 돈 십만 원을 얻어가지구 왔습니다. 그렇지 않아두 좀 있다 찾아가 뵙구 인사를 드리려 했는데요."

미재는 놀랐다. 돈을 십만 원이나 주고 타협을 지어 놓고도 시침을 뗀 형구의 배포가 너무 세다고 생각했던 것이다.

그러한 형구에게 또 분노 같은 것을 느꼈다. 그래서,

"겨우 십만 원을 받았어요?"

하고 경화를 충동질했다. 더 내라고 싸우게 하고 뒤에서 경화를 후원해 줄 생각이었다.

"십만 원만 가졌으면 조그만 구멍가게를 낼 수 있을 것 같아요. 구멍가게 하나만 내면 넉넉히 먹구 살 수 있을 테니까요……."

경화는 그 이상의 욕심을 가지고 있지 않았다.

"십만 원이 뭐가 많아서요? 싸우면 좀더 받을 수 있단 말입니다. 내가 뒤에서 후원해 드릴게."

"그것만두 고맙게 생각해요. 그것두 가족들이 다 있는 집으루 찾아갔으니까 주었을 거예요."

"또 집으루 찾아가면 되잖아요?"

"그만두겠어요. 그 이상 욕심을 내면 내가 나쁜 년이 될 것 같아요."

"그래, 한 여자의 운명을 십만 원과 바꿀 수 있어요?"

경화가 욕심이 없고, 마음이 깨끗한 여자 같은 생각이 들어 미재는 그미를 동정하게까지 되었다.

경화가 욕심 없고 깨끗한 여자라는 생각에서만도 아니었다. 그런 여자에게 돈 한 푼도 안 주려고 했다가 집으로 찾아온 바람에 할 수 없이 십만 원을 주고 뒷말이 없게 한 형구가 너무나 악한 인간이란 생각이 들었기 때문이었다. 형구 같은 남자는 조금 곯려 주어야 한다. 그런데 경화는 미재의 충동에 조금도 움직이려 하지 않았다.

"며칠 전 신문을 봤더니 옛날 명기루 날리던 여자가 남편에게 버림을 받구 먹을 것이 없어서 망우리 공동묘지에 가서 자살하려던 이야기가 있더군요. 거기 비하면 저는 십만 원이라두 받았으니 다행하게 생각해요."

참으로 이상한 여자라 아니할 수 없었다. 뒤에서 도와주겠다고 하는데도 어째서 더 받을 수 있는 돈을 받으려 하지 않을까? 그런 여자가 어떻게 화류계 생활은 했을까? 미재는 통 이해가 가지 않았지만, 성격적으로 착한 여자라면 그럴 수도 있는 일이라 생각했다. 착한 여자를 나쁘게 만들려고 하는 자기가 착하지 못한 여자 같은 생각도 들어

"그럼, 내가 좀더 드리지요."

하고 핸드백을 열구 십만 원짜리 수표를 내 주었다. 며칠 전 형구에게서 받은 것이었다. 종유와 같이 제주도 여행에 쓰려고 했다가 한 푼도 쓰지 못하

고 그냥 두었던 돈인 만큼 아깝지도 않았다.

"네? 이걸요?"

경화가 입을 딱 벌렸다.

"장사를 하려면 밑천이 많을수록 좋을 거 아네요?"

"이걸 받아두 될까요?"

"걱정 말아요, 우린 이 돈 땜에 못 살진 않을 테니까……."

미재는 어쩔 줄 모르는 경화에게 수표를 손에 쥐어 주고 경화의 집을 나왔다.

신촌 로터리에서 택시를 타고 종로까지 나오는 동안, 미재는 자기가 모든 사람에게 칭찬받을 일을 한 것 같은 흐뭇한 느낌 속에 젖어 있었다.

다방 못 미쳐서 내려 성배에게 줄 줄넘기 고무줄을 하나 사 가지고 다방으로 와서는 곧 형구에게 전화를 걸었다. 형구가 전화에 나오자,

"저, 지금 경화란 여잘 만났어요. 십만 원을 주셨다면서요? 그것 가지구 일생을 어떻게 살아요? 그래서 당신이 며칠 전에 주신 십만 원을 그 여자에게 주었어요."

하고 말했다. 형구는 깜짝 놀랐다.

"뭐라구? 거 정말이야?"

"거짓말할라구요."

"누가 그런 짓 하라구 했어? 돈이 썩어가는 줄 아나?"

몹시 불만인 모양이었다. 그러나 미재는 조용하게 대답했다.

"참, 좋은 여자던데요."

"지금 어디 있어?"

형구는 금시 달려올 것처럼 물었다. 무엇 때문에 그렇게 흥분하는 것일까? 십만 원을 주었대서? 그렇지 않으면 미재가 경화를 만났다고 해서? 어쨌든 형구가 흥분해할수록 미재는 침착했다.

"아주 끝난 일인데 흥분하실 것 없잖아요? 저녁에 일찍 돌아오시기나 하세요."

미재는 전화를 끊어 버렸다. 별반 싸운 것도 없지만 승리자의 쾌감을 느

끼고 있을 때였다. 어제 찾아왔던 주애림에게서 전화가 걸려 왔다.

빨리 계약을 하고 집수리를 시작하자는 것이었다. 이제 여름방학이 얼마 남지 않았는데 빨리 손을 써야 선전을 해서 학생모집을 할 수 있다는 것이었다. 미재는 좋다고 대답했다.

그 대신 자기도 그 집을 가 봐야 할 것이고 또 예산도 세워 봐야 할 테니까 곧 다방으로 오라고 했다. 학원 개설(開設)을 추진시킬 작정이었다.

이혼은 당분간 생각할 수가 없게 되었으니 종유를 서울로 불러 올려야겠다는 생각이 들었던 것이다. 형구와 이혼을 하건 안 하건 종유는 서울에 있어야 할 사람이다. 지금 생각하면 종유를 시골로 보낸 자기가 너무나 무사려(無思慮)했던 것이 후회되었다. 며칠만 더 붙잡고 있어도 좋았을 것이 아닌가?

그리고 주애림이 며칠만 일찍 집을 얻었다 해도 일은 이렇게 되지 않았을 것이다. 시골로 가서 시답지 않은 일이지만, 일을 시작한 종유를 불러 올리기가 그리 쉬울 것 같지 않았던 것이다.

힘들 것까지는 없겠지만 내려간다 올라온다 하는 것이 얼마나 번거로운 일인가?

하기야 번거로울 것도 없는 일이다. 권태 같은 것을 느끼고 있던 종유니까, 다만 며칠이라도 시골 바람을 쐬었으면 머리가 청신해졌을 것이다. 구질구질한 시골에서 애들을 데리고 야학이나 맡아 보는 일에 어찌 만족할 수가 있을 것인가? 올라오라는 통지만 하면 금시 올라올 것이다.

미재는 종유의 문제를 단순하게 생각하지 않을 수 없었다. 그가 시골로 간 것은 절대로 자기가 싫어졌기 때문이 아니었다. 종유도 자기를 사랑하는 데 변함이 없다. 다만 불만과 권태가 있었을 뿐이다. 그래서 내려갔고, 내려 보냈고 한 것이니까, 종유도 안 올라오고 배길 수가 없을 것이다.

주애림이 찾아왔다. 그 동안 토건업자를 데리고 가서 예산을 따져 보았다고 하며 집 보증금 삼십만 원, 수리비 십만 원, 책상과 걸상 삼백 개 분에 이십오만 원, 선전비와 기타 잡비에 십만 원, 도합 칠십오만 원이면 충분하다는 말을 했다. 한 사람이 삼십칠만 오천 원씩 내면 되는 계산이었다. 그

정도라면 많은 돈이라 말할 수 없었다.

"그럼 가 볼까……."

미재는 딴 의견이 없었기 때문에 계약할 집이나 가 보려고 했다. 그때 주애림이,

"학원을 맡아서 경영해 줄 그 분두 같이 가도록 하지."

하고 말했다. 비록 고용인이라 해도 일을 맡아 보아 줄 사람이라면 처음부터 같이 다니는 것이 좋겠다고 생각한 모양이었다.

"볼일이 있어서 잠깐 시골에 갔어. 올라오는 대루 일 보게 할게."

"그래? 그렇지만 집수리하구 비품 사는 것부터 맡아 줬으면 좋을 텐데……."

"그까짓 거야 우린들 못해?"

주애림에게 더 긴말을 못하게 하고 다방을 나섰다. 그러면서 돌아와서는 곧 종유에게 편지 쓸 것을 생각했다. 며칠 안 있어 그리운 종유를 다시 만나게 되는 것이다.

농촌에서

서울발 부산행 급행열차가 노량진역과 영등포역을 통과했다. 그 동안 종유는 초점 없는 시선을 창 밖으로 던지고 걷잡을 수 없는 산란한 마음을 스스로 정리하고 있었다.

"무척 울적하시겠군요?"

말없는 시간이 무료한지, 말없는 종유가 보기 딱해서인지 상희가 말을 꺼냈다. 말하는 폼이 종유의 마음속을 속속들이 들여다보고 있는 것 같았다.

"네, 좀 울적합니다."

종유는 상희가 자기와 미재와의 관계를 다 알고 있다는 생각에서 솔직하게 대답했다.

"솔직해서 좋으신데요."

"그렇지만 곧 명랑해질 것입니다."

"그건 솔직한 말씀 같지 않은데요?"

"거짓말이 아닙니다. 지금 이 기차는 나의 생활의 과거와 미래 사이를 달리고 있습니다. 일초 일초 과거와 차단된 미래로 가까워 가고 있으니까요."

"과거에 쓴잔을 마신 사람에게 그럴 수두 있겠지요."

"그렇지만 저는……."

상희는 이야기를 하다 말고 시선을 딴 데로 돌렸다. 종유의 말에 자기 경우가 머리에 떠올라 무심결에 말을 꺼냈던 것이지만, 종유에게 자기의 과거를 이야기하기가 싫었던 것이다.

"그렇지만 어떻다는 겁니까?

종유가 상희의 이야기에 흥미를 느꼈을 때 상희는 시침을 딱 떼고,

"전에 없던 것을 가지신 것 같은데요."

하며, 종유의 손가락에 낀 금반지를 가리켰다. 종유는 상희가 상당히 눈치가 빠른 여자라고 생각했다. 그리고 숨길 필요도 없다고 생각되어,

"오늘 미재 씨에게서 받아 온 겁니다."

하고 솔직히 말했다.

"좀 보여 주실 수 있어요?"

종유는 성희의 소청대로 반지를 서슴지 않고 빼 주었다. 상희는 우선 손바닥에 놓고 그 무게를 다루어 보고는 반지 속을 들여다보았다. '재'라고 새겨져 있는 글자까지 보고는,

"이별의 기념이군요."

자기의 추측대로 말했다.

"그런 거겠지요."

"이런 걸 끼구 계시면서도 과거와 미래를 잘라 구별하실 수 있다는 말씀이신가요?"

"추억하구 미련하구는 다른 거니까요. 이건 오직 추억뿐입니다."

"추억이 항상 머리에 남아 있을 때 그것이 곧 미련이 되지 않을까요?"

종유는 그런 말이 듣기 싫었다. 그는 미재에 대한 미련을 가지지 않으려

고 노력하는 중이었기 때문이었다. 그래서 금반지를 빼서,

"그럼, 이런 것 가지구 있지두 말아야겠군요?"

하고 그것을 열려 있는 차창으로 내던지는 시늉을 했다. 그때 상희가 기겁을 하고 종유의 손을 잡았다.

"그건 안 돼요."

"왜 안 됩니까?"

"아깝지 않아요."

"아깝다?"

종유는 아깝다는 말의 뜻을 잘 모르겠다는 듯이 고개를 기웃거렸으나 결국 뺐던 반지를 다시 끼고야 말았다.

기차는 전 속력을 다해서 달음질치고 있었다. 어느새 조치원을 지났고 대전을 지났다. 멀리 창 밖을 내다보고 있던 상희가 갑자기 일어서서 선반에 놓여 있는 종이 꾸러미 하나를 내렸다.

"이거 언니가 주신 거예요."

상희는 또 미재 이야기를 꺼냈다. 과거를 뒤로하고 앞으로 달리겠다는 종유에게 상희는 왜 자꾸만 과거를 갖다 안겨 주는 것일까?

보기만 해도 먹음직스러운 고급 케이크였다. 미재의 마음씨가 들어가 보였다. 동시에 미재의 얼굴이 케이크 하나 하나에 떠오르는 것 같았다.

"잡수세요."

상희가 하나를 집어 주었다. 종유는 받아 입에 넣었다. 미재의 영상을 먹는 것 같았다. 몇 개째를 먹고 있는데 이번에는 핸드백에서 봉투 하나를 꺼내주었다.

"이것두 언니가 주신 거예요."

미재에 대한 기억을 배급해 주는 것인지 모르겠다. 종유는 앞으로도 계속해서 상희가 이런 역할을 자꾸만 해 준다면 곤란한 일이 아닐까 생각하며 봉투를 받았다. 두툼했다. 오백 원짜리 지폐 스무 장이 들어 있었다.

미재의 빈틈없는 생각이 고마웠다. 아무리 시골이라 해도 돈이 필요한 때가 있을 것이다. 수중에 무일푼인 종유였다.

케이크를 먹으며 돈을 주머니 속에 넣을 때 종유는 미재에 대한 추억을 머릿속에서 지울 수 있을까 스스로 의심했다. 미재가 형구에게 친절하게 해 주던 광경 같은 것은 쓰디쓴 기억이라 아니할 수 없다. 그러나 그 밖에 기억이란 모두가 감미로운 것뿐이다.

그것들을 어찌 기억에서 묵살할 수 있을까? 잊어버릴 자신(自信)보다도 잊어버릴 수 없는 편이 더 강한 것 같았다. 그렇지만 노력해야지. 노력할 수밖에 없다. 이혼을 생각지 않는 남의 아내를 못 잊어 애쓰면 어떡하자는 것인가?

"시골에 살아 보신 일이 계세요?"

상희가 미재에 대한 기억을 배급했다가 그것을 도로 빼앗듯이 새로운 화제를 꺼냈다.

"없습니다. 전혀……."

"그럼, 우선 노인들 대하는 법부터 아셔야 할 거예요."

상희는 강의를 시작했다. 시골에는 아직 봉건사상이 농후해서 무엇보다도 예절을 중요시해야 한다는 것. 그러니까 노인들 앞에서는 담배도 피우지 말고 아주 공손히 대해야 한다는 것을 말했다.

"강의 제일과로군요."

"미안합니다. 그렇지만 그걸 알아야, 시골에다 발을 붙이구 일할 수 있으니까요."

"노인들 앞에서는 꿇어앉아야만 하나요?"

"꼭 그래야 할 건 없지만 무례한 태도를 보여서는 안 됩니다. 이번 제가 서울 갔던 것은 경로회 준비 때문이었는데, 경로회를 하는 동안 노인들에게 잘 보이도록 해 주세요."

"곧 죽어 갈 노인들에게 잘 봬서는 뭣 합니까?"

"노인들에게 잘못 뵈면 아무 일두 할 수 없는 것이 농촌입니다. 개인주의가 극도로 발달한 도시와 다른 점이지요."

"좀 까다로운데요. 그래서 경로회를 하는 겁니까?"

"그런 것만은 아니에요. 동리 `사람 전체가 다 같이 즐길 수 있는 일이 한 번도 없기 때문에 모심기가 끝나면 한 번 놀도록 해 볼까 하는 거지요.”

“취지는 좋군요.”

“취지는 좋구, 무언 틀렸어요.”

“혹시 길 선생의 영웅심리가 움직이고 있지나 않나 해서…….”

“글쎄요?”

종유는 웃어 버렸다.

기차가 대구에 도착한 것은 여섯 시였다. 대구역에 내리자, 상희는 수하물을 찾아올 생각도 않고 여관에 가서 하룻밤을 쉬자고 했다.

“버스가 없나요?”

종유가 의아한 마음에서 물었다.

“아침 일찍밖에 없어요.”

종유는 어리둥절하지 않을 수 없었다.

어찌 되었든 젊은 여자와 한 여관에서 잔다는 것이 있을 수 없는 일 같았기 때문이었다.

버스가 아침밖에 없다면 버스 시간에 맞는 기차를 타고 왔어야 할 것이 아닌가? 상희가 아직 미혼처녀고 또 이중적이거나 음성적이 아닌 직선적인 성격의 소유자인 만큼 흉계를 꾸미는 것이라고는 생각되지 않았지만 이해할 수 없는 마음에 의구심을 품지 않을 수 없었다.

그런데 역에서 멀지 않은 어떤 여관 앞에 이르렀을 때, 상희는 먼저 여관 안으로 들어갔고 종유는 밖에서 기다렸다. 이제부터 상희는 주인이요, 종유는 손님으로 정해진 모양이었다. 여관에 들어갔던 상희가 나와 어서 들어오라고 했다. 종유는 상희를 따라 구석진 방으로 들어갔다.

“여기서 주무세요.”

그러고 나서는 상희가 어디로 가버렸다. 딴 방을 사용하는 모양이었다. 그때야 종유는 안심을 했다.

저녁을 먹을 때까지 상희는 얼씬을 안 했다. 저녁을 먹은 뒤에야 잠깐 들어와 자기는 내일 새벽 버스로 먼저 떠날 테니 종유는 사람이 데리러 올 때까지 여관방에 있다가 모레 새벽 버스로 오란 말을 했다.

“왜 같이 가면 안 되나요?”

종유가 묻지 않을 수 없었다.

“시골에서는 남의 눈을 조심해야 해요. 아무 소식두 없이 제가 선생님과 함께 마을에 들어가 보세요? 뭐라구 할 것인가? 제가 가서 곧 사람을 보낼 테니 하루만 참아 주세요.”

상희의 말을 이해할 수 있을 것 같았다. 그러나 종유는 행동의 자유마저 박탈당하는 것 같아 농촌으로 들어가는 일에 마음이 주춤해졌다.

더구나 상희가 간단한 말 몇 마디를 하고는 자기 방으로 또 돌아가 버렸다. 상희는 일부러 그랬겠지만 종유 방에서 멀리 떨어진, 역시 구석진 방에 들고 있었다. 극과 극으로 갈라져 있는 느낌이었다. 동네사람이 보는 것도 아닌데 상희가 벌써부터 그렇게까지 몸조심을 하는 것이 불쾌할 정도로 비위에 거슬린 종유는,

‘천국은 어디에도 없는 것인가?’

하고 생각했다.

뭐니뭐니 해도 이때까지는 자유라는 것을 누리며 살았다. 이제 새로 찾아가는 농촌에는 숨막힐 듯한 부자유가 기다리고 있다. 그 부자유를 찾아 농촌으로 가야만 하는 이유가 무엇일까?

나는 농촌지도에 대한 이념도 없다. 정열도 없다. 오직 탈출구를 농촌에 구한 것뿐이다. 그 탈출구가 숨막히는 부자유의 함정이라면 구태여 그런 데를 찾아갈 필요가 무엇이란 말인가?

종유는 여관방을 뛰쳐 나갔다. 낯선 대구 거리를 헤매다가 어떤 술집으로 들어가 작부가 따라주는 술을 마셨다. 여자가 있고 술이 있었다. 그는 문득

‘어디를 가나 천국은 없다.’

라는 생각을 했다. 차라리 보헤미안처럼 떠돌아다니며 기항지(寄港地) 없는 항해를 계속하다가 죽었으면……. 다행하게도 자기에게는 책임질 가족이 없다. 어디를 떠돌아다니다가 죽어도 묻어 줄 사람 하나 없다.

“색시는 여기가 고향이 아니겠지?”

종유는 싱거운 줄 알면서도 술 따르는 젊은 여자에게 말을 붙였다.

"고향이 어디 있어유."

그러나 색시의 말씨로 보아 그미의 고향은 충청도였다.

"앞으룬 어디루 갈 작정이지?"

"그걸 어떻게 알아유?"

그렇지. 알 까닭이 없다. 그것을 모르는데 이런 직업여성의 운명이 따를 것이 아닌가? 거기에 그나마 꿈이라는 것이 따를 것이고.

"나는?"

갈 데를 모르면서도 갈 데가 있는 그런 여자들과 달리 자기에게는 갈 곳이 꽉 막힌 것을 느꼈다.

종유는 술 몇 잔을 마시고는 여관방으로 돌아 왔다. 술집 여자만큼도 자기 몸을 운명에 내맡기고 살 수 없는 가련한 인생을 느끼면서…….

고독했다. 고독하니 자연 미재 생각이 났다. 내일 상희가 떠난 뒤, 암말 않고 서울로 떠나 버릴까? 서울만 가면 미재는 반가워할 것이다. 미재의 애정을 주는 만큼만 받고 욕심을 부리지 말자. 질투도 할 것이 없다. 남편을 가진 여자가 줄 수 있는 애정이 한정된 것임을 알면서도 불만해하고 또 질투를 느낄 것이 무엇인가? 아무 욕심도 갖지 않고 주는 애정만 받고 거기에 만족한다면 얼마든지 지속될 수 있는 사이가 아닌가?

다음날 새벽 종유가 아직 잠에서 깨지 않았을 때 노크하는 소리 함께 문 열리는 소리가 났다. 동시에,

"저 먼저 떠날게요."

하는 상희의 가느다란 목소리가 들렸다,

종유는 깬 체도 안 했는데 상희는 문을 살그머니 닫고 복도를 걸어가고 있었다. 그는 상희가 자기 동네로 가서 동네 사람들에게 자기 이야기를 좋게 선전할 것을 생각했다. 마중 나왔던 사람이 자기가 도망치고 없는 것을 보고 돌아갈 때 상희의 실망은 어떠할까?

이런 생각을 하며 그는 다시 잠을 청했다. 아홉 시쯤이나 되어서야 일어나 세수를 하고 밥상을 받았다. 문을 열어 논 채 밥을 먹기 시작하고 있을 때,

"딸기 좀 사이소."

마루에 조그마한 광주리를 놓고 어떤 소녀가 말했다.

"안 산다."

밥을 먹고 있는데 딸기 같은 것 살 생각이 없었던 것이다.

"쬐끔만 사이소. 맛있심더."

열대엇 살 나 보이는 소녀였다. 머리는 짧게 깎았지만 누추한 옷이 거지애 같았다. 그러나 누추하다고 해도 살이 보이는 데가 없는 것으로 보아 거지는 아니었다.

"안 산다니까……."

"쬐끔밖에 안 남았심더. 오 원만 내이소."

"딴 데루 가 봐."

"아버지 생신에 쌀밥이라두 해 드릴 냥 안 합니꺼. 사흘째 팔러 나왔심더. 좀 사 주이소."

절대로 사지 않으려 했던 종유지만 아버지 생신에 쌀밥 해 주겠다는 말에

"거 무슨 딸기냐?"

하고 부드럽게 물었다.

"산딸깁니더."

"어디서 딴 건데?"

"동화사 뒤 팔공산에서 땄심더. 새벽에 가서 따 가지구 삼십릿길을 걸어왔심더."

"그래?"

그는 양복 주머니에서 십 원짜리 한 장을 꺼내 소녀에게 주었다. 십 원짜리를 받은 소녀가 오 원짜리 동전 하나를 돌려 줄 때 그는 그냥 가지고 가라고 했다. 그 대신 하루에 얼마만큼이나 파느냐고 물었다.

"한 오십 원어치 팝니더."

소녀는 대답을 하고는 몇 번이나 고맙다고 허리를 굽히고 돌아갔다.

종유는 밥상을 내 보내며 사환에게 딸기를 갖다 먹으라고 했다. 그리고 백 원쯤 줄 것을 하고 후회했다. 소녀는 거짓말하며 물건을 팔러 다니는 장

사꾼이 아니었다.

아버지의 생신을 위해 멀리 산에 가서 산딸기를 따다가 삼십 리 길이나 나와서 그것을 팔고 가는 농촌 소녀다. 그러한 소녀에게 백 원을 그냥 주었다면 얼마나 고마워했을 것인가?

백 원을 주지 못했다 해도 종유는 마음이 흐뭇함을 느꼈다. 얼마나 따뜻한 인정인가? 그 소녀의 따뜻한 인정 속에 인생이 꽃피는 것 같음을 느꼈던 것이다.

종유는 그 소녀에 대한 매력을 느꼈다. 카메라가 있었다면 사진이라도 한 장 찍어 두었을 걸 하는 생각이 들었다. 두고두고 소녀의 영상이 마음속에서 사라지지 말아 주기를 바라는 마음이었다.

그는 광산을 생각했다. 노름과 술뿐이었다. 그리고는 그 어둠 속에서의 작업. 인생을 흐뭇하게 해 주는 것이 하나도 없었다.

그는 도시를 생각했다. 가짜만이 들끓는 곳. 상품도 그렇고 인간도 그렇다.

그런데 소녀가 살고 있는 농촌에는 인정이 있는 것 같았다. 가장 가난한 사람들만이 살고 있는 곳일지 모른다. 세대 교체가 가장 안 되어 있는 곳이 농촌일지도 모른다. 새로운 시설이라고 하나 없는 가장 살기 불편한 곳. 그러나 거기에는 인정의 꽃이 피어 있을 것 같았다. 상처투성이의 몸이 탈출할 곳이 어디겠는가? 마음의 고아가 내다볼 수 있는 곳이 어디겠는가? 종유는 곱게 앉아서 상희가 보낼 사람을 기다렸다. 그러면서 미재에게 편지를 썼다.

"여기는 대구입니다. 상희 씨가 먼저 들어가고 나 혼자 지금 여관에 있습니다. 같이 들어가면 동네 사람들이 의심할 것 같다고 먼저 들어가, 사람을 보내 나를 데려가겠다는 것입니다.

어제 오늘 나는 여러 가지 마음의 변화를 받았습니다. 농촌이 싫어진 일도 있었습니다. 그러나 결국 내가 갈 곳은 농촌이란 생각을 했습니다. 많은 불편과 고생이 기다리고 있을 것도 알고 있습니다. 그러나 인간이란 제 나름의 평화를 바라며 사는 것입니다. 내게는 고향 같은 마음의 평화가 농촌에서밖에 기대될 수 없을 것 같습니다. 사람이 오는 대로 농촌으로 들어가겠습니다. 주신 금반지 끼고 있습니다. 언제까지나 끼고 있을 작정입니다. 기차에서는 주신 케이크를 맛있게 먹었습니다. 상희 씨에게 전해 주신 돈도 고맙게 받았습니다. 모든 것 고마울 따름입니다. 길 선생의 후의와 애정을 감사하게 생각하며 살겠습니다. 변동이 있을 경우 편지를 다시 쓰겠습니다만, 내 생활에 별 변동이 없기를 스스로 바라고 있습니다. 길 선생도 가정에 충실하심으로 행복한 나날을 보내시길 충심으로 바라마지 않습니다."

종유는 친한 친구에게 보내는 편지를 쓴 기분이었다. 미재를 처음으로 길 선생이라고 불렀지만 그것이 조금도 어색한 것 같지가 않았다. 무엇이나 이야기할 수 있는 친한 친구. 종유는 미재가 앞으로도 그런 친구가 되어 주었으면 하고 생각했다.

바람을 쐴 겸 거리로 나가 편지를 부치고 점심을 먹었다. 정거장 근처가 되어서 그런지 거리에는 서울 못지않게 자동차와 사람들이 많았다. 사람이 많다는 것은 결국 살기 위해 거리로 뛰쳐 나온 사람이 많다는 것을 의미한다. 사람과 사람이 부닥쳐야만 살 수 있는 도시. 종유는 그런 도시에 염증 같은 것을 느끼며 발걸음을 빨리 해서 여관으로 돌아갔다. 여관으로 돌아간 지 얼마 안 되어 사환이 어떤 시골 청년 한 사람을 데리고 왔다. 남방셔츠를 입었고 양복바지를 입었는데도 첫눈에 촌사람이란 것을 알 수 있었다. 동시에 상희가 보낸 사람임을 알 수 있었다.

"길상희 선생이 보내셨군요? 수고하셨습니다. 내가 조종윱니다."

상대방이 입을 열기도 전에 종유는 그 사람에게 자기소개를 하고 악수를 청했다. 청년은 두 손을 다 내밀고 종유의 손을 잡았다. 종유는 아차 실수를 했구나 하고 생각했다. 시골사람과는 어색한 악수보다도 꿇어앉아 인사를 교환하는 것이 도리어 다정할 것 같았던 것이다. 그때 악수를 했지만 청년이 방바닥에 꿇어 엎드리며 자기 이름을 말했다.

"저 길상도(吉尚道)올시다."

길상도란 말을 들으니 상회의 동생이란 생각이 들어 갑자기 친밀감을 느꼈다.

"길상회 선생의 친동생이신가요?"

"사촌동생입니더."

종유는 상도가 미재의 친동생이 아닌가 생각했다.

"길미재 여사하구는?"

"그 분두 사촌 누납니더. 저의 아버지가 삼형제 가운데 제일 밑이 아닙니꺼."

"삼형제분이 다 같이 살고 계신가요?"

"모두 타향에 나가 사십니더. 저의 아버지만 시골서 농사를 짓구 있습니더."

이 말을 듣자 종유는 일이 잘 되었다고 생각했다. 누구보다도 미재 부모가 시골에 살고 있다면 그들 대하기가 거북할 것 같았기 때문이었다.

"상도 씨두 농사를 짓구 계시군요?"

"저의 아버지는 젊어서 바람을 좀 피우지 않았습니꺼. 그래서 재산이 별반 남지 않아 저는 사촌들처럼 공부를 못했습니더."

상도의 솔직한 대답에 종유는 혼자 빙그레 웃었다.

"나 때문에 일부러 나오셨군요? 바쁘실 텐데 미안합니다."

"괜찮심더. 상회 누나 말이라면 꼼짝할 수 있습니꺼? 그런데 우리 누나하구는 오래 전부터 잘 아시는겨?"

종유는 좀 대답하기가 거북했다. 잘 모른다고 하면 어떻게 시골까지 오게 되었느냐고 물을 것이 겁났던 것이다.

"잘 알구말구요."

종유는 잠시 사이를 두었다가,

"상회 누나는 시골서 일을 많이 하신다지요?"

상회에 대해서 잘 알고 있는 것처럼 말했다.

"동네뿐 아닙니더. 군 내에서는 모르는 사람이 없을 정도가 아닙니꺼."

사실은 상희에 대한 것을 좀더 묻고 싶었지만 잘못하다가는 그미에 대한 지식이 너무나 적은 것이 드러날 것 같아,

"그런 줄은 알구 있었지만……."

하고 어물어물해 버렸다. 그러자 상도는 역에 나가서 짐을 찾아다가 버스정류소에 맡겨야 한다면서 종유의 짐표도 달라고 했다. 종유가 짐표를 주자 그것을 들여다보던 상도가,

"선생님 것은 장땡 아닙니꺼? 누나 것은 일땡이구……. 장땡하구 일땡이하구. 히히……."

의미 있게 웃었다. 무슨 말인가 해서 짐표를 도로 달래 보았더니 거기 적혀 있는 번호가 종유 것은 1010이고 상희 것은 1011로 되어 있었다.

아무것도 아닌 것에 인연을 붙여 뜻있게 웃는 상도가 재미있는 친구라 생각하며 짐표를 도로 내주었다.

"그럼, 다녀 오겠습니데이."

상도가 훌쩍 나갔다. 종유는 혼자가 되자 상도가 남긴 여운 같은 것을 음미하면서 시골엘 가도 상도 같은 친구가 있으면 그리 심심치 않으리라는 것을 생각했다. 그리고 군 내에서는 상희의 이름을 모르는 사람이 없다던 상도의 말을 기억하면서 상희가 어떤 일을 하고 있기에 그렇게까지 유명할까하고 생각했다. 빨리 가서 상희의 활동을 눈으로 보고 싶은 마음이 들었다.

두어 시간이나 거의 되어서야 상도가 돌아왔다. 저녁때가 돼서 금시 저녁을 먹었지만 상을 돌려낼 때까지도 상도는 잠시 쉬지 않고 이야기를 꺼냈다.

"선생님은 대학을 졸업하셨다면서요. 어쩜 우리 누나 하구 생각이 꼭 같습니꺼? 하늘의 별 가운데두 같은 게 없다는데……."

주로 종유에 대한 것을 물어 보는 말을 했지만 종유는 그가 조금도 밉지 않았다. 그래서 저녁을 먹고 한참 이야기를 하다가 상도를 데리고 술집으로 갔다. 술을 한잔 같이 마시고 싶었던 것이다.

시골서 막걸리밖에 먹어 보지 못했을 상도에게 희한한 것을 보여 주고 싶은 생각이 들어 일부러 바로 안내했다. 컴컴한 조명 밑에 미인들이 우글거

리는 바 안에 들어서자 상도는 기절을 할 듯 종유의 손을 잡아끌며 당황해
했다.

"나가입시더. 막걸리가 맛있습더."

"괜찮아. 나두 이게 마지막이니까 도시와 고별하는 의미루 한잔만 하구
가."

"그래두 안 됩니더. 누나가 알면 큰일입니더."

"걱정 말어. 고자질 안 할게……."

종유는 상도를 끌어 앉히고야 말았다. 색시가 양 옆에 와 앉고 술을 붓고
첫잔을 권할 때까지는 공포증에 걸린 사람처럼 말도 못하던 상도가 두어 잔
쯤 마시고부터는 색시들과 농을 곧잘 했다. 나중에는 손도 만져 보고 엉덩
이도 만져 보며,

"요런 것은 통째루 샘켜두 비릿내 하나 안 나겠다이."

부끄러운 줄을 몰랐다. 그러고는 종유에게,

"선생님, 동네 가서는 이런 이야기 절대루 안 하깁니데이. 아시겠는기
요?"

하고 눈을 크게 뜨기도 했다.

"염려 말구 마음대루 놀아요. 뽀뽀두 한 번 해 보지."

"뽀뽀요?"

상도는 뽀뽀하며 색시 입에 입술을 갖다대려 했다. 색시가 웃으며 그를
밀치자,

"우리 선생님이 하락하지 않았나? 나하구 뽀뽀하면 입술이 닳는닥 하더
나?"

참으로 재미있는 청년이었다. 결국 뽀뽀를 하고야 말았지만 그래도 밉지
가 않았다. 술이 거나해서 돌아올 때도,

"선생님, 우리 누나한텐 절대 비밀입니데이. 아시겠습니꺼?"

다짐을 했지만 그것도 귀엽게 보였다.

다음날 새벽 다섯 시, 그들은 여관을 나와 시내버스를 타고 시외버스 정
류소로 갔다. 새벽차가 되어서 그런지 손님이 그리 많지는 않았다. 종유는

먼저 차에 올라 자리를 잡았고 상도는 밖에서 짐 싣는 것을 살폈다. 차가 떠날 때는 좌석이 거의 만원이었다.

종유는 드디어 자기가 농촌 사람이 되는 것이라고 생각했다. 차 안에 앉아 있는 대부분의 손님이 한복 차림의 농촌 사람들이었다. 입은 옷이 다를 뿐 자기도 그 사람들과 다를 바 없다는 것을 생각할 때 어쩐지 서글퍼지는 것 같았다. 귀양가는 사람의 심정을 실감하기도 했다. 문명과 외면을 하고 세상이 어떤 방향으로 돌아가는지 방향감각마저 잃고 살아가야 하는 것이다. 소외자(疎外者). 탈출자(脫出者)는 결국 소외자란 말인가

한 시간쯤 지났을까 버스가 멎을 때마다 통학생들이 오르기 시작했다. 고령(高靈)에 있는 중고등학교에 통학하는 학생들이었다. 그들은 차에 오르자 미리 준비했던 돈 삼 원씩을 냈다. 제복을 입고 버스값 내는 학생들을 보자 종유는 마음이 약간 누그러지는 것을 느꼈다. 농촌 사람들도 자녀들 교육을 시키고 있다. 학교 다니는 자녀들에게 매일 육 원 이상의 현금을 낼 여유를 가지고 있다. 그러나 종유의 눈은 금시 흐려졌다. 어떤 시골부인이 버스에 오르자 차장과 싸우는 것을 본 것이다. 즉 차장은 오 원을 내라는데 부인은 전에도 사 원에 탄 일이 있으니까 사 원만 받으라는 것이었다. 된다거니 안 된다거니 하며 싸움이 벌어졌는데 결국 부인에게도 돈이 사 원밖에 없음이 드러났다. 그런데도 차장은 일 원을 더 내거나 그렇지 않으면 차에서 내리거나 하라고 했다.

종유는 일 원짜리 하나를 내 주어 싸움을 말리고 싶었지만 구경만 하고 있는 차 내의 모든 사람들처럼 그도 그 싸움에 나서지를 못했다.

돈 일 원이 없어서 창피를 당하는 여자에게 어째서 일 원짜리 동정도 못 하는 것일까.

동정심 문제가 아니었다. 용기 문제였다. 애정 표현에 대한 용기 문제인 것이다. 종유는 그러다가 싸움이 끝나는 것이려니 생각하고 외면한 채 있었지만, 일 원짜리 싸움은 끝날 줄을 몰랐다. 일 원짜리 하나를 가지고 끈덕지게 싸우지 않을 수 없는 것이 농촌의 실정이었던가 하는 생각이 들었다.

고령이 멀지 않았는데도 싸움이 계속되고 있을 때 상도가 일 원짜리 하나

를 꺼내 차장에게 주며,

"시끄럽고마. 귀 아파 몬 살겠다. 자 이걸 받구 그만둬라."

했으나, 차장은 그것을 받으려 하지 않았다.

"아따, 돈 없는 사람한테서 받아야만 속이 편할란가? 어서 받구 그만둬라."

그래도 딴 사람의 돈은 받을 수 없다면서 상도의 손을 뿌리쳤다.

"문둥이 지랄하네. 정 안 받을라문 그만둬라."

상도는 돈 모자라는 부인을 향해,

"걱정 말구 그냥 내리이소. 뒤는 내가 맡을랍니더."

하며, 싸움을 가로맡았다. 그리고 고령서 그 부인이 내릴 때 차장의 앞을 가로막고 부인에게 손을 대지 못하게 했다. 결국 지고만 차장이 별꼴 다보겠다며 투덜거릴 때, 상도는 일어서서,

"이놈 가시내 때려죽일까 부다. 잔소리가 무슨 잔소린고?"

정말 때리기라도 할 것처럼 소리질렀다.

"앉아, 앉어."

종유가 상도의 옷자락을 잡아당기며 떠들지 못하게 했지만, 차 안에 앉아 있는 손님 전부의 시선이 상도에게 박수를 보내는 것 같았다.

도시적(都市的)인 차장, 농촌적인 상도라고 종유는 생각해 보았다.

세 시간 이상이 지나 버스가 멎었을 때 상도가 다 왔다면서 자리에서 일어섰다. 이제는 다 온 모양이었다. 기차로 서울을 멀리 떠났고, 이제 버스는 대구를 멀리 떠나 왔다. 지구 맨 끝까지 온 것 같은 기분이었다. 그리고 유폐된 생활을 하기 위해 포로수용소로 끌려오는 기분이기도 했다.

종유는 버스에서 내렸다. 버스에서 내린 몇 사람과 마을 사람 몇이 버스 옆에 서 있었다. 그 가운데 상희가 서 있음을 보자, 종유는 자기도 모르게,

"길 선생."

하고 소리를 질렀다. 반가웠던 것이다. 포로수용소 같은 곳에서 우연히 아는 친구를 만난 것 같은 반가움이었다.

"고생하셨지요?"

상희도 반가워했다. 반가워하면서도 침착성을 잃지 않았다.

"고생될 것이야 있겠습니까만."

고생스럽지는 않았지만 지루했다는 종유의 말이었다. 당신을 만나러 지루한 여행을 했습니다 하고 응석을 부리고 싶은 실정이었다.

한 젊은 사람이 가지고 온 리어카에 짐들을 실었다. 꽤 큰 짐이 세 개였다. 책이 두 개, 경로회용 물건이 한 개인 모양이었다. 거기에다 종유의 짐 한 개까지 있었다.

상희와 같이 마중 온 젊은 사람을 종유에게 소개시킨 뒤, 상희는 조반을 먹자고 하며 길가에 있는 집을 가리켰다. 음식점도 아닌 민가였다.

"가서 먹지요. 아직 열 시두 안 됐는데……."

종유가 사양을 하자, 상희가,

"십 리를 더 가야 하는데 배고파 안 돼요. 식사는 준비시켜 놨어요."
하고 앞장을 섰다. 종유는 그저 고마움을 느낄 뿐이었다. 십 리 길을 일부러 걸어 나온 상희의 성의도 고맙지만, 배고플 것을 생각하고 미리 와서 조반까지 시켜 논 상희의 빈틈없는 계획이 만족스러웠다. 길을 잃고 헤매다가 동행할 사람을 만난 듯한 심정이었다.

조반을 간단히 먹자 그들 일행 세 명은 진주(晉州)로 가는 신작로를 걷기 시작했다. 대구에서 진주까지 가는 길이니 한없이 길 것이다. 그러나 산과 산 사이의 계곡을 뚫고 뻗어 나간 길은 그리 길어 보이지가 않았다. 들도 넓지 않았다. 민가도 별로 보이지 않았다. 버스가 머물렀던 곳에 서너 채의 집이 서 있을 뿐 보이는 것은 오직 산뿐이었다. 그런 산 속에 농사지을 땅이 있을 것 같지 않고 사람이 살 것 같지 않았다. 그런데 이백 미터쯤 신작로를 걸어가다가 앞에 선 리어카가 오른쪽 좁은 길로 들어섰다.

"산 속으로 들어가는 길 아닙니까? 산 속에 동네가 있단 말입니까?"

종유는 십 리를 간다고 해서 마을이 나올 것 같지가 않아 물었다.

"십 리라고 하지만 한 시오 리 거의 가면 동네가 나옵니다."

상희가 상냥하게 대답했다.

"무척 깊은 산골이군요?"

"해발 칠백 미터라던가요. 산꼭대기지요."

"그런 데서두 논농사가 됩니까?"

"그래두 밭보다 논이 더 많답니다."

"하늘에서 내던져진 부락이군요? 고독을 느끼지는 않습니까?"

종유는 무엇보다도 고독할 것이 걱정스러웠다. 버스 노선에서도 십 리 이상이 단절된 곳, 기차를 보기 위해서는 네댓 시간 동안을 나가야 하는 곳, 말하자면 세상에서 소외된 산골에서 닥쳐오는 고독을 무엇으로 막을 수 있을 것인가?

"사람은 어디서나 고독할 수도 있고 고독 안 할 수도 있는 거 아녜요? 사람 사는 곳이면 다 마찬가지지요."

"그래두 환경에서 오는 고독이 있을 거 아닙니까?"

"환경이 고독하면 인정이 오붓하지요. 다 살게 마련인 것 같아요."

종유는 대구 여관에서 본 시골 소녀 생각을 했다. 아버지를 생각하는 인정, 그런 인정 속에서 자기도 고독을 모르고 지낼 수 있을까 하고 생각했다.

얼마를 걸었는데도 보이는 것은 역시 산뿐이었다. 그리 높은 산도 아닌데 한 고개를 넘으면 또 새 고개가 앞을 막았다.

"저것이 어석리(於石里)입니다. 저의 동네에서 제일 가까운 부락이지요. 크기는 거의 같아두, 교회두 있구 협동조합두 있습니다."

상희가 손가락질하며 설명했다. 나무숲에 싸여 얼핏 보아 집이 있는지 없는지를 분간할 수가 없었다.

"나무가 많은데 무슨 나무지요?"

"감나뭅니다. 우리 동네두 감나무가 많은데, 가을이 되면 빨간 열매가 보기 좋습니다."

종유는 감이 주렁주렁 매달린 감나무를 연상해 보았다. 하늘이 채색해 준 아름다운 풍경이다. 그는 빨간 고추가 널려 있는 초가집 지붕도 연상했다. 시골이 아니면 맛볼 수 없는 이색적인 정취다. 그는 심호흡을 하며 마음의 안정을 느꼈다. 동시에 낯선 농촌에 왔다는 불안감이 약간 제거됨을 느꼈다.

"감을 많이 먹어서 길 선생 얼굴이 그렇게 단단해 보이는군요?"

그는 농담까지 했다.

"감이 익으면 물렁물렁 하지, 어디 단단한가요?"

상희의 대답에 자기 말이 잘못된 것을 느끼자 곧,

"빨간 감을 많이 잡수시구두 마음은 어째 빨갛지가 못하신가요?"

하고 가볍게 공박을 했다.

"빨간지 노란지 어떻게 아세요?"

빨갛지 않다는 말에 상희가 반박을 했다.

"겉 보면 속두 알 수 있잖아요?"

"감은 건시가 될 때까지 퇴색 안 하는 것이 탈이지요."

대단치도 않은 일인데 어쩐 일인지 상희가 지려고 하지 않았다. 이상한 일이었다.

어느새 한 시간 이상을 걸었다. 한 시간 이상을 걸었는데도 다 왔다는 말이 없어 종유는,

"아직 멀었습니까?"

하고 물었다.

"삼분의 이는 왔습니다. 리어카 땜에 빨리 걷지를 못해 시간이 걸리는가 부지요?"

상희의 말을 듣자, 종유는 땀을 뻘뻘 흘러가며 리어카를 끌고 밀고 하는 청년들에게 미안감을 느꼈다. 그래서 그는 리어카 뒤에서 그것을 밀어 주었다. 그러자 상희도 한몫 끼었다. 훨씬 걸음이 빨라졌다. 그 대신 십 분도 못 가서 종유의 셔츠는 땀으로 몽땅 젖었다. 이마에서는 구슬 같은 땀이 흐르고.

"무슨 책을 이렇게 많이 얻어 오지요?"

진력을 느끼기 시작한 종유의 말이었다.

"한 번 서울 가기가 쉬워요? 모교에 가서 선생들에게까지 구걸을 했어요."

상희는 리어카를 밀면서도 만족스러운 듯이 웃으며 대답했다. 그리고는 종유의 옆얼굴을 쳐다보며,

　“땀을 많이 흘리시는군요. 그만두세요.”

했다.

　“본시 땀을 많이 흘립니다.”

　종유가 손가락으로 이마의 땀을 문지를 때였다. 상희가 손수건을 꺼내 자기 손으로 종유의 이마를 문질러 주었다. 그리고는 땀에 말라붙은 셔츠를 잡아떼고 손수건을 셔츠 밑에 넣어 주었다.

　강력하게 말을 해 주면 리어카를 밀지 않겠는데, 그런 말은 않고 등에 수건만 넣어 주는 것은 결국 계속해서 리어카를 밀어 주라는 것이 아니겠는가? 그러나 종유는 그리 불만스럽지가 않았다. 자기 손으로 이마의 땀을 씻어 주고 셔츠 밑에다 손수건을 넣어 주는 상희에게 여성을 느꼈기 때문이었다. 상희를 여성으로 느낀 첫 케이스였다.

　얼마를 가자 그때야,

　“이젠 다 왔어요. 좀 쉬었다 가세요.”

　상희가 먼저 리어카에서 손을 뗐다. 동시에 리어카가 멎었다.

　“동네가 보이지두 않는데요?”

　“경사가 져서 안 보이지, 오십 미터만 가면 집이 나옵니다. 세수를 하세요.”

　산길이 되어서 그런지 오십 미터 밖에 있다는 동네가 전혀 보이지 않았다. 그래도 종유는 시키는 대로 길 옆에 있는 논두렁으로 가 흘러내리는 물로 세수를 했다. 수량이 많지 않아서 그런지 물이 그리 맑지 않았다. 논에 괴었다가 조금씩 흐르는 물이 되어 그런지 차갑지도 않았다. 그래도 세수를 하고 나니 약간 시원했다. 산들바람에 땀에 젖은 셔츠가 시원하게 느껴졌다.

　종유가 세수를 하자, 상희가,

　“셔츠 벗으세요. 물을 짜 드릴게…….”

했다. 종유는 여자 앞에서 알몸뚱이가 되기 안되어 사양했다.

　“괜찮아요. 저절루 마르겠지요.”

　상희는 그것을 사양으로 해석했던지,

　“어때요? 누가 보는 사람 있어요? 빨리요.”

하며 옆으로 가 셔츠의 단추를 빼려고 했다. 종유는 할 수 없이 남방셔츠와 러닝셔츠까지 벗고 알몸뚱이가 되었다. 좀 부끄럽고 미안했다. 그러나 상희는 조금도 다른 기색을 보이지 않고 셔츠를 쥐어짰다. 몇 번이나 짜고는 툭툭 털어 풀섶 위에 넣었다. 언제까지나 알몸뚱이로 있으라는 것인가? 종유는 그래도 그리 당황하지를 않았다. 남자가 웃통쯤 벗고 있는 것이 그리 흉측스런 일이 아니다. 더구나 자기 육체는 그리 빈약하지 않았다. 빈약하지 않은 육체를 상희가 보아 주고 있는 것이다. 보아 주는 것뿐이 아니었다. 땀에 젖은 등을 손수건으로 닦아 주기까지 하는 것이었다.

종유는 생각했다. 자기의 체격과 피부가 상희의 마음에 들어 주었으면 하고.

마른 옷을 주워 입고 마을 어귀에 들어섰을 때, 종유는 육십 가구가 어디서 사는 것일까 의심했다. 뒤에는 높은 산이 있는데 그 산골짜기에 집 몇 채가 보였을 뿐이었다.

감나무에 싸여 집들이 잘 보이지도 않았지만 넓지 않은 골짜기에 집이 있다 해도 몇 채가 되지 못할 것 같았다. 움푹 팬 골짜기 왼편에 평평한 언덕 같이 생긴 곳이 이 마을의 전부지만, 육십 가구가 산다고 해도 무엇을 먹고 산단 말인가? 농사짓는 땅이라고는 조금 전 세수를 하던 몇 정보의 논밖에 보이는 것이 없는데…….

종유가 의아한 생각을 품고 있는데 어디선가 청년 두세 명이 달려왔다. 모두는 일을 하다가 온 모양으로 바짓가랑이를 걷어올리고 있었다. 그들은 상희에게 지금 오느냐고 인사를 한 뒤, 종유에게 허리를 굽혀 절을 했다.

"종유 선생님이시야."

상희가 소개를 하자, 청년들은 제각기 이름을 대고,

"멀리 오시기에 얼마나 수고하셨능기요?"

꼭 같은 인사말을 했다. 그리고는 리어카를 밀기 시작했다.

리어카는 동네 어귀에 있는 댓 칸짜리 초가집 앞에서 멎었다. 그 집에는 대봉도서관(大峰圖書舘)이란 자그마한 간판이 붙어 있었다. 젊은 사람들이 짐을 풀어 옮기는 사이에 종유는 도서관 안을 들여다보았다. 한편 벽에 책

들이 꽂혀 있고 그 옆에 허름한 책상 하나가 놓여 있다. 그리고 방 대부분에
는 판자로 만든 걸상이 놓여 있었다. 맨 앞 벽에는 태극기를 넣은 액자 하나
가 걸려 있었고 그 밑에 흑판이 걸려 있었으며, 흑판 앞에는 교탁 한 개가
놓여 있었다. 그것뿐이었다.

국민학교 교실보다도 좁고 초라한 이 방이 종유가 일할 곳이다. 종유는
서글퍼졌다. 호마이카 책상과 형광등이 있으리라고는 생각지 못했다. 그러
나 이렇게까지 초라하리라고는 생각하지 못했던 것이다.

"동네의 유일한 집회소이기도 합니다."

옆에 있던 상회가 조금의 불만도 없이 도서관의 용도를 설명했다. 사실
농촌에는 이런 도서관 겸 집회소를 가진 마을도 별반 없다. 그런 만큼 이 동
네의 자랑이 아닐 수 없었을 것이다.

"그래요?"

종유는 그저 멍하니 서 있을 수 없었다. 그런데도 상회는,

"순전히 동네 청년들의 힘으로 세운 집이지요. 금년엔 창고도 하나 또 지
을 작정입니다. 저것들이 그 목재지요."

신이 나는 듯 설명을 하며, 마당에 쌓여 있는 통나무들을 가리켰다.

"그래요?"

종유는 감각을 잃은 사람처럼 건성으로 대꾸를 할 뿐이었다. 소에 물린
사람처럼 멍하니 서 있을 때, 상회가,

"이제 숙소루 가실까요?"

하고 말했다. 그러자 짐을 도서실에 옮겨 놓은 상도가 앞장을 섰다. 좁은 길
을 걷기 시작했다. 한편에는 도랑이 있으나 물이 말라 있었다. 길가에는 풀
이 자랄 대로 자라 들길을 걷는 감상이었다.

길 좌우로 집들이 있는데 모두가 조그만 초가집들이었다. 울타리가 있는
집도 있고 울타리가 없는 집도 있었지만 넓은 마당을 가진 집은 하나도 없
었다. 마당이라고 있는 집도 마당 절반쯤은 퇴비가 자리를 잡았고 그 근처
에 자라난 잡초가 어수선하여 폐허 같은 느낌이었다.

울타리 없는 집에는 통나무로 엮어 만든 돼지우리가 두드러지게 눈에 띄

었다.

참으로 가난한 마을이구나 하는 생각을 하고 있는데, 기와집 한 채가 나왔다. 종유가 이런 동네에도 기와집이 다 있구나 하는 생각을 하고 있을 때, 상희가,

"상도네 집예요. 선생님이 묵으실……."
하는 것이었다. 그래도 기와집에서 살게 된 것이다.

육십여 호 중 하나밖에 없는 기와집에 자기를 묵게 한 상희의 마음씨를 생각할 때, 종유는 마음 한구석이 든든해짐을 느꼈다. 비록 야학교 선생이지만 선생으로서의 대접을 받는다는 것이 그의 조그만 자존심을 만족시켜 주었던 것이다.

기와집에는 돌담이 둘러 있었다. 대문도 기와로 덮인 고색 짙은 것이었다. 대문 안에 들어서자, 상희는 앞채 동쪽 가에 있는 방으로 종유를 데리고 가서 방문이 쫙 열려 있는 방 안을 기웃해 보고,

"선생님 방이에요."
했다. 사방 아홉 자는 실히 될 그리 좁지 않은 방인데 반자나 장판도 과히 지저분하지가 않았다. 시골에도 이런 방이 있었던가 하고 감탄할 정도였다. 리어카에서 종유의 짐을 가지고 들어온 상도가 짐을 방 안에 놓으며,

"방이 누추해서 어이합니껴?"
하고 빙그레 웃었다.

"훌륭한데…….이만했으면 상지 상이지."

종유는 만족스럽게 대답했다. 그때 상희가 면박을 주듯 상도에게 말했다.

"빨리 가서 세숫물이나 떠 와."

"내가 참……."

상도가 미처 생각지 못했다는 듯이 안방 있는 데로 뛰어갔다. 그러자 상희가 방 앞에 깔려 있는 서너 자 넓이의 마루를 가리키며 앉으라고 했다. 종유는 앉으라는 대로 앉았다. 집 앞의 뜰이 보였다. 뜰 앞에는 화초와 잡초가 그득했다. 봄철에 가꾸어 놓은 화단도 아니었다. 한 번 심었던 화초의 씨가 떨어져 저절로 자라난 화초들인데, 한 번도 손질을 해 주지 않아 잡초가 화

초보다 더 무성해 있었다. 조금 한심스런 생각이 들었다. 그러나 돌담을 끼고 서 있는 대여섯 그루의 늙은 감나무를 볼 때, 종유는 가을이 짙어갈 때까지 그리 무료하지는 않을 것이란 생각을 했다. 화단에는 꽃이 필 것이요, 감나무에는 파란 잎과 빨간 열매가 자기의 눈을 즐겁게 해 줄 것 같았던 것이다. 종유가 늙은 감나무를 바라보고 있을 때였다. 상희가 불현듯 돈 천오백 원을 꺼내 주며,

　"좀 이따 제가 없을 때 식비루 드리세요."
했다. 무슨 영문인지를 몰라,

　"내게도 그만한 돈은 있습니다."
하고 받지를 않으려 하자, 상희가 입에 손을 대고,

　"빨리 넣으세요."

　종유의 입을 막았다. 그럴 때 상도가 세숫대야를 들고 왔다. 종유는 무슨 영문인지도 모르고 돈을 바지 주머니 속에 집어넣었다.

　"그럼, 세수하시구 점심 잡수세요."

　상희는 한 마디를 남기고 안방으로 가서 이야기를 하다가 돌아갔다.

　종유는 세수를 하고 방 안에 들어가 짐을 풀고 내의를 갈아입었다. 얼마 안 있어 상도가 점심상을 들고 들어왔다. 밥은 쌀이 조금 섞인 보리밥이요, 반찬은 김치와 푸성귀 나물뿐이었다. 시골 맛이 단단히 나는 밥상이었다.

　"찬이 없어 진지를 잡술지 모르겠심더."

　상도가 진심으로 걱정을 했다. 종유는 그런 밥이 목구멍에 넘어갈지가 의심스러웠다. 그렇지만,

　"반찬이 많은데……."
하고 밥을 먹기 시작했다. 쌀밥보다 더 연한 것 같으면서도 벌레를 씹는 듯 툭툭 소리가 나는 보리밥이 정말 씹을 맛이 나지 않았다. 쌀밥만 먹던 입이 되어서 그런지, 조반을 먹은 지가 얼마 안 되어 그런지 어쨌든 보리밥에서 냄새까지 나는 것 같아 몇 술을 들고는 숟가락을 놓아 버렸다.

　마루에 앉아 지키고 있던 상도가 왜 밥을 그렇게 안 먹느냐고 물을 때, 종유는 조반 먹은 지가 몇 시간도 안 되어 먹을 생각이 별반 없다고 대답했

지만 그런 밥을 먹고 살 수 있을까 혼자 불안해했다.

서울 하숙에서 한 달에 오천 원씩 주던 것을 생각하면 깡보리밥이라 해도 싼 셈이다. 종유는 자기 돈을 보태서라도 하숙비를 더 내고 쌀밥을 지어 달라고 할까 생각했다. 그러나 마을에 도착하자마자 밥에 대한 불평부터 이야기하기가 어쩐지 미안스러웠다. 그리고 상희가 자기 주머닛돈을 주며 종유가 내는 것처럼 하라고 한 것이 아무래도 곡절 있는 일 같았다.

야학에서는 하숙비도 낼 형편이 못 되기 때문에 종유가 마치 자기 돈을 써 가며 봉사하러 농촌에 내려온 것처럼 꾸민 것이나 아닌지. 만약 그렇다면 봉사하러 온 사람으로서 보리밥을 먹을 수 없다는 말을 할 수가 있겠는가?

종유가 밥 이야기를 꺼내지도 못하고 있을 때 상도가 밥상을 내 갔고 뒤따라 상도 아버지처럼 보이는 육십 노인이 방 안으로 들어왔다.

"동네를 위해 일하러 오셨다니 고맙소. 그렇지만 시골이라 무엇보다도 침식이 불편해서 어떡허는기요?"

노인은 반 서울말을 써 가며 점잖게 말했다. 종유는 이런 경우 솔직할 수가 없었다. 불만을 감추고,

"별말씀을 다 하십니다. 도리어 폐를 끼치게 돼서 죄송스럽습니다."

몸을 도사리며 공손히 대답했다. 길 노인은 주머니에서 궐련을 꺼내 물고 성냥불을 그으려 했다. 담뱃갑이 서울서 보지 못하던 것이었지만 한눈에 싸구려라는 것을 알 수 있었다. 그래도 장죽을 사용하지 않고 궐련을 피운다는데 노인이 순수한 농부가 아니란 인상을 주었다. 그러나 종유는 얼른 자기의 담배를 꺼내 파고다 한 개비를 노인에게 권했다.

"허, 허. 촌사람이야 아무거 피우면 어떤기요?"

그러면서도 노인은 담배를 받았다. 그리고는 아깝지도 않게 필터 달린 데를 입에 물고 성냥불을 그었다. 그러고 나서는,

"서울은 어떤기요? 거기두 가뭄이 심하다 카던데……."

서울 이야기를 묻기 시작했다.

"오래 가물어 걱정들 하고 있습니다. 그렇지만 직접적인 피해가 없으니까

걱정에 그치는 것이겠지만 농촌은 어떻습니까?”

“말 마시오. 모를 한창 심거야 할 땐데 모를 심그는 사람이 하나두 없구만. 몇십 년래 처음인 것 같은데…….”

“그럼 어떡허십니까?”

“어떡허긴? 변덕부리는 하늘을 당해낼 수가 있는기요?”

“그래두 무슨 수가 있어야 하지 않겠습니까?”

종유는 원시적이나마 기우제 같은 것이 있을 수 있지 않은가 생각하며 물었다.

“비가 안 오면 그만이지. 모밀이나 대파(代播)할까…….”

종유는 약간 실망했다. 하늘을 믿고 땅을 의지하며 사는 농촌 사람들이 어째서 하늘에 매달리려는 생각을 안 할까? 더구나 하늘에서 떨어지는 물 밖에 바랄 것이 없는 이 고산(高山)지대에서…….

길 노인은 그 뒤 서울 이야기를 물어 보다가 안방으로 들어가 버렸다. 길 노인이 들어간 뒤에는 아무도 얼씬하는 사람이 없었다.

상희도 보이지 않았다. 일이 바쁜 탓일까? 그렇지 않으면 자기를 잊어버리고 있다는 말인가? 종유는 무료한 가운데서 한잠을 잤다. 한 시간도 안 되어 깼지만 그래도 찾아 주는 사람이 없었다. 아무래도 잘못 온 것 같았다. 마음에 드는 것이 하나도 없었다.

‘서울에 있다면…….’

서울에 있다면 미재가 전화를 걸어 주었을 것이다. 그리고 저녁때 만날 것을 약속해 주었을 것이다. 그는 미재가 준 반지를 만져 봤다. 딱딱한 금속성이지만 거기서 미재의 체온 같은 것을 느꼈다.

미재는 바람을 쐴 겸 떠나기는 하지만 곧 돌아오라고 했다. 학원을 만들어 놓을 테니, 그 일을 맡아 보면 심심치 않을 것이 아니냐고 하면서. 만약 미재에게서 편지가 오기만 하면 떠나자. 다시 서울로 돌아갈 때 미재는 얼마나 반가워할까? 어차피 살지 못할 데서 고생을 하느니 기다리고 있는 사람에게로 가서 살자. 단 하루를 살아도 긴장된 상태에서 최소한도 권태를 느끼지 않으며 살아야 할 것이 아닌가? 미재는 나를 사랑하고 있다. 자기 남편보다 나를 더 사랑하고 있는 것만은 사실이다.

종유는 반지를 만지작거리며 미재의 마음을 더듬어 보는 것이었다.

가면 아주 가는 건가요? 그렇게 생각하면 오산이에요. 미재가 하던 그 말이 옳은 말이라고 생각했다. 사랑은 권력으로도 끊을 수 없지만, 도덕으로도 끊을 수가 없다. 내가 미재를 떠나려고 한 것도 결국은 미재를 사랑하기 때문이 아니었던가? 미재를 사랑하지 않는다면 구태여 시골까지 올 필요가 없었다.

그립구나, 미재. 죽고 싶게 그립구나.

종유는 벌떡 일어났다. 못 올 데를 온 것 같은 마음이, 비오는 날 방 안에 갇혀 있는 것 같은 우울증을 가져다 주었던 것이다. 비를 맞으면서도 거리로 뛰쳐 나가는 심정으로 그는 방 밖으로 나갔다. 그리고 한 번도 걸어 보지 못한 동네 길을 걷기 시작했다. 동네 구경이었다. 종유는 우선 길이 좁은데 놀랐다. 좁은 길도 고르지가 못하다. 울퉁불퉁한 것이 밤에는 잘 걷지를 못할 것 같았다.

그런데다가 길 양 옆에는 풀이 자랄 대로 자라 있다. 종유는 상도네 집 화단을 생각했다. 잡초가 우거진 화단. 어째서 그들은 잡초를 뽑아 주지 않을까? 풀을 뽑아 썩히면 거름이 될 텐데. 결국 게으르기 때문이라는 생각을 했다. 부지런한 것이 농민이라고들 하는데, 정작 농촌에 와 보니 그렇지가 않은 것 같았다.

동네 한가운데 밭이 하나 있었다. 콩밭이었다. 종유는 또 놀랐다. 집 마당과 같은 귀한 땅인데 그런 땅에 소출이 많은 것을 심지 않고, 어째서 흔해빠진 콩을 심었을까? 요즘 농촌에서는 다각적 농사를 짓는다고 하는데, 하다못해 오이나 토마토 같은 것을 조기 재배해도 수입이 훨씬 많을 것이 아닌가?

종유는 이 동네 사람들이 보수적이라는 것, 그래서 농사 개량 같은 것은 생각도 않고 있음을 알았다. 농민은 땅을 사랑해야 할 것이다. 땅을 사랑해서 땅을 십이분 활용해야 한다. 경천(敬天)하지 않고 애지(愛地)하지 않는 이 마을 사람들이 어찌 잘 살 수 있을 것인가? 그런데 얼마 안 가서 기와집

한 채가 보였다.

거기서 얼마 안 되는 곳에 또 기와집 한 채가 있었다. 이상한 일이었다. 이 같은 동네에 기와집이 세 채나 있다니? 종유는 그것들이 길씨네 집이 아닌가 생각했다. 상도의 말에 의하면 상도 아버지 삼형제 중 상도 아버지만이 바람을 피워 재산을 탕진했다고 한다. 그러니 패가한 상도네가 기와집을 쓰고 있는 만큼 나머지 두 형제는 재산과 더불어 기와집을 부지해 오고 있을 것이 분명했다.

조상들이 물려 준 재산을 가진 사람들만이 기와집을 쓰고 사는 거겠지.

동네 끝까지 올라간 그는 동쪽에 분지(盆地)처럼 넓게 트인 공지로 갔다. 한편 구석에 묘지가 하나 있을 뿐 천여 평이 될 땅에 온통 잔디가 깔려 있었다. 노송이 몇 그루 서 있고. 그는 거기서 동네를 내려다보았다. 한눈에 들어오는 동네였다.

그러나 감나무에 가려 집들은 잘 보이지 않았다. 얼마나 아름다울 수 있는 동넨가? 사철 꽃이 피게 하고 동네 사람들이 쌀밥을 먹으며 잘 살게 한다면 도원경(挑源境)이 될 수 있을 것 같았다.

그런데 마을 사람들은 부지런하지가 않고 경천애지(敬天愛地)를 하지 않는다.

뒷동산에 올라

종유는 공지를 왜 일구지 않을까 생각하며 잔디밭을 거닐었다. 산소 때문이라면 딴 데로 면례를 하고라도 개간할 수 있지 않을까? 빈 땅을 아까워하며 동쪽으로 걸어갔을 때 동네 반대편 쪽으로 논이 즐비해 있는 들을 보았다. 밭이 아니라 논뿐이었다. 동네 사람들이 이들을 의존하고 사는 것이라 생각하며 수원(水源)을 살펴보았다. 바로 뒤에는 나무 하나 없는 높은 산이 있을 뿐 저수지가 보이지 않았다. 그야말로 천수답들이었다. 그러니 가뭄이 계속되면 모를 심지 못할 것이 분명했다. 모두가 빨간 흙 그대로였다.

종유는 발길을 돌려 집으로 돌아가려 했다. 보는 것마다가 가슴 답답했기 때문이었다. 그때,

"이 가시나야, 소는 안 보구 이걸 어이 하노?"

째지는 듯한 목소리가 들렸다. 종유는 소리나는 곳으로 눈을 돌렸다. 잔디밭 남쪽 콩밭 근처에 한 노파가 어린 소녀를 붙들고 야단치는 것이었다.

"소를 끌구 딴 데루 못 갈라나?"

노파는 악을 쓰는데, 소녀는 꼼짝 않고 선 채 말이 없었다.

"참, 기가 맥혀 살갔노? 소 먹으라구 심거 논 콩 아이제? 응, 이 가시나야."

그래도 콩을 많이 먹지 않았는지 노파는 소녀를 내버려 두고 콩밭으로 들어갔다. 노파가 옆을 떠났는데도, 소녀는 그대로 선 채 정신나간 것처럼 풀잎만 손으로 뜯고 있었다. 종유는 멀리 서 있는 소녀가 한 폭의 그림처럼 보였다. 측은한 마음에서인지 친밀감 같은 것을 느끼기도 했다. 학교에 다닐 나이의 소녀인데 저 애도 벌써 학교에 갔다 와서 소를 먹이러 나왔을까? 집에는 소 먹일 사람이 없는 것일까? 그렇지 않으면 아버지가 병들어 누워 있을까?

종유는 자기도 모르게 소녀 곁으로 걸어갔다. 그래도 소녀는 움직이지 않았다. 종유는 처음 보는 이방인에게 대답하지 않으려니 생각하면서도 말을 시키기 시작했다.

"학교에 갔다 왔니?"

"………"

"너의 집에는 너 말구 소 먹일 사람이 없니?"

소녀는 통 입을 열지 않았다. 그렇다고 도망치지도 않았다. 종유는 자기가 이 동네 야학교 선생으로 온 사람이니까 너도 나하고 사귀게 될 것이라는 둥 소녀의 마음을 꾀었다. 그러자 소녀는 종유의 얼굴을 정면으로 쳐다보았고 무시하던 태도에서 관심을 보이는 데로 기울기 시작했다.

"몇 살이지?"

이때는 고분고분 대답했다.

"열 살이요."

"이름은?"

"홍영애(洪永愛)예요."

"몇 학년이구?"

"학교에 안 다녀요."

"왜?"

"………"

대답 못할 사정이 있는 모양이었다. 돈이 없다는 거겠지. 그렇지만 소를 가지고 있을 정도의 집안이라면 국민학교쯤 못 보낼 것도 없을 것 같았다.

"소는 너희네 소 아니냐?"

"외삼촌네 소예요."

그만 하면 알 수 있을 것 같았다. 그리고 그 이상 물으면 소녀의 아픈 것을 다치게 될 것 같아,

"오늘밤 야학에 나오너라."

하고 소녀의 머리를 쓸어 준 뒤 집으로 돌아와 버렸다.

집에 돌아왔으나 역시 누구 하나 찾아와 주지 않았다. 상희는 나를 데려다 놓기만 하고 잊어버렸단 말인가? 상희는 내가 고독한 사람이란 것까지 알고 있다. 그런데도 이렇게까지 나를 내버려 두다니……

'지금쯤 내 편지를 받았을까?'

시간의 무료함을 느꼈는지 종유는 또 미재를 생각하기 시작했다.

'편지를 다방으로 부쳤으니 그녀는 장사하는 것도 잊고 편지를 읽고 있겠지…….'

이러다가는,

'내가 없으니까 해방감을 느끼고 남편과 싸돌아다니는 것이나 아닐까.'

하는 생각도 했다. 자기 앞에서 형구 술잔에 술을 붓던 미재니 자기 없는 데서야 어떤 짓인들 못하랴 하는 생각도 들었다. 그러나 그런 생각을 하는 자기가 싱겁게 여겨졌다. 먹고 할 일이 없어서 그런 것까지 생각을 한담. 종유는 상희가 옆에 있기만 하면 그런 시시한 생각은 안 해도 좋을 것 같았다.

마치 상희가 없기 때문에 자기는 미재를 더 생각하기나 하는 것처럼.

사실 상희가 너무 하다고 생각되었다. 자기가 고독한 사람이란 것을 누구보다도 잘 알고 있다. 그런데도 마당에 던져 버린 돌처럼 돌아 볼 생각도 안 하다니…….

종유는 그러한 상희에 대해 반항하고 싶은 심정 같은 것이 움직여 일부러라도 미재를 생각하려 했다.

'내 편지를 받으면 회답을 보내겠지? 이곳 친척들의 눈을 꺼리겠지만 편지를 안 쓰고는 배겨나지 못할 거야. 내가 보고 싶을 테니까.'

이런 생각을 하고 있을 때였다. 상도가 이 동네 이장이라는 문경도를 데리고 왔다. 문경도는 꿇어앉아 허리를 굽히고 인사를 한 뒤,

"타동에 혼가가 있어서 좀 다녀오느라구 늦었습니다. 죄송합니다."

역시 말의 억양이 경상도 사투리를 면하지 못했다.

종유는 이장이라는 문경도를 유심히 바라보았다. 농촌에서 사는 사람은 농촌 냄새를 피워야 하는데 그런 것 같지가 않았기 때문이었다. 말도 순전한 사투리를 쓰지 않으려고 할 뿐 아니라 머리에 기름칠을 한 것, 그리고 앞니에 금을 씌운 것 모두가 순수한 농민 같지가 않았다. 옷도 싹 다려 바지에 줄이 있었다.

종유는 농촌에 온 지 하루도 못 되어 자기가 보수주의자로 변했나 자기를 의심할 정도였지만 어쨌든 문경도가 도시에 가까운 사람이지 농촌에 가까운 사람 같지 않다는 생각을 했다. 저런 사람이 어떻게 농촌 지도를 할까 하고 의심을 하며,

"동네일과 도서관의 책임을 맡아보시기에 많이 바쁘시겠습니다."

치레 인사를 했다.

"도서관이야 길상희 선생이 혼자 하시는 거죠. 저는 이름만 걸구 있는 거구요."

경도의 말을 들으니 그것이 절대 겸손의 말이 아님을 알 수 있었다. 그래서 종유는,

"비가 안 와서 큰일인가 보지요?"

하고 화제를 돌렸다.

"큰일이구 말구요. 사십 년래 처음이라구들 하는데요."

"한발 대책은 달리 없습니까?"

"물을 끌어올 데가 있어야지요. 끌어올릴 물만 있다면 양수기를 빌려 오겠는데……."

사실 이 동네에는 양수기도 필요 없다. 그렇다면 속수무책이란 말인가?

"옛날에는 기우제라는 것을 하지 않았습니까?"

종유는 속수무책이란 것이 농민들의 성의를 나쁘게 반영시킨 말 같아 길 노인에게 한 번 한 일이 있는 기우제에 대해 이야기를 꺼냈다.

"기우제를 해야 소용 있습니까? 과학시대에. 우리 동네서는 굿이라든가 일체의 미신적 행동을 안 하기루 했습니다."

경도의 대답은 그럴 듯했다. 그러나 종유에게는 불만이었다. 아무리 과학시대라 해도 자기들의 희구(希求)를 표현하는 방법까지 포기해 버려야 하는 것일까?

농민은 하늘과 땅만을 의지하고 산다. 하늘이 비를 주지 않고 땅이 곡식을 키워 주지 않는다면 농민은 살 수 없다. 그렇다면 하늘에 비를 희구하는 마음을 가져야 할 것이 아닌가? 과학시대라고 해서 하늘에 비를 희구하는 마음도 가지지 않는다면, 그는 곧 경천(敬天)의 사상이 희박해졌기 때문이다. 농민에게 경천사상이 없다면 농민을 어찌 천하대본의 일을 맡고 있다 할 수 있을 것인가?

천하대본을 맡은 사람은 모름지기 하늘의 법칙을 알고 하늘을 두려워할 줄 알아야 할 것이다.

그러나 도착한 날부터 자기의 의견을 이야기한다는 것이 경솔한 일일 것 같아,

"홍영애란 애가 있지요? 어떤 앱니까?"

하고 또 화제를 돌렸다.

"네, 그 애를 어떻게 아시지요?"

경도가 놀란 눈으로 반문했다.

"조금 전 심심해서 뒷동산에 갔었지요. 거기서 만났습니다."

"참 불쌍한 앱니다. 아버지가 몇 해 전에 죽었는데 어머니가 애들을 먹여 살릴 수 없어서 그 애를 그 애 외삼촌 집에 맡겼지요. 외삼촌 집두 넉넉지 못해 학교두 못 보내구 있습니다."

종유는 대구 여관에서 딸기 팔러 왔던 소녀와 홍영애를 비교해 보았다. 딸기 팔러 왔던 애도 불쌍한 애다.

그러나 고생을 하고 있으면서도 부모가 있으니 홍영애보다 얼마나 행복한 애일까? 아버지가 없어서 학교에도 다니지 못하는 홍영애. 외삼촌 집에서도 소를 먹여 주고야 겨우 밥을 얻어먹는 영애.

"애는 똑똑한 것 같던데요."

종유는 영애 이야기를 더 듣고 싶었다.

"똑똑하구 말구요. 학교엔 못 가지만 야학에는 빠지지 않지요. 그래서 학교 다니는 애들보다두 아는 것이 많습니다."

"그럴 것 같아요. 어머니는 어떻게 살구 있나요?"

"남의 집 품팔이를 하구 있지요. 그렇지만 겨울에야 품팔이 할 일이나 있나요."

이런 이야기를 하고 있을 때, 상희가 왔다.

"옆 동네에 산고가 있어서 갔다 왔습니다."

"산고라니요?"

"애를 낳았어요."

"애를 낳는 데두 길 선생이 가셔야 합니까?"

"조산원 노릇을 하는 거죠."

"조산원 면허증두 가지구 있습니까?"

"없지만 할 수 없잖아요? 시골서는 무엇이나 해서 힘이 돼 줘야 하니까요."

"그래요?"

종유는 상희를 보는 순간, 자기를 내버리다시피 돌보지 않는 상희에게 투정이라고 하고 싶은 심정이었다. 그러나 조산해 주러 갔다 왔다는 말을 듣자, 상회가 너무나 많은 일을 하고 있다는데 경의(敬意)를 느꼈다.

상회와 이야기를 하고 있을 때, 경도는 볼일이 있다고 나갔고, 상도도 뒤쫓아 나가, 방 안에는 종우와 상회 둘만이 남았다. 둘만이 남자 종유는,

"나 오늘 서울로 돌아갈까 했습니다."

하고 싱글싱글 웃으며 말을 꺼냈다.

"왜요?"

상회가 놀란 얼굴로 물었다.

"상회 씨를 바라구 여기까지 왔는데, 상회 씨가 나를 버리구 찾아 주지두 않으니……."

"어린애 같은 말씀두…… 제가 놀면서 찾아오지 않았어요?"

"지금 이야기 듣구 마음을 돌렸습니다."

"사실 바빠요. 앞으루두 한가하게 찾아올 수가 없을 거예요. 그 점은 양해해 주셔야 할 거예요."

"그렇지만 너무 냉정하다고 생각될 때, 나는 떠나갑니다. 여기서 고생할 필요를 느끼지 않으니까요."

"농담이시겠죠."

"천만에요. 내가 여기 온 지 이십사 시간두 안 됐지만 보구 느낀 것은 불만 불평뿐입니다."

상회는 종유가 농담을 하는 것이라고는 생각지 않았다. 아는 사람이 그래도 자기 하나밖에 없는데 자기가 온다 간단 말없이 딴 동네를 갔다 왔으니, 그 동안 종유가 지루했을 것은 사실이다. 더구나 미재 언니와 떨어져 있는 고독감이 지루함을 감내할 수 없는 초조감을 안겨다 주고 있을 시기다. 그래서 상회는 될 수 있는 한 종유를 고독하지 않게 해 주어야겠다고 생각했다.

고독을 느끼지 않아야 종유는 미재 언니를 잊어버릴 수가 있다. 그래야만 서울로 가지를 않고 따라서 미재 언니와의 관계를 끊게 될 것이다. 상회는 종유를 그렇게 해 주어야 할 의무감 같은 것을 느끼고 있으니까…….

속으로는 이렇게 생각하면서도 그것을 솔직하게 말할 수가 없어,

"공연히 미재 언니 생각이 나서 그러시는 거죠?"
하고 농담 반 진담 반의 말을 했다.

"그것두 사실입니다. 그렇지만 미재 씨를 생각하구 싶어서 생각한 것은
아닙니다. 생각할 것이 없으니까 한 거지……."

상희는 종유의 말이 진담이라고 생각했다. 그래서 종유를 솔직한 사람이
라고 생각했다. 그러면서도,

"그럼, 언니가 불쌍하지 않아요?"

미재의 편을 드는 체했다.

"불쌍하기는 내가 불쌍하지요. 미재 씨가 왜 불쌍해요?"

"사실이야 두 분이 다 불쌍하지요. 그러니까 불쌍하다구 생각되는 사랑
을 하루빨리 청산하시는 것이 제일 좋지 않아요?"

말이 나온 김이라 상희는 하고 싶은 말을 다 해 버렸다.

"그러기 위해 이까지 온 게 아닙니까? 그렇지만 내가 불쌍하고 고독하다
는 것을 느끼게 된다면 여기 온 보람이 하나두 없게 되지 않을까요? 난 정
말 이 이상 더 불쌍해지고 싶지는 않습니다."

상희는 공연히 종유를 흥분시켰다고 생각했다. 어떤 의미에서든 종유를
흥분시켜서는 안 되는 것이었다.

종유를 안정시켜, 될 수 있는 한 오래 있게 하여 서울엘 가지 못하도록
해야 한다.

"이제 마음을 붙이구 일을 시작하시면 절대루 불쌍해지지 않을 겁니다.
제가 장담을 하지요. 그러니까 오늘밤부터 일을 시작해 주십시오."

상희는 일에 대한 이야기를 꺼내려 했다. 그런데 종유는 상희의 말을 들
으려 하지 않고, 홍영애의 이야기를 꺼냈다.

"일을 시작하기 전 부탁할 것이 있습니다."

부탁이라는 것은 홍영애를 자기와 같이 있게 해 달라는 것이었다. 홍영애
를 맡아 학교에까지 보내고 싶다는 것이었다. 그러면 자기도 마음을 안정시
키고 동네를 위해 일할 수가 있을 것 같다면서,

"혼자 먹을 것을 둘이서 노냐 먹으면 되지 않습니까?"

하고 간절히 부탁했다.

상희는 처음엔 놀랐다. 그러나 종유가 홍영애를 알게 된 전말을 들은 다음, 종유가 생각할 만한 일이라고 이해했다. 그리고 이 동네 가난한 사람 하나를 구제하는 의미에서도 찬성할 일이라고 생각했다. 그러나 남을 구원한다는 것이 그리 쉬운 일은 아니다. 일을 시키고 먹을 것을 준다면 모르지만, 아무 이유 없이 은혜를 베푼다면 그것을 받는 사람이 꺼린다.

그리고 종유는 한 사람의 밥을 둘이서 나누어 먹는다고 했지만 그럴 수는 없다. 이인분의 하숙비를 지불해야 하는데, 종유의 하숙비도 자기 개인주머니에서 내는 형편으로 그것은 불가능에 가까운 일이었다.

"고마운 생각이지만 그 애 엄마가 말을 들을까요? 시골 사람들은 공으로 받는 걸 죄처럼 생각하니까요."

영애 어머니가 말을 안 들을 것처럼 이야기해서 종유의 생각을 꺾으려 했다.

"무얼 크게 준다구 그걸 죄스럽게 생각합니까?"

종유는 상희에게 반항하는 태도로 말했다. 사실 종유는 그 문제를 심각하게 생각한 일이 없었다. 자기가 불쌍한 사람이란 말이 입 밖에 나왔을 때, 불쌍한 사람이란 생각을 하며 살아서는 안 된다는 마음이 들면서부터 홍영애를 데리고 살고 싶어진 것이었다.

미재를 완전히 잊게 되면 자기는 더욱 고독한 사람이 된다. 상희가 사랑할 만한 대상이 된다면 모르지만, 여러 모로 사랑의 대상이 될 여자는 못 된다. 그렇다면 이 산골에서 달리 사랑의 대상이 나타날 가망은 극히 희박하다. 완전히 고독한 생활을 계속해야 한다. 정말 그럴 수는 없을 것 같았다. 연옥(煉獄)을 탈출해 온 사람이 지옥살이를 할 수가 있겠는가?

종유는 문득 홍영애를 생각했다. 가난하고 불쌍한 홍영애를 조금만이라고 도와주자. 딸처럼 사랑하게 될지도 모른다. 그러면 자기는 설사 지옥이라고 해도 지옥을 느끼지 않으며 살 수 있을 것이 아니겠는가? 말하자면 자기를 살리는 방법으로 홍영애를 양육하려고 했던 것이다. 그런데 상희는 그것을 못마땅하게 말했다.

상희는 정색하고 대드는 것 같은 종유를 무마하지 않을 수 없었다.

"제 추측이 그렇다는 것뿐입니다. 영애 엄마를 만나 의논해 보지요. 영애 엄마두 하 궁하니까 도리어 고맙게 생각할지두 모르지요."

상희는 한 달에 이천여 원만 있으면 영애를 양육할 수 있으리라고 생각했다. 땅 살 돈을 보내 주겠다고 미재 언니가 말했으니까, 곧 편지를 해서 돈을 부치게 하면 그만한 비용쯤 문제될 것 같지가 않았던 것이다.

상희가 협력하는 태도를 보이자, 그때야 종유는 마음을 놓고,

"사실은 그 애보다두 고독한 내 자신을 위해서 생각해낸 일입니다. 그리구 불쌍한 애 하나를 구해 준다면 여기서 일하는 데 내게 도움이 될 것두 사실이 아닙니까?"

자기의 심정을 솔직히 말했다.

상희는 가슴이 섬뜩해짐을 느꼈다. 자기의 고독을 메우기 위해 홍영애를 데려다가 양육하려 하다니…….자기는 종유의 고독을 메울 대상이 되지 못한단 말인가? 말하자면 상희는 자기가 종유에게서 무시를 당한 것 같은 느낌이었다.

생각해 본 일도 없었던 것이다. 미재 언니의 애인이다. 미재 언니와의 사랑을 중단시키지 않으면 안 된다는 마음에 한 걸음도 더 나가 보지 못했던 상희다.

그것은 자기가 남성을 요구하고 있지 않다는 마음에서 더욱 그러했을 것이다. 사실 상희는 사랑하던 방헌수(方憲洙)가 죽은 뒤, 삼사 년 동안 남자를 생각하지 않았다. 앞으로도 생각하지 않으려 결심하고 있다. 그렇기 때문에 종유를 안 뒤에도 그미는 종유를 남자로서 생각해 보지를 않았다. 그런데 종유가 고독을 메우기 위해 홍영애를 양육하겠다는 말을 듣고 가슴이 섬뜩해짐은 무슨 까닭일까? 자기도 모르는 새 종유를 남자로서 생각하고 있었단 말인가?

"잘 알았어요. 오늘 밤으루라두 그 애 엄마를 만나 보겠어요."

상희는 이 말을 하면서 속으로 고개를 저었다. 종유의 고독을 메우는 방법과 나하고는 아무 상관도 없는 것이다. 그가 딴 여자를 사랑한들 내가 참

견할 이유가 무엇인가?

"부탁합니다."

종유는 자기 용건이 끝났으니까 다음 말을 하자는 듯 상희의 얼굴을 쳐다봤다. 그러나 상희는 딴 이야기를 꺼내지 못했다. 자기와 아무 상관없는 일이라 다짐하면서도 그 일이 가슴에 박혀 빠지지 않았던 것이다.

"결혼두 하시기 전에 따님을 가지시게 됐군요."

상희는 영애 이야기를 또 꺼내고야 말았다.

"참, 아주 딸루 만들어 버릴까?"

종유가 사뭇 만족스러운 듯이 웃었다.

"결국 그렇게 될 거 아녜요?"

상희도 웃기는 했지만 웃음 속에는 쓴맛이 돌았다. 이래서는 안 되겠다. 상희는 마음을 돌려야 한다고 생각하며,

"오늘 저녁을 잡순 뒤 상도하구 야학에 나와 주세요. 오늘부터 애들을 가르쳐 주셔야 할 거예요. 그리구 내일부터는 도서관 일을 봐 주시구요."

하고 사무적인 이야기를 꺼냈다.

"알았습니다. 시키는 대루 무어나 다 하지요."

종유는 의욕적인 대답을 했다. 그리고는,

"경로회는 언제쯤 하십니까?"

하고 물었다.

"비가 와서 모나 내야 하잖겠어요? 가뭄에 정신들이 없는 땐데……."

"경로회 겸 기우제를 드리면 안 될까요? 나는 이 동네에 와서 무엇보다두 경천사상이 결핍되어 있다는 것을 느꼈습니다. 기우제를 드린다구 비가 온달 수는 없습니다. 그렇지만 기우제를 드리는 마음이 필요하다구 생각합니다."

"기우제를 따루 드린다면 몰라두 경로회와 함께 할 수는 없지 않겠어요?"

"그럼 따루라도 하지요."

"효과 없는 일은 신중히 생각해야 하지 않을까요?"

"나두 미신을 장려하자는 건 아닙니다. 농민이 하늘을 의지하는 마음을 버리지 말도록 해야 한다는 겁니다. 내 말을 알아들으시겠어요?"

"알겠어요. 그리구 동감이에요. 그렇지만 잊어버려 가는 구습을 도로 살린다는 것이 좀 어떨까 해요."

"과학정신이시군요? 과학 과학하지만, 과학만으루 해결지을 수 없는 일이 얼마나 많습니까? 신비와 과학이 조화되는데 인간의 마음속에 윤기(潤氣)가 있는 거라구 생각합니다. 사랑 같은 것을 과학적으루 따지기만 해 보세요. 무슨 맛이 있겠는가?"

"그걸 누가 모른대요?"

상희는 약간 신경질적이었다. 그것은 종유의 말이 너무 집요하기 때문은 아니었다. 사랑에 대한 그미의 상처를 자극했기 때문이었다.

상희가 사랑한 방헌수는 그미보다 나이가 두 살이나 아래인 남자였다. 그미는 대학을 졸업했지만, 헌수는 고등학교밖에 졸업을 하지 못했다. 그뿐만은 아니었다. 상희네는 조상으로부터 물려받은 유산이 있는데다가 상희 아버지가 진주(晉州)에서 관직(官職) 생활을 하기 때문에 지방에서는 부유층에 속한다. 그런데 방헌수는 재산도 없는데 아버지도 없다. 어머니와 단 둘이서 농사를 지으며 생계를 유지해 갔다. 그런 두 사람의 사랑을 찬성한 사람은 하나도 없었다. 너무나 비현실적이라고 반대들을 했던 것이다.

사랑을 어떻게 따지고 한담! 상희는 그렇게 생각했던 것이다. 말하자면 사랑의 현실성 내지 과학성을 부정했던 것이다. 자기가 생각해도 헌수와 결혼해서 물질적인 행복을 누릴 성싶지는 않았다. 그래도 좋았다. 좋은 것을 어떻게 할 것인가. 가난한 가운데 부지런히 일을 하면서도 헌수는 틈을 내어 이웃 동네를 찾아가 젊은 사람들과 4H구락부 육성에 대한 토론을 했다. 농촌을 부흥시키는 데는 4H구락부의 활동을 빼고 달리 방법이 없다고 생각한 그였다. 젊은 사람의 손으로 농촌을 부흥시켜 보겠다는 그의 정열과 성의는 무엇으로도 막을 수 없었다. 상희는 그 정열과 그 성의를 사랑했다.

인간의 참다운 모습을 방헌수에게서만 발견할 수 있는 것 같았던 것이다.

모두들 반대했지만 상희는 방헌수를 만나려 거의 십 리나 되는 광성리(光成里)를 자주 찾아갔다. 그러면 방헌수나 그의 어머니가 반가워하면서도 가까이 해 주지를 않았다. 이루어질 수 없는 사랑은 아예 바라지도 말아야 한다는 태도들이었다.

상희는 자기가 들뜬 처녀의 일시적인 감상(感傷)이 아니란 것을 보여 주기 위해 갖은 애를 썼다. 그 집 농사일을 도와주기도 했고 부엌일을 맡아 일해 주기도 했다. 그래도 믿어 주지 않는 것 같아 시궁창에 들어가 썩은 퇴비를 손으로 만지며 남자도 하기 싫어하는 일까지 했다.

그렇게 해서 자기 마음이 겨우 받아들여졌을 때 방헌수는 군에 입대했다. 어쩔 수 없는 일이다. 그들은 방헌수의 제대 즉시 결혼할 것을 약속했다. 그러나 방헌수는 제대하기 전 자동차 사고로 일선에서 죽었다. 전사가 아니라 사고사였다. 하필이면 자동차 사고로 죽는단 말인가? 그러나 상희는 헌수의 죽음을 원망하지는 않았다. 제대한 뒤 귀가해서 농사를 짓는다 해도 군대에 있는 동안 기술을 배워 두겠다는 생각에 운전병이 되었던 그의 마음을 이해할 수 있었기 때문이었다. 농사를 짓는다 해도 트랙터를 운전해야 할 때가 있을지도 모른다. 농촌이 부유해서 협동조합 사업을 활발히 하게 되면 몇 개 동네가 합자해서 트럭을 사게 될지도 모른다. 그러니 운전기술쯤 배워 두면 해롭지가 않을 것이 아니냐? 그래서 운전병이 되었다가 사고로 죽었으니 그 죽음을 어찌 원망할 것인가?

상희는 헌수의 뒤를 따라 농촌운동에 몸을 바치기로 했고, 헌수를 마음의 남편으로 생각하여 결혼을 안 하기로 결심했다.

그러한 상희를 모두들 비웃었다. 잘 한다는 사람은 하나도 없었다. 관청 사람들이 그미를 기특하게 말하고 있지만 그것은 상희의 개인까지를 이해하는 사람들의 말이라고 할 수 없다. 상희는 헌수만한 남자를 만나지 못했다. 그러니 결혼을 하고 싶어도 할 수 없다고 하면 모두 거짓말이라고 했다. 거짓말 같지만 사실이 그런 걸 어떻게 하겠는가?

종유는 그러한 상희를 알지 못하기 때문에,

"그런 걸 잘 알면서두 왜 결혼을 안 하시지요?"

하고 또 상희의 상처를 건드렸다.

"알기 때문에 못할 수두 있잖아요?"

상희는 톡 쏘아붙였다. 그러나 아무것도 모르는 종유와 시비할 필요를 느끼지 않아,

"저두 저녁을 먹은 뒤 도서관으로 나가겠어요."

하고 방을 나가 버렸다.

상희가 나가자 종유는 상희가 결혼 안 하는 이유를 생각해 보았다. 시골에서는 만혼이라 하지 않을 수 없는 나이다. 그런데도 결혼을 안 하는 것은 무엇 때문일까? 독신주의를 지켜 나가야 할 만한 특별한 이유라도 있다는 것일까? 혹시 육체적 결함이 있는 것은 아니겠지. 그렇지도 않다면 메울 수 없는 상처를 받은 것일까?

그러나 종유는 그것이 부질없는 생각이라 스스로 타일렀다. 그만한 관심을 못 가질 바 아니지만 품을 놓고 생각할 필요는 없다. 다음에 기회를 보아 직접 물어 보자. 간단하게 알 수 있는 일을 가지고 수수께끼 풀 듯 혼자 애를 쓸 필요가 없다.

상도가 저녁을 가지고 왔다. 그리고는 옆에 앉아,

"선생님, 대구서 술 먹던 바의 계집 생각 안 나십니껴? 전 그 가시나 궁뎅이 생각이 나서 죽겠심더."

하고 히죽거렸다.

"한 번 대구루 데리구 가 줄까?"

종유도 빙그레 웃었다.

"촌놈이 가면 소용 있습니껴? 빨리 장가나 갈랍니더."

상도가 머리를 벅벅 긁었다.

"정말, 왜 아직 장갈 안 갔지?"

"선생님두 안 가셨는데 저 같은 게 뭣이 바쁩니껴?"

"나하구 상도하구는 아무 상관두 없을 텐데……."

"어디예? 전 선생님이 첫눈에 좋아졌음데이. 선생님, 우리 동네서 장가 드시구, 오래오래 사시면 저두 장가 들랍니더."

"허 허……."

농담이라 해도 재미있게 하는 농담이라, 종유는 소리를 내어 웃고 말았다. 그랬더니 상도는,

"어서 잡수이소. 같이 도서관엘 가십시다."
하고는 안채로 들어가 버렸다.

종유는 상도가 있는 한 그리 심심치는 않을 것이란 생각을 하며, 맛없는 보리밥이나마 반 그릇 이상을 먹었다. 숟가락을 놓자 어느새 상도가 와서 밥상을 내다 두고 도서관엘 가자고 했다.

벌써 날이 어두워 있었다. 그리고 도서관에는 어린 학생들과 청년이 몇 명 모여 있었다. 종유는 먼저 와 있는 청년들과 하나 하나 인사를 했고, 차례대로 오는 족족 새 사람들과도 인사를 했다.

모두들 미리 이야기를 들었다고 했다. 사발통문으로 이야기가 돈 모양이었다. 상희도 왔다. 느지막해서는 청년뿐 아니라, 노인도 몇 명 참석했다. 어느덧 학생과 동네 사람 합해 사오십 명이 모였다. 모두가 마룻바닥에 촘촘히 앉았는데도 입추의 여지가 없었다.

상희가 강단에 올라가 종유를 소개했고, 종유가 이 동네에 온 이유를 그럴 듯하게 설명했다. 그러고 나서는,

"이제, 조 선생님이 말씀 해 주시겠습니다."
하고 강단에서 내려왔다. 종유는 나가지 않을 수 없었다. 강단에 나가 모여 앉아 있는 사람들의 얼굴을 둘러보았다. 모두 기대에 찬 얼굴들이었다. 자기네들과 종류가 다른 인간을 대하는 듯한 호기심에 찬 눈으로 바라보고 있었다. 종유는 가슴이 떨리는 것을 느꼈다. 동시에 어떤 말을 해야 좋을지 가슴이 멍멍해 왔다.

그렇다고 멍청하게 서 있을 수만도 없는 일이라, 입을 열었다.

"저는 농촌에 대해서 문외한입니다. 농촌생활에 대한 경험도 없습니다. 그렇기 때문에 농촌을 찾아온 것은 농촌을 지도하기 위함이 아니라, 농촌을 배우기 위함입니다. 이광수 씨의 소설 『흙』에 나오는 '허숭'이는 명예와 가정과 재산을 모두 버리고 농촌에 들어갔습니다. 이상을 가졌기 때문입니다.

그러나 나는 버릴 만한 명예도 재산도 가정도 없습니다. 빈털터립니다. 그리고 이상도 없습니다. 다만 여러분들과 같이 살아 보겠다는 생각뿐입니다. 같이 먹고 같이 **호흡**하고 같이 생각하려는 것입니다. 그러니까 지금 이 자리에서 무엇을 어떻게 하겠다는 말은 할 수가 없습니다. 여러분이 실망하실지 모르지만 나는 정말 여러분을 지도하기 위해 온 것이 아니라, 내가 살기 위해 온 것입니다. 내 힘이 닿아서 살게 되기만 하면 여러분과 같이 오래 이 동네에 있을 수 있지만, 힘이 모자라 살 수가 없게 될 때는 언제 어디루 사라질지 모릅니다.

그러나 길상회 선생이 당분간 도서관과 야학 일을 맡아 달라고 하니 우선 그 일을 해 가며 여러분들과 함께 생각하고 여러분들과 함께 이야기하며, 농촌을 배우려 합니다. 그러니, 여러분들이 나를 많이 가르쳐 주시기 바랍니다.”

종유가 이야기를 끝내고 내려오자, 상희가 발딱 일어나 강단으로 올라갔다. 마치 종유의 이야기 가운데 실언(失言)한 것이 있어서 그것을 정정하기라도 하려는 태도였다.

“조 선생님은 솔직하시구 겸손하신 분이기 때문에 지금 하신 말씀은 겸손한 뜻으루 하신 것이라 생각합니다.”

상희가 꺼내는 말로 보아 종유의 이야기를 정정하려는 것임이 틀림없었다.

종유는 자기의 이야기가 잘 한 것인 잘 못 한 것인지를 모른다. 그러나 못할 말을 한 것이라고는 생각되지 않았다.

그런데도 이야기를 한 그 즉석에서 그것을 수정 당해야 한다는 것은 그리 유쾌한 일이 아니었다. 도대체 무슨 말이 잘못되었다고 그러는가 하는 생각으로 상희를 주목하고 있을 때,

“조 선생님은 앞으루 우리 동네에다 땅을 사서 농사를 지으시며 영주하실 계획입니다. 다시 말하자면 자기 생활의 근거를 만들어 놓으시고 농촌 사업을 하시려는 것입니다. 이번 갑자기 오시게 됐지만 우리 동네에 폐를 끼치지 않겠다는 마음에서 무보수 봉사를 자원하셨습니다. 다시 말하자면

농촌에 손톱만한 폐라도 끼쳐서는 농촌 지도자가 될 수 없다는 신념을 가지신 분입니다. 그렇기 때문에 저는 누구보다두 조 선생님에게 기대를 가지구 모셔 왔습니다. 이런 분만이 실지루 농촌을 지도하실 분이 아닌가 합니다."

결국 종유가 거짓말을 한 것처럼 돼 버렸지만 그렇다고 해서 종유가 불쾌를 느낄 정도는 아니었다. 도리어 자기는 부족하고 미흡한 사람이고 상희는 그러한 자기를 보충하고 뒷받침해 주는 사람 같은 마음이 들었다. 그래서 속으로 빙그레 웃었다. 웃으면서 상희가 자기에게 음으로 양으로 필요한 여자란 생각을 했다. 상희가 있기 때문에 농촌생활을 해 나갈 수 있으리라는 마음이 들었기 때문이었다.

상희는 다시 말을 이었다.

"처음 오신 동네니까 서툰 점이 많으실 겁니다. 그러니까 야학을 끝낸 뒤 나 또는 낮에 조 선생님을 찾아가 동네 이야기를 많이 들려 드리십시오. 사실은 농촌의 유치원생이니까요."

이 말을 한 뒤 한 번 웃어 보이고는,

"조 선생님은 도시에 염증을 느끼시구 농촌으루 오셨습니다. 부정과 부패와 악이 뒤끓는 죄악의 도시에서 염증 느끼시구 농촌으루 오셨으니까, 가난은 하지만 청순한 농촌을 위해 일해 주실 것입니다. 정열과 성의를 가지신 조 선생님이신 만큼 저는 큰 기대를 가지구 있습니다. 여러분두 그쯤 아시구 조 선생님이 일을 할 수 있도록 많이 협조해 주시기 바랍니다."

하며, 종유를 뒤쳤다 올렸다 했다. 이야기를 많이 해 봐서 그런지 말솜씨도 능숙했다.

종유는 다시 강단으로 올라가 자기는 정열도 성의도 아무것도 없는 사람이란 말을 해 주고 싶었다. 다른 말은 다 묵인한다 해도, 그 말만은 묵과할 수 없었던 것이다. 도시를 탈출해 온 것만은 사실이다. 그러나 탈출한 이유는 도시의 부패성에 있지 않다. 오직 미재 때문이었다. 그러한 자기가 농촌을 위해 일을 한다면 과연 얼마나 할 것인가? 그런데 정열과 성의의 사람이라고 소개를 하면 그 뒤를 어떻게 감당해 나갈 것인가? 종유는 그 말만 취소시키고 싶었으나 다시 강단에 나가면 자기가 경솔한 사람처럼 보일 것 같아 아무 말도 하지 않았다.

　상희는 청년들과 어른들을 뒷자리 앉게 하고 국민학교 학생들만 앞으로 모아 놓은 뒤 책들을 펴고 공부를 시작하라고 했다. 그리고는 종유에게 오늘만은 자습을 시키는 수밖에 없으니까 공부하는 것을 보아 주기나 하라고 했다. 다음부터는 공부를 시작하기 전에 재미있는 이야기를 해 주어도 무방하지만…….

　종유는 앞으로 나가 먼저 학생들을 둘러보았다. 남학생 반, 여학생 반이었다. 그 중에는 홍영애도 섞여 있었다. 모두 영양실조에 걸린 애들처럼 얼굴빛이 누르스름했다.

　옷을 깨끗하게 입은 학생은 하나도 없었다.

　종유는 서울서 새로 생긴 사립 국민학교 학생들을 생각했다. 자가용차가 아니면 학교버스로 통학을 하며, 최고의 유니폼에 베레모까지 쓰고 다니는 귀족 어린이들. 종유는 그런 학동들을 볼 때, 서울에 새로운 귀족이 생겼다고 생각하곤 했었다. 귀족이 없는 한국에 새로 생긴 귀족 족속들. 그 애들은 입학금을 오만 원 이상 낸다고 한다. 월사금은 매달 천 원 이상이고 의무교육으로도 국민학교 생도는 돈을 한 푼도 내지 않아야 하는 것이 제도상의 법칙인데 그 애들은 매달 천여 원씩을 내고 수세식 변소가 있는 교사에서 공부를 한다. 점심때는 우유와 빵을 배불리 먹는다. 그리고 선생은 매달 사오만 원 이상의 돈을 받고 있다.

　천당과 지옥. 과연 농촌 애들은 그런 귀족 학동에 비해 지옥 가운데서도 사환 노릇이나 하는 애들 같은 느낌이었다. 그러나 종유는 생각했다. 귀족들의 공부는 공부를 위한 공부지만 지옥 사환들의 공부는 살기 위한 공부일 것이라고. 살기 위해서 공부하는 애들은 입학시험 같은 것을 생각할 필요가 없다. 땅을 갈고 풀을 뽑으며 사는데 필요한 국민으로서의 교양만 얻으면 되는 것이다.

　"나, 오늘부터 여러 학생들의 선생이야. 알았지? 선생은 무서운 거야. 자봐. 내가 얼마나 무섭게 생겼나? 그러니까 말 잘 듣구 공부 잘 해요. 공부를 잘 해서 한 자라두 많이 알아야 하는 거야. 그래야만 씨를 뿌리구 곡식을 거

뒤들일 때 힘이 생기거던. 같은 농사를 지어두 알고 짓는 것과 모르고 짓는 것이 다를 거야. 학생들! 콩을 심을 때 씨를 두 알씩 뿌리는 게 좋은가 세 알씩 뿌리는 게 좋은가?"

"세 알 뿌리는 게 좋아요."

"두 알 뿌리는 게 좋아요."

학생들의 의견은 반반이었다. 확실하게 모르는 것이 분명했다. 사실은 종유도 알 수 없는 일이었다. 얼결에 그런 말을 꺼내 놓고 질문을 했지만, 설명할 수가 없어,

"사실은 나두 몰라. 그러니까 집에 가서 아버지들한테 물어 봐요. 그런 걸 알아야 농사를 지을 수 있을 거 아냐. 나는 농촌 유치원생이니까 모르는 게 당연하지만……."

하고 얼버무려 넘겼다. 무사히 넘기기는 했지만 자기가 농촌 유치원생이라는 것을 절실하게 느꼈다.

학생들에게 자습을 시킨 뒤 한 학생, 한 학생에게 가서 공부하는 것을 보았다. 얼마나 아는가를 알아보기도 했다. 모두 신통치가 않았다. 그러다가 홍영애에게로 갔다.

삼학년 국어책을 펴 놓고 그것을 베끼고 있었다. 글씨가 매끄러웠다. 종유는 글씨 쓰는 것만 보고는 아무 말도 않고 딴 애에게로 갔다. 첫날부터 영애를 아는 것 같은 눈치를 보이는 것이 도리어 좋지 않을 것 같았기 때문이었다.

딴 애에게로 자리를 옮겼지만 종유는 홍영애가 앞으로 자기 품에 안겨 쌔근쌔근 잠잘 것을 생각했다. 남이 아니다. 딸처럼 나를 따를 애다. 이렇게 생각하니 시선이 자꾸만 영애에게로 끌려갔다. 생기기도 귀엽게 생겼다. 옷만 깨끗하게 입히면 누구에게도 꿀리지 않을 애다. 종유는 대봉리에 오는 길로 영애를 알게 된 것을 극적 사건처럼 생각했다. 영애와 더불어 벌어질 새 생활이 꿈처럼 기대되었던 것이다.

학생들 공부를 끝내고 뒤이어 동네 청년들과 이야기를 하다가 밤늦게야 하숙으로 돌아갈 때, 종유는 상희에게 홍영애 이야기를 다시 당부했다. 그때

상희는,

　"내일 아침까지 그 애 엄마를 만나 볼게요. 그런데 내일 아침엔 저와 같이 동네 어른들을 찾아가 인사를 드려야겠어요."

하고 새로운 일을 제시했다.

　종유는 상희의 말을 이해할 수 있었다. 한 동네서 살려면 동네 노인들을 찾아가 인사를 드려야 하는 것이 예의일 것 같았기 때문이었다. 그러나 집집마다 찾아다니며 번번이 허리를 굽혀 인사를 한다는 것이 얼마나 귀찮은 일인가? 그래서,

　"안 찾아가면 안 되겠지요?"

하고 물었다.

　"그럼요. 사실은 오늘 저녁에 돌아다녔어야 할 건데 늦었어요. 이 동네서는 장가를 갔다 와서두 꼭 돌아다니며 어른들께 인사를 드리는 것이 버릇처럼 돼 있어요."

　"그럼, 할 수 없죠. 그렇지만 큰절은 안 해두 괜찮겠지요?"

　"몇 분에게만 큰절을 하시구 나머지는 그냥 인사만 하셔두 좋을 거예요."

　종유는 할 수 없는 일이라 생각하고 집으로 돌아왔다. 약간의 피곤을 느끼며 곧 자리 속에 들었다.

　다음날 종유가 눈을 뜬 것은 아랫동네 교회당의 새벽종이 울릴 때였다. 그리 크게 들린 것도 아닌데, 그는 종소리를 들으며 눈을 떴다. 눈을 뜨고 시계를 보니 네 시였다. 그는 다시 눈을 감아 보았지만 잠이 올 것 같지 않아 자리에서 일어나 밖으로 나갔다.

　하늘은 벌써 훤히 밝아 있었다. 그는 마을을 한 바퀴 돌고 싶은 생각이 들어 대문 밖을 나섰다. 대문은 열린 채 잠겨있지가 않았다.

　그는 어제 걷던 길로 해서 뒷동산으로 올라갔다. 고요하기만 했다. 사람 그림자 하나 보이지 않았다. 그는 잔디밭에 앉아 고요한 공기를 마시며, 나는 지금 이 동네의 손님이다, 언제쯤 이 동네의 식구가 될 수 있을까? 그리고 나는 과연 이 동네에 필요한 인간이 될 수 있을까 하는 생각을 했다. 상희가 말했듯 내가 이 동네의 식구가 되려면 우선 땅을 사서 농사를 지어야

할 것이다. 그런데 미재는 과연 땅 살 돈을 보내 줄 것인지? 관계를 끊고 멀리 헤어져 사는데도 그미가 돈을 보내 주리라고는 생각되지 않았다. 땅을 사지 못하면 이 동네에 영주할 수 없다. 영주할 수가 없다면 농촌 지도니, 뭐니 하는 것은 헛꿈이 되고 만다. 돈을 보내 주지 않을 바에야 하루빨리 그 학원이라도 설치하고 불러 주었으면. 떠날 바에야 하루빨리 떠나는 것이 상수다. 그러나 홍영애를 양육하기로 하고 상희에게 교섭을 부탁해 놓았으니 그것은 어떻게 할까? 그것도 문제는 될 것이 없다. 서울로 데리고 가서, 거기서 공부를 시킬 수도 있지 않겠는가?

하늘을 보니 오늘도 비는 올 것 같지 않았다. 비가 오지 않아 할 일이 없으니, 들에 나오는 농부도 없다. 종유는 더 생각하기도 싫어 그만 잔디밭에서 일어나 집으로 돌아왔다. 돌아오는 길에서 그는 잘못 쇠똥을 밟았다. 기분이 나빴다. 동시에 이 동네 사람들은 어째서 거름이 될 쇠똥을 쳐 가지 않을까 생각했다. 역시 게으른 탓이라고 마음이 들었다.

집에 돌아오자, 종유는 할 일도 없었지만 뜰 안에 있는 화단의 잡초를 뽑기 시작했다. 잡초가 보기 싫기도 했지만, 자기가 솔선해서 게으름을 없애야 겠다는 생각에서였다. 넓지 않은 화단에서 잡초를 뽑는 일이 힘들지가 않았다. 십 분도 안 되어 잡초를 다 뽑고는 돌담 밑에 있는 잡초까지 뽑으려 할 때, 다시 아랫마을 교회당에서 종소리가 들려 왔다.

'교인들은 열심이구나.'

하는 생각을 하는 동시, 그는 문득 교회 목사를 만나 봐야겠다는 생각을 했다. 앞으로 일을 하려면 목사의 협력이 필요할 것이지만 우선 기우제에 대한 것을 의논하고 싶었던 것이다. 목사에게 부탁해서 산상에 올라가 예배를 보게 하자. 거기서 비를 오게 해 달라고 기우예배를 보게 하면, 이 동네 사람들도 하나님을 한 번쯤 생각하게 될 것이다.

기독교를 믿지 않는 사람에게는 하느님과 하늘에 별반 차별의식을 가지지 않을 것이다. 자연과 인간을 움직이는 거대한 존재를 믿고 의지하는 마음을 가지면 그뿐이다.

이런 생각을 하며 돌담 밑의 잡초를 뽑고 있을 때 상도가 나왔다.

“그건 왜 뽑습니까?”

종유가 일하는 것을 보기가 거북스러워하는 말이리라. 종유도 상도에게 무안을 느끼지 않게 하느라고,

“심심해서 뽑는 거야.”

그리고는 계속해서 풀을 뽑았다. 그런데 상도는 뻔히 서서 구경을 하면서도 같이 풀 뽑을 생각을 안 했다.

‘역시 게으르구나!’

종유는 이런 결론을 내렸다. 미안해서라도 같이 뽑을 것 같은데 상도는 끝까지 손을 대지 않았던 것이다. 풀을 다 뽑고 세수를 한 뒤 조반을 먹었다. 조금도 다름이 없는 보리밥이었다.

‘나는 누구를 위해 보리밥까지 먹으며 고생해야 하나?’

게으른 사람들을 위해 고생할 필요가 없다는 생각이 들었던 것이다. 말하자면 농촌에 와서 의욕보다도 실망 같은 것을 더 많이 느끼고 있었던 것이다.

조반을 먹고 나니 신문이 보고 싶었다. 그러나 어디 가서 신문을 구해 볼 수가 있겠는가? 답답했다.

세상이 어떻게 돌아가는지 정말 장님이 된 것 같은 기분이었다.

“에익.”

혼자 못마땅히 불평을 터뜨리고 있을 때 상희가 찾아왔다. 상희도 그리 반가운 줄을 몰랐다.

“홍영애 엄마를 만나 봤는데요. 그럴 수가 없다지 않아요.”

상희의 첫마디가 또 종유를 실망케 했다.

“그럴 수 없다니요?”

“그 애 외삼촌에게 맡긴 걸 도루 데려올 수가 없다는 거예요.”

“그 애가 외삼촌 집에서 도움이 되는 일을 한다는 건가요?”

“소두 먹이구 잔심부름두 하기는 하지요. 그것보다두 좋은 데 보내기 위해 거기서 데려 올 수가 없다는 거예요.”

“애는 공부를 못 해두 상관이 없구요?”

"좌우간 인정상 그럴 수가 없다는데요.

"어머니가 그렇다면 할 수 없겠지요. 그렇지만 이해가 잘 가지 않는데……."

종유는 강제로 데려다가 양육시킬 성질의 일은 아니라고 생각했다. 그렇지만 애의 장래를 생각지 않고 대단치 않은 의리를 고집하는 그 고집이 그 여자에게 가난한 운명을 가져다 주는 것이나 아닌가 생각했다. 내버려 두자. 가난을 좋아하는 여자는 가난하게 살도록 해야지. 종유는 영애 어머니에게 악담까지 퍼붓고 싶은 심정이었다. 그런데 상희가,

"정 원하신다면 제가 그 애 외삼촌을 만나겠어요. 이야기만 하면 들어 줄 겁니다. 사실은 귀찮게 생각하구 있을 테니까요."

하고 말했다.

종유는 흥미를 잃었다. 그래서,

"마음대루 하세요."

하고 강청하지를 않았다.

상희도 그 문제는 자기에게 맡기라는 듯이 더 긴말을 안 했다. 그리고는 종유를 데리고 노인들 있는 집으로 인사를 시키러 떠났다. 동네 맨 밑에서 부터 차례 차례로 인사를 해 올라오자고 하며 마을 밑으로 내려가는 도중 상희는 공손히 인사를 하고는 묻는 말에 대답만 하라고 주의를 시켰다.

맨 첫집은 울타리도 없는 초가집이었다. 부엌 하나에 방이 두 개밖에 없는 집인데 아랫방에 육십이 다 된 노인이 앉아 있었다. 종유는 상희를 따라 방 안에 들어가 상희의 소개말에 이어, 방바닥이 이마를 대고 큰절을 했다. 상희가 큰절까지 할 필요가 없는 집이라고 했지만 방 안에서 허리만 굽히고 인사하기가 도리어 마음 불편했기 때문이었다.

절을 받자 노인은 궁벽한 산골에서 고생을 하겠다고 하면서도,

"동네야 좋구마. 술 먹는 사람이 있나, 도박하는 사람이 있나……. 모두 상희 덕분 아인가베……."

동네 자랑과 동시에 상희 자랑을 했다. 종유는 듣기만 하다가 그 집을 나온 뒤 다시 한 번 그 집을 둘러보았다. 아무리 보아도 가난한 집이었다. 그

리고 얼마 동안을 살았는지 모르지만 상당히 낡은 집이었다. 오랫동안 한 집에서 살았는데도 재산이나 가족이 그렇게까지 늘지 않았단 말인가?

"가족이 많지 않은가요?"

종유가 궁금해서 물었을 때, 상희가,

"자손이 귀한 집입니다. 아들이 형제밖에 없는데 막내는 군대에 입대했어요."

하고 대답했다.

"가족이 적은데두 살기가 힘든가요?"

"가족이 적으면 적은 만큼 또 가난하기 마련이니까요."

"가족이 많으면 많은 대루 가난하기 마련이라구요?"

"그렇지요."

종유로서는 이해하기 힘든 이론 같았다. 두 번째, 세 번째 찾아간 집도 모두 가난했다. 마당에 감나무가 몇 그루가 있을 뿐 마당에 화초를 심은 집도 없었다.

"가난하면 꽃 심을 생각두 안 하나요?"

종유는 그것도 이해할 수 없는 일이라, 상희에게 물었다.

"가난한 사람들이 아름다운 것을 감상할 만큼 마음의 여유가 있나요?"

"살기가 힘들수록 마음의 여유는 가져야 하지 않을까요?"

"꿈이지요. 농촌 사람들에게는 꿈이란 것이 없습니다."

상희가 그렇다면 그러리라 믿는 수밖에 없었지만, 잘 납득이 가지 않았다.

"가난하면 도대체 어느 정도 가난한가요?"

"이 동네서 쌀 말을 가지구 있는 집은 몇 집두 안 됩니다. 보리밥이나마 제대루 끓여 먹는 집이 삼분의 이나 될까요?"

"그러면서두 애들 학교는 보내는군요?"

"할 수 없잖아요? 그러니까 자꾸만 빚을 지는 거지요. 빚 없는 집이 별반 없을 겁니다."

종유는 동네의 실태를 겨우 안 듯한 느낌이었다. 그리고 자기 밥상에 보리밥이 오른다고 해서 불평을 이야기해서는 안 되겠다는 생각을 했다.

동네 맨 꼭대기까지 올라갔다가 내려오면서 상희가,

"마지막으로 우리 집엘 들르십시다."

하고 종유를 자기 집으로 인도했다.

"가야지요."

응당 가야 할 집을 빼놓고 있은 상희에게 항의하듯 말하며 상희 뒤를 따랐다.

"가야, 어머니만 계십니다. 아버지는 집에 계시는 때가 별루 없으니까요."

"어디 출타하셨나요?"

"진주에서 봉급생활을 하시지요."

"어떤 곳에서 일 보시는데……"

이런 이야기를 하며 걸어오고 있을 때였다. 상희가 지나가는 젊은 여자와 웃음으로 인사를 교환하고 그 여자를 그대로 보냈다가 갑자기 무슨 생각이 난 듯,

"영애 엄마!"

하고 그 여자를 불러 세웠다. 그리고는,

"아까 이야기한 저 서울서 오신 조 선생님 아니십니꺼."

하며, 종유에게 인사를 시켰다. 종유는 영애 어머니라는 말에 그 여자의 얼굴을 유심히 보았다. 남루하다 할 만한 옷을 입고 있었다. 그러나 첫눈에도 얼굴만은 맵시 있게 생긴 여자였다. 화장을 안 했고, 또 고생을 한 얼굴이 되어 피부가 거칠고, 살이 여위어서 그렇지 윤곽만은 미인형이라 아니할 수 없었다. 종유는 첫눈에 시골에도 이런 미인이 있던가 의아할 정도였다.

"저 조종옵니다."

인사를 하면서도 종유의 눈은 그미의 얼굴에서 떠나지 않았다.

종유가 그렇게 지켜 보고 있어서 그런지, 영애 어머니는 얼굴을 붉히고 말을 통 하지 못했다. 그미로서 해야 할 말이 없을 수 없었다. 최소한도 호의를 받아들이지 못해 죄송하다는 말이라도 해야 할 것이다. 그런데도 통 입을 벌리지 못하는 것은, 종유가 그야말로 타관 남자라는 데서 오는

시골 여자의 수줍음 때문이리라. 그러나 종유는 삼십이 조금 지나 보이는 그미가 자기처럼 젊음을 지녔기 때문이라고 생각했다. 말하자면 종유는 홍영애 어머니에게서 젊음을 느꼈던 것이다. 그렇기 때문에 사실은 종유도 자기 이름을 말한 뒤 아무 말도 못했다. 영애에 대해서 한 마디쯤 말할 수 있는 일인데도 그는 소년처럼 가슴을 두근거리며 그 여자의 얼굴만 쳐다보았다.

그래서 상회의 집에 이르는 동안 그는 혼자 그미만을 생각했다. 만약 그미가 좀더 깨끗한 옷을 입고 얼굴에 손질만 한다면 얼마나 아름답게 보일까? 그 아름다운 여자가 어째서 혼자 늙어가고 있을까? 시골사람들은 정말 아름다움에 대해서 무관심하단 말인가?

"어서 들어오세요."

상회가 자기 집 대문 앞에서 들어가기를 권할 때야 종유는 제정신으로 돌아왔다. 말하자면, 종유는 그때까지 영애 어머니에게 매혹되고 있었던 것이다.

상회네 집은 상도네 집보다도 커 보였다. 상도네 집은 안채와 사랑채가 따로 평행선으로 떨어져 있어 뜰도 둘로 나뉘어 있는데, 상회네 집은 기억자로 되어 있어 집도 커 보일 뿐 아니라 뜰이 여간 넓어 보이지 않았다. 나락을 털기 위해 넓은 마당을 만들어 놓았을까 하는 생각을 하며 걸어가고 있을 때, 상회 어머니라고 생각되는 나이든 여자가 나오며,

"이제야 오노?"

상회를 반겼다. 상회가 종유와 같이 오는 것을 알고 미리부터 기다리고 있은 모양이었다. 종유는 상회를 반기는 것이 자기를 반기는 것이라고 생각하며, 처음 오는 집이지만 친밀감 같은 것을 느꼈다.

"어머니, 조 선생님이세요."

상회가 종유를 소개하자, 상회 어머니는 종유를 향해,

"어서 오이소. 집이 누추해서……."

하며, 반가운 기색을 노골적으로 표시했다.

그러고는

"산골에 와서 고생이 심할 텐데 어이하노?"

하며, 쓸어 줄듯이 가까이했다.

"들어가십시다. 인사를 드려야지요."

종유는 우선 그미에게 큰절을 해야 한다고 생각했다. 자기를 그렇게까지 반겨 주는 그미에게 큰절이 하고 싶기도 했다.

"이렇게 보구 이야기했으면 됐지, 인사는 또 무슨 인산기요? 그만두이소."

상희 어머니가 고개를 설레설레 흔들었다. 상희도 자기 어머니에게는 그럴 필요가 없다면서 세수나 하라고 했다. 그러자, 상희 어머니는 세숫물을 떠 왔고 깨끗한 타월을 꺼내 왔다. 세수를 하고 마루에 앉았을 때는 밥상이 들어왔고 밥상을 대하고 앉았을 때는 상희 어머니가 종유에게 부채질을 해 주었다. 종유는 송구스러워 부채질은 그만둬 달라고 간청을 했다. 그때 상희가 부채를 뺏어 자기가 부치기 시작했다. 그것도 미안스러워, 종유는 부채를 달라고 해서 자기 손으로 부채질을 하기 시작했다. 부채질을 하며 점심을 먹으려 할 때, 밥이 자기 몫 하나밖에 없음을 알았다.

"같이 하시지요."

종유가 상희와 그미 어머니를 번갈아 보며 혼자 먹기를 미안해했다.

"어서 잡수이소. 우린 천천히 안 먹습니꺼?"

상희 어머니가 종유를 기어이 혼자 먹게 했다. 쌀밥에 닭고기 국이었다.

종유는,

"황송스러워 먹을 수가 있습니꺼?"

일부러 사투릴 써 가며 자기를 위한 진수성찬에 고마움을 표했다.

종유가 어색해함을 눈치 챈 상희 어머니가 빨리 먹기를 권하며 자리를 피하자, 종유는 상희에게,

"같이 먹지 않구 왜 외상 밥을 먹게 하지요?"

하고 상희의 보수적인 생각을 나무랐다. 그때 상희가,

"외상 밥을 드려야 다음에 갚음을 받지 않아요?"

농담을 한 뒤,

"저두 같이 먹구 싶어요. 그렇지만 혹시 남이 보면……."

하고 진담을 했다. 종유는 그렇다면 할 수 없다고 생각했다. 사람은 누구나 자기 마음 편한 대로 사는 것이다. 그래서 잘 먹겠다는 말만 하고 밥을 먹기 시작했다.

오래간만에 먹는 쌀밥이요, 오래간만에 먹는 기름진 반찬 같았다. 입맛이 당겨 몇 숟갈을 정신 없이 퍼먹고 있을 때 얼마 전 인사를 하러 다니다가 어떤 집 천장에서 본 쌀 봉지 생각을 했다.

약국처럼 종이 봉지에 무엇을 넣어 천장에 매단 것을 보고 그 집을 나온 뒤 상회에게 그 집이 약국이냐고 물었더니 상회가 그것은 약이 아니라 쌀이라는 말을 했다. 제사 때 쓸 쌀만을 남겨 그것을 그렇게 매달아 놓고 있다는 것이었다. 그 생각을 하니 쌀밥이 목에서 넘어가지를 않았다. 금시 딸꾹질이 났다. 국을 퍼먹고 나서야 목에 걸렸던 밥이 내려갔다.

"댁에서는 쌀밥을 잡숫나요?"

종유는 상회네가 이 동네서 쌀밥을 먹는 유일한 집이나 아닐까 생각하며 물었다.

"쌀이 있어두 미안해서 못 먹어요. 우물에 가서 쌀을 씻을 수가 있어야지요."

그래야 할 것 같았다. 동시에 자기도 지어 준 밥이라 해서 그냥 먹고 있을 수가 없는 것 같았다.

"난 어떻게 해야지요? 이걸 그냥 먹어야 합니까?"

하고 물었다.

"이왕 지어 논 거니 마저 잡수세요. 어머니의 성의를 봐서라두……."

상회는 아무 말 말고 먹어 달라는 투로 말했다. 종유는 이제 밥을 안 먹는다는 것도 우스운 일인 것 같다. 계속해서 숟가락질을 했지만, 서울 같으면 생각도 안 할 문제가 시골에서는 큰 신경거리가 되고 있으매, 장소에 따라 산다는 것이 얼마나 다르고 힘들다는 것을 통감했다. 숟가락을 들고 다시 밥을 먹기 시작했을 때였다. 상회가 갑자기 반짝이는 눈동자를 올려 뜨고,

"영애 엄마 예쁘지요?"

뚱딴지같은 말을 물었다. 상희는 밥을 먹으면서도 무엇인가를 생각하고 있는 종유 얼굴에서 얼마 전 영애 어머니를 대했을 때 현황해하던 종유의 얼굴을 연상했던 모양이다.

"그건 무슨 말씀이신지?"

종유는 밥을 씹다 말고 반문했다.

"영애 엄마는 이 근처에서 둘두 없는 미인입니다. 그래서 과부가 되자 혼삿말두 많았어요."

상희는 마치 영애 어머니에 대한 지식을 소개해 주는 식으로 말했다.

"나두 혼자 사는 그미를 이상하게 생각했습니다. 가난두 하구 그런데 왜 재혼을 안 하지요?"

"애들을 데리구 가난한 집에는 갈 수가 없구, 돈 있는 집에는 전실 자식들이 있구, 그러니 자연 혼자 살 수밖에 없지요."

"그렇군요……."

예사 이야기처럼 주고받았지만 종유는 상희가 영애 어머니 이야기를 꺼낸 데 딴 이유가 있는 것이라 생각했다.

여자는 여자대로의 육감(六感)이 있지만 남자는 남자대로의 민감이 있는 것이다. 밥을 같이 먹자고 했을 때 상희는 저두 같이 먹고 싶어요 하며 종유를 쳐다보던 눈동자. 그리고 영애 어머니가 예쁘지요 하고 물으며 쳐다보던 때의 빛나던 눈동자. 그것은 어제 이 동네로 올 때 마을 어귀에서 옷을 벗고 땀을 식히던 순간부터 시작된 감정의 연장일지도 모른다. 즉 그때, 종유는 알몸뚱이가 되었기 때문에 자기 육체를 보면서 상희를 여성으로 느꼈었다. 처음으로 느낀 감정이었다. 그 감정이 잠재해 있기 때문에 번쩍이는 상희의 눈동자를 보는 순간, 어떤 의미를 느낀 것이나 아닌지.

종유는 상희 어머니가 유별나게 친절하다는 것도 생각했다. 상희가 뭐라고 했기에 그렇게까지 친절한 것일까? 무관심한 태도로 이야기했다면 그럴 수가 없을 것이다.

그러나 그런 것들은 입 밖에 꺼낼 수 없는 성질의 것들이다. 종유는 못 보고 못 들은 것처럼 밥만 열심히 먹었다. 밥을 거의 다 먹어갈 때 상희 어머니가 숭늉을 들고 들어왔다.

"통 안 자셨는가베……."

종유가 많이 먹었다면서 숟가락을 놓았을 때, 그미는,

"와 이카노? 장정이 밥 한 그릇두 몬 치우다니……."

수다를 떨고 또 상희를 나무랐다.

"넌 뭘 했노? 밥두 권하지 아니 하구……."

그때 종유가 재빨리,

"배가 그득 찼습니다. 진수성찬을 사양하겠어요?"

하며 식사에 대해서는 그 이상 더 말을 못하게 했다. 그리고는 마당에 서 있는 감나무들을 보며,

"확실히 이 동네에는 감나무가 많아……."

혼잣말처럼 하다가, 상희에게

"이곳 감의 특색은 뭡니까?"

하고 물었다.

"별다른 특색이 있나요? 보통 감이지요."

상희는 극히 무관심한 태도로 대답했다. 종유는 그러한 상희가 불만스럽게 느껴졌다. 소위 농촌지도자라는 상희가 이 동네의 특산이라고 할 수 있는 감이 별다른 특색을 가지지 못했다면, 좀더 특색 있는 물건으로 개량하도록 관심을 가져야 할 것이 아닌가?

"알을 크게 한다든다, 열매를 많이 열리게 한다든가 개량의 방법은 없을까요?"

종유가 불만스럽게 묻는데도 상희는,

"글쎄요. 그런 것 생각해 본 일 없는데요."

하고 마치 자기의 관여할 바 아니라는 듯한 태도를 보였다. 물론 부녀자 문제와 일반 교양문제에 관해서 힘을 기울이고 있는 상희인 만큼 농업의 기술면에까지 신경을 쓰지 못하고 있을 것은 사실이다. 그러나 종유는,

"감이 이 부근 마을의 적지 않은 부수입을 가져다 줄 텐데, 어째서 그 부

수입을 좀더 늘릴 생각들을 안 할까요?"

하고 또 불만스럽게 말했다.

"토질에 맞아 잘 되니까 심그는 거죠. 그리구 한 번 심거 두면 내버려 둬두 감은 열리니까 그것만두 다행으루 생각하는 것이 아닐까요?"

"남의 일처럼 말씀하시는군요?"

"그럼 다 큰 감나무들을 어떻게 개량합니까?"

"앞으루 심는 것을 개량종으로 선택할 수가 있잖습니까? 논 만들 땅은 없어두 감나무 심을 땅은 얼마든지 있을 것 같은데요……."

"의논해 보십시다. 잘 연구해 보십시오."

종유는 상회가 쉴 틈도 없이 농촌 지도에 애쓰고 있음을 알고 있지만 역시 여자만으로는 농촌 지도가 되지 않으리라는 것을 생각했다.

그들은 상회의 집을 나와 도서관으로 갔다. 도서관에 가자, 상회는 서울서 가지고 온 책 가운데서 얼마를 륙색에 넣어 둘러멘 뒤 청수리(淸水里) 마을문고 일로 갔다 온다면서 떠날 채비를 했다.

"청수리란 곳은 어디 있습니까?"

"남쪽으로 한 삼십 리 가야 해요."

"길 선생이 지도하시는 마을문고로군요? 그런 데가 몇이나 됩니까?"

"화영리에 하나 더 있을 뿐예요."

"순전히 길 선생이 책을 모아다가 분배해 줍니까?"

"제가 만들어 논 것이니까 할 수 없지요."

"나두 한 번 가 보구 싶은데요."

"우선 우리 동네를 파악하신 뒤 저와 같이 인근 부락들을 한 번 돌아 주세요. 저는 부녀자들을 지도하는 한편 청년들을 단합시키는 데 중점을 두구 있어요. 농촌에는 사에이치(4H) 구락부가 있어서 청년들이 조직되어 있지만 그것이 뜻대루 움직여지나요? 그래서 마을문고를 만들어 그들의 교양을 중심으로 단합할 기회를 만들어 주려구 하는데 그 단합된 청년들을 지도하는 데는 선생님의 힘이 필요할 것 같아요."

종유는 상회의 정열에 감동되고 있었던 것이다. 그래서 당장에라도 상회

를 따라가고 싶은 생각이 들어,

"이 더위에 이걸 짊어지구 혼자 삼십 리 길을 갔다 오실 수 있을까? 내가 메다 드리지."

하고 상희를 쳐다봤다. 그때 상희가 먼 하늘을 바라보며,

"다음부터요. 선생님이 농촌 지도에 신념이 생긴 뒤……."

하고 말했다.

"지도하기 전에 먼저 배워야 할 거 아닙니까?"

"안 돼요. 그들에게는 처음부터 지도자라는 인상을 줘야 하는 거예요."

종유는 상희의 의견에 반대할 생각은 없었다. 지금 상희를 따라가려 한 것은 농촌을 배우기 위함보다 상희와 같이 있는 시간을 갖고 싶었기 때문이라는 자기 속마음을 스스로 알고 있기 때문이었다.

"들어가 보세요."

상희의 명령 같은 말에 그는 발걸음을 멈추었다. 그리고는,

"그럼 빨리 다녀와요."

하고 서운한 표정으로 상희를 보냈다. 몇 걸음 앞으로 걸어간 상희가 뒤돌아섰다.

"다녀올게요."

그 뒤 잠시 그들은 말없이 서로 바라보기만 했다. 멀리 떠나는 사람을 보내는 장면 같았다.

상희가 가기 싫은 것을 억지로 가는 것처럼 등을 획 돌리고 걷기 시작했을 때도 종유는 상희의 뒷모습을 바라볼 뿐 몸을 움직이지 않았다.

상희는 갈 길이 급한 사람처럼 앞만을 보며 걸었다. 오십 미터쯤 걸어 언덕바지를 내려서고 있었다. 그곳만 내려서면 상희는 보이지 않게 되고 만다. 그때였다. 상희가 뒤를 돌아보았다. 그러나 그때까지 자기를 바라보며 서 있는 종유를 보자 금시 몸을 돌려 언덕바지를 내려가고 말았다. 종유는 순간 상희를 향해 달려갔다. 상희가 뒤돌아보던 지점에서 상희를 바라보았다. 그러나 상희는 두 번 다시 돌아보는 일이 없었다. 그리고 꼬불꼬불한 길로 자취를 감추어 버렸다.

종유는 소중한 것을 잃어버린 듯한 느낌이었다. 잃어버린 것을 찾아보고
싶은 심정이기도 했다. 그는 어제 리어카를 밀고 오다가 세수하던 곳을 찾
았다. 거기서 다시 세수를 하고 싶었다. 그런데 어제까지 물이 있던 곳에 물
이 없었다. 흘러내리던 동네 우물들의 수량이 줄어들었는지? 그렇지 않으면
뜨거운 태양볕에 물이 모두 증발한 때문인지? 어쨌든 종유는 세수를 못하고
돌아가려 하다가 눈 아래 보이는 어석리로 발길을 돌렸다. 교회당을 찾아가
보리라는 마음이 들었던 것이다.

그는 교회에 대한 지식이 전혀 없으면서도 교회를 찾아가 목사를 만났다.
나이가 오십쯤 되어 보이는 목사는 종유가 누군지도 모르면서 반갑게 방으
로 안내했다. 종유는 방으로 들어가 자기가 어떤 사람이라는 것을 설명하고
앞으로 많이 지도해 달라는 말을 했다.

"잘 오셨습니다. 농촌에는 지도자가 있어야 하는데 어디 그런 사람이 있
어야지요? 많이 수고해 주십시오."

목사는 종유에게 환영의 뜻을 표한 뒤,

"참 대봉리에는 길상희란 여자가 있지요? 무척 애를 쓰구 있는 모양이더
군요?"

하고 상희 이야기를 꺼냈다. 종유가 바로 상희 때문에 농촌으로 오게 되었
다는 말을 하자, 목사는,

"기특한 여자 같습니다. 그렇지만 여자의 힘으로야 농촌 지도를 완전히
할 수 있나요? 조 선생에게 기대를 가집니다."

하며 은근히 상희를 헐뜯으려 했다. 여자라고 해서 얕잡아 보는 듯한 목사
의 태도가 싫었지만 혹시 질투에서 오는 것이나 아닌가 생각하고 종유는 교
회 이야기로 화제를 돌렸다.

"신도가 몇 명이나 되나요?"

"한 사십 명 됩니다."

"많은 편은 아닌 것 같군요."

"그것두 가난한 농민들만이라 힘이 없죠. 요새는 한발이 심해서 그나마
신도가 주는군요."

한밭이란 말이 나오자, 종유는 기회를 놓치지 않고 강우기도회에 대한 자기 의견을 이야기했다. 그러나 목사는,

"예배시간마다 기도를 드리구 있습니다. 이제 하느님이 비를 주시겠지요."

낙관적인 태도로 말했다.

"그래두 교인들을 데리구 산상에 가서 기도를 올리면 좀 다르지 않을까요?"

"소용없는 일을 해서 교인의 신앙심까지 희박하게 만들고 싶지는 않습니다."

종유는 목사에게 신념이 없음을 알았다. 그러나 그 자리에서 그를 비난할 수가 없어,

"산상에서 기도를 한 뒤 비가 와 보십시오. 신자가 많이 늘 것입니다. 이런 기회에 농민들에게 하느님을 알리고 싶은 생각은 없으신가요?"
하고 목사에게 실리적인 성과를 암시했다.

"글쎄요. 비가 언제 올질 알아야지요?"

하느님이 비를 주실 겁니다 하던 말과 너무나 상반되는 말이었다. 그러나 종유는,

"아무때라두 오지, 안 오겠습니까? 그러니까 교회에서 산상기도회를 가지셨다는 것만 농민들에게 알려두 효과는 큰 것이라고 생각합니다."
하고 신도 획득의 한 방법을 제시하는 듯이 말했다.

"글쎄요."

목사의 태도가 조금 달라졌다. 종유는 목사의 마음이 움직이도록,

"목사님! 농민들에게 신념을 주십시오. 농민들에게 가장 필요한 것은 숙명을 뛰어넘어 신념을 갖는 일입니다. 신념을 갖는 데는 종교의 힘이 절대적이라구 생각합니다."

일찍이 생각해 본 일도 없던 말까지 했다. 목사는 확답은 안 했지만 교인들과 의논해서 될 수 있는 한 빨리 강우기도회를 갖겠다고 말했다.

종유는 앞으로도 찾아와 지도를 받겠다고 한 뒤 목사 사택을 나왔지만 신

넘이 강한 것 같지 않은 목사에게 실망을 느꼈다. 종유가 본 목사는 성경을 해석하고 하느님을 찬양하면 그것으로 자기 일이 끝나는 것으로 생각하는 사람 같았다. 농민과 같이 호흡을 하며 그들의 생활 전부를 보살펴 줄 생각이 없는 사람 같기도 했다. 농촌에서 봉급생활을 하는 유일한 사람으로 그럴 수가 있을까?

종유는 도서관으로 돌아왔다. 거기에는 청년 몇 명이 모여 앉아 잡담을 주고받고 있었다. 책을 읽는 사람은 한 명도 없었다.

가뭄으로 논일이 중단되었으니, 할 일이 없어서 논다는 것은 수긍이 갔다. 그러나 이왕 도서관에 모였으니, 책을 들여다보는 사람이 한 사람쯤은 있어도 좋을 것이 아닌가? 더구나 상희가 가지고 온 새 책들도 있는데 책을 외면하고 잡담만 하다니……

상희가 그 더위에도 책을 짊어지고 삼십 리 길을 떠나던 것이 생각나서 그런지, 종유는 잡담하는 청년들에게 불쾌감 같은 것을 느꼈다. 그래서,

"이 동네서는 샘을 팔 수 없는가요?"

하고 못마땅한 눈으로 그들을 보았다.

그들은 산 밑이라 조금만 파도 바위가 나와 샘을 팔 수 없다는 대답이었다.

"바위를 캐내면 물줄기가 터지는 일이 있지 않습니까?"

"글쎄요."

그들은 생각도 못해 본 일이라는 듯 흥미 없는 표정을 지었다.

종유는 할 일 없이 부채만 부치고 있던 목사의 무기력한 모습이 연상되어 청년들을 조금 구박해 주고 싶었지만,

"가뭄이 안 든 해에도 농민들이 잘 살지 못하는 이유는 무엇일까요?"

하고 물었다. 종유는 알고 싶은 일이기도 했지만, 그들의 의견과 대책이 듣고 싶었던 것이다. 그때 한 청년이 그런 말이 나오기를 기다렸단 듯이 대답했다.

"농민은 잘 살 수가 없습니더. 생각해 보이소. 비료값은 금값인데 쌀값은 똥값이 아닙니껴? 작년 같은 해엔요, 비료 배급이 없잖았습니껴? 그래서 야

미루 한 포에 삼천 원두 넘었심더. 쌀 한 가마 값 아니겠습니껴? 농민들은
다 죽으라는 겁니더. 죽으라는 농민들이 어애 잘 살 수 있겠습니껴?”
　“논 한 마지기에 비료는 몇 가마가 들구, 쌀은 몇 가마가 납니까?”
　“비료는 한 가마니쯤 들구, 쌀은 두 가마쯤 납니더.”
　이때, 옆에 앉아 있던 다른 청년이 입을 열었다.
　“농자금은 일찍 일찍 줘야 카는데 이건 병자가 죽은 뒤 약 처방을 내듯
하니, 농살 져낼 수 있겠습니껴? 것두 정 가난한 넘은 구경두 못합니더.”
　또한 청년이 말했다.
　“담배 같은 건 값두, 등급두 농협에서 멋대루 정하니 일등품은 하나두 없
임더. 똥값으루 다 팔구는 그 비상 같은 담배를 사 피야 하니 안 죽을 수 있
습니껴?”
　이들 청년들은 정부를 불신하고 있는 것이었다. 종유는 이해하기가 힘들
었다.
　중농정책을 써서 농민들을 잘 살게 해 주는 줄만 알았던 정부가 어째서
농민들의 불신을 사고 있을까? 농민들이 현재 잘 못 살고 있는 것이 확실한
이상 정부의 시책에 어떤 결함이 있을 것만은 사실이다. 그러나 종유는,
　“여러분들이 정부를 너무 의지하기 때문에 그런 실망을 느끼시는 게 아
닐까요?”
하고 그들의 표정을 살폈다. 그것은 이 동네에 와서 피상적이나마 처음으로
느낀 것이 게으르다는 것이었기 때문이었다.
　“백성이 정부를 의지 안 하구 뭘 의지하겠습니껴?”
　맨 처음에 말한 청년이 당연지사처럼 말했다.
　종유는 그것이 당연한 말이라고 생각했다. 그러나 그대로 받아들이기가
싫었다. 반항에 대한 반항일지 모른다.
　“농촌이 삼십 년 전이나 삼십 년 뒤나 조금두 다름이 없는 건 전부 정부
책임일까요?”
　여기에 대해 대답하는 사람은 하나도 없었다.
　대답할 말이 없는 탓인지, 그렇게 묻는 종유에 대해 불만을 품고 있기 때

문인지를 알 수 없었다. 어쨌든 대답 없는 그들을 보자, 종유는 자기 말이 지나쳤다고 스스로 후회하지 않을 수 없었다.

사실 종유는 자기가 농민을 비판하고 정부 시책을 비난할 아무 자격이 없다고 생각했다. 좀더 농촌을 안 뒤가 아니고는 시시비비를 가릴 자격이 없다. 그래서,

"잘 사는 동네두 있는 것 같습니다. 신문을 보면 모범부락이니 해서 좋게 선전되는 데두 없잖던데, 이 동네두 잘 사는 부락이 되두록 노력하면 되지 않을까요?"

하고 이야기를 끊어 버리려고 하는데, 한 청년이,

"모범부락이란 게 별 게 있습니껴? 돈만 많이 대부해 주면 모범부락 되는 겁니더."

하고 탐탁지 않게 말했다. 그러자 청년들이 모두,

"하모, 옳은 말입니더."

모범부락이 별 것 아니라는데 합세했다.

그것도 종유로서는 처음 듣는 말이다. 왈가왈부할 수가 없어서,

"모두가 돈 문제로군요."

하고 이야기를 흐지부지 끝내려 하는데,

"하모, 돈만 주어 보이소. 우리두 모범부락을 거뜬히 만들겠습더."

한 청년이 기운차게 말했다. 종유는 돈을 대 주어 기와집도 짓게 하고 쌀도 팔아먹게 해 줄 사람이 어디 있을 것인가 하고 생각하면서도,

"농촌에 돈을 뿌릴 사람은 없을걸요?"

하고 마치 사회를 원망하듯이 말했다.

"그러니까 선생님이 어디 가서 돈을 좀 끌어다 주이소. 농자금과 농사개량비는 말 잘 하는 사람이 탄다 하잖습니껴?

"내가 말을 잘 해야지요?"

"아입니더. 대학을 졸업하신 분은 관청에서두 뽑낼 수 있잖습니껴?"

이런 말이 나올 때, 종유는 공연한 이야기를 꺼냈다고 생각했다. 농촌 사정을 전혀 모를 뿐 아니라, 돈 대부하는 관청이 어디 붙어 있는지도 모르는

자기에게 대부금을 얻어다 달라는 청년들의 말이 무례하게 들려 기분이 좋지 않았을 뿐더러, 어느 때건 그런 문제가 자기에게 닥쳐오고야 말 것 같은 생각에 마음이 무거워졌던 것이다. 만약 자기가 계속해서 농촌에서 살게 된다면 관청을 불신하면서도 관청에 의지하려는 농민과 관료적인 관청의 중간 역할을 하지 않을 수 없을 것 같았다. 종유는 소변이 마려운 체하고 그 자리를 피해 밖으로 나갔다. 변소에 갔다 와서는 골치 아픈 이야기를 피하기 위해 서울 이야기를 꺼냈다. 십층 이상의 집이 수없이 생겨 6·25 이전의 서울과는 딴 세상이 되었다는 등 서울 여자들은 소매 있는 옷을 한 명도 입지 않는다는 등 농촌 사람들이 놀랄 이야기를 해 준 뒤,

"이 동네에 서울 구경한 사람이 몇이나 될까요?"
하고 물었다.

"웬만한 청년들은 그래두 다 구경했습더. 군대 덕택 아닙니껴? 죽기 전 다시는 가 볼 수 없을지 모르지만…."

상도가 뽐내듯이 턱을 흔들며 말했다. 종유는 생각했다. 군대가 농촌 청년들에게 서울 구경을 시켜 주는 곳이라고. 군대가 없다면 평생 기차를 타 보지 못한 시골 노인들처럼 농촌 청년들도 우리 나라의 문물(文物)을 구경도 못하고 늙어갈 것이 아닌가? 문화에서 소외되고 있는 농촌 청년들을 좀 더 교양 면에서 훈련시킨다면 군대는 한국 근대화에 가장 큰 역할을 할 수 있는 곳이 될 것 같은 생각도 했다.

종유가 집으로 돌아간 것은 저녁때가 거의 되어서였다. 세수를 하고 싸늘한 방바닥에 누우니 더위가 가시는 것 같았다. 그래도 부채질하며 누워 있으려니 종일 몸에 배었던 더위가 빠져나가는 해열작용을 하느라고 그러는 것인지 온몸이 노곤해 왔다. 온몸에 피곤을 느끼게 되니 혼자라는 것이 의식되었다. 혼자라는 고독감 자기도 모르게 상희를 생각하게 만들었다.

삼십 리 길을 갔다가 온다는 상희가 벌써 돌아올 리 없을 것이지만 그래도 종유는 그미를 기다리는 것이었다. 자기를 혼자라고 느끼지 않게 해 줄 사람은 오직 상희뿐이란 생각이 들었기 때문이었으리라. 실은 누구보다도

가까운 사람이 미재다. 그러나 미재는 지금의 상황 속에서 자기를 외롭지 않게 해 주기에는 너무나 먼 거리에 있다. 공간적인 거리감을 느낄 뿐 아니라 정신적으로도 그미에게서 이탈하려는 그다. 그미에게서 이탈하기 위해 서울을 떠난 것이 아닌가?

종유는 청수리로 떠날 때 동네 어귀에서 얼마를 걸어가다가 뒤돌아보던 상희를 생각했다. 그미도 고독을 느끼는 여자 같았다. 그렇지 않고서야 무엇 때문에 뒤돌아보았을 것인가?

종유는 문득 도서관의 책들을 생각했다. 거기 있는 농업에 관한 책들을 읽자. 책을 읽음으로써 농촌에 대한 지식을 얻자. 그래서 하루빨리 청년들을 지도할 만한 힘을 가지자. 그래야만 상희와 같이 있을 수가 있다. 인근 부락에도 같이 다닐 수가 있고 제각기의 고독을 서로 어루만져 줄 수가 있을 것이다.

그는 저녁을 먹자 곧 도서관으로 갔다. 학생들이 모이기 전에 자기가 읽을 책과 잡지들을 골라 놓았다. 야학이 끝난 뒤에도 그 책들을 가지고 집으로 와서 읽기를 시작했다. 새로운 영농법이며 또 농촌 지도의 방법 등 종유가 알아야 할 것들이 얼마든지 있었다. 희미한 등잔불 밑에서 작은 활자를 좇아가며 한 시간쯤 책을 읽던 그가 갑자기 책을 덮었다.

밤 열 시가 되었는데 상희가 아직도 오지를 않았다가 혹시 무슨 사고가 일어난 것이나 아닐까 하는 생각이 들었던 것이다. 설마 시골에야 깡패가 없겠지 하고 혼자 안심도 해 보았으나 될 수 있는 한 오늘 오겠다던 상희의 말이 자꾸만 머리에 떠올랐던 것이다. 온다고 했으니 오기는 올 텐데 어째서 아직 오지를 않을까? 혹시 자기 집에 와 있는 것은 아닐지? 와 있으면서 밤늦게 찾아오기가 안 되어 그냥 자는 것일지도 모른다. 그렇지만 아직 자지는 않겠지?

그는 상희의 집을 찾아가고야 말았다. 무슨 용기에서 그랬는지 자기도 알 수 없었다. 어쨌든 상희 집으로 가서 그미가 돌아왔는가를 그미 어머니에게 물었다. 그미 어머니는 밤이 깊었으니 내일 돌아오는 것이 아니겠느냐고 태평하게 대답했다. 종유는 여자가 혼자 먼 길을 떠났기 때문에 걱정이 된다는 말을 했다. 그러나 어머니는 그런 일이 비일비재 하다면서 조금도 걱정을 안 했다.

종유도 따지고 보면 걱정을 하는 것은 아니었다.

걱정이 아니라 궁금함이었다.

그 궁금함이 그를 불안하게 했다. 상희의 집을 나온 그는 집으로 돌아가는 대신 뒷동산으로 올라갔다. 잔디밭에 벌렁 누웠다. 수없이 반짝이는 별들이 무엇인가 이야기들을 속삭이는 것 같았다. 무슨 이야길까? 설마 고독한 이야기들은 아니겠지?

많은 별들이 저렇게도 정답게 살고 있는데.

그러나 종유는 지구 밖에서 지구를 바라보는 사람이 있다며 하는 생각을 했다. 그 사람은 지구 위의 수많은 사람들을 별처럼 바라볼지 모른다. 그러나 지구 위의 별인 인간들은 반짝이지도 않고 고독하게만 보이겠지. 고독한 군상들.

종유는 문득 하늘의 별들이 거울 같은 데 반사된 인간의 그림자가 아닐까 하고 생각했다. 따라서 영원히 고독한 인간처럼 별도 영원히 고독한 존재일 것 같았다.

종유는 그 많은 별 가운데 자기 별을 찾아보았다. 상희의 별도, 그리고 미재의 별도.

징검다리

그렇지 않아도 종유에게 편지를 내려고 하던 날, 종유의 편지를 받았다. 그런데 종유는 아직 시골에 도착하기도 전이면서 시골에 마음 붙이고 오래오래 살겠다는 말을 적어 보냈다. 그 중에서도,

"결국 내가 갈 곳은 농촌밖에 없다는 생각을 했습니다."

"길 선생도 행복스런 생활을 꾸미시기 바랍니다."

라고 한 대목들이 미재의 비위를 거스르게 했다. 자기는 학원을 경영하기로

정하고 종유에게 빨리 올라오라는 편지를 쓰려고 하던 참인데 종유에게서 온 편지는 이별장과 같은 것이었다.

자기는 농촌에 정착해 살고, 나는 서울서 행복하게 살라는 것은 결국 이별을 뜻하는 것이 아니고 무엇인가? 특히 미재가 기분 나쁜 것은 길 선생이라고 한 말이었다. 미재 씨라고도 하지 않고 그냥 미재 또는 '재'라고만 부르던 종유가 갑자기 자기를 길 선생이라고 한 것은 종유가 자기를 남으로 생각한다는 증거다. 그렇게까지 사랑하던 사람이 하루 사이에 남이 될 수 있을 것인가?

미재는 편지를 조각조각 찢어 버리고 싶었다. 종유를 배신자로 정해 버리고 저주를 해 주고 싶었다. 상희와 같이 대구까지 가는 동안 종유의 마음이 상희에게로 완전 몰입되고 만 것이라 생각했다.

그렇지 않고서는 자기에게 이별장을 보내지는 못할 것 같았다.

남자란 어디까지나 실리주의자(實利主義者)들이다. 상희가 미혼 처녀라는 것, 농촌에서 지도자로 이름이 높다는 것, 그리고 집안에 먹을 것이 있다는 것 등으로 그미에게 마음이 쏠렸을 것이다. 있을 수 있는 일이겠지. 그렇지만 아무렇기로서니 하루 사이에 마음이 변할 수 있을 것인가?

미재는 문득 개라는 말을 생각했다. 흔히 여자들이 쓰는 말이었다. 남자들은 모두가 개.

그러나 그미는 곧 고개를 흔들었다. 종유를 지나치게 경멸하는 말에 자기가 더러운 마음을 소유한 여자처럼 생각되었기 때문이었다. 종유만은 절대로 그런 남자가 아니다. 종유를 나쁘게 생각한다면 그것은 결국 내가 나쁜 여자이기 때문이다. 상희도 종유를 사랑할 수 없지만 종유도 상희를 사랑할 수는 없을 것이다. 응석을 부리기 좋아하는 소년 같은 종유가 아닌가? 오래간만에 여행을 하게 되니 해방감 같은 것을 느꼈겠지. 그러니 평소 나에게 대해 품고 있던 불평을 한 번 미화된 표현법으로 폭발시켜 본 것이겠지.

미재는 그렇게 생각을 하고 종유에게 회답을 썼다.

"편지 받았습니다. 여행의 효과를 얻어 낙천적인 마음을 가지신 것 같아 저도 마음 흡족하게 생각하고 있습니다. 그렇지만 학원이 곧 개설될 것 같습니다. 어제 건물을 빌려 쓰기로 하고 보증금과 수리비의 일부를 지불했습니다. 그러니 거기서 책임 있는 일을 맡지 마시고 곧 돌아와 주시기 바랍니다. 오직 당신만을 생각하고 있는 '재'를 위해서 말입니다. 당신이 없는 곳에 행복이 있을 수 없습니다. 돌아오시는 그 날만을 기다리며 지내겠습니다."

미재는 상회에게도 문안 편지를 쓰고 상회 앞으로 보내는 편지 속에 종유에게 보내는 편지를 넣었다.

종유에게 단독으로 편지를 보내면 시골 사람들이 무엇이라고 수군덕거릴 것 같아 상회 편지 속에 종유에게 쓴 편지를 넣었지만 미재는 또 다른 생각을 가지고 있었다. 즉 종유에게 보내는 편지를 상회더러 읽으라는 것이었다. 예의상 남의 편지는 읽지 말아야 하는 것이지만 상회는 호기심을 억제하지 못하고 종유의 편지를 읽을 것이다. 그것을 읽으면 자기가 종유를 얼마나 사랑한다는 것쯤 알게 될 것이고, 그것을 안다면 감히 종유를 사랑하지는 못할 것이다. 사랑할 수 없는 동시에 종유를 서울로 돌려 보낼 것이다.

미재는 레지를 시켜 편지를 부치게 한 뒤 늦어도 사오 일만 있으면 종유를 만나리라는 생각을 했다. 편지가 그곳까지 가는데 최소한 사흘을 안 잡을 수 없다. 하루는 떠나는 준비를 해야 할 것이고 그러니 댓새 만에나 떠나게 될 것이라고 계산한 것이다.

'이번에 종유가 서울에 올라오기만 하면 그이와 의논을 해서 형구와 이혼을 해야지.'

미재는 다방 손님들에게 눈을 돌리며 이런 생각을 했다. 종유를 행복하게 해 주어야 한다는 마음이 들었던 것이다. 종유를 행복하게 해 주려면 형구와 이혼을 하고 그와 결혼하는 수밖에 없다. 이때까지 형구와 이혼을 하지 않은 것은 이혼에 따르는 여러 가지 문제를 생각했기 때문이었다. 사회적인 도덕문제, 어린애들의 처지에 관한 것, 그리고 경제생활의 위기 등. 그러나 눈을 감고 하면 못할 일도 아니다.

맷돌을 돌릴 때만은 눈을 가려야 한다. 그렇지 않으면 어지럼증을 느낀다. 눈을 감자. 그러면 어지럼증을 느끼지 않을 수가 있다. 이혼도 할 수 있고 종유와 결혼도 할 수 있다.

이런 생각을 하고 있을 때 주애림이 찾아왔다. 얼굴이 파랗게 질려 있었다.

"여보! 이루 좀 와요."

주애림은 카운터 박스 안에 있는 미재를 끌어내어 비어 있는 손님 자리로 가 앉더니,

"큰일났어. 어쩌면 좋지?"

정신 나간 여자처럼 허둥지둥했다.

"큰일이라니 무슨 일인데?"

"글쎄, 어제 준 돈이 행방불명되구 말았어."

"행방불명이라니?"

"거기 돈만이 아니야. 나두 꼭 같이 이십만 원을 냈지 않아? 그걸 내 외사촌 오빠가 가지구 도망쳤지 않아."

"외사촌 오빠라니?"

미재도 놀라지 않을 수 없었다. 집 보증금이랑 우선 이십만 원씩을 내자고해서 어제 그 돈을 주애림에게 주었던 것이다. 그 돈을 잃어버리다니…….

"학원으루 쓸 그 집을 물색해 준 이가 바로 그 오빠였어. 그래서 보증금두 그 오빠하구 같이 가서 지불해야 하는데 어제 당신한테서 받은 돈을 가지구 그 오빠한테 가는 길에 어떤 사람을 만나지 않았어. 내가 산 증권이 막 떨어졌다구 날 찾아다니던 사람이야. 그래서 오빠한테 가서 내 돈까지 합해 사십만 원을 주구 집 계약을 해다 달랬지 뭐야. 그런데 증권회사엘 갔다가 밤에 오빠한테 들렀더니 아직 오빠가 돌아오지를 않았어. 할 수 없이 오는 대루 전화나 걸게 해 달라구 부탁한 뒤 집에 갔는데 오늘 아침까지 소식이 없잖아? 결국 안 들어온 거야. 그래서 집주인에게 갔더니 오빠를 만나지두 못했대. 그 돈을 가지구 도망친 거지 뭐야?"

주애림이 울상을 하고도 할 이야기는 다했다.

"그래?"

미재는 주애림의 얼굴을 한심스럽게 바라볼 뿐이었다. 다른 말이 나오지 않았던 것이다.

세상에는 그런 일이 얼마든지 있다. 버스나 전차를 타고 가는 사람의 팔뚝에서 시계를 잡아떼어 가는 도둑이 얼마나 많은가? 버스나 전차 밖에서 그런 짓을 하고 도망가니 따라갈 수도 없다. 창 밖에 손을 내민 자기를 탓하는 도리밖에 없다.

사촌 누이동생의 돈이라고 해서 먹어 체한다는 법이 없다. 세상이 그렇게 되어 있다. 주애림도 맡기려 해서 맡긴 것이 아니다. 할 수 없이 그렇게 된 일이다. 잘못이 있다면 돈을 벌어 보려고 했던 자기의 물욕에 잘못이 있을 뿐이다. 계를 한다거나 고리대금을 한다거나 하는 돈에 대한 대인 관계를 피해 온 미재였다.

사람을 믿기 싫었던 것이다. 그러던 미재가 사업을 하려다가 그것을 시작도 못해 보고 돈을 잃어버렸으니 속절없는 물욕을 품었던 자기 자신을 탓하는 수밖에 없었다.

"나는 둘째루 하구 증권까지 손해 본 당신이 큰일이구려?"

미재는 도리어 주애림을 걱정해 주었다.

"엎친 데 덮친다구 그래 이럴 수가 있어? 내가 관계하던 증권회사 사장이 경찰에 체포됐다는 거야. 증권 하는 사람들의 돈을 가지구 무역을 하다가 세관에 걸렸다지 뭐야? 그 바람에 공금 유용한 것까지 탄로되구, 이래저래 늑는 건 나뿐인가 봐."

"그래 얼마나 손해를 봤는데?"

"오십만 원 이상이야."

"통두 커라. 여자가 어쩌면 통이 그리 클까?"

"여자구 남자구 가릴 시대야? 다 그래야 먹구 사는 세상인걸……."

미재는 자기도 다방을 경영하며 돈벌이를 하고 있는 사실을 상기했다. 그러면서도 여자들이 너무 떠벌인다고 생각했다. 그렇다고 해서 남자들 손아

귀에서 벗어나 사는 것도 아니면서…….

"당신 돈을 어떡허지?"

주애림이 미재의 돈 걱정을 했다. 자기가 맡았던 것이니 책임을 져야 하겠지만 그럴 형편이 못 된다는 이야기를 꺼낼 모양이었다. 미재는 증권 이야기도 그에 대한 복선이라 생각되어 약간 불쾌했지만 그렇다고 해서 불쾌하게 이야기한댔자 아무런 효과도 없을 것이 분명해,

"어떡허긴 무얼 어떡해? 액운으루 돌리는 수밖에 없잖아?"

하고 이미 그 돈에 대해서는 단념하고 있는 듯이 말했다.

"그래두 미안해서 어떡해? 하필 이런 때 증권까지 그렇게 됐으니……."

사실은 외사촌 오빠의 행방불명이란 말을 의심할 수도 있는 일이었다. 그러나 돈에 대한 미련을 가진 나머지 주애림을 의심하는 말을 하면 결국 그미와 싸우게 된다. 그런 것이나 속여먹을 여자는 아니겠지? 미재는 주애림을 믿고,

"나 혼자만 손해 봤나? 걱정하지 마."

도리어 주애림에게 안심시키는 말을 했다.

"경찰에 수색원을 내겠어. 그래서 돈을 찾구야 말래. 동생의 돈을 떼먹구 도망가는 사람이 어디 있어. 그러니까 조금만 기다려 줘."

미재는 아무래도 좋다고 생각했다. 다만 학원을 시작하게 됐으니 빨리 올라오라고 종유에게 편지한 것만이 걱정이었다. 만약 종유가 올라와 학원이 그렇게 된 것을 알면 자기를 거짓말쟁이로 취급할 것이 아닌가? 그렇다고 종유에게 올라오지 말라는 편지를 다시 쓸 수도 없었다. 종유는 올라와야 한다. 어떤 일이 있어도 올라와야 한다. 그래서 두 사람의 사랑에 꽃을 피워야 한다.

주애림이 돌아간 뒤 미재는 혼자 허무감을 느끼며 멍하니 앉아 있었다. 이십만 원이란 돈이 물론 적은 것이 아니다. 적지 않은 돈을 잃어버렸다는 사실보다도 세상이 험악하다는 데 암담 같은 것을 느꼈다.

험악한 세상에서 살아간다는 것이 얼마나 힘든 일인가 하고도 생각했다.

'세상이 험악한데 나만이 올바르게 살아갈 수가 있는가.'

미재는 자기가 올바르게 살았다고는 생각지 않고 있다. 그러나 도덕이나 사회의 눈 같은 것을 두려워하며 살아 왔다. 보이지 않는 힘에 끌려가며 산 것만은 사실이었다.

그렇게 살 필요가 있을까 하는 생각이 들었던 것이다. 도덕을 부르짖고 양심을 부르짖는 사람들이 비도덕적인 일과 비양심적인 일을 더 많이 하고 있다.

그렇기 때문에 모든 젊은 세대들은 그러한 위선적인 구세대에 대해 전적으로 반발하고 있지 않은가? 껍질만 남은 구세대의 관념과 그에 반발하는 신세대의 행동이 서로 마찰하여 어느 것이 옳고 어느 것이 그른지를 분간할 수 없는 혼돈 상태에 있다. 그러니 이런 세대에서는 그저 제멋대로 살면 되는 거다.

"마담!"

어떤 손님이 미재를 불렀다. 미재는 자기가 다방 마담이라는 것을 생각하며 손님 가까이로 갔다. 한 사십쯤 되어 보이는 남자였다.

"수심에 잠겨 있는 얼굴이 더 예뻐 보이는데요. 좀 앉으시지요."

손님이 자기 맞은편 자리에 앉으라고 권했다. 몇 번째 오는 낯익은 손님이었으나, 마담은 손님 자리에 앉아서 안 된다는 다방의 불문율에 의해 그미는 선 채로,

"무슨 하실 말씀이라두……."

하고 용건을 물었다.

"할 이야기가 있으니까 좀 앉으세요."

"서서두 이야기는 들을 수 있어요."

"너무 그러지 마시우."

"어떤 손님 앞에두 앉지는 않습니다."

"대단하군요. 다른 게 아니라 오늘밤 저녁을 사구 싶어서요."

손님은 미재를 세워 놓고라도 하고 싶은 말을 하고야 말았다.

"호의는 고맙습니다."

미재는 손님이 미안해하지 않도록 미소를 띠며 말했다.

“A호텔 나이트클럽엘 초대할까 하는데요. 식사를 하구 쇼두 구경할 수 있는 멋진 곳입니다.”

손님은 미재의 거절에도 구애됨이 없이 유혹을 계속했다.

“감사합니다만, 그런데 갈 시간이 없어요. 미안합니다.”

미재는 손님이 불쾌를 느끼지 않도록 허리를 굽혀 용서하라는 뜻을 보이고는 카운터 있는 데로 돌아왔다.

손님은 조금 무안했던지 잠시 뒤 다방을 나갔지만, 나가면서도 다음에 또 올 테니 저녁을 꼭 같이 한 번 먹자는 말을 했다.

그런 싱거운 손님이 날마다시피 있기 때문에 미재는 그리 불쾌하게 생각지도 않았다. 그러나 얼마 안 있어 춤바람이 난 친구들이 찾아와 또 카바레 이야기를 할 때, 미재는 하루쯤 춤을 그만두고 쇼 구경이나 가자면서 싱거운 손님이 유혹하던 A호텔 이야기를 꺼냈다. 고급호텔이니 에어컨디션도 되어 있을 것이다. 음식값이 조금 비쌀지 모르지만, 저녁을 먹고 가서 비어나 마시며 쇼 구경을 한다면, 돈도 별반 들지 않는다. 쇼는 보통 쇼가 아니라 스트립쇼일 테니 그런 걸 언제 볼 것이냐며 미재가 유혹을 했다.

모두들 좋다고 했다. 그래서 여자 다섯 명이 설렁탕집에 가서 설렁탕 한 그릇씩을 먹은 뒤, 신당동에 있는 A호텔로 갔다. 정말 깨끗한 홀이었다. 손님 가운데는 서양사람이 적지 않았다. 미재는 이런 곳을 가르쳐 준 손님에게 감사를 하며, 비어나 먹으면서 기분을 풀리라 생각했다.

밴드의 음악이 있고 가수가 노래를 부르는 가운데 비어를 마시기 시작했다.

그런데 비어 한 잔을 비우고 두 잔째 마시려고 할 때, 뜻밖에도 남편 심형구가 어떤 젊은 여성과 같이 홀 안으로 들어오는 것이 보였다.

남편이 그런 곳에 다니리라는 것을 모르고 있지는 않았다. 여자를 좋아하는 남편이니 그런 곳에는 으레 여자들과 같이 다니리라는 것도 짐작이 되는 일이었다. 그러나 그런 것을 직접 눈으로 볼 때 미재는 안 본 것만 같지 못했다. 불쾌했던 것이다. 그리고 그 불쾌감이 이상한 반발심을 일으켰다.

‘다방 손님이 유혹할 때 그를 따라올걸.’

자기가 딴 남자와 같이 와 있는 것을 남편이 눈으로 보도록 했다면 유쾌
했을 것 같은 생각이 들었던 것이다. 그래서 그미는 홀 안을 두루 살폈다.
혹시 아는 남자가 없는가 하고. 그때 같이 온 일행 가운데 한 여자가 미재
의 옆구리를 찌르며,

“얘, 네 남편 아니니? 저기 있는 게.”

형구가 앉아 있는 곳을 가리켰다.

“봤어.”

미재는 놀랄 것 없다는 듯이 침착하게 말했다.

“뭐? 정말?”

“그래? 잡쳤구나…….”

딴 친구들이 수군덕거렸다.

“잡칠 것 하나 없어. 우리의 목적만 달성하면 그만이니까…….”

미재는 형구 쪽을 보지도 않으며 친구들의 글라스에 비어를 부었다.

“유쾌하게 마셔. 못 본 척하구 마시면 되잖아?”

미재는 친구들의 분위기를 깨지 않기 위해서는 그야말로 못 본 척 비어나
마셔야 한다고 생각했다. 그런데 의외에도 비어가 입에 당겼다. 몇 잔을 마
셔도 취하지가 않았다. 미재가 비어를 열심히 마시고 있을 때 친구들이,

“저쪽에서 우릴 보기 전에 나가자.”

하는 패와

“보면 어떻니? 여자끼리만 왔는데…….”

하는 두 패로 나뉘어졌다. 미재 남편 때문에 신경들을 쓰고 있는 것이 분명
했다.

“가만들 있어. 내가 잠깐 갔다 올게.”

미재는 비어 병 하나를 들고 형구 있는 쪽으로 갔다. 차라리 가서 만나고
오는 것이 친구들의 분위기를 살리는데 도움이 될 것이고 자기도 마음이 개
운해질 것 같았던 것이다.

그미는 형구 앞으로 가자 일부러 태연한 태도로,

“나, 친구들과 같이 와서 비어를 마시구 있어요. 이건 친구들이 심형구

씨에게 보내는 겁니다. 자 한 잔 드세요."

하고는 형구의 글라스에 비어를 부었다. 그러고 나서는 형구와 같이 온 여성에게,

"젊은 여성두 한 잔 드세요."

하고 글라스를 비우게 했다. 젊은 여성은 얼굴이 붉어지며 어쩔 줄을 몰라 했지만 형구가,

"내 아내야. 어서 받아요."

할 때야 조금 남은 비어를 마시고 빈 글라스를 미재 앞에 내밀었다.

미재가 젊은 여성에게 비어를 붓자 형구는,

"우리 회사에 있는 미스 차야."

하고 그 여자를 미재에게 소개했다. 그러자 젊은 여자는 자리에서 일어나 미재에게 공손히 인사를 하고 진작 찾아가 뵙지를 못해 죄송하다는 말을 했다. 상사의 부인, 즉 사모님으로 대하는 것이리라.

미재는 위선적인 그 여자의 태도가 아니꼬웠으나,

"바쁘실 텐데……."

너그러운 태도로 말하고는,

"놀다 오세요. 우린 쇼나 구경하구 갈 테니까요."

형구에게 비어 병을 놓고 친구들 있는 데로 돌아왔다.

"어떤 여자던?"

친구들이 미재에게 물었다.

"음! 회사에서 일 보는 사무원이래. 위로해 줄려구 데리구 온 모양이야."

미재는 의심할 아무것도 아니라는 태도로 말했다. 그래야만 분위기가 깨지지 않을 것 같았기 때문이었다.

남편의 행동에 아내 된 사람이 너그러울 때 딴 여자가 불평을 말할 리 없었다. 비어를 마시며 쇼가 있기만을 기다렸다.

드디어 쇼가 시작되었다. 터키 여자라는 젊은 여성이었다. 처음에는 비단 같은 옷을 입고 나와 춤을 추기 시작했다. 춤을 추며 옷을 하나하나 벗었다. 그리고는 주로 히프를 움직이는 춤을 추었다. 그런 춤을 출 때 그 여자의 몸

에는 브래지어와 수영복 팬티 같은 작은 팬티만이 남았다. 그리고는 노골적
으로 섹슈얼한 춤을 추었다.

"서양 춤이란 모두가 저런 데서 시작된 모양이지?"

"인생이 그거 아냐?"

"야, 저걸 봐."

미재의 친구들이 경탄의 눈초리를 보내고 있을 때 춤추는 여자의 브래지
어가 떨어졌다. 자기 손으로 떼 버린 것이다.

"대단한데……."

"아냐, 뭔가 붙어 있어."

여자들이 수군거리는 것처럼 거기에는 정말 꽃과 같은 빨간 것이 붙어 있
었다. 그러나 얼마 안 있어,

"저것 봐."

하는 소리가 날 때 그 여자는 남자손님에게로 가서 가슴을 내밀고 그 꽃을
떼게 했다. 상반신에는 실오라기 하나도 붙어 있지 않았다. 하반부에만 나뭇
잎만한 것이 가려져 있었다.

미재는 쇼를 하는 여자와 함께 그것을 구경하고 있는 뭇 남성들의 표정을
살폈다. 모두 긴장된 얼굴들이었다. 웃는 사람은 하나도 없었다. 여자이기
때문인지 미재는 부끄럼 같은 것만 느꼈다. 그런데 남자들은 황홀경에 도취
되고 있는 것 같았다. 여자의 육체를 모르지 않고들 있을 것이지만 여자의
육체란 보면 볼수록 새로운 맛이 난다는 것일까?

미재는 형구의 표정을 멀리 바라보았다. 형구 역시 황홀경에 빠진 것처럼
멍한 표정이었다. 그러면서 속으로는 앞에 앉아 있는 미스 차의 옷들을 벗
기고 있을 것이다. 미스 차의 육체를 상상하기 위해 쇼를 보러 온 것임에 틀
림없다고 생각했다.

미재는 다방 손님과 함께 오지 않은 것을 잘 한 일이라고 생각했다. 동시
에 형구와 같이 와 있는 미스 차는 자기도 발가벗고 싶은 심정이기에 형구
를 따라온 것이리라 생각했다.

쇼가 끝났을 때였다. 미재는 관중들이 무용발표회 때와 같이 열광적인 박

수를 치는 것이리라 기대했다. 그러나 박수치는 사람은 하나도 없었다. 한숨을 내뿜는가 하면 옆 사람과 얼굴을 맞대고 수군덕거렸다. 흥분이 사라지지 않는 모양들이었다. 형구도 얼굴을 떨어뜨리고 무엇인가를 심각히 생각하고 있었다.

미재는 그러한 상태가 옳은 것인지 그른 것인지를 분간할 수 없었다. 인간의 숨김없는 본성을 들여다보는 것 같으면서 인간의 추악상을 바라보는 것 같은 느낌이었다.

"가지!"

쇼가 끝난 이상 더 오래 머무를 필요가 없다고 생각했다. 그런데 일행 가운데 한 여자가,

"우리두 다음에는 남자를 데리구 오자. 혼자 보기는 아까운데……."

하며 돌아가기를 서운해 했다.

미재는 무엇보다도 빨리 집에 가서 형구를 기다려야 한다는 생각을 했다. 자기에게 현장을 들킨 이상 오늘밤만은 외박을 안 할 것이다. 외박 안 할 것이 분명한 만큼 일찌감치 돌아가 형구가 어떤 표정으로 들어오는가부터 살펴봐야 할 필요가 있을 것 같았던 것이다.

택시라도 잡아 타고 싶었지만 그것은 도저히 바랄 수 없는 일이었다. 겨우 합승을 타고 집에 돌아갔을 때 미재는 실망을 느끼지 않을 수 없었다. 형구가 먼저 와 있었던 것이다.

"지금 와?"

형구가 넌지시 말했다. 회사 지프차로 온 모양 같은데, 그렇다면 우선 혼자서 먼저 온 것을 미안하게 생각함직한 일이었다.

그러나 그런 기색은 조금도 보이지 않았다. 오늘밤의 기분을 깨뜨렸다고 미재를 못마땅하게 생각하고 있는 것인지. 그렇다고 미재를 증오의 눈으로 보는 것 같지도 않았다.

"그런 쇼 처음 봤지?"

마치 같이 구경을 갔던 것처럼 말하는 것이었다.

미재는 속이 들여다보이는 형구의 얼굴을 찬찬히 바라보았다. 그리고는

자기도 져서는 안 된다는 생각을 했다. 속으로는 나를 미워하면서도 태연한 표정을 짓고 있는 형구에게 져서는 안 된다.

"말은 들었지만 보기는 처음이었어요. 남자들은 흥분을 하겠던데요."

미재는 감정을 빼놓은 여자처럼 말했다. 그러면서도 형구의 입에서 같이 갔던 여자가 누군데 어떻게 해서 같이 갔었다는 변명의 말이라도 나오기를 기다렸다. 그런데 형구는 그런 말을 할 생각은 않고,

"차를 같이 타구 올까 했지만 일행이 많은 것 같아서……."

같이 못 온 것만을 섭섭하게 생각하는 듯이 말했다. 미재는 무엇에 대해서나 나무라는 말을 하기가 싫어서,

"혼자만 차를 타구 올 수 있어요?"

형구가 도리어 잘 했다는 듯이 말하고 자기 방으로 돌아갔다. 자기 방으로 가서 옷을 벗고 잘 준비를 했지만 속으로는 형구가 괘씸해서 견딜 수가 없었다. 자기가 무관심한 태도를 보였기 때문에 같이 갔던 여자에 대한 것을 일체 언급 안 했는지 모른다. 그렇지만 다른 여자와 놀러간 것을 목격한 아내에게 일언반구 말이 없다는 것은 아내인 자기를 무시하는 태도다. 안 산다면 모르지만 같이 사는 이상 그럴 수는 도저히 없다고 생각했다.

그렇다고 해서 자기가 추궁해 물을 수는 없었다. 자존심이 허락되지 않았던 것이다. 그러면서도 그 여자와의 관계를 알아야 한다고 생각했다. 회사로 찾아가 그 여자의 행동을 알아보자. 회사의 직원들은 자기에게 협력해 주겠지. 유경화는 이미 지나간 여자니 문제삼을 것이 못 된다 해도 오늘밤의 차라고 하는 여자는 현행범이다. 두 사람의 관계를 알아내서 그것을 이유로 이혼을 하자.

그러나 남편의 부하들에게 그런 것을 부탁할 수는 없을 것 같았다. 그역 자존심이 허락지 않는 일이었다. 그러면……. 회사와 관계없는 이로 중간에 내세울 사람이 있으면. 그러나 그럴 사람도 생각나지 않았다. 설사 그럴 사람이 있다고 해도 그역 창피한 일이다.

직접 차라는 여자를 만나자! 전화를 걸어 나오라고 해서 그 여자의 이야

기를 들어 보자. 같은 여자의 입장에서 흉금을 털어놓고 이야기를 하자면 현대 여성인 그미로서 마다하지 않을 것이다.

그미는 이런 생각을 하며 잤다. 그리고 다음날 아침 식사를 할 때도 그런 생각을 하며 형구를 대했다. 그렇다고 형구에게 눈치를 보이지는 않았다. 보통 날보다도 더 담담하게 이야기를 했고 출근할 때는 현관까지 배웅했다. 형구는 미재가 귀에 거슬리는 말 한 마디도 하지 않는 것만 다행으로 생각하는지 그미의 눈치만 살피다가 출근해 버렸다.

미재는 속으로 생각했다. 이렇게 아무 말도 않고 며칠을 지나면 자기가 차라는 여자를 잊어버린 줄 알고 형구는 미안한 생각도 갖지 않을 것이라고. 그러나 이번만은 용서할 수 없다고 속으로 다짐했다. 그래서 다방에 나가는 길로 회사 인사과에 전화를 걸어 차라는 여자의 이름을 알아냈다. 차용수(車容秀)라고 했다. 미재는 그 자리에서 용수에게 전화를 걸었다.

차용수가 전화에 나왔을 때 미재는,

"나 어젯밤 인사를 한 심형구 씨 아낸데 같이 점심이나 먹으며 이야기를 하구 싶어서요. 시간을 내실 수 있을까요?"

아주 부드럽게 말했다.

"참, 어젯밤에 실례했어요. 그렇지 않아두 한 번 뵙구 싶었는데요."

말하는 것으로 보아 녹록치 않은 여자임을 알 수 있었다. 그렇지만 태도를 달리하지 않고,

"몇 시쯤 나오실 수 있을까요?"

상대방의 의사를 존중하는 태도로 물었다.

"열두 시 십 분쯤 어떨까요?"

"그럼 장소는?"

"사무실 가까운 곳이 좋지 않을까요?"

"말씀해 보세요."

미재는 용수에게 결정권을 주려 했지만 용수가 그것만은 굳이 사양했다. 그래서,

"충무로 미장그릴이 어떨까요?"

하고 제안했다. 용수도 좋다고 했다.

전화를 끊은 뒤 미재는 여러 가지로 궁리를 했다. 용수를 적으로 생각하지 말고 동지로 생각하자. 그래서 용수가 좋다고 하면 형구를 용수에게 양보하는 방향으로 나가자. 그것이 자기의 소원이기도 하지만 용수도 원하는 바 아니겠는가? 그런 만큼 감정적인 추한 면을 보일 필요는 없다.

미재는 시간에 맞추어 약속한 장소엘 갔다. 용수가 벌써 와 있었다.

"이렇게 나오시게 해서 미안해요."

미재가 상냥하게 인사를 했다.

"어차피 점심시간인데요, 뭐."

용수는 자유스런 태도였다. 그러나 미재에 앞서 어제 일을 꺼내는 것은 그미가 미재보다 단수가 높다는 것을 말하는 것일까?

"어젯밤엔 실례했어요. 퇴근을 하다가 우연히 심 선생님을 만나 그런 델 가게 됐어요."

용수는 그런 말을 먼저 꺼냈지만 미안하다는 표정은 보이지 않았다.

"어때요? 우린 여자들끼리만두 갔었는데……."

미재는 용수에게 지지 않으려고 아주 너그러운 태도를 취했다.

"정말 오해는 마세요. 회사의 간부시니까, 한 번 동행했던 것 뿐예요."

용수가 미재의 입을 틀어막았다. 미재도 그미가 자기 입을 열지 못하게 하는 말씨임을 알았지만 어떻게도 할 수 없었다.

"오해는요? 그래서 만나자는 건 아녜요. 어젯밤 내가 실례를 한 것 같아 한 번 만나 이야기나 하려구 한 거지."

우선 이렇게 이야기를 해 놓고 점심을 시켰다. 그렇다고 해서 끝까지 후퇴할 수도 없는 일이었다. 점심이 나왔을 때 미재는,

"솔직히 이야기하겠는데 난 심형구 씨를 행복하게 해 드리지 못하구 있어요. 성격 문제라구 생각하지만 어쩔 수가 없군요. 그래서 그이를 행복하게 해 줄 여자가 나오면 난 그 여자와 협력할 생각이에요."

하고 이야기를 새롭게 꺼냈다. 그러자 용수는 신경질적으로,

"그런 말씀을 왜 저에게 하시는 거지요?"

하고 반문했다.

미재는 용수를 앙큼하게 그러지 말고, 좀더 솔직하게 말하라고 꾸짖어 주고 싶었다. 그러나 그러면 싸움이 될 것 같아,

"오해 마시라니까. 같은 여자로 내 심정을 호소하는 것뿐이니까요."
하고 용수를 달랬다.

"글쎄, 그러시다면 모르지만 처음부터 오해하지 말란 말씀드리잖았어요?"

스물대여섯밖에 안 되는 여자 같지 않게 용수는 당돌했다.

미재는 권모술수로 용수를 당해 내지 못할 것을 알았다. 위치가 바뀐 것 같아 서글프기도 했지만 결국 달래는 수밖에 없었다.

"미스 차는 아직 결혼을 안 했으니까 그런 체험이 없을 거예요. 아내 된 여자가 남편 된 남자를 행복하게 해 주지 못할 때의 슬픔은 고통에 가까운 것입니다. 그 마음 이해할 수 있겠죠?"

"이해할 수 있을 것 같아요."

용수는 처음으로 다소곳이 대답했다.

"그렇기 때문에 형구 씨를 행복하게 해 줄 사람이 나타난다면 나는 절대루 그 여자를 원망 안 할 거예요. 도리어 친근감을 느낄 것 같아요."

거의 같은 말이지만 두 번 거듭할 때 용수는 반발을 하지 않았다. 반발하지는 않았지만 자기와 형구와의 관계를 캄플라지하는 데 대한 연막은 여전했다.

"직장에서만 봐서 자세히는 모르겠어요. 그렇지만 심 선생님 참 좋은 분이라구 생각해요. 행복하게 해 드리세요. 자녀분도 많으신데 어떡허시겠어요?"

"물론 나두 그 분이 좋은 분이란 걸 알구 있어요. 그렇지만 그게 잘 되지가 않는군요."

"전 잘 모르겠어요. 그렇지만 여자의 운명이란 남자에게 달려 있는 게 아닐까요. 남자를 우상처럼 떠받들면 아무 문제두 없어지리라구 생각해요."

용수는 자기가 아주 보수적인 여성인 것처럼 가장했다. 그래야만 미재가

자기를 의심치 않으리라는 것을 계산하고 있을 것이다. 그러나 미재는 거기 넘어갈 만큼 우둔하지 않다고 생각했다. 나이트클럽에까지 같이 다닐 정도의 관계라면 보통이 아닐 것만은 사실이라. 며칠 전 어떤 친구가 젊은 여성과 같이 광화문께로 걸어가는 것을 보았다고 했다. 그때의 젊은 여자도 차용수라고 생각할 수밖에 없다. 더구나 형구가 차용수에 대한 이야기를 한 마디도 안 하는 것은 두 사람의 관계를 냄새 맡지 못하게 하기 위함이다. 이런 것들로 차용수의 말을 순전한 연극이라 단정했지만 미재는 속는 체했다. 하루에 뿌리를 뺄 수 없는 일이기 때문이었다. 다음에도 또 만날 수 있는 마음의 여유를 주어야 했다.

"고마워요. 나이만 들었지 뭘 알아야죠? 앞으루 미스 차의 조언을 많이 들어야겠어요."

미재는 웃음까지 띠며 말했다.

"전 뭘 아나요? 주워들은 이야기죠."

용수도 처음으로 경계하는 태도를 버리고 티없는 웃음을 웃었다.

그 뒤 미재는 형구 이야기를 한 마디도 하지 않고 용수와 헤어졌다. 말하자면 서로 명랑한 기분으로 헤어졌던 것이다. 다방으로 돌아온 미재는 용수에게 지나치게 관대했던 자기에게 불안을 느꼈다. 만약 용수가 자기에 대한 호감을 느낌으로써 도리어 형구에게서 멀리하지나 않을까 하는 불안감이었다. 여자란 반발을 잘하는 동물이다. 자기가 냉혹하게 대했다면 용수도 도리어 형구를 놓치지 않으려고 할지 모른다. 공연히 친절을 보여 도리어 용수에게 반격할 기회를 준 것이나 아닐까? 미재의 소망은 용수와 형구와의 관계가 깊어지고 그것을 이유로 해서 자기와 형구는 이혼을 한다는 것이었다. 이쪽에서 형구의 약점을 붙잡고 이혼을 제기하지 않는 한 형구가 먼저 이혼하자는 말은 하지 않을 것이니까.

'도리어 안심을 하고 형구와의 애정행각을 자유롭게 할지도 모르지.'

미재가 자기에게 유리하도록 생각하고 있을 때였다. 뜻하지 않았던 경화가 초조로운 얼굴로 찾아왔다.

"웬일이지요?"

미재는 반갑게 달려나가 그미를 맞이했다. 정말 다정한 친구 같았다.

"별일 없으시지요?"

경화는 초조로운 얼굴이면서도 냉정을 가장하며 말했다.

"어서 앉아요."

미재는 그미를 데리고 구석 박스로 가 앉았다.

"그래 장사는 시작했수?"

미재는 그미의 이야기가 듣고 싶었다. 그것은 친근감에서 오는 감정이기도 하겠지만 자기를 의지하려는 불쌍한 여인을 도와야 한다는 우월감 같은 데서 오는 감정이기도 했다. 도와주어야 한다는 우월감은 물론 순수한 것이 아닐지도 모른다. 경화를 불행하게 만든 형구에 대한 적개심 때문일지도 모르는 것이니까…….

"장사두 시작하지 못하구 있어요."

"왜? 무슨 일이 있었수?"

미재는 마치 경화의 보다 더한 불행을 기다리고 있기나 했던 것처럼 조급하게 물었다. 경화를 도와주는 입장에 서려면 경화가 좀더 불행해져야 할 것이다.

"그래서 찾아온 거예요."

경화에게는 오빠가 있다. 그 오빠가 경화의 어린애에 대해 일찍부터 관심을 가지고 있었다. 즉 그 애를 자기가 기르겠다는 것이었다. 경화는 오빠의 마음을 대강 짐작했기 때문에 그 오빠를 경원해 왔다. 그런데 오빠는 얼마 전부터 경화를 비난하며 그 애를 자기에게 맡기면 경화가 평생 먹고 살 수 있도록 해 주겠다는 것을 노골적으로 이야기했다.

애를 미끼로 해서 심형구에게 공갈협박을 할 모양이었다. 경화는 자기 문제는 자기가 해결할 테니 관계하지 말라고 오빠를 냉정하게 대했다. 오빠는 강제로라도 어린애를 뺏어 가려고 했다. 그래서 경화는 할 수 없이 이미 이십만 원 받은 사실을 고백했다. 그러자 오빠는 경화가 피할 수 없는 수단을 써 가며 십만 원을 앗아 갔다. 그것으로도 만족하지 않는지 아직도 어린애 이야기를 그냥 계속하고 있다.

"그래서 장사를 곧 시작하겠어요. 나머지 것이라두 살려야 할 테니까요. 오빠가 본시 좀 불량한 사람예요. 그래서 앞으루두 마음이 놓이지가 않지만……."

경화는 잠시 말을 끊었다가 다시 이었다.

"혹시 오빠가 댁으루 찾아가지 않을지 모르겠어요. 그러니까 댁에서두 미리 알구 계시다가 오빠한테 걸리지 말도록 해 주셨으면 해요."

미재는 이야기가 재미있게 전개되어 가고 있다고 생각했다. 만약 경화의 오빠가 집으로 찾아와 형구에게 협박 공갈을 하면 심장이 강한 형구도 약간은 당황해할 것이다. 세상 살아나가기가 만만치 않다는 것도 느낄 것이다. 그럴 때 자기가 차용수 문제를 꺼내 가지고 이혼을 제의한다면 양손을 들게 되고 말 것이 아닌가? 형구의 문제를 사회적으로까지 확대시켜야 한다. 그래야만 최악의 경우 자기가 사회적으로 동정을 받게 된다. 이혼하는 이유가 뚜렷하게 되고 누구에게도 떳떳하게 이야기 할 수 있다.

"알았어요. 좌우간 그 돈을 뺏기기 전에 빨리 장사를 하세요. 밑천이 모자르면 내가 도와드릴게. 그리구 오빠 문제는 걱정 말아요. 걱정한다구 가만 있을 오빠 같지두 않구만. 찾아오면 우리가 적당하게 처리할게……."

미재는 경화가 괴로워하지 않아도 좋다는 언질을 주었다.

그리고 그미가 돌아갈 때는 거리까지 따라나가 어린애 먹을 과자를 사 주었고 또 택시까지 잡아 태워 보냈다.

미재는 생각했다. 돈 이십만 원 준 사실을 안 이상 경화 오빠는 이제부터 행동을 개시할 것이라고. 흉계를 꾸미는 사람은 시기를 중요시할 테니까…….

만약 경화 오빠가 형구를 찾아올 때는 어린애 양육비로 돈을 더 청구할 것이다. 물론 형구는 돈을 더 주지 않으려 할 것이고. 십만 원도 주지 않으려다가 자기 때문에 할 수 없이 준 사람이 그 이상의 돈을 주려고 할 턱이 없다. 그렇게 되면 결국 싸움이 벌어진다. 싸움이 벌어지면 말할 것도 없이 형구가 불리하다.

옆에서 구경이나 하자. 미재는 구경만 하자고 생각했지만 그러기만 하기에는 자기가 조금 싱거운 것 같았다.

‘애를 데려다가 기를까?’

만약 애를 데려다가 기른다면 형구에게 정신적 고통을 더 크게 줄 수 있을 것 같았다. 자기는 자기네 애들보다도 그 애를 더 귀애한다. 형구는 그런 것을 눈으로 본다. 그것을 눈으로 볼 때마다 형구는 고통을 느낄 것이다. 죄의식까지는 느끼지 않겠지. 그렇지만 나를 죽고 싶게 미워할 것이다. 미워도 밉다는 말을 할 수 없을 테니 얼마나 통쾌한 일일 것인가?

그와 정면으로 싸울 싸움은 한 번밖에 없을 것이다. 결정적인 최후의 싸움을 하기 전에는 지지한 싸움을 피해야 한다. 그러기 위해서는 싸움 아닌 싸움을 해야 한다. 무언의 투쟁이랄까? 그것은 승부 없는 싸움이 싫기도 했지만 미재가 가지고 있는 결점을 스스로 인정하기 때문일지도 모른다. 이것은 형구도 마찬가지일 것이다. 차용수와 함께 A호텔 나이트클럽에 갔다고 미재에게 들킨 뒤, 용수 이야기를 일언반구 꺼내지 않은 것은 승부 없는 싸움을 피하기 위함이었다. 미재가 캐묻는다면 어쩔 수 없이 변명이라도 했을 것이지만 미재가 무관심한 체를 하는데 구태여 자진해서 자기 비행을 털어놓을 필요는 없었다.

차용수와의 관계를 끊을 생각이라면 또 모른다. 그런 생각은 추호도 가지고 있지 않다. 그 날도 나이트클럽 쇼를 구경하고는 용수를 유혹할 작정이었다. 그런 가능성이 보이고 있었던 것이다. 그 날 밤 우연히도 미재의 등장으로 계획이 실패로 돌아갔지만 앞으로도 계속할 사업이다. 계속할 일을 가지고 중언부언 이야기한다는 것은 승부 없는 싸움만 만들어 내는 것이 된다. 그래서 될 수 있는 한 필요 이상의 이야기를 안 하기로 하고 있는 형구지만, 미재의 경우는 형구와 조금 다르다. 눈앞에 나타나고 있는 형구의 비행이 증오스러웠다. 그런데다가 형구와 이혼할 것을 머릿속에 다짐하고 있다. 그렇기 때문에 증오에 대한 복수라는 것이 머릿속에서 작용하고 있는 것이다.

경화의 애를 데려다가 기른다는 생각도 그러한 복수심에서 우러나온 것인지 모른다. 그러나 경화의 애를 경화의 오빠가 데려가기 전에 자기가 데려 온다는 생각을 하니, 경화 오빠와 형구와의 싸움이 걱정되었다. 애가 없으면 그들의 싸움은 성립이 안 된다. 자기가 괴롭히는 것보다는 경화 오빠가 괴롭히는 것이 형구에게는 더 큰 효과를 거둘 것이 아닌가?

미재는 차라리 모른 체하고 옆에서 구경만 하는 것이 효과 있는 싸움을 만드는 것이라 생각했다.

며칠이 지난 어떤 일요일이었다. 늦잠을 자고 열 시나 거의 되어서야 조반을 먹고 였는데 벨이 울고 나서 얼마 안 지나 식모가 와서 손님이 왔다는 말을 했다. 미재는 경화 오빠가 아닌가 하는 예감에 자리에서 일어나 현관으로 나갔다. 처음 보는 얼굴인데 어딘가 범죄형 같은 데가 있는 것 같아 자기 예감이 맞았다고 생각하고 있는데 삼십 전후의 그 청년이,

"심형구 선생 계신가요?"

품 속에 칼을 품은 듯한 목소리로 물었다.

"네, 계신데 누구신가요."

미재는 계시다는 말에 힘을 줌으로써 청년을 일단 안심시켰다.

"저 유청화(柳靑和)라고 합니다. 잠깐 만나게 해 주십시오."

유청화라는 말에 미재는 그가 유경화의 오빠라는 것을 확실히 알았다. 드디어 싸움은 시작되는 것이다. 그미는 기다리고 있었다는 것을 상대방이 알아차리도록 가벼운 목소리로,

"어서 들어오세요."

하고는 그를 응접실로 안내했다. 그리고는 친절하게도 소파에까지 앉게 한 뒤 형구에게로 가서,

"처음 보는 사람인데 나가 보세요."

하고 말했다.

"왜 왔대?"

"묻지 않았어요."

미재는 천연스럽게 밥을 먹기 시작했다.

밥을 먼저 먹고 응접실로 나가는 형구를 보면서도 미재는 아무것도 모르는 체 가장을 하고 밥만 계속해 먹었다. 속으로는 남편이 당할 일들을 내다

보면서. 밥을 다 먹은 뒤에는 부엌에 나가 커피를 끓인 다음 자기가 손수 그
것을 들고 응접실로 갔다. 두 사람의 싸움이 어떻게 전개되는가를 살펴보기
위함이었다.

미재가 들어가자 두 사람은 이야기를 중단했다. 그러나 흥분이 남아 있는
얼굴을 감추지 못했다. 특히 형구의 얼굴은 창백해 보였다. 경련이 일 듯한
입술이 가엾을 정도였다.

"차 드세요."

미재는 알지도 못하는 남자에게 일부러 차를 권했다. 아무것도 모른다는
것을 가장하기 위한 행동이었지만 한편으로는 형구와 싸우고 있는 남자에게
친절을 보이므로 형구의 신경을 날카롭게 하려는 행동이기도 했다.

차를 권한 뒤 그 자리에 앉아 그들의 이야기에 참여할까도 했지만—— 형
구가 나가라는 말을 하지 않는 이상 그럴 수도 있었다—— 미재는 그냥 나
와 버렸다. 유청화가 돌아가면 곧 알 수 있는 일이기 때문에 초조해할 필요
가 없다고 생각했던 것이다. 자기 방에 돌아와 얼마를 있는데 응접실에서
걸어 나오는 발자국 소리가 들렸다. 유청화가 돌아가는 모양이었다. 미재는
날쌔게 현관으로 나갔다. 손님을 배웅하는 것보다도 돌아가는 유청화의 표
정이 보고 싶었던 것이다.

"그럼, 모레 회사루 전화 걸겠습니다."

"네."

현관에서 주고받는 그들의 대화였다. 그 대화로 미재는 이야기가 어떻게
진전했다는 것을 짐작할 수 있었다.

그러나 모른 체하고 유청화에게 잘 가라는 인사를 했다. 인사를 하고 나
니 그때야 배웅하지 않아도 좋을 손님이란 생각이 들었다. 특히 형구가 그
렇게 볼 것이 사실이다. 그런데도 자진해서 뛰어나가 인사까지 했으니 형구
가 이상한 눈으로 볼 것이 분명하다. 자기 몸 처신하기가 어색했다. 그래서
형구에게 묻고 싶은 말도 묻지 못하고 자기 방으로 들어가 버렸다.

사실 형구는 기분이 나빴다. 이름도 용건도 모르는 사람을 자기의 양해
도 없이 응접실로 안내하여 그 사람을 안 만날 수 없게 한 아내. 그리고 부

탁도 안 한 커피를 끓여다가 친절하게 대접하고 집을 나갈 때는 현관까지 나와 잘 가라는 인사까지 한 아내가 못마땅했던 것이다. 만약 유청화가 유경화의 오빠만 아니었다 해도 미재의 행동이 그리 기분 나쁘지 않았을지 모른다.

염치없게도 백만 원을 요구했다. 그것을 한꺼번에 내기가 힘들면 애가 대학을 졸업할 때까지 이십 년 동안 양육비와 교육비로 매해 십만 원씩을 내라고 했다. 그런 작자를 왜 물어도 보지 않고 응접실로 인도를 했으며, 또 때려 보내도 시원찮을 친구에게 잘 가라는 인사까지 하는 것일까?

유경화를 만난 일이 있는 미재니 유청화도 만났을지 모른다. 그러면서도 처음에 누구냐고 물었을 때 미재는 그런 것을 물어 보지 않았다고 대답했다. 혹시 서로 짜고 연극을 하는 것이나 아닐까? 그럴 수는 없다고 생각했지만 자기와 의논 없이 유경화에 십만 원 준 사실을 상기할 때 있을 수도 있는 일 같았다.

'설마……'

형구는 미재를 그렇게까지 나쁘게 생각할 수는 없었다. 미재가 아무리 자기를 미워한다고 해도 경제적으로 손해 보는 일까지 시킬 리는 없다. 부부로서 절대 있을 수 없는 일이었다.

아내를 악의로 의심할 수는 없는 일이었지만 그래도 불쾌한 것만은 사실이었다. 미재가 경망스럽게 생각되었던 것이다. 첫인상을 보고 면회를 거절했다면 우선 당장은 만나지 않아도 좋았을 것이 아닌가?

백만 원을 무엇 때문에 지불한담. 경화하고는 십만 원으로 일단락을 지은 일인데. 그 작자는 백만 원에서 한 푼도 깎을 수 없다고 했다.

결국 법적인 문제가 된다. 재판을 하라지. 신문이 떠들고 야단을 쳐도 한때뿐이 아닐 것인가? 죽어도 백만 원은 낼 수 없다.

이런 생각을 하고 있을 때 미재가 형구에게로 와서 나간다는 말을 했다.

나가거나 말거나 내가 알 바 뭐냐는 식으로 형구는 대꾸도 안 해 주었다. 그리고는 침대에 누운 채 앞으로 벌어질 일들을 생각하는 것이었다. 재판을 걸기 전에 유청화가 우선 행패를 할 것 같았다. 모레 전화를 걸라고 했지만

그 날은 따돌릴 수가 있다. 그 다음에도 몇 번쯤은 따돌릴 수 있겠지만 그렇
게 한다고 해서 아주 안 만날 수는 없다. 못 살게 찾아올 것이다. 나중에는
폭력을 쓸지도 모른다.

폭력을 쓰라지. 그러면 상해죄를 형사소송을 해서 가둬 버리지.

그렇지만 갇혔다고 가만 있을까? 교도소에서라도 재판을 걸겠지.

형구의 생각은 끝이 없었다. 그럴 것 없이 이삼십만 원 주고 다시는 오지
못하게 하는 방법이 없을까? 유청화를 생각하지 말고 유경화를 회유한다면.
사실 유경화야 십만 원 줄 때도 다시는 찾아오지 않는다고 했으니 유경화는
문제될 것이 없다. 경화를 통해서 청화에게 이삼십만 원 쥐어 주도록 하지.
그렇지만 그것을 내가 직접 할 수 있나? 차라리 미재를 중간에 놓는 것이
편하지 않을까?

이런 생각을 하고 있을 때 우편배달부가 와서 편지 한 통을 주고 갔다.
상희가 미재에게 보낸 편지였다. 형구는 겉봉이 상희로 되어 있지만 속은
종유의 것이 아닌가 하고 봉투를 곱게 뜯어 내용을 읽었다.

"언니!

언니의 심정은 잘 알 수 있습니다. 경영하게 된 학원에 조 선생이 필요
하다는 것도 짐작이 갑니다. 그렇지만 언니를 위해, 또 조 선생님을 위해
조 선생님은 여기 그냥 있어야 하지 않을까 생각합니다. 아직은 잘 모르
겠지만 조 선생님도 여기서 오래 살기를 원하고 있습니다. 그리고 이곳
농촌이 조 선생님을 필요로 하고 있습니다. 괴로우시겠지만 조 선생님을
불러가지 말아주십시오. 그 대신 제가 서울 갔을 때 약속했던 이십만 원
을 보내 주시면 감사하겠습니다. 조 선생님이 여기서 사시려면 아무래도
생활의 근거가 있어야겠습니다.

그 돈만 가지면, 밭과 합쳐서 땅을 천오륙백 평 살 수 있을 것 같습니
다. 소유권은 언니 이름으로 하도록 조 선생님과도 이야기를 했습니다.
이미 말이 오고가고 있는 땅도 있으니 속히 보내 주시면 감사하겠습니다.
화를 내실지 모르겠습니다만, 언니를 위해 또 우리 집안을 위해 제가 언

니의 채찍을 각오하고 결정한 일입니다. 나이 어린 동생이지만 제 마음을 살피시어 선처해 주시기 바랍니다."

상희의 편지는 대강 이러했다.

형구로서 놀라지 않을 수 없는 편지였다. 미재가 학원을 경영하게 됐다는 것도 초문의 일이며, 시골 내려간 종유를 서울로 올라오게 하려는 미재의 계획도 처음 듣는 일이었다. 남편으로서의 자기가 완전히 무시당한 것들이었다.

동시에 미재가 자기와의 부부 관계를 계속하려는 태도가 아님을 알았다. 미재가 자기를 남편으로 생각하고 있다면 돈이 적지 않게 들어갈 학원 경영에 대해 말 한 마디 없을 수가 없다. 그리고 부부 관계를 계속하려는 여자라면 멀리 보낸 종유를 다시 끌어올리려 할 수가 없을 것이다.

형구는 애정이 없을 뿐 아니라 자기를 무시하고 자기를 배신하는 미재와 구태여 같이 살아야 할 필요는 없다고 생각했다. 이때 살아 온 것은 밖에서 사귀는 여자와의 정사(情事)를 단순한 외도로 생각했기 때문이었다. 아내는 어떻든 간에 집에 없어서 안 되는 기둥이요, 바깥 여자는 뜰 안의 화초라 생각했던 것이다. 이제 기둥 밑이 다 썩어 집이 쓰러질 위기에 이르렀다. 새 기둥으로 갈아넣지 않을 수 없다.

오늘 용수를 만나기로 했으니 만나거든 결혼을 프러포즈해 보자. 용수는 확실히 현대적 여성이다. 그렇지만 멋대로 사는 그런 여자는 아니다. 벌써 반 달 이상을 교제하고 있지만 키스를 허락지 않고 있다. 주관이 서 있는 여자다. 며칠 전 A호텔 나이트클럽에서 미재를 만난 뒤 형구가 미안하다는 말을 했을 때 용수는,

"내가 좋아서 선생님하구 같이 다니는데 그런 일쯤은 각오하구 있는 거예요."

하고 도리어 형구를 얼떨떨하게 했었다. 그렇게 자신이 있는 여자니 목적 없는 교제에 불만을 품고 있을 것만은 사실이다. 결혼을 프러포즈하고 교제하자면 얼마나 좋아할 것인가?`

형구는 상희의 편지를 다시 봉투에 넣고 뜯어 본 흔적이 없게 붙였다. 그러나 미재 방에 가져다 놓지를 않고 자기 호주머니 속에 간직했다. 모든 것을 이야기하면서 그것을 직접 내놓을 심산이었던 것이다. 그리고는 용수를 만나기 위해 외출을 하려고 할 때 누이동생 혜미가 애들을 데리고 찾아왔다. 형구는, 유청화의 일을 생각하며 혜미가 잘 왔다고 반가워했다.

유경화는 문제를 해결하는 데 중간 역할을 할 수 있는 가장 적임자로 혜미를 생각했던 것이다. 그런데 혜미는 형구를 만나자,

"오빠, 어디 가시는 길이우?"

하고 약간 초조로운 표정으로 물었다.

"응, 그렇지만 바쁘진 않아."

형구는 자기가 부탁할 이야기만을 생각하며 혜미를 응접실로 데리고 갔다. 혜미가 일이 있어 온 것을 짐작하면서도 그것을 무시해 버리고,

"너, 요새 그렇게 바쁘지 않지?"

자기 이야기를 꺼내려고 할 때, 혜미가,

"좀 바빠요. 그래서 찾아온 거예요."

하고 자기 이야기를 꺼냈다. 그미의 이야기는 이러했다. 이때까지 성실하기 짝이 없던 남편이 얼마 전부터 밤늦게야 집에 돌아오기 시작했다. 그러다가 요새는 밤을 새우고 다음날 저녁때야 돌아온다. 그래서 월급도 제대로 가져다 주지 않는다면서 이혼을 안 할 수 없다는 것이었다.

형구는 어이가 없었지만,

"그래 결심했니?"

하고 물었다.

"결심했어요."

혜미의 대답은 극히 담담했다. 당연한 일이라는 태도였다.

"도박이래야 섰다 정도겠지. 해 봤자 얼마나 큰 걸 하겠니? 그걸 가지구 이혼을 해?"

"결국 가정을 잊어버린 사람이거든요. 나를 무시하구……. 그런 사람과

어떻게 같이 살아요?”

 “이혼을 하면 넌 어떡헐 작정이냐?”

 “그것 때문에 의논하러 온 거예요. 취직을 할 때까지 당분간 오빠한테 신세를 지려구요.”

 “애들은?”

 “애들이야 내가 데리구 나와야죠.”

 “애들이 행복해지겠구나?”

 “그렇다구 애들을 주구 나올 순 없잖아요?”

 “남편이 싫어서 이혼을 하면 남편의 애들하구두 이혼을 해야 할 것 아니니?”

 “그건 죽어두 못하겠어요.”

 형구는 잠시 말을 끊었다가 혜미의 얼굴을 쳐다보며 냉소했다.

 “도박한다구 남편과 이혼했다는 여잘 본 일이 없다. 어서 돌아가기나 해라.”

 “싸우구 아주 나왔는걸요.”

 “그럼, 하룻밤만 자구 내일 돌아가거라.”

 형구는 성립 안 되는 이혼이라고 단정했다.

 “오빠두…… 오빠가 그렇게 봉건적이라구는 생각 못했어요.”

 “아무래두 좋으니, 내 말대루 해. 너두 내일이 되기가 무섭게 돌아가구 말게 될 테니 두고 봐라.”

 “난 안 가요. 죽어두 안 가요.”

 “그건 그렇구. 너 내 일을 또 좀 해 줘야겠다.”

 형구는 혜미 이야기를 묵살해 버리고 자기 이야기를 꺼냈다.

 “너두 짐작을 하구 있을지 모르지만 내가 탈선을 했던 일이 있는데 그만 애가 생기지 않았니? 본인하구는 타협이 되어 관계를 끊었는데 본인의 오빠란 친구가 말썽을 부리지 않아?”

 유경화와의 관계를 설명하고 후원을 청하려는데, 혜미가,

 “오빠가 이혼감이군요? 언니 미행을 시키다니…… 미재 언니가 참 좋은

분이군요."

형구 공격을 시작했다. 자기 같으면 벌써 이혼을 했을 것이란 말도·했다.

"남자가 좀 탈선두 할 줄 알아야 하는 거야."

형구는 아무런 가책도 느끼지 않으며 대답했다.

"돈을 벌어들인다는 특권으루 말씀이죠?"

"그건 둘째구, 이때까지 그렇게 돼 있는 거 아냐?"

"언니두 그 사건을 알구 있수?"

"알구 있지."

"알구 있으면서두 이혼하잔 말을 안 해요?"

"왜 안 해? 그래서 내가 먼저 서두르고 있는데….."

"또 뭣이 생긴 게로군요?"

"천만에. 피동적이 되기가 싫어서 그러는 것뿐이지."

"잘 됐어요. 싫으면 헤지는 거지. 그건 그렇구, 경화라는 여자의 문제는 어떻게 하라는 거죠?"

혜미도 형구의 이혼 이야기에는 별 흥미가 없는지 유경화 이야기를 꺼냈다. 형구는 혜미가 경화를 찾아가 돈 얼마를 더 주고 문제를 해결해 주었으면 좋겠다고 말했다. 그러나 혜미는 그것쯤 문제가 없다고 간단히 대답했다. 그것이 어느 정도의 자신을 가지고 하는 말인지는 모르지만 혜미를 보내 보는 것이 해로울 것 같지는 않아, 경화의 주소를 가르쳐 주고 오늘 안으로라도 찾아가 달라는 부탁을 했다. 그리고는 용수를 만나러 집을 떠났다.

택시를 잡아 타고 충무로에 있는 한정식 전문 음식점에 이르렀을 때는 용수와 약속한 한 시보다 십 분이나 일렀다.

십 분! 그것은 지루한 시간이었다. 그 동안 시계를 세 번이나 보았다. 그는 이런 때 시계바늘을 돌리고 시간을 끌어당길 재간이 있으면 하는 생각을 했다.

용수를 기다리는 마음이 초조했던 것이다.

'오늘은 키스를 허락하겠지?'

그럴 것 같은 예감이 들었던 것이다. 용수를 더 빨리 만나고 싶었다. 그런 데 용수는 약속시간보다 십 분이나 늦어서야 왔다. 용수가 사환의 안내로 방 안에 들어섰을 때 형구는 그미를 보는 대신 팔뚝시계를 보았다. 화가 났 던 것이다. 눈치를 챈 용수가,

"늦어서 미안합니다."

사과를 했다. 형구는 화가 났지만,

"나두 금방 왔어."

하고 자기 마음을 누그러뜨렸다. 늦게라도 오기는 했으니, 온 사람을 기분 상하게 해 줄 필요가 없다고 생각했던 것이다.

"여잔 좀 늦어야 매력 있잖아요? 곱게 보이려구 미장원엘 갔었어요."

용수가 정말 매력적인 웃음을 웃었다.

"그렇잖아두 예쁜데……."

형구는 쇼트컷 한 그미의 잘 빗겨진 머리를 감상하듯 눈여겨보았다. 그럴 때 음식이 들어 왔다. 몇 가진지 모를 만큼 많은 반찬을 앞에 놓고 비어와 함께 식사를 하기 시작했다.

얼마간 식사를 하다가 형구가,

"미스 차는 언제 결혼해?"

하고 물었다. 이야기의 실마리를 꺼낸 것이었다.

"갑자기 그런 말씀을?"

용수가 의외라는 듯 물었다.

"결혼에 행복을 느끼지 못하는 사람은 남의 결혼에 관심을 갖는 법이야."

"결혼에 행복을 못 느끼고 계시다니요?"

이제부터 본론으로 들어가게 된 셈이었다. 그러나 용수에게 도리어 좋지 않은 인상을 줄 것 같아,

"나는 내 아내를 행복하게 해 줄 수 없는 사람이거든."

불행의 원인을 자기 자신에게 돌리는 겸손한 태도로 말했다.

"그건 또 왜요?"

용수가 흥미 있게 물었다.

"성격이겠지. 잘 맞지가 않는 것 같아."

그러자 용수의 태도가 갑자기 차갑게 변하며,

"그러니까 사모님을 행복하게 해 줄 사람이 나타나 줬으면 하시는 건가요?"

하고 물었다. 형구는 어리둥절해서,

"말하자면 그런 거겠지."

하고 대답했다.

"어쩌면 두 분이 그렇게두 같으실까?"

용수의 눈에는 확실히 냉소가 깃들이고 있었다.

"같다니?"

"사모님과 꼭같은 말씀을 하시니까요……."

"무슨 말이지?"

"사모님과 만났던 이야기를 안 해 드렸지요? 사실은 며칠 전 사모님을 만났어요. 그때 사모님이 선생님을 행복하게 해 드리지 못해서 슬프다는 말씀을 하셨어요."

"언제?"

"그건 아실 필요 없어요. 사모님 의사가 아니라 제 의사루 만났던 거니까요."

"그걸 왜 말하지 않았지?"

"사모님이 먼저 말씀하실 줄 알았지요. 사모님 입이 무거운 분이시군요?"

뭐가 뭔지를 알 수 없었다. 자기가 앉아 있는 고층건물이 와르르 내려앉는 기분이었다.

용수는 형구와의 달리 명쾌한 기분이었다. 쉬지 않고 말을 계속했다.

"여성이 여성에게 그런 이야기하는 것은 여성의 미덕일 거예요. 그렇지만 남자가 여자에게 그런 이야길 하시는 건 미덕이 아닐 것 같아요."

용수는 쉬지 않고 입을 열려고 했다. 그러나 형구는 뭐가 뭔지 알 수 없는 기분에서,

“그만 그만. 딴 소린 할 거 없어. 미스 차, 나하구 결혼해 줘.”

정신없는 사람처럼 말을 내 뱉었다. 그 말에 용수는 다시 입 가장자리에 냉소를 지으며,

“저 약혼한 사람이 있어요.”

하고 조용히 이야기했다.

“거짓말 말어. 누가 속을 줄 알어?”

“왜 거짓말을 해요? 대학을 졸업하구 군대에 나가 있어요. 제대하구 돌아오면 결혼할 거예요.”

“듣기 싫다니까. 그만둬.”

“결혼할 때까지만 직장에 나가기루 약속했어요.”

“그럼 왜 나를 따라다니는 거야?”

“저의 남는 시간을 빌려 드린 거예요.”

“그만.”

“앞으루두 필요하시다면 제 시간을 계속 빌려 드리겠어요.”

“싫어, 빌려 주는 따위는. 아주 송두리째 줘.”

“그것이 안 된다는 건 충분히 말씀드렸는데요.”

형구는 용수의 거절을 여자의 에티켓 정도로 생각했는지 그렇지 않으면 남자의 욕망에 부채질을 하는 하나의 수단일 것이라고 생각했든지 어쨌든 테이블을 사이로 마주앉은 용수의 얼굴을 정시하고 난 뒤 용수에게로 달려갔다. 그리고는 무조건 그미를 껴안았다.

승패의 결전장이었다.

용수는 깜짝 놀라 뒤로 물러앉으며,

“저를 사모님으루 착각하시나요?”

무서운 눈초리로 형구를 쏘아보았다. 형구는 아무 대답도 안 했다. 말이 필요 없었던 것이다. 용수를 끌어당기고 입술에 입술을 댔다.

“상무님, 내일 사무실에서 만날 생각두 하셔야지요?”

“몰라. 난 용수하구 결혼할 테야.”

그러면서 그는 용수의 입술을 파고들었다.

용수는 끝까지 입술을 피했다. 그러면서 한 손으로 테이블을 더듬어 글라스를 집었다.

"상무님, 술을 좀 주세요. 술이 필요할 것 같아요."

그 말에 형구는 비로소 용수의 몸을 놓았다. 술이 필요하다는 그미에게 기대를 걸 수 있었기 때문이었다.

"좋아."

그는 용수가 쥐고 있는 글라스에 비어를 부었다. 용수는 그것을 반 잔쯤 마셨다. 그리고는,

"상무님."

하고 형구를 불렀다.

"여기선 상무 아냐."

"명령하세요. 옷을 벗으라구."

"그래 벗어."

용수는 명령에 복종하듯 등에 달린 단추를 풀기 위해 손을 뒤로 가져갔다. 정말 벗을 것 같았다. 형구는 용수가 동작을 못하게 또 끌어안았다. 한정식 집에서 그런 일을 할 수가 없게 돼 있는 것이다. 그 대신 키스에나 성공하려는 생각이었다.

"명령 취손가요?"

용수가 조소(嘲笑)어린 눈으로 물었다.

"취소가 아냐. 장소를 바꿔야 해."

"그럼 모든 걸 장소를 바꿔서 해요."

"이것만은 여기서두 괜찮아."

그때였다, 용수가,

"상무님."

하고 형구를 불러 형구가 자기를 바라보는 순간 손바닥으로 형구의 뺨을 찰싹 한 대 쳤다. 모욕이 아니라 아픔을 느끼도록 야무지게 때렸다.

"응, 나를?"

형구가 눈을 부릅떴다.

  "상무님 아픈 감각에서 제 정신을 도루 찾으시라구 그런 거예요. 오해 마세요."

  용수는 재빠르게 일어나 창가로 가서 한길을 내려다보았다. 그러다가 몸을 돌려 형구에게 또 말했다.

  "상무님, 미안해요. 그렇지만 그래야만 내일 사무실에서 웃는 얼굴루 대할 수가 있을 것 같았던 거예요."

  어떻게 해야 할지를 몰라 말도 못하고 있는 형구에게로 가서 그의 얻어맞은 뺨을 쓸어 주며,

  "용서하세요."

한 뒤 벽에 붙어 있는 벨을 눌렀다. 그러고 나서는 자기 자리에 앉아 있는 형구를 피해 형구가 앉아있던 자리로 가 앉았다.

  "상무님, 저 상무님을 존경해요. 저한테 맞으시구두 가만 계시는 신사적 태도에 말씀예요."

  용수는 두 손을 테이블에 놓고 고개를 숙였다.

  사환이 노크를 하고 들어왔다.

  "엽차를 가져오구 계산서두……."

  용수가 형구 대신 말했다.

  형구는 꼭 소에게 물린 것 같았다. 돈을 치르고 밖에 나올 때까지도 아무 말을 못했다. 밖에 나오자 용수가 형구의 팔을 끼고,

  "화나셨어요?"

하고 물었다.

  "………"

  "화내지 마세요. 오늘부터 진짜루 절 좋아하시게 될 거예요."

  형구는 빨리 그미와 헤어질 것만 생각했다. 퇴계로 큰길까지 나와 택시를 잡으려 할 때 용수가,

  "오늘은 이만 실례하겠어요."

하며 손을 내밀었다. 어쩔 수 없었다. 형구는 손을 내밀어 용수와 악수를 하고 집으로 돌아왔다.

집에 돌아오자 그냥 침대에 누워 버렸다. 여자에게 처음으로 뺨을 맞았다. 그리고도 말 한 마디를 못하다니…….

형구의 역사상 일찍이 있어보지 못한 일이었다. 돈과 젊음의 힘으로 안 되는 일이 없다고 생각해 오지 않았던가? 특히 여자란 어린애들의 장난감 같은 것이어서 가지고 놀고 싶은 의욕만 있으면 얼마든지 수중에 넣을 수 있는 것이라고 생각해 왔었다.

그런데 용수는 그렇지가 않다. 장난감처럼 취급이 되지 않는다. 어째서 그럴까? 현대여성들에게는 정조관념이 희박하다. 자기가 좋기만 하면 좋은 순간을 위해 자기의 모든 것을 아끼지 않는다. 약혼했다는 사실 때문이었을까? 그것은 임시로 꾸며낸 구실일지 모른다. 나를 방비하려고 일부러 꾸민 방패일 것이다. 남자가 제대하면 곧 결혼한다는 여자가 그때까지 집에 곱게 앉아 있을 것이지 무엇 때문에 취직을 해서 남자들의 사회에 뛰어들어온담. 설사 약혼한 남자가 있다고 하자. 멀리 떨어져 있는 남자 모르게 딴 남자와 잠시 연애하는 것쯤 얼마든지 있을 수 있는 일이 아닌가? 연애란 흔적이 몸에 남는 것도 아니다.

형구는 이런 결론을 내렸다. 무얼 좀 배웠다는 여자는 건방지기 때문에 남자의 말을 듣지 않는다. 결국 지식이 탈이다.

형구는 바나 카바레 또는 요릿집에 있는 여자들을 순수한 여자들처럼 생각했다. 세상을 안다. 남자라는 것을 안다. 그렇기 때문에 남자들에게 얼마나 고맙게 해 주는가? 남자에게 거역하는 일이 없다.

“쳇, 제까짓 게 아니면 여자가 없어서…….”

형구는 용수를 마음속으로 묵살해 버렸다. 자기 자존심을 위해서라도 그러는 수밖에 없었다. 그리고는 새로운 기분을 만들기 위해 목욕실로 가 세수를 하고 샤워를 했다. 찬물로 머리에서부터 온몸을 샤워하고 나니 훨씬 기분이 가벼워졌다. 그리고는 냉장고에 있는 비어 한 병을 꺼내 가지고 응접실로 가서 마시려 했다. 그때 혜미 생각을 했다. 혜미가 집에 있지 않다는 것을 그때야 생각해냈던 것이다. 그러나 자기가 부탁한 대로 경화에게 간 것이리라 짐작하고 비어 병을 따고는 첫잔을 시원하게 마셨다. 그때였다. 가

정교사로 있는 고명선이 응접실로 들어와,

"성배가 열이 좀 있는데 의사를 좀 불러 왔으면 좋겠습니다."

하고 말했다. 대학교 삼학년인 고명선은 침착한 학생이기 때문에 그 침착하게 하는 말만 들어 가지고는 병세가 어떤 정도인지를 알 수 없었다.

"언제부터 열이 있었는데?"

"아침까지 괜찮았었는데 오후부터 그런 것 같습니다."

"열이 높은가?"

"꽤 높은 것 같습니다."

형구는 앉아 있을 수만은 없었다. 고명선과 같이 애들 방으로 갔다. 정말 성배는 열이 오른 얼굴로 숨소리가 거칠었다.

"언제부터 감기에 걸렸었나?"

형구는 자기 아들이 감기에 걸려 있는 것도 모르고 있었던 것이다.

"이삼 일 됐는데 그새 감기약을 먹었습니다."

형구는 성배의 이마에 손을 대 보았다. 상당한 열이었다.

"고 군, 미안하지만 곧 의사를 불러 와."

형구는 명선에게 부탁한 뒤 곧 자기 방으로 가 전화 수화기를 들었다. 이런 때 누구보다도 필요한 사람은 미재라고 생각했기 때문이었다.

형구는 미재에게 성배가 열이 있다는 것을 말하고 빨리 오라고 했다.

"그래요?"

미재는 놀라는 듯 반문을 하고는 전화를 끊었다. 그리고 십 분도 안 되어 집까지 왔다.

그러한 미재를 보자 형구는 애들에게만은 충실하다는 것을 알았다. 전부터 감기에 걸려 있는 것을 알고 있었는지 모르지만 성배가 열이 높다는 말을 하자 미재는 긴말을 물어 볼 생각도 않고 그냥 달려왔다.

자기 같으면 열이 몇 도나 되는가를 물었을 것이요, 또 일이 바쁘니 조금 뒤에 간다고 말했을 것이다. 모성애만은 여자에게서 뺄 수 없는 무조건의 감정일까? 의사가 와서 성배 가슴에 청진기를 대고 있었다. 그 옆에 앉아 의사와 성배를 번갈아 바라보고 있는 미재의 표정이 심각했다.

“감기가 쉰 모양인가요?”

미재는 성배가 감기에 걸려 있는 것을 미리부터 알고 있는 모양이었다.

“기관지염입니다.”

의사는 청진기를 놓으며 미심한 표정을 지었다.

“한 번 엑스레이를 찍어 보는 게 좋을 것 같습니다.”

기관지염도 기관지염이지만 그보다 더 중요한 병이 있을지도 모른다는 말이었다.

“알겠습니다.”

미재는 성배가 본시부터 건강하지 못한 것을 알고 있기 때문에 의사의 말을 곧 알아들을 수 있었다. 의사의 말을 알아들을 수 있기 때문에 그미의 가슴은 철렁 내려앉았다. 내려앉은 가슴으로 의사의 표정을 살피고 있을 때 의사는 성배 궁둥이에 마이신 주사를 놓으며,

“가슴이 좀 나쁜 것 같습니다.”

하고 말했다. 그리고는 자기 말이 틀림없을 것이라는 태도로,

“감기에 걸리기 전부터 기침을 조금씩 했지요?”

하고 물었다.

“그런 건 잘 몰라두 몸이 약한 것만은 사실입니다. 그래서 요즘은 매일 새벽 산보를 시키구 있어요.”

미재는 솔직하게 대답했다.

“너무 격심한 운동은 시키지 마십시오.”

의사가 돌아가고 고명선이 의사와 같이 가서 약을 받아 왔다. 그 동안 미재는 성배 옆을 떠나지 않고 병 걱정을 했다.

기관지염이야 별로 걱정할 것이 못 되는 병이지만 엑스레이를 찍어 봐야 한다니 걱정은 폐였다. 폐가 약하다면 큰일이다. 하루 이틀에 도저히 고칠 수 없는 병이다.

형구는 자기 방으로 갔다. 성배의 병이 대단한 것이 아니기 때문에 그 옆을 지키고 있을 필요가 없었던 것이다. 그렇지 않아도 가슴 속에 검은 구름이 끼어 있는데 성배에게서 오는 집안 분위기가 그를 더욱 침울하게 했다.

그는 가끔 같이 마작을 하는 친구에게 전화를 걸었다. 마작을 하고 있는 중이라고 했다. 형구는 다행한 일이라고 생각하고 미재에게 잠깐 다녀오겠다는 말을 한 뒤 친구네 집으로 갔다.

마작은 모든 것을 잊게 해 주어 좋았다. 밤늦게까지 용수를 잊고 마작을 하다가 집으로 돌아왔다. 돌아오자 그는 미재의 방으로 갔다. 미재가 없음을 보고 애들 방으로 갔다.

미재는 거기서 아직 성배의 병간호를 해 주고 있었다.

"어때?"

"좀 나아졌어요."

미재는 왜 늦게야 왔느냐는 말도 안 하고 형구가 안심하도록 듣기 좋은 말을 했다.

"열두 내리구?"

미재가 듣기 좋게 말을 하자 형구는 도리어 미안한 마음이 들어, 건성 말을 시켜 보는 것이었다. 그리고 성배의 이마에 손도 대 보았다.

"훨씬 내렸어요."

"언제 엑스레이를 찍어 보나?"

"감기가 나면 아무 때나 찍어 보지요."

"아마 폐가 좀 약한가 보지?"

"그런 것 같아요. 그렇지만 대단친 않겠지요."

"좋은 약이 얼마든지 있으니……."

이런 이야기를 하며 형구는 자기 주머니 속에 들어 있는 상희 편지 생각을 했다. 못 본 체하고 그것을 그냥 내 줄까? 언제든 주기는 주어야 할 편지다. 그러나 그 편지를 주는 때는 긴 이야기가 필요하다. 오늘 같은 날 그런 이야기를 어떻게 할 수 있담. 암말 말고 주기만 할까? 나중이야 어떻게_되든 미재의 비밀에 눈을 감아야 한다. 사실 그러고 싶은 심정이었다.

미재가 경영하려는 학원에 대해서도 이러쿵저러쿵 이야기할 필요가 없다. 의논을 안 했다고 해서 해로운 일은 아니다. 또 종유를 올라오라고 했다지만 상희 편지로 보아서 그가 올라올 것 같지가 않다. 올라오지 않는다면 그뿐 아닌가? 그 대신 상회에게 편지를 쓰지. 종유가 올라오지 못하도록.

형구는 그 편지로 해서 미재와 이혼하려고 했던 마음이 변해진 것을 스스로 느꼈다. 성배가 아프다는 말을 듣고 돌아온 뒤 밤늦게까지 성배 옆에서 성실하게 간호해 주고 있는 미재에게 고마움 같은 것을 느꼈던 것이다. 몸이 약하다는 성배 말고도 그 밑으로 애가 둘이나 있다. 그 애들을 불행하지 않게 기를 수 있는 사람은 오직 미재뿐이란 생각도 들었다. 미재는 집안에 필요한 사람이다. 건드려 부스럼을 터뜨릴 필요는 없다.

"피곤할 텐데 좀 자구려."

형구는 아내의 건강을 걱정했다.

"괜찮아요. 당신이나 가서 주무세요."

"나야 자지만 당신두 쉬어야 할 것 아냐?"

"나두 자겠어요. 당신이나 어서……."

미재는 도리어 형구 걱정을 했다.

"성배두 잠이 든 것 같은데 어때? 밤 샐 필요는 없잖아?"

"이 옆에서 그냥 자겠어요."

"그래?"

형구는 할 수 없다고 생각했다. 그리고는 자기 방으로 가 잠을 잤다. 다음 날 아침 눈을 뜨자 성배 방으로 갔을 때 그는 성배 옆에서 성배의 한 손을 잡은 채 누워 있는 미재를 보았다. 그는 미재의 잠을 깨워서는 안 된다는 마음에 발소리를 죽여 가며 가까이까지 가서 성배 이마에 손을 얹었다. 열이 별로 없다고 생각될 때 잠들어 있는 미재의 뺨에 키스라도 해 주려 했다. 그때 눈을 뜨며,

"벌써 일어나셨어요?"

미재가 자리에서 일어났다.

"그냥 더 자. 피곤할 텐데……."

형구가 그미를 도로 누이려 했지만,

"많이 잤어요."

미재가 말을 듣지 않았다.

형구는 거듭 미재에게 고마움을 느꼈다. 그리고 그미가 모성에 대해서는 절대로 배신하지 못할 여자임을 깨달았다.

그 날 그는 출근을 하자 비서를 시켜 은행에서 이십만 원을 출금케 하고 그 돈을 전보로 상희에게 송금한 다음 상희에게 편지를 썼다. 그리고 상희에게서 온 편지는 찢어 쓰레기통에 버렸다. 그것이 미재 남편으로 취할 가장 현명한 길이라 생각했던 것이다.

희생의 고독

도서관을 지킬 겸 책을 읽기에 열중하고 있는 종유는 최근 도서관에만 붙어 살고 있다. 이 날도 도서관에서 채소 조기재배에 대한 책을 읽고 있었다. 토지를 가장 유효하게 이용하려면 다각 영농을 해야 하는데 다각 영농 가운데서 가장 손쉬운 것이 채소가 아닐까 생각했던 것이다. 각종 채소를 조기재배하기만 하면 대구로 보내 판로를 개척할 수도 있다.

그는 농촌에서 살 것을 전제로 하고 거기에 대비하여 영농에 대한 것을 연구하고 있는 것이었다. 그는 맨 처음 벼의 다수확에 대한 책을 읽었다. 다수확으로 표창 받은 사람들의 체험기도 읽었다. 그 뒤에는 토지와 비료에 대한 것을 읽었다. 그러고 난 뒤 지금 채소 조기재배에 대한 책들을 읽고 있는데, 이렇게 영농 방법을 연구하는 것은 우선 자기가 생활의 기반을 잡아야 한다는 생각에서였다.

미재가 과연 돈을 보내 줄지 그것은 알 수 없는 일이다. 만약 보내 준다고 해도 그 돈을 가지고는 겨우 혼자서 먹고 지낼 수 있는 땅밖에 더 살 수가 없다. 그 땅을 가장 유효하게 이용하여 수확을 올려야만 경제적 여유를 가질 수 있게 된다. 그래야만 농민을 지도할 수가 있다. 그렇기 때문에 당분간은 농촌에서 할 수 있는 농업과 부업 전체에 대해 연구를 하고 그 뒤 그것을 실천에 옮겨 실적을 올려야 한다. 묵묵히 실적만 올리면 농민들은 지도를 안 해도 저절로 따라오게 될 것이다.

이러한 계획으로 오이의 조기 재배법에 대한 글을 읽고 있을 때 상희가 도서관으로 찾아왔다. 상희는 도서실에 발을 들여놓기도 전에,

"조 선생님, 돈이 왔어요. 전보루 이십만 원이 왔어요."

하며 우체국에서 온 서류를 손에 들고 내 흔들었다.

"정말요?"

종유는 꿈을 꾸는 듯한 느낌이었다. 종유도 전혀 기대하지 않았던 것은 아니지만 전보로 그렇게까지 빨리 보내 주리라고는 정말 생각지도 못했던 일이었다. 돈이 와 봐야 오는가 보다 정도로 생각하고 있었다.

상희가 건네주는 서류를 받아 그 내용을 확인하고 나서야,

"참 고맙군요."

감격에 찬 한숨을 길게 내뿜었다. 그는 진심으로 미재에게 감사를 드리고 싶었다. 옆에 있기만 하다면 미재를 으스러지게 껴안고 키스를 해 주었을 것이다.

그러나 그미는 지금 너무나 멀리 떨어져 있다. 이 감격, 이 감사를 표할 길이 없었다.

"참 좋은 언니예요. 조 선생님은 언니에게 어떻게 사례해도 시원치 않을 거예요."

"너무나, 너무나 고맙군요. 내 피를 뽑아서 감사의 뜻으루 보낼까?"

종유는 정말 그러고 싶었다. 자기가 하고 싶어하는 일을 이해하고 자기가 요구하는 대로 돈을 보낸 미재다. 역시 사랑하기 때문이리라. 그렇게까지 자기의 피를 보냄으로써 자기의 마음을 보이고 싶었다. 그 피는 곧 사랑을 맹세하는 것이 된다. 영원히, 영원히 그미는 자기의 마음을 보이고 싶었다.

그러나 상희가 그러한 종유의 감정을 방치해 두지 않았다.

"그런 연극은 그만두세요. 흙과 싸우려는 분에게 그런 센티멘털은 어울리지가 않아요. 우선 돈을 찾아와야겠는데 선생님이 가시겠어요?"

센티멘털이라는 말에 종유는 부끄럼을 느꼈다. 미재를 무턱 기댔다가, 그 꿈이 이루어졌을 때, 약간 센티멘털해진들 어떠랴마는, 농민의 사표로서 지

도자가 되려는 사람이 어찌 센티멘털하다는 말을 들을 수 있을 것인가? 특히 상회에게서 그런 말을 듣고 싶지는 않았다.

그러나 센티멘털해질 가능성이 짙은 자기를 깨달았다. 현금을 찾는 곳이 대구로 되어 있는데, 그 돈을 찾으러 대구까지 간다면, 그 길로 서울까지 올라가게 되지나 않을까 하는 의구심이 생겼던 것이다. 지금의 감격을 그대로 가지고 대구까지 간다면 미재가 그리워 그냥 돌아올 수가 없을 것 같았다. 그렇게 되면 자기는 확실히 센티멘털 보이가 되고 말 것이다.

"읽구 싶은 책들을 빨리 읽어야겠어요. 상도라두 보내 줬으면 좋겠는데."

그는 책 읽는 것을 구실 삼아 대구행을 기피했다.

"그러세요. 그게 좋겠군요."

상회도 동의를 했다. 단순히 돈을 찾기 위해 종유가 대구까지 갈 필요는 없다고 생각한 모양이었다.

"그럼, 상도를 보내구, 문경도 씨를 만나구 오겠어요."

상회가 일을 사무적으로 처리하려고 했다. 물론 그래야 할 것이다. 그러나 종유에게는 그것보다 감정의 정리가 더 중요하게 생각되었다. 미재가 돈을 전보로 보냈지만, 학원을 곧 시작한다고 빨리 올라오라던 미재의 심경이 그렇게까지 급변한 이유가 어디 있을까? 그 이유가 알고 싶었던 것이다.

자기를 사랑하기 때문에 농촌에 정착하겠다는 자기의 고집을 꺾을 수가 없었다고도 해석할 수 있다. 그렇지만 그 반대로 해석할 수도 있는 일이라 생각되었다. 즉 자기를 잊지 않으면 안 될 심적 변화가 일어났기 때문에, 자기를 농촌에 묶어 두려고 돈을 보낸 것이라고. 이때까지의 애정으로 보아 그럴 것 같지는 않지만, 사람의 일을 어떻게 알 수 있는가?

"뭐라구 편지를 썼었나요?"

종유는 이때까지 물어 보지 않았던 것을 물어 보고 말았다. 상회의 편지를 받고 보낸 돈이니까 상회의 편지가 중요한 역할을 했을 것 같았기 때문이었다.

"뭐라기는요. 문경도 씨가 대구로 이사를 가게 되어 땅과 집을 내 놓았으니 그걸 사는 것이 좋을 것 같다구 있는 대루 써 보냈지요."

상희는 거짓말을 꾸미지 않을 수 없었다. 이장으로 있던 문경도가 대구에 있는 어떤 운수회사에 취직이 되어 이사를 가게 된 것이, 미재에게 편지를 보내게 된 하나의 계기였던 것만은 사실이다. 그렇지만 편지를 쓰기 전날 미재가 보낸 편지가 상희를 더 움직였던 사실은 말할 수가 없었던 것이다. 미재는 한 봉투 속에 종유와 자기 앞으로 두 통의 편지를 동봉해 보내왔었다. 읽어서 안 되는 줄 알면서도 종유에게 보내는 편지까지 읽었을 때, 상희는 그냥 있을 수 없는 일이라고 생각했다. 종유더러 빨리 상경하라, 종유가 곁에 있지 않으면 살 수가 없다는 미재의 편지에서 어떤 위기의식을 느꼈던 것이다. 길 씨네 가문 전체와 미재의 가정이 위기에 봉착했고, 거기 휩쓸려 들어가는 종유의 위기가 눈앞에 보이는 것 같았던 것이다. 그래서 종유에게는 보일 수 없는 자기 멋대로의 편지를 써서 보냈던 것이다. 그런 만큼 상희는 종유의 얼굴을 보기가 미안했지만, 이제 솔직한 고백을 할 수도 없는 처지였다.

상희의 말을 듣자 종유는 한 대 얻어맞은 느낌이었다. 단순히 이곳 사정을 이야기한 것뿐인데 그렇게 서둘러 돈을 부쳤다는 것은 빨리 상경하라던 미재의 편지와 너무나 상반되기 때문이었다. 미재의 마음에 변화가 생긴 것은 사실이지만 그 변화가 자기에게서 멀어지려는 변화임이 틀림없었던 것이다.

그것은 종유가 바라지 않은 바 아니었다. 그러나 미재가 미련 없이 자기를 멀리한다는 생각을 하니 쌓아 올렸던 성이 무너지는 듯한 느낌이었다.

"시간이 늦기 전에 상도를 보내십시오."

종유는 상희와 더 긴 이야기를 할 필요가 없었다. 빨리 돈을 찾아다가 땅을 사자. 그리고 좀 늦기는 했지만 금년 농사부터 내 손으로 지어 보자.

"그럼, 문경도 씨한테두 다녀오겠어요. 언제쯤 이사 가는지두 알아보구요."

상희는 미안한 생각을 가졌으면서도 일은 일대로 진행시키지 않을 수 없어 눈을 감은 채 종유 곁을 떠났다.

상도를 찾아가면서 상희는 종유에게 죄를 진 듯한 미안감을 느꼈지만 그래도 자기가 잘못했다고는 생각지 않았다. 편지를 쓸 때나 편지를 쓰고 난 뒤에도 편지 내용을 전혀 이야기 안 했다는 것은 종유에게 미안하지 않을 수 없는 일이었다.

그렇지만 자기의 생각을 솔직하게 기록했기 때문에 미재가 돈을 보냈다고 하면 종유 모르게 편지한 것이 절대로 잘못된 일이 아니다. 자기 편지로 미재가 반성을 하고 종유를 서울로 불러올리지 않는 대신 종유가 농촌에 정착해 살 수 있도록 돈을 보냄으로써 미재의 가정은 위기에서 벗어난 것이다. 온 집안의 불안을 제지하기도 했다. 결과적으로 얼마나 잘 한 일인가?

종유도 그렇다. 미재와 관계를 끊는 것이 처음에는 괴로운 일일지 모르지만 결혼 못할 여자를 생각하며 혼자 사느니보다 미재를 잊고 딴 여자와 결혼을 해서 행복하게 살 수 있는 길을 모색하는 것이 얼마나 현명한 일이겠는가?

상희는 상도를 만나 즉시로 대구엘 다녀오라고 노자를 주었다. 그리고는 문경도를 찾아갔다.

문경도는 내일 중으로 현금을 지불할 수 있게 되었다는 상희 말에 춤을 출 듯 좋아했다.

상희는 그러한 경도의 마음을 잘 알고 있다. 그는 하루라도 빨리 이 동네를 떠나고 싶어하고 있는 것이다. 경도의 그런 마음을 잘 알고 있는 만큼 토지 흥정도 상희에게 유리하다는 것을 내다볼 수 있었다.

돈이 올지 안 올지 확실치 않아 경도가 요구하는 금액이 얼만가를 알아보는 정도로 하고 그 가격을 결정짓지 않고 있었던 것이지만 현금을 수중에 쥐고 있는 지금 흥정의 주도권은 상희에게 있었다.

"논은 이백 원, 밭은 육십 원이라고 했지요? 집은 이만 원이구."

상희는 우선 경도의 요구액을 확인했다.

"한 입으루 두 말 하겠능기요?"

경도는 약간 초췌한 목소리로 말했다. 팔기로 결정을 한 것이지만 장사꾼이 상품을 팔 때와 같지는 않을 것이다.

"정확한 평수는 문서를 봐야 알겠지만 논이 육백 평, 밭이 천 평이니 십

팔만 원에 집값을 합쳐 이십만 원이란 말씀이죠?"

"아모, 헐값이로구만……."

상희는 달라는 대로 다 줄 수는 없다고 생각했다. 최소한도 종유가 추수할 때까지 먹고 살 것만은 남겨 놓아야 했다.

그미는 십팔만 원을 지불하겠다고 잘라 말했다.

종유가 가지고 있는 돈이 이십만 원밖에 없기 때문에 그것을 다 주면 가을까지의 생활비가 없게 된다는 이야기까지 솔직하게 말했다. 그래도 경도는 땅을 팔지 않을 수 없다는 것을 알고 있기 때문이었다.

경도는 이장을 하고 있기 때문에 추수 이외에 이장으로 들어오는 수입이 약간 있다. 그러나 식구가 적지 않기 때문에 그것으로 살 수가 없다. 그래서 빚이 적지 않은데 경도는 본시 농사를 짓기 좋아하는 사람이 아니다. 벌써부터 대구로 떠날 생각을 가지고 있었다. 장사를 해 볼 생각이었지만 밑천이 없어서 떠나지를 못하다가 요즘 어떤 친척의 힘으로 운수회사에 취직하게 됐다. 더구나 그의 누이동생이 서울에 가서 양부인 노릇을 하다가 왔다는 소문이 퍼지고 있다. 그것만으로도 그는 이 동네서 살기가 거북한 형편이다. 그래도 이장을 하는 덕택에 노골적인 멸시를 덜 받고 있지만 그 사실을 모르는 사람이 없다는 것을 알고 있는 만큼 경도로서 이곳을 떠나고 싶을 것이 당연하다. 그런 만큼 상희는 그만한 에누리가 성립될 것을 자신했다.

"논이야 벼를 꽂지 못했으니 할 말이 없구만. 밭농사는 다 져 논 거 아닝기요? 물어 보소. 그 값이 비싸단 놈 없을 테닝께."

경도의 말도 옳기는 옳았다. 그렇지만 아쉬워서 하는 말이리라.

"조 선생이 땅을 살 때 부자가 되려구 땅을 사겠어요? 이 동네서 일을 해 보려구 그러는 거지. 그러니 그 분을 생각해서라두 그렇게 파십시오."

그래도 경도는 몇 번이나 이십만 원은 받아야 한다고 말했다. 빚을 물고 대구서 전세 얻을 집값은 있어야 하지 않으냐는 것이었다. 그러나 결국은 십팔만 원에 낙찰이 되고 말았다. 그리고 계약금이니 전도금이니 할 것 없이 내일 땅값 전부와 문서를 교환하기로 했다.

상희는 몇십 년 할 일을 하루에 끝낸 것 같은 기분이었다. 종유를 데리고 오기는 했지만 속으로는 앞으로의 일이 여간 걱정이 아니었다. 데리고 온 이상 그의 생활을 책임져야 한다. 도서관을 맡고 야학을 가르친다고 해서 동네가 그의 생활을 걱정할 처지는 못 된다. 자기 개인이 책임져야 하는데 언제까지 그 책임을 질 수 있을 것인가?

그러던 참에 종유가 독립을 해서 살게 되었으니 마음이 홀가분하지 않을 수 없었다. 다만 문제는 종유의 살림이었다. 집까지 사 놓았으니 집을 맡아 살림해 줄 사람이 있어야 한다. 갑자기 결혼도 할 수 없는 일이고 그렇다고 해서 종유가 자취를 할 수도 없는 일이다. 집을 비워 두고 하숙 생활을 계속 할 수도 없는 형편이다.

이럴 수도 저럴 수도 없는 일이다. 상희는 미재 언니와의 관계를 걱정한 나머지 깊은 생각도 없이 종유를 데리고 온 것을 후회하기도 했다. 공연한 고생을 사서 하는 것 같았다. 그렇다고 이제 와서 후회해서 될 일도 아니었다.

농사를 짓는다고 해도 종유 혼자의 힘으로는 도저히 지을 수 없을 것이다. 사람을 사고 밥을 해 주고 해야 한다. 그 뒤치다꺼리를 해 줄 사람이 있어야 하지 않은가?

상희는 문득 영애 어머니를 생각했다. 그미는 나이도 들었고 농사의 경험도 있다. 농사와 살림을 맡아 해 줄 가장 적합한 여자다. 그렇지만…… 상희는 종유가 영애 어머니를 보고 예쁘다고 감탄하던 것을 기억했던 것이다. 만에 일이라도 두 사람이 가까워진다면…….

서로가 좋아서 가까워진다면 할 수 없는 일이겠지. 누가 무어라고 말할 수 있는가?

영애를 데려다가 교육까지 시키겠다고 한 종유니 만큼 영애 어머니를 가 정부로 데려다가 살림을 맡게 하라고 하면 쾌히 승낙할 것이다. 영애 어머니도 영애와 같이 가서 일을 돌봐 주고 영애 공부를 시키도록 하라고 하면 즐겨 승낙할 것이다. 그런데 상희는 영애를 데려다 달라는 종유의 부탁을 받고도 이때까지 영애를 맡고 있는 영애 외삼촌을 만나지 않았다. 그것은 영애를 통해 혹시 종유가 영애 어머니와 가까워지지나 않을까 하는 걱정을 가졌기 때문이었다.

종유는 지금 고독을 느끼고 있다. 영애 어머니는 물론이다. 고독한 사람들끼리 만나면 전광석화식으로 가까워질 우려가 있다.

그러나 지금 생각한다면 그런 것을 걱정할 아무런 이유가 없다. 물론 영애 어머니는 종유의 상대가 되기에 너무나 기울어지는 여자다. 그렇지만 농사나 짓고 사는 데야 지식이라든지 기혼녀라는 것이 무어 그리 문제될 것이겠는가? 도리어 그편이 종유에게는 편리할지도 모른다.

상희는 그들 두 사람의 관계를 걱정해서는 안 된다고 생각했다. 오직 종유를 위해서, 종유가 편리한 길을 만들어 주자.

이런 생각을 하며 종유에게 갔다. 그런데 종유는 종이에 편지를 쓰고 있는 중이었다. 그 편지란 미재에게 보내는 것임에 틀림없을 것 같았다.

상희는 종유가 그런 짓을 안 해 주었으면 하고 속으로 바랐다. 이제는 미재를 어떻게도 할 수 없을 것이 아닌가? 어떻게도 할 수 없는 여자에게 편지를 자꾸 쓰면 어떻게 할 것인가? 그런데 종유는 상희를 보자 쓰던 편지를 딴 책으로 덮어 버렸다. 미재에게 편지 쓴다는 사실을 알리고 싶지 않은 모양이었다.

"아무래두 제 손을 거쳐서야 서울에 갈 편진데 숨기실 것 없잖아요?"

상희는 종유가 자기를 속이려고 하는 것이 싫기도 했다.

"아아니, 아무것두 아닙니다."

종유가 우물쭈물했다.

"간단히 고맙단 말이나 쓰세요. 그 대신 앞으루 농사짓구 살 걱정이나 하시는 것이 좋지 않을까요?"

상희는 경도와 만나 흥정한 것을 그대로 보고했다. 그리고 앞으로 농사를 지으려면 아무래도 농사에 경험이 있는 여자를 식모 겸 가정부로 한 사람 쓰는 것이 좋을 것 같다는 말도 했다.

"그런 여자가 있을까요?"

종유도 좋은 의견이라고 생각했는지 상희에게 그런 여자를 물색해 달라는 듯이 말했다.

"영애 어머니 어때요? 보셨지요. 제일 적임잘 것 같아요."

상희는 종유의 표정이 어떻게 달라지는가 그 얼굴을 빤히 쳐다보며 말했다.

"그 분이 와 줄까요?"

종유의 얼굴은 희망에 찬 것 같았다.

"제가 교섭을 해 보지요. 영애 공부를 시켜 준다는 조건을 내걸구요."

"거야 물론이죠. 그렇지 않아두 그 애를 학교에 보내려구 했었는데……."

"그럼, 승낙할 거예요."

그리고 종유와 헤어지고 집으로 돌아왔지만 상희는 어쩐지 마음이 허전함을 느꼈다. 종유를 데리고 온 것은 종유를 영애 어머니에게 소개시키기 위해서였던가 하는 생각이 들었기 때문이었다.

'나는 남의 일을 해 주기 위해 세상에 태어났던가?'

상희의 허전함이 구슬픈 마음으로 변했다. 자기 살 생각은 못하고 남만을 위해서 산다는 서글픔이었다.

상희는 바쁠 것 없다는 핑계를 대며 그 날 영애 어머니를 찾아가지 않았다. 그러나 찾아가지 않은 속마음은 영애 어머니가 좋아하는 얼굴을 보기가 두려웠기 때문이었다. 종유가 좋아하듯 영애 어머니도 좋아한다면……. 그것을 차마 생각하기가 싫었던 것이다.

밤에 상도가 현금을 찾아 가지고 왔다. 상도는 책임 있는 일을 사고 없이 완수했다는 자랑스런 얼굴로,

"누나, 나 운동화 한 켤레 샀심더."

꾸중 안 들어도 괜찮을 일이라는 듯 말했다. 사실 그런 심부름을 하고 운동화 한 켤레 사 신은 것쯤 아무렇지도 않은 일일지 모른다. 그런데 상희는 다짜고짜로,

"누가 사라든?"

하고 화를 냈다.

"돈을 찾아오랬지, 그 돈으루 운동화를 사랬어? 그거 내 돈인 줄 아니?"

상도가 머리를 벅벅 긁으며,

"백오십 원입니더. 그 밖엔 막걸리 한 잔두 안 사 먹었는걸, 그러지 마이소."

하며 능글맞게 웃었지만,

"빨리 가서 백오십 원 가지고 와. 치사스럽게 그게 뭐야. 내가 치사스러워진단 말야."

상희는 끝까지 화를 풀지 않았다. 옆에 있던 상희 어머니까지,

"애, 조 선생님이 아시면 도리어 섭섭해 하실라 그만해라. 백오십 원 내가 내 주꼬마."

하고 상희에게 사정했지만, 그미는,

"싫어요, 싫다니까요."

머리를 감싸 쥐고 몸을 흔들었다. 상도는 어리둥절해서 자기 집으로 가 백오십 원을 가지고 왔다.

"누나 너무 하십니더. 그렇게 화내실 줄은 정말 몰랐심더."

상도가 진심으로 섭섭하게 말할 때, 상희는 비로소 자기가 지나쳤다는 것을 느꼈다. 그리고 무엇 때문에 그렇게까지 신경질을 냈던가 하고 생각해 보았다. 모를 일이었다. 조금도 그 까닭을 알 수 없었다.

상도가 돌아간 뒤, 한참 있다가 종유가 찾아와 동봉해서 보내달라고 하며 미재에게 보내는 편지를 주었다. 상희는 읽지는 않았지만 편지 쓴 종이를 펴 보았다. 한 장도 다 채우지 못한 간단한 편지였다. 그 짧은 편지를 보자 그미는 자기도 모르게 얼굴을 무릎에 파묻고 눈물을 흘렸다. 처음 편지를 쓸 때는 미재에게 보내는 것이 아니라고 속이려던 종유였다. 그때는 자기의 고독을 쓰려 했을 것이다. 그러나 지금 가지고 온 편지는 그때의 것이 아니다. 영애 어머니 이야기를 듣고 난 뒤, 다시 쓴 것임에 틀림이 없다. 종유는 영애 어머니 이야기를 듣자 미재에게 향한 감정까지 변하고 만 것이다.

"왜 갑자기 그러시지요?"

종유로서 상희의 마음을 알 까닭이 없었다. 종유는 무엇 때문인지도 모르고 그미를 위로하려고 몇 번이나 말을 시켰으나 상희는 꼼짝도 안 했다.

"오늘은 참 별나데이. 와 이카노?"

어머니가 걱정을 했지만 상희는 아무 대꾸도 않다가 한참 뒤에야,

"오늘 몸이 좀 불편해요. 좀 눠야겠어요."

하고 은근히 종유의 귀가를 독촉했다.

영문을 모른 종유가 얼떨떨해서 돌아갔지만 혼자가 된 상희는 그저 슬프기만 했다. 왜 슬픈 것인가 하고 자문해 보기도 했지만 그 자문에 대답할 수가 없었다. 아무런 이유가 없는 것 같았다. 아무 이유가 없다고 생각하면서도 그냥 슬퍼지는 것 또한 어쩔 수 없는 일이었다.

다음날 아침, 상희는 어제와 같은 날이 다시없기를 속마음으로 빌며 자리에서 일어났다. 일어나는 즉시로 돈 백오십 원을 꺼내 가지고 상도를 찾아갔다. 우선 상도에게 사과해야 할 것을 생각했던 것이다.

"조 선생님을 만나 이야기했더니 나를 꾸중하시며 이 돈을 주시더라."

상희는 모든 책임을 자기가 걸머져야 했다.

"그렇지요? 그럴 줄 알구 이놈을 사지 않았습니껴……."

상도는 선반에서 운동화를 꺼내들고 바지에 슬슬 문지르며 빙그레 웃었다. 그래야 마땅하다는 태도였다.

상희는 이 날에 할 일 가운데 가장 중요한 것이 문경도에게 가서 돈을 주고 땅문서를 받는 일이지만, 그것을 다음에 미루고 우선 영애 어머니를 찾아갔다. 무엇보다도 급한 일이 그것이라 생각했던 것이다.

영애 어머니는 상희의 이야기에 귀가 번쩍 띄는 것처럼 보였다.

"그 집에 가서 자야 하는기요?"

하는 것으로 보아 선뜻 대답할 수가 없다는 눈치였다.

"영애하구 같이 자는데 어떨라구요?"

상희는 미처 생각지 못했던 일이지만 그것이 그리 큰 문제가 될 것 같지 않은 것처럼 말했다.

"그래두 제가 그 집에 가서 어떻게 자락합니껴?"

영애 어머니는 그럴 수만은 없는 모양이었다.

"그럼, 잠만은 딴 데서 주무시지요. 그럼 안 되겠어요."

“그렇다문 몰라두요.”

“남의 눈이 무서우니까, 그렇게 하는 게 도리어 좋겠군요.”

그렇게 해서 영애 어머니는 종유의 살림을 맡아 보기로 했다.

상희는 기분이 홀가분했다. 종유가 바라는 대로 일이 잘 됐다는 마음에서였다. 만약 두 사람이 가까워질 것을 두려워하여 영애 어머니를 설득시키는 성의를 보이지 않는다면 자기는 얼마나 치사한 인간이 될 것인가? 자기 마음을 들여다볼 사람이 하나도 없을 것이지만, 자기는 죄지은 것처럼 불안 속에서 살아야 할 것이다. 종유와 영애 어머니를 대할 때마다 자기는 자기를 경멸해야 할 것이다.

상희는 곧 종유에게로 가서 영애 어머니와 교섭한 결과를 이야기했다. 종유는 좋아하는 표정을 감추지 못하고,

“수고했습니다. 한턱 단단히 내야겠는데…….”

하며 만족해했다. 세상의 남자들이란 그렇게도 눈치가 없는 것일까? 상희는 만족해한 종유의 얼굴에 증오를 느꼈다. 그러나 말로는,

“잘 됐어요. 그런 이가 없으면 조 선생님 혼자서는 도저히 농사를 짓지 못하실 거예요.”

하고 듣기 좋게 말했다. 그리고는 곧 문경도네 집으로 가자고 했다. 문경도네 집으로 가는 도중 상희는,

“미재 언니한테는 오늘 안으루 편지를 쓰겠어요. 어젯밤에는 그만 피곤해서…….”

하고 어젯밤의 편지 일도 결말을 지어 버리려 했다. 미재와 종유 두 사람 사이가 앞으로 어떻게 되든 자기는 자기 일만 다 하면 그만이란 생각이 들었던 것이다.

“뭐 바쁜가요.”

종유가 그리 중요한 일이 아닌 것처럼 말했지만,

“그래두요.”

상희는 그래도 자기 할 일을 다 할 테니 걱정 말라는 투로 말했다. 경도를 만나 돈을 치르고 문서를 받아 가지고 돌아와 미재에게 편지를 쓰려고

할 때였다. 우체부가 또 찾아와 편지 한 통을 주었다.

그것은 뜻밖에도 미재의 남편 형구에게서 온 것이었다. 가슴이 덜컥 내려앉았다. 어제 미재 언니에게서 돈이 왔고, 오늘 형부에게서 편지가 왔다는 것은 돈에 대한 곡절이 있음을 말해 주는 것 같았다. 상희는 문득 그 돈을 몇 시간만 있다가 치렀다면 하는 생각이 들었다. 만약 형부가 돈을 돌려 보내라고 편지를 했다면 일은 더 복잡해질 것 같은 겁이 들었던 것이다. 어쨌든 편지를 뜯어보지 않을 수 없었다.

"어제 돈 이십만 원을 부쳤소. 언니 모르게 부친 돈이오. 언니에게 보낸 편지를 내가 뜯어 본 것은 잘못이지만 그 편지는 언니에게 전하지 않을 작정이오. 그 돈으로 조 씨의 땅을 사 주고 거기서 영주하도록 해 주시오. 나는 언니와 조 씨와의 과거를 묻지 않으려 하지만 그 대신 앞으로의 접촉은 있어서 안 될 것이오. 모두의 행복이 파괴되는 일을 사전에 막을 사람은 오직 상희 씨뿐이라는 것을 알고 선처해 주시오. 언니에게는 돈 받았다는 일을 알리지 않는 것이 좋을 것 같소. 모든 일 백 번 부탁합니다."

편지를 읽자, 상희는 일이 참으로 미묘하게 돼 가고 있음을 알았다. 물론 자기에게 잘못한 일이 있다고는 생각되지 않았다. 형구에게도 죄 될 일을 하지 않았다. 그러나 형구 모르게 연극을 꾸미던 것이 미안스러웠다. 그 미안은 둘째로 하고, 형구 모르게 하려던 일이 형구의 손으로 비약적인 진전을 보게 되었으니 앞으로 형구를 무슨 낯으로 대할 것인가?

그리고 형구가 보낸 돈을 언니가 모르고 있는 형편이니 형구와 언니와의 관계는 장차 어떻게 될 것인가? 또 앞으로 자기는 미재 언니에게 어떤 태도를 취해야 하는가?

상희는 머리가 복잡해서 생각의 갈피를 잡을 수가 없었다. 그래서 미재에게도 형구에게도 편지 쓸 생각을 그만두고 점심을 먹은 뒤 화영리로 떠나고 말았다. 이런 때 그미에게 필요한 것은 일이었다. 일을 하면 잡념을 잊을 수 있다고 생각했던 것이다. 대봉리에서 이십 리 떨어진 화영리에는 부인회가 가장 잘 조직되어 있다. 그 조직을 통해서 며칠 전 종유와 같이 의논한 찬장계를 만들어 놓을 생각이었다.

종유가 어떤 농촌 잡지를 읽고 강원도 어떤 부락의 부인회 활동을 설명해 주었다. 그 부인회에서는 부엌의 청결을 목적으로 해서 찬장을 살 수 있는 계를 했다는 것이었다. 한 끼에 쌀이나 보리쌀 한 숟가락씩을 모았다가 그것을 판 돈으로 곗돈을 물게 했는데, 그 결과 이년 남짓해서 집집이 찬장을 샀다고 했다. 저축심을 높이는 일도 되고 부엌을 깨끗하게 하는 일도 된다.

상희는 자기가 다니고 있는 부락 전체에서 그런 계를 실시하려고 생각했다. 찬장계를 끝내면 재봉틀계도 할 수 있다고 생각했다. 다만 문제는 시기였다. 지금처럼 가뭄이 심해 모도 내지 못하고 있는 때 그런 것을 권장할 수가 있을까?

그래서 며칠째 미뤄 오던 일이지만 당장에 실시는 못한다 해도 미리 가서 취지를 설명해 두자. 이런 날 집안에 박혀 있을 수가 있는가?

상희는 이십릿길을 걸어가 그 날 밤 화영리에서 잠을 자며 부인회원들과 간담회를 열고 찬장계를 설명했다. 모두 찬성이었다.

다음날은 일단 집으로 돌아가야 했지만 그미는 돌아가기가 싫었다. 그래서 딴 동네로 가서 거기서도 밤잠을 자며 부인회원들과 계 이야기를 했다.

이렇게 사흘 밤을 자며 찬장계 운동을 하다가 나흘 째 되는 날에야 집으로 돌아갔다. 집으로 돌아가면서도 상희는 종유를 생각지 않기로 했다. 그새 이사를 갔는지 또 살림도구 같은 것을 장만했는지 그리고 영애 어머니와 종유는 몇 번이나 만났을지 그런 것 일체를 생각지 않기로 한 것이었다. 모두가 자기와 관계없는 일이라고 생각했다. 이제부터 종유의 일에 관여할 필요가 없다고 생각했다.

내가 할 일은 다 했다. 이제부터는 내 일만 하면 된다. 이런 생각을 하며 마을 어귀까지 이르렀을 때 그미는 줄을 지어 걸어가는 사람들을 보았다. 하늘 밑의 첫 동네라는 곳이다. 이 동네를 지나서 갈 수 있는 동네가 없다. 그러나 이 동네를 찾아오는 사람들이라고밖에 생각할 수가 없는데 수십 명이나 되는 저 사람들이 누구의 집을 찾아가는 것일까? 시골에서 사람들이 떼를 지어 모여드는 것은 관혼상제 때뿐이다. 혼사가 있다는 말을 들은 일이 없다.

그렇다면 누가 갑자기 죽었단 말인가? 누가 죽었을까? 그미는 발걸음을 빨리 해서 줄지어 가는 사람들을 따라갔다. 어석리 사람들이었다.

"누구 집엘 가시는 겁니까?"

"산엘 가는구마. 비 오게 해 달라구 예배를 드리려구……."

상희는 언젠가 종유가 이렇게 비가 오지 않는데 이 동네 사람들은 왜 기우제를 올리지 않느냐고 하던 말을 생각했다. 그리고 어석리 교회로 목사를 찾아가 기우예배를 보는 것이 좋을 것이란 말을 했다고 하던 말도 기억했다.

목사가 종유의 말을 듣고 기우예배를 드리기로 결심했는지는 알 수 없는 일이지만 상희는 목사에게 감사하고 싶었다. 사실 가뭄이 너무 오래 계속하고 있다. 다른 때 같으면 이미 모를 다 옮겨 심고 벼가 무럭무럭 자랄 때다. 그런데 모를 낸 사람이라고는 십 분의 일도 안 된다. 날씨 하는 것으로 보아 가뭄은 언제까지 계속할지 모른다. 기우제거나 기우예배거나 무엇을 통해서든 농민들의 갈망이 하늘에 미치도록 하는 것이 좋을 것 같았다.

상희는 집에 들어가 어머니에게 어느 어느 동네를 다녀왔다는 간단한 보고를 한 뒤 곧 집을 나와 신자들의 뒤를 따라 산으로 올라갔다. 동네서도 사백 미터쯤 올라가야 하는 산이었다. 나무 대신 바위가 많은 산이라 오르기가 쉽지 않았다. 땀을 흘리며 교인들을 따라 산상에 올라가 예배에 참석했다.

예배가 시작되면서부터 상희의 마음은 엄숙해졌다. 비를 간구하는 마음이었을 것이지만 그미는 무엇을 간구하고 있는지 자기의 기원을 알지 못했다. 무엇인가를 기원하는 마음에는 틀림없었지만 비를 간구하는 마음이라고는 생각되지 않았다. 기원을 가지고 있으면서도 그 기원이 무엇인가를 알지 못하는 것은, 그 기원이 남을 위한 것이 아니기 때문이었을 것이다.

자기 자신을 위한 기원── 그러면서 무엇을 어떻게 해달라는 뚜렷한 바람을 내세울 수 없는 기원이었다.

'내 마음을 깨끗이 해 주십시오.'

자기도 모르는 기원이란 이런 것이었으리라. 그미는 며칠 동안 자기·마음이 허(虛)해지기만 바라며 지내 왔으니까.

찬송가를 들었고 목사의 기도와 설교를 들으면서도 상회는 자기의 기원도 이루어지기를 바랐다. 예배가 끝나고 동네로 내려올 때 상회는 가슴이 두근거림을 느꼈다. 비어 있어야 할 자기 마음속에 무엇인가가 또 밀려들지 않을까 하고.

상회가 마을까지 다 내려왔을 때였다. 어디선가 여자의 째지는 듯한 소리가 들려 왔다. 울음소리가 아니었다. 혼자서 지르는 목소리도 아니었다. 싸움이 벌어졌다는 생각이 들었다. 싸움이라고 별로 없는 고요한 동네에, 그것도 여자끼리의 싸움이 벌어지다니? 있을 수 없는 일이라 생각하면서 상회는 목소리가 터져 나오는 곳을 향해 걸었다

누가 왜 싸우는 것일까? 동네 사정을 빤히 들여다보고 있는 상회로서는 상상할 수가 없었다. 그러나 싸움이 터지고 있는 숙대네 집 근처까지 가서 찢어지는 듯한 목소리를 가까이 들었을 때, 상회는 벌어질 것이 벌어지고야 말았구나 하는 생각을 했다.

목소리의 주인공은 문경도의 누이동생이었다. 서울 어떤 공장에 취직하러 간다고 떠났다가 그만 발을 잘못 들여놓아 양부인 노릇을 하다고 돌아온 여자다. 경도가 그 소문을 듣고 서울로 가 데려온 것이지만, 그미가 시골로 내려오자 동네 사람들의 멸시는 한시도 그미의 옆을 떠나지 않았다. 누구 하나 그미를 반겨 이야기해 주는 사람이 없었다. 물을 길러 우물엘 가도 모두가 외면을 했다. 품팔이를 가려 해도 그미만은 아무도 받아 주지 않았다. 그러나 그렇다고 반항할 수도 없는 처지였다. 그야말로 숨어살듯 집안에서 한 걸음도 나오지 못하고 살아왔다.

그러다가 이제 이 동네를 떠나 이사를 가게 되었으니 마지막으로 화풀이를 하는 것이리라. 상회는 뛰어서 숙대네 집 마당으로 갔다. 경도 동생이 숙대 엄마의 머리털을 움켜잡고 씨름하듯 버티고 서 있었다. 마을 여자들이 뜯어 말렸으나 말을 듣지 않았다.

하필이면 숙대 엄마와 싸우는 것인가? 숙대 엄마는 부인회 총무 일을 보는 부인회의 열성분자다. 상희는 그들 가운데로 가서 떼 놓으려 했다. 그런데 경도 동생이 놓지를 않았다. 왈칵 미운 생각이 들었다. 그래서 그미의 팔을 탁 치고 머리털을 잡은 손가락을 꺾어 머리털을 놓게 했다. 그러고 나서는,

"왜들 이러는 거요? 싸워두 여자답게 싸우지 못하구."

소리를 질렀다.

"뭐라꼬? 부인회 만들어 동네 예펜네들 이렇게 교육시켜 놓구두 여자답게 엠뱅할 년들."

경도 동생은 두려울 것 없이 함부로 말을 했다. 상희는 조금 화가 났다. 그러나 화난 대로 한다면 자기가 경도 동생과 맞붙어 싸우게 된다. 그럴 수는 없었다.

"왜 싸우는 거지요?"

상희는 딴 여자에게 싸움의 이유를 물었다. 가슴에 쌓였던 울분이 터진 것이었다. 즉 숙대 엄마가 대구 가면 또 양부인 노릇 할 수 있어 좋겠다고 한 말을 어디서 듣고 싸움을 걸어왔다는 것이었다. 상희는 이해할 수 있었다. 악밖에 남은 것이 없는 여자로서 취할 수 있는 마지막 행동이라 생각했다.

"곧 떠날 사람이 싸우구 떠날 거 뭐 있수? 갑시다."

상희는 그 여자의 팔을 잡고 그미의 집으로 끌고 갔다.

"마지막이니께 싸움이라두 하구 갈란다."

그 여자는 싸움이 미진한 듯 뒤돌아서려 했지만 상희가 억지로 끌고 갔다. 끌고 가면서 그미를 위로해 주는 말을 해야 한다고 생각했지만, 그 말이 통 머리에 떠오르지 않았다. 겨우,

"참아요. 자기 문제는 자기만이 책임져야 하는 거니까……."

하는 말만을 했다.

사실 그렇다. 그 여자가 양부인이 되기까지에는 그미 말고도 책임질 사람이 많다. 사회도 책임을 져야 할 것이고 부모나 친척도 져야 한다. 그리고 하느님까지도 책임을 져야 할 것이다. 그러나 져야 할 사람들이 책임을 져

주지 않으니 결국 책임질 사람은 당사자 하나밖에 없는 것이다.

사실은 상회도 책임을 져야 한다. 그미가 동네 부인들에게 멸시를 당할 때 부인회를 통해 그 멸시를 없애도록 노력했어야 할 것이었다. 그것을 못한 책임을 져야 한다. 그렇지만 이제 와서 책임을 진다고 하면 어떻게 져야 할 것인가?

"책임? 누가 책임을 져 달랬능겨? 아가리를 함부루 놀리지 말라는 거지."

"떠나면 그뿐 아니요? 기분 나쁘게 떠날 게 뭐냐 말이야? 아무것두 생각할 필요 없어요. 앞으루 떳떳하게 잘 살면 그뿐 아니겠수?"

경도의 집에 들어갔을 때 집안은 어수선했다. 이삿짐을 다 꾸려 놓은 집안이 장날 다음날 장터 같았다. 그 어수선한 방에 들어가자 그 여자는 목을 놓아 울었다. 억울해 못 살겠다는 것이었다. 누가 그런 짓 하고싶어 했겠느냐는 것이었다.

상회는 그미의 마음을 알 수 있었다. 그래서 미안하다는 말을 했다. 동네 부인을 잘 지도하지 못한 책임을 지겠다고 하면서. 그리고 다 지나간 일이니 잊으라는 말로 위로를 했다. 될 말이 아니었다. 지난 일이라고 해서 잊을 수가 있는가?

다시는 더 싸우지 않으리라는 생각을 하며 집으로 돌아왔지만 상회는 서글픔을 느꼈다. 경도 동생도 일종의 희생을 당한 여자다. 그 희생에 대해 책임져 주는 사람이 없을 때 결국 본인이 고독을 느껴야 한다. 좋은 의미에서나 나쁜 의미에서나 희생의 고독을 느끼며 살아야 하는 인간들.

세수를 하고 자기 방으로 들어간 상회는 부채를 부치며 방바닥에 누웠다. 찬물로 씻은 얼굴에 부채바람은 유달리 시원한 느낌을 주었다. 방바닥에서 올라오는 냉기는 피곤한 몸을 가볍게 해 주었다.

'고독하지는 말아야지.'

그미는 고독이라는 것이 자기에게 찾아올 것을 눈감고 걱정했다. 고독만은 싫었던 것이다. 어떤 일이 있어도 고독만은 하지 말아야 한다. 그 중에서도 희생의 고독을 받아들여서는 안 된다. 희생을 주고 고독을 받아야 하다니.

상희는 생각했다. 희생이 곧 고독은 아닐 것이 아니냐고. 고독이 곧 희생이라면 희생을 즐길 사람이 없다. 고독한 희생이란 보수를 바라는 희생일 것이다. 애당초 보수를 바라지 않고 바치는 희생이라면 거기에 고독이 따를 수가 없다. 그런데도 자기가 고독을 두려워한다면 자기의 희생 가운데 보수를 바라는 희생이 있었단 말인가?

그미는 종유를 생각했다. 종유를 위해 약간의 일을 했지만 그것을 가지고 희생이랄 수는 없다. 종유를 위해 희생한 것도 없는데 고독을 느끼는 까닭은 무엇일까? 그것이 희생이 아니라 해도 종유에게서 어떤 보수를 바랐었단 말인가?

상희는 스스로 얼굴이 붉어짐을 느꼈다. 자기도 모르게 가졌던 어떤 보수를 인정했기 때문이었다. 그러나 그미는 부채를 되게 움직였다. 마치 그러한 자기를 날려 보내려는 듯.

"네 아버지가 어제 오셨다가 오늘 아침 가셨다."

어머니가 들어와 묻지도 않는 이야기를 했다. 묻지도 않는 말을 하는 그 뒤에는 반드시 꼬리가 있는 법이다.

어머니는 아버지가 와서 진주에 적당한 남자가 있다는 말을 하더라면서,

"상처한 사람이래두 인품이 좋구 돈두 있다 하지 않드나……."
하고 구미가 당기는 자리라고 말했다.

상희는 이때까지 한 대로 한다면 듣기도 싫다는 말 한 마디로 거절했을 것이다. 아버지에게는 차마 그러지를 못했지만, 아버지에게서 들은 말을 가지고 대답을 독촉하는 어머니에게는 간단히 거절해 오곤 했었다. 그러나 이 날만은,

"뭣 하는 사람인데요?"

혼삿말이 있다는 그 남자의 직업에 관심을 기울이며 물었다.

"시청에 있다카드라."

"나이는요?"

"서른두 살이라든가?"

"전실 소생은?"

"그게 하나두 없다 하지 않나? 그런 자리 또 어디 있겠나 생각해 볼래?"

언제나 그렇지만 어머니는 놓치기 아까운 자리처럼 말했다.

"엄만 내가 그 사람하구 결혼을 했으면 좋겠수?"

상희는 마치 결혼할 의사가 있는 것처럼 물었다.

"하모, 네가 한 살 한 살 나이 먹어 가는 것이 속 아파 죽겠다이."

상희는, 그러니까 어디든 빨리 치워 버리고 싶다는 거지요 하고 반문했어야 할 것이었다. 그러나,

"생각해 보겠어요."

하고 어머니의 비위가 거슬리지 않게 대답했다.

이렇게 혼사 문제에 고분고분한 상희를 처음으로 본 어머니는 고마움과 아울러 어떤 연민감을 느꼈다. 이때까지 꼬장꼬장 반대만 해 오던 상희가 이번에는 어떻게 해서 고분고분해졌을까? 그렇게 마음이 변한 것은 무슨 까닭일까? 아무래도 무슨 연유가 있는 것 같았다. 그래서 종유 이야기를 넌지시 꺼냈다.

"조 선생이 총각이라면서?"

이 말이 나오자, 상희는 어머니를 똑바로 쳐다보았다. 그리고는,

"총각이면 나와 무슨 상관이 있어요?"

매몰스럽게 말했다.

어머니는 상희가 종유를 데리고 올 때, 딴 생각이 있는 것이나 아닌가 해서 속으로 기뻐했었다는 말을 했다. 그리고 둘이 결혼을 하면 꼭 어울릴 것 같다는 말도 했다.

상희는 미재 언니와의 관계를 털어놓고 싶었다. 그래서 자기와는 결혼할 수가 없는 사람이란 것을 이야기하고 싶었다. 그리고 앞으로는 영애 엄마와 좋아질 것이란 것을 이야기하면 속이 시원해질 것 같았다. 그러나 모두 이야기할 수 없는 일들이었다.

"엄마두, 누가 그런 생각을 하라구 그랬어요? 난 아무하구두 결혼 안 해요."

이렇게 말했을 때, 상희는 정말 종유가 자기와는 결혼할 수 없는 사람임

을 새삼 깨달았다. 미재 언니와 연애하던 사람을 어떻게 사랑한담. 사랑할 수 없는 사람을 가지고 공연히 혼자 신경질을 부리고 마을을 떠나기까지 했던 자기를 후회했다.

"헌수 씨."

그미는 헌수의 이름을 속으로 불렀다. 헌수에게 죄 되는 일을 했다는 마음이 들었던 것이다.

"'헌수 씨, 나는 아무하구두 결혼을 안 합니다. 안심하십시오."

속으로 뇌까리며 헌수와의 마지막 날 밤의 일을 회상했다. 내일이면 군대로 떠난다는 그 날 밤 상희는 헌수의 집에서 헌수와 같이 밤을 새웠다.

새벽 두 시까지 그들은 이야기를 했다. 두 시가 지나자 상희는 피곤을 느꼈다. 내일 먼 길을 떠나야 하는 헌수도 잠을 자야 한다고 생각했다.

"좀 주무세요."

그러나 헌수는 자려고 하지를 않았다. 날이 밝을 때까지 이야기를 하자고 했다.

"안 돼요, 주무셔야 해요."

상희는 옷을 입은 채 아랫목에 가 누웠다. 그때 상희는 헌수의 피곤을 생각해 주는 것처럼 행동했지만 속으로는 좀더 뜻깊은 밤을 만들고 싶은 욕망을 가지고 있었다.

상희는 잠을 청하는 체하고 눈을 감고 헌수의 행동을 엿보았다. 그러나 그는 까딱하지 않고 앉은 채였다. 얼마를 지나도록 그랬다. 상희는 애타는 가슴으로,

"왜 안 주무세요?"

하고 말을 건넸다.

"잠이 와?"

"피곤하실 텐데 왜 잠이 안 와요?"

"남자는 여자 앞에서 잠을 이루지 못하는가 봐……."

"남자는 이상하군요?"

자기도 잠을 못 이루면서 이런 말을 했다. 그리고는 자리에서 일어나 앉

았다.

'바보, 왜 잠을 못 자는 거야?'

속으로 이렇게 뇌까리며 헌수를 바라보았다. 갈망에 찬 눈초리로. 그 순간 헌수가 달려와 상희를 끌어안았다. 그리고 입맞춤을 했다. 상희는 눈을 감고 헌수의 애무를 달게 받았다.

"이젠 잠이 올 것 같아요?"

"글쎄, 모르겠어."

상희는 또 바보하고 속으로 중얼거렸다. 이제 떠나면 언제 만날지 모르는 사람들이었다. 그리고 만날 때는 결혼을 하게 될 사이다. 왜 잠을 이룰 수 있도록 마음대로 하지를 못할까? 그러나 헌수는 그것으로 그쳤다. 그 뒤 상희는 잠깐 잠깐 잤지만 자고 난 뒤 자기 몸을 살펴보아도 변한 데가 하나도 없었다. 헌수는 앉은 채 꼬박 밤을 새운 것이다.

상희는 헌수에게로 가서 목에 매달렸다. 그가 귀하게 생각되었던 것이다. 모든 것을 맡겼으나 하나도 가져가지 않은 헌수.

불만스럽기도 했지만 헌수가 존경스러웠다. 그가 죽은 뒤에도 그 존경심만은 변하지가 않았다. 그 존경심이 강한 그리움을 만들어 주었고, 강한 그리움이 그를 향한 굳은 의지로 변하게 주었던 것이다.

헌수를 생각하자, 상희는 또다시 이전의 자기로 돌아갔다. 헌수만을 생각하며 혼자서 살자.

상희는 그 날 저녁부터 열이 나기 시작했다. 몸살이었다. 무더운 여름이었지만 겨울 이불을 덮었다. 사다 두었던 아스피린을 먹었지만 열은 쉽게 내리지 않았다. 몸살을 앓을 만큼 고된 일도 한 것이 없는데 이상한 일이었다. 어머니는 혼잣말을 꺼내 혹시 마음에 충격을 준 것이나 아닌가 걱정했다. 그러나 그것을 따지고 물을 수도 없어 상도를 불러 왔다. 혼자 심심할 테니 와서 말벗이나 해 주라고. 그런데 상도는 곧 돌아가서 종유를 데리고 왔다.

"난 돌아오신 줄두 모르구 있었군요? 언제 오셨지요?"

종유는 병문안에 앞서 상희가 돌아와 있는 사실에 놀라는 것이었다.

"오늘 낮에 돌아왔어요."

"너무 과로를 하셨군요? 건강을 돌봐 가면서 일을 하시지 않구……."

"과로한 것두 없어요."

"병이란 내부의 고장이 밖으로 터지는 것이지만 본인은 그 원인을 모르는 수가 많지요."

종유는 넌지시 상희의 이마에 손을 얹었다. 그리고는 밤이 깊도록 상희 옆에서 떠날 줄을 몰랐다.

열에 떠 있으면서도 상희는 종유에게 영애 엄마를 만났느냐고 물었다.

"길 선생이 없는데 내가 혼자서 어떻게 그이를 만납니까?"

종유는 혼자서는 만날 생각도 못할 일이라는 듯이 말했다. 그럼 살림 준비는 어떻게 되었느냐고 물었을 때 그때도 종유는,

"뭘 준비해야 할지는 알아야지요. 길 선생이 돌아오기만 기다리구 있었습니다."

하고 그는 상희에게 전적으로 의존하고 있음을 밝혔다.

"하루가 바쁠 텐데요. 농사 준비두 해야 하잖아요?"

"그렇기는 하지만 무엇부터 해야 할지 엄두가 안 나누만요."

상희는 할 수 없다고 생각했다. 이제부터는 손을 떼고 자기 일만 하려고 했던 것이지만 자기를 절대로 필요로 하는 종유에게 당분간은 뒤를 봐 줘야만 한다고 생각했던 것이다.

"선생님두……."

"그러니까 빨리 나으세요."

"곧 나을 거예요."

그 뒤 상희는 종유에게 돌아가 자라고 했다. 몇 번이나 말했지만 종유는 상희가 잠드는 것을 보고야 가겠다고 했다. 상희가 잠이 들었다가 눈을 떴을 때도 종유는 상희 옆에 앉아 있었다.

"정말 가세요. 대단치도 않은 병인데…."

"내 걱정은 마시구 푹 쉬세요."

"옆에 계시면 잠이 와요?"

“환자는 외로울 때 도리어 잠이 안 올 겁니다.”

할 수 없었다. 안 가는 것을 어떻게 할 것인가? 날이 밝을 때까지 종유는 잠시도 상희 옆을 떠나지 않았다.

창이 훤하게 밝았을 때 상희는 눈을 뜨고 자기 옆에 그대로 앉아 있는 종유를 보고 미안한 마음이 들어,

“미안해요.”

하고 손을 내밀었다. 왜 손을 내밀었는지 몰랐다.

종유는 상희의 손을 잡아 주었다.

“열이 좀 내렸군요.”

손에서 오는 감각이 오직 열도(熱度)뿐이라는 듯이 말했다.

“기분이 좀 좋아진 것 같아요.”

상희는 종유의 손을 힘주어 잡았다. 종유도 손에 힘을 주었다. 그뿐이었다. 상희는 마지막 날 밤 헌수에게서보다 더 강한 것을 갈망했었다. 지금 그러한 갈망은 아니지만 종유에게도 무엇인가를 갈망하고 있는 것이었다. 그런데도 종유는 내민 손을 잡아 줄 뿐 아무런 움직임을 보여 주지 않았다.

서로 사랑을 한다고 해도 종유는 헌수와 꼭같이, 결혼하기 전까지는 아무것도 뺏어가지 않을 사람 같았다.

“선생님, 피곤하실 텐데 이젠 가세요.”

상희가 눈을 지그시 감았다. 입술이라도 뺏어가 주기를 바랐는지 모른다. 그런데도 종유는,

“곧 갈게요.”

할 뿐 손 하나 까딱하지 않았다.

‘목석은 아닐 텐데……’

‘미재 언니를 아직도 사랑하고 있는 것일까?’

‘내게는 조금도 애정을 느끼지 않는 것인가?’

상희는 혼자서 생각하며,

“이마를 짚어 주세요.”

종유를 바라보았다. 종유는 하라는 대로 이마에 손을 대고는,

"확실히 내렸는데요."

할 뿐이었다.

상희는 바보라고 꼭 한 마디만 말해 주고 싶었지만 종유가 어쩌면 헌수와 같을까 하는 생각에 눈시울이 뜨거워졌다. 종유는 어째서 헌수보다 조금도 악하지가 못할까?

가짜 인생

점심을 먹고 들어온 심 상무는 사무실 소파에 앉아 신문을 펴 들었다. 아침 출근을 해서, 정치 경제 기사를 읽을 때 제목만 보아 두었던 사회면 기사를 읽기 위함이었다.

어떤 국군 장교의 순직(殉職) 미담. K대위는 전투 훈련 중 수류탄이 잘못 폭발되어 부하 사병의 생명이 위험하게 된 순간, 자기 몸으로 그 수류탄을 덮어 안고 순직함으로써 부하 사병의 목숨을 건졌다는 기사였다. 사회면 기사는 제목만 읽을 뿐 기사 내용까지 읽지 않는 것이 심형구의 버릇이었다. 그런데도 이 기사만은 처음부터 끝까지 내리 읽은 것이다. 그것은 그런 인간도 세상에 있었던가라는 의심이 생겼기 때문이었다.

요즘은 소설 가운데서도 그런 인물을 찾아볼 수가 없다. 혹시 소설에나마 그런 인물이 나온다면 독자들은 신파조(新派調)라고 해서 그런 인물을 도리어 조소의 대상으로 삼을 것이다.

그런데 몇 세기를 두고 중단되었던 진짜 인간이 우리 나라에서 나왔다. 죽을 줄 알면서도 수류탄을 몸으로 덮어 누르다니. 그래서 자기 육체는 산산조각이 났다. 그 결과 위험했던 부하들은 하나도 죽지를 않았다. 어쩐지 현실적 이야기가 아니고 전설(傳說) 같은 이야기였다.

가짜 물건이 많기로, 요즘 시대보다 더한 때는 없을 것이다. 인간도 마찬가지다. 선량한 것처럼 모두 위장을 하고 있지만 속을 들여다보면 진짜 알

맹이는 하나도 없다. 그래서 시대와 인간 전부가 불신을 당하고 있다.

심 상무는 생각했다. 자기 친척도 아니다. 동생도 아닌 아주 남을 위해 자기 살과 뼈가 산산조각이 날것을 알면서도 수류탄을 안고 죽을 사람이 또 있을까 하고. 자기로서는 생각할 수조차 없는 일이었다. 원자탄이 터져 모두가 죽게 되었다 해도 자기만은 살 구멍을 찾으려 할 것 같았다.

이런 생각을 하고 있을 때 용수가 총무과 서류를 가지고 결재를 맡으러 왔다.

내 뺨을 때린 여자.

그렇지만 서류에 결재를 안 할 수는 없었다. 아무 말 않고 도장을 찍고 있는데 옆에 서 있던 용수가,

"오늘 저녁 시간 내실 수 있겠어요? 제가 저녁을 사겠어요."

수줍음도 없이 말했다.

형구는 얼핏 이 여자도 가짜구나 하는 생각을 했다. 따귀를 때렸으면 그뿐이지 뭣 때문에 저녁을 산다는 것이냐? 가짜라는 생각에 불쾌감을 느꼈지만 그는 그 가짜를 이용해도 무방하리란 생각을 했다. 따귀 때린 데 대해 미안감이 크면 클수록 자기 요구를 물리치지 못할 약점을 가지고 있다.

"제만사하구 동석을 하지."

승낙을 하고 만날 시간과 장소를 약속했다. 용수는 고맙다는 인사를 한 뒤 서류를 들고 나갔다. 형구는 가짜 인생을 이용하려는 자기가 좀더 심한 가짜라는 것을 생각했지만 그것이 또한 인생이 아닌가 하고 자위를 했다.

용수가 안내한 곳은 무교동에 있는 어떤 일본식 음식점이었다. 형구가 이런 음식점에 올 때는 반드시 2층 조용한 방으로 갔다. 그러나 용수가 낸다는 저녁을 얻어먹으면서 비용이 많이 드는 독방을 요구할 수는 없었다. 홀에서 여러 손님들과 같이 테이블에 앉아 음식도 그리 비싸지 않은 도시락을 청했다.

용수의 돈으로 저녁을 간단히 먹고 그 답례로 딴 데를 또 갈 궁리였다. 음식을 먹기 시작할 때 용수가,

가짜 인생　255

"정말 미안했어요."

하고 전날 따귀 때린 이야기를 꺼냈다.

"그만둬. 그 이야기는……."

"그런데두 저를 처벌하시지 않는 상무님의 관대성에 놀랐어요."

"그만두라니까. 자꾸 그러면 내 모욕감이 되살게 되니까……."

형구는 용수가 보복적 행동에 걸리지나 않나 하고 겁내고 있었음을 짐작했다. 당연한 일이겠지만 그러한 그미의 약점을 보고 흐뭇이 생각하며 그 이야기를 막았다. 그러는 것이 자기의 관대성을 더 크게 보이는 것이 되기 때문이었다.

음식을 다 먹자 형구는 자기가 속셈했던 대로 용수를 조용한 데로 데리고 가려 했다. G호텔 지하실 바를 생각하고 있었다. 용수하고는 가 보지 못한 곳이기도 하지만 그루미한 조명 밑에서 리큐르를 마시며 이야기하고 싶었던 것이다.

여자와 친밀해지는데 가장 효과적인 분위기를 조성해 주는 곳이라고 생각했다. 뭐니뭐니 해도 분위기가 중요하다. 분위기만 좋으면 아무리 의지가 굳은 여자도 마음이 변한다. 더구나 용수는 자기의 관대성에 진심으로 감사를 느끼고 있는 중이다. 그런데 용수는 뜻밖에도,

"제 날은 제 날로 끝내게 해 주세요."

하고 같이 가기를 거절했다.

"미스 차의 날이라니?"

"오늘은 제가 저녁을 내지 않았어요? 그러니까 선생님의 날과 혼합하고 싶지가 않다는 말씀이죠. 선생님의 날은 다음으루 미뤄 주세요."

그것이 무슨 논리냐고 말이 성립되지 않음을 지적했지만 용수는 웃는 얼굴로 끝까지 고집했다. 형구는 그미의 팔을 잡아끌며,

"오늘은 시간만두 빌려 줄 수가 없다는 건가?"

하고 강인히 유혹했지만 용수는 막무가내였다.

"시간은 얼마든지 있지만 저녁을 제가 샀기 때문에 안 되겠어요."

"저녁값까지 내가 내지."

"그랬으면 좋겠지만 그럴 수야 있어요?"

끝까지 웃는 낯으로 거절하는 데는 할 수가 없었다.

형구는 모두가 다 가짜라는 것을 생각하며 그미와 헤어졌다. 그리고는 혼자지만 단골로 다니는 S바로 갔다. 그런 데 있는 여자가 인간적인 면에서는 도리어 진짜라는 생각을 하면서……. 자기 자신을 가짜로 인정하면서도 그는 진짜에 대한 향수를 느끼고 있는 모양이었다.

바로 들어가자 그는 단골로 부르던 여자 대신 지난번 와서 얼굴만 본 풋내기 여자를 불렀다. 머리도 요란스럽게 만들지 않고 수수한 단발머리인데다가 입술에는 립스틱 칠도 안 한 여자였다. 옷도 요란치가 않았다. 숙자라고 했다. 숙자는 형구 자리로 오자 머리를 숙여 깍듯이 인사를 했다. 모든 것이 아직 이런 사회에 물이 들지 않았음을 보여 주었다. 형구는 술을 마시면서 언제부터 바에 나왔느냐 물었다. 한 달 좀 지났다고 대답했다. 부모와 의사가 맞지 않아 집을 뛰쳐 나왔더니 갈 곳이 없더라는 말까지 덧붙였다. 형구는 구미를 당기지 않을 수 없었다.

형구는 속도를 내어 술을 마시고 취기를 빨리 오게 했다. 숙자에게도 술을 권했지만 그미는 아직 술을 배우지 못했다고 거절했다. 이런 데 나온 여자 가운데서는 진짜란 생각이 들었다. 그는 아직 시간이 이르기 때문에 숙자에게 백 원짜리 한 장을 주고 귤을 사 오라고 했다. 숙자는 보이를 심부름 시키지 않고 손수 밖으로 나갔다. 그리고 십 분이나 지나서야 귤을 들고 돌아왔다. 왜 늦었냐고 물었더니 근처에서는 비싸게 부르기 때문에 미도파 앞까지 뛰어갔다 왔다고 했다. 정말 진짜 같았다.

열 시가 조금 지나 형구는 회계를 했다. 술값 외 팁을 천 원 주었다. 숙자는 정말 고마워했다. 보통 이삼백 원밖에 받아 보지 못했다는 것이었다.

그는 회계를 하고 난 뒤에도 그냥 앉아 있었다. 이제부터 교섭을 시작하는 것이었다.

"어때? 호텔루 갈까?"

단도직입적으로 교섭을 했다. 바에 있는 여자에게는 정치적인 교섭이 필요 없는 것을 잘 알고 있기 때문이었다.

"저 어린 동생하구 같이 있어요. 제가 안 가면 그 애가 잠을 못 자요."

숙자는 이런 말로 거절했지만 형구에게 곧이들릴 까닭이 없었다. 부모와 싸우고 집을 나갔다는 여자가 어떻게 동생을 데리고 있을 것인가? 형구는 뒤에 놈팽이가 달려 있는 여자라고 단정했다. 잘못 건드렸다가는 신세를 망치게 된다.

"그래? 그럼 할 수 없구만……."

형구가 단념을 하자 숙자는 형구의 가슴에 매달리며,

"미안해요. 다음에는 동생에게 미리 말해 두구 나올게 며칠 뒤 오세요. 네, 꼭."

하는 것이었다. 이것만은 능숙한 태도였다.

"알았어."

듣는 둥 마는 둥하고 바를 나오려고 하는데 전부터 잘 알고 있는 연미가 따라나오며,

"이 집에 와서 저를 안 찾는 수두 있군요?"

뼈가 있는 농담을 했다.

"응, 아다라시를 하나 냠냠해 보려구!"

"웃기지 마세요. 이런 데 아다라시가 어디 있노? 그 애 그래뵈두 바 경력이 삼 년이라우."

"그래?"

"남자들은 참 순진하셔. 일부러 수수하게 채리구 다니는 걸 모르거든. 새 것이 뭐 그리 좋아서……."

"맞다. 네 말이 맞다. 나하구 같이 가자. 난 네가 제일이다."

그래서 형구는 연미를 데리고 ××호텔로 갔다.

호텔에 들어가자 그는 곧 미재에게 전화를 걸었다.

"마짱을 하구 있는데 곧 들어가게 될 거야."

"그래요?"

전화는 극히 간단했다. 옆에서 전화를 듣고 있던 연미가,

"수속이 간단하군요?"

빈정대듯 웃었다.

"복잡하게 살 거 없잖아."

이렇게 대답하면서 형구는 미재가 전혀 입 밖에 꺼내지도 않는 비밀을 가지고 있는 이상 자기가 그런 거짓말에 자책을 느낄 필요가 없다는 생각을 했다.

"목욕부터 할까요?"

연미가 옷을 벗기 시작했다. 형구도 옷을 벗기 시작했다. 알몸뚱이가 된 두 남녀가 방에 붙어 있는 배스 룸으로 들어갔다.

욕실도 좁았지만 탕은 두 사람이 함께 들어갈 수 없을 만큼 좁았다.

"먼저 들어가세요."

연미가 양보를 했다.

"왜, 먼저 들어가지."

형구도 사양하는 체했다.

"여자가 먼저 들어갈 수 있어요?"

직업여성이 남자에 대한 예의를 더 잘 지킬 줄 아는데 만족을 느끼며 형구는 탕 속으로 들어갔다. 형구가 탕 속에 몸을 담그고 있는 동안 연미는 뒤로 돌아앉아 물을 몸에 끼얹고 있었다. 기다란 목, 목의 하얀 피부보다도 더 하얗게 보이는 등, 겨드랑에서 하복부로 내려간 부드러운 선.

"원수를 졌나? 왜 돌아앉았어?"

형구는 여자의 전면이 보고 싶었던 것이다.

"선생님두……."

부끄러운 듯 말했으나 연미는 탕의 물을 뜨며 몸을 돌리고는 그냥 형구와 마주 앉았다.

형구는 남자의 요구에 무조건 고분고분한 연미에게 일종의 애정 같은 것을 느꼈다. 나를 즐겁게 해 주는 여자는 무조건 좋은 여자란 생각도 들었다. 세상 모든 여자가 다 내 말을 잘 들어 주었으면…… 가까운 곳에 있으면서도 자기의 말을 들어 주지 않는 용수를 설득시키는 방법은 없을까? 돈이면 무조건 고분고분한 여자에게보다 학식도 있고 개성이 살아 있는 여자에게 홍미를 느끼고 용수를 가까이했던 것이지만 끝내 용수에게는 성공을 하지 못하고 말았다.

학식이 조금 있다고 해서 남자의 말을 잘 듣지 않는 여자의 마음은 어떤 것일까? 결국 자기를 지키려는 마음 때문일 것이다.

자기를 지킨다는 것은 어떤 것일까? 연미 같은 여자는 자기를 지키지 않는단 말인가? 누가 칼을 들고 죽인다고 하면 연미도 결사적으로 대항할 것이다.

목숨을 지키려는 마음은 마찬가지다. 그렇다면 학식을 가진 여자는 생명 말고 또 다른 것을 지키려는 것이겠지. 소위 정신이라는 것 말이다. 정신을 지키는 체하며 거기에 가치를 부여하는 거겠지. 마음대로 하라지. 이미 타락해서 지옥에 떨어진 정신, 그래서 이중 삼중의 껍질을 쓰고 있는 정신을 얼마나 지키나 두고 보자. 형구는 용수를 언제라도 손아귀에 넣고야 말리란 생각을 하며 연미의 두드러진 가슴팍을 꼬집었다.

"아야."

"난 또 가짜라구? 진짠가 분데…."

"것두 가짜가 있어요?"

"성형수술을 해서 크게 만든다면서?"

형구는 언젠가도 연미와 같이 잔 일이 있기 때문에 그것이 가짜가 아니라는 것을 알고 있으면서도 그미를 경멸하는 말을 한 번 해 본 것이었다. 그런데도 연미는 조금도 화를 내지 않을 뿐 아니라, 도리어,

"빨리 나오세요. 등을 밀어 드릴게……."

하고는 형구를 탕 속에서 나오게 하고 등을 밀어 주었다. 등을 밀다가는 형구를 뒤로 안고,

"상무님……."

하고 형구를 불렀다.

"왜 그래?"

"그냥 불러 본 거예요."

연미는 육체 속에서 무엇인가가 끓어오르는 모양이었다. 형구도 구미가

당겼다.

"빨리 밀구 나가."

침대로 나와 앉았을 때 연미가 마른 수건으로 형구의 얼굴을 닦아 주었다. 그리고는 '불을 끌까요.' 하고 물었다.

"불은 왜 꺼?"

그들은 불도 끄지 않은 채 침대 속으로 들어갔다.

다음날 아침 형구는 연미에게 돈 천 원을 주어 돌려 보낸 뒤 자기는 회사로 출근을 했다. 사무실에서 아침 신문을 읽으며 그는 유쾌했던 어젯밤의 일들을 생각했다.

한잠을 자고는 목욕을 했다. 목욕을 세 번이나 했는데도 아침 조반을 먹을 때 연미는 하루쯤 결근을 해서는 안 되느냐면서 출근을 하지 말라고 했다. 물론 자기도 좋으니까 그런 거겠지만 좋은 것을 좋다고 솔직하게 표현함으로써 상대방을 즐겁게 해 준다는 것은 자기 인생을 있는 그대로 사는 데서만 볼 수 있는 일이다. 있는 그대로 산다는 것이 얼마나 유쾌한 일인가? 그러나 또한 얼마나 힘든 일인가?

그런데도 자기는 천 원밖에 안 주었다. 무척 인색했다고 생각했다. 좀더 많은 돈을 주었다면 다음 기회에 그미는 좀더 자기를 즐겁게 해 줄 것이 아닌가?

형구는 다음에 바로 찾아가서 돈을 좀더 주리라 생각했다. 아무 이유 없이 많은 돈을 팁으로 주면 더 기뻐할 것이다.

형구는 새로운 진리나 발견한 것처럼 빙그레 웃었다. 돈을 싫어하는 여자가 어디 있을 것인가? 제 아무리 용수라 해도 돈을 주면 좋아할 것이다. 돈을 주면 자기도 무르게 마음이 변할 것이다.

그는 어떤 방법으로 용수에게 돈을 줄 것인가 그 방법을 생각하기 시작했다. 섣불리 주었다가는 도리어 반발을 일으키기 쉽다. 반발을 일으키지 않도록 교묘한 방법을 써야 한다. 그런데 그 교묘한 방법이 잘 생각나지 않았다. 얼마 동안을 궁리하다가 그는 마침내 사무실을 나와 명동 어떤 양장점으로 갔다. 거기서 여자양복 값을 알아본 뒤 칠천 원짜리 상품인환권을 사 가지고 돌아왔다. 그런 것은 사람을 시켜서 사 올 수도 있는 일이지만 비밀스럽게 하는 것이 좋을 것 같아 손수 사 가지고 온 것이다.

형구는 사 가지고 온 인환권을 책상서랍 속에 넣고 그것을 언제 줄 것인가를 생각했다. 일부러 용수를 불러다가 준다면 용수는 반드시 주는 뜻을 의심할 것이다. 서류를 결재 받으러 올 때 주자. 그것도 몇 번은 아주 냉정하게 보이다가 며칠이 지난 뒤에 주자.

만약 첫번 것을 받기만 하면 두 번 세 번 째 것을 안 받을 수 없게 될 것이다. 두 번 세 번 받으면 제 아무리 돌덩이 같은 여자라도 마음이 변하게 되겠지.

이런 생각을 하고 있을 때 동생 혜미에게 전화가 왔다. 혜미도 다짜고짜로,

"오빠, 오늘 점심 사 주시겠어요?"

하는 것이다.

형구는 혜미가 경화 만난 이야기를 하려는 것이리라는 생각에,

"그러렴."

하고 간단히 대답했다. 그런데 혜미는,

"좀 모양을 내구 나오세요. 멋진 일이 있으니까."

하고 호호 웃는 것이었다.

"멋진 일이라니?"

"그건 나와 보셔야 알 일이에요."

그리고는 열두 시 ××그릴에서 만나자는 말을 하고 전화를 끊었다. 형구는 변덕스런 혜미의 일이라 점심을 얻어먹고 싶어 그러는 것이리라고만 생각했다.

그런데 열두 시가 되어 약속한 그릴에 갔을 때 형구는 혜미가 어떤 젊은 여자와 같이 와 있는 것을 보고 혜미가 어떤 연극을 꾸미고 있음을 짐작했다.

무슨 연극일까 하고 그들 옆에 가 앉았을 때 혜미가,

"제 친구의 동생이에요. 이름은 정명보구요."

하고 젊은 여자를 소개했다.

형구는 혜미가 자기를 소개하기 전에,

"저 심형구입니다."

하고 정명보에게 허리를 굽혀 인사를 했지만 혜미가 무엇 때문에 명보를 데리고 왔는지를 이해할 수 없었다.

아무리 흉허물 없는 형제라고 해도 친오빠에게 오입을 하라고 여자를 소개해 줄 동생이 있지 않을 것이다.

혹시 취직 부탁을 하는 여자나 아닐지? 그렇다면 모양을 내고 오라는 말은 무엇 때문에 했을까? 통 알 수 없는 일이었다.

경화를 만나 보라고 부탁했었는데 그 이야기는 꿩 구어 먹은 소식이고 뚱딴지 같은 여자를 데리고 왔으니 형구로서 어리둥절하지 않을 수 없었다.

"미스 정은 S대학교 영문과를 졸업했어요. 오빠 회사에 취직시켜 줬으면 해서……."

할 때야, 형구는 역시 그런 부탁이었구나 하는 생각으로 안심을 했다. 그러나 취직을 시켜 달라면서 모양을 내고 오라는 등 점심을 사라는 등 하는 것은 이쪽을 너무나 얕잡아 보는 일이다.

"사람을 아무데나 쓰나?"

형구는 취직이 불가능하다는 것을 분명히 밝혔다. 듣기 좋은 말을 해 주고 싶지 않을 만큼 불쾌했던 것이다.

"당장에 시켜 달라는 건 아녜요. 기회를 봐서 시켜 달라는 것이지."

혜미가 이렇게 말하는 데는 그 이상 더 야박하게 말 할 수가 없어,

"글쎄, 두구 보지."

정도로 이야기를 흘려 버렸다.

"꼭 취직해야 할 형편은 아녜요. 심심해서 그러는 거지."

혜미가 농담처럼 말했다.

"꼭 취직해야 할 사람두 취직을 못하는 세상인데……."

"오빠두 신사의 에티켓을 좀 지키세요."

"에티켓을 몰라 미안합니다."

형구는 명보에게 고개를 끄떡했다.

"솔직하셔서 좋아요."

처음으로 명보가 입을 열었다. 형구에게서 악인상을 느끼지 않은 모양이었다.

"자주 사무실로 찾아가 부탁을 해. 그렇게 야무지지 못한 오빠니까, 청을 들어 주고야 말 테니까……."

혜미가 충동질 비슷하게 말할 때 명보가 웃으면서 형구를 쳐다봤다.

"찾아가두 괜찮을까요?"

"오시는 건 자유니까요."

형구가 그리 달갑잖게 말하는데도 명보는,

"고맙습니다."

마치 형구의 말을 환영한다는 말로 착각한 듯이 미소를 지었다.

식사를 마치자 혜미가 차를 사라고 해서 다방까지 갔지만 형구는 끝까지 명보에게 흥미를 느끼지 못했다. 다방에서 나와 헤어질 때,

"잘 먹었습니다."

하고 명보가 인사를 했지만 형구는 점심 산 돈이 아까울 정도였다. 흥미 없는 여자에게는 한 푼도 쓰고 싶어하지 않는 인색한 형구였던 것이다. 형구는 명보에게 대답을 하는 대신 혜미에게,

"넌 내 부탁을 잊어버렸니?"

하고 경화 이야기를 꺼냈다. 형구는 얼마 전 혜미가 이혼을 한다고 하여 집으로 왔을 때 경화를 한 번 만나 봐 달라고 부탁했었다. 그 날 아무 말도 않고 자기 남편에게 돌아갔다가 다시 왔을 때 형구는 재차 혜미에게 경화를 만나 보라고 말했다. 그 뒤 며칠이 지나 오늘 처음 만났는데도 혜미는 그 이야기를 통하지 않았던 것이다.

"하나마난 걸요, 뭐."

혜미는 보고할 건덕지가 없다는 듯이 말했다.

"그래두 갔다 온 보고는 해야지 않니?"

"어제 갔어요. 그렇지만 경화 오빠라는 치 말예요. 경화의 이야길 전혀

듣지 않는데요. 돈 일이십만 원에 떨어질 작자두 아닌 것 같던데요. 그의 오빠를 만났다면서요?"

"만났지. 전화두 몇 번 왔구. 또 찾아올 거야. 그래서 너보구 가 보란 거 아니냐?"

"경화의 오빠라는 치를 직접 만나려구 했어요. 만나기만 하면 넉아웃 시킬 자신이 있거든요. 그렇지만 만날 필요가 없게 된 거 아녜요."

"필요가 없게 되다니?"

"오빠두 왜 이러슈? 미재 언니가 경화의 애를 데려갔다면서요?"

"뭐?"

형구로서 금시초문의 말이었다.

"아니 그래, 저한테 시침을 떼시는 거예요?"

"나는 그런 말 지금 처음 듣는다."

"그럼, 언니가 그 애를 딴 데다 갖다 놓구 기른단 말예요?"

"난 알지두 못한다니까……."

"참, 이상한 부부야. 난 오빠가 시켜서 한 일인 줄만 알았는데……."

"글쎄 말이다. 어째서 나한테는 의논두 안 하구 그런 짓을 했을까?"

"그러니까 빨리 의논을 하세요. 그런 일을 오빠하구 의논두 없이 하는 여자가 어디 있어요? 미재 언니는 그 애를 오빠 모르게 양육함으로써 오빠를 괴롭히려는 거예요. 그게 다 종유라는 사람을 마음속에 사랑하구 있기 때문이거든요. 그 애를 데려오구 난 뒤에라두 오빠에게 그 이야길 해야 할 거 아녜요. 이야기두 안 하는 건 얼마 뒤에 알려야 오빠가 당황해 할 것이니까 그런 걸 거예요, 오빠. 오빠가 빨리 딴 여자와 결혼해야 한다구 생각했어요. 아직두 오빠를 사랑하구 있는 경화가 장차 또 오빠를 괴롭힐 것 같았어요. 경화가 괴롭힐 수 없도록 하려면 오빠가 행복한 부부 생활을 해야 해요. 그래서 오늘 제 친구의 동생을 오빠에게 소개한 거예요. 아시겠어요."

혜미가 길게 이야기하는 동안 형구는 미재를 생각했다. 자기가 하는 일을 좀체 이야기하지 않는 미재가, 그렇지만 경화의 애를 데려온 데 대해서만은 한 마디라도 했어야 할 것이 아닌가? 혜미의 말대로 자기를 괴롭히기 위해서일까? 그렇게 생각되지는 않았다. 정말 괴롭히려면 애를 데려오지 말아야 한다. 그래야 경화의 오빠 청화가 그 애를 미끼로 자기를 괴롭힐 것이 아니겠는가? 미재가 경화와 공모해서 애를 데려온 것은 청화가 난동을 부리지 못하게 함이라고밖에 볼 수 없는 일이었다. 사실 미재는 자기를 괴롭히려고 계획적인 책략을 꾸밀 만큼 악독하지 않은 여자다. 그 증거로 큰애 성배의 엑스레이를 찍은 뒤부터 그미는 성배를 자기 방으로 데려다가 같이 자면서 성배의 건강에 극력 신경을 기울이고 있다. 전에 볼 수 없던 일로 저녁이면 일찍 일찍 돌아왔다. 애를 그렇게 걱정하는 여자가 어찌 남편에게 악독한 일을 할 것인가?

"너는 왜 이혼을 못 하구 남의 이혼에 등이 달았니?"

형구는 혜미를 불쾌한 얼굴로 바라보았다.

"저두 이혼을 해요. 머지않아 할 테니 두구 보세요."

혜미는 자기나 형구가 다 같이 이혼해야 할 운명인 것처럼 단호하게 말했다.

"너나 빨리 해라."

형구는 자기와 아무 관계없는 일처럼 냉정하게 말했다. 혜미가 아무리 자기의 이혼을 권한다 해도 미재와의 이혼을 생각하기 싫었기 때문이었다. 자기가 용수를 건드리려는 것은 오직 정복욕 때문이다. 그 이상 아무것도 없다. 직업여성들을 돈으로 사는 것도 그 비슷한 욕망을 채우기 위함이다. 세상에 결혼할 만한 이상적인 여자가 어디 있는가? 비록 애정은 없다고 해도 평지풍파를 일으킬 필요는 없다. 자기의 자유를 조금도 구속치 않는다는 점만으로도 미재는 높이 평가해야 할 여자다.

"이혼하구 올 테니 너무 구박 마세요."

그래도 형구는 혜미의 말을 귀담아 듣지 않았다. 바로 며칠 전에 이혼을 한다고 애들까지 데리고 왔다가 그 날로 돌아간 혜미였으니까. 그래서 마음대로 하라고 했더니,

"애들은 안 데리구 오겠어요. 오빠한테 폐만 될 걸 뭐."

혜미는 형구를 단단히 의지하려는 눈치였다. 그래도 마음대로 하라는 식

으로 맞장구를 치지 않고 있을 때 혜미가 명보 이야기를 꺼냈다.

"명보, 참하지요? 인물두 괜찮지만 마음이 착해요. 한 번 사귀어 보세요."

"사귀어서는 뭣 하니?"

"오빠에게 결혼 자격이 없단 말씀이죠? 걱정 마세요. 그건 제가 다 이야기 해 놨으니까요. 아무때라두 이혼만 하면 되니까요. 그 애 벌써 스물여덟인걸요. 총각한테 시집갈 생각은 벌써 단념하구 있어요."

"그만둬라. 생활이 곤란한 여잔가 보구나."

"그럼, 부잣집 딸이 아직 이혼두 안 한 오빠에게 흥미를 갖겠어요?"

형구는 그 이상 더 듣고 싶지가 않았다. 특히 명보를 소개한 혜미의 흑심이 들여다보여 불쾌했던 것이다. 자기가 소개한 여자와 결혼을 시켜 놓고 덕을 보자는 눈치가 너무나 빤히 들여다보였던 것이다. 형구가 빨리 들어가야 한다고 사무실 핑계를 한 뒤 다방을 나올 때,

"아무때라도 보따리 싸 가지구 갈게요."

혜미가 동의를 구하며 쌩긋 웃었다.

"마음대루 해."

형구는 혜미와 헤어져 사무실로 돌아왔다. 사무실에 들어가자 기다리고 있었던 듯 용수가 서류를 가지고 왔다.

"점심을 너무 오래 잡수셨네요."

"좀 그럴 일이 있어서……."

형구는 용수의 농담에 의식적으로 냉정한 태도를 보였다. 그리고는 근엄한 태도로 서류를 한 장 한 장 읽으며 도장을 찍어 나갔다. 용수가 범접할 수 없을 만큼 그미에게 무관심한 태도였다. 도장을 다 찍자 이번에는,

"수고하셨습니다."

하고 상무로서의 존엄성을 나타냈다. 용수는 끝내 딴말을 꺼내지 못하고 나갔다. 용수가 나가자 형구는 두고 보자 하고 속으로 혼자 벼르는 것이었다.

이 날 형구는 퇴근을 하자 일찌감치 집으로 돌아갔다. 어젯밤 외박을 했기 때문에 일찍 돌아가야 할 의무감 같은 것을 느꼈던 것이다. 의무감 같은

것을 느끼면서도· 미안감 같은 것은 별반 느끼지 않았다. 그것은 미재가 바가지를 긁는 일이 없다는 것을 알고 있기 때문이었다. 미안감을 느끼지 않으면서도 그는 집에 들어가는 길로 미재가 있는가 없는가를 살폈다. 그미는 아직 귀가하지 않고 있었다. 있는 것보다 없는 편이 좋았다. 그러면서도 요새 매일처럼 일찍 돌아오던 미재가 오늘은 어찌된 일일까 하고 생각했다. 형구는 충실한 남편이 되기나 한 것처럼 다방으로 전화를 걸었다. 일찍 귀가한 남편의 아내 걱정하는 마음을 보라는 듯이. 그런데 전화에 나온 미재가,

"오늘밤 좀 늦겠어요."

부드러운 것 같으면서도 냉정하게 말했다.

그것은 자기가 외박을 할 때,

"나 마작을 하는데 못 들어갈 거야."

하던 말과 너무나 흡사했다. 사실은 그보다 좀더 매몰스러웠다. 자기는 마작을 한다고 외박하는 이유를 설사 거짓말이라도 꾸며대는데 미재는 늦게 들어온다는 이유에 대한 한 마디의 말도 없다.

그러나 어젯밤 외박하고 온 자기로서 늦게 들어온다는 이유를 따져 물을 수가 없었다. 더구나 외박한다는 것도 아닌데……. 그래서,

"그래!"

외박한다고 할 때 미재가 쓰는 말을 그대로 옮기는 수밖에 없었다. 어쩔 수 없는 일이었지만 형구는 집안 꼴이 잘 된다고 생각했다. 남편이 하루 외박하면 다음날엔 아내가 집을 비운다. 집은 누가 지키는 것인가?

그는 무식하고 개성이 없는 여자와 결혼했더라면 하고 생각했다. 오직 남편에게만 운명을 걸고 사는 전통적인 여자와 결혼했다면 자기가 어떤 것을 하던 아내는 최소한도 집을 지켜 줄 것이다. 그런 여자가 무엇이 나쁘다는 것인가?

날이 흐려 어둠이 빨리 왔다.

형구는 옷을 갈아입고 애들 방으로 갔다. 애들 셋이 가정교사와 같이 공부를 하고 있었다. 그는 우선 작은 두 애에게로 가서 머리를 쓰다듬어 주며,

착하다고 칭찬을 해 주었다. 그리고는 성배에게 공부를 너무 하지 말라고
걱정을 했다. 너그럽고 인자한 아버지였다. 어머니 없는 애들의 아버지가 된
것 같은 기분을 스스로 자아냈던 것이다.

너그럽고 인자한 아버지가 됨으로써 애들이 그들의 엄마에게 대해 반항
심을 갖도록 하고 싶은 불순한 마음이었을지도 모른다. 불순한 마음을 가
지고 있기 때문인지 그는 너그럽고, 인자스런 태도를 오래 보여 줄 수는
없었다.

곧 애들 방을 나와 발코니로 갔다. 어두운 것이 싫었던 것이다. 유리 지붕
에 사면이 유리창으로 된 발코니는 그래도 전등불 밑보다 밝았다.

그는 하늘을 쳐다봤다. 구름이 잔뜩 끼어 있었다. 오래간만에 보는 구름
이었다.

'비나 쏟아졌으면……'

비를 기다리는 것은 농촌 사람이나 도시 사람이나 마찬가지다. 그러나 지
금 형구가 바라는 비는 한발을 막는 비가 아니었다. 마음의 우울을 씻게 하
는 비였다.

종유가 시골에 있으니 특별히 만날 남자가 있는 것은 아니다. 그렇지만
여자는 집을 지켜야 하는 것이 아닌가? 남편이 일찍 돌아오면 남편보다 먼
저 집에 와서 남편을 기다리고 있어야 하지 않는가?

형구는 주먹으로 자기 이마를 탁탁 쳤다. 미재를 기다리는 마음이 울적으
로 변하고 있는 자기 자신이 비정상적으로 생각되었기 때문이었다. 미재가
주는 즐거움보다도 딴 여자들이 주는 즐거움으로 살아가고 있는 자기다. 미
재를 깊이 생각할 까닭이 무엇인가?

그는 어젯밤의 연미를 비롯해서 자기를 즐겁게 해 준 여러 여자들을 생각
하기 시작했다. 그런데도 문득 문득 미재 생각이 났다. 좀더 내게 충실한 아
내가 되어 주었으면 하고. 그럴 때마다 그는 또 자기 이마를 때리곤 했다.

하늘이 새까매졌다. 정말 비가 오려는 모양이었다. 바람이 획 유리창
을 때렸다. 모래알을 뿌리는 소리가 났다. 그때였다. 현관의 벨 소리가
울렸다. 형구는 미재가 온 것은 아니라고 생각했다. 그미는 벨을 누르지

않고 대문을 흔든다. 누굴까? 식모와 같이 나타난 사람은 경화의 오빠 청화였다.

미재의 친구 한공희가 이 날따라 한숨을 폭폭 내쉬었다. 명랑한 편에 속하는 공희인 만큼 침울해하는 태도가 보통이 아닌 것 같아 그 이유를 물었을 때 공희는 자기 애인이 죽었다는 것을 이야기했다.

"××은행 야구코치 하시던 그 분 말이니?"

"그래."

"무슨 병인데 갑자기?"

"내가 알어? 오늘 아침 신문 보구 알았어."

미재는 공희가 한숨쯤 쉴 만한 일이라고 생각했다. 그러나 남편 있는 여자로 처자 있는 남자와 연애하던 것을 알고 있는 만큼 미재는 공희의 슬픔이 대단한 것이리라고는 생각지 않았다. 그러면서도 공희에 대한 예의를 지키기 위해 위로의 말을 하지 않을 수 없었다.

"거 안됐구나. 아직 젊은 양반이실 텐데……."

그랬더니 공희가 눈물을 똑똑 떨어뜨리며 이야기를 했다.

"어제 만나기루 했었어. 그런데 집에 손님이 와서 내가 나가지를 못하지 않았니? 그랬더니 술을 많이 먹었던 모양이야? 심장마비루 죽었나 봐. 결국 내가 그를 죽인 것이 되구 말았어."

그리고는 눈물을 끊었다가는 얼마 안 되어 또다시 눈물을 흘렸다. 약속을 안 지켰기 때문에 그이가 술을 많이 마셨고 술을 많이 마셨기 때문에 갑자기 심장마비에 걸려 죽었을 것이라고 그 죽은 원인에 대해 책임감을 느끼는 모양이었다. 미재는 손님들 눈치도 살필 생각 않고 다방에서 청승스럽게 울고 있는 공희를 보며 자기도 모르게 가슴이 저려 옴을 느꼈다. 죽었거나 어쨌거나 애인을 잃어버린 공희의 마음이 곧 자기 마음과 같게 느껴졌던 것이다.

시골로 내려가면서 대구에서 편지를 한 번 보냈을 뿐 빨리 올라오라는 편지에는 회답도 없는 종유다. 매일처럼 가슴을 죄어가며 기다렸지만 오늘까지 일자 소식이 없으니 종유는 마음이 변한 사람이 아닐 수 없다. 마음이 변하여 자기에게서 멀리 떠나 버린 종유.

미재는 공희 옆에 앉아 공희와 같이 울고 싶은 심정이었다. 성배가 엑스레이를 찍고 왼쪽 폐가 조금 나쁘다는 말을 들은 뒤부터 자기는 종유를 얼마나 생각했던가? 성배를 약하게 만들어서는 안 된다. 종유를 위해서라도 성배는 튼튼하게 만들어 놔야 한다. 그래서 미재는 매일 일찌감치 집에 돌아갔고 또 성배를 자기 방에 재우면서 성배의 규칙생활에 하나하나 신경을 써왔다. 그런데 종유는 올라오기는커녕 편지 한 장 써 보내지 않는다. 잃어버린 애인이 되고 말았다. 만약 공희의 애인처럼 죽었다고나 하면 체념이나 하련만 종유는 확실히 살아 있다. 살아 있으면서도 자기 곁을 떠나 버렸으니 정작 서러워해야 할 사람은 공희보다도 자기여야 할 것 같았다.

"그게 운명이겠지. 그래야 인생이 슬퍼지는 거 아냐? 결국은 사랑에 죄가 있을 거야."

미재가 공희를 위로하듯 말했지만 그것은 자기 자신을 생각하여 한 말이었다.

"글쎄, 약속을 어겼다구 술을 그렇게 마실 게 뭐니?"

"사랑 때문이겠지. 사랑이 죄라니까……."

공희와 이야기를 하고 있는 동안 매일처럼 들르는 친구들이 모이기 시작했다.

네댓 명의 친구들이 모이자 미재가,

"공희의 애인이 죽었대. 죽은 애인에게 갈 수도 없는 공희를 위해 오늘은 위로회를 베풀어 주는 게 어때?"

하고 친구들의 동의를 구했다. 공희를 위로할 겸 자기의 슬픔도 풀어 보고 싶은 것이 미재의 마음이었다.

동류의식에서 오는 공동운명체의 슬픔일지도 모른다.

어쨌든 친구들은 미재의 말을 듣자 모두 놀람과 동정의 표정을 지으며 위로회를 열자는 데 찬성했다.

그리고는 위로회의 장소를 정릉에 있는 ××호텔로 정했다.

시원하고 조용한 데로 가서 비어를 마시며 오늘만은 근신하는 의미에서

남성 없는 여성만의 조용한 분위기를 만들어 보자는 의견에 모두들 합의를
보았던 것이다. 그러고 난 뒤 정릉으로 출발을 하려고 할 때 형구에게서 전
화가 왔다. 퇴근하자마자 집으로 돌아왔다는 말을 듣자 미재는 어젯밤 외박
을 했으니 미안해서 일찍 돌아온 것이라 생각했다.

나가 잘 때는 미안하지 않고 집에 돌아올 때나 미안을 느끼면 무엇 하는
가? 외박을 한 뒤 일찍 들어왔다고 해서 누가 고맙게 생각할 줄 알고?

미재는 오늘 공회 위로회 열기로 한 것을 잘 했다고 생각하며 오늘은 자
기가 늦게 들어갈 것을 이야기했다.

그런데 형구는 왜 늦느냐는 말도 물어 보지 않고 승낙도 아니요, 반대
도 아닌 '그래?'로 자기 의사 표시를 보류했다. 그때 미재는 형구를 곯려
주고 싶었다. 술을 좀 마시고 간다든가 춤을 좀 추고 간다는 말을 해 주고
싶었다.

그러나 아무 말도 않고 전화를 끊은 것은 그런 말을 할 경우 형구가 자기
의 외박에서 오는 반발이라 해석할 것이 분명했기 때문이었다. 지금 자기는
형구와 의논도 없이 경화의 아이를 데려다가 고아원에 맡기고 있다. 경화
오빠가 그 애를 미끼로 형구에게 부당한 금전을 요구하고 있기 때문이기는
하지만 미재는 그것을 기화로 딴 생각을 한 것이다.

경화의 애를 자기가 데려다 기르면 자기는 언제까지나 형구의 죄의 씨를
목격하게 된다. 그것을 목격하는 동안 자기는 형구에게 애정을 느끼지 않을
것이다. 그리고 그 애가 엄마 품에서 떠나 불행하게 자라면 그만큼 형구는
죄의식을 느낄 것이다.

애를 불행하게 만들기 위해 그미는 애를 집으로 데려오지 않고 고아원으
로 보냈다. 한 달에 삼천 원씩을 주어 기탁하는 형식으로 하고 언제든 빼올
수 있도록 만들어 논 것이다. 그러한 자기가 형구의 외박에 질투를 하는 것
처럼 보일 수가 있겠는가?

미재는 친구들과 같이 정릉으로 갔다. 다행히 물소리가 들리는 조용한 방
을 빌릴 수 있었다. 거기서 공회와 미재 그리고 연실, 찬옥, 명인 등 다섯 친
구가 비어를 마시기 시작했다. `

"애인이 죽었을 때 장례식에도 못가는 게 우리들의 숙명이지?"

동병상련이란 듯이 찬옥이 말했다.

"죽음은 모든 것이 끝인 거야. 죽은 뒤에 장례식이 뭐 중요하니?"

연실은 죽음보다 더 슬픈 것이 없다는 투로 말했다.

"죽을 때까지 사랑할 수 있다면 차라리 행복하지 뭐야?"

명인은 죽음보다 더 슬픈 사랑을 생각하는 모양이었다.

미재는 생각했다. 그들의 애인들은 모두 안 지 얼마 안 되는 남자들이다. 남편과 애들이 있으면서도 연애를 하는 그들의 사랑이란 남자로 치면 외도에 불과한 것이다. 그런데도 심각한 애정을 느낄 수가 있을 것인가 하고. 그래서 그미는 이런 진술을 했다.

"만약 너희가 죽거나 마음이 변했을 때 너희들 애인이 정말 슬퍼할까?"

"조금은 슬퍼하겠지."

찬옥이 서슴지 않고 대답했다.

"그렇지만 곧 잊어버릴 거야."

"남자에게는 술이란 것이 있지. 그리구 딴 여자가 얼마든지 있지 않나?"

연실과 명인의 의견은 거의 비슷했다.

"그렇다면 연애에서두 손해를 보는 건 여자 아냐? 우리는 언제나 손해만 보는 우리의 숙명에 대해 우선 슬퍼해야 할 거야?"

미재는 손해 보는 연애 자체에 대해 슬퍼하는 것이 온당한 순서인 것처럼 말했다.

"그걸 모르구 연애하는 여자가 있어? 결혼두 마찬가지지. 결혼이 실패될 때 손해 보는 건 여자뿐 아냐?"

공희가 처음으로 입을 열었다.

"그러니까 손해가 문제 아니지. 특히 여자는 순수하니까."

찬옥이 공희에게 동조했다. 그러자 명인이 조소하듯 말했다.

"가정을 가지구 딴 남자와 연애하는 것두 순수니? 내 친구 얘기 하나 할까?"

술잔이 오가고 화제가 발전함에 따라 공희를 위로하는 자리라는 것을 점점 잊게 되었다.

"해 봐라."

연실이 명인의 이야기를 독촉했다.

"십 년 동안 과부 생활을 해 온 친군데 요새 들으니까 이십사 시간의 연
애를 하구 있대."

"이십사 시간의 연애라니?"

연실이 궁금한 듯 물었다.

"아는 남자들 하구 호텔에 가서 연애를 한다는 거야. 단 하루지. 그러니
까 다음날부터는 만나지 않는 모양이야. 그런데 호텔 비용은 각자 반반씩
문다는 거구. 멋지지 않아?"

"그것두 연애니?"

찬옥이 불만인 듯 물었다.

"하룻밤 좋아하는 것은 연애가 아니구, 두구 두구 좋아해야 연애니?"

"그건 순수한 연애랄 수 없지."

"그럼, 가정을 가진 네가 그 사람하구 좋아하는 건 순수한 연애구?"

"순수하지 않은 건 또 뭐니? 그 사람을 생각할 때의 마음은 어디까지나
순수한 거니까……."

"그 사람을 생각지 않을 때는 별별 짓을 다 해두 말이지?"

"별별 짓이 뭐니?"

"솔직하게 말해 봐. 너 그 사람하구 연애한다구 네 남편과 동침 안 하니?
동침할 때는 남편이 하자는 대루 다 하겠지? 그때의 그 사람 생각해 본 일
있니?"

"있지."

"참 순수하구나? 육체는 남편에게 맡기구, 정신적으룬 그 사람을 생각하
니?"

"할 수 없는 일 아냐?"

"그러니까 차라리 이십사 시간의 연애가 순수하구 깨끗할지두 모른단
말야."

"그럼, 넌 그런 순수하구 깨끗한 연애를 하구 있니?"

"못하지. 그런 연애는 결사적이어야 하는 거니까. 우린 결사적 연애란 하기 틀려먹었어. 이것두 저것두 아닌 얼간이란 말야. 얼간에게 참된 순수가 있을 수 있니? 참된 행복두 없는 거구……."

"사실이야 행복두 위험한 행복이지."

"참된 행복이 없다면 참된 불행두 없을 거야. 그러니 공희가 지금 슬퍼하구 있지만 그렇게 슬퍼할 것두 없어."

결국 이야기는 자기 부정으로 돌아가고 있었다. 미재는 그럴 수가 없다고 생각했다. 모두 나이 삼십이 넘은 여자들로 자기들의 행동을 부정적인 태도로 비판한다면 지금 사는 삶이란 의지를 잃은 아무런 의미가 없는 것이 된다. 그래서,

"쓸데없는 소리들 말어. 좋아서 하는 일은 좋은 거지 왜 행복두 불행두 아냐? 지금 공희가 슬퍼하고 있는 때 그런 소리를 해서 뭣해. 공희가 그 분 장례식에두 참석할 수 없을 테니 장례식이 끝난 뒤 다 같이 꽃이나 사 가지구 그 무덤에 찾아갈 이야기나 하자."

하고 공희를 위해 하나의 제안을 했다.

미재의 의견에 반대하는 사람이 없었다. 그리 힘들지 않은 일이기 때문이었으리라. 그러나 공희의 슬픔이 남의 일 같지가 않은지,

"애인의 장례식에도 갈 수 없는 연애를 하다니……."

명인이 한숨 섞인 말을 했다. 그때 찬옥이,

"나 같으면 누가 뭐래두 장례식엔 가겠다."

하고 말했다.

"장례식에나 가면 뭐 하니? 아무래두 내 사람이 아닌걸."

명인이 자기의 소신을 말할 때 미재가,

"내 사람이구 남의 사람이구가 문제 아니라구 생각해. 슬퍼서 견딜 수 없는 자기 마음이 문제지. 나 같으면 누가 뭐래두 장례식엔 가겠다."

하고 슬픔에 젖은 목소리로 말했다. 사실 자기의 경우 만약 종유가 죽었다고 하면 어디로라도 가서 장례식에 참석하고야 견딜 것 같았던 것이다. 그

때 공희가,

"나두 장례식엔 가 볼까 해."

미재의 말에 힘을 얻었다는 듯이 말했다. 그 뒤 그들은 슬픈 이야기는 그만두기로 하고 노래를 부르기 시작했다. 애조를 띤 유행가와 옛날 노래들을 부르는 것이었다.

얼마나 사무치는
그리움이냐
밤마다 불을 찾아
헤매는 재가 되어
숨진다 해도
아아 너를 안고 가련다
불나비 사랑

이런 노래를 부르는가 하면 <성불사>니 <이별의 노래>니 할 것 없이 슬픈 노래면 무엇이나 불렀다. 한 곡이 끝나면 뒤이어 딴 노래가 계속된다. 노래는 독창이 아니라 언제나 합창이었다. 얼마간 노래를 부르다가는 비어를 들이켰다. 술과 노래가 뒤범벅이 되어 노래인지 울음인지 분간할 수 없게 되었을 때 <불 밝던 창>의 슬픈 가락이 흘러나왔다.

불 밝던 창에 어둠 가득 찼네
내 사랑 넨나 병든 그때부터
그 언니 내게 전해 주던 말
이 세상 가도 사랑하여 주라고
밤마다 홀로 울던 그는 지금 어디
뭇주검 함께 고이 단잠 자네

숨이 끊길 것처럼 슬픈 노래였다. 그런데 이 노래가 다 끝나기도 전에 공

희가 훌쩍이기 시작했다. 공회가 훌쩍이기 시작하자 미재가 따라 울기를 시
작했다. 미재가 울자 명인, 연실, 찬옥의 순서로 모두 울기를 시작했다. 처음
에는 훌쩍이는 정도였지만 나중에는 노래에 못지않을 만큼 소리를 내어 울
었다. 말하자면 통곡이었다. 누구의 슬픔 때문에 우는 것인지 몰랐다. 그러
나 미재는 확실히 자기 슬픔에 운다고 생각했다. 동시에 모두가 다 각자의
슬픔을 생각하며 우는 것이라 짐작이 갔다. 얼마를 울고 났을 때 명인이,
　"뭣 때문에 우는 거니? 자 술이나 마셔. 인생은 슬퍼두 우리는 기쁘게 살
아야 하지 않어."
　마치 자기는 울지를 않은 것처럼 말했다. 그 말에 모두 정신을 깬 것처럼
술잔을 들었다. 축배나 들 듯 다 같이 술잔을 비웠을 때 명인이,
　"이런 때 남창이 있으면 가서 기분을 풀 텐데. 남자를 위한 종삼 같은 건
얼마든지 있으면서 여자를 위한 공중시설은 왜 없지."
하며 술잔으로 테이블을 탁 쳤다.
　"사실 남녀평등은 멀었어. 왜 남자들은 제멋대루 사는데 여자는 불편하게
살아야 하느냐 말야."
　연실이 명인의 말에 맞장구를 쳤다.
　"남창이 있어 봐라. 불쌍한 여자들 죄를 안 짓구두 얼마든지 살 수 있지
않아?"
　명인이 기염을 토했다. 그때 미재가,
　"그걸 선거공약이루 내 세우구 출마해라. 여자는 전부 너한테 투표할 거
다."
하고 농담을 했다. 그러자 연실,
　"정말 당선은 틀림없다. 거기 투표 안 할 여자가 어디 있겠니?"
　진담처럼 말했다.
　"천만에. 여자의 권익을 옹호하는 것인데두 투표해 줄 여자는 한 사람두
없을 거다. 그것이 자기 발을 자기 손으로 묶는 여자들의 보수성이란 말야."
　명인이 비관론을 꺼냈다.
　그때였다. 떠들기에 듣지를 못하고 있었는지는 모르나 미재의 귀에 빗소

리가 들려 왔다.

확실히 차양을 두들기는 소리가 들렸다. 귀를 기울이자 마당에서도 개천에서도 빗소리가 들려 왔다. 미재는 빗소리에 집 생각을 했다. 빨랫감이 아니었다. 성배가 잠을 잘 자는가가 걱정이었다. 그미는 방 안에 있는 수화기를 들고 교환수에게 자기 집 번호를 말한 뒤 전화를 부탁했다. 형구가 나왔다. 성배가 자느냐고 물었을 때 형구는 그 말의 대답 대신 거기가 어디냐고 물었다.

××호텔이란 말을 하자 형구는 누구하고 노는데 빨리 돌아오지를 못하느냐고 화를 냈다. 화를 내거나 말거나 미재는 성배 이야기를 물었다. 형구는 성배가 자는지 안 자는지 내가 알게 뭐냐고 전화를 탁 끊었다. 미재가 전화를 걸자 명인, 찬옥, 연실 모두 자기 집으로 전화를 걸었다. 비가 오면 집 생각이 나고, 집 생각이 나면 가정주부로 돌아가는 모양이었다.

그 뒤 그들은 택시를 불러 타고 집으로들 돌아갔다. 집으로 가는 도중 미재는 어떤 것이 진짜 인생인가를 생각해 보았다. 술 마시고 노래하고 울고 하던 여자들이 집으로 돌아간다고 자동차를 탔을 때는 누가 말을 붙여 볼 수도 없을 만큼 모두 새침데기가 돼 있기 때문이었다. 차창을 때리는 빗줄기를 내다보며 모두 집안 걱정에 여념이 없는 것 같았다. 진짜와 가짜를 구별할 수는 없다 해도 어떤 편이 그들 인생에서 무거운 비중을 차지하고 있을까 생각해 보았다. 아무래도 술 마시고 떠들고 울고 한 것은 인생 면에서 볼 때 비중이 약한 편이 될 것 같았다.

공기를 호흡해야 살면서도 공기의 고마움을 느끼지 못하는 것처럼 가정 속에서 벗어날 수 없는 그들이 공연히 그래들 보는 것이다. 권태에 대한 반발이라고나 할까? 그러니 그것이 진짜라고는 도저히 생각할 수 없는 일이었다. 미재는 '나는?' 하고 생각해 보았다. 자기 역시 같은 부류에 속할 것 같았다. 그러면서도 조금은 다른 것이라고 자기 변명을 했다. 다른 여자들과 달리 자기는 종유를 사랑함으로써 인생을 처음 출발했다.

인생의 첫출발을 같이 한 종유를 사랑함은 절대로 권태에 대한 반발일 수 없다. 비가 오는 것을 알자 곧 성배를 생각한 것도 그 애가 종유의 씨라는 잠재의식 때문이 아니겠는가?

나에게 있어서는 종유를 생각하는 내가 진짜다. 진짜인 나를 위해 슬퍼하고 운다 해도 부끄러울 것이 없다. 그런데 종유는 왜 소식이 없을까? 혹시 상희와 통해 버리고 만 것이나 아닐까?

미재는 빗물이 흐르고 있는 차창에서 종유의 얼굴을 그려 보았다. 웃지도 울지도 않는 시무룩한 얼굴이었다.

그래도 나를 잊지 못하고 있겠지. 내가 시골로 그를 찾아가야 하는 것이나 아닐까?

거센 물결

미재가 집에 들어섰을 때는 비가 억수로 내리고 있었다. 도시 사람까지도 목을 뽑고 기다리던 비였다. 미재는 오래간만에 내리는 단비를 맞으며 밤새 거리를 헤매고 싶었다.

종유와 사랑하고 있던 십여 년 전 어떤 여름날 밤. 다방에서 나와 집으로 돌아가려고 할 때 비가 무섭게 쏟아지고 있었다. 몇 시간을 그렇게 퍼부었는지 전찻길까지 물이 괴어 있었다. 정말 무섭게 쏟아지는 비였지만 그 비는 조금도 무섭지가 않았다. 종유가 있었기 때문이었다. 그미는 자기 파라솔을 펴지도 않고 종유 우산 속으로 들어갔다. 그리고 어디든 걷자고 했다. 어떻게나 쏟아지는지 거리에는 사람이 별반 없었다. 사람이 없는 거리를 둘이서 걷는 것이 더욱 통쾌했다. 우산을 받았지만 우산이 새고 또 바람에 빗줄기가 날아들어 옷은 아래위 할 것 없이 금시 젖었다. 구두는 물 속을 첨벙이고 있었다. 그래도 그들은 걸었다. 우산은 쓰나마나 하지만 우산을 중심으로 둘이 꼭 껴안고 걸었다. 남포동 어떤 집 어두운 처마 밑에서 잠깐 쉬는 동안 그들은 거리낄 것 없이 키스를 했다. 비가 와서 인적이 적은 덕택이었다. 그 뒤에도 그들은 발목까지 닿는 물 속을 걸으며 몽땅 젖은 옷을 개의함이 없이 걸으며 몇 걸음 가서는 키스를 하고 또 했다.

지금 종유는 옆에 없다. 그러나 그때의 추억을 더듬으며 혼자라도 걸어 봤으면 했다. 낭만을 찾으면서. 그렇지만 미재는 그럴 용기가 없었다. 옷을 적시며 혼자 걸어다닌다면 남들이 미친 여자라고 할 것이다. 그것이 두려웠 다. 그미는 혹시 종유가 옆에 있기만 하다면 그럴 수도 있지 않을까 생각해 보았다. 가능할 것 같았다. 자기에게는 아직 낭만이 살아 있으니까. 그렇지 만 혼자는 할 수 없었다. 집으로 들어가자 우선 자기 방으로 가서 성배가 잠 들어 있는 것을 보고 안심했다. 혹시 자기를 기다리며 잠을 안 자고 있으면 어떻게 할까 하는 것이 걱정되었던 것이다. 그미는 옷을 갈아입고 성배의 이마를 짚어 보았다. 의사가 먹이라는 약을 계속해서 먹이고 있으니까 그럴 일은 없겠지만 혹시 열이라도 나지 않았나 하는 생각에서였다. 다행히 열은 없었다. 빨리 나아서 건강해야지. 종유를 위해서 최선을 다할 수 있는 길은 성배를 건강하게 기르는 일이다. 성배가 불건강하다면 종유에게 죄를 짓게 될 것이다. 미재가 성배 곁에 깔아 논 자리에 누우려 할 때 뜻밖에도 형구가 와서 자기 방까지 오라고 했다. 기분이 좋지 않은 태도였다. 미재는 할 수 없이 잠옷 바람으로 형구의 방엘 갔다. 그리고 '왜요?' 하고 물었다. 형구에 게 이야기하지 않은 일이 많다. 그런 것이 마음 켕겼지만 이야기 안 한 것들 이라고 해서 모두 나쁜 일이라고는 생각지 않았다. 그래서 꿀리지 않는 태 도로 부른 이유를 물었던 것이다.

"이 비가 오는데 어딜 갔다 오는 거지?"

형구가 묻는 것은 겨우 이것이었다.

"친구가 우울해 해서 같이 삐루를 마셨어요."

미재는 여자 친구란 것을 밝히면 형구의 기분이 한결 풀릴 것을 알면서도 그냥 친구라고만 말했다.

"어떤 친구냐 말야?"

"다방에 늘 오는 친구지요. 이야기 해두 모를 사람이에요."

그러나 형구는 미친 사람처럼 미재를 잡아끌어다 침대에 누이고 옷을 벗 으라고 했다.

"이건 강간 연습인가요?"

미재가 발딱 일어났다. 도저히 참을 수 없는 모욕으로 느껴졌던 것이다.

"뭐라구?"

형구가 미재의 따귀를 갈겼다. 형구도 참을 수 없는 모양이었다.

"이젠 사람까지 때리눈?"

미재는 옆에 있는 베개를 집어 형구에게 던졌다. 질 수가 없었던 것이다.

"제 남편보구 강간 연습을 한다는 것을 그냥 뒤?"

"곱게 벗으래두 될 걸 왜 명령조루 말하는 거야?"

미재가 울먹울먹하면서도 참을 수가 없는지 티 테이블 있는 데로 가서 컵을 집어들려 했다.

그때 형구는 미재에게로 가서 그미를 얼싸안으며 컵을 던지지 못하게 했지만 속으로는 웃음이 나오려는 것을 겨우 참았다.

"곱게 벗으래두 될걸……."

그러니까 말만 곱게 하면 얼마든지 벗을 수 있다는 뜻이 아니겠는가? 그 말은 자기에게 불만이 있다면 모두가 거기서 온 것이라는 말도 된다.

"던지면 깨지지 않아?"

결국 형구는 컵을 뺏으면서 웃고야 말았다.

"컵이 아까워?"

미재는 바둥바둥하며 컵을 뺏어 형구에게 던지려 했다.

"아서, 나두 당신이 미워서 때린 건 아냐. 자 이리 와."

형구는 그야말로 강제로 미재를 끌어안았다. 그리고는 입맞춤을 했다.

"더러워. 저리 가요."

미재가 떠밀었지만 형구는 미재를 때린 미안감에 그미를 놓지 않고,

"오늘밤은 아내 노릇을 해 줘, 응. 내 잘못했어."

하고 사정을 하기 시작했다. 만약 형구가 미재를 때리지만 않았다면 이 날 밤 그는 미재와 시시비비를 가렸을지도 모른다. 사실은 미재가 없는 동안 미재가 돌아오기만 하면 모든 것을 따지기로 마음먹었던 형구였다. 그래서 미재를 만나자 자기 방으로 데리고 와서 옷을 벗으라고 명령했다.

그것은 육체적인 욕망을 채우기 위해서가 아니라 자기 명령에 복종하는

가 안 하는가를 보기 위함이었다. 명령에 복종하지 않으면 그것으로 미재가
자기를 사랑하지 않는 증거로 삼으려 했다. 그것을 발단으로 해서 종유와의
관계 그리고 학원 경영 사건과 경화의 애 사건들을 따지고 나중에는 애정
없는 생활을 청산하자는 말까지 하려 했었던 것이다. 그런데 뜻밖에도 일이
구타 사건으로 번졌다. 구타했다는 것만은 확실히 자기의 실수였다. 그 실
수를 얼버무리기 위해서라도 그미를 애무해 주지 않을 수 없게 되었던 것
이다.

 "저리 못 가?"

 미재는 분해서 울었다. 울면서 형구를 뿌리쳤다. 그러나 형구는 놓아
주지 않았다. 그냥 헤어지면 구타했다는 사실이 굳어진다. 앞으로 무슨
일이 일어나도 미재는 구타 사건을 들고 모든 책임을 거기 뒤집어씌울
것이다.

 "그러지 마. 내가 잘못했다지 않아? 자 날 좀 봐."

 형구는 미재가 꼼짝 못하게 한 손으로 그미의 아랫몸을 부여잡고 한 손으
로 그미의 턱을 올렸다.

 "싫다니까."

 미재가 몸부림쳤지만 그는 미재를 침대에 누이고,

 "남편보구 강간 연습 한다니 화 안 나게 됐어? 좌우간 내가 잘못했
어……."

하며 미재를 나무라기 시작했다. 얼굴에서부터 가슴으로, 가슴에서부터 하
복부로 그의 입술이 그미의 가려운 곳을 골라 내려갔다.

 미재는 분해서 울면서도 형구의 애무를 방임해 두었다. 생각 같아서는 맞
은 것보다도 되게 형구를 때리고 싶었다. 때리려면 아무데라도 때릴 수가
있었다. 그렇지만 아직은 형구의 아내다. 강간 연습이란 말부터가 지나치게
심했다. 자기 남편에게 차마 그런 말을 할 수는 없다.

 그런데다가, 자기를 애무해 주는 남편을 때릴 수가 있는가? 아주 이혼을
한다면 몰라도, 아직은 이혼을 하고 있지 않다. 남편 체면도 봐 주기는 해야
했다. 더구나 오랫동안 육체적안 갈증을 느끼고 있던 터라, 달갑지 않은 형

구라 해도 그의 애무가 뼛속을 간지럽게 해 주었다.

어쨌든 형구의 욕망에 대해, 그미는 항거할 능력을 상실하고 있었다.

십 분쯤 뒤, 미재는 자기 방으로 돌아왔지만, 성배 옆에서 자기가 미안했다. 하느님에게도 부끄러울 것이 없는 일을 했지만, 성배 볼 낯이 없었던 것이다. 종유의 분신(分身)인 성배. 종유의 혼이 깃들어 있는 성배란 생각이 그미의 머리를 지배했던 것이다.

미재는 성배가 혹시 깨어 있지나 않은가 생각했다. 아직 어리기도 하지만, 눈치를 채고 잠든 체하고 있을지도 모른다는 마음이 들었던 것이다. 그미는 성배의 이마를 짚어 보는 체하고 그의 눈에 손을 얹었다. 확실히 눈동자가 움직이지 않았다. 깨어 있다고 하면, 비록 눈을 감았다고 해도 눈동자는 움직일 것이다. 미재는 안심이 되었다. 그러나 요와 홑이불을 말아 가지고 응접실로 갔다. 응접실 소파에서 자는 것이었다.

다음날 아침, 성배가 일어나야 할 시간에 성배한테로 가서 그를 깨웠다. 비가 오기 때문에 산보는 보낼 수 없었지만, 자기 방으로 가서 아침 공부를 하게 했다. 그리고는 일찌감치 세수를 하고 화장을 했다. 마치 지저분하게 낙서한 흑판(黑板)을 지우개로 깨끗이 닦아내는 듯한 기분으로 그미는 화장을 했고, 또 화장한 자기 얼굴을 거울에 비춰 보았다. 그러나 금시 거울에서 외면하고 말았다. 자기 얼굴이지만, 바라보기가 싫었던 것이다.

성배가 아침 공부를 끝내고 다른 애들과 같이 조반을 먹고 있을 때였다. 형구가 들어오며 자기도 조반을 먹는다면서 미재 바른편에 앉았다. 미재를 마주보며 앉은 형구가 빙그레 웃으면서,

"잘 잤어?"

하고 물었다. 순간 미재의 얼굴이 빨개졌다. 모른 체하고 조반이나 먹을 것이지, 애들이 눈치 챌지도 모르게 그런 말을 무엇 때문에 하는 것일까? 그미는 못 들은 체하고 밥만 먹었지만 속이 울렁거려 견딜 수 없었다.

조반도 양껏 다 먹지 못하고 자기 방으로 달려온 미재는 일종의 수치감 같은 것을 느꼈다. 동시에 형구에 대해 증오감 같은 것을 느꼈다.

더구나 애들이 학교 간 것을 알고 자기 방으로 와서 포옹을 하고 키스를

하려고 할 때, 그 마음은 한층 더했다.

그 뒤 다방으로 나가자, 미재는 즉시로 서울을 떠나 어디론지 여행을 가기로 마음먹었다. 다만 하루라도 서울을 떠나고야 견딜 수 있을 것 같았던 것이다.

여행을 떠나기로 결심하자, 미재는 이왕이면 종유가 있는 시골로 가리란 생각을 했다. 가서 보고 와야 마음이 편할 것 같았던 것이다. 편지도 안 하는 이유를 알고 와야 할 것 같았다. 그래서 주방에서 일하는 남자를 시켜 대구행 기차표를 사 오게 했다. 종유가 타고 간 바로 그 기차였다.

기차표를 손에 넣은 열두 시, 그미는 형구에게 전화를 걸었다.

"나, 어디 좀 갔다 오겠어요."

형구가 놀라,

"뭐?"

하고 물었다.

"곧 돌아올게요."

미재가 냉정한 태도로, 그러나 형구의 양해를 구하듯 말했다.

"어디를 가는데?"

형구는 전 달리 미재의 행동에 관심을 보였다.

"해운대루 갈까 하지만 발 닿는 대루 가겠어요."

형구의 감정을 너무 자극시킬 수가 없어서 구체적인 것 같으면서도 포착할 수 없는 말로 행선지를 설명했다.

형구는 누구와 같이 가느냐 또 언제 돌아오며 몇 시 차로 떠나느냐고 꼬치꼬치 물었다. 미재는 그가 어젯밤 자기 따귀를 때린 미안감에서 그러는 것이리라 생각하고,

"혼자서 가요. 이삼 일 안에 돌아올 테니 걱정 마세요."

한 뒤,

"바쁘신데 정거장에 나오실 거 없어요."

끝내 떠나는 시간을 가르쳐 주지 않고 전화를 끊었다. 종유를 만나러 가는데 형구가 배웅해 준다는 것은 견딜 수 없는 일이라 생각했던 것이다.

오후 두 시, 부산행 열차에 올랐을 때 미재는 아무도 모르게 서울을 떠날 수 있다는 안도감에서 가벼운 한숨을 내쉬었다. 그리고 그 기차를 타고 지구 끝까지 갔으면 하는 생각을 했다. 영영 돌아올 수 없는 곳까지 가서 로빈슨 크루소와 같이 혼자서 살 수 있었으면……. 아니 거기는 종유가 반드시 있어야 한다. 그리고 성배도.

기차가 흔들리기 시작했다. 빗줄기가 차창에 와서 쭉쭉 선을 그었다.

미재는 미련이라고 하나 없는 서울에 영원한 이별을 고해 본다. 그리고 자기의 여행이 영원히 돌아올 수 없는 것이기를 열망해 본다.

기차가 대구역에 멎었을 때 미재는 자유의 나라에 도착하기나 한 것처럼 가슴이 뛰었다. 자기를 아는 체해 주는 사람이 하나도 없다. 행동을 구속할 사람은 더구나 없다. 육체가 지리멸렬하도록 타락을 해도 무방하다.

미재는 역구내를 벗어나자 베이커리로 가서 케이크를 샀다. 상도와 상희네 집에 줄 선물이었다. 그리고는 식료품점으로 가서 종유에게 줄 위스키 한 병을 샀다.

양품점으로 가서 종유에게 줄 양말과 손수건 그리고 남방셔츠도 샀다.

아무 소식도 없이 가는 길이니 극적인 상봉에 가슴을 설레지 않을 수 없었다. 미재는 어리둥절해서 놀랄 종유를 상상하면서 갑자기 떠나게 된 것을 도리어 흥미롭게 생각했다. 돌발적인 사건이 일어나지 않았다면 떠날 생각도 못했을 일이다.

그런 것을 생각하면 형구가 고맙기도 했다. 지금쯤 형구가 화를 내고 있을 것이기는 하지만 어쨌든 어젯밤 그가 따귀를 때렸고 그리고는 육체를 침범했던 일이 오늘 이 여행을 떠나게 했다.

종유에게로 가고 있는 것을 안다면 형구가 가만 있지 않겠지? 가만 있지 않겠거든 마음대로 하라지. 미재는 아무런 두려움도 느끼지 않고 대구시 서쪽 끝에 있는 버스 정류소로 갔다.

그미의 머릿속에는 종유와 만날 극적 장면만이 그득 차 있었다. 혹시 왜 소식도 없어 왔느냐고 화를 내지나 않을까 하는 생각도 해 보았지만 어떤 일이 있어도 그럴 수는 없으리라고 혼자 다짐했다.

그런데 버스 정류소까지 갔던 미재는 다시 시내로 되돌아오지 않을 수 없었다.

거창 방면행 버스가 내일 아침까지 없다는 사실에 뜻하지 않았던 실망을 느끼면서……

온몸에 힘이 빠졌다. 멀지 않은 곳에 종유를 두고 대구에서 하룻밤을 자야 하다니, 미재는 한참 동안 버스 정류소를 떠나지 못했다. 어쩐지 모든 계획이 좌절되는 것만 같은 실망감이 온몸을 휩쓸었던 것이다. 그리고 자기 계획에 불길한 징조가 내다뵈는 것 같기도 했다.

어쨌든 버스 정류소에서 밤을 새울 수는 없었다. 시내로 돌아와 여관을 잡으려 했다. 그런데 여관을 잡으려고 생각하니 대구에서 자는 밤이 너무나 무의미한 것 같아 주저스러워졌다. 무의미한 밤의 지루함이 공포처럼 머리에 떠올랐던 것이다. 한 발짝이라도 가깝게 갈 수는 없을까? 그미는 가다가 자는 한이 있다 해도 종유가 있는 대봉리를 향해 떠나고 싶었다. 버스는 없다 해도 택시로 갈 수 있는 곳까지만 가자. 이렇게 생각할 때 해인사(海印寺)가 머리에 떠올랐다. 해인사까지라면 택시가 갈지 모른다. 거기까지만 가면 대봉리까지는 삼사십 리밖에 안 된다. 해인사에 가서 하룻밤을 자고 내일 아침 첫차를 타자.

미재는 좋은 생각을 했다고 그런 생각을 한 자기 자신에게 감탄을 하며 지나가는 택시를 불러 세웠다. 그런데 운전수는 비가 오는데다가 시간이 늦어 왕복 비용을 주어야 가겠다고 배부른 소리를 했다. 왕복 차비가 얼마냐고 물으니 오천 원을 내야 한다는 것이었다.

"삼천 원에 가십시다."

오천 원이 너무 비싼 것 같아 에누리를 하고 있을 때였다. 한 이십여 미터 떨어진 곳에서 까만 선글라스를 낀 어떤 여자가 자동차를 세워 놓고 자기처럼 운전수와 무슨 이야기하는 것이 보였다. 그런데 까만 선글라스로 가려져 있는 그 여자의 얼굴 윤곽이 어디서 본 듯한 인상이었다. 그러나 운전수와 이야기를 하려기에 그 이상 더 유심히 바라볼 수가 없었다. 자동차 운임을 사천 원으로 정하고 차에 올라 뒤를 돌아 보았으나 그때는 그 여자도 차 안에 들어 있어 얼굴 모습을 가려 볼 수가 없었다. 미재는 별다른 생각 없이 앞만을 보며 달리는 차 안에서 몸을 혼들거리고 있었다. 그미의 머릿속에는 오늘밤 해인사에서 자면 내일 오전 중으로 종유를 만날 수 있다는 생각뿐이었다. 만나는 순간 종유는 어쩔 줄을 몰라 말도 못할 것이다. 자기 역시 벅찬 가슴에 아무 말도 못할 것 같았다. 아마 상희가 당황하겠지. 종유가 편지도 못하도록 만든 것은 상희일 테니까. 따끔하게 혼을 내 주자. 아무렇기로서니 언니의 애인을 뺏는 애가 있담?

동네 사람들도 놀랄 것이다. 종유를 만나는 일 외에 달리 볼일이 없음을 알게 될 테니까. 까짓 거 마음대로들 생각하라지.

미재는 내일 아침 사람을 사서 짐을 지워 가지고 옛날 고향으로 들어갈 자기 모습까지 생각했다. 어렸을 때 철없이 놀던 고향을 어른이 된 지금 애인을 만나러 찾아간다. 같이 놀던 친구들 생각은 하나도 않고 오직 종유만을 생각하며 찾아간다.

미재는 끊임없는 생각을 거듭하며 해인사에까지 이르렀다. 차에서 내려 개천가에 있는 어떤 여관으로 들어가려고 할 때였다.

자동차 한 대가 와서 멎었다. 미재가 타고 온 자동차에서 오십 미터쯤 떨어져 있는 지점이었다. 미재는 그 자동차가 대구에서 본 자동차라고 생각했다. 잠시 뒤 차안에서 내리는 까만 선글라스의 여인을 보았다. 틀림없는 그 여인이었다. 미재는 이상한 예감이 들어 여관 현관 안에 들어가 이쪽으로 걸어오고 있는 그 여인을 숨어서 살폈다.

여행용 백 하나만을 들고 여관 간판들을 훑어보며 걸어오던 그 여인이 어떤 애를 붙들고 무엇인가를 이야기했다. 어떤 여관이 좋은가를 물어 보는 것 같았다. 잠시 뒤 그미는 미재가 정한 여관을 향해 걷기 시작했다. 미재는 그미가 형구의 동생 혜미가 아닌가 생각했다. 가까워 올수록 그 생각은 점점 더 굳어 갔다.

미재의 여관 앞을 지나 바로 그 위 여관으로 들어설 때 미재는 그 여자가 틀림없는 혜미라고 생각했다. 그러나 혜미도 여행을 온 것이려니만 생각했다. 혜미라고 여행을 못 다닐 법이 없다. 특히 해인사는 사람이 많이 찾아드는 곳이다.

미재는 혜미가 자기를 보지 못한 것만 다행으로 생각하며 여관으로 들어갔다. 방을 정하고 난 뒤 옷을 갈아입고 세수를 하는 동안 그미는 어쩐지 행동의 자유를 잃은 자신을 느꼈다. 혜미가 여행차 왔다고 해도 자기를 보기만 하면 자기를 감시할 것이다. 더욱이 바로 옆 여관에 들었으니 언제 자기를 보게 될지 모른다. 창 밖을 내다보다가 우연히 볼 수도 있다. 어쨌든 지척 사이에 있으니 서로 만날 확률이 많은 것만은 사실이다. 만약 내일 아침 떠나는 것을 보기만 한다면 서울 가서 형구에게 본 그대로 보고할 것이 분명하다. 그렇게 되면 해운대에 간다고 한 것이 거짓말이 될 것이고 또 이곳을 떠나 바로 서울로 가지 않았다는 것을 앎으로써 종유를 만나러 갔던 사실을 알게 될 것이다.

미재는 문득 종유가 떠나던 날 다방으로 찾아와 이상한 눈치를 보이던 혜미 생각이 났다. 본시 남의 흉보기를 좋아하고 이간질 붙이기를 잘하는 여자가 냄새를 맡고 따라왔는지도 모를 일이다.

이렇게 생각하니 정말 미행하기 위해서 자기 뒤를 따라온 것 같았다. 혜미에게는 어린애가 있다. 넉넉지도 못한 남편의 월급으로 살면서 어린애들을 떼 놓고 혼자 여행할 팔자가 못 된다는 점, 그리고 진짜 여행을 하려면 하필 비가 내리는 '구질구질한 날을 택하지 않았으리라는 점 등을 생각할 때 미행이 틀림없는 것 같았다.

그렇게 생각하니 까만 선글라스를 썼다는 것까지 의심이 갔다. 위장을 하기 위한 수단이다. 위장을 하고 자기 모르게 미행을 한 것이다.

미재는 혜미의 눈이 사방에서 자기를 꼼짝도 못하게 감시하고 있음을 느꼈다.

잘못이었다. 떠나기 몇 시간 전 형구에게 전화를 건 것이 잘못이었다. 형구에게 전화만 걸지 않았어도 혜미가 자기를 여기까지 미행하지는 못할 것이 아닌가?

잘못했다는 생각에 뒤따라 대봉리행을 단념해야 한다는 생각이 들었다. 억척같은 여자니 내버려 두면 대봉리까지도 뒤따라올지도 모른다. 그렇게 되면 계획은 수포로 돌아가고 망신만 하게 된다. 우선 동네 사람들이 창피해서 종유를 어떻게 만난단 말인가? 곱게 서울로 돌아가는 수밖에 없었다.

그런데 한편 생각하면 반드시 미행한 것이라 단정할 수도 없을 것 같았다. 부부 싸움을 한다든가 해서 우울한 일이 있다면 비오는 날에도 혼자 여행을 떠날 수 있는 일이다. 공연한 신경을 쓰지 않아도 좋지 않은가?

마음을 느긋이 먹으려 했다. 그러나 그 까만 선글라스가 자꾸만 눈앞에 어른거렸다. 영화에 나타나는 스파이, 그들은 남의 비밀을 어쩌면 그렇게도 잘 알고 뒤따르는지 모른다. 스파이, 혜미.

미재는 저녁밥도 제대로 먹지 못했다.

한편 심상치 않게 생각하려고 마음먹었으나 소용없었다. 지은 죄가 없으니 어떠랴 하고 잊어버리려 했으나 그것도 소용없었다. 보이지 않는 무엇이 몸을 자꾸만 압착하는 것 같았다. 쪼들려 가는 육체가 점점 작아져 가는 것처럼 느껴졌다.

미재는 밖으로 나갔다. 비가 그냥 오고 날이 어두웠지만 해인사를 향해 걸었다. 그런데 걸으면서도 자꾸만 뒤를 돌아보았다. 해인사에 이르러 건물 모퉁이를 돌 때마다 뒤를 돌아보았다. 대웅전을 바라보며 서 있을 때도 뒤를 돌아보았다. 까만 선글라스가 어딘가 숨어 있는 것만 같았던 것이다. 여관으로 돌아왔다. 화장실에 갔을 때도 선글라스가 틈새로 들여다보는 것 같았다. 자리에 누워 보았다. 그러나 선글라스는 또 문틈으로 자기를 보고 있는 것 같았다.

미재는 참을 수가 없었다. 혼자서 신경을 쓰느니 맞부딪쳐 보는 것이 마음 편한 것 같은 생각이 들었다.

드디어 옆 여관으로 갔다.

그리고 혜미를 찾았다. 혜미는 취침 전의 밤화장을 하고 있었다. 자기를 따라다니고 있지 않았음을 알았다. 공연히 혼자 신경을 썼다고 생각했다.

"언니 웬일이슈?"

혜미가 놀란 듯 반가워했다.

"여행 왔어."

미재가 힘없이 말했다.

"언제 오셨어요? 난 조금 전에 왔는데. 오빠두 같이 오셨어요?"

능청스럽게도 미재를 처음 보는 것처럼 물었다.

"혼자 왔어."

"나두요. 그렇지만 혼자서는 좀 쓸쓸한 것 같아요."

"글쎄, 그런 것 같구만……."

"그럼 언니 우리 같이 있으면 어때요? 언니두 쓸쓸하실 텐데. 비는 구질 구질 하게 오구……."

"그럴까?"

미재는 차라리 그러는 것이 나을 것이라고 생각했다. 혼자가 절대로 자유 는 아니다. 혼자서 불안과 부자유를 느끼느니보다는 적과 맞붙어 싸우는 것 이 마음 편한 노릇이다.

"내가 언니 여관으루 가지요."

"그래."

미재는 짐을 챙겨 가지고 오라고 한 뒤 먼저 자기 여관으로 갔다. 여관으 로 가서 대봉리로 가지고 갈 물건들을 주인에게 맡기고 난 뒤 이 분도 안 되어 혜미가 백을 들고 자기 방으로 들어왔다. 이상한 일이었다. 자기가 어 떤 여관에 들어 있다는 말을 한 마디도 한 적이 없다. 혜미도 그런 것을 물 어 본 일이 없다. 그런데도 혜미는 지체없이 찾아온 것이다.

자기가 자동차에서 내려 여관으로 들어오는 것을 혜미가 보고 있었다는 증거를 잡자 미재는 도리어 안심이 되었다.

형구의 스파이. 나를 감시해 봐라, 절대로 걸려들지 않을 테니…….

"언니 언제 돌아가세요?"

못에 옷을 걸며 혜미가 물었다.

"글쎄, 며칠 푹 쉴까 해요. 누이는?"

"나두요. 살림을 잊고 얼맛동안 쉬구 싶어요."

누가 먼저 떠나느냐가 싸움의 초점이 된 셈이었다. 미재는 혜미보다 먼저 떠나서는 안 된다는 생각을 하며,

"비가 그치면 가야산엘 올라가 볼까요?"

딴 생각이 전혀 없는 것처럼 말했다.

"그래요. 나두 아직 못 올라가 봤어요."

그들은 우연히 만난 기쁨을 참지 못하는 것처럼 여러 가지 이야기를 했다.

그러나 마음속으로는 꼭 같이 답답했다. 평온을 가장하는 불안한 마음의 처리에 골치를 썩이며 하루를 보냈다. 또 하루를 보냈다. 그러면서도 먼저 떠나겠다는 사람은 없었다.

비는 그대로 내렸다. 장마가 든 모양이었다.

사흘째 되는 날 밤 자리에 누웠을 때 미재가 말했다.

"어린애들 생각나지 않아요?"

빨리 올라가라는 뜻이었다.

"보구 싶어요. 그렇지만 앞으루 영 보지 않을 애들인데 참아야죠."

혜미가 심각한 얼굴로 대답했다.

"영 보지 않다니요?"

"이혼하기로 했어요. 이혼하면 애들도 맡기고 나올래요."

처음 듣는 말이었다.

"갑자기 그게 무슨 소리죠?"

"갑자기가 아녜요. 벌써부터 그런 생각을 하구 있었는데 이번에 결심한 것뿐예요."

혜미는 이혼해야 할 조건들을 설명했다.

"그런 이유로 이혼이 성립될까요?"

그들은 서로 적대의식(敵對意識)을 잊고 인간적인 대화를 나누기 시작했다.

"먹구 사는 일이 중요하다구 생각해요. 가족을 먹여 살리지두 못하는 남자와 같이 살 수는 없어요."

"사느라면 잘 살 때두 있을 거 아녜요."

"우선 그럴 성의가 없는걸요. 책임감두 없구요."

"남자란 한때 그럴 수두 있잖아요?"

“오래 기다렸어요. 그래두 희망이 없는 걸 어떡해요?”

“글쎄요!”

그렇다면 할 수 없는 일일 거라고 말해 주고 싶었지만 미재는 남의 일에 자기 의견을 표시하고 싶지가 않았다. 그런데 혜미가 갑자기 화제를 돌려,

“참, 언니는 왜 이혼을 안 하슈?”

하고 미재의 이혼 문제를 꺼냈다. 미재는 당황하지 않을 수 없었다.

“갑자기 그런 말은 왜 하지요?”

“내가 언니의 입장이라면 벌써 이혼했을 테니까 하는 말이죠.”

“글쎄……..”

설사 당장에 이혼을 하게 되었다 해도 혜미와 그런 이야기를 하고 싶지 않은 것이 미재였다. 그만큼 미재는 혜미에게 대해 인간적인 친근감을 느끼고 있지 않은 것이다.

“제가 협력해 드릴게 빨리 이혼하세요.”

혜미가 자기 이혼에 적극적인 태도를 보일 때 미재는 그것이 하나의 간섭 같아 불쾌했다.

“왜 이혼을 재촉하는 거죠?”

“오빠두 남자루 불성실해요. 말하자면 남편의 자격이 없는 남자거든요. 그런데다가 언니에게는 좋은 사람이 있잖아요? 그러니까 사랑하지두 않는 오빠와 같이 살 필요가 없다는 거죠.”

미재는 자기에게 애인이 있다는 말만은 가만 있을 수가 없었다. 형구에게서도 직접 들어 보지 못한 말이기 때문이었다.

“내한테 좋은 사람이 있다는 건 무얼 보구 아시죠?”

이 말을 하는 미재의 얼굴이 빨갛게 상기되어 있었다.

“왜요? 그런 분이 없다는 말씀인가요?”

혜미가 조롱하듯이 말할 때 미재는 그미의 따귀라도 때리고 싶도록 그미가 미웠다. 설사 종유와의 관계를 안다고 해도 그렇게 말할 수는 없을 것 같았기 때문이었다. 그러나 미재는 종유와의 관계를 아주 부인할 수는 없었다. 부인할 수 없는 일을 가지고 흥분할 수도 없었다.

"옛날에 있었던 일두 이혼의 재료가 될까요?"

종유를 현재도 사랑하고 있다는 말을 하면 형구와의 이혼은 결정적인 것이 된다. 그래서 종유를 애인으로 시인하나 옛날의 애인이었다는 정도로 종유와의 관계를 위장했다.

"옛날의 애인을 요즘은 왜 만나시죠?"

혜미의 질문은 날카로웠다.

"옛날에 알던 사람은 만나두 안 되나요?"

"학원을 만들구 그 분을 서울루 모셔 오려구 했다면서요?"

이 말에 미재는 또 놀라지 않을 수 없었다. 혜미가 형구와 뜻이 맞는 남매니 둘이서 종유에 대한 억측을 마음대로 했을 것은 사실이다. 그렇다고 해서 형구도 모르고 있는 사실을 혜미가 어떻게 알고 있을까? 귀신이 곡할 일이었다.

"학원요? 돈벌이루 하려다가 그만둔 지가 언젠데요."

그러니까 종유를 데려온다는 것은 생각지도 못했던 일이라는 듯 말했다.

"그럼, 학원을 시작 안 하구 있단 말씀인가요?"

혜미는 자기의 지식에 회의를 느끼는 듯이 물었다.

"집을 계약했다가 계약금만 떼우구 그만뒀어요."

"그럼, 여기는 뭣 하러 오셨지요?"

혜미는 학원 문제를 더 추궁할 재료가 없는지 딴 이야기를 꺼냈다.

"뭣 하러 오다니요?"

"저 때문에 계획이 다 틀린 거 아닙니까?"

"계획이 틀리다니요?"

미재는 혜미가 미행 온 것을 짐작하면서도 그미의 말을 못 알아듣겠다는 듯이 물었다.

"그 분을 이리루 불러 올 작정 아니셨던가요?"

"뭐요?"

미재는 놀랐다. 자기는 생각지도 못했던 것을 혜미가 이야기했기 때문이었다.

"혼자서 쉬시려구 예까지 오셨나요?"

"내 앞에서 차마 그런 말을 할 수 있어요?"

"언니의 이혼에 협력하려는 사람인데 그런 말쯤 못할 게 뭡니까?"

"죄를 뒤집어 씌워서 이혼을 시키자는 거군요?"

"절대루, 절대루 그런 건 아녜요. 오해하지 마세요."

"그럼, 왜 남이 생각지도 못한 일을 그렇게 단정적으루 말하지요?"

그러면서도 미재는 자기가 대봉리로 가려던 것만은 혜미가 모르고 있는데 한편 안심을 했다.

"언니한테 들키지 않았더면 일은 급전했을 텐데 미안합니다."

혜미가 냉소를 했다. 기분 나쁜 냉소였다. 그렇지만 크게 흥분을 할 수가 없었다. 혜미의 추측이 전혀 근거 없는 일이 아니었기 때문이었다. 그러면서도 무반응의 상태를 보일 수가 없어서,

"오빠한테 다 이를 테예요."

형구와 혜미가 공범임을 알면서도 이런 말로 분한 마음을 표시한 것이다.

"오빠한테요? 마음대루 하세요."

혜미가 그 말을 두려워하지 않을 것만은 사실이다.

"오빠 그래두 날 나쁜 여자루 취급하지는 않을 거예요."

"오해하시네요. 나두 언니를 절대 나쁜 여자루 취급하지 않아요."

"좋아요. 아무렇게 취급해두 좋아요."

미재는 분해 못 견디는 체했다. 그러면서도 속으로는 혜미가 배워 준 지혜를 사용하리라 생각했다. 즉 얼마 뒤 종유에게 편지로 연락하여 해인사까지 나오도록 해서 만나겠다는 계획이었다. 이런 계획을 하며 밤을 잔 뒤 그 다음날 아침 일찌감치 서울을 향해 떠났다. 아무리 오래 있어야 대봉리로 갈 기회는 없을 것 같았기 때문이었다.

해인사에서 여관을 떠날 때 미재는 대구서 사 가지고 온 물건들을 처리하는데 조금 곤란을 느꼈지만 과자는 여관 주인에게 주고 위스키와 남방셔츠는 자기 백 속에 넣음으로써 혜미의 의심을 사지 않을 수 있었다. 왜 좀더 쉬고 가지 않느냐고 비꼬는 혜미의 물음에도 기분이 나빠 가야겠다고 솔직

하게 말함으로써 출발이 어색하지 않았다.

"누이나 더 놀다가 오시지!"

"사명을 다 했는데 있어서 뭣 해요?"

혜미도 웃으면서 미행 왔던 것을 노골적으로 표시했다. 말하자면 속으로
는 적이면서도 겉으로는 웃음을 나누며 같은 차를 타고 해인사를 떠났다.
대구까지 가서 거기서 기차를 탔을 때 혜미가 다시,

"저를 미워하지 마세요. 저는 앞으루두 두 분의 이혼을 적극 협력할 사람
이니까요. 절대루 나쁜 의미에서 그러는 게 아녜요. 그러는 것이 두 분의
행복을 위하는 것이라 믿구 있기 때문이에요."

"미워하기는……."

미재는 또 이혼에 대한 이야기를 기피했다. 서울에 올라가면 이번에야말
로 이혼이 구체화할지도 모른다. 종유와의 관계를 막연하게 눈치채고 있으
려니만 생각했던 형구가 학원 사건까지 알고 있다. 어떻게 해서 알고 있는
지는 모르지만 요새 흥신소(興信所)라는 것이 있다니까 그런 것을 이용했는
지도 모른다. 그렇다면 종유에게 하숙비를 대 주고 하숙을 시키며 호텔에
갔던 일까지 알고 있을지 모른다. 그런 것을 알고 있는 형구와 부부 생활을
계속한다는 것은 불가능에 속하는 일일 것이다.

"언니는 오빠와 진짜 부부생활두 안 하구 있잖아요? 그런 부부생활을 뭣
때문에 계속하구 있어요?"

혜미가 한심스럽다는 듯이 말했지만 미재는,

"이혼이란 할 때 한다구 해두 신중히 해야 할 일이라구 생각해요."
하고 신중론을 내세웠다.

"그만큼 살아 봤으면 알지 오빠한테 무얼 더 기대하세요?"

"좌우간 그 문제는 내가 해결할 일이니까 너무 걱정하지 말아요."

미재는 자기 이혼 문제를 혜미와 의논하고 싶지 않은 것이 사실이다. 의
논할 사람이 없어서 혜미 같은 여자와 의논을 할 것인가? 그러나 이혼이 절
박해 왔다고 생각하면서도 그것을 실감 있게 느끼지 않는 것도 사실이었다.
왠지 알 수 없었다. 혜미가 이혼을 권고하기 때문에 거기에 반발하는 것이

나 하면 절대로 그렇지는 않았다.

종유와의 결혼생활이 행복을 보장할 수 없다는 불안감 때문일까? 무능한 종유니까 그런 불안감을 안 느낀다고도 말 할 수 없으나 그것이 이혼을 주저하는 이유의 전부는 아닐 것 같았다. 어린애들에 대한 애정? 글쎄. 아쉬운 대로 성배 하나만이라도 데리고 나올 수 있다면 다른 애들에 대한 애정은 잊을 수가 있지 않을까?

결국 따지고 본다면 이혼이 여자에게만 손해라는 낡은 관념 때문이 아닐지?

기성관념 전부를 다 버리고 살면서도 손해 본다는 그 관념만은 버리지를 못하고 있는 모양이었다.

미재는 그러한 자기를 생각할 때 자기가 불쌍한 여자 같았다. 자기도 모르게 잠재해 있는 낡은 관념 때문에 자기를 해방시키지 못하고 있는 얼간.

그러나 싫건 좋건 이번만은 낡은 관념을 벗어 던지지 않을 수 없는 순간이라 생각하며 서울까지 갔다. 그리고 형구가 기다리고 있을 집으로 갔다.

스파이를 보냈으니 하회가 궁금해서라도 일찌감치 집에 와 있으려니 생각했던 것이지만 밤 여덟 시가 지났는데도 형구는 집에 있지 않았다. 미재는 긴장된 마음으로 열두 시까지 기다렸지만 형구는 끝내 돌아오지 않았다. 아내에 대해 신경을 쓰고 있으면서도 전부의 신경을 아내에게만 기울이고 싶지 않은 것이 형구의 심정인 모양이었다.

아내를 못 믿어 스파이까지 보낼 정도라면 신경이 거기에 기울어져 딴 데 신경을 쓸 여유가 없을 것이련만 형구란 도대체 어떻게 생겨 먹은 인간일까?

미재는 형구가 딴 여자와 같이 미친 사람처럼 이 밤을 보내고 있으리라 생각했다. 마치 여자와 관계하기 위해 이 세상에 태어난 사람처럼. 미재는 해인사로 떠나기 전 날 밤의 일을 더욱 불쾌하게 생각했다. 밤낮 딴 여자와 관계하던 그것을 가지고 자기를 침범한 형구의 불결성.

미재의 눈앞에는 형구가 자기를 침범하며 씨근거리던 광경이 떠올랐다. 그리고 자기 대신 알지 못할 여자가 교태를 부리며 좋아할 모습이 보였다.

그미는 몸이 떨리는 것을 느끼며 눈을 감았다. 그리고 이제는 자기가 참을 수 없다고 생각했다. 그리고 형구보다 선수를 써야만 자기 입장이 도리어 유리하리라는 것을 생각했다.

다음날 아침 다방으로 나가 열 시가 거의 되자 회사로 전화를 걸었다. 그미가 어젯밤 여덟 시 차로 돌아왔다는 말을 하자 형구는,

"그래? 그럴 것 같은 예감이 들었지만 친구들과 어울려서 그만 밤을 새웠지 뭐야. 재미 봤어?"

능청맞게도 반가워하는 태도를 보였다. 미재는 대답하기도 싫었다.

"오늘 좀 만나요. 점심때라두……."

될 수 있는 대로 빨리 만나서 결판을 짓고 싶은 생각뿐이었다.

"그래. 오래간만이니까 내가 점심을 사지. 열두 시에 ××그릴루 나와."

형구는 좋아하기 위해서 만나자는 뜻으로 말했다.

열두 시 형구를 만났을 때 미재는,

"내가 왜 만나자구 했는지 아시겠어요?"

하고 임전 태세를 보였다.

"당신 없는 새 외박했다구 공격하려는 거겠지."

"알기는 잘 아누만요. 언제까지 그럴 작정이죠?"

"왜? 혼자 자기가 쓸쓸했어?"

형구가 능글맞게 웃으며 말했다.

"듣기 싫어요. 이젠 결판을 내요."

미재가 발깍 화를 냈다.

"뭐라구? 그래 나는 예편네 없는 집안이나 지키구 있어야 한단 말야?"

형구도 화를 냈다.

"예편네는 못 미더워 미행을 시키구 자기는 빈집을 지키기 싫어 외박을 하구. 일은 다 됐으니까 그쯤 아세요."

"미행? 누가 미행을 시켰어?"

형구가 딴전을 부리기 시작했다.

“그만둬요. 이젠 이야기할 필요두 없어요.”

미재는 점심도 먹지 않고 그냥 나오려고 했다.

“이봐.”

형구가 미재를 불렀다. 그러고는 태도를 달리하여,

“혜미를 만나 모양이구만. 글쎄, 어떻게 만나 어떤 일이 있었는지 모르지만 난 미행을 시킨 일이 없어. 제가 여행을 가고 싶대서 돈을 좀 준 것뿐이니까.”

하고 비굴에 가까울 정도의 변명을 했다.

“듣기두 싫어요.”

미재는 수그러지는 형구 태도에 기승하여 소리를 질렀다. 사실상 이 이상 더 우물쭈물하고 싶지가 않았던 것이다.

“정말야. 남편하구 이혼하겠다면서 여행이나 가겠다기에 여비를 준 죄밖에 없어.”

형구가 잘못한 감이 있어서 그런지 계속해서 변명했다.

‘학원을 만들어 놓고 종유를 데려오려던 일은 어떻게 조사했노?’

미재는 이런 말을 묻고 싶었다. 자기 행동에 대해 일일이 조사하고 감시하는 형구를 이런 기회에 공박해 줘야 할 것 같았던 것이다. 그러나 그미는 자기 입으로 종유의 이름을 꺼내고 싶지가 않았다. 종유의 이야기가 나오면 그때는 자기가 구차스럽게 변명하는 입장에 서야 한다.

이제는 행동이 있을 뿐이다. 구구한 입 싸움은 할 필요도 없다고 생각했다.

“알았어요. 덕택에 불쾌한 여행을 한 것뿐예요.”

이야기도 하기 싫으니까 그만 돌아가겠다는 의사를 표시했다. 그러자 형구는 시켜 논 음식이나 먹구 가야 할 것이 아니냐고 만류했다. 그리고는 대체 어딜 갔다 왔느냐고 미재의 여행 이야기를 물었다. 미재가 해인사에 갔다 왔다는 말을 하자 그는 비가 오는데다가 혜미를 만났으니 정말 기분 잡쳤을 것이라고 하며 미재의 우울을 어루만져 주듯 이야기했다.

미재는 긴장이 풀려 말을 어떻게 해야 할지 몰랐다. 형구가 자기 행동을 염탐하고 있지만 속마음으로는 자기를 미워하지 않고 있다. 부도덕한 행동을 밥 먹듯 하면서도 자기를 싫어하지 않는다. 종유와 자기와의 관계를 속속들이 알고 있으면서도 미워하거나 싫어하지를 않는 형구에게 도도할 수는 없었다. 그렇다고 해서 자기에게만 약점이 있는 것처럼 비굴하게 비위를 맞출 수도 없었다.

"기분 나빴어요."

기가 죽은 목소리로 고개를 숙이며 대답했다.

"그랬을 거야. 다음에 나하구 둘이서 어디 여행을 갑시다."

감정이 합칠 수 없는 부부다. 파탄을 회피하고 있기는 하지만 애정 속에서 살아보기는 콧집이 틀려먹은 부부다. 그런데도 형구는 애정이 극진한 부부 사이에서나 쓰는 말을 했다. 미재는 속으로 웃음이 나왔지만,

"글쎄요. 그럴 때가 왔으면 저두 좋겠어요."

자기 역시 그러기를 바라고 있는 듯이 말했다.

"가면 가는 거지 못 갈 거 있어?"

"못 갈 것 없는 데두 가질 못하니까 한심하죠."

"애들 방학이나 하거든 어디 바다루 갑시다. 내가 계획을 세울 테니
……."

"마음대루 하세요."

그들은 아무 일도 없었던 듯 식사를 했고 또 아무 일도 없을 듯 의젓하게 헤어졌다. 다방으로 돌아 왔을 때 미재는 형구와 결판을 못 낸 것이 잘 한 일처럼 생각되기도 했지만 한편 허전하기 짝이 없었다. 방학 때 바다로 여행을 가자고 한 형구의 말이 빈말에 틀림없다는 것을 미재는 잘 알고 있다. 오직 부부의 관계를 유지하기 위해 거짓말만 하는 형구를 언제까지나 남편이란 법률적 테두리 안에 놓고 바라보며 살아야 한다는 것인가?

그래도 부부 생활을 유지해야 하는 것일까? 미재가 자기 회의에 빠져 있을 때 레지가 조금 전에 왔다고 하면서 편지 한 장을 내주었다. 종유에게서 온 편지였다. 편지를 든 미재의 손이 떨렸다. 얼마나 기다리던 편지였던가? 눈에 익은 글씨에 종유의 얼굴을 떠올리며 봉투를 뜯었다.

글씨 한 자도 다치지 않게 봉투를 곱게 뜯고 알맹이를 꺼내자 미재는
우선 편지지의 장 수를 세어 보았다. 커다란 글씨로 쓴 편지지가 겨우 두
장이었다. 우선 실망을 느꼈다. 얼마 만에 받는 편진데 겨우 두 장을 써 보
내다니.

편지의 내용도 그러했다.

"오래간만입니다. 보내 주신 돈으로 땅과 집을 사고 있습니다. 다행히
오랜 가뭄 뒤에 비가 내려 농사도 시작했습니다. 요즘 모를 내기에 한창
입니다.

동네에 불쌍한 애가 있어서 딸처럼 데리고 사는데 참 영리한 앱니다.
어제부터 국민학교에 보내고 있습니다.

그 애가 편지 심부름을 할 수 있기 때문에 이제부터는 내가 직접 편지
를 부칠 수 있습니다. 미재 씨도 겉봉 이름을 달리해서 내게 직접 편지를
보내도 좋을 것입니다.

오랜 기간에 일을 했더니 온몸이 쑤시는 것 같습니다. 빨리 일에 능숙
해져야 하겠습니다.

농사가 늦어서 수확이 얼마나 될지 모르지만 내 땅의 소출을 내 손으
로 거둘 일을 생각하니 벌써부터 가슴이 묵직합니다. 진심으로 감사드립
니다. 내내 건강하시기를 바랍니다."

아무리 읽어도 편지 속에서 자기를 그리워한다는 말을 한 마디도 찾아 볼
수가 없었다. 아무리 일이 바쁘고 몸이 고달프다 해도 보고 싶다는 말 한 마
디쯤 안 할 수가 있을까? 불만이 아닐 수 없었다. 그런데 그것보다도 미재
를 놀라게 한 것은 보내 준 돈으로 땅과 집을 샀다는 말이었다. 새로 산 집
으로 이사를 가서 살림을 시작했고 새로 산 땅에 모를 심기 시작했다니, 보
낸다고 한 뒤 이때까지 돈을 보내지 않은 자기를 비꼬아서 하는 말이 아니
다. 사지도 않은 땅과 집을 샀다고 거짓말할 까닭도 없다. 그렇다면 돈은 누
가 보냈을까? 보내 준 돈으로 땅과 집을 샀다고 했고 또 진심으로 감사를

한다고 했으니, 누가 자기 이름으로 돈을 보낸 모양이다. 자기 이름으로 종유에게 돈을 보낼 사람이 누굴까?

미재는 얼핏 상희를 생각했다. 상희가 종유에게 땅을 사 주고는 자기가 사 주었다고 하기가 안 되어 미재의 이름을 판 것이리라는 생각이었다. 상희 이외에 그런 짓을 할 사람이 없을 것 같았다.

깜찍한 것. 서울서 내려갈 때는 돈을 부쳐 달라 해 놓고 내려가서는 편지 한 장도 없이 자기 돈으로 종유에게 땅을 사 주다니. 얼마나 좋아졌으면 땅까지 사 주었을까?

종유도 그렇다. 편지를 쓰면서 보고 싶다는 말 한 마디를 안 한 것만 보아도 마음이 상희에게 쏠리고 있음이 분명하다. 상희 이야기도 한 마디가 없다.

분한 생각이 들기 시작했다. 당장에 내려가서 상희와 담판하고 싶은 마음이 들었다. 해인사까지 갔을 때 어떤 일이 있든 대봉리에 가지 못하도록 한 혜미가 미워졌다.

미재는 숙직하는 방으로 가서 편지를 쓰기 시작했다.

"돈을 받으셨다구요? 보낸 일이 없는 돈을 어떻게 받았는지 모르겠습니다. 어떤 돈으로든 땅과 집을 사셨다니 반가운 일입니다만 남의 이름을 팔아서 생색을 내려는 사람의 마음을 의심치 않을 수 없습니다. 필경 종유 씨를 좋아하는 사람의 소행이라고 생각합니다만 돈을 부쳐 드리니 이 돈으로 그 돈을 갚아 주십시오."

미재는 상희의 이름을 밝히고 싶었지만 자기 체면상 그러지는 못했다. 그리고 편지를 계속했다.

"땅과 집을 사셨다니 거기서 영주하실 생각이신가요? 서울로 급히 돌아오시라는 제 편지에는 왜 회답도 없으셨나요? 그곳을 떠날 수 없는 일이 벌써 생겼나요? 딸처럼 데려다 기른다는 어린애 때문은 아니겠지요.

슬픕니다. 얼마 안 되는 그 사이 벌써 종유 씨의 마음이 변했다는 건가요? 왜 보고 싶다는 말 한 마디도 없을까요? 저를 잊을 만큼 좋은 사람이 생겼다는 말인가요?

좋습니다. 어떤 여자를 좋아해도 좋습니다. 그렇지만 상희만은 안 됩니다. 상희만은 용서를 할 수 없습니다. 언니인 나를 배신한 상희만은 절대로 용서할 수 없습니다.

종유 씨.

종유 씨가 나를 잊어야 할 이유는 하나도 없습니다. 저는 조금도 변하지 않았으니까요.

편지를 주십시오. 경우에 따라서는 제가 직접 내려가겠습니다. 종유 씨를 누구에게나 간단히 넘겨 줄 수는 없으니까요."

편지를 다 쓰자, 그미는 사람을 시켜 은행에서 돈 이십만 원을 꺼내 오게 한 뒤 그것을 송금수표로 바꾸어 등기우편으로 부쳤다. 그리고는 할 일을 일단 끝낸 기분으로 석간신문을 읽기 시작했다.

사회면 기사를 읽는 도중 미재는 갑자기 눈을 크게 하고 읽던 기사를 처음부터 다시 읽기 시작했다.

유부녀 권명인 씨(이름 밑에는 괄호를 하고 가명이라 했다)와 같이 밤새우며 광나루에서 뱃놀이를 하던 염경화 씨가 오늘 새벽녘 만취가 되어 물속에서 들어갔다가 그만 익사했다는 기사였다. 권명인이 비록 가명이라 했지만, 바로 미재의 친구 이름이요, 또 권명인이라는 여자의 주소와 나이가 그미의 친구 권명인과 너무나 같기 때문에 미재는 놀라지 않을 수 없었다.

본명을 쓰고도 독자를 속이기 위해 일부러 가명이라 부기(附記)하는 경우가 있음을 알고 있기 때문에, 미재는 가명이라는 권명인이 자기의 친구인 진짜 권명인에 틀림없다고 생각했다. 더구나 그미가 놀란 것은 남자의 죽음이 자연사(自然死)인지, 그렇지 않으면 타살인지가 의심스러워 경찰이 권명인을 구속했다는 사실이었다. 좋아하던 남자를 죽여야 할 이유도 있을까 하는 의심이 들었다.

여러 가지로 궁금스러웠지만, 명인의 집에다 전화를 걸고 물어 볼 수도 없는 일이어서 미재는 친구들이 다방에 나타나기만을 기다렸다.

얼마 안 있어 연실이 나타났다. 연실에게 명인의 소식을 묻자 연실은,

"글쎄, 어젯밤 같이 놀러 가자구 했더니 약속이 있다면서 혼자 가 버리지 않았어? 그런 줄만 알았더니 신문에 기사가 났지 뭐냐. 그래서 지금 명인의 집엘 갔었는데 글쎄, 신문기사 그대루가 아냐?"

하고 자기들의 친구 명인의 사건이 틀림없음을 밝혔다.

"밤새우며 뱃놀이를 하는 데두 있니?"

미재는 자기가 궁금스럽게 생각되는 것을 하나하나 묻기 시작했다.

"광나루 가면 그렇대. 뱃사공은 배를 젓다가 닻을 잠가 놓고는 목욕을 좀 하겠다고 핑계대구 슬쩍 배에서 없어진다누만. 그러면 배 안이 자유 천지가 될 거 아냐. 아마 그렇게 놀다가 목욕하러 물 속에 들어갔던 모양이지."

"그럼 남자를 죽인 건 아니겠구만……."

"물론 죽이진 않았을 거야. 왜 죽이겠니?"

"글쎄나 말야. 참 운수 불길이구나. 그런데 명인의 남편이 이 기사를 읽구 어땠을까?"

"속은 게 분하구, 신문에 난 것이 창피하구, 자식새끼들 불쌍해질 것이 통분하구 말씀 아니겠지."

연실이 어이없다는 듯 쓴웃음을 웃어 가며 말했다.

"죽은 남자의 부인도 무던하겠는데? 태산같이 믿구 살던 남편이 딴 여자와 놀다가 강에 빠져 죽었으니……."

미제는 명인의 사건이 얼마나 많은 사람에게 불행을 주고 있는가 그런 것을 캐 보고 싶었다.

"말할 것두 없지. 세상이 샛노랄 거다."

"명인의 마음은 어떨까?"

"죽구 싶겠지. 처음에야 남자가 죽은 데 당황하구 슬퍼서 제 정신을 채리지 못했겠지. 그래서 죽지를 못했을지두 몰라. 그렇지만 지금은 죽을 기회만 생각하구 있을 거야. 안 그렇겠나 생각해 봐라. 살았다구 남편한테 돌아갈

수두 없을 거구. 갈 데가 있어야지. 나 같아두 죽을 거야."

이런 이야기를 하고 있을 때 찬욱과 공희가 들어왔다. 그들도 들어오자마자 신문에 난 권명인이 그들의 친우 권명인이 아니냐고 물었다. 연실이 틀림없는 그 권명인이란 말을 하자 그들은 '아이고머니'를 연발하며 어찌할 바를 몰라 했다.

"이 일을 어떻게 하지?"

공희가 무릎을 치며 말했다.

"결국 불쌍한 건 명인이지. 명인이 불쌍하게 된 것뿐야."

연실이 사건에 대한 결론을 맺자 찬옥이 그 말을 이어 받았다.

"연애에두 손핼 보는 건 여자뿐이로군……."

그때 미재가,

"그게 여자의 운명 아냐?"

하고 친구들의 얼굴을 둘러보았다. 다들 실의에 찬 얼굴을 보이고 있지만 며칠 안 가서 그런 슬픔을 잊고 또 연애들을 할 것이라 생각했다.

미재는 그 운명이라는 것을 더 길게 생각하고 싶지 않았다. 놓여진 운명을 밟으며 살아가야 하는 것이 또한 인간의 운명이니까. 그래서

"공희 애인 장례식에는 어떻게들 했니? 난 갑자기 볼일이 생겨서 시골에 가누라 실례를 했다."

화제를 돌리고 공희 애인 무덤에 가기로 약속을 하고도 못 간 일을 사과했다.

"공희하구 나하구는 장례식에 참석했어. 그 분이 천주교 신자라 영결식을 거기서 했거든. 그 뒤 명인이랑 다 같이 무덤으루 가서 꽃다발을 드렸지."

찬옥의 대답이었다. 그러자 연실이 미재를 보며,

"너 애인하구 여행 갔다 왔니?"

하고 물었다.

"그랬으면 좋기나 했게? 우울한 여행이었어?"

"어딜 갔었는데?"

"고향엘 다녀왔어. 아버지가 편치 않으셔서……."

미재는 엉뚱한 거짓말을 했다. 그리고는 거짓말을 더 하기가 싫어,

"다들 조심해라. 애인들이 자꾸만 죽어 가는데."

마치 자기만은 상관없는 일이라는 듯 설교조로 말했다.

"깍쟁이. 자기는 연애를 안 하는 것처럼……."

찬옥이 미재를 쳐다보며 말했다. 미재는,

"내가 언제 연애하더냐?"

하고 대답했지만 속으로는 종유가 멀리 떨어져 있는 것을 다행으로 생각했다. 같은 서울에 있다면 자기도 어떤 사고를 저지를지 모른다는 불안감 때문이었다. 그리고 연애를 안 하는 것만이 가장 안전할 것 같은 생각을 했다.

그 날 밤 미재는 일찌감치 집으로 돌아갔다. 종유에게 최후의 통첩 같은 편지를 쓰던 때의 감정은 명인의 사건으로 싹 가시고 말았다. 종유가 상희와 연애를 하든, 누구와 연애를 하든 몸 건강하고 사고를 내지 말아 주기나 했으면 하는 마음이었다. 그리고 자기는 형구에게 좀더 친절히 대해 줘야겠다는 생각을 했다. 어쩐지 형구도 그런 자기 마음을 받아 줄 것 같았다. 그런 마음을 받아 주기 위해 일찍 돌아올 것 같기도 했다. 그러나 집에 들어갔을 때 기대했던 형구는 와 있지 않고 혜미가 와서 미재를 맞이해 주었다.

눈의 가시 같은 여자다. 뭣 때문에 주인도 없는 집에 와 있을까? 그런데

"저 아주 왔어요, 부탁해요."

하며 샐쭉 웃는 것이 아닌가?

"아주 오다니요?"

"완전히 헤어졌어요."

"정말요?"

미재는 믿어지지가 않았다. 변덕쟁이니까 싸우고 온 것이려니만 생각됐는데,

"이층 빈방을 써두 괜찮지요? 거기 짐을 갖다 놨어요. 앞으루 식모 노릇 잘 해 드릴게 부탁해요."

"갑자기, 왜 또?"

"해인사에서두 말씀드리지 않았어요? 갑자기가 아니에요."

혜미는 자기의 인생 문젠데 소홀히 다룰 수 있겠느냐는 듯이 말했지만 미재에게는 아무래도 신중한 행동 같지 않았다. 그렇지만 혜미의 일에 관여할 생각이 없어,

"오빠와 의논해서 잘 하세요."

하고 발뺌을 했다.

"오빠한테는 벌써 승낙을 받았어요."

"그래요?"

그렇다면 더더구나 할 이야기가 없었다. 미재는 자기 방으로 돌아갔다.

'혜미와의 동거생활.'

그미는 혜미의 이혼 문제보다도 혜미와 같이 살 일을 생각했다. 눈의 가시 같은 혜미다. 그미와 같이 살게 되면 반드시 마찰이 일어나고야 말 것이다. 마찰은 둘째로 하고 매일 얼굴을 마주 봐야 하는 고역을 어떻게 겪어 나갈까? 미재는 그것이 걱정이었다. 아니, 고통처럼 느껴지는 것이었다.

'혜미는 형구와 한패가 되겠지.'

그것은 당연한 일이다. 그렇게 되면 고립될 사람은 자기뿐이다. 더구나 형구와 자기와의 이혼을 진심으로 바라는 혜미다.

미재는 형구가 돌아오기만을 기다렸다. 그와 이야기를 해서 혜미를 집안에 머무르지 못하도록 하는 수밖에 없다고 생각했던 것이다. 그런데 형구는 좀처럼 돌아오지 않았다. 열두 시나 거의 되어서야 돌아왔다. 그런데 혜미가 앞장을 나서 형구를 맞이했고 또 형구의 방에까지 따라 들어갔다. 그리고는 형구의 옷을 벗겨 주고 잠옷을 갈아입혔다. 마치 혜미가 형구의 아내 같은 느낌이었다.

미재는 혜미가 앞으로 할 일이 그런 것이리라 생각했다. 그래서 형구와 단짝이 된다. 그렇게 되면 자기가 혜미를 내보내는 것이 아니라 자기가 혜미에게 밀려 나가게 될 것이다. 미재는 눈꼴이 사나워 형구에게,

"나 좀 보구 주무세요."

한 마디를 남긴 뒤 자기 방으로 돌아갔다.

미재는 낮에 못한 말을 이 밤 안에 해 버려야 한다고 생각했다.

다른 이유를 내세울 필요도 없었다. 오직 혜미와의 동거를 이유로 이혼을 선언하자, 이런 생각을 하며 기다리고 있을 때 형구가 미재 방으로 들어왔다. 이야기는 또 무슨 이야기냐는 듯 귀찮아하는 얼굴로 들어오는 형구에게 미재는 폭탄 같은 선언을 했다.

"저 내일부터 이 집을 나가겠어요."

별은 빛나고

"뭐라고?"

미재의 돌발적인 선언에 형구는 깜짝 놀라는 것이었다.

"혜미 누이가 이혼을 하구 집에 와서 살기루 했다죠?"

미재는 흥분했던 마음을 약간 가라앉히고 자기가 집을 나가는 데 대한 이유를 설명하기 시작했다.

"그래서?"

"시누이와 올케는 서루 맞지 않는 거라구 하지만 난 그이하구 같이 못 살아요."

"그게 집을 나간다는 이유의 전부야?"

"전부라구 해두 좋아요."

"별말씀을 다 하시눈……."

형구는 어린애 장난 같은 일이라는 듯 소리를 내어 웃었다. 그리고는 미재 가까이로 가서 그미의 턱에 손을 대고,

"누구보다두 현명하구 누구보다두 인내성이 많은 줄 알았더니 그렇지가 못하군 그래? 아직 어린앤데……. 그래 그게 뭐 중요한 일이라구 집까지 나가야 하는 거유?"

하며 귀여운 듯 미재 얼굴을 빤히 쳐다봤다.

"제게는 중대한 일예요. 당신이 나가서 바람을 피우는 것보다두 더 참을 수 없는 일예요."

"기분 나쁜 소리 하지 마. 그래 내가 중요하지 혜미가 중요해?"

형구는 미재 귀에 잎을 대고 귓밥을 빨았다. 입술보다도 더 부드러운 살이었다. 그 쾌감에서 그는 미재에 대한 애정을 느끼려 했던 것이다.

"그런 게 아녜요. 혜미 눈에는 가시가 돋쳐 있단 말예요."

울먹울먹 말했다.

"혜미 딴 데루 내 보내면 되잖아? 아주 간단한 일을 가지구 야단이야."

형구는 미재 귀에서 입을 떼고 목덜미를 빨기 시작했다. 거기에는 키스 마크가 생길 우려가 있지만 그는 키스 마크가 생기도록 일부러 힘을 주어 빨았다.

"왜 이러세요."

미재는 키스 마크가 생길 것을 두려워했던지 형구를 밀어냈다. 그러나 형구는 굴하지 않고,

"혜미는 내 보낼 테니 걱정 마."

하며 손을 깊은 곳으로 가져갔다.

"애가 있잖아요?"

미재는 옆에서 자고 있는 성배를 핑계삼아 형구의 손을 잡아 뺐다.

"그럼 내 방에 가서 이야기해."

형구는 미재를 애무해 주고 싶었다.

"밤이 깊었는데 가서 주무시기나 해요."

"밤 깊은 것이 문제야?"

"이야기두 다 했는데……."

"참 눈치두. 빨리 가."

혜미를 내 보낸다면 당장에 형구와 이혼할 이유는 없다. 당장 이혼할 것이 아니라면 솔직하게 자기가 필요하다는 형구의 요구를 물리칠 수가 없지 않은가?

미재는 종유를 생각 안 한 것이 아니다. 그러나 동시에 권명인을 생각했다. 광나루에서 연애를 하다가 애인을 물에 빠뜨려 죽게 하여 남편을 망신시키고 슬프게 만든 명인. 그래서 미재는 형구에게 고분고분 해야 할 것을

생각했다.

그런데 형구 방에까지 가자 어젯밤 외박을 했는데 오늘밤은 혼자 자두 괜찮지 않느냐는 말이 입 안에서 맴돌았다. 그러나 그 말이 너무나 추한 거 같았다. 눈을 감고 참는 편이 그런 말을 입 밖에 꺼내는 것보다 더 견디기 쉬운 것 같았다.

"당신은 내 영원한 아내야."

형구가 미재를 끌어안고 침대 위에 덜렁 누워 버렸다.

형구는 이 날 미재를 즐겁게 해 주고 싶었던 것이다. 그것은 집을 나간다는 말에 놀랐다가 집을 나간다는 이유가 혜미 때문이란 말을 듣고 안심이 된 때문이 아니었다. 밖에서 즐거웠던 일이 안에서까지 감정적으로 연장되었던 것이다. 남자란 딴 여자에게 애정을 느낄 때는 자기 아내에게까지 잘 해 주고 싶어지는 모양이다.

이 날 형구는 회사의 여사무원 차용수와 같이 카바레에 가서 춤을 추는데 성공했다. 그리고 앞으로는 자기가 하자는 대로 따라올 가능성을 포착했다. 모두가 돈의 효과였다. 맨 처음 누구한테서 받은 것이라고 양복감 한 벌을 주었다. 아내가 한복만을 입기 때문에 필요 없는 것이라고 하며 주었을 때 용수는 사양을 하다가 끝내 받고야 말았다.

그 다음에는 차용수의 이력서를 살피고 그미의 생일을 조사한 뒤 생일기념으로 백금 목걸이를 사 주었다. 우연스럽게도 이력서를 조사한 다음 다음 날이 바로 그미의 생일이었던 것이다. 그 뒤에는 아무 이유 없이 수영복, 레이밴 등 해수욕장에서 필요한 것들을 사서 프레젠트했다. 아무 때라도 바다에 갈 기회가 있을 테니 그때 쓰라고 하며 주었을 때 차용수는 왜 주느냐는 이유를 따지지 않고 이렇게 받기만 해서 되겠느냐는 겸사의 말만 하며 쉽게 받았다. 그러고 난 뒤 며칠 동안 말 한 마디 안 하고 내버려 두었다. 그런데 오늘 용수가 넥타이 두 개를 가지고 와서 백화점에 갔다가 빛깔이 좋은 것이 있어서 샀다고 하며 받아 달라고 했다. 형구는 무엇보다도 귀하게 쓰겠다고 한 뒤 고맙다는 말을 몇 번이나 했다. 그리고는 귀한 물건을 받고 가만 있을 수가 있느냐고 말한 뒤 저녁을 같이 먹자고 했다. 차용수는 이왕이면 맛있는 걸 사 달라고 애교 있게 말했다. 저녁을 먹은 뒤 카바레 구경을 가지고 했을 때에도 용수는 거절하지 않고,

"춤바람이 나면 몰라요."

나중에까지 책임을 지라는 듯 말했다. 춤을 추면서 슬쩍 뺨을 비볐을 때도 용수는 놀라거나 못마땅해 하지를 않았다.

춤이 끝난 뒤 바 구경을 하자고 했을 때에도,

"지옥 구경두 해 둬야지요."

서슴지 않고 따라왔다. 이쯤 되면 일은 다 된 것이다. 다음 기회엔 술을 먹여 취하게 만든 뒤 호텔로 가면 그만이다. 한때 자기 따귀까지 때린 여자를 이만큼 길들여 놨으니 자기 수단에 경탄하지 않을 수 없었다. 통쾌한 일이었다. 그 통쾌한 기분을 지금 미재에게도 분양해 주는 것이었다.

"내가 밉지 않지? 응?"

형구가 미재의 몸을 쓸어 주며 반응을 기다리고 있을 때였다. 문 밖에서 발소리가 나더니 문이 발칵 열렸다.

형구가 몸을 일으키고 미재가 이불 속에 얼굴을 감추었을 때,

"아이, 미안해요."

하고 문 닫는 소리가 들렸다. 혜미였던 것이다. 할 이야기가 있어 그런 줄도 모르고 들어오려구 한 모양이었다.

형구는 그러면 어떠냐는 표정으로 미재가 얼굴을 가리고 있는 이불을 걷어올리려 했다. 그러나 미재는,

"기분 나빠요."

하며 발딱 일어나 침대에서 뛰어내렸다.

"어때? 도둑질하는 건가?"

형구가 그미의 팔을 잡아끌었지만,

"싫어요."

미재는 말을 듣지 않고 자기 방으로 달려갔다. 정말 기분이 나빴던 것이다. 도둑질을 하다가 들킨 것 같기도 하고 숨겨 오던 비밀이 탄로된 것 같기도 했다. 어디선가 종유가 그 광경을 바라보고 있지나 않았을까 하는 불안

감까지 들었다.

기분 나쁜 밤을 보내고 났지만, 다음날 아침 미재는 형구가 일어나기도 전에 형구 방으로 가서,

"혜미 씰 딴 데루 보내지 마세요."

하고 부탁했다.

"건 또 왜?"

형구는 이해할 수 없는 말이라는 듯 반문했다.

"딴 데루 나가라면 어젯밤 일 때문일 거라구 생각할 거 아녜요?"

미재는 그것이 싫었던 것이다. 형구가 어떤 말을 해서 내 보낸다고 해도 혜미는 반드시 어젯밤 일과 결부시켜 생각할 것이 분명했다.

"아무렇게 생각하면 어때?"

"그런 일루 내 보냈단 말을 듣는 건 죽기보다두 싫어요."

"죽기보다두 싫을 건 또 뭔고?"

"어쨌든 싫어요."

미재는 조금도 굽히지 않았다.

그런데 한편 혜미는 부엌을 왔다갔다 하며 조반 짓고 있는 식모를 감독하고 있었다. 밥상이 들어올 때는 수저를 쥐고 손수 각자 앞에 그것을 놓았다. 밥을 먹기 시작했을 때는 식모를 불러 찌개가 짜졌다느니 고기가 너무 질기다느니 생선은 구워야 맛이 난다느니 하며 반찬 하나 하나에 대해 잔소리를 했다.

식사가 끝나 갈 때는 형구에게 마늘장아찌를 해야 할 시기라면서 돈을 주고 가라 했다. 돈 이야기를 하자 형구가 미재를 보고,

"좀 주구려."

그런 일을 자기가 관여할 것이 아니라는 듯 말했다. 사실 그렇다. 살림에 관한 것은 일체 미재의 손을 거쳐 나가기로 되어 있는 것이다. 그런데도 미재는,

"당신이 주면 안 되우?"

하고 자기 주머니에서 지출하기를 거부했다. 마늘값이라야 얼마도 안 되는

돈이다. 그런데도 시어머니나 주부가 된 것처럼 설치는 혜미가 보기 싫었던
것이다.

"좀 있다 내가 주지."

미재의 마음을 눈치챘음인지 그렇지 않으면 혜미 앞에서 적은 돈을 가지
고 미재와 싸우기가 싫어서인지 어쨌든 형구는 혜미의 입을 막아 버렸다.
그런데 혜미는 미재의 마음을 헤아릴 생각도 않고 계속해서,

"오빠, 출근하실 때마다 반찬값을 주구 가시곤 하세요."

하는 것이었다. 식모 노릇을 톡톡히 할 모양이었다. 그러나 미재는 자기가
완전히 무시당했다는 불쾌감을 느꼈다. 자기와 의논 없이 마늘장아찌 담글
돈을 달란 것도 그렇지만 찬거리 살 돈을 형구보고 내놓으라는 것은 주부인
자기를 무시하는 태도라 하지 않을 수 없었다.

"그런 건 언니하구 의논해서 해라."

형구가 사무 분담을 구별지으며 말했지만 혜미는,

"오빠두 쩨쩨하게 구시네."

할 뿐 미재에게는 한 마디의 말도 안 했다. 미재는 살림에 일체 손을 대지
않아도 좋게 된 것을 다행스럽게 생각하려 했지만 혜미에게 무시당하고 있
다는 마음이 앞서 불쾌하기 짝이 없었다.

그런데 혜미는 형구가 출근할 때 현관까지 나가 퇴근 뒤에는 일찍 일찍
돌아오라고 타이르는 한편 오늘은 몇 시에 돌아오느냐고 물었다. 그리고 미
재가 나갈 때도 몇 시에 돌아오느냐고 물었다. 정말 이 집 주부는 미재가 아
니라 혜미로 바뀌고 만 셈이었다.

"늦게 되면 전화 걸게요."

불쾌한 대로 미재는 이렇게 대답했지만 혜미가 찬거리 살 돈 이야기를 꺼
냈을 때는 돈을 꺼내 혜미에게 주지 않고 식모에게 준 뒤 집을 나왔다.

다방에 나간 미재는 가슴이 자꾸 죄어드는 것을 느꼈다. 활짝 트이지가
못하고 사방이 벽으로 둘러싸인 좁은 감방 같은 데 갇혀 사는 듯한 느낌이
었다. 형구는 제멋대로 살고 집안은 혜미에게 유린을 당하고 있다. 종유는
손이 닿지 않는 곳에서 자기 개인만을 생각하며 살고 있다. 삭막하지 않을

수 없었다. 삭막하면서도 구속밖에 느껴지는 것이 없는 생활.

미재는 마음대로 되는 것이 하나도 없으면서 무엇 때문에 사는 것일까 생각했다. 생활의 형식을 살리기 위해 생활의 내용을 깎아 먹으면서 사는 생활을 보람 있는 생활이라 말할 수 있을까?

형식의 유지를 위해 내용이 구속당하는 부자유 속에서 무엇을 얻을 수 있을까? 언젠가 젊은 두 남녀가 와서 손님들이 그득 앉아 있는 다방에서 천연덕스럽게 키스하는 것을 보고 눈꼴이 사나와 달려가 나가 달라는 말을 하려던 일이 생각났다. 체면상 차마 내 보내지는 못했지만 화가 나서 어찌할 줄을 몰라했던 것이다. 키스할 데가 없어 사람이 많은 다방에서 부끄럼도 없이 키스를 하다니. 철이 없거나 무식한 사람이 아니고서는 할 수 없는 일이라고 생각해서 숫제 외면을 했었지만 지금 생각하니 그들이 용감하고 솔직하고 순수한 것 같은 마음이 들었다. 하고 싶은 일이다. 그렇다면 남들이 본다고 못할 것이 무엇인가? 거기에 구애될 것이 무엇이란 말인가? 그러다가도 그들은 서로 싫어지기만 하면 아무 미련 없이 헤어질 것이다. 좋은 대로만 사는 것이다. 허식이 필요 없고 남의 눈을 두려워하지 않는다. 터놓고 있는 대로 사는 것이다. 외부의 구속을 받고 형식에 구애됨이 없이 산다. 그래서 자유를 느낄 것이다. 인간이 만들어 논 생활의 굴레 속에서 부자유롭게 살 것이 무엇인가? 그 굴레를 벗어난 뒤에 일을 걱정할 필요도 없다. 살기 힘들면 죽어 버린다. 죽으면 그뿐 아닌가? 구속 속에서 부자유롭게 사는 것보다는 죽는 것이 도리어 편할 것이다.

미재는 아무 미련도 없이 몸을 털고 서울로 떠나 종유에게로 갈까 생각해 보았다. 친척들이 미쳤다고 떠들지 모르지만 그들을 거들떠보지도 않고 종유와 같이 산다. 좋은 사람끼리 같이 살면 그뿐이다. 모두들 무엇이라 떠들겠지만 상관할 것이 무엇인가? 설마 죽이지는 않겠지.

이런 생각을 하고 있을 때 경화가 찾아왔다. 어린애가 보고 싶으니 한 번만 만나게 해달라는 것이었다. 미재가 어린애를 데려올 때 다시 돌려주지 않는다는 말을 하지 않았다. 경화의 오빠가 시끄럽게 굴지 않을 때까지 맡기로 한 것인 만큼 경화가 보고 싶다고 할 때는 보여 줄 의무가 있다.

그런데 경화는 언제든지 볼 수 있는 자기 애를 보고 싶다면서 눈물을 흘리고 있었다.

"병이나 들지 않았는지 모르겠어요?"

"그렇지는 않을 거야. 병이 들었으면 내게 연락이 있을 테니까."

"그래도 잠을 제대루 잘 수가 없어요."

미재는 잠을 제대로 자지 못했다는 경화의 얼굴을 바라보았다. 그렇게 생각해서 그런지 얼굴이 까칠한 것 같았다.

미재는 문득 자기가 못할 짓을 했다고 생각했다. 경화를 괴롭히기 위해 어린애를 고아원에 맡긴 것은 아니다. 경화의 딱한 입장을 이용해서 형구를 괴롭히려던 불순한 동기가 경화를 괴롭힌 것이다.

"같이 가 봐."

미재는 경화를 데리고 고아원으로 떠났다.

미재는 경화와 함께 고아원으로 가는 도중 어린애를 도로 찾아다가 경화에게 돌려 줘야 한다고 생각했다. 형구를 괴롭히기 위해 그 애를 고아원에 맡겨 두었지만 이때까지 그 애를 가지고 형구를 괴롭게 해 주지도 못했다. 어느 때든 형구를 괴롭힐 수는 있겠지만 그럴 필요가 없는 것 같았다. 그런 것으로 괴롭힐 바에야 차라리 이혼해 버리는 것이 낫다. 괴롭힌대야 크게 괴로워하지도 않을 형구다. 그런 것을 가지고 경화만 살이 내리게 할 필요가 없다고 생각했던 것이다.

고아원에 이르러 애를 만났을 때 경화는 아기를 안고 마구 울었다. 못 만날 줄 알았던 애를 만난 듯이 우는 것이었다. 경화는 울면서,

"애기를 데리구 가게 해 주세요."

애원하기도 했다.

미재는 그렇지 않아도 자기의 처사를 후회하고 있던 참이라 고아원 원장과 이야기를 해서 아기를 경화에게 돌려 주기로 했다. 그러나 잘못해서 오빠에게 뺏겨 애를 고생시키면 어떻게 하나 걱정이 되었다. 경화의 오빠라는 작자는 경화의 애를 볼모처럼 취급해서 형구의 돈을 뺏으려는 생각을 가진

사람이다. 그렇게 되면 애가 얼마나 불쌍하게 될 것인가? 그래서,

"오빠 되는 이가 애기를 뺏어 가면 어떡허지요?"

하고 물었다.

"근처에 가까이 지내는 여자가 있어요. 당분간 그 집에 맡기기루 했어요."

경화는 뒷일까지 다 생각해 놓고 애를 만나러 왔던 것이다.

"그래요?"

그렇다면 미재로서 걱정할 것이 하나도 없었다.

"마음 편한대루 해요."

경화에게 하고 싶은 대로 하라고 말한 뒤 고아원을 나와 헤어졌다. 헤어질 때 애를 남의 집에 맡기려면 아무래도 돈이 들 것을 짐작하고 이천 원을 경화에게 주었다.

애를 경화에게 돌려 주고 올 때 미재는 마음이 가벼움을 느꼈다. 남편도 없고 돈도 없으면서 아기가 보고 싶어 잠을 제대로 못 자는 가련한 여성이지만 그러한 경화를 자기가 하고 싶은 대로 하게 만들어 주었다는 만족감이었다. 불행한 가운데서도 자기가 하고 싶은 일을 할 수 있다면 그는 그래도 삶의 보람을 느낄 것이다.

미재는 앞으로도 경화의 협조자가 되어 주리란 생각을 하며 다방으로 돌아왔다. 다방에 돌아왔을 때 찬옥 연실 그리고 공희가 벌써 와서 잡담들을 하고 있었다. 잡담을 하고 있던 그들이 미재를 보자 손짓으로 그미를 불렀다.

"명인이 나왔어. 오늘 아침에 나온 모양이야."

연실이 큰 뉴스를 알려 주듯 말했다.

"그렇겠지. 그 애가 애인을 죽였을 까닭이 있어……."

미재는 당연한 일이라고 생각했지만 그 뒤가 궁금해서,

"그래 집으루 돌아갔대?"

하고 물었다.

"집으루 돌아갈 수 있니. 당분간 친정집에 있을 모양이더라."

아마 연실에게 전화가 온 모양이었다.

"내한텐 왜 전활 안 걸까?"

미재는 자기에게도 전화를 걸어 줌 직하다고 생각했다.

"당분간 외출두 안 하겠대. 궁금해할 테니까 내한테만 전활 건다구 그랬어."

사실 낯을 들고 나다닐 면목이 없을 것이다. 미재는 그런 명인이 불쌍한 여자라고 생각했다. 딱하고 불쌍한 여자지만 그렇다고 누구 하나 동정해 줄 사람도 없는 가련한 여자.

그것은 비단 명인뿐이 아니다. 찬옥 연실 공희 할 것 없이 모두가 가련한 여자다. 고갈된 감정을 살리며 다양적인 생활을 하고 있지만 그 생활이 언제 명인과 같은 비참한 현실을 가져올지 누가 알 것인가? 다른 여자는 둘째로 미재 자신의 운명 또한 예측할 수 없는 불행을 내포하고 있다.

현실에 만족하지 못하는 현대 여성들의 공통적인 운명이라고 생각되었다. 그렇지만 미재는 명인의 사건이 자기 반성할 기회라는 것을 통감하지 않았다. 자기도 불행해질지는 모르지만 설마 명인처럼 될 것 같지는 않았던 것이다.

미재는 카운터에 서서 친구들을 바라보며 온전치 못한 언젠가는 비극을 연출하고야 말 여자들이란 생각을 하고 있을 때 연실이 미재 가까이로 와서 전화를 걸었다.

"사모님이세요? 저 황연실예요."

물론 저쪽이 누군지는 모른지만 미재는 연실의 말에 귀를 기울였다.

"애들두 다 잘 있지요? 한 번 찾아가 뵙는다면서두 그게 잘 되지 않누만요. 저요? 저는 건강한 셈이에요. 소화가 좀 안 되는 것 같은데 선생님 말씀을 듣구 약을 먹어야 한다면 한 번 찾아가 뵙겠어요. 선생님 계신가요? 좀 바꿔 주시면 고맙겠습니다."

미재는 연실이 과히 긴요치 않은 전화를 거는 것이라고 생각했다. 그런데 저쪽 전화 받는 사람이 바뀌자,

"저예요. 저 요새 잠을 잘 못 자서 그런지 소화가 잘 안 돼요. 치료를 받

아야 할까요? 네? 그럼 한 번 찾아가겠어요.”

　연실은 잠시 말을 중단했다가,

　“오늘 다섯 시 그리루 나오세요.”

하고는 저쪽 대답도 기다리지 않고 전화를 끊어 버렸다. 나올 수 있느냐 없
느냐는 말을 물어 보지도 않고 그냥 끊는다는 것이 이상스러워 미재가,

　“거 누구니?”

하고 물었다.

　“누구긴 누구야.”

　물어 봐야 알겠느냐는 투로 말하는 바람에 미재는,

　“그럼, 그 분 부인 승인 하에 연애를 하는 거니?”

하고 물었다.

　“승인이랄 것까진 없지만 부인과 사교를 해 둬야 그이를 빼내기가 편리
하거든.”

　“그런 수법두 있구나…….”

　“최대의 노력를 다 해서 보호색을 써야 하는 거야. 그 분이 내 허스의 친
구라는 걸 알면 넌 더 놀랄 거다. 재미있지?”

　연실은 호호 웃으며 친구들 있는 자리로 돌아갔다.

　미재는 다각적인 연실의 위선적 생활을 가증스럽다기보다 차라리 재미있
다고 생각했다. 악을 행하는 데에도 그렇게 물샐틈없이 계획적으로 한다면
그는 확실히 머리가 좋은 편에 속하는 여자다. 승리는 결국 총명한 사람에
게 돌아가는 법이다.

　그런데 자기는 그렇게 총명한 여자도 되지 못한다. 지금 살고 있는 자기
인생을 어찌 총명한 것이라 말할 수 있을 것인가? 이십대의 젊은 축들처럼
용감하고 솔직하지도 못하며 연실처럼 총명하지도 못하다. 결국 구질구질한
인생을 살고 있다는 결론밖에 나오는 것이 없었다. 집에 들어가도 시원할
일이 없을 것을 잘 알고 있기 때문에 미재는 이 날 늦게까지 다방에 있다가
밤 열 시나 거의 되어서야 집으로 돌아갔다.

　그런데 집에 돌아갔을 때는 형구가 혜미와 그리고 낯모를 여자와 트럼프

놀이를 하고 있었다.

집 안에 들어섰을 때 애들이 나와 여자 손님이 와 있다는 말을 해 주었기 때문에 응접실로 갔던 것이지만 셋이서 트럼프 놀이하는 광경을 보자 미재는 몸을 어떻게 처신해야 할지 난처함을 느꼈다. 손님이라는 여자는 생전 처음 보는 젊은 여자였다. 그런데 생전 처음 보는 여자와 함께 놀면서 형구는 미재가 방 안에 들어선 것도 몰라 봤다. 그만큼 노는 데 열중해 있었던 것이다.

"허허, 아무래두 미스 정이 내일 점심 사셔야겠는데……."

"한 번만 더 해요."

미지의 여자가 트럼프 짝을 모아 치기 시작할 때 미재는 살짝 방을 나와 버릴까도 생각했다. 그러나 그들이 자기가 온 것을 눈치채고도 모른 체하는 것이라면 도망쳐 나오는 순간 자기는 패배의식을 느껴야 할 것 같았다. 그 래서 망설이고 있을 때 혜미가,

"언니가 오셨네요."

하며 재빠르게 달려왔다. 그리고는 미재를 붙잡고 그들 있는 데로 끌고 가서,

"제 친구의 동생 정명보예요."

하고 처음 보는 여자를 소개했다.

미재는 명보와 인사를 하자 자기 할 일은 다 했다는 생각으로,

"재미있게들 노세요. 난 가서 밥을 좀 먹구 올게요."

한 뒤 그 자리를 비켜났다. 자기 방으로 돌아와 옷을 갈아입고 저녁을 먹는 동안 미재는 형구가 오늘 유달리 일찍 돌아왔다는 일이 가슴에 걸려 자꾸만 무엇인가를 생각게 되었다. 명보라는 여자와는 언제부터 사귀어 어느새 무 흠한 사이가 되었을까? 혜미가 소개해서 알게 된 사일 텐데 혜미는 무엇 때 문에 명보를 형구에게 소개했을까? 소개할 일이 있어 소개했으면 그뿐이지 무엇 때문에 집에까지 끌고 와서 장난까지 하며 노는 것일까?

미재는 신경 안 써도 좋을 일이라 생각하면서도 식모를 불러 형구가 몇 시쯤 들어왔는가를 물었다. 식모는 형구가 일곱 시 전에 돌아왔고 여자 손

님과 함께 집에서 저녁을 먹었다고 말했다. 그 말을 들으니 명보라는 여자
와 형구와의 관계가 어렴풋이나마 짐작이 갔다.

형구와 미재의 이혼에 적극 앞장서겠다는 혜미가 흉계를 꾸미고 있는 것
이다. 이런 생각을 하니 갑자기 밥맛이 없어졌다.

미재는 응접실로 뛰어가 그들이 놀고 있는 꼴이라도 보고 싶었다. 처자가
있는 남자를 집으로 찾아와 그 처자들을 무시하고 회회낙락하는 여자의 얼
굴이 연구해 볼 만한 것이리라. 아내가 옆방에 있는데도 불구하고 아내에게
는 눈 한 번 보내는 일 없이 딴 여자에게 추파를 보내고 있을 형구 역시 연
구의 재료가 될 것 같았다.

그러나 미재는 밥을 끝까지 다 먹었다. 그리고는 하고 싶은 대로들 하라
지 하고 공부하는 성배에게로 갔다. 시간이 늦었으니 데려다가 재우기 위함
이었다.

"엄마, 집에 와 있는 여자가 누구유?"

성배도 명보에게 이상한 것을 느끼고 있는 것처럼 물었다.

"고모 친구래."

미재는 어린것에게 의혹을 품지 않도록 범연하게 대답했다.

"고모는 왜 집에 와 있어요?"

성배가 또 불만인 듯한 질문을 했다.

"그럴 사정이 있는가 보지."

"빨리 보내. 공연히 우리한테 신경질만 부리지 않아……."

"아버지가 알아서 하시겠지."

이렇게 성배를 타이르면서도 미재는 혜미가 집안의 화근이 되고 있음을
느꼈다.

"고모, 얌체야. 그 여자랑 저녁을 먹는데, 제가 뭐 주인인 척 반찬이 없어
두 많이 먹어라, 그러잖아."

성배는 혜미가 무척 못마땅했던 모양이다. 잠옷을 입고 자리에 누워서도
혜미 이야기만 했다.

"엄마가 없으니까 엄마 대신 손님 대접을 하느라 그랬겠지. 어서 잠이

나 자."

　미재는 성배를 재웠다. 그런데 열한 시가 다 되었는데도 명보는 갈 생각을 안 하는지 응접실이 그냥 떠들썩했다. 미재는 더 참을 수가 없어 응접실로 가서 형구에게,

　"내일 출근하셔야 할 텐데 그만 주무셔야지 않아요."

　야박스러운 대로 듣기 싫은 소리를 하고야 말았다. 그런데도 형구는,

　"당신두 같이 놀지."

하며 도리어 미재를 끌어들이려 했다.

　미재는 연실을 생각했다. 부인을 구워삶으면서 그 부인의 남편을 빼내는 고차적인 수법을. 그래서,

　"피곤해서 자야겠어요."

하고 그들과 어울리지를 않고 자기 방으로 돌아왔다.

　미재가 돌아오자 얼마 안 되어 명보가 돌아가는지 현관이 떠들썩했다. 미재는 차마 그럴 수가 없어 현관으로 나가 명보에게 잘 가라는 인사를 했다. 그리고 빈말로나마,

　"또 놀러오세요."

했다. 그랬더니 명보는 그 말을 액면대로 듣고,

　"네, 매일처럼 오겠어요."

하는 것이었다. 미재는 잘 가라는 말만을 하고 자기 방으로 돌아왔지만 매일같이 오겠다고 한 말이 명보 개인의 의사로 한 말이 아니라고 생각했다. 형구가 그런 말을 했을 것이고 혜미가 또 그랬을 것이다.

　'될 대루 되라지. 그리구 하루빨리 귀결이 났으면…….'

　미재는 다만 그래지기만을 바랐다. 형구가 명보를 좋아하게 되어 자기를 쫓아내 주었으면 하는 생각이었다. 그때는 미련 없이 나가리라. 그런 것을 보면 미재는 역시 약한 여자였다. 능동적이기보다 피동적인 데서 운명을 찾아내려는 약한 마음.

　미재는 머지않아 변화될 자기 운명을 내다보며 잠들어 있는 성배의 얼굴을 지켜 보았다. 땀을 흘리고 있었다. 식은땀이었다. 그미는 수건으로 땀을

닦아 주며 성배의 건강을 걱정했다.

요즘도 약을 먹이고 있지만 아무래도 건강이 시원치가 못한 성배다.

미재는 어떤 경우에도 자기가 데리고 있을 성배가 빨리 건강해 주기를 기도하는 마음으로 그 얼굴에 자기 뺨을 댔다. 그리고 성배에게만은 슬픔을 주지 않고 성배에게만은 배신을 안 하는 어머니가 되어야 한다는 생각을 했다.

다음날 아침 출근 직전 형구가 미재 방으로 왔다. 수표 한 장을 주는 것이었다. 수시로 마음이 내키면 주는 돈이니까 아무 말 않고 받았지만 미재는 명보 일로 신경을 쓸 것 같은 자기 마음을 무마하기 위해 주는 것이라고 생각했다.

남의 마음을 잘 투시해 보는 남자. 그러기에 많은 여자를 손 안에 넣을 수 있는 것이리라. 이런 생각을 하면서도 명보를 누구의 소개로 언제부터 알았느냐고 묻고 싶어 견딜 수가 없었다. 그것만은 알아야 할 것 같았다. 그런데 형구가,

"취직 부탁으루 집에까지 찾아오지 않아? 어젯밤의 여자 말이야. 내가 없을 때 오거든 따돌려 보내."

하고 명보 이야기를 먼저 해 버리는 것이 아닌가?

그것이 설사 거짓말이라 해도 그런 말을 들은 이상 달리 더 물을 수가 없었다. 더 묻는다면 명보 때문에 신경을 쓰고 있다는 것을 알리는 결과가 된다.

형구가 출근을 한 뒤 미재는 혜미에게도 명보에 대한 이야기를 한 마디도 묻지 않았다. 다만 형구가 한 말을 전하는 식으로,

"오빠가 없을 땐 명보 씨가 오지 않도록 하랍디다. 그렇지만 놀러오는 거야 어때요? 참, 좋은 여자 같던데……."

마치 자기는 명보로 해서 조금도 신경을 쓰지 않고 있는 것처럼 말했다.

사실은 그런 말도 하고 싶지가 않았다.

그러나 그런 말이라도 해 둬야 명보를 집으로 끌어들이는 일을 안 할 것 같았기 때문이었다. 자기 안 보는 데서야 어떤 일을 해도 무방하다. 그러나

자기 눈앞에서 자기를 무시하는 행동만은 못하도록 하고 싶었던 것이다.

"오빠가 그런 말을 했어요?"

혜미가 의외라는 표정으로 물었다.

"네, 출근하시면서 그러더군요. 그렇지만 어때요? 남자들이란 여자손님을 꺼려하는 거니까 그러셨겠지."

미재는 혜미가 의심할 말을 피하느라고 무척 신경을 쓰며 말했으나, 속으로는 혜미가 자기 마음을 알아차리리라 믿고 다방으로 나갔다.

다방으로 나가 얼마를 있는데 전화가 걸려왔다. 정명보였다. 전화 받는다는 것 자체가 불쾌했지만 무슨 일이냐고 물었을 때 정명보는 취직을 해야 하는데 형구에게 잘 말해서 취직이 되도록 협조해 달라는 말을 했다. 우스운 일이었다. 학력도 모르고 전공도 모른다. 나이조차 알리지 않고 취직에 조언을 해 달라는 것은 공연한 제스처임이 분명했다. 그러나 긴 이야기가 하기 싫어,

"말을 해 보지요."

정도로 전화를 끊어버렸다. 연실이 연인의 부인과도 교제하는 그런 수법이 자기에게 사용되고 있다. 어처구니없는 일이라 아니할 수 없었다. 듣기 좋은 말로 전화를 끊었지만 설사 형구와 명보가 좋아지는데 방해를 하지 않는다고 해도 자기가 명보와 교제할 수는 없다고 생각했다.

이제 스물대여섯밖에 안 되어 보이는 명보가 벌써 그런 꾀를 써 가며 형구와 합법적으로 교제하려는 데 아연해 있을 때 우체부가 와서 편지를 한 장을 전했다. 미재는 편지를 보기 전에 그것이 종유에게서 온 것임을 알았다. 회답이 올 때가 되었던 것이다.

미재는 조급한 마음으로 봉투를 뜯었다. 그리고 성급하게 내용을 읽었다.

"편지를 받고 놀랐습니다. 지난번 보내 준 돈이 미재 씨에게서 온 것으로 알고 있었는데 오늘 상회 씨에게 물으니 형구 씨가 보낸 것이라 하는군요. 형구 씨에게서 온 돈을 받고 상회 씨도 어떻게 된 영문인지를 몰라 내게는 이때까지 그 내용을 말하지 않고 있었답니다. 어떻게 하면 좋을지

요? 형구 씨에게서 온 돈을 여기서 직접 돌려 보내는 것이 옳을지 그렇지 않으면 미재 씨를 통해 보내야 할지를 몰라 미재 씨의 의견을 묻는 것입니다.

형구 씨는 내가 여기 영주하기를 바라는 마음에 돈을 부친 것 같은데 미재 씨와 의논 없이 보낸 돈을 그냥 받아 쓸 수는 없습니다. 상희 씨는 돈을 잘 받았다고 회답을 한 모양 같습니다만. 어쨌든 형구 씨가 어떻게 해서 이십만 원이 필요하다는 것을 알고 부쳤는지 그것도 알고 싶습니다."

편지를 읽고 나자 미재는 머리가 아찔해 옴을 느꼈다. 형구가 어떻게 해서 종유가 필요로 하는 돈의 액수를 알았을까? 그 적지 않은 돈을 부치고도 말 한 마디 안 한 형구는 그 사실이 언제까지나 비밀로 묻혀 있으리라 생각했던 것일까?

형구로서는 능히 할 수 있는 일 같았지만 형구가 한 일로서는 어딘가가 서툰 데가 있는 것 같았다.

미재는 지체 없이 회답을 썼다. 그 돈은 당분간 누구에게나 반송하지 말고 보관해 두라는 말과 형구가 그 돈을 보내기까지의 경유를 상희에게 물어서 곧 알려 달라는 말만을 썼다. 상희가 직접 형구에게 편지를 해서 돈을 부치게 했는지, 그렇지 않으면 형구가 종유를 시골서 꼼짝도 못하게 하기 위해 자진해서 돈을 부쳤는지 우선 그 경위를 알아야 했기 때문이었다. 그것만 알면 돈을 처리하는 방법이 문제될 것 같지 않았다.

편지를 쓸 때는 큰 사건이 벌어질 것 같은 황급한 마음이었다. 이십만 원이란 적지 않은 돈을 종유에게 보낸 형구의 행동 뒤에는 반드시 어떤 흉계가 숨어 있을 것이 분명했기 때문이었다.

그러나 편지를 써 부치고 나니 문안말 한 마디도 못 쓸 만큼 황급했던 자신을 자소(自笑)했다.

형구는 그 돈을 보낸 뒤 오늘까지 아무런 눈치도 보이지 않고 있다. 오직 종유와 자기와의 관계가 그것으로 끊어지기를 기다리고 있을 것이다. 종유가 서울에 올라오지 않고 또 자기와 만나지를 않는다면 그것으로 만사 해결이라 생각할 형구다.

이렇게 생각할 때 미재는 세상에서 형구처럼 관대한 사람도 없을 것이라는 마음이 들었다. 이해할 수 없을 만큼 관대한 사람.

미재는 이때까지 형구를 진정으로 미워하지 않은 이유를 알았다. 뭐니뭐니 해도 형구에게는 어떤 사람에게서도 발견할 수 없는 관대성이 있다. 그 관대성이 있는 한 앞으로도 형구를 미워할 수는 없을 것 같았다.

형구의 관대성이 마음에 와 머무르자, 미재는 종유를 좀더 많이 생각해도 무방하리라 마음했다. 이왕 보낸 돈이다. 특별한 사태가 벌어지지 않는 한 형구가 그 돈을 도로 달란 말은 못할 것이다. 그렇다면 자기가 보낸 돈까지 합쳐 종유가 마음대로 쓸 수 있게 하자. 이미 농촌에 정착해서 살게끔 되어 있는 종유다. 생활에 여유를 갖게 하여 가끔 서울에 올라오게 하는 것만이 자기가 할 수 있는 일이다. 땅을 좀더 사서 수입을 좀 늘리도록 하자. 그래서 일 년에 두어 번이라도 자기를 만나러 서울에 오게 하자.

이런 생각을 하고 있을 뜻밖에도 경화의 오빠 청화가 찾아왔다. 그는 미재를 보자마자 경화의 애를 어디다 숨겨 놨느냐고 물었다. 미재는 얼핏 경화가 얄미운 생각이 들었다. 애를 데려올 때 그 애의 안전을 위해서라면 할 수 없는 일이라고 승낙을 했던 경화였다. 그런데 애를 도로 데리고 간 지금 청화가 찾아와서 어린애 문제로 시끄럽게 굴도록 만들었다는 것은 경화가 책임을 이쪽에만 뒤집어씌우려는 심보다. 그래서,

'애는 애 엄마가 데리구 갔는데요.'

하고 말해 주고 싶었으나 어린애의 소재를 가르쳐 주는 것이 어린애를 위하는 일 같지가 않아,

"경화 씨 애를 내가 숨기다니요?"

하고 자기는 알지도 못하는 일이라는 듯 반문했다.

"왜 이러슈? 남편과 공모해 가지구 남의 애를 데려다 숨겨 놓구는?"

청화는 다 알고 있으니 속여도 속지 않는다는 투로 말했다.

"남편하구 공모라니요?"

“같이 가실까요? 방금 만나구 오는 길입니다. 그 애의 소재는 부인만이 알구 있다구 했으니까 바른 대루 말하시우.”

“난 몰라요.”

미재는 딱 잘라맺지만 청화는,

“전화루 물어 봅시다.”

하고 형구에게 전화를 걸었다. 그는 형구에게 미재가 딱 잘라매니 둘이서 이야기를 해 보라고 하며 수화기를 미재에게 넘겨 주었다. 그러나 미재는 수화기를 받자 그 자리에서 전화를 끊어 버렸다. 자기가 어린애를 데려왔다는 것은 경화의 입에서 나온 것이 아니라 형구의 입에서 나온 것이 분명했기 때문이었다. 경화가 자기를 배신하지 않은 이상 자기도 경화를 배신할 수가 없었던 것이다. 그렇다면 어린애의 소재를 청화에게 가르쳐 줄 수는 없다. 가르쳐 줄 수 없는 일이라면 청화 앞에서 형구와 이러쿵저러쿵 이야기 할 필요가 없는 일이었다.

“난 그 애가 어디 있는지 몰라요. 안다구 해두 당신한테는 말 못하겠어요.”

미재는 청화가 발을 붙이지 못하게 엄격한 태도로 말했다.

“알아두 말을 못하겠다구? 그 애가 누구 앤데? 내 동생 애야.”

청화가 뻔뻔스럽게 나왔다. 그래서 미재는 일부러 소리를 높여,

“누구 애라구요? 내 남편의 애예요. 애 아버지가 애를 보호하구 있는데 당신이 무슨 상관이유. 빨리 나가요. 여긴 영업장소니까.”

삿대질까지 했다. 모든 손님들의 시선이 미재와 청화에게 쏠렸다. 청화도 영업장소라는 데만은 약간 기가 꺾이는지,

“알았어, 그것만 알면 돼. 내가 누군 걸 모르구 떠드는 거지, 두구 봐.”

하고 일단 물러갔다. 미재도 그가 아주 퇴각하는 것이라고는 생각지 않았다. 아무 때라도 성가시게 굴고야 말 것이 뻔했지만 미재는 어떤 경우에도 청화에게 꿇리지 않으리라 결심했다. 부대끼면 형구가 부대끼지 자기가 두려워 할 일이 아니라는 뱃심이었다.

그러면서 그미는 또 한 번 형구를 알 수 없는 사람이란 생각을 했다. 어

떻게 해서 자기가 경화의 애를 데려다가 보호하고 있는 사실을 알고 있을까? 그것부터가 알 수 없는 일이었지만 그것보다도 그 사실을 알고 있는 형구가 알고 있다는 내색을 조금도 하지 않는다는 것이 더 이상스러웠던 것이다. 그 사실을 알고 있다면 최소한도 그 애를 데려다가 보호하는 이유만이라도 물어 보았어야 할 것이다. 그리고 그 애를 데려다가 기른다면 나중에 그 책임을 어떻게 지겠느냐고 추궁을 해야 할 것이다. 그런데도 형구는 이때까지 그 애에 관해 일언반구도 물어 본 일이 없다.

그는 인생에 대해 책임감을 느끼지 않는 사람일까? 현실에서 빨아먹을 것만 빨아먹고는 그 뒤의 현실을 찌꺼기로 취급하는 것일까?

형구를 이해할 수 없는 사람이라 생각하면서도 이 날 미재는 어떤 날보다도 일찍 집에 들어갔다. 친구들이 오래간만에 춤을 추러가자고 유혹했지만 그미는 집에 볼일이 있다고 거절을 했다. 혜미가 있는 집이 싫었지만 혜미가 명보라는 여자를 또 데려다가 놀지나 않을까 하는 생각 때문이었다. 명보가 와 있고 또 형구가 그 여자를 만나기 위해 일찍 돌아온다면 오늘만은 가만 두지 않으리라는 생각이었다.

형구가 어떤 여자와 어떤 행동을 해도 질투를 느껴 본 적이 없는 미재였다. 그런데도 명보에게만은 질투 같은 것을 느끼는 까닭을 알 수 없었다.

명보가 유별나게 예쁘냐 하면 그렇지도 않았다. 취직을 부탁한다는 것으로 보아 명문집 딸도 아니다. 그렇다고 해서 자기가 형구에 대해 전 달리 애정을 느끼는 것도 아니다.

그런데도 그미는 명보 때문에 일부러 일찌감치 집에 돌아왔다. 그런데 이날은 서로 약속을 달리했는지 명보도 오지 않았으며 형구도 늦도록 집에 돌아오지 않았다.

혜미와는 단 둘이 마주앉기가 싫어 그미를 피해 자기 방 안에만 앉아 있으려니 어쩐지 맥이 풀리는 것 같았다. 밖에서들 만나고 있는 것일까 하고 생각해 봤지만 밖에서 만나는 것이야 나와 무슨 상관이 있으랴 하는 마음이 드는 것으로 보아 미재는 자기가 명보에게 질투하는 것이 아니라고 생각했다.

오직 무시당하는 것이 싫은 것이었다. 그미에게 있어서 참을 수 없는 것은 질투보다도 무시였다. 이렇게 생각할 때 자기가 질투를 한 것이 아니라는데 스스로 위안을 받았다. 가장 열등한 감정인 질투에 사로잡힌 것이 아니었다는 안도감으로 잠이나 자려고 했다.

그래서 성배를 공부방에서 데려다가 자리에 누이고 자기도 자리에 누우려 할 때 형구가 돌아오는 소리가 났다. 술에 취한 모양이었다.

현관문을 여는 소리라든가 마루에 올라서는 발소리 하며가 모두 거칠었다.

열 시 반이 지났을까 말까한 시간이었다. 술에 취해 들어오기에는 조금 이른 시간이라고 생각하면서도 미재는 현관으로 나갔다. 취해 돌아오는 사람을 모른 체하고 누워 있기가 미안했던 것이다.

그리고 기회를 보아 종유에게 돈 보낸 일과 경화의 어린애 이야기도 할 수만 있으면 하리라는 생각을 했던 것이다. 그런데 마중 나간 미재를 보자 형구가,

"어떻게 일찍 들어 왔을까? 현부인인데……."

전에 없이 비꼬는 말을 했다. 미재는 못 들은 체하고 뒤를 따라 형구의 방에까지 갔다. 술에 취해 있는데다가 불쾌한 일이 있는 모양인 만큼 너무 냉정하게 대해 줄 수가 없었기 때문이었다. 방에까지 가서 옷을 갈아입게 해 준 뒤 아무 말 않고 도로 나오려 하는 데 형구가 미재를 잡아채며,

"이봐, 남편이 술에 취해서 돌아왔으면 잠들 때까지 시중을 해 줘야 하는 거 아냐?"

하고 시비조로 말했다.

미재는 까딱 잘못했다가는 시시한 싸움이 벌어질 것을 직감했다. 다른 때라면 몰라도 술 취한 때 싸우는 싸움은 승부가 없는 싸움이 된다. 승부가 없는 시시한 싸움은 할 필요가 없다고 생각했다.

"이제 주무시면 되잖아요."

미재는 귀찮아하지 않는 표정으로 형구를 부축해서 침대까지 끌고 가 누이었다. 그러고는 시트를 덮어 주며,

　"안녕히 주무세요."

　아기를 달래듯 달랬다. 그랬더니 형구가 시트를 확 젖히며,

　"내 옆에 누워서 나를 재우구 가. 그래야 편안히 잘 수 있단 말야."

하고 미재의 팔을 잡아끌었다. 투정을 부리는 것이었다. 미재는 할 수 없이
형구 옆에 누워,

　"많이 취하신 것 같은데 빨리 주무세요."

하며 그의 눈을 덮어 주었다.

　"나를 빨리 재워야 할 이유는 뭐야? 나는 빨리 자지 않을 테야."

　형구는 미재를 와락 끌어안으며 술 냄새가 나는 입을 가져다가 미재 뺨에
비비기 시작했다.

　미재는 술 썩은 냄새가 구역질이 나도록 역했다. 술냄새는 그렇지도 않은
데, 사람 입에 들어갔다가 다시 나오는 술냄새는 꼭 썩은 냄새다. 그래서 얼
굴을 돌려 버렸지만, 형구가,

　"내가 싫다는 거지? 똑바루 말해."

하고 손으로 그미의 얼굴을 잡아 돌리며 놓아 주지를 않았다.

　잘못 거역하면 투정이 주정으로 변할 것이 분명하기 때문에,

　"누가 싫다구 그랬어요? 술냄새가 고약하니까 그러는 거지."

하고 일어나려 할 때,

　"고울 땐 술냄새두 역하지 않은 거야. 미우니까 술냄새두 고약하지."

하며 형구가 미재의 팔목을 으스러지게 잡았다. 정말 팔목이 부러지는 것처
럼 아팠다 그러나 미재는 아프다는 소리도 못하고,

　"안 갈 테니 놓으세요. 그리구 마음대루 하세요."

하며 몸을 맡겨 버렸다. 정말 불쾌했지만, 어쩔 수 없었다. 그 뒤부터 형구
는 투정을 안 했지만, 미재는 자기가 팔려 온 여자 같은 기분이었다. 미재가
다시 옷을 입고 침대에서 나올 때 형구가 입이 히죽해서,

　"우리 마누라가 최고야."

하며 미재의 등을 쓸어 주었다. 미재는 그러는 형구에게 침을 뱉어 주고 싶
었지만, 참고 자기 방으로 돌아갔다.

사내를 단순한 수컷, 또는 개라고 말하는 여자들이 있지만, 미재는 형구도 오직 육체적인 것 때문에 자기를 아내로 보관해 두는 것이나 아닌가 하고 생각했다. 해야 할 이야기가 얼마든지 있다. 그것을 모른 체 입 밖에 꺼내지도 않고 부부라는 징검다리를 건너고 있다. 그러다가 육체적인 욕망을 풀고 나서는 내 마누라가 최고라는 말을 부끄럼 없이 토설한다. 살얼음 같은 부부생활이다. 언젠가는 깨지고야 말 것임에도 불구하고 그 살얼음을 될 수 있는 한 건드리지 않으려고들만 하고 있다. 자기도 마찬가지다. 싫으면 싫다고 뛰쳐 나갈 수가 있다. 그런데도 살얼음을 밟으려 하지 않는 까닭은 무엇이람.

위선이다. 위선을 두려워할 줄 모르는 위선자들이다. 위선을 두려워하지 않는 사람은 죄도 두려워할 줄 모를 것이다. 죄를 모르기 때문에 고독을 느끼지 못하고, 고독을 느끼지 못하기 때문에 고통을 모른다. 고통을 모르니 위선을 계속 할 수가 있다.

미재는 차라리 죄의 두려움을 모르고 사는 것이 편하다고 생각했다. 죄의 두려움을 안다면 이런 생활을 어떻게 해 나갈 것인가?

다음날 아침 가족 전부가 마주앉아 조반을 먹으며 형구의 얼굴 바라볼 때, 미재는 자기 얼굴에 두꺼운 껍질을 한 겹 씌우고 있다는 것을 느꼈다. 어젯밤 그미는 형구를 증오했다.

그리고 위선과 죄라는 것까지 생각했다. 그런데도 아침에는 아무 일이 없었던 것처럼 얼굴을 대하고 밥을 먹고 있다. 자기 환멸을 느끼며 밥을 먹고 있을 때, 식모가 와서 손님이 왔다는 말을 했다. 그 말을 듣자, 형구가 재빨리 일어나며 미재에게,

"당신은 방에서 절대루 나오지 마."

하고 현관으로 나갔다. 찾아온 사람이 누구인 것을 짐작하고 있는 모양이었다. 미재는 수상하다고 생각했지만 하라는 대로 하는 수밖에 없었다. 응접실로 커피를 갖다 주고 온 식모를 통해 찾아온 손님이 경화의 오빠 청화임을 알았을 때, 미재는 또 한 번 수상하게 생각했다. 청화가 왔다면 애 문제로 왔을 텐데, 그 문제에 대해서는 자기가 반드시 입회해야 할 일이 아닌가?

그런데도 자기를 방에서 절대 나오지 말라고 한 까닭은 무엇일까? 형구는 정말 청화를 돌려 보낼 때까지 미재를 부르지 않았다. 청화가 돌아간 뒤 미재가,

"누구죠? 찾아왔던 사람이?"

하고 물어도 형구는 청화란 놈이야 할 뿐 그 이외의 말을 안 했다. 미재는 어린애 문제를 어떻게 무마시켰느냐고 묻고 싶었지만 자기 입으로 먼저 어린애 이야기를 꺼내기가 싫어서,

"또 돈을 내라는 거였겠군요?"

라고만 물었다.

"그렇지. 벌써 몇 번짼지 몰라. 그렇지만 내가 그저 호락호락 넘어가나. 몇 푼 주어 보냈지."

미재는 그러니까 여자를 그만 농락하라고 한 마디 해 주고 싶었으나 그 말도 참고,

"밤낮 찾아오면 어떡허지요?"

마치 자기도 걱정이라는 듯 말했다.

"할 수 없지. 내 운이 나빠 그런 놈에게 걸린걸. 앞으루 공장 수위루라두 채용해 줘야겠어. 그럼, 말을 못하겠지."

형구가 너무나 태연하게 이야기하기 때문에 미재는 어제 그자가 자기를 찾아왔더란 말도 못했다. 미재가,

"빨리 해결해 버리세요,"

하고 자기와 관계없는 일처럼 말했을 때 형구도,

"당신은 걱정 말어. 아무 일두 없으니까……."

하고 정말 남의 일처럼 말했다.

미재는 경화의 애를 데려다가 집에서 기를까 생각했었다. 친자식보다도 귀여워하면서 형구의 죄의식을 유발시키려 하다가 애를 기르는 귀찮음을 생각하고 고아원에 갖다 맡겼던 것이지만 형구는 어떤 일에도 죄의식 같은 것을 느끼지 않을 사람이란 것을 알고 애를 고아원에 맡겼던 것을 잘 한 일이라 생각했다.

딴 여자에게 애까지 낳게 하고 그 문제로 매일처럼 시달림을 받으면서도 그 사실을 속속들이 알고 있는 아내에게 걱정 말라는 말을 하는 형구에게 달리 더 말하고 싶은 마음이 생기지 않아,

"나 걱정 안 해요."
하고 형구를 출근시켰다.

형구가 출근한 뒤 미재도 다방으로 나갔지만 이 날 미재는 되는 대로 살 수밖에 없다는 생각을 했다. 되는 대로 살다가 죽으면 그뿐 아니냐는 생각에, 공희의 꾐에 따라 밤에는 카바레엘 갔다. 연인이 죽은 뒤 허전해서 견딜 수가 없다는 공희의 마음도 이해할 수 있는 것 같았지만, 자기도 자기 마음을 처리할 수 없어 따라갔던 것이다. 그런데 을지로 4가에 있는 카바레에 들어가자마자 젊은 청년 한 사람이 앞으로 다가와 춤을 추어 달라고 했다. 스물대여섯 나 보이는 청년으로 체격이 근사했다. 한두 번 같이 추었는데 그 청년은 끝까지 미재하고만 추려했다. 미재도 싫지가 않았다. 그래서 추자는 대로 춤을 추고 있을 때 청년이 몸을 바싹 댔다. 몸뿐 아니라 뺨까지 맞대는 것이었다.

미재는 어디까지나 끌려가고 싶었다. 이름도 신분도 모르는 사이니 어떤 일이 생긴다 해도 책임을 느낄 것이 없고 또 책임을 지울 것도 없다. 기분을 맞추어 주며 춤을 추다가 시간이 되어 카바레를 나올 때 청년이 집까지 바라다 준다고 했다. 집은 알려 주지 않고 집 근처까지만 같이 간다면 그것도 무방할 것 같아 그러라고 했다.

어느새 공희는 눈치를 채고 혼자 간 뒤였다. 차를 타고 집으로 가는데 종로쯤 와서 청년이 밤을 새우며 춤추는 델 가 보지 않겠느냐고 물었다. 그것은 곤란하다고 대답했을 때 청년은,

"그럼, 잠깐 비어나 한잔 마십시다."
하고 자동차를 소공동으로 몰게 했다.

미재는 가벼운 마음으로 청년을 따라갔다. 간 곳은 N호텔 지하실 바였다. 어두컴컴한 분위기가 음침했다. 몇 남녀가 비어를 마시고 있었는데 어쩐지 호텔로 가기 직전의 전주곡처럼 보였다. 미재는 청년의 본심도 그런 것이리

라 생각했지만 어쩐지 겁이 들지 않았다. 유혹에 넘어가고 싶은 마음이 없지 않았던 것이다. 정 그렇게 될 경우 친구들과 놀다가 친구네 집에서 잔다고 집에다 전화를 걸면 무사하리라는 것만 생각했다.

"이런 데 처음 와 보시지요?"

청년이 비어를 권하며 말을 붙이기 시작했다.

"처음인데요."

미재는 자기가 순진한 여자인 체 대답했다.

"비어두 못 마시나요?"

"비어쯤 몇 잔 마십니다."

미재는 소견이 좁은 여자가 아니라는 것을 암시하며 말했다.

"그럼, 오늘밤 비어나 마시며 즐기십시다."

"그러세요."

"이 집 옥상에 올라가면 스카이라운지가 있습니다. 서울 장안이 다 내려다 뵈지요. 기분이 납니다."

미재는 청년이 그렇게 해서 시간을 보내다가 나중에는 집에 돌아가지 못하게 할 심산임을 들여다보면서도

"그런 데가 있나요?"

사뭇 호기심이 크다는 듯 말했다. 비어 두 병을 마시자 청년이 그만 옥상으로 올라가보자 하며 비어 값을 지불하라고 했다. 미재는 청년의 얼굴을 한 번 쳐다봤다. 그리고는 결국 직업적인 남자에게 걸렸다는 것을 알고 아무 말 없이 비어 값을 치렀다. 그리고는 청년과 같이 엘리베이터를 타고 옥상으로 올라갔다. 거기서 밤하늘의 별들을 보며 비어를 또 마시기 시작했다. 언제나 사랑의 노래에 붙어 다니는 별들. 과연 사연이 많은 별들 같았다. 그러나 미재에게는 빛나는 별들이 모두 화가 나 있는 것처럼 보였다. 좀더 아름다운 사랑은 왜 못하느냐고 꾸짖는 것 같이 보이기도 했다. 그미는 시계를 보았다. 열한 시가 이십 분이나 지났다. 조금만 더 있으면 돌아가려야 갈 수가 없게 될 것이다.

"화장실에 잠깐 다녀오겠어요."

미재는 스카이라운지에 올라올 때부터의 계획을 실행하는 것이었다. 화장실에 간다는 핑계를 대고 스카이라운지를 나오자 곧 엘리베이터를 타고 내려가 N호텔을 탈출했다. 겨우 택시를 잡아 타고 집에 돌아왔을 때는 열두시 십오 분 전이었다.

큰일날 뻔했다는 생각을 하며 두근거리는 가슴으로 집에 들어갔을 때 응접실에 불이 그냥 켜 있는 것을 보고 대문 열어준 식모에게 웬일이냐고 물었다. 식모는 그저께 밤에 왔던 여자가 와서 아직 돌아가지 않고 있다는 대답을 했다.

미재는 자기가 무서운 생각을 하고 있었다는 죄스러운 생각과 너무 늦어 미안하다는 마음이 일시에 도망침을 느꼈다. 도리어 도도한 마음으로, 그리고 공격해 들어가는 기분으로 응접실로 갔다.

모두들 어딜 갔다가 이제야 오느냐고 물었지만 늦은 것을 책잡는 말투가 아니었다. 아주 안 들어와도 무방했을 것이라는 표정이었다. 그러나 미재는,

"돌아가실 손님두 생각하셔야지, 지금이 몇 신 줄 아세요?"

하고 그들을 공박하는 태도로 나왔다.

"나하구 같이 자기루 했어요."

혜미가 명보를 위해 변명의 말을 했다. 자고 갈 사람이니 아무 때까지 놀면 어떠냐는 뜻이었다.

수족 묶인 자유

형구는 미재의 눈초리에서 질투를 느꼈다. 그리고 그것이 당연한 일이라고 생각했다. 집으로 찾아와서 터놓고 놀고 있지만 명보가 어찌 미재의 적이 아닐 수 있겠는가? 취직을 빙자해서 혜미가 명보를 소개했다. 그리고는 자기와 가까이 사귀게 하기 위해 혜미가 집으로 끌어들인 명보다. 그저께도 그랬지만 오늘도 그랬다. 명보를 오게 해 놓고는 형구에게 일찍 들어오라고 두 번씩이나 전화를 걸었다. 자기도 명보에게 어떤 흥미를 느끼고 혜미가

하라는 대로 했다. 그런 내용을 속속들이 알지 못한다 해도 여자의 감각으로 눈치쯤 채지 못할 리가 없다.

"그만 잡시다."

형구는 분위기가 묘하게 변할 것을 생각하고 전체에게 말한 뒤 먼저 자리에서 일어섰다. 그리고는 혜미에게,

"가서 자."

하고 명령조로 말했다. 그리고는 미재를 자기 방까지 데리고 가,

"뭣 하다가 이제야 오는 거야?"

하고 미재를 꾸짖었다. 그래야 미재가 다른 말을 못하리라 생각했던 것이다.

"친구들과 놀다가 늦었어요."

미재는 비록 늦기는 했다 해도 잘못한 일은 없다는 듯이 형구를 쳐다봤다.

"놀아두 분수가 있지, 열두 시가 다 될 때까지 놀아?"

형구가 그럴 수가 없다는 듯 못마땅한 얼굴로 말했다.

그러자 미재는,

"명보라는 여자 다시는 집에 오지 못하게 하세요."

형구보다도 더 격분한 어조로 말했다.

"혜미를 찾아오는 여잘 어떻게 오지 말라구 하나?"

"누구를 만나러 오든 난 싫어요."

"질투를 하나?"

"질투요? 유치한 말 마세요. 나 보지 않는 데서는 무슨 짓을 해두 좋아요. 그땐 암말 안 할 테니까……."

"알았어. 가 자."

형구는 귀찮다는 듯이 미재를 그미 방으로 돌려 보냈다.

물론 포옹 같은 것은 해 줄 생각도 안 했다. 어젯밤과는 달리 변화된 오늘의 기분이었다. 어젯밤에는 무엇이나 닥치는 대로 때리고 부수고 싶은 기분이었다. 그런데 오늘밤에는 자기가 혼자라는 것을 느끼고 싶은 기분이었다. 그것은 집 안에서 자고 있는 명보에게 자기가 혼자라는 것을 보이고 싶은 심정이었는지도 모른다.

혜미가 명보를 처음으로 소개할 때 형구는 명보에게 별 흥미를 느끼지 않았었다. 그때는 한창 차용수에게 박차를 가하고 있었고 또 누이동생을 통해서 안 여자를 건드릴 수는 없다는 생각을 가지고 있었다. 여자 교제는 될 수 있는 한 남이 모르게 해야 한다. 소문이 나게 마련인 연애는 부자유스러울 뿐 아니라 맛이 없다.

그러나 차용수와의 관계는 어젯밤으로 완전히 끝났다. 더 미련을 가질 필요가 없게 되었다. 생각할수록 어처구니없는 일었지만…….

어젯밤 형구는 최후의 작전을 썼다. 그것도 자신을 가지고. 차용수가 권하는 술을 취하도록 마실 때 형구는 일이 다 된 것이라 생각했다. 술에 취한 차용수가,

"너무 취했지요? 어떻게 집에 들어간담……."

할 때,

"오늘밤은 내가 용수를 잘 자게 만들어 주지."

하고 호텔로 갈 것을 암시했다.

집에 들어갈 것을 걱정한다는 것은 집에 들어가기가 싫다는 것을 암시하는 것이다. 그래서 용수의 어깨를 흔들며,

"가."

하고 호텔로 가기를 독촉했다. 그런데 용수가,

"어디루요?"

취한 목소리로 가는 곳이 어딘가를 물었다.

"제일 좋은 호텔루."

형구는 용수가 화려한 곳에서 밤을 보내고 싶어하는 것으로만 생각하며 대답했다. 그랬더니 용수가,

"호텔요?"

취한 눈동자를 굴리며 물었다.

"서울서 최고인 호텔루."

그런데 용수가 또 한 번,

"호텔루요?"

하고 반문했다.

"그렇다니까, 빨리 가. 취해서 집에는 갈 수가 없단 말야."

그러자 용수는 술상에 상반신을 쓰러뜨리고 한 손을 허우적거리며,

"선생님!"

하고 형구를 불렀다. 형구는 용수의 손을 잡아 주며,

"많이 취했어. 빨리 일어서."

했지만 용수는 일어서지를 않고 선생님 소리만 연발했다. 정말 취한 것이었다. 그러나,

"선생님은 내가 나쁜 여자가 돼야만 마음이 후련하겠어요?"

술 취하지 않은 듯한 말을 했다. 형구는 그것도 취중에 하는 말이라고만 생각하고,

"그런 말은 가서 해."

하며 그미의 어깨를 흔들었다.

"나는 선생님이 좋아졌어요. 그렇지만 내가 나쁜 여자가 되면서까지 선생님을 좋아하고 싶지는 않았어요. 선생님…….."

"글쎄, 그런 말은 이런 데서 하는 게 아냐. 단 둘이서 이야기 해."

"아녜요. 선생님의 대답을 듣구야 여기를 떠나겠어요. 대답을 해 주세요. 선생님, 내게 약혼자가 있다는 건 알구 계시죠?"

"응, 알아. 누가 모른댔어?"

"그래두 내가 나쁜 여자가 돼야 하나요?"

"누가 나쁜 여자라구 그랬어? 참, 빨리 가기나 해."

"선생님, 내가 술이 취한 건 내 의식을 잃기 위함이었어요. 그렇지만 암만 먹어두 의식은 없어지지가 않네요."

"글쎄, 그런 소린 좀 있다 하자니까. 용수는 내가 좋다구 그랬지? 그럼, 좋아하는 사람의 말을 좀 들어야 할 거 아냐?"

"듣구 싶어요. 무슨 말이나 듣구 싶어요. 그렇지만 한 마디만 대답해 주세요, 네."

"뭐 말야?"

“내가 나쁜 여자가 되기를 원하세요?”

“용수가 뭣 때문에 나쁜 여자가 돼?”

“나쁜 여자가 될 수 없다는 말인가요?”

“그렇지 않구. 걱정 말구 빨리 가.”

“지금 호텔루 간다구 합시다. 그럼, 내일 아침 선생님은 날 경멸할 거예요. 반드시 경멸합니다.”

“왜 경멸을 해. 좋아하는 여자를…….”

“좋아하는 순간은 눈이 어두워 경멸하지 않겠지요. 그렇지만 좋아하구 난 뒤에는 안 그럴 거예요.”

“참, 말이 많군. 빨리 가지 못해.”

“선생님, 내가 꼭 나쁜 여자가 돼야 하겠어요? 그리구 경멸을 해야겠어요? 이래두 좋아할 수는 없어요?”

“절대루 용수는 나쁜 여자가 아냐. 걱정 말구 가기나 해.”

형구는 용수의 손을 잡아 일으켰다. 그리고는 그미를 끌고 바를 나갔다.

수다스럽게 말을 했지만 결국 형구가 끄는 대로 끌려왔다. 그만큼 취했던 것이다. M호텔 객실에 들어서서야 용수는,

“여기가 어디지요?”

하고 물었다.

“M호텔이야.”

“M호텔?”

그미는 사방을 둘려 보았다. 정신을 가다듬는 모양이었다.

“어서 옷을 벗구 자.”

형구는 그미의 원피스를 벗겨 주려고 했다. 그러자 용수는,

“잠깐만.”

하고 형구를 떼밀었다. 그리고는,

“올 데까지 다 왔군요?”

하고 모든 것을 다 포기했다는 듯한 웃음을 웃었다. 형구는 속으로 너도 할 수 없는 모양이로구나 하고 생각했다. 그런데 용수가 핸드백을 열더니 사무

실에서 쓰는 양면괘지를 한 장을 꺼내 들고,

"여기 도장을 하나 찍어 주세요."

하는 것이 아닌가?

"도장은?"

"저와 결혼하겠다는……."

"유치한 짓 그만둬."

"유치해두 할 수 없어요. 한 사람에 대한 배신을 보증해 달라는 거예요."

"내일 아침에 찍지."

"나는 취했어요. 어떻게 이런 집에 왔는지 모를 만큼 취했어요. 그렇지만 취한 척하기는 싫어요."

"시시하게 그러지 마."

"도장을 찍어 주시면 나는 한 사람에게 배신을 하겠어요. 그리구 그걸 가지구 미재 씨에게 가서 내 권리를 주장하겠어요."

"기분 나쁜 소리를 하지 마."

"그럼, 전 갈 수밖에 없어요. 이대루 가면 전 나쁜 여자가 안 될 수 있구, 또 선생님은 나를 경멸하지 않아두 좋게 될 거예요. 내일 다시 만나 술을 또 마시도록 해요."

용수는 방을 나가려고 했다. 형구는 붙잡으려 하지를 않았고, 그런 여자라면 붙잡아도 소용이 없다고 생각했기 때문이었다.

형구는 보이를 불러 방값을 계산했다.

"왜 주무시구 가시지요?"

보이가 돈을 받으며 인사치레의 말을 했다.

"다음에 와서 자구 갈게."

형구는 보이 보기가 부끄러웠지만 할 수 없는 일이었다.

십년공부 도로아미타불이라지만 여자에게 공들이다가 창피로 끝장을 본 일이 처음인 만큼 형구의 기분이 아주 좋지 못했다. 그래서 집으로 들어가자 미재에게 그 분풀이 비슷한 것을 했지만 다음부터는 자기가 마음대로 할 수 있는 여자 아니면 상종도 안 하리라 마음먹었다.

그런데 명보는 자기 마음대로 할 수 있는 여자 같았다. 몇 번밖에 안 만났지만 명보가 자기에게 무엇인가를 요구하고 있는 여자임을 알 수 있었다. 혜미도 그런 눈치를 채고 자기와 접근시키려고 하고 있다. 명보와 접근시키려는 혜미에게도 어떤 흑심이 있을 것이겠지만.

형구는 이런 경우 파인플레이가 전개되는 것이라고 생각했다. 누가 이기고 지든 간에 싸움은 끝을 보게 된다. 용수처럼 싸움을 중단시키지는 않을 것이다.

"선생님, 저 때문에 일찍 돌아오셨지요?"

혜미의 전화를 받고 돌아왔을 때 명보가 한 말이었다.

"자구 가겠어요."

혜미가 자고 가라는 말에 서슴지 않고 대답한 명보였다. 이쪽 의사를 타진하기 전에 자기 마음을 솔직하고 용감하게 표시하는 명보인 만큼 용수와는 대조적인 여자다. 가능성 백 퍼센트. 그러니 명보 앞에서 미재가 곱게 보일 리도 없었다.

설사 명보가 집 안에 없다 해도 명보에게 관심을 가지고 있는 한 어찌 미재에게 호감을 보일 수가 있겠는가? 그것은 양심에 앞서 감정의 문제였다.

미재를 돌려 보내자 형구는 미재 모르게 혜미의 방으로 가고 싶은 충동을 느꼈다. 맨발로 살금살금 걸어가면 미재 모르게 갈 수가 있을 것 같았다. 그러나 명보가 혼자 있는 것이 아니고 혜미와 같이 있는 만큼 간다고 해도 별수가 없을 것이다. 기껏해야 이야기나 하다가 돌아오게 될 것이다. 형구는 단념하고 그냥 자기로 했다. 그냥 자기로 했지만 그는 혼자서 명보의 육체를 상상해 보기 시작했다. 유방은 얼마나 클까? 살결은 얼마나 부드러울까? 설마 닭살은 아니겠지. 그리고……

혹시 처녀라면? 처녀라고 해서 반드시 더 좋을 것은 없다. 그렇지만 오래간만에 처녀를 다뤄 보는 맛도 괜찮겠지. 그런데 스물일곱 살이 되도록 처녀를 지키고 있을 여자가 얼마나 될까? 처녀려니 생각하는 수밖에 없겠지?

형구는 혼자 빙그레 웃었다. 그것은 자기 같은 남자가 처녀니 뭐니 할 것

없이 자유스럽게 아무런 여자나 건드릴 수 있게 된 세대의 변화가 고맙게
생각되었기 때문이었다. 무엇이나 자유롭게 할 수 있게 된 시대에 살게 되
었다는 것이 얼마나 다행한 일인가?

형구는 다음 기회에 유부녀와 관계해 보리라는 생각을 했다. 뭐니뭐니
해도 일왈도(一曰盜)라고들 한다. 제일이라는 그 도(盜)를 해 봐야 할 것 같
았다.

형구가 이런 생각을 하고 있는 시간에 미재는 종유를 생각하고 있었다.
종유는 어떻게 지내고 있을까? 혹시 상희와 깊은 관계에 들어가 결혼단계
에 이르지나 않았을까? 그렇지 않으면 나를 생각하며 외롭게 지내고 있는
것이나 아닐지? 모르기는 모르지만 상희가 그렇기까지 얌체일수는 없을 것
같았다. 자기가 나를 보지 않고 일평생을 살 수는 없겠지. 서로 만나지 않을
수 없는 사이에 종유를 가로챌 수는 없을 것이다. 속으로는 좋아도 어쩌지
를 못하겠지.

그렇다면 종유는 의지로 육체노동의 괴로움을 이겨 나가면서 마음속으로
는 무한한 고독을 느끼고 있을 것이다.

'내일로라도 떠날까?'

대봉리까지 갈 용기는 없었다. 그렇지만 해인사에서 생각했던 대로 종유
를 해인사까지 오게 해서 거기서 만날 수가 있다. 무엇보다도 좋은 방법이
다. 아는 사람이라고 한 사람도 없는 곳에서 만난다면 얼마나 자유롭게 지
낼 수가 있을 것인가? 이번에는 형구에게도 떠난다는 말을 않고 떠나야 한
다. 형구에게 이야기를 하면 혜미를 미행시킬지도 모르는 일이니까. 정 알려
야 한다면 기차를 타기 직전 서울역에서 전화를 걸자. 그러면 미행을 시키
고 싶어도 시킬 수가 없지 않을까?

사실은 전화 걸 필요도 없었다. 눈을 뻔히 뜨고 있는 자기를 놔 두고도
딴 여자를 집에 데려다가 놓고 있는 체면도 양심도 없는 형구에게 자기만이
아내의 도리를 다할 필요가 무엇인가? 자기는 자기대로, 나는 나대로 살면
그뿐이다. 그러다가 때가 오면 끝장이 나고 마는 것이다. 무엇을 두려워할
것인가?

멸시와 모멸을 받으면서까지 굴종할 필요는 없다. 그런데 여행을 갔다 온 지 얼마 안 돼서 또 여행을 가면 형구가 어떻게 생각할까? 종유를 만나러 간다는 것을 즉각 알게 될 것이다.

알면 어떠랴. 자기는 나를 옆에 놓아 두고 딴 여자와 좋아지내는데. 나라고 종유를 만나러 갈 수 없다는 법이 어디 있는가?

미재는 밤이 깊도록 편지를 썼다 기다란 편지였다. 육체적 고독의 독백이 아니었다. 마음속에 가라앉은 인간적 고독의 울부짖음이었다. 일상생활의 무료함을 비롯해서 형구의 생활태도까지 적었다. 마음의 하소연이었기 때문에 할 수 없었다. 형구에게서 느끼는 참을 수 없는 모욕감까지 털어놓았다. 그리고는 종유에게 보낸 돈에 대한 이야기도 썼다. 그것은 자기와 아무런 의논도 없이 보낸 것이며 순전히 종유와 자기 사이를 갈라 놓기 위한 흉계라고 썼다.

참을 수 없는 모욕과 고독 속에서 살고 있는 자가 마음을 알아달라는 글이었다. 미재는 마지막으로 그 돈을 가져다가 형구에게 돌려 줘야 할 테니 칠월 이십오일 그 돈을 가지고 해인사 ××여관으로 오라는 말을 썼다. 그런 용건을 써야만 종유가 틀림없이 오리라는 것을 생각한 끝에 궁리해 낸 말이었다.

연애하는 소녀의 감상적(感傷的)인 감정 같은 것으로 기다란 편지를 쓰고 나니 마음이 좀 후련해지는 것을 느꼈다. 그러면서도 그미의 귀는 혜미의 방으로 기울어지곤 하는 것을 막을 도리가 없었다. 혹시나 형구가 혜미의 방으로 명보를 찾아가는 것이나 아닐까 하는 마음이 신경줄을 켕기게 했다. 형구가 찾아가지 않으면 명보가 형구의 방을 찾아오지 않을까? 대담한 사람들이니 능히 그럴 수 있을 것 같았다. 그런데 다행하게도 두 방 모두가 조용했다. 미재는 그들이 다시 만나지 않는 것을 다행으로 생각했다. 이상한 일이었다. 어째서 그것을 다행하게 생각하는 것일까? 역시 형구를 남편으로 지키고 싶은 마음이 있기 때문일까? 그런 것 같지 않으면서도 그런 것 같기도 했다.

미재는 형구가 딴 여자와 관계하는 현장을 목격한다면 하고 가상해 보았다. 아무래도 모른 체하고 내버려 둘 수는 없을 것 같았다. 그렇다면 자기는 형구에 대한 애정이 남아 있는 것이 아닌가? 애정 없이 질투란 있을 수 없다. 형구에 대한 애정이 남아 있는데도 형구보다 종유를 더 사랑한다면 그것은 내가 요부형이라고는 생각되지 않았다. 한 남편만을 섬기는 정숙한 여자가 못됨은 부정할 수 없는 일이지만 그렇다고 요부란 말은 할 수가 없을 것 같았다.

모를 수밖에 없는 일이었다. 애정의 분열은 의지의 힘이 아니고는 막을 도리가 없는 것이니까. 그미는 의지보다도 감정의 움직임에 지배를 받고 있다.

그래서 운명의 지시대로 사는 수밖에 없다는 생각을 하며 잠에 들었다.

다음날 아침 조반을 먹으려 하는데 혜미가 명보를 데리고 식당으로 왔다. 식사까지 가족들과 같이할 모양이었다. 미재는 그것만은 용서할 수 없는 일이라고 생각했다. 자기 개인을 무시하는 것이 아니라 집안 전체를 무시하는 일이기 때문이었다. 그렇다고 해서 차마 나가라고 말할 수도 없었다. 하면 할 수도 있는 일이겠지만 그렇게 되면 누구보다도 형구와 혜미가 자기를 공박할 것이다.

그것만은 싫었던 것이다. 그래서 그미는 갑자기 배가 아프다고 한 뒤 식당을 나와 버렸다. 자기만은 명보와 같이 앉아서 밥을 먹을 수가 없었던 것이다. 혜미가 따라나오며 배가 어떻게 아프냐고 물었지만 어젯밤부터 조금씩 아팠었노라고 거짓말을 하고는 자기 방으로 돌아갔다.

형구가 쫓아와서 왜 그러느냐고 물었다. 이상한 생각이든 모양이었다.

"배가 아프다지 않았어요?"

미재는 그 이외에 다른 이유가 없는 것처럼 대답했다.

"그러지 말구 가서 먹어."

형구가 달랬지만 미재는 더 이야기도 하기가 싫어,

"어서 가서 잡수기나 하세요."

하고 자기는 아무렇지도 않다는 것을 보였다. 여자의 감정을 꿰뚫어 보는데 누구보다도 민감한 형구가 자기 속을 들여다보고 있는 것이 싫었던 것이다.

“다음부터는 집에 오지 못하게 할 테니까 걱정 말구 가서 먹어.”

“무슨 말씀을 하시는지 모르겠는데요? 속이 좋지 않아 못 먹겠다는데…….”

“글쎄, 내 말을 들어…….”

“걱정 말구 빨리 가시기나 해요.”

형구가 달랠수록 화가 더 치밀었다. 그래도 참았다. 질투한다는 인상을 주기가 싫었던 것이다. 격해지려는 감정을 누르기가 고통스러웠지만 미재는 경박성을 보이지 않으려고 애들이 학교에 가고 형구가 출근할 때까지 방 안에서 한 걸음도 나가지 않았다. 혜미와 명보만이 집안에 남아 있었다. 아무도 없는 시간이기에 그들을 만나 이야기할 수 있는 가장 좋은 기회라고 생각했다. 그러나 미재는 그들을 만나지 않기로 했다. 아무래도 냉정한 태도를 유지할 자신이 없었던 것이다. 얼마 전 용수를 만났을 때는 끝까지 냉정성을 잃지 않고 하고 싶은 이야기를 다 했었다. 그런데 용수와 달리 양성적인 명보를 어찌 인간적으로 대할 수가 있을 것이다?

미재는 도리어 그들을 피하듯 집을 나가 버리고 말았다. 그리고는 종유에게 보내는 편지를 포스트 박스에 넣는 것을 잊지 않았다.

칠월 이십오일이면 앞으로 닷새밖에 남지 않았다. 닷새만 있으면 종유를 만나는 것이다. 세상이 어떻게 돌아가든 자기는 종유만 만나면 그만이다.

‘종유 씨, 보고 싶구나. 죽고 싶게 보고 싶구나.’

그미는 자기를 향해 걸어오는 남자들 가운데 종유가 섞여 있는 것처럼 생각했다. 지나가는 합승 속에 종유가 타고 있는 것 같았다. 담뱃가게 앞에 서 있는 남자가 종유처럼 보이기도 했다. 눈이 몹시 바빴다. 시야 속에 들어오는 남자 전부를 살펴봐야 했기 때문이었다. 합승을 탔지만 눈은 여전히 바빴다.

골목 입구에 사람들이 모여 섰는 것을 보았다. 미재는 그곳에서도 종유를 찾으려했다. 종유가 깡패들에게 둘러싸여 봉변을 당하던 때의 일이 기억났던 것이다. 그래도 종유를 찾아내지 못했을 때 그미는 자기 다방으로 들어가지 않고 종유와 같이 가끔 가던 다방으로 갔다. 그리고 종유와 같이 앉아

있던 그 자리에 앉았다. 그리고는 눈을 감고 자기 옆에 앉아 있던 종유를 생
각했다.

"미재!"

종유가 미재를 불렀다. 미재는 그가 자기를 부르는 의도를 알기 때문에
대답을 안 했다.

"미재……."

"………"

"왜 대답을 안 하지? 대답을 좀 해 줘."

그때 미재는 생긋이 웃어만 주었다. 그런데도 종유는,

"난 미재가 좋아."

자기가 하고 싶던 말을 했다.

미재는 그런 말을 하고 있는 종유에게 부채질을 해 주었다. 부채를 흔들
며 바람을 내 주고 있을 때,

"뭘 드실까요?"

레지가 그미의 추억을 깨뜨려 줬다. 눈을 뜨고 부채질하던 손을 멈춘 뒤,

"응, 오렌지 주스."

하고 주스를 청했다.

내일이면 해인사로 떠나야 하는 날이었다. 미재는 기차표를 오늘 안에 사
두어야 하는 것을 알기 때문에 종로에 있는 여행사로 갔다. 이번만큼은 형
구가 누구를 시켜서라도 미행을 하지 못하도록 치밀한 작전을 써야만 했던
것이다. 차표도 자기가 직접 사고 여행 떠난다는 말은 다방 레지에게도 말
하지 말기로 했다.

그런데 여행사에 들어가 경부선 기차 발차 시간표를 바라보고 있을 때
였다.

"어디 가시려구요?"

얼핏 보아 기억이 잘 나지 않는 남자가 창구 안에서 말을 건넸다.

"네."

얼떨결에 대답을 하면서 기억을 더듬을 때 그가 가끔 다방에 오는 손님인

것을 알았다.

"어디까지 가시는데요?"

기차표를 사는데 편의를 보아 줄 생각인 모양이었다.

"대구까지 좀 갔다 오려구요."

미재는 어떻게 알든 아는 남자니 힘들지 않는 부탁쯤 해도 무방하리라 생각하며 대구라는 말을 했다. 그런데 여행사 직원인 그 남자는 차표를 사 주려고 몇 시 차 몇 장이 필요한가를 물었다. 순간 미재는 아차 하는 생각을 했다. 그가 형구의 스파이라면 하는 생각이 머리에 떠올랐던 것이다.

"어른 한 장, 어린애 한 장만 주세요. 내일 두 시 급행찹니다."

미재는 스파이망을 뚫기 위한 수법을 이렇게 생각해냈던 것이다. 애를 데리고 여행을 떠난다면 아무도 의심하지 않을 것이다. 설사 형구가 안다고 해도 무엇이라 말을 못할 것 같았다. 사내는 매표하는 남자에게 이야기를 해서 이등차표 두 장을 끊어 가지고 미재에게 주면서 천오백 십팔 원이라고 말했다.

미재는 차표 값을 치르고는 고맙다는 말만 하고 여행사를 나왔지만 여기서부터 미행하는 사람이 자기 뒤를 따르고 있는 것 같은 착각을 느꼈다. 다방까지 돌아가는 동안 몇 번이나 뒤를 돌아보았는지 모른다.

다방으로 돌아가 차표가 들어 있는 핸드백을 카운터 밑에 있는 서랍에 넣을 때도 여간 조심스럽지가않았다. 혹시 누가 핸드백을 열어 보고 차표를 훔쳐 가지나 않을까 하는 걱정도 했다.

그미는 핸드백을 열고 차표를 꺼내 흰 종이에 쌌다. 차표를 쉽게 찾아내지 못하게 하기 위함이었다. 그리고는 서랍이 위험한 것 같아 핸드백을 숙직실로 가지고 가 못에 걸었다. 그러나 십 분도 안 가서 다시 숙직실로 들어가 핸드백을 내려 가지고 나와 도로 서랍 속에 넣었다. 아무래도 자기가 붙어 있는 곳이 안전할 것 같았던 것이다. 그리고는 반표짜리 기차표 처리 문제를 생각했다.

찢어버릴까? 그리 짐스러운 것도 아닌데 찢어버리기가 아까웠다. 오백 원이 어딘가? 친하지도 않으면서 공연히 아는 체 한 그 남자 때문에 오백 원을 버리고만 생각을 하니 갑자기 돈 아까운 마음이 들었다. 정거장에서 필요한 사람에게 팔지 정거장에는 차표를 못 사 쩔쩔매는 사람이 많을 것이다. 그렇지만 어린애 표니 혼자서 여행가는 애가 있을까? 더구나 이등차표다.

결국 팔 수도 없게 되고 말 것 같다. 소용없는 물건이 되고 말 것을 알면서도 그미는 차표를 꺼내기가 귀찮아 그냥 내버려 뒀다. 그 대신 찻간에서 자기 옆자리가 비어있을 것을 생각했다. 대구까지 옆자리가 빈 채 혼자 간다. 기차를 대절한 기분으로 가서 종유를 만난다. 얼마나 극적인 상봉인가? 이번만은 미행하는 사람이 없을 테니 자유스럽게 사랑할 수 가 있다 그미는 자기도 모르는 한숨을 내쉬었다.

종유와 만날 생각에 가슴이 부푼 채 하루를 보냈다 희망과 보람 같은 것을 느끼는 지극히 행복한 하루였다. 그 대신 지루했다. 앞을 기다리는 사람에게는 시간이 왜 빨리 가지 않는 것인지? 미재는 영화 구경이나 갈까 생각했다. 지루한 시간을 보내기 위함이었다. 곧 여자친구들이 찾아올 때가 되었지만, 오늘만은 친구들과 어울려 밀려다닐 생각이 없었다. 깨끗하고 조용하게 이 날을 보내고 싶었던 것이다. 영화 구경을 하면 지루한 줄 모르게 시간이 간다. 어떤 극장이 좋을까? 그미는 신문에서 극장광고를 보기 시작했다. 그때였다. 사고를 낸 뒤 한 번도 얼굴을 보이지 않던 명인이 나타났다. 얼굴이 홀쭉 빠져 있었다.

미재는 반가워하지 않을 수 없었다.

"어머나……."

카운터 밖으로 뛰어나가 명인의 두 손을 잡았다.

"잘 있었어?"

명인도 반가워했다. 예상보다 밝은 표정이었다. 그러나 깊은 호수처럼 눈동자 뒤 깊숙이 헤아릴 수 없는 고뇌가 침전되어 있음을 엿볼 수 있었다.

"그래, 상처는 조금 가라앉았어?"

미재가 명인을 끌고 가 의자에 앉히며 조심스럽게 물었다.

"그렇지 뭐."

명인은 하루 이틀에 가라앉을 문제냐는 듯 대답했다.

"운수지? 어쩜 그런 일을 당한담……."

"글쎄나 말야."

"그래 허스두 만났니?"

"만나서는 어떻게 하니?"

"그럼, 만나지두 않기루 했어요?"

"만나자구 그러더군. 만나자는 게 아냐. 들어오라는 거지. 그렇지만 난 만나지두 않기루 했어."

"애들은 어떻게 하구?"

"애들두 날 경멸할 거야. 그러니 보구 싶어두 할 수 없지."

"설마 애들이 그럴라구?"

"에미니, 용서하는 척하겠지. 그렇지만 죽을 때까지 경멸할 거야."

"그럴 리 있어? 진심으루 사랑하는 사람들끼리는 진심으루 용서두 할 수 있다구 생각해."

"용서야 할지두 모르지. 그렇지만 기억이라는 거야 뿌릴 뽑을 수 있니?"

"그럼?"

"죽구 싶은 생각밖에 없어."

"죽기는? 죽기는 쉬운 줄 알어?"

"그래서 죽을 수 있는가 없는가를 시험해 보구 있는 중이야?"

"별 시험을 다해 보누나?"

"사흘을 굶어 봤어. 밥을 권하는 사람이 없었다면 곱게 죽었을 거야. 어머니가 울면서 밥을 권하는 데는 안 먹을 수가 없었어. 며칠 전에는 수면제를 먹었어. 그래두 죽지 못했어."

명인은 지금도 계속해서 죽을 것을 생각하고 있는 모양이었다. 이런 경우 미재는 진담으로 명인의 마음을 돌리게 할 자신이 없었다. 마음을 돌리는 것은 고사하고 화제를 계속해 나갈 자신도 없었다.

"행복은 눈앞에만 있다더라 애. 뒤를 돌아보며 살게 뭐니?"

겨우 농담 비슷하게 화제를 이었다.

"앞이 봬야 앞을 보지? 뒤의 어둠이 앞까지 어둡게 하는데……."

명인은 농담을 농담으로 받아들일 여유가 없는 모양이었다. 미재는 또 연인을 만들면 되지 않아 하고 농담 비슷한 진담을 하려 했지만, 그런 말을 도리어 고깝게 들을 것 같아,

"영화 구경이나 가."

하고 대화에서 도피하려 했다. 명인도 그것에 반대하지 않았다.

영화 구경 가자는 말에 별 의견 없이 따라오는 것을 보고 미재는 명인이 죽지 않을지도 모른다는 생각을 했다. 정 죽을 사람이라면 정신을 분산시키는 영화 구경 같은 것에 불만 없이 따라올 까닭이 없다. 죽으려는 생각을 가지고 있지만 죽지 못할 여자. 그러니까 생에 대한 미련을 다분히 가지고 있는 여자다.

대단치 않은 영화지만 화면에 우스운 장면이 나올 때 명인은 웃지를 않았다. 아직 웃음을 되찾지 못한 모양이었다. 그러나 끝까지 구경하는 것으로 보아 흥미를 딴 데로 쏠을 가능성이 보이는 것 같아 극장을 나와 걸으면서,

"그러지 말구 새 연인을 하나 만들어."

진작부터 하고 싶던 말을 농담 삼아 던져 보았다.

"연애? 지긋지긋해. 생각만 해두 소름이 끼치는 그걸 또 해?"

명인은 내장을 털어놓아서라도 자기 속을 보이고 싶다는 태도였다. 미재는 그것이 당분간 계속될 명인의 감정이라고 생각했다. 그러나 시간이 흘러감에 따라 변하고야 말 감정임을 알고,

"너무나 큰 구멍이 뚫렸으니깐 그런 생각이 들 거야. 그렇지만 뚫린 구멍은 메워야 할 거 아냐. 요즘은 성형수술이 발달돼서 뚫린 구멍두 감쪽같이 메울 수 있는 거야."

"과학이 사람의 마음까지 고칠 수 있다면 걱정이 없을 거야. 그렇지만……."

"과학이 뭔데? 과학적 정신 아니겠어? 과학적 정신이란 현실에 적응하는 정신일 거구, 그런 과학정신을 가지면 어떤 병두 고칠 수 있을 거야."

"그건 인간이 무감각 상태루 돌아가야 한다는 건데 그렇게 될 수가 있

어?"

"경우에 따라서는 바보두 좋은 거야."

미재는 자기 소견을 말해 봤지만 그것이 반드시 타당한 이론이 아니기 때문에 명인에게 강요할 용기가 없었다.

"나두 바보가 되구 싶어. 미쳐 버려두 좋을 거 같아. 그렇지만 그것이 마음대로 돼?"

명인이 힘없이 말할 때,

"그렇기두 해. 인간이 기계처럼 돼 버리면 인간의 신비성은 없어지구 말 거야."

하고 미재는 자기 소견에 자신이 없음을 솔직히 고백했다. 한 사람의 마음 속 병은 그 사람만의 병이다. 누가 손을 댈 수도 없는 병이다. 병균으로 생긴 병보다 몇 배나 무서운 병이다.

미재는 명인에게 관심이 있다는 것을 표시한 정도로 이야기를 그치고 음식점으로 들어갔다. 저녁때가 이미 지났으나 저녁을 먹는 동안만이라도 명인과 같이 있을 수 있는 시간을 갖고 싶었던 것이다. 자기가 명인을 위로할 입장에 서 있는 것만은 사실이다. 그렇지만 명인이나 자기는 거의 마찬가지의 환자다. 그런 의미에서 명인을 좀더 바라보고 싶었던 것이다.

음식을 먹는 동안 미재는 공희 이야기를 꺼냈다. 공희는 애인을 잃어버린 지 얼마 안 됐지만 명랑하게 잘 지낸다는 이야기였다.

"그럴 수 있음 좋겠어. 그렇지만 공희가 과거를 그렇게 쉽게 잊을 수 있다면 공희가 그 사람을 깊이 사랑하지 않았다는 증거가 되지 않을까?"

명인은 공희를 못마땅하게 생각했다.

"명랑해졌다구 과걸 아주 잊었달 수는 없잖아? 명랑을 가장하면서라두 살아야 하니깐 그러는 건지두 모르지."

미재가 공희를 위해 변명하자,

"글쎄, 그럴지두 모르지."

명인도 남을 건드리고 싶지 않다는 태도를 보였다. 남을 건드릴 수 없을 만큼 골병에 든 중병환자들이었다.

저녁을 먹고 헤어질 때 미재는,

"이젠 매일 나와."

하고 앞으로 자주 만나기를 소원했다.

"그래, 나갈게."

명인도 결국 그럴 수밖에 없다는 태도를 보였다. 친구들이라도 만나서 이야기를 함으로써 상처를 잊어보겠다는 마음일 것이다. 그런데 미재는 내일 자기가 여행 떠난다는 것을 깜박 잊고 있었음을 알았다. 그래서 며칠 동안만은 다방에 나가지 못할 것을 말하려 했다.

"내일……."

입을 여는 순간 미재는 자기 경솔에 놀라 입을 다물어 버렸다. 명인에게만은 여행 이야기를 해도 무방할지 모른다. 그렇지만 자기 혼자만의 일을 무엇 때문에 자기 아닌 남에게 이야기할 것인가? 자기 혼자만이 가지고 있어야 소중한 것이 된다. 남이 고칠 수 없는 병은 남에게 보일 필요도 없다.

"내일부터 꼭 나와."

자기가 여행간 것을 알 때는 마음대로 해석하라지 하는 생각으로 끝내 여행 이야기를 숨겼다.

"응."

명인은 웃음을 지어 보이며 자기 집으로 갔다. 명인을 보내고 집으로 돌아왔을 때는 아홉 시가 조금 지나 있었다. 미재는 너무 늦지 않은 것을 다행으로 생각했다. 내일 비밀여행을 떠나기 위해서는 오늘만이라도 집안에 충실한 체해 보이는 것이 좋으리라는 생각이 들었던 것이다.

형구에게도 좀더 잘 해 주리란 생각을 하며 현관으로 들어갔을 때 혜미가 쫓아 나와 유달리 반갑게 맞이해 주었다.

"일찍 들어오시네요. 저녁 잡수셨어요?"

"먹었어요."

그러자 혜미는 부엌으로 가서 과일바구니를 들고 미재 방으로 와,

"더우시죠?"

하며 복숭아를 깎기 시작했다. 전에 없이 유별나게 친절했다.

"내가 깎아 먹을게요."

미재가 깎으려 했지만,

"피곤하실 텐데 가만 앉아 계세요."

혜미는 복숭아를 깎아 미재의 손에 쥐어 주기까지 했다.

'오래 살면 별일 다 보겠군.'

미재는 혼자 생각하며 복숭아를 먹기 시작했다.

"하나 더 깎을까요?"

혜미의 친절이 거기서 끝나려는 것 같았다.

"그만 먹겠어요."

미재는 혜미의 친절을 거절했다. 그러자 혜미는 피곤할 텐데 누워 쉬라고 하며 자리를 일어섰다. 그리고 방을 나가다 말고 얼굴을 돌려,

"참, 오빠가 늦을지두 모른대요. 기다리지 말라는 전화가 왔어요."

하고 말했다. 미재는,

"알았어요."

하고 더 물으려 하지도 않는데 혜미가,

"또 마짱을 하시는 모양이죠?"

한 마디를 남기고 자기 방으로 가 버렸다. 미재는 형구가 혜미까지 속이는 것이라고 생각했다. 외박할 때마다 으레 마작이다. 그런 수법을 손아래 동생에게까지 쓰다니……. 미재는 내일 여행을 떠나는데 오히려 편리하게 된 일이라고 생각했지만 형구가 어찌할 수도 없는 인간이란 환멸을 다시 한 번 느꼈다. 기대를 걸고 있는 것이 아닌 만큼 실망을 느끼는 것은 아니지만 오늘밤의 여자는 누굴까 하는 것이 궁금스러웠다. 차용수일까? 정명볼까? 그렇지 않으면 자기가 모르는 직업적 여성일까? 어떤 여자든 그미는 형구에게 속고 있을 것이다.

속고 있든 속이고 있든 자기가 관여할 일이 아니지만 미재는 형구가 진실된 사랑을 하지 않으면서도 피해를 많이 받지 않은 사람이란 생각을 했다. 경화 때문에 돈을 약간 쓰고 있지만 그것쯤 대단한 피해라고는 말할 수 없다. 운이 좋은 사나이라고나 할까? 운이 좋은 것만도 아니겠지. 진실된 사랑

을 하지 않는 것이니깐 정신적인 피해를 받을 리가 없다. 애정에 있어서 피해란 경제적인 것보다도 정신적인 것을 말하는 것이 아니겠는가? 정신적인 피해를 받지 않으니깐 가정을 파괴할 생각도 가지지 않을 것이다.

가정은 가정대로 가지고 연애 편력은 그것대로 따로 할 수가 있으니 형구에게 있어서 세상은 편리하게 된 것이리라.

미재는 그런 생각도 할 필요를 느끼지 않았다. 형구는 형구대로, 자기는 자기대로 살면 그뿐이니까.

다음날 아침까지 여행에 대한 것만을 생각하려는데 자리에 눕기 직전 혜미가 또 방으로 왔다.

"오빠가 정말 안 들어오시는가 부지요?"

"그런가 부지요."

"가끔 외박을 하시나요?"

혜미가 형구의 생활을 전혀 모르는 것처럼 물었다.

"가끔 하지요."

"남자야 외박두 좀 할 줄 알아야 해요. 방구석만 지키구 있는 쩨쩨한 남잘 뭣에 씁니까? 외도두 좀 하구요."

"남의 남자를 두고 하시는 말씀이겠죠?"

"천만예요. 제 남편보구두 경제적 여유만 있다면 외도를 하라구 그랬을 거예요."

미재는 이야기할 흥미가 없어서 혜미의 의견에 추종했다. 그랬더니 혜미는,

"오빠 마짱에 미쳤는가 부지요? 오빠 마짱을 해두 크게 할 거예요? 그러다가 언니한테 내쫓기거나 하면 어떡할라구……. 저두 화투에 미친 남편이 보기 싫어 나왔는데……."

하고 형구의 마작으로 화제를 돌렸다. 모르고 그런 말을 하는 것인지 알고도 일부러 그러는 것인지 알 수 없었다.

알고 모르고 간에 흥미 있는 일이 아니어서,

"설마 그렇게 될라구요?"

자기는 걱정도 안 한다는 듯이 말했다.

"이왕이면 돈이나 따 가지구 오셨으면…."

혜미는 형구가 마작 한다는 말을 진짜로 알고 있는 것처럼 말하고 자기 방으로 돌아갔다.

그런데 다음날 아침 백을 내놓고 여행 준비를 하고 있는데 혜미가 또 들어왔다. 전에는 발길도 안 하던 방에 무엇 하러 자주 출입하는지를 알 수 없었다. 미재는 무엇보다도 여행 떠나려던 일이 발각되었다는데 가슴이 철렁 내려앉았다. 발각된 것만 가지고도 가슴이 철렁 내려앉는데,

"어딜 가시게요?"

혜미가 꼬집어 묻는 것이 아닌가?

"아니요. 가기는……."

미재는 허둥지둥 여행을 부인했다. 그러고 나서는 옷을 좀 정리해 보는 것이란 말을 꾸며댔다. 거짓말을 꾸며대고 나니 짐을 계속해서 꾸릴 수가 없게 되었다.

더구나 혜미는 그냥 지키고 앉아 있지 않은가? 짐을 꾸린다고 해도 짐을 가지고 집을 나가기는 더욱 힘들 것 같았다. 미재가 넋을 잃고 멍하니 앉아 있을 때 혜미가 빨리 일을 하라고 독촉했다.

바쁠 것이 없다고 핑계를 대기는 했지만 혜미가 옆에 있다고 해서 정리 한다던 옷을 그냥 벌려 논 채 둘 수도 없는 일이었다. 참으로 난처했다. 오늘 떠나지 못한다면 종유는 해인사까지 왔다가 그냥 돌아갈 것이 분명하다.

미재가 난처해서 어쩔 줄을 모르고 있을 때 성배가 성표를 데리고 미재 방을 지나 밖으로 나가고 있는 것이 보였다. 순간 미재는 성배의 차표를 생각했다. 성배만 데리고 가면 합법적인 여행을 할 수 있다. 몸이 약한 성배를 위해 방학을 이용해서 떠난다면 의심할 사람이 없을 것이다. 형구까지도 의심을 하지 않을 것이다. 또 종유를 만난다고 해도 성배가 방해되지는 않는다. 이제 열 살밖에 안 된 애니 무슨 눈치를 채겠는가?

미재는 밖으로 뛰어나갔다. 그리고 성배를 불러 오늘은 멀리 나가지 말고

집안에서만 놀라고 했다.

"왜? 엄마."

"좀 있다 엄마하구 어딜 가는 거야. 알았지?"

"어딜?"

"좀 있다 와서 이야기해 줄게 기다리구 있어."

미재는 성배에게도 여행의 목적지를 가르쳐 주지는 않았다. 그리고는 방으로 돌아와 꺼내 놨던 옷들을 챙겨 백 속에 넣으며,

"성배가 방학을 해서 산이나 바다루 갈까 했어요. 같이 가자는 친구두 있구 해서……."

하고 혜미에게 짐을 챙기던 목적이 따로 있었다는 것을 말했다.

"언제요?"

"오늘 친구들 만나 봐야 알겠어요. 될 수 있는 대루 빨리 떠나구 싶은데……."

"오빠한테는 이야기했나요? 오빠두 찬성은 하겠지만……."

"어젯밤 이야길 하려구 했는데 들어오지두 않았으니……."

"이야기 하나마나겠지요. 걱정 말구 떠나시도록 하세요."

혜미가 형구를 대변하면서 너그럽게 말하는 것이 조금 수상스러웠다. 또 미행을 하려는 눈치 같았기 때문이었다. 그러나 미재는 미행을 하겠거든 하라지. 성배를 데리고 가는 만큼 무서울 것이 없지 않은가?

짐을 챙겨 놓고는 다방으로 갔다가 다방 주방에서 일하는 남자를 열두 시쯤 집으로 보내 여행용 백과 성배를 데려오게 했다. 만약 혜미가 물어 보면 조금 뒤 자기가 전화를 걸 것이라고 대답하라는 말까지 당부했다.

얼마 뒤 성배와 짐이 왔다. 그래서 성배를 데리고 점심을 먹은 뒤 기차 시간에 대서 정거장으로 갔다. 정거장에서는 발차하기 십 분쯤 전에 형구와 혜미에게 전화를 걸었다. 두 사람에게 모두 전화가 통했다. 그리고 두 사람 모두가 좋은 일이라고 말하며 조심해서 다녀오라고 했다.

발차시간 십 분 전이니 그들이 미행을 하려도 할 수가 없을 것이다. 더구나 안심되는 것이 혜미가 그 시간에 집에 있다는 사실이었다. 자동차를 타

고 온다 해도 효자동에서 정거장까지 십 분 이내는 올 수가 없다. 미재는 안심을 하고 기차에 올랐다. 그래도 머리를 창 밖에 내밀고 플랫폼을 내다보았지만 기차가 떠날 때까지 아는 사람은 그림자도 비치지 않았다.

다만 먼 곳이라고 하는 것이 말하기 좋을 것 같아 포항 쪽으로 간다는 말을 했으니 늦게라도 포항까지 가면 어떻게 할까 하는 것을 걱정했다. 그러나 그것도 문제될 일은 없었다. 해운대에서 며칠 묵고 그리로 갔다면 될 것이 아닌가? 정말 포항엘 들르기만 하면 그만이다.

마음줄을 늦추고 대구역까지 도착했지만 그미는 택시를 잡아 탈 때까지 혹시나 하는 마음으로 사방을 경계하는데 게을리하지 않았다.

여름철이라 해인사까지 가는 버스가 늦게까지 있다는 말을 택시 운전사에게 들었지만 될 수 있는 한 남의 눈을 피하기 위해 택시로 해인사까지 갔다. 서울서 따라오는 스파이는 없다 해도 우연하게나마 버스에서 고향 사람을 만나게 될지도 모른다. 버스에서 자기를 본 사람이 있다면 그는 곧 마을로 돌아가 그 이야기를 퍼뜨릴 것이다. 그렇게 되면 종유가 해인사로 가는 것을 알고 있을 마을 사람들이 무엇이라 말할 것인가?

미재는 이러한 불안이 자기의 용기 부족에서 오는 것이라 생각했다. 용기가 없으면 행동에 앞서 주저가 커지는 법이다. 그런 주저를 가져오는 용기의 부족은 결국 늙어 가고 있는 증거다. 늙었다고는 말할 수 없지만 나이가 들수록 행동에 앞서 주위를 살피게 마련이다.

'내가 늙어 가고 있지?'

미재는 그런 자신이 서글퍼지기도 했다.

"엄마, 해인사가 유명한 절이유?"

성배가 목적지인 해인사에 대해 묻기를 시작했다.

"유명한 절이구 말구. 팔만대장경이 있는 아주 오랜 절이야."

"팔만대장경이 뭐유?"

미재는 자기가 알고 있는 범위 내에서 팔만대장경을 설명했다.

이렇게 이야기를 하며 가니 훨씬 불안감이 덜한 것 같았다. 목격자를 공범자로 오인한 모양이었다. 사실 성배는 공범자가 아니고 목격자다. 미재의 행동을 목격하는 위치에 있다. 철없는 어린애라는데 목격자라는 생각을 갖게 하지 않을 뿐이다. 미재가 느끼지 못하는 어떤 구석에는 목격자라는 의식이 숨어 있을지 모른다. 자기가 느끼지 못하는 의식이 그미의 불안을 조성하고 있는지도 모른다. 그러나 미재는 성배를 공범자 비슷이 오인하고,

"거기엔 시냇물두 있구 늙은 소나무두 있구 경치가 참 좋은 곳이야."

해인사에 대한 흥미를 느끼게 했다. 그러나 종유라는 아저씨가 기다리고 있단다 하고 종유 이야기를 꺼내지 못했다. 숨어 있는 의식이 성배를 목격자라고 말해 주었기 때문인지 모른다.

속으로는 이번 성배가 자기의 아버지인 종유를 똑똑히 보고 종유에 대한 인상을 깊이 가지게 하리라 생각했다. 종유에게도 성배가 자기의 씨라는 것을 알도록 암시해 주리라는 것을 생각했다. 그러면서도 그미는 성배에게 종유에 대한 지식을 사전에 불어넣어 주지를 못했다.

자동차가 고령을 지나 해인사 입구로 접어들었다. 해인사까지 가려면 이십 리도 남았지만 해인사를 위해 만들어진 길을 달리기 시작할 때 그미의 가슴은 새로운 계기를 맞았다. 이제 몇십 분 안 있어 해인사에 도착한다. 해인사에는 종유와 자기 두 사람의 행동이 시작된다. 두근거리지 않을 수 없었다.

"다 왔다."

초조해지는 가슴을 진정시키려고 그미는 성배에게 말을 건네 보였다.

"절이 어디 있어?"

성배가 차창을 내다보며 물었다.

"한 이십 리 더 가야 해."

"난 또."

성배가 실망한 표정을 지으며 미재는 이십 리라도 금시라고 하며 성배의 손을 꼭 쥐었다. 해인사가 가까워 옴에 따르는 초조를 억제하기가 힘들었던 것이다.

자동차가 계곡을 끼고 달리는 동안,

"저게 자기공장(磁器工場)들이야, 사기그릇 만드는 공장 말이야. 이곳 흙

이 좋은가 부지."

또는,

"시냇물을 봐. 나무가 많지? 목욕을 했으면 시원하겠다."

하다가는,

"저 산들을 봐. 나무가 많지. 그렇지만 뒤루 가서 보면 빨가숭이 산들이
다."

하고 쉴 새 없이 이야기를 했다. 그렇게 해서 초조로움을 분산시켜 보려 함
이었다.

"뒤에서 보면 왜 빨가숭이우?"

"남 보는 데서는 나무를 잘라 팔 수가 없으니까 남 못 보는 뒷산 나무만
몰래 잘라 팔아먹었거든."

"누구네 산이데?"

"절간 산이겠지 뭐."

"그럼 중들이 그런 짓을 했게?"

"모르지"

자동차가 어느새 해인사 부락에 이르렀다. 여관 보이들이 몰려들었다. 제
각기 자기네 여관으로 가자는 것이었다.

미재는 대꾸도 않고 보이들을 물리치고는 마을에서 한참 떨어진 여관으
로 걸어 올라갔다. 성배가 처음 보는 광경에 이것저것 물었지만 성배에게도
일일이 대답을 못하고 걸었다. 가슴이 너무나 두근거렸던 것이다. 종유가 기
다리고 있을 것을 생각할 때 가슴뿐 아니라 목구멍이 타는 것 같았다.

여관에 이르자 미재는 조종유라는 손님이 와 있지 않느냐고 물었다.

"계십니다."

보이는 정확하게 대답했다. 종유가 와서 자기를 찾는 사람이 있거든 안내
하라는 말을 미리 해 둔 모양이었다. 미재는 가슴이 터지는 것 같았다. 달려
가서 종유 앞에 쓰러지고 싶은 충동을 느꼈다.

그러나 냉정을 가장하고,

"손님이 찾아왔다구 전해 주세요."

흔들림이 없는 자세로 말했다. 보이가 달려갔다. 그리고 한 사람이 아닌 두 사람의 발이 마루를 올리며 이쪽으로 걸어오는 소리가 들렸다. 미재는 눈을 감았다. 눈을 뜨고는 서 있을 수가 없었던 것이다.

"오셨군요?"

종유의 목소리가 들릴 때야 그미는 눈을 떴다.

"………"

미재는 종유를 바라볼 뿐 말을 못했다 종유도 말을 못하고 미재는 바라보기만 했다. 이삼 분 그리고 서 있다가야,

"일찍 오셨어요?"

미재가 입을 열었다.

"몇 시간 됐습니다. 올라오시지요."

종유가 자기 방으로 미재를 안내했다.

미재는 먼지를 많이 먹었을 때처럼 코가 매캐했다. 숨쉬기가 벅찼던 것이다. 그러면서도 미리 방을 하나 더 부탁해 두는 것이 좋지 않을까 하는 생각을 했다. 아무래도 딴 방을 써야 할 테니까 잠시 동안이나마 남에게 의혹을 줄 필요가 없다고 생각했던 것이다. 그러나 방 안에 들어가기 전에 그런 말부터 꺼내는 것이 피차간 좋지 않을 것 같아 아무 말 않고 종유 뒤를 따라 걸었다.

방 안에 들어서자 시원한 바람이 들어왔다. 숲 속에 자리잡은 여관이기 때문이리라. 그래도 종유는 미재에게 부채를 내밀며,

"덥지요?"

하고 말했다.

"더운데요."

미재는 더운 줄을 모르면서도 주는 부채를 받아 성배에게 부쳐 주었다.

"아드님이시군요?"

종우가 성배를 보며 물었다. 상상 못했던 일이기에 실망을 느끼는 듯한 표정이었다.

미재는 종유가 실망을 느낄 것이 당연하다고 생각하는 동시 성배를 데리

고 온 자기를 미안하게 생각했다. 그래서 성배더러 종유에게 인사를 하도록
한 뒤

"같이 안 올 수 없는 사정이 있었어요."
하고 성배를 데리고 온 데 대한 변명을 했다.

"잘 하셨어요. 혼자 여행을 하시기가 심심하실 텐데……."

종유는 이유를 물으려 하는 대신 잘 했다는 말을 했다. 미재는 그것이 고
까운 마음에서 하는 말이려니 생각하고 더욱 미안했다. 사실 성배만 없다면
마주 앉아 얼굴만 쳐다보는 일은 없었을 것이다. 서로 가슴에 얼굴을 파묻
고 울기부터 했을 것이다. 얼마나 그립던 사람들인가? 그립던 정을 폭발시
키지 못하고 두 사람과 관계없는 이야기만을 주고받아야 하니 얼마나 답답
한 일인가?

미재는 미안하다는 말 대신 종유의 얼굴을 뚫어지게 바라보았다.

'종유 씨, 나는 지금 가슴이 뛰고 있습니다.'

종유도 상기된 얼굴로 미재를 바라보았다. 그이 역시 자기와 같은 말을
속으로 뇌고 있을 것이라 생각되었다.

"맏아드님이신가요?"

종유는 또 성배에 대한 이야기를 꺼냈다.

'네, 바루 당신의 아들이에요.'

미재의 대답은 이러했어야 할 것이다. 그러나,

"네……."
하기만 하고 얼굴을 떨어뜨렸다.

"잘생겼군요?"

'그럴 겁니다. 그렇게 보이시겠지요.'

"몇 살이지?"

"열 살이요."

'당신과 밤을 같이한 때가 몇 해 전이죠?'

"이름은?"

"심성배예요."

‘할 수 없잖아요? 심형구와 결혼한 뒤 낳았으니까⋯⋯.’

종유가 미재의 입 속의 말을 들었을 리 없다.

“몇 학년이지?”

종유는 성배하고만 이야기를 하려 했다. 미재가 입 밖에 내지는 못하지만 속으로 이야기하는 말을 어째서 알아듣지 못할까? 미재의 말을 알아들었다면 성배와 그 시시한 이야기를 안 해도 좋을 텐데⋯⋯.

어쩔 수 없는 일이지만 종유가 성배와 시시한 이야기만 주고받는데 염증을 느끼지 않을 수 없었다. 미재는,

“방을 하나 더 부탁해 둬야겠는데요.”

신경질적으로 종유의 말을 가로막았다.

“부탁해 놨습니다.”

종유가 대답했다. 마치 선견지명이 있었다고 칭찬이나 받으려는 것처럼.

미재는 종유의 그런 태도가 정말 싫었다. 어떻게 해서 자기가 성배를 데리고 오리라는 것을 알았다는 말인가? 종유는 자기가 혼자 올 것을 알면서도 방을 따로 쓸 심산이었구나. 모든 기대가 순간 완전한 실망으로 변해 버렸다.

“어떤 방인가요?”

미재는 정해 놨다는 방으로 빨리 가고 싶었다. 그래서 자리에서 일어서며 물었다.

“바루 여깁니다.”

바로 여기라고 말하며 안내한 미재의 방은 종유의 방과 정반대되는 쪽 맨 끝방이었다.

“옷 좀 갈아입겠어요.”

종유를 내 보낸 뒤 미재는 방바닥에 주저앉아 울기를 시작했다.

성배 앞이라 마음대로 울 수도 없었다. 곧 눈물을 끊고 저녁을 가져오게 한 뒤 밥을 먹기 시작했다. 종유에게 저녁 먹었느냐는 말도 물어 보지 않고 혼자 밥을 먹는 것이 예의에 벗어난 일이라 생각하면서도 그미는 가기가 싫었던 것이다. 저녁을 다 먹은 뒤 성배를 자리에 누이고 나서도 종유를 찾

아갈까 말까를 망설였다. 성배 없이 단 둘이 만났다 해도 방은 둘을 쓰는 것이 좋을지 모른다. 그렇지만 종유는 어째서 자기와 의논도 없이 방 두 개를 얻어 놓았을까? 의논 없이 그런 일을 했다는데 미재의 실망이 있었던 것이다.

서울서 멀리 떨어져 남의 눈이 미치지 않는 곳에서도 가까이 함을 꺼려하는 마음이라 해석하지 않을 수 없었다. 그렇다면 무엇 때문에 자기를 꺼려하는 것일까? 미재로서 그것까지 추궁해 생각하지 않을 수 없었다. 서울서는 자기더러 형구와 이혼을 안 한다고 불만을 말하던 종유였다. 언제나 욕구불만을 나타내고 있던 그가 이렇게 좋은 기회를 도리어 기피한다는 데는 특별한 이유가 없을 수 없다. 그것은 상희일 것이다. 상희를 사랑하고 있다면 그럴 법한 일이다. 자기를 꺼려할 만큼, 상희를 그만큼 깊이 사랑한단 말인가? 그렇다면 자기도 종유를 찾아갈 필요가 없다. 그리워하던 마음을 얼굴에 나타낼 필요도 없다. 내일 아침 돈을 받아 가지고 해인사를 떠나면 그뿐이다.

미재는 종유를 만나지도 않고 그냥 자 버릴까 생각했다. 만약 종유가 상희를 사랑한다는 것이 확실하다면 당연히 그래야 할 것 같았다. 그러나 그것이 확실한 것인지를 알 수 없었다. 해인사가 대봉리에서 멀지 않은 곳이니 대봉리 사람들을 꺼려하는 나머지 방을 두개 미리 얻어 놓았는지 모른다. 설사 상희와 깊은 관계에 들어갔다 해도 그것을 확인해야 하지 않겠는가? 그것을 확인해 보지도 않고 혼자 추측하고 혼자 단정을 내린다는 것은 지나친 독단이다. 설마 상희와 사랑할 수가 있는가?

미재는 성배가 잠든 것을 보자 종유 방으로 가 조심스럽게 노크를 했다. 종유가 기다리고 있었다는 듯이 들어오라는 말을 하자 미재는,

"아직 안 주무셔요?"

하며 방 안으로 들어갔다. 아직 안 주무시느냐고 한 것은 그래도 나를 기다리고 있었느냐는 비꼬인 마음의 표현이었다.

"벌써 잘라구요."

종유는 아직 잘 시간이 안 되었다는 투로 대답했다. 그런 대답을 듣자 미

재는 이때까지의 불만이 팽창된 불만이 합칠 때 미재는 자기 마음을 수습할 수가 없었다. 그미는 종유 무릎에 쓰러지며 울기를 시작했다. 피를 토하고 죽고 싶은 심정이었다.

"왜 이러십니까?"

종유가 예의 바른 말을 쓰며 미재를 일으켰다. 미재는 그런 말투가 또 싫었다.

"미재, 왜 이래?"

하며 자기를 쓸어안아 줘야 할 것이 아닌가? 그런데 '왜 이러십니까?'가 뭐란 말인가?

미재는 종유 앞에서 울어도 소용이 없다고 생각했다.

"제가 조금두 보고 싶지 않으셨나요?"

냉정한 목소리로 물었다.

"보고 싶으면 어떻게 합니까?"

"제가 드린 반지두 안 끼셨군요?"

"농사를 짓는 사람이 그런 걸 끼구 어떻게 일을 합니까?"

종유는 어디까지나 냉정했다.

잡초와 곡초(穀草)

미재에게서 돈이 온 날 밤이었다. 종유는 어떻게 된 영문인지를 몰라 피곤한 몸을 끌고 상희에게로 갔다. 전답과 집을 산 돈이 바로 미재에게서 온 것으로만 알고 있었는데 미재의 편지를 읽어 보니 그렇지가 않았던 것이다.

"이걸 좀 읽어 보십시오."

종유가 미재에게서 온 편지를 상희에게 보이자 상희는 얼굴을 붉히며 이때까지의 경위를 설명했다. 그러고 나서는,

"그래서 조 선생님이 쓰신 편지를 미재 언니에게 보내지도 못했어요. 저두 어떻게 해야 좋을지 몰라 이때까지 말씀을 드리지 못했던 겁니다. 용서

하십시오."

하고 덧붙였다.

　그간의 어쩔 수 없었던 사정을 알자,

　"그럼, 어떡허면 좋지요?"

하고 상희의 의견을 물었다.

　"형부는 자기가 보낸 돈에 대해 미재 언니에게 알리지 말라구 하셨어요. 그린 저두 어떻게 해야 할지 모르겠는데요."

　"모른 체하구만 있을 수두 없는 일이 아닙니까?

　"미재 언니에게 돈을 고맙게 받았다는 회답만 하시지요. 땅을 더 사서 농터를 늘리시면 되잖아요?"

　"그럴 순 없습니다. 자립할 수 있는 땅을 사고도 더 욕심을 부린다면 그건 철면피의 일이 아닙니까? 상희 씨가 적당히 이 돈을 돌려보내 주십시오."

　"제가 그런 일을 어떻게 합니까? 언니에게두 형부에게두 욕먹을 일을……."

　"형구 씨에게는 아무 말 않구, 미재 씨에게만 편지를 보내면 되잖겠어요."

　"전 할 수 없어요. 아무리 언니라 해두 이때까지 가만 있다가, 이제 어떻게 그런 말을 해요. 조 선생님이 직접 미재 언니에게 편지를 하세요."

　할 수 없다고 생각했다. 종유는 자기가 미재에게 편지할 것을 수락했다.

　자기가 편지를 쓰면 자세한 내막을 쓸 수 있다. 책임은 상희에게 있기 때문이다. 그렇다고 해서 책임을 상희에게 돌리자는 것은 아니지만 어쨌든 어물어물하고만 있을 수는 없는 문제였다. 상희가 미재에게 편지를 할 때 그것을 집으로 보냈기 때문에 형구가 몰래 뜯어봄으로써 복잡한 사태를 초래했다. 다방으로 편지를 하면 형구가 뜯어볼 우려도 없다. 그래서 집으로 돌아가 편지를 쓰기 시작했다. 며칠째 모를 심고 있기 때문에 몸이 참을 수 없을 만큼 피곤했다. 안 하던 일을 갑자기 했기 때문에 남보다 몇 배나 피곤했을 것이다. 허벅다리와 허리가 쑤시는 듯 아팠다.

그런 몸으로 편지를 쓰게 되니 자연 사무적인 이야기 이외에 감정적인 이야기를 쓸 수가 없었다. 쓰고 싶은 마음이 있어도 쓸 수가 없었다.

겨우 편지를 다 쓰고는 봉투에 주소도 쓰지 못하고 그냥 자려고 했다. 이부자리를 깔고 등잔불을 끄려고 할 때였다.

"선생님……."

상희의 목소리가 들렸고 상희의 얼굴이 방 안으로 들어왔다. 종유는 천근만근 같은 몸을 일으켰다.

"들어가두 좋아요?"

"그럼요."

종유는 이불을 둘둘 말아 한편으로 밀었다.

"앉으시오."

그는 사투리를 써 가며 방바닥을 툭툭 쳤다. 거기 앉으라는 것이었다.

상희는 앉으라는 자리에 앉자,

"편지 쓰셨어요?"

하고 물었다.

"네."

종유는 편지를 상희에게 주며 읽어 보라고 했다.

상희는 사양하지 않았다. 자기에게 온 편지처럼 읽어 내려갔다. 다 읽고 나서는,

"이거 저에게 보일 생각은 아니었겠지요?"

하고 물었다.

"물론이죠."

종유는 검열관에게 걸리는 데나 없나 하고 약간 불안했지만 걸려도 할 수 없다는 마음에 솔직하게 대답했다. 사실 상희에게 보이고 부칠 생각은 아니었으니까. 그런데 상희는 한참 동안 말을 않고 있었다. 걸리는 데가 있는 모양이었다.

"잘못 쓴 게 있습니까?"

종유가 물어 보지 않을 수 없었다.

“아 아니요.”

상희는 아니라고 한 뒤 잠시 뒤에야,

“잘 쓰셨어요.”

라는 말을 했다.

아무래도 마음에 들지 않는 데가 있는 모양이었다.

“말해 봐요. 어떤 데가 맘에 안 들지요.”

상희는 종유가 불안해하는 것을 눈치 챘는지,

“너무 잘 써서 그래요.”

하고 말했다

“왜 그렇지요?”

상희는 또 무엇을 생각하는 듯하다가,

“왜 보고 싶다는 말을 안 쓰셨지요?”

하며 억지로 웃음을 지었다.

“네? 그거요?”

종유도 따라 웃었다. 그리고는,

“다음에 쓰시려구 남겨 놓으신 거군요?”

“그럼요.”

상희가 편지를 읽고 난 뒤 얼마 동안 묘한 표정을 짓고 있는 이유를 알았기 때문에 종유는 그미를 곯려 주고 싶은 심산이었다. 그렇지만 농담을 진담으로 들을 것이다.

“그래, 아직두 그런 감정이 남아 있으리라고 생각합니까?”

하고 상희의 대답을 요구했다.

“남아 있지, 그럼 아주 없어졌을라구요?”

“그럴까요?”

종유도 실은 자신이 없었다. 잊으려고 노력하고 있다. 그러나 노력하는 것으로 이루어지는 일이 아니지 않는가? 돈과 함께 미재의 편지를 받던 순간 그는 미재를 역시 ‘나의 연인’이라고 생각했었다. 아직까지 자기를 사랑하고 있는 여자란 마음에 가슴이 두근거리기까지 했었다. 그리고 고마운 여자라고 생각했었다. 그런 만큼 미재의 그림자가 자기 마음속에서 아주 사라졌다는 말을 자신 있게 말할 수가 없었던 것이다.

"그럴까가 아녜요. 그렇게까지 좋아하던 이를 하루 이틀에 잊을 수 있어요?"

상희의 말이 옳았다. 그렇다고 옳은 말이라고 할 수도 없지 않은가? 다만 소원은 그런 화제에서 자기를 해방시켜 주었으면 하는 것뿐이었다.

"두고 보면 알 일이겠지."

종유는 이야기를 피하는 수밖에 없었다.

"믿구 있어요. 제가 믿으면 그뿐이겠죠."

상희도 그런 이야기로 종유를 구차스럽게 해 주고 싶지 않았을 것이다. 뻔히 알면서도 좋아진 자기가 아닌가? 공연한 이야기를 함으로써 자기가 치사스러운 인간이 될 뿐이다.

"믿어 줘, 내가 바라는 것두 그것뿐야."

하며 종유는 상희의 손을 잡았다. 상희의 손이 떨리는 것 같았다. 떨리는 상희의 손이 종유의 가슴을 떨리게 했다.

"믿어 줘요."

호소가 부르짖음으로 변하는 순간 종유는 상희를 끌어안았다. 처음 일이었다.

상희는 아무 말 않고 종유의 가슴에 안긴 채 숨소리만 새근거릴 뿐이었다. 무엇이나 요구하는 대로 줄 것 같았다. 그러나 잠시 동안의 포옹을 가진 뒤 종유는 자기 몸을 뒤로 뽑았다. 설사 그들의 애정이 성숙했다고 해도 미재의 이야기를 하던 끝이라 상희에게 사랑을 요구할 수가 없었던 것이다. 체면 문제였다. 미재를 완전히 잊었다고 자기가 어떻게 상희의 애정을 요구할 것인가?

상희는 신경이 마비된 사람처럼 고개를 떨구고 앉았다가 갑자기 얼굴을 들며,

"내일은 모기장을 꼭 사 오겠어요."

하고 말했다. 갈망하던 애정에 심취했던 자기를 일깨우는 듯한 태도였다.

종유의 애정을 소유하고 싶은 갈망, 미재에 대한 미련을 버리고 자기만을 사랑하는 종유가 되어 주었으면 하는 열망, 그런 종유를 보기 위해 그가 원한다면 무엇이나 바치고 싶은 심정이었다. 그러나 아직 그럴 수는 없었다. 이때까지 몸을 깨끗이 지켜 온 상희다. 지킬 것은 어디까지나 지켜야 한다. 그래서 자기를 잃었던 순간의 심취를 뉘우치며 모기장 이야기를 꺼냈던 것이다.

"모기가 많지두 않은데 뭐……."

"그래두……."

"곤해서 깨무는 줄두 모르구 자는걸."

"그래두."

그래도 모기장은 필요하다고 생각했다. 필요하다고 생각할 뿐 아니라 이미 몇 번이나 모기장 걱정을 해 온 상희였다. 영애 엄마는 밥을 지어 주고 일이나 해 주는 여자다. 종유의 생활을 돌봐 줄 사람은 오직 자기뿐이라 생각하고 있다.

"정말 소용없어. 시골이지만 산골이라 모기가 없는 편이야."

종유는 속으로 상희의 친절을 바라면서도 겉으로는 사양하지 않을 수 없었다. 집을 사 가지고 이사를 올 때 도배를 하고 장판을 한 것도 상희였다. 동네 청년들을 데려다가 방을 깨끗하게 만들어 주었다. 당장에 필요한 된장과 간장을 갖다 주었으며 김치까지 담가 주었다. 그뿐만도 아니었다. 영애 엄마를 시켜 하루 몇 사람씩 품을 사서 모를 심도록 농사에 대해서까지 일일이 보살펴 주고 있다.

그런 상희에게 무제한 신세를 질 수는 없기 때문이었다. 그 동안 상희와의 거리는 무척 단축되고 있었다. 그래도 그미의 친절을 신세라고 생각할 만큼 자기감정을 내맡기지는 못하고 있는 터였다. 오늘밤 처음으로 그미를 포옹했지만 그것은 순간적 행동이었다. 그것이 앞으로도 지속될 감정이라고 단정할 수는 없는 노릇이었다. 그런데 상희가,

"이젠 제 호의가 싫어졌다는 거지요?"

뜻밖의 말을 했다.

"그건 무슨 말이죠?"

"알았어요. 이젠 하라는 대루만 할게요."

상희는 더 이야기하고 싶지가 않았다. 자기를 포옹까지 해 준 종유가 모기장 하나를 가지고 끝까지 사양한다는 것은 그의 가슴 속에 아직도 미재의 잔영(殘影)이 남아 있기 때문이리라. 그러한 종유에게 필요 없다는 것까지를 걱정해 줄 필요가 무엇인가?

언제는 해 달라는 것만을 해 주었던가? 해 주고 싶어서 해 주었던 것이다. 모기장도 사 주고 싶으면 아무 말 없이 사 주면 그뿐이다. 그런데 나는 오늘 왜 미리 종유의 승낙을 얻으려고 했을까? 확실히 그런 것 같았다. 오늘밤 종유는 자기를 포옹했다. 그러나 순간적인 그야말로 순간적인 포옹에 그쳤다. 그것을 애정을 확정할 수는 없었다.

만약 포옹한 것을 후회하고 잘못했다는 말을 한다면? 그럴 수도 있는 일이다.

상희는 사랑한다는 말을 해 버릴까 하고 생각했다. 그렇게 하면 종유도 자기를 사랑한다는 말을 할 것이다. 사랑한다는 말을 한다면 그 말에 대한 책임을 질 것이 아닌가? 그리고 자기는 그 말의 책임을 추궁할 수가 있게 된다. 종유의 마음을 완전히 붙잡아 놓는 데도 그것이 좋을 것 같았다. 그렇지만 그런 말을 어떻게 입 밖에 꺼낼 수가 있담. 사랑은 마음으로 그리고 육체로 하는 것이다. 어떻게 말로 할 수 있는가? 어쩐지 유치한 일 같았다. 그런데 종유가,

"언제부터 그렇게 됐지요?"

하고 시키는 일만 하겠다는 상희의 말에 불만의 빛을 보였다.

"필요한 것두 필요 없다는 분에게, 그럼 뭐라구 말해요?"

상희는 종유보다도 더한 불평을 보였다.

"그보다 더 필요한 것두 있을 겁니다. 그렇지만 필요한 것을 필요하다구 말하며 살 수가 있나요? 미안해서……."

"인간이 데데해서 그렇겠지요."

"뭐가 데데하지요?"

"인간 전체가 그렇게 생겨 먹었지요."

종유는 무엇보다도 상희라는 인간이 필요하다는 말을 하고 싶었던 것이다. 그러나 미재와의 과거를 잘 알고 있는 상희에게 어찌 그 말을 할 수 있을 것인가? 아직 미재와의 관계를 완전히 끊지 못하고 있다. 오늘도 미재에게서 돈이 오지 않았는가?

그래도 상희가 자기를 좋아하는 것만은 능히 짐작 할 수 있다. 짐작은 하고 있지만 자기를 진정으로 사랑하고 있다는 확신은 가질 수 없다. 설사 그런 확신을 가진다고 해도 자기 입으로 상희가 필요하다는 말을 먼저 꺼낼 수는 없다. 상희에 비해 너무나 큰 결함을 가지고 있는 자기다.

"알았어요. 그만두세요."

상희는 그 이상 이야기를 듣고 싶지 않았다. 하고 싶은 말을 못하며 산다는 것은 결국 종유가 자기와 먼 거리에 있다는 것을 뜻한다. 자기에게 거리감을 느끼고 있는 사람에게 무엇을 요구하겠는가?

상희가 냉정하게 대화를 거절하자 종유는 시무룩해졌다. 결함 때문에 소극적이지 않을 수 없는 자기를 알면서도 강인하게 끌어 주지 않는 것은 상희가 자기를 적극적으로 사랑하지 않는 증거다.

"알았다니 다행이군요."

종유는 될 대로 되라는 기분이었다.

"안녕히 주무세요."

상희는 정말 데데하다는 말을 해 주고 싶었지만 의젓하게 밤인사를 하고 종유의 집을 나섰다.

종유도 그미를 대문까지 배웅해 주고,

"안녕히 주무십시오."

덤덤히 인사를 했다.

방으로 돌아와 자리를 깔고 누웠을 때 그는 미재가 자기와 결혼할 수 있는 여자라면 하는 것을 생각했다. 그렇기만 하다면 사랑의 관문에까지 이르는 복잡한 수속이 필요 없다. 그냥 사랑을 주고받으면 그뿐이다. 상희에게처럼 자기 부족감을 느끼지 않아도 좋을 것이고 사랑을 확인하지 못해 하고 싶은 말도 제대로 못하는 일이 없을 것이다.

그러나 미재는 애를 셋씩이나 난 여자다. 애를 셋씩이나 낳으며 십 년 동안 심형구와 같이 육체를 나누던 여자가 어찌 상희처럼 청신할 수가 있을 것인가?

사랑을 하면 육체에 묻어 있는 때까지도 사랑할 수가 있을까? 미재와 결혼을 한다고 하면 그미의 육체에 끼어 있는 때를 수시로 느껴야 할 것이다. 형구에게 내맡겼던 육체를 눈감고 아름답게만 볼 수 있을 것인가? 진심으로 자기를 좋아할 때도 자기만큼 형구를 좋아하던 장면이 연상될 것이다.

역시 독선적인 생각이리라. 자기도 그리 깨끗하지는 못하면서 미재가 깨끗하지 못하다는 것만 탓할 수는 없다. 그렇다. 자기가 완전한 총각이 아닌 이상 상대방을 탓할 수는 없다.

그러나 탓하는 것과 꺼림칙한 것과는 다르지 않는가? 탓하는 것은 상대방을 나무라는 것이요, 꺼림칙한 것은 피부로 느끼는 감정이다. 탓할 수는 없다 해도 느낌이야 부정할 수 없지 않은가? 꺼림칙한 그 부정할 수 없는 감정 속에서 자기를 괴롭히며 살 필요가 무엇인가?

상희와 결혼은 한다면 그런 괴로움은 느끼지 않아도 좋다. 얼마나 부담이 적은 생활인가?

다음날 아침 종유는 미재에게 보내는 편지를 영애에게 주어 보냈다. 그리고는 논으로 나가 마지막 모를 심었다. 비가 늦게 와서 모내기가 때에 맞지 않은 느낌이 있기는 했지만, 철만 잘 해 주면 그래도 평년작을 내다볼 수 있다면서 동네 사람 전부가 모내기에 나섰기 때문에 품을 사기가 힘이 들었다.

그래서 많아야 서너 명 사서 모를 심는 형편이라 모심기가 상당히 오래 걸렸다. 이 날은 두 명만 샀지만, 그것은 남은 땅이 얼마 안 되기 때문이었다. 그 두 명은 모두가 자기네 모를 다 심은 젊은 사람들이었는데 젊어서 그런지 일손이 굉장히 빨랐다. 종유는 그새 남에게 뒤떨어지지 않게 모심는 솜씨가 능숙해졌지만, 그래도 그 젊은 사람들은 따라갈 수가 없었다.

"해 전에 넉넉히 끝날 테니까 천천히 합시다."

종유는 뒤떨어지기 싫어서 허리를 펴며 말했다.

"천천히 따라오시소. 우리야 천천히 하는 게 이렇지 않습니껴."

청년들은 일손을 멈추지 않고 모를 꽂으면서 이야기를 꺼냈다.

"선생님, 그래두 일을 빨리 배우시는 셈이십니더. 하루두 쉬시지 않구 모를 심그셨지예?"

"쉴 수가 있습니까? 그러자니 정말 혼이 났지요."

"선생님은 일을 안 하셔두 되잖겠습니껴? 혼자서 사시문서……."

"농부가 되려구 농촌에 온 사람이 일을 안 하구 뭘 합니까?"

그들은 한참 동안 이야기를 끊었다가는 다시 이야기를 주고받았다.

"대학까지 졸업하신 분이 뭐 땜에 농사를 짓십니껴? 참말 알다가도 모를 일이로구마."

"글쎄요."

"평생 가야 밥 빌어먹기 똑 좋은 곳이 농촌 아닙니껴?"

종유는 대답을 안 했다. 자기가 보기에도 농사만 지어서 장사꾼처럼 부유해질 것 같지는 않았던 것이다.

그런데도 땀을 흘리며 애써 일하고 있는 자기를 설명할 수가 없었던 것이다.

"농민이 잘 살려면 쌀값이 올라야카는데 쌀 한 섬 값이 비료 한 가마 값과 맞먹으니 잘 살 수가 있습니껴?"

청년들이 불평을 말하기 시작했다. 그 불평이란 농민에게 있어서 가장 절실한 불평일 것이다. 그리고 농촌 문제 가운데서 가장 근본적인 문제가 될 것이다. 다른 물가와 같이 쌀값이 오른다면 농민이라고 못 살 까닭이 없다. 쌀값이 올라 수입이 증가되면 농민이 농사에 애착을 안 느낄 까닭이 없다. 다른 물가는 오르기만 하는데 농부들이 지은 쌀값만은 올리지 못하게 한다. 농민의 의욕이 죽지 않을 수 없다. 그래서 농민들은 결국 잡초(雜草)처럼 되어 버렸다. 누구를 믿는 것도 아니고 누구의 손길을 바라는 것도 없이 내버려진 채 살고 있다. 하늘을 믿지도 않는다. 정부를 의지하려 하지도 않는다.

종유는 얼마 안 되는 동안이지만 농촌에 와서 농민들과 같이 살면서 느낀 것이 있다면 그것이었다. 농민들은 아무도 믿지 않는다. 농촌을 위해서 희생적으로 일해 주는 지도자가 있다면 그것을 마다하지는 않을 것이다. 그러나 지도자를 바라지는 않는다. 왜냐하면 어떤 지도자가 나타난다고 해도 그들의 의욕을 돋우어 주리라고 생각지 않기 때문이다.

종유는 처음 농촌 지도자를 꿈꿨다. 그러나 그것이 허망된 생각임을 알았다. 농촌에서 필요한 사람은 지도자가 아니라 의욕을 돋우어 주는 사람이다. 정부가 중농정책을 쓰지만 쌀값을 올리지 않는 한 농민의 의욕을 돋우어 줄 사람은 하나도 없다. 그래서 종유는 자기가 할 수 있는 일은 오직 자기가 모범농부가 되어 어떻게 해서든 수입을 올려, 농사를 짓고도 잘 살 수 있다는 것을 농민들에게 보여 주는 것이라고 생각했다. 그것은 이론만으로 지도할 성질의 것이 아니다. 그들은 남을 믿지 않으니까.

그래서 지도자니 뭐니 하는 생각을 버리고 우선 몸을 단련시키기로 했다. 육체노동에 견뎌낼 수 있는 몸을 우선 가져야 했다. 육체력을 길러낸 뒤 영농 방법을 연구한다.

거창은 산골이다. 기후도 냉한 편이다. 그렇지만 담배, 양잠, 닥(한지 만드는 나무), 과일, 왕골 등 명산물이 적지 않다. 그 중 수익이 가장 많은 것을 골라 그것을 남보다 잘 가꾼다. 벼도 다수확을 목표로 영농법을 개선한다. 그렇게 해서 자기가 직접 모범적인 농부가 되면 농민들이 자기를 부러운 눈으로 바라볼 것이다. 그리고 어떤 의욕 같은 것을 느낄 것이다.

그때 자기는 농민들을 지도한다. 그러니까 지도자가 되려고 애쓸 필요가 없다. 우선 진실된 농부가 돼야 한다. 농민들의 가장 큰 불평불만을 어떻게도 할 수 없는 개인으로서는 그러는 수밖에 없다고 생각했다. 중농정책을 쓰는 정부로서 쌀값을 올리지 못하는 이유가 따로 있을 것이다. 정부로서도 어찌할 수 없기 때문이리라. 그렇다면 개인은 개인으로 살 구멍을 뚫을 수밖에 없다.

"그러니까 돈을 적게 들이고 수입을 많이 올릴 농사를 져야겠지요."

종유는 불평을 말하는 농민에게 대답할 수 있는 말을 달리 생각해내지 못했다.

"농사두 사업인데 돈을 안 들일 수 있습니껴?"

"퇴비를 많이 쓰구 화학비료를 적게 쓰면 되잖습니까?"

"퇴비는 거저 생기는 겁니껴?"

농민들도 무척 따지기를 좋아했다. 종유는 달리 대답할 말이 없어,

"글쎄요."

하고는 모만을 심었다. 그때였다. 영애 엄마가 점심밥을 지어 광주리에 담아 이고 논두렁으로 와서 점심을 먹으라고 했다.

"점심 먹읍시다."

영애 엄마를 본 종유가 손에 들었던 모를 마저 꽂으며 말했다.

"벌써 점심때가 됐는가 베."

이런 말을 하면서도 일꾼들은 종유보다 먼저 손을 떼고 논두렁으로 나갔다. 종유도 논두렁으로 나가 밥광주리 앞에 앉았다.

"야! 찌개가 있데이."

일꾼 하나가 두부찌개를 보고 환성을 올렸다. 반찬이라고 두부찌개와 김치, 그리고 멸치볶음뿐이었다. 그런데 고기도 없는 두부찌개가 농민들의 구미를 당긴 모양이었다.

"영애 엄마가 만든 두부요. 맛있을 거구만……."

종유가 영애 엄마를 추켰다. 두부가 영애 엄마 혼자의 손으로 만들어졌을 뿐 아니라 두부를 만들어 찌개를 끓이자는 생각도 영애 엄마 머리에서 나온 것이었다. 종유의 논일을 하면서 일꾼의 반찬이 없대서야 말이 되느냐는 것이 영애 엄마의 말이었다. 종유의 체면을 생각하여 밤잠도 안 자며 콩을 갈아 두부를 만든 영애 엄마의 수고를 칭찬해 주어 무방한 일이었다.

"야, 영애 엄마 솜씨 대단하구마……."

논일을 해도 점심때 두부찌개 한 번 먹어 보지 못한 일꾼들인 만큼, 그들 역시 영애 엄마를 칭찬하지 않을 수 없을 것이다.

"그러지 말구, 많이 잡숫기나 하시소."

영애 엄마는 얼굴을 붉혔다. 얼굴 붉히는 영애 엄마를 보자 일꾼들은 밥숟갈을 입에 넣으면서,

"한 번 웃어 보이소. 빨간 얼굴이 더 이뻐 보이누만……."

농담을 걸었다.

"와 이카노, 빨리 밥들이나 자시소."

영애 엄마가 돌아앉았다. 부끄러워하며 돌아앉는 영애 엄마가 어쩐지 처녀 같은 느낌이 들어 종유도 그미를 유심히 보았다. 정말 예쁜 얼굴이었다. 태양에 그을지만 않았다면 살결도 고울 것이다.

"영애 엄마, 왜 시집 안 가능기요? 열녀비 세울라카노? 청춘이 아깝잖은가 베."

농군이 짓궂게 또 말을 걸었다. 실없는 농담에 영애 엄마가 대답할 리 없었다.

"세상 홀애비들 눈이 다 멀었지, 글쎄 영애 엄마를 그냥 늙어 버리게 한담……."

그럴수록 영애 엄마의 고개는 수그러지기만 했다.

종유도 영애 엄마가 혼자 늙기는 정말 아까운 여자라고 생각했다. 얼굴이 예쁠 뿐 아니라 마음씨도 곱다. 일도 잘 한다. 왜 혼자서 고생을 하며 늙어야 하나?

점심을 다 먹자 영애 엄마는 광주리를 이고 돌아갔다. 그리고 몇 시간이 안 되어 곁두리를 해 가지고 왔다. 이번에는 밀국수였다. 멸치 국물을 썼는지 국수도 맛이 있었다. 국수를 먹으면서도 일꾼들은 또 농담을 했다. 그래도 들은 체를 안 하고 있다가 국수를 다 먹고 일을 시작할 때 영애 엄마는 자기도 논에 들어가 모를 꽂기 시작했다. 해 지기 전에 일찍 끝낼 것이라고 그냥 돌아가라고 했지만 그미는 말을 듣지 않았다. 전에도 늘 그랬었다. 곁두리를 해 가지고 왔다가는 저녁때까지 남들과 같이 일을 하고야 돌아가곤 했던 것이다.

해가 한 발이나 남았을 때 일이 끝났다. 종유는 모를 전부 심은 즐거움을 느끼면서 일꾼을 돌려 보낸 뒤 모 심은 논들을 혼자 한 바퀴 돌려고 했다. 그때 영애 엄마가 광주리 속에 가지고 왔던 콩자루를 꺼내 논두렁에 그것을 심으려 했다. 그것을 보자 종유는 자기가 구멍을 뚫어 주면 훨씬 빨리 콩을 심을 수 있다고 생각했다.

종유는 논을 돌아 볼 생각을 그만두고 영애 엄마가 가지고 온 막대기로 논두렁에 구멍을 내기 시작했다. 한 구멍 한 구멍 뚫어 놓으며 앞으로 나갈 때 구멍 속에 콩알을 넣고 흙으로 구멍을 메우던 영애 엄마가,

"이리 주이소. 구멍을 좀 배게 뚫어야 안 합니껴?"

하며 종유에게로 와서 몽둥이를 뺐었다. 그리고는 약 사십 센티 거리로 구멍을 파기 시작했다.

"알았어요. 그대루 파지요."

종유는 다시 몽둥이를 뺐어 먼젓번보다 간격을 좁혀 구멍을 뚫기 시작했다. 구멍을 뚫으며 종유는 영애 엄마가 자기 일처럼 시키지 않는 일까지 해 주는데 고마움을 느꼈다. 영애 학비를 대 주는 이외에 한 달에 오백 원씩 현금을 주기로 약속하고 있는 터였다. 밥만 얻어먹고 잠도 딴 데 가서 자고 있다. 자기는 한 달에 천 원쯤 주려고 했지만 상희가 오백 원 이상 줄 수 없다고 해서 그렇게 정하고 있지만 영애 엄마는 그래도 불평을 말하지 않고 자기 집 일처럼 일을 해 준다. 남들이 논두렁에 콩을 심는 것은 종유도 보아 온 일이지만 그래도 자기 혼자라면 그런 것까지 심을 생각을 못했을 것이다.

'언제까지나 집일을 도와주었으면…….'

종유는 영애 엄마 같은 여자가 언제까지나 필요할 것이라고 생각했다. 설사 상희와 결혼을 한다고 해도 어머니처럼 살림을 돌봐 줄 사람이 있다면 얼마나 좋을 것인가?

'상희가 없다면…….'

자기 곁에 상희가 없고 또 상희에 대한 감정이 백지 상태라면 영애 엄마를 아내로 삼아 무방하리라는 생각도 했다.

농촌 여자로서 그 이상의 인물을 구할 수 없을 것 같았다. 물론 기혼녀라는 것이 결점일 것이다. 그러나 미재처럼 그미의 남편을 아는 것도 아니다. 미재의 경우 종유는 미재의 남편을 알기 때문에 그미와 결혼을 해도 그 남편에 대한 환상을 떨쳐 버릴 수가 없게 될 것이다. 그 환상이란 언제나 미재

에 대한 불쾌감을 수반하게 될 것이고. 그러나 영애 엄마의 경우 그미의 남편에 대한 지식을 조금도 가지고 있지 않다. 불쾌감이 따르는 구지레한 환상이 일어날 가능성이 적다.

더구나 영애 엄마는 자기를 하늘처럼 우러러보며 살 것이 아닌가? 과거에 대한 미련보다도 현실에 대한 즐거움이 더할 것이 분명하다. 그러나 상희가 있으니 어떻게 할 것인가? 감정의 표현도 서로 억누르고 있는 형편이다. 결혼을 비치는 말은 언제쯤 하게 될지 모른다. 그러면서도 서로 그리워하고 있는 것만은 숨길 수 없는 일이다. 그런 상희를 두고 영애 엄마를 달리 생각할 수는 없는 일이다. 그저 일만 해 주는 협조자로나 바라는 수밖에……

"엄마!"

갑자기 영애 엄마의 비명소리가 들렸다. 종유가 눈을 들었을 때 영애 엄마는 한 다리를 늘어뜨리고 논두렁에 절퍽 앉아 있었다. 한 발이 미끄러져 아래로 내려가는 바람에 그냥 주저앉고 만 모양이었다. 종유는 그미에게로 달려갔다. 놀란 탓인지 영애 엄마는 일어나지를 못하고 있었다. 사실은 한 다리가 논두렁 밑으로 내려갔으니 앉은 채로 일어서기가 힘들었을 것이다.

종유는 그미의 손을 잡아끌어 일으켜 줘야 할 것이었다. 그런데도 차마 손을 내밀 수가 없었다. 상처를 입고 쓰러진 것도 아닌데 어찌 남의 여자 손을 잡을 수 있을 것인가?

"일어설 수가 없습니까?"

종유는 그미를 바라보며 대답을 기다렸다.

"아이 참."

영애 엄마는 왼손에 쥐었던 콩 자루를 놓고 두 손으로 땅을 짚은 뒤 팔에 힘을 주며 일어섰다. 그리고는 깔고 앉았던 모 묶음을 보며,

"이걸 밟았어요."

했다. 모를 꽂다가 남아서 그냥 버린 모 묶음이었다.

"다친 데는 없습니까?"

"아아니예."

영애 엄마는 손도 터는 일 없이 다시 콩을 심기 시작했다.

해가 서산에 기울어지기 시작할 때,

"전 먼저 들어가겠심더."

하고 영애 엄마가 콩자루를 들고 일어섰다. 종유는 저녁을 지어야 하니까 돌아갈 수밖에 없다고 생각했다. 그리고 오늘만은 자기도 그미와 같이 돌아가야 한다고 생각했다. 미끄러져 넘어진 것을 보고도 손을 잡아 일으켜 주지 못한 것이 마음에 걸렸던 것이다. 길을 걸으며 그는,

"다리가 아프지는 않습니까?"

그미 다리에 신경을 썼다.

"어디예……."

영애 엄마는 아무렇지도 않게 대답했다. 사실은 그것이 당연한 일인지도 모른다. 대단치 않은 일에 그미의 손을 잡았다고 하면 그것이 후환을 만들어 낼지도 모른다. 멀리서라도 누가 그것을 보고 이상한 말을 퍼뜨릴지도 모르는 일이니까. 그렇지만 종유는 미안한 마음을 소화시킬 수가 없어서,

"너무 고생하시는 것 같은데요?"

필요 없는 말까지 꺼냈다.

"고생은 예……."

광주리를 인 영애 엄마가 앞을 서고 종유가 그 뒤를 따라가고 있었다.

"영애는 공부를 잘 합니까?"

"글쎄예……."

종유도 바빠 영애 공부를 돌봐 주지 못하고 있다. 야학도 당분간 쉬고 있는 터니까. 영애 엄마도 영애가 공부를 잘 하는지 눈여겨볼 틈이 없다.

"이제 곧 야학을 시작해서 애들 공부를 시켜야겠군요."

"그러시소."

이런 이야기를 하며 동네 어귀까지 이르렀을 때였다. 어디서 보고 뒤따라왔는지 상회가 바로 종유 뒤에서,

"모 다 끝났어요?"

하고 물었다.

“난 또 누구라구? 어디 갔다 오지요?”

종유는 자기 대답을 잊고 상희를 뒤돌아봤다.

“볼일 보러요.”

상희도 자기 대답에 충실하지 못했다.

“난 또 누구시라구?”

영애 엄마도 걸음을 멈추고 뒤돌아 봤다.

“어서 가십시다.”

상희는 자기가 그들의 보행을 방해해서 미안하다는 것처럼 말했다. 그러나 자기 집으로 가는 갈림길에서도 그미는 자기 집으로 가지 않고 종유 뒤를 따랐다.

종유는 그미가 들고 있는 신문지에 싼 물건을 보고 즉각적으로 모기장을 사러 읍내에 갔다 오는 것이라 생각했다. 그러면서도 그것이 무엇이냐는 말을 묻지 않고 집에까지 갔다.

집에 이르자 영애 엄마는 부엌으로 가고 종유와 상희는 방으로 들어갔는데 방 안에 들어서자 상희가,

“영애 엄마.”

하고 식모 부르듯 영애 엄마를 불렀다. 영애 엄마가 들어오자 상희가 들고 온 물건을 펴고,

“이거 한 번 쳐 봐요.”

하며 모기장 한 끝을 영애 엄마에게 쥐어 주었다.

모기장을 펴서 방 안에 겨냥해 보자 상희는,

“못 있죠? 장도리하구.”

하고 또다시 영애 엄마를 부리기 시작했다. 영애 엄마가 장도리와 못을 가지고 오자 못 박을 곳을 지시하면서,

“못을 박아요.”

상희는 제법 이 집 주부같이 영애 엄마를 부려먹는 것이었다. 종유는 못 박는 일은 남자인 자기가 해야 한다고 생각했지만 이 집 주부처럼 일하고 있는 상희를 바라보는데 넋을 잃고 끝내 참견을 하지 않았다.

못을 박고 모기장을 걸자,

"방에 꼭 맞는군."

상희가 혼잣말처럼 말했다. 그리고 영애 엄마는,

"얼마 주셨능기요?"

모기장에 마음에 든다는 듯 그 가격을 물었다

"몇 푼 안 해요."

상희는 값을 말하지 않는데도 주인 같은 품격을 풍기었다.

윗구석에서 모기장을 바라보고 있던 상희가 영애 엄마를 부엌으로 내보내고 난 뒤 혼자서 모기장을 걷기 시작했다. 모기장을 걷어 곱게 포개어 방 한구석에 놓고는,

"오늘밤부터 치구 주무세요."

한 뒤 부엌으로 나갔다. 종유는 의당 고맙다는 말을 해야 했다. 그러나 그 말을 할 수가 없었다. 당연한 일을 하는 것 같은 상희에게 고맙다는 말을 한다는 그 자체가 상희에게 거리감을 보여 주는 것 같았던 것이다.

어젯밤 그렇게 사양한 모기장이었지만 상희는 의논도 없이 일부러 읍내까지 가서 그것을 사 왔다. 사 왔을 뿐 아니라 손수 쳐 보기까지 했다. 그리고는 바로 집으로 돌아가지를 않고 부엌으로 가서 밥짓는 영애 엄마를 거들어 주고 있다.

상희는 남 앞에서까지 거리낌없이 주부와 같은 태도를 보이고 있다. 놀라운 일이 아닐 수 없었다. 놀라운 일이라고 생각하는 동시 종유는 상희가 묵계로 이루어진 아내란 느낌을 느꼈다.

"여보!"

종유는 아무에게나 쓸 수 없는 말로 상희를 불렀다. 여보라는 말을 쓸 수 없는 처진데도 그 말이 쓰고 싶었던 것이다. 그런데 말이 떨어지기가 무섭게,

"네?"

하고 상희가 달려왔다. 상희도 여보라고 부른데 부자연을 느끼지 않은 모양이었다.

“나 냉수 한 그릇 줘.”

“그러세요.”

그것은 정말 부부끼리 주고받는 대화였다. 상희가 물그릇을 떠 가지고 왔을 때 종유는,

“고맙습니다.”

비로소 자기 자신으로 돌아온 듯 인사를 했다.

“어서 마시기나 하세요.”

상희는 그런 말이 무슨 필요가 있느냐는 듯 물그릇을 종유에게 내밀었다. 종유는 그리 마시고 싶지도 않은 냉수를 두어 모금 마시고 물그릇을 도로 내주며 이제부터는 사양할 것이 없다는 생각을 했다. 상희가 자기 사람이란 확신이 들었던 것이다.

상희도 마찬가지의 생각을 한 모양이었다. 물그릇을 갖다 두고는 바로 부엌에서 나와,

“저녁 많이 잡수세요.”

안정된 목소리로 말하고는 자기 집으로 돌아갔다.

집으로 돌아갔지만, 상희의 마음은 종유에게만 가 있었다. 그가 영애 엄마 보고도 그렇게 부르지나 않을까 하는 불안과 함께, 혹시 그가 부엌에 나가 영애 엄마를 도와주며 아궁이에 불이라도 때 주는 것이 아닐까 걱정했다.

읍내에 갔다 올 때, 종유와 영애 엄마가 부부처럼 걸어가는 것을 보고 자기도 모르게 그들에게로 달려갔었다. 그리고는 종유와 영애 엄마가 말할 틈새도 주지 않았다. 그랬던 감정이 자꾸만 살아났던 것이다.

‘설마 그러지는 않겠지.’

자기가 있는 한 종유가 영애 엄마에게 달리 마음먹으리라고는 생각되지 않았다. 영애 엄마도 감히 다른 생각을 가지지 못할 것이고, 그런데도 그미에게는 영애 엄마가 유달리 예쁘다는 것을 잊을 수 없었다. 남자란 여자의 미모에 마음이 움직여지는 법이다.

상희는 저녁밥을 먹고 한참 지난 뒤 종유의 집을 찾아갔다. 그런데 종유

의 방은 불이 꺼지고 조용했다. 상희는 영애 엄마가 돌아갔고, 종유는 피곤해서 잠든 것이라 생각했다. 그렇게 생각하면서도 방에 귀를 기울였다. 혹시나 하는 마음에서였다. 십 분 이상을 숨소리 죽여 가며 방 안에 귀를 기울이다가, 종유의 코고는 소리를 듣고야 집으로 돌아갔다.

집에 돌아가자, 그미는 자리에 누워 또다시 종유를 생각했다. 종유도 자기를 좋아하는 것이 사실이다. 그렇다면 이대로 지내기보다 사랑을 고백하는 것이 좋을 것이다. 그리고 종유의 확약을 듣자. 그러면 서로 안심하고 일을 할 수 있다. 사실 요 얼마 동안 상희는 아무 일도 못했다. 매일처럼 돌아다니던 인근 부락에도 발을 옮기지 못했다.

이번 모심기 할 때부터는 여자들의 공동작업을 실시하려고 계획했었지만, 그것도 종유의 일을 돌봐 주기에 손이 가지 못했다.

종유와 결혼한다고 해서 말할 사람은 하나도 없다. 약혼했다가 죽은 헌수에게도 미안할 것이 없다. 다만 미재가 자기를 미워할 것이다.

그렇지만 미재 언니에게 인간적인 배신을 안 하는 한 미움을 받아도 무방하다. 미움을 받음으로써 미재 언니가 헤어날 수 없는 구렁텅이에서 빠져나가게 된다면 나는 즐거이 미움을 받아야 한다.

형부인 형구가 미재와 종유의 관계를 끊으려고 미재 모르게 이십만 원씩이나 보냈다. 트러블을 일으키지 않고 미재를 되돌아오게 하려는 형구의 진실된 마음이 얼마나 고귀한가? 형부를 위해서라도 상희는 자기가 미재의 미움을 사서 받아야 한다고 생각했다.

그런데 종유는 낮이면 밭에 나가 일을 했다. 콩밭에 김을 맸고, 보리 심었던 밭을 갈았다. 물론 소와 사람을 사서 갈았지만, 밭가는 법을 연습한다고 일꾼보다 더 부지런히 일을 했다. 그런데다가 밤이면 야학생을 가르쳤다. 모심기를 끝내자 야학을 시작했던 것이다.

그래서 종유와 같이 조용히 이야기할 시간이 없었던 것이다. 차일피일 하며 기회만 기다리고 있을 때, 종유가 미재의 편지를 가지고 상희를 찾아왔다. 종유는 들에 나갔다가 돌아와 세수도 못했는지 흙이 묻은 손으로 편지를 보여 주었다.

해인사 ××여관에서 만나자는 미재의 편지를 읽고 난 상희는 떨리는 가슴으로,

"어떻게 하시겠어요?"

종유의 의사를 물었다.

"어떻게 해야 좋을지 모르겠는데요."

상희의 의견을 들으러 온 만큼 종유가 자기 의사를 말할 수는 없었을 것이다.

상희는 이런 경우 종유가 자기 하라는 대로 하리라고 생각했다. 그렇지 않고서야 편지를 받는 즉시로 자기를 찾아올 까닭이 없다. 그런 생각이 들자 그미는 서슴지 않고 단안을 내렸다.

"가 보셔야지요."

그럴 수밖에 없다고 생각했던 것이다. 돈을 가지고 오라 했는데 중요한 용건을 무시하고 자기 감정대로 가지 말란 말을 한다면 자기는 너무나 아량이 없는 인간이 된다. 아직 결혼도 하지 않은 사이에 아량이 없는 여자란 말을 듣기는 싫었던 것이다.

"글쎄, 가기는 해야겠는데 미재 씨를 만나기가 거북스러워서……."

도리어 종유가 망설이는 태도를 보였다.

"거북스러울 게 뭐 있어요? 아직 미재 언니를 잊지 못하구 계신가요?"

"그런 건 아니지 절대루 그렇지 않을 거야."

"그렇다면 만나서 용건만 이야기하구 오심 되잖아요."

"혹시 늦어서 올 수가 없게 된다면……."

"딴 여관에서 주무시지 그게 뭐 겁나요?"

"겁날 것은 없지."

"그럼, 망설이실 것 없어요. 가세요."

종유는 자기를 믿고 미재를 만나러 가게 하는 상희가 고마웠다. 조금도 거리낌없이 보내는 것이었다. 그런 상희를 위해서라도 미재를 만나 다시는 만나는 일이 없도록 약속하고 와야 한다는 생각을 했다. 미재에 대한 미련을 이 이상 더 가질 수는 없다. 그것은 자기가 결혼하지 않을 수 없는 위치

에 있기 때문이었다. 영애 엄마가 살림을 맡아 해 주고 있기는 하나 그미는 어디까지나 남이다. 남에게 살림을 아주 맡길 수는 없다. 살림, 애정보다도 더 중한 것이 살림일지 모른다. 미재는 농부의 아내가 될 여자는 아니다. 도시에서 연인 노릇은 할 수 있을 것이다. 손에 못이 박히도록 일할 여자는 아니다.

이제 나의 생활이 결정된 이상 내 생활에 맞는 여자와 결혼을 해야 한다.

이런 결심을 가지고 해인사로 떠나는 날 아침 영애 엄마가 가면 며칠이나 걸리느냐고 물었다. 무슨 일로 어디를 다녀오겠단 말을 안 했는데도 그미는 그것을 들으려 하지 않고 돌아오는 날만을 물었다. 늦어도 내일까지는 돌아온다고 하자 그미는,

"그새 전 산에 가서 도라지랑 산나물을 해 올랍니더."

하고 자기의 할 일을 말했다.

"마음대로 하시지요."

종유는 아무렇게나 대답했지만 그미가 자기 살림을 구석구석 생각해 주는데 고마움을 느꼈다.

그런데 떠나는 것을 보러 온 상희는 전 달리 불안한 얼굴을 하고 있었다.

"아무래두 오늘은 돌아오실 수 없을 거예요."

"글쎄, 내일 아침에는 일찍 돌아오게 되겠지."

"돈은 가지구 가세요?"

"그걸 잊을라구? 뭣 땜에 가는데……."

상희는 더 할 말이 있는 듯했으나 입술을 오물오물할 뿐 말을 못했다.

'나를 사랑한다는 말이리라. 제발 미재와 딴 일이 없도록 해 달라는 말이리라.'

종유는 그렇게 생각했다. 하고 싶은 말이 있으면서도 그 말을 못하는 상희.

오래간만에 외출복을 입고 집을 나섰다. 영애 엄마는 대문 밖에 선 채 잘 다녀오라고 했다. 상희는 동구 앞까지 따라나와 거기서 잘 다녀오라는 인사를 했다.

죄 의식과 고독

　조용한 방에 단 둘이 앉아 있을 때 종유는 미재가 두려워짐을 느꼈다. 십여 년 동안 사랑해 온 여자다 배신했다고 원망을 하면서도 그 원망을 잊을 수가 없어 그냥 그리워했던 것이다.

　애증(愛憎)으로 엮어진 지난 십 년을 이제 청산하는 것이다. 그 애증 생활 가운데서 미재가 그를 사랑한 시간은 극히 짧다. 그렇지만 짧은 동안에도 알찬 사랑을 보여 준 것만은 사실이다. 지금도 그미는 종유를 사랑하고 있다. 사랑의 이야기를 속삭이기 위해 여기를 찾아온 것이다.

　그러한 미재에게 오늘로 사랑의 막을 내리자고 하면 그미는 반드시 반발을 할 것이다. 기절을 할지도 모른다. 그것이 무서웠던 것이다.

　한편 생각하면 미재도 자기 말에 동의할는지 모른다. 혼자 오지 않고 아들을 데리고 왔다는 것이 그런 느낌을 주었다. 한 방에서 자서는 안 된다는 생각에서 방 두 개를 얻어 놓은 자기나, 성배를 데리고 자기를 만나러 온 미재의 마음과 통하는 데가 있다고 생각되었던 것이다.

　이런 이중적인 종유의 마음속을 들여다보았는지 미재가 조심스럽게 말을 꺼냈다.

　"재미 좋으셨어요?"

　종유는 재미 좋으냐는 말을 어떻게 해석해야 할지 몰랐다. 비꼬는 말 같기도 하고 단순한 이야기의 서두 같기도 했기 때문이었다.

　"네, 힘들기는 해두……."

　그는 농사에 대한 재미로 해석하면서 까다로운 이야기를 회피했다. 그리고는 가지고 온 돈을 미재 앞에 내놓으며,

　"가지구 왔습니다. 받아 주십시오."

　거두절미하고 돈 받아 달라는 말만을 했다. 이야기가 돈 문제로 옮겨지자 미재는 돈 때문에 온 것이 아닌 것처럼,

　"돈 쓸 일이 많으실 텐데 그냥 쓰세요."

하고 받으려 하지를 않았다.

“쓸 일두 별반 없습니다. 어서 받으십시오.”

종유가 사무적으로 말을 하자 미재는 발작적으로,

“갑자기 냉정해지신 것 같은데요?”

종유를 쏘아보았다. 불길이 타오르는 듯한 눈동자로,

“냉정하기는요?”

“언제부터 존대하는 말만 쓰셨지요?”

“남의 부인보고 그럼 뭐랍니까?”

“언젠 남의 부인이 아니었나요?”

“………”

“제가 뭣 땜에 여기까지 왔는지 아세요?”

잠시 말을 끊었다가,

“보고 싶어 병이 날 지경이었어요. 이까짓 거 보기두 싫어요.”

하고 미재는 돈 뭉치를 종유에게 밀어 던졌다. 그러고는 방바닥에 쓰러져 울기 시작했다. 종유는 난처했다. 울거나 죽는 시늉을 한다 해도 어루만지며 위로할 수도 없었던 것이다.

모른 체 바라보기만 하고 있을 때 미재가 일어나 앉으며,

“한 번 안아 주시지두 않겠어요?”

눈물이 번진 얼굴로 종유를 바라보았다. 종유는 이런 기회에 자기 생각을 밝혀야 한다고 생각했다.

“미재 씨. 난 그새 미재 씨를 많이 생각했습니다. 그 결과 이 이상 미재 씨를 불행하게 해서는 안 된다구 생각했습니다.”

“나를 잊겠다는 말씀이군요?”

“내 말을 들어 보십시오. 이중생활을 한다는 것은 결국 자기를 둘로 짜갠다는 것입니다. 짜개진 두 쪽이 다 행복을 느낀다는 것은 하늘이 두 토막으로 나도 있을 수 없는 일입니다. 안 그렇겠습니까?”

“몰라요. 어떤 일이 있어두 당장 저를 안아 주세요.”

미재는 발작적으로 몸을 일으켜 종유에게 내맡겼다.

종유는 어쩔 수가 없이 미재를 안았다. 미재를 안고도 이야기를 계속했다.

"한 사람에게 충실하십시오. 헤어질 수 없는 사람에게 말입니다. 굴레를 벗어나 살 수 없는 인간들 아닙니까? 뭣 땜에 자기를 분열시켜 불행을 만들어 냅니까? 나하구 결혼한다는 것을 생각해 봅시다. 농촌에서 손에 못이 박히도록 일을 할 수 있겠습니까? 그것이 미재 씨에게 행복을 줄 것 같습니까? 더구나 미재 씨 친척들이 살고 있는 대봉리에서……."

그러나 미재는 들으려 하지 않았다.

"그런 설교 들으러 오지 않았어요. 내일은 어쨌든 오늘을 즐겁게 해 주세요."

"내 말을 들어 준다면……."

"뭐든지 다 들을게 빨리……."

"내일부터 우리는 남입니다. 그렇죠?"

"몰라요. 그런 거 몰라요."

미재는 종유 품 안에서 몸을 비틀었다.

"그럼 안 됩니다. 자."

종유가 미재의 몸을 내밀었다. 그러자,

"그래요. 아무래도 좋아요."

미재는 몸을 바둥거리며 종유의 가슴을 파고들었다. 종유는 할 수 없다고 생각했다. 이미 자기 뜻을 밝힌 이상 미재가 무엇이라고 하던 자기 소신대로 나가면 그만이다. 내일부터 미재는 자기와 관계없는 여자가 된다. 그것이 결정적 사실이라면 최후의 이별을 앞둔 오늘밤 그 이별을 기념하기 위해서라도 미재의 뜻을 받아 주자.

"미재, 그럼 날 봐."

종유는 입맞춤을 하기 위해 그미의 턱을 들어올렸다. 그리고 입술을 가져다 대려고 할 때였다.

"똑 똑."

뜻하지 않았던 노크 소리가 들렸다. 부둥켜안고 있던 두 사람이 기겁을 하고 떨어졌다.

"네."

종유는 손가락으로 머리를 쓸어 올리며 침착한 목소리로 대답했다.

"손님이 오셨습니다."

문을 열고 얼굴을 내민 여관 보이의 말이었다.

"손님요?"

종유도 놀라지 않을 수 없었다. 더구나 보이의 뒤를 따라 방 안에 들어선 사람이 상도라는 것을 알자 종유는 얼굴의 피가 싹 가시는 것을 느꼈다.

"미재 누나가 웬일입니껴? 참 오래간만입니더. 난 볼일이 있어서 왔다가 선생님이 오셨단 말을 듣구 찾아왔는디……."

상도가 뭐라든 종유는 상도가 자기 의사로 찾아온 것이라 생각지는 않았다. 해인사에 온 것을 아는 사람이라고는 상희 하나밖에 없다. 아무리 생각해도 상희가 시킨 일이다. 범죄가 진행되려는 순간에 발각된 범인의 착란된 감정 탓인지는 몰랐다. 종유는 자기의 비행보다도 자기를 믿지 못해 미행을 시킨 상희의 행동이 가슴에 걸렸다. 그렇다고 해서 상도에게 그런 눈치를 보일 수가 없어 범연한 태도로 말했다.

"앉게. 저녁은 먹었나?"

"네, 먹었심더."

상도는 무신경한 사람처럼 히죽히죽 웃으며 자리에 앉았다.

"어린애를 데리구 휴양차 왔던 김에 할 이야기두 있구 해서 조 선생님을 오시랬다."

미재가 자청해서 자기 변명을 하고는 집안 문안을 했다. 집안 이야기들을 하고 있을 때 상도가,

"저 선생님하구 같이 잘 수 있습니껴?"

하고 물었다. 종유에게 자유시간을 주지 않도록 하라는 것이 상희의 명령인 모양이었다.

상도가 그렇게 나오니 미잰들 어떻게 할 것인가? 성배를 데리고 온 것, 그리고 종유와 딴 방을 쓰기로 한 것들을 잘 한 일이라고 생각할 수밖에 없었을 것이다.

잘 자라는 말을 남기고 자기 방으로 돌아간 미재는 그저 온몸이 떨려 오

는 것을 어떻게도 할 수 없었다. 미재로서는 상도가 나타난 것이 종유의 계획에 의한 것이라고밖에 달리 해석할 수가 없었다. 방을 둘 얻어 놓았다는 것, 내일부터는 남이라던 것 등으로 미루어 볼 때 상도가 나타난 것은 우연한 일이 아니었다.

종유는 마음이 변했다. 마음이 변한 것은 상희 때문이다. 죽일 것들. 당분간 가 있으라고 보냈더니 가서 얼마도 안 돼 그렇게 되고 말았구나. 배신자들 같으니라구.

분통이 터졌다. 그렇다고 분풀이도 할 수 없는 노릇이었다.

이십만 원을 받아 가지고 가야지. 그리고 나머지 이십만 원도 받아 내고 말아야지. 자기가 복수할 길은 오직 그것뿐인 것 같았다. 그러나 그것으로 분이 풀어질 수는 없었다. 밤새 한잠을 못 자며 가슴을 앓았다.

다음날 아침 종유가 상도와 같이 와서 돈 뭉치를 주며 떠난다고 했다. 미재는 돈을 받고 자기는 며칠 더 있겠다고 한 뒤 잘들 가라는 인사를 했다. 마지막 헤어지는 장면이었지만 미재는 울지를 않았다. 악이 바쳐 올라 종유가 밉기만 했던 것이다.

'성배 이야기를 안 한 것만이 다행이지.'

종유에게 성배 이야기를 했다면 자기는 더 치사스런 인간이 되었을 것이라는 생각을 했다. 종유가 떠난 뒤 얼마 동안 미재는 상희와 종유를 저주해 주고 싶기만 했다. 그러나 시간이 갈수록 자기가 슬프고 외로운 여자라는 마음이 들기 시작했다.

사랑은 가고 슬픔만이 남았다. 이제부터는 빈껍데기만 가지고 대해 주는 형구만을 바라보며 살아야 한다.

미재는 해인사가 싫었다. 치욕을 느끼게 한 해인사였다. 종유가 떠난 지 몇 시간도 안 되어 성배와 같이 해인사를 떠났다.

대구에 가서는 곧 부산행 기차를 탔다. 부산에 가서는 해운대로 직행했다.

해운대에 이르렀을 때는 날이 저물기도 했지만 꼼짝 않고 방에만 들어앉아 있었다. 호텔 손님들이 모두 밤바다로 나갔지만 그미는 온천에도 들어가지 않았다. 어쩐지 죽음에 직면한 것처럼 아무 의욕도 없었다. 몸을 까딱하고 싶지가 않았다. 정신 잃은 사람처럼 넋 잃고 앉아 있을 뿐이었다.

종유와의 즐거웠던 일들이 회상되기도 했지만 그것들까지 치욕적인 것처럼 생각되었다. 욕된 인생. 그미는 명인과 공회를 생각했다. 그들의 슬픔을 동정하던 때의 자기를 생각했다. 그러나 그들은 자기처럼 치욕적인 슬픔은 맛보지 않았을 것이란 생각을 했다. 슬픔 가운데서도 참을 수 없는 치욕적인 슬픔을 느껴야 하는 자기.

미재는 산다는 것이 더욱 욕되는 일이라고 생각했다. 차라리 죽어버리는 것만 같지 못한 인생이다.

하루 종일 '버스'와 기차에 시달려서 그런지 성배는 일찍부터 쓰러져 잠들어 있었다. 새근거리며 곤히 자는 성배 얼굴을 보자 건강하지도 못한 성배가 불쌍한 생각이 들었다. 성배는 욕된 운명 속에서 태어난 생명이다. 그런데도 장본인인 성배는 자기가 나오게 된 운명적 과정을 모르고 있다. 알면 죽고 싶어할 것이다. 차라리 모르고 살게 해야 한다. 알기 전에 죽여 버리든가…….

폐가 약해서 오래 살 것 같지도 않은 성배. 그가 자라서 자기가 어두운 운명의 작희 속에서 태어난 사실을 알게 된다면 그는 죽을 때까지 자기를 소외당한 생명으로 여기고 평생 얼굴살을 펴지 못할 것이다. 열등감 고독 억울 저주 등 불미한 온갖 감정 속에서 위축된 생활을 할 것이다. 그 불행을 느끼기 전에 차라리 죽여 버렸으면!

죽이는 것은 죄가 될지도 모른다. 그러나 죽는 편은 그것이 다행할지도 모른다.

쌔근쌔근 잠자는 성배! 아무 의식도 없이 잠들어 있으나 살아 있는 생명을 느끼게 하는 성배의 얼굴을 보자 미재는 발칙스런 생각을 하고 있던 자기의 눈을 감아 버렸다.

죄!

죄라는 의식이 섬광처럼 머리에 떠올랐던 것이다.

사람을 죽여? 더구나 자기 자식을 죽여? 비록 그것이 생각에 그치는 것이라 해도 너무나 끔찍스런 일이었다.

‘내가 그렇게까지 악독한 여자였던가?’

악독한 여자가 아니고서는 생각만이라도 차마 할 수 없는 일이다.

‘악독한 여자!’

미재는 자기를 악독한 여자라고 생각지 않을 수 없었다. 자기를 악독한 여자라고 생각할 때 그미는 잠들어 있는 성배에게로 가서 그 보드라운 뺨에 자기 얼굴을 댔다. 그리고 성배가 마치 용서의 대권력을 가진 신이기나 한 것처럼,

“용서해 줘! 나를 용서해 줘.”

하고 혼자 중얼거렸다. 그리고 그 용서를 구하는 자기 소원이 받아들여졌는가를 확인하기 위하여 눈을 뜨고 성배의 얼굴을 바라보는 순간 그미는 몸을 부르르 떨었다. 성배가 갑자기 목격자로 변했고 목격자로서의 성배가 자기를 질책하는 것 같았던 것이다. 동시에 공포와 수치감이 머리털까지 떨리게 했다.

‘나는 죄의 씨다. 죄로 인해서 생긴 육체다. 죄로 인해서 생긴 목숨이니 나도 죄를 저주하기 위해 태어난 거나 마찬가지다. 저주를 받아라.’

성배는 자기를 향해 저주의 주문을 외고 있는 것 같았다.

성배가 살아 있는 한 나도 저주의 대상이 될 것이 아닌가? 미재는 공포와 수치 의식으로 밤새 잠을 이루지 못하며 떨었다. 정말 한잠도 자지 못했다. 다음날 미재는 성배를 데리고 해운대를 떠났다.

“왜 더 놀지 않구 가?”

성배가 의아스러운 모양이었다. 해인사에서도 별반 구경을 안 하고 떠났다. 의아스럽지 않을 수 없었을 것이다.

“제일 좋은 대루 가. 거기 가서 오래 오래 놀아.”

이것이 미재의 대답이었다. 그러나 포항엘 가서도 마찬가지였다. 성배를 데리고 바다로 들어갔다. 바다에 처음 들어가 보는 성배는 좋아했다. 마구 까불며 좋아했다. 그러나 미재는 수영복만을 입고 육체의 대부분을 노출시킨 자기 몸을 보기가 부끄러웠다. 성배가 자기 육체를 보는 것 같아 불안과 수치심이 쉴 새 없이 고개를 들었다.

'왜 육체를 보느냐? 내 육체가 저주스럽다는 것이냐?'

그미는 살이 말라 드는 것을 느꼈다. 사장으로 나와 큰 타월로 몸을 가리었다. 그러나 성배가 가린다고 숨겨질 줄 알아 하고 소리를 지르는 것 같기만 했다.

무엇을 하고 있어도 피가 말라드는 것만 같았다.

저녁때 호텔로 돌아오자 미재는 호텔 전화를 빌어 서울로 전화를 걸었다.

형구에게 자기가 포항에 도착했다는 것을 알리기 위함이었다. 전화를 신청해 놓고 기다리는 동안 미재는 포항에 도착했다는 보고를 한다고 해서 형구가 자기를 용서해 줄 것인가 하고 생각했다. 전화를 건다는 것이 형구에게 용서를 빌어 보겠다는 심정이었던 것이다.

어리석은 짓인 줄 알면서도 누구에게나 용서를 청하고 싶은 마음이었다. 비단 형구뿐이 아니었다. 자기를 아는 사람 전부에게 용서를 청하고 싶었다. 그 중 한 사람이라도 자기를 용서해 준다면 좋을 것 같았다.

그렇지 않고서는 피가 마르는 것 같아 견딜 수가 없었던 것이다.

전화가 나왔다고 할 때 그미는 성배를 데리고 전화 있는 데로 갔다.

"여보세요!"

그러나 대답하는 사람은 형구가 아니었다. 형구는 오늘도 죄를 짓기 위하여 거리를 헤매고 있는 모양이었다.

"누이세요? 해인사에 들렀다가 오늘 포항에 왔어요. ××호텔에 들고 있어요. 며칠 놀다가 가겠어요."

미재는 간단한 보고를 하고는 전화를 끊어 버렸다.

혜미하고는 긴 이야기가 하고 싶지 않았던 것이다. 혜미는 절대로 용서 같은 것을 해 줄 사람이 아니다.

그를 너무나 잘 알기 때문이었다. 성배도 아버지가 아니라는데 실망을 느꼈는지 전화 이야기는 묻지도 않고,

"엄마, 우리 오래 놀다가 가."

하며 미재의 손을 잡고 늘어졌다.

"그래. 네가 싫증이 날 때까지 있어."

미재는 성배가 좋아하는 일이면 무엇이나 다 해 주고 싶었다. 그래야만 자기는 성배에게 저주를 받지 않을 수 있을 것 같았다.

그러나 미재는 전화로 말하던 혜미의 말을 머리에 떠올려 보았다. 일부러 생각한 것이 아니라 귀에 붙어 있다가 윙하고 소리를 내며 귀를 울리는 것이었다.

"재미 많으세요?"

단 한 마디 혜미가 물은 말이었다. 평범하게 들으면 얼마든지 평범하게 들을 수 있는 말이다. 그런데 평범한 그 말에 뼈가 들어 있는 것만 같았다.

나는 어디를 가나 재미나 탐색하는 여자란 말인가? 성배를 데리고 다니는데 재미가 무슨 재미겠는가? 그런데도 혜미는 하필 재미를 많이 보느냐는 말을 했을까? 나는 낙인이 찍힌 여자란 말인가?

오래도록 물 속에서 뛰어 놀았기 때문인지 성배는 곧 잠이 들었다. 잠이 든 성배를 보자 미재는 가슴이 답답해 옴을 느꼈다. 피해자에게는 슬픔이 있다. 그러나 괴로움은 없다. 그런데 가해자에게는 슬픔이 있고 거기에 괴로움이 또 있다. 괴로움이 있기 때문에 자기는 성배와 달리 잠을 자지 못하는 것이다.

미재는 자기가 이틀 밤이나 통 자지 못한 것을 생각했다. 그런데도 잠이 오지 않는 것은 죄를 지었다는 죄의식과 아울러 가해자라는 자각 때문이 아닐까? 성배를 슬픈 운명의 생명체로 만들어 놓았다는 것도 하나의 죄악이다. 그러나 남에게 피해를 주었다는 가해의식(加害意識)은 어떤 죄의식보다도 고통스런 죄의식이 아닐지?

미재는 잠자는 성배를 놓아 두고 바다로 나갔다. 외로웠던 것이다. 자기를 어떻게 구제해야 좋을지 모르는 외로움이었다.

밤에 보아도 파랗게 보이는 바다가 파도를 일으키며 움직이고 있었다. 억만년을 꼭같은 자세로 움직이고 있는 바다.

억만년을 꼭 같은 자세로 움직이면서도 권태를 느끼지 않는 바다. 권태를 느끼지 않으면서 태연하기 만한 바다.

바다는 수많은 생명을 품안에 안고 있다. 품 속에서 제멋대로 노는 작고 큰 생명체들! 그 생명체는 새끼를 까고 죽고 또 사람들에게 잡혀가기도 하지만 바다는 일체 본 체하지를 않는다.

미재는 자기만이 태연하지 못함을 느꼈다. 그리고 바다 속에 뛰어들어 바다와 동화하여 바다처럼 태연해졌으면 하는 생각을 했다.

상희도 종유도 잊어버리고 성배에 대한 죄의식마저 망각해 버린다. 일체에 무관심해진다. 오직 태연히 있을 뿐이다.

그러나 미재는 자기에게 바다에 뛰어들 용기가 없음을 깨닫는다. 즐거움을 추구하는데 용감하지 못했던 사람이 어찌 괴로움을 포기하는데 용감할 수가 있을 것인가? 그미는 즐거움을 추구하는데도 용감하지 못했다는 것을 느꼈다. 종유를 사랑하는 데 용감했다면 형구와 결혼하는 일이 없었을 것이다. 종유를 사랑하는 데 용감했다면 형구와 이혼을 못했을 까닭이 없었다.

그러나 용기가 없었다는 것이 어쩔 수 없는 성격이요, 환경에서 오는 자연적 움직임이었다고 생각할 때 죽음 앞에서 용기를 내지 못하는 것도 어쩔 수 없는 일이 아닐까 생각했다.

바다에 빠지면 시체는 어떻게 될까? 생각만 해도 끔찍스러웠다.

죽을 용기가 없었지만 살고 싶지도 않았다. 가슴을 치고 울어도 시원치가 않을 만큼 가슴이 답답했다. 살아야 아무런 영광도 없을 것 같았다. 슬픔과 괴로움뿐일 목숨을 연장시켜 나가는 의미가 어디 있을까? 그미는 자기도 모르게 눈물을 흘리고 있었다. 왜 흘려야 하는 눈물인지도 모르며 그미는 울고 또 울었다. 몇 시나 되었는지 모른다. 피서지가 잠든 때니 적어도 한 시나 두 시는 되었을 것이다.

그때까지 울다가 호텔로 돌아갔지만 호텔에서도 그미는 눈물을 거두지 못했다. 눈물을 거두지 못하며 또 밤을 새웠다.

다음날 아침, 미재는 자기가 이러다가 병에 걸리지나 않을까 생각했다. 잠을 자지 못했기 때문에 머리가 띵하고 몸이 천근만큼 무거웠지만 그보다도 잠을 자지 못하는 자기의 정신 상태가 조금도 나아질 것 같지 않은 것이 걱정이었다. 그대로 계속될 괴로움이 자기를 미치게 하고야 말 것 같았다. 그래서 그미는 화장도 안 하고 누워만 있었다. 자기 마음을 달래, 미치지만은 않도록 하는 방법을 생각해 본 것이다. 그러나 별 신통한 수가 생각나지 않았다.

"엄마, 일어나 밥 먹어."

성배가 미재를 흔들며 일어나기를 독촉했다. 혼자가 심심했을 것이다. 미재는 일어나지 않을 수 없었다. 일어나면서도,

'나를 미치게 하구 싶어서 저러겠지.'

하는 생각을 했다. 저주는 저주의 보람을 봐야 만족해한다. 성배가 지금 볼 수 있는 저주의 보람은 내가 미치는 데 있다.

이렇게 생각하면서도 미재는 자기를 저주하는 성배에게 반항할 수도 없었다. 반항할 자격이 없었던 것이다. 성배가 조반을 먹을 수 있도록 그 옆에 앉아 밥을 먹는 체했다. 밥을 먹고는 성배가 하자는 대로 바다에 나갔다. 그 뜨거운 햇볕 아래서 종일토록 성배의 친구가 되어 주었다. 피곤했다. 자기를 저주하는 사람 옆을 떠날 수도 없는 고역에서 오는 피곤. 피곤을 느끼며 하루를 보내고 호텔로 돌아갔을 때였다. 형구가 그미를 기다리고 있었다.

형구를 보자 미재는 또 가슴이 떨렸다. 이상한 일이었다. 서울을 떠나 지금까지 형구에게 부끄러울 일을 한 것이 없다. 종유와의 이별은 형구에게 칭찬받을 일이다. 그 밖에 잘못한 일이 없는데도 형구를 보자 가슴이 떨리는 것은 무엇 때문일까?

"잘 지냈어?"

형구는 원만한 웃음을 보이며 물었다. 그런데도 미재는 떨리는 가슴으로 얼굴을 붉히고,

"웬일이세요?"

마치 그가 자기 죄를 추궁하러 온 사람인 것처럼 원한의 눈초리로 물었다.

"당신이 보구 싶어서……."

형구가 싱겁게 웃었다. 그리고는 성배에게 사 가지고 온 과자를 주며,

"수영 많이 했니?"

하고 그를 안고 머리를 쓸어 주었다. 그리고는 크림 한 통을 꺼내 놓으며,

"이런 거 가지구 왔나?"

미재에게 내밀었다. 태양에 타지 않는 미제 약용크림이었다. 미재는 그래도,

"이런 걸 어떻게 샀어요?"

형구의 마음을 탐색하기만 했다. 그런 걸 사 가지고 올 마음의 여유도 없었지만 자기도 준비 못했던 물건을 사 가지고 온 형구의 마음을 알 수 없었던 것이다.

"난 그런 거 살 줄두 모르는 줄 알아?"

형구는 미재가 그 크림을 누구를 통해 샀느냐고 묻는 줄만 알았던 모양이다.

"회사는 어떡허구 오셨어요?"

미재는 형구가 내려 온 이유가 알고 싶었다.

"며칠 쉰다구 그랬지."

"제가 떠날 때까지 그런 생각 못하시지 않았어요?"

"당신이 떠난다는 걸 사전에 비치기나 했어?"

형구가 또 싱글싱글 웃었다. 조금도 악의가 없는 웃음이었다. 그렇지만 미재는 아무 의논도 없이 떠나면서 전화로 알리기만 한 자기를 의심하고 탓하기 위해 내려온 것이라고 생각했다.

"그땐 그랬어요. 그렇지만 잘못한 건 하나두 없어요."

"누가 잘못했다구 그래? 당신이 보구 싶어서 왔다는데……."

"설마?"

"설마가 아냐. 당신과 성배가 보구 싶어서 떠나왔어. 정말야."

믿어지지 않는 말이었다.

"제가 없는 동안 실컷 재미 보시지 않구?"

미재는 자기가 의논 없이 떠난 이유가 형구에게 자유를 주기 위함이기나 했던 것처럼 비꼬는 말을 했다.

"천천히 이야기할게. 나 이제부터 철이 들려구 해."

형구는 전에 볼 수 없었던 심각한 표정을 지었다. 그래도 미재는 믿어지지가 않았다.

"철이 들다니요? 망령이 드셨나?"

"그런지두 모르지. 어쨌든 할 이야기를 보따리루 싸 가지구 왔어."

그 날 밤 성배를 재워 놓고 형구는 미재를 바닷가로 데리고 나갔다. 물결 치는 모래사장에 앉아 그는 긴 이야기를 했다.

"명보 말야. 당신이 떠나기 전날 밤 내가 외박했지?"

형구는 명보 이야기부터 시작했다. 그 날 밤 명보와 호텔에서 잤다는 것 이었다.

미재가 떠난 뒤에는 집으로 오게 해서 같이 잤다. 물론 혜미의 공인 하 에. 그러자 혜미와 명보는 합세가 되어 명동에 있는 어떤 다방을 사 달라고 했다. 형구는 그때야 혜미와 명보가 처음부터 공동작전을 썼다는 사실을 알 았다.

형구는 다방을 사는 데 얼마가 필요하냐고 물었다. 천만 원이라고 했다. 천만 원?

그런 돈이 어디 있는가? 돈이 없을 뿐 아니라 설사 줄 만한 돈이 있다 해 도 주려 하지 않았을 것이다. 형구는 여자를 손에 넣는 데 많은 돈을 쓰지 않는다. 차용수에게 약간의 돈을 썼지만 너무나 깔끔하기 때문에 돈을 한 번 써 보았다.

그것은 어디까지나 테스트 케이스였다. 자기 애를 난 경화에게도 최소한 도의 돈밖에 주지 않았고 그미의 오빠에게도 몇 푼씩 쥐어 줌으로써 큰 소 리를 못하게 만들어 놓았다.

명보와 혜미의 본심이 돈을 우려내려는 것이었다는 사실을 알 때 형구는 단돈 한 푼도 주고 싶지 않았다. 화류계에 있는 여자라면 있을 수도 있는 일 이다. 미혼 처녀가 결혼을 전제로 하지 않고 돈을 전제로 몸을 허락했다는 것은 화류계의 여자보다 더 추한 행동이다. 특히 미운 것이 혜미였다. 오빠 의 돈을 우려내려고 딴 여자를 이용하다니……

"내한테 그런 돈이 어디 있니? 너는 내 사정을 그렇게두 모르니?"

형구가 혜미에게 말했다.

"오빠두…… 다방을 사면 오빠의 재산이 될 텐데 뭘 그러세요?"

“사 주면 그냥 사 줬지, 내 이름으룬 사지 않는다.”

“오빠두, 그럼 명보를 그냥 내버릴 작정이시우?”

“그럼 어떡허니?”

“미재 언니가 어딜 갔는지 아세요? 그 남잘 만나러 간 거예요. 그걸 아시면서두 죽을 때까지 같이 사실 작정이신가 봐? 전 오빠가 명보와 결혼하시는 거라구 봐요.”

“건 두구 봐야 할 일이지.”

“저두 오늘 낼루 결혼하시란 건 아녜요. 우선 다방을 사 줘서 오빠 사람을 만들어 놓으시라는 거지.”

“어쨌든 난 돈이 없다.”

“그럼 한 오백만 원짜리라두 사 주세요. 명보가 가엾지 않아요?”

“가엾기는?”

“오빠두, 그걸 몰라 물으세요?”

“모르겠다.”

이런 일이 있은 다음날 미재에게서 전화 왔다는 말을 들었다. 전화 왔다는 말을 듣자 형구는 다음날 첫차로 서울을 떠났던 것이다.

이야기를 다 들은 미재가,

“명보란 여자가 손해 배상을 청구하면 어떡허지요?”

하고 물었다.

“화간에두 손해 배상이 있나? 이번에 올라가서는 혜미를 집에서 내 보낼 테야. 얄미운 년 같으니라구……..”

“좋두룩 하세요.”

미재는 형구가 어떤 일을 하든 자기가 관여할 바 아니라고 생각했다. 하나의 사건을 처리하고 나면 또 다른 사건을 일으킬 것이 사실이니까. 그런데,

“난 당신이 종유 씨한테 간 줄 알구 기분이 나빴어.”

형구가 종유 이야기를 너무나 솔직하게 꺼냈다. 처음 보는 일이었다.

미재는 이런 기회에 종유와의 관계를 자세하게 고백해 버릴까 하고 생각

했다. 그래서 용서를 해 주면 다행이고 용서를 안 해 주면 그것으로 형구와의 관계를 마지막으로 삼는다. 어차피 그렇게 해야 할 것 같았다. 그러나 형구가 자기의 죄를 덮어 줄지는 모르지만 용서해 줄 수는 없다고 생각됐다. 남을 용서하는 사람은 그만큼 깨끗해야 한다. 형구 같은 사람이 어찌 남을 용서할 수 있겠는가? 그래서,

"종유 씨하구는 아주 관계를 끊었어요."

종유의 이야기를 더 꺼내지 못하도록 잘라 말했다.

"정말?"

형구가 놀라는 표정으로 확인하려 했다.

"만나지도 않구 편지두 안 할 거예요."

"딴 여자하구 결혼하게 됐나?"

"아마 상희하구 결혼할 거예요."

"그래?"

형구가 갑자기 미재를 끌어안았다. 그리고는,

"나두 이젠 철이 들래, 미재두 이제부턴 나만을 생각하며 살아 줘."

미재가 해야 할 말이었다. 그런데 미재는 감격하는 빛도 보이지 않고,

"그런 거 말만으로 될 수 있는 일예요?"

마치 신빙성 없는 말이야 얼마든지 할 수 있는 것이 아니냐는 투로 말했다. 그것은 말보다도 행동이 중요하다는 뜻 같았지만 미재로서는 형구와의 애정 복귀 이전에 있어야 할 가장 중요한 문제를 생각하고 있는 데서 나온 말이었다.

"사람이란 자기가 한 말에 책임을 느끼며 살게 마련 아냐?"

"전 그런 게 싫어요. 책임감 밑에서 우러나오는 애정 같은 거……."

"그럼 나만을 생각하며 살겠다는 약속을 해 줄 수 없단 말인가?"

"그런 건 아녜요. 애정이란 받아 주는 사람의 태도에 따라 결정되는 거니까요."

미재는 자기 자신의 문제가 아니라 형구의 태도 여하에 달린 문제처럼 말했다. 사실은 애정의 책임을 형구에게 전가시키려는 마음이 아니었다. 자기

로서 해결지어야 할 문제를 입 밖에 꺼낼 수 없는 데서 오는 하나의 지연 전술이었다.

"내가 이제부터 철이 들겠다구 한 말을 믿을 수 없다는 거지?"

"그런 것두 아녜요."

"그럼, 왜 약속을 안 해 주는 거야?"

미제는 그만 형구의 가슴에 얼굴을 비비며 오열을 터뜨렸다.

"하룻밤에 이야기를 어떻게 다 해요? 저는 당신만 의지하며 살래요."

"다른 말이 뭐가 필요해? 나만 의지하며 살겠다는 말만 들으면 돼."

형구는 자기의 소원이 이루어졌다는 듯이 미재의 입을 빨기 시작했다. 한참 동안 애무를 하다가,

"감기 들릴거야. 이젠 들어가?"

하며 미재의 손을 잡아끌었다. 미제는 아무 말도 못하고 끄는 대로 끌려 호텔까지 갔다. 감기보다 더한 병에 걸린 것 같다는 말을 하고 싶었지만 그 말도 꺼낼 수가 없었다. 그 말을 꺼내면 사흘째 잠 못 잤다는 이야기까지 해야 할 것이기 때문이었다.

내 이야기는 한 마디도 못하고 이제 남을 사랑할 수 있단 말인가? 미제는 그러한 자기를 회의했지만 잠들어 있는 성배를 보자 그미는 자기가 영원히 입을 막고 살아야 하는 인간이란 생각을 했다. 형구에게 자기 이야기를 한다면 결국 성배 이야기까지 해야 한다. 그것을 어떻게 이야기 하겠는가? 그 말 한 마디 때문에 모든 말 전부를 할 수 없는 벙어리의 인간.

그 날 밤 형구는 애정복귀에서 오는 희열로 미재를 마음껏 애무했다. 애무하며 느끼는 행복감을 마음껏 표현했다. 그러나 행복해하는 형구를 바라보면서 미재가 느낀 감정은 오로지 거리감뿐이었다.

부부는 어떤 일이 있었다가도 밤자리를 같이함으로써 애정이 회복된다고 하지만 미재는 자기 감정이 형구에게 밀착되지 않음을 눈으로 보듯 느꼈다. 그리고 여전히 잠을 이루지 못하고 고뇌의 밤을 보냈다. 다음날 아침 미재는 몸이 불덩이처럼 뜨거운 것을 느꼈다. 그리고 의식이 혼미해 감을 느꼈다.

새벽을 향해

상도와 같이 대봉리로 돌아가고 있는 종유의 마음은 오직 자기를 불신하는 상희에 대한 불쾌감으로 가득 차 있었다. 자기를 불신하여 상도를 해인사까지 보낸 상희.

물론 상도가 나타나지 않았다면 자기는 미재와 마지막의 사랑을 나누었을 것이다. 상희에게 미안하지 않을 수 없는 일이다. 그렇지만 그것이 무어 그리 큰 문제일 것인가? 깨끗한 작별을 위하여 마지막 사랑을 교환한다는 것은 앞으로 살아갈 인생을 위해 하나의 청량제가 될 수 있다.

피리어드를 깨끗하게 찍으면 과거가 그 피리어드에서 완전히 끝나고 만다. 과거를 완전히 끝맺는다는 것이 얼마나 깨끗한 일인가? 피리어드를 깨끗하게 찍지 못함으로 해서 찜찜한 과거가 머리에서 사라지지 않는다면 그 책임은 오직 상희에게 있다.

종유는 상희를 이해할 수 없는 여자라고 생각했다. 자기를 방임해 두었다면 지금 상희에게로 돌아가고 있는 자기 마음이 얼마나 홀가분할 것인가? 미재와 작별의 인사도 제대로 나누지 못하고 헤어졌으니 미잰들 자기를 얼마나 원망할 것인가? 미재에게 미안하다. 그리고 십여 년 동안의 사랑에 미안하다. 이런 종결을 위해 십여 년 동안을 사랑해 왔단 말인가? 시험 때 커닝을 안 하고도 커닝의 혐의를 받아 답안지를 뺏긴 것 같은 느낌이었다. 죽을 때까지 찜찜하겠지?

'이 자식아, 그렇게두 눈치가 없더냐?'

종유는 같이 걸어가고 있는 상도의 볼을 한 대 갈겨 주고 싶었다. 상도가 마지막 이별의 방해자로 생각되었기 때문이었다. 그러나 상도는 곰처럼 미련하지만 상희에게 충실한 사람이란 걸 생각하고,

'나를 불신해? 불신하는 사람과 같이 살 수 있어?'

오직 상희에게만 책임을 돌렸다.

불신보다도 더한 모욕이 어디 있는가? 상희에게는 헌신적 정신이 있다. 그것만은 높이 평가해야 한다. 그렇지만 헌신적 정신도 헌신적인 행동을 독

립된 별개로 볼 때 비로소 높이 평가할 수 있다. 그 정신 속에 흐르고 있는 불신의 씨가 헌신적 행동을 낳게 했다면 비록 헌신적 행동이라 해도 가치가 떨어지고 만다. 확실히 상희 가슴 속에는 불신의 정신이 들어 있다. 이번 일은 물론이지만 미재에 대한 태도 또한 그렇다. 미재가 상희를 신뢰하고 있는 반면 상희는 미재의 신뢰를 짓밟아 버렸다. 그것이 비록 미재를 위하는 길이라 해도 미재의 신뢰를 짓밟은 것만은 사실이다.

그것도 종유 자기가 먼저 좋아했고 적극적으로 그미를 요구했다면 모른다. 자기와 상희의 애정은 아무래도 상희의 적극성에 의해 이루어진 것이다.

집으로 돌아가 십 분도 안 되었을 때 상희가 찾아왔다. 상도의 이야기를 듣고 쫓아온 것이리라.

"만나셨어요?"

상도에게 경과보고를 들었을 것인 만큼 상희는 침착했다.

"만났지."

"돈두 돌려 주시구요?"

"돌려 줬어."

"돈을 받으며 뭐라지 않아요?"

"처음에는 안 받겠다구 하더군. 떠나올 때 주구 와 버렸어."

"그것뿐이었어요?"

"그것뿐이지, 더 있을 거 있어?"

"잘 하셨어요. 저하구의 관겐 이야기 안 했었나요?"

"안 하믄 모를라구? 어쨌든 내 반생은 끝난 거야."

"그래서 쓸쓸하신 거군요?"

상희가 만족스런 웃음을 웃었다.

상희의 만족해하는 웃음을 보자 종유는 분노 같은 감정이 왈칵 치밀어 오름을 느꼈다. 반생이 끝났다는 자기로서의 심각한 말에 상희는 만족감을 느끼다니…… 너무나 잔인하다. 죽어 가는 사람을 보고 웃을 수 있는 사람의 잔인성이 아닐 수 없다.

"우울합니다."

종유는 속으로 당신은 남을 불신하는 정신과 남의 고통을 만족스럽게 여기는 잔인성을 가졌군요 하고 부르짖고 있었다.

"제가 옆에 있는데두요?"

"아무가 옆에 있어두 우울할 겁니다."

종유는 상희를 완전히 무시하는 말을 했다. 그런데도 상희는,

"이해할 수 있어요."

마치 종유가 우울해할수록 자기에게는 유리하다는 여유 있는 태도를 보였다. 종유가 우울해하는 것은 미재와의 관계가 소생할 수 없는 단계에 이르렀다는 것을 뜻한다. 얼마나 바라던 일인가?

"나 좀 쉬겠어요."

종유는 혼자 있고 싶었다. 그래서 상희를 가 달라는 뜻으로 요를 깔고 누웠다.

그런데 상희는 돌아갈 생각을 않고 도리어 누워 있는 종유 가까이로 오며,

"너무 하시잖아요? 그렇게까지 무시당하며 살고 싶진 않아요."

갑자기 울먹이었다.

'미안하지만 당신을 무시 안 할 수 없구려. 제발 좀 가 주시오. 다시는 보구 싶지두 않소.'

이 말이 목구멍을 간지럽혔지만 종유는,

"들엘 나가 보겠소."

하고 자리에서 벌떡 일어났다. 상희를 완전히 무시한 태도였다.

상희가 돌아앉았다. 흐르는 눈물을 종유에게 보이기가 싫었던 모양이다. 종유는 못 본 체하고 들로 나갔다. 일이 있어서가 아니라 상희의 옆을 떠나기 위함이었다.

모 심은 논을 돌아보며 그는 생각했다. 나는 어째서 상희에게 최후의 말을 못했을까? 싫으면 싫다고 잘라 말해야만 피차 미련을 버리게 된다. 그런데도 말을 못했다는 것은 내가 상희에 대해 미련을 가지고 있기 때문인가?

오늘 안으로 내 태도를 밝혀야 한다. 아무때라도 해야 할 이야기가 아닌

가? 이때까지 나를 위해 애써 준 그미의 성의에 대해 미안하기는 하지만 할 수 없는 일이다. 호의와 애정은 별개의 것이니까.

종유는 마음의 안정을 얻고, 땅김을 씌어 노랗게 변색한 벼 포기들을 유심히 바라보았다. 자기가 이 동네에 처음 왔을 때는 가뭄이 계속돼서 금년 농사가 될지 안 될지를 걱정했었다. 기우제를 올리지 않는다고 농민들을 비난하지도 했었다. 그런데 늦게나마 비가 내려 지금은 모를 꽂지 않은 논이 없다. 역시 농민은 하늘에 의존해 살기 마련이다. 하늘을 우러러보며 하늘을 숭앙해야 한다.

종유는 상희가 하려다가 못한 경로회를 열어야겠다고 생각했다. 노인을 존경하는 마음은 하늘을 숭앙하는 마음과 통한다. 이런 생각을 하면서 그는 밭으로 갔다. 금년은 할 수 없지만 내년에는 콩 대신 수입 올릴 식물들을 심어야 한다고 생각했다. 수입을 올릴 식물들을 생각하며 내년의 농사 설계를 하다가 저녁때가 이르렀을 때는 영애 엄마가 도라지와 고사리를 한 보자기 뜯어 가지고 와 있었다.

보기에도 무거울 만큼 큰 보자기였다.

"마르면 얼마 안 됩니더. 며칠 더 해 와야겠구만에."

영애 엄마는 조금도 힘들지 않은 듯이 말했다. 영애가,

"엄마."

소리를 지르며 달려왔다. 그런데 영애 엄마는,

"뭐 땜에 왔노?"

귀찮다는 듯이 돌려 보내려 했다.

"어떻습니까? 놔 두십시오."

종유가 영애의 손을 잡아끌었지만, 영애 엄마는 영애를 잡아끌고,

"빨리 못 가노?"

영애를 떠다밀었다. 그래도 몸을 비틀며 가지 않으려 할 때, 그미는 영애의 볼기를 때려 주었다.

"왜 때리세요? 암말두 안 하는 애를……."

종유가 영애를 얼싸안았다.

“안 됩니더. 보내야 합니더.”

영애 엄마는 화가 털끝까지 나서 영애를 잡아끌었다. 그리고는 억지로 돌려 보내고야 말았다.

“왜 그러십니까?”

종유는 그러는 이유가 궁금했다.

“계집애 버릇이 나빠지지 않습니껴?”

“나빠진 것두 없는데요.”

“아닙니더.”

“무슨 버릇이 나빠졌다는 겁니까?”

영애 엄마는 그 뒷말을 안 했다. 알 수 없는 일이었다. 영애가 가끔 놀러 와서 자기와 이야기를 하곤 하지만, 종유로서는 영애가 버릇이 나빠졌다고 생각해 본 일이 없다. 무슨 곡절이 있는 것 같았다.

그래서 영애 엄마가 부엌에서 밥을 짓고 있을 때, 영애 엄마 모르게 영애를 찾아갔다. 그들 모녀가 살고 있는 남의 집 조그만 방이다.

영애는 방 안에 우두커니 앉아 있었다. 공부를 하는 것도 아니요, 우는 것도 아니었다. 꽁하니 앉아서 무엇을 생각하고 있었다. 애처로운 생각이 들어,

“엄마한테 왜 꾸중을 들었지?”

종유가 부드럽게 물었지만, 영애는 대답할 생각도 안 했다.

“뭐, 잘못한 거 있니?”

종유가 영애의 어깨를 흔들었다. 그래도 영애는 꼼짝 안 했다.

“말해 봐, 엄마보구 뭘 사 달랬니?”

그때야 영애는 눈을 깜박이며 입을 열었다.

“고무신이 다 해졌지 않아요.”

“그래? 내가 미처 몰랐구나. 왜 아저씨보구 말하잖구…….”

“아저씨한테 이야기하겠다니까, 엄마가 때리지 않았는겨.”

종유는 영애의 학비를 대 줬을 뿐 그 애가 필요한 것이 무엇인가를 알아서 사 주지 못한 자기를 깨달았다. 영애 엄마는 밥걱정 없게 된 것만을 고맙

게 여기고 있다. 가난한 살림에 필요한 것이 얼마나 많을 것인가? 그렇지만 말을 못하는 것이다. 자기뿐 아니라 영애에게도 말을 못하게 하고 있다. 말을 못하게 하기 위해 종유에게 오지도 못하게 하고 있다.

종유는 영애가 하고 싶은 말도 못하며 살게 해서는 안 된다고 생각했다.

"다음부턴 엄마가 안 계실 때, 아저씨한테 와. 그러구 뭐든지 사구 싶은 걸 말해."

하고 영애의 손목을 끌고 자기 집으로 왔다. 모르게 백 원짜리 한 장을 주며,

"고무신 사라."

했다. 영애는 부엌에서 일하고 있는 자기 어머니에게 신경을 쓰며 돈을 받으려 하지 않았다.

"괜찮아. 엄마한텐 아저씨가 말할게……."

그는 진정 아버지 같은 애정으로 영애를 어루만져 주었다.

그런데 영애는,

"제가 어떻게 삽니꺼?"

혼자서는 고무신을 살 수 없다고 말했다. 사실 백 원짜리나 거의 되는 물건을 어린애가 자기 혼자서 사기 힘들 것 같았다.

어린애란 하나에서 열까지 돌봐 주어야 하는 것인데……. 그런 애정으로 대해 주는 사람이 있어야 하는 것인데…….

종유는 영애에게서 그런 사랑이 없다는 것 그리고 그런 사랑이 없기 때문에 영애는 언제까지나 고아처럼 살아야 한다는 것을 생각했다.

그는 무슨 생각에서인지 부엌으로 뛰쳐 나갔다. 그리고는 영애 엄마에게,

"잠깐 들어오세요."

명령에 가까운 말을 했다.

영애 엄마는 무슨 일인지도 모르고 종유 뒤를 따라 방 안으로 들어갔다.

"영애을 위해 영애 엄마가 우리 집에 와서 사는 것이 좋을 것 같습니다. 내일부터라두 건넌방으루 이사 오십시오."

종유는 어디까지나 명령에 가까운 투로 말했다.

"그래서 쓰겠습니꺼?"

"안 될 것 하나두 없습니다. 떨어져 있으니까 나두 불편합니다. 영애를 사랑해 줄 수도 없구요."

"그래두요."

종유는 망설이는 영애 엄마의 의사를 존중해 줄 수 없었다. 남보기가 안 되었다는 것이 영애 엄마의 가장 큰 이유일 것이다. 그런 것쯤 문제 삼을 것이 없다. 누가 뭐라고 하면 그미와 결혼한다. 실은 그것을 바라고 있는 종유였다. 상희를 멀리하기 위해서라도 자기 태도를 빨리 정하는 것이 좋다.

"아무것도 걱정할 것 없습니다. 나 하라는 데루만 하십시오. 아셨지요? 내일 이사를 하시는 겁니다. 그리고 읍내에 가서 영애 고무신을 사다 주십시오."

종유는 영애에게 주었던 돈을 영애 엄마에게 내 주었다. 그리고는,

"영애를 잘 길러야 합니다. 아버지 없는 애처럼 길러서는 안 됩니다. 아시겠습니까? 그러니까 앞으로는 영애를 내한테 맡기시구 영애를 함부루 다루지 마십시오. 아시겠지요."

어떻게 해서 이런 용기가 생기는지 종유 자신도 모를 일이었다. 그는 영애 엄마가 계속 망설이며,

"당신은 이제부터 내한테 절대 복종해야 하는 여자야."

하고 침을 놓을 작정이었다. 그런데 영애 엄마는,

"알겠습니다."

하고 절대 복종의 뜻을 표시했다. 방을 나설 때,

"김 선생님이 뭐락 안 하실 겁니꺼?"

한 마디 의혹의 말을 했다. 그럴싸한 말이었다. 종유는 잘 물었다 생각하며,

"암말 안 할 겁니다. 잘 했다는 말은 하겠지요. 상희 씨는 언제까지나 나를 도와 주시는 분이니까⋯⋯."

하고 상희와 자기와의 관계를 명백히 했다.

"그렇습니꺼?"

영애 엄마는 종유의 말을 곧이 받아들이기 힘든 모양이었다.

"정말입니다. 두구 보심 알 겁니다. 나를 믿어 보십시오."

종유는 영애 엄마의 어깨를 툭 쳤다. 처음 있는 일이었다. 한 번 친 그미의 어깨에서 모든 감각이 송곳 끝처럼 날카롭게 가슴에 찔려 왔다. 종유는 와락 그미를 끌어안고 싶은 충동을 느꼈다.

다음날 아침 조반을 먹고 난 뒤 종유는 영애 엄마를 시켜 상도를 불러 오게 했다. 상도를 통해 자기의 결심을 상희에게 알리기 위함이었다. 조금도 끌 필요가 없었다. 끌면 끌수록 자기 입장이 곤란해질 것을 느꼈던 것이다.

상도가 영애 엄마와 같이 왔을 때 종유는 영애 엄마에게 돈 이백 원을 더 주며 빨리 읍내로 가서 영애 고무신과 영애 옷 한 벌을 사 가지고 오라 했다. 그러고 나서,

"읍내에 갔다 와서 이사를 해두 될 거요."

라고 덧붙였다.

영애 엄마는 다소곳이 돈을 받아 가지고 나갔다. 영애 엄마가 나가자 종유는 상도에게,

"고무신 한 켤레를 사려 해두 읍내까지 가야 하니 되겠나?"

하고 딴 이야기부터 시작했다. 단도직입적으로 결혼 이야기를 꺼낼 수가 없었던 것이다.

"할 수 없잖습니껴?"

"부락에 구판장이 있으면 얼마나 편리하겠나. 공동구입이니 값두 쌀거구……."

"그렇기도 하지만……."

"농촌에 와 보니 정말 할 일이 많구만. 우리 손잡고 일함세. 머리를 써 가며 하나씩 하나씩 해 나가면 농민두 잘 살 수 있게 될 것 같아……."

"시키는 대루 하겠습니더."

이런 이야기를 하고 본론으로 들어가려 할 때 영애 엄마가 외출복을 입고 나타났다. 갔다 오겠다는 인사를 하러 온 것이었다.

"어서 다녀오세요."

종유는 서둘러 영애 엄마를 떠나보냈지만 외출복 입은 모습이 새 사람을 대하는 듯한 느낌에 잠시 동안 그미의 뒷모습을 정신없이 바라보았다. 품위가 있어 보일 뿐 아니라 예쁜 얼굴이 더욱 예뻐 보였다. 감격 같은 감정에 종유는 흥분된 어조로,

"나 영애 엄마와 결혼하겠네. 자네가 중매를 서 주게."
하고 상도에게 말했다.

"네?"
상도가 놀랐다. 상도도 종유가 상희와 결혼하는 것이라 짐작하고 있었을 것이니 놀라지 않을 수 없었을 것이다.

"난 영애를 아버지 없는 애루 기르구 싶지 않네. 그리구 앞으로 일을 해 나가는 데 영애 엄마 같은 이가 가장 필요하리란 것을 생각했네."

"정말입니껴?"

"정말이구 말구. 내가 영애 엄마에게 대하는 것을 봐두 알 수 있잖은가?"
상도는 상희를 어쩔 셈이냐고 묻고 싶었을 것이다. 그러나 그것은 말로 꺼낼 수가 없는 일이라 잘 알았다는 말만 하고 돌아갔다.

상도가 돌아가자 그는 들로 나갔다. 들에 가야 별반 할 일도 없었지만 집 안에 앉아 있을 수가 없었던 것이다. 상도에게서 이야기를 듣고 상희가 달려올지도 모른다. 상희가 찾아오면 뭐라고 말을 할 것인가? 의논하지 않고 단독적으로 결정한 일이니 상희가 항의를 할 것이 분명했다. 그때 자기는, 자기를 신뢰하지 않으니 당신과 결혼할 수 없다는 말을 할 수 있을까? 없을 것 같다. 가장 중대한 문제지만 중대한 문제처럼 들을 것 같지가 않았다. 그러니 이야기할 용기가 생기지 않았다. 이야기할 용기가 없으면서도 영애 엄마와 결혼하기로 결심했으니 상희에게 미안하지 않을 수 없었다. 미안하다는 생각만을 거듭하다가 집에 돌아갔을 때 영애 엄마가 영애와 같이 읍에서 돌아왔다. 그리고 한 장의 편지를 주었다. 심형구에게서 온 편지였다.

"미재가 중병에 걸렸습니다. 뇌막염에 걸려 입원한 채 있습니다. 생명에는 관계가 없지만 육신을 반은 쓰지 못하게 될 것 같습니다. 정상적인 부부

생활을 하기로 한 우리들에게 찾아온 슬픈 운명이라 아니할 수 없습니다. 이런 것을 알리는 것이 좋은 일인지 좋지 않은 일인지를 모르겠습니다. 알리는 것이 나의 의무 같아 알리는 것뿐입니다."

편지의 내용은 간단했다. 그러나 종유의 가슴은 따끔했다. 미재의 불구가 자기에게 책임이 있지나 않은가 하는 죄악감을 느꼈기 때문이었다. 마지막 이별을 너무나 가혹하게 했다. 그뿐도 아니다. 그것보다도 더 중요한 것은 미재가 불구자가 되기 훨씬 전에 그미를 가정으로 돌려 보냈어야 했을 자기의 죄책감이었다. 너무나 오랫동안 그미를 돌려 보내지 않았던 죄책감. 인생을 올바르게 살자고 그미를 그미의 가정으로 돌려 보낸 것이 너무나 늦었다.

'미재는 왜 반신불수가 되었을까? 불구자가 되지만 않았다면 나는 죄책감을 느끼지 않아도 좋을 것인데…….'

종유는 그 죄책감 때문에 서울로 갈 생각을 했다. 정상적인 부부 생활을 하기로 했다는 형구를 위해 무엇인가 한 마디라도 해 주어야 할 것 같았던 것이다. 말을 못하면 얼굴이라도 내 보여야 할 것 같았다.

"나 서울 좀 다녀오겠소."

그는 영애 엄마에게 서울 갈 뜻을 말한 뒤,

"오늘 안으로 이사를 하십시오. 그리구 상도를 만나십시오. 무슨 이야기가 있을 겁니다."

라고 말했다. 영애 엄마는 고개를 다소곳이 숙이고 말이 없었다. 명령이라면 거역할 수가 없다는 태도였다. 다만 언제 돌아오느냐는 말만을 물었다.

"이삼 일 내에 돌아옵니다. 그때부턴 영애 엄마가 내 곁을 잠시도 떠나지 못하게 될 겁니다."

영애 엄마는 종유의 말뜻을 알아들을 수 없다는 듯이 종유를 쳐다봤다. 그러나 얼굴이 붉어 있었다. 붉어진 얼굴은 말뜻을 못 알아들은 것 같지도 않았다.

"서울 갔다 와서 모두 이야기할게요."

종유는 영애 엄마를 내 보내고 편지를 쓰기 시작했다. 마지막으로 상희에게 쓰는 편지였다. 상희에게 자기 결심을 알리는 가장 좋은 기회라 생각했던 것이다.

"미재 씨가 뇌막염으로 입원해 있답니다. 그리고 반신불수가 된 모양입니다. 형구 씨의 편지를 받고 서울로 떠나는 길입니다만 서울에 가는 것은 나의 과거를 청산하고 참회하기 위함입니다. 서울에 다녀와서는 영애 엄마와 결혼할 생각입니다. 상희 씨와 의논 없이 결심한 나를 용서하십시오. 그렇지만 내 제이(第二)의 생을 화려한 행복 속에서 꿈꾸지 않으려는 내 심정을 이해해 주십시오. 땅을 파고 사는 농부에 알맞은 설계를 꾸밀 작정입니다. 너무 많은 괴로움을 끼쳐 드려 죄송합니다. 부디 이 동네서 오래 살도록 너그러이 대해 주시기만 바랍니다."

종유는 편지를 봉투에 넣고 영애 엄마를 불러 영애가 학교에서 돌아오는 대로 그것을 상희에게 전해 주도록 하라고 한 뒤 영애 엄마에게,
"이제 모두가 끝났습니다. 서울 갔다 올 때까지 꼭 기다려 주십시오."
하고 그미의 손을 잡았다.
영애 엄마는 또 얼굴을 붉히고 고개를 떨구었다. 그리고는 종유가 집을 떠나갈 때 동구 밖까지 뒤따라가,
"오늘루 이사하겠어요."
처음으로 자기 의사를 말로 표시했다.

(원) 《중앙일보》 1965. 9. 22～1966. 6. 8.

가족

1

강연화(姜蓮和)를 흔히들 강 마담이라 부르고 있다. 손님들이 부르는 것이라 내버려 두고 있지만, 그미는 자기에게 어울리지 않는 이름이라 생각하고 있다. 오십이 지난 그미는 나이도 그렇지만 경영하고 있는 술집도 그리 하이칼라가 아니다. 강 마담 하면 나이도 젊고 경영하는 술집도 바(bar)라든가 고급요정이어야 어울릴 것 같아서다.

그미가 경영하고 있는 술집 강남(江南)은 명동에 자리잡고 있다. 도심지 가운데서도 중심부에 자리잡고 있는 것이다. 그래서 명동 술집에 드나드는 삼십대 이상의 남자라면 한두 번 거치지 않은 사람이 없을 것이다. 그만큼 명동에서 이름이 난 집이지만 결코 술집이 시설이라든가 미기(美妓)의 서비스 같은 것으로 유명한 것은 아니다. 술집이라야 정종만을 파는 네 평 정도의 홀이 하나뿐인 극히 좁은 집이다. 일본식 초밥집 주방처럼 되어 있는 주방을 중심으로 높고 둥근 의자 여섯 개가 놓여 있고 시멘트 바닥에는 네 명씩 앉을 수 있는 탁자 네 개가 있을 뿐이다. 그런데도 유명하다는 것은 이 집 안주가 깨끗하고 절대 바가지를 씌우지 않는다는 소문 때문이다. 바가지를 씌우지 않을 뿐 아니라 어떤 손님에게도 과음을 허락지 않는다는 것이 유명했다. 그보다도 더 소문을 퍼지게 한 것은 강연화가 조금도 추하지 않다는 것일지 모른다. 몸이 날씬한 것도 아니요, 옷차림을 화려하게 하는 것도 아니지만 보통 술집 주인여자들이 풍기는 돈 냄새를 조금도 풍기지 않고 있다. 돈을 벌기 위해서는 손님들에게 어울리지 않는 아양도 떨고 낯간지러운 접근 공작도 하는 것이 보통이지만 그미는 절대 그런 일을 안 한다.

말하자면 남자 손님들에게는 가장 매력 없는 여자일지 모른다. 그러나 매력을 느끼도록 일부러 노력하지 않는다는 데 그미의 매력이 있는지 남자들은,

"마담……."

하고 그미를 불러 놓고 무엇이라 한 마디나마 지껄이고야 돌아온다.

이 매력 없는 여자의 매력을 보고, 모두들 그미를 강 마담이라 부르는지 그 이유를 모르지만 서너 번 와서 얼굴이 익숙해진 하 사장(河社長)이,

"강 마담……."

하고 그미를 불렀을 때,

"불리는 저보다 부르는 사장님이 더 어울리지 않는 것 같아요."

강 여사는 농담조로 마담의 호칭을 거부했다. 처음 오는 손님이라면 그저 예예 했을지 모르지만 어느 정도 친숙해진 사이라 그런 농담을 할 수 있었을지 모른다.

하경태 사장은 네 번째 온 손님이다. 그러나 그새 한 번도 개인생활에 대한 것을 물어 보지 않았다. 자기의 개인적인 이야기를 해 온 일도 없다. 그렇다고 어떤 손님이나 다 즐겨 하는 음담패설도 하지 않았다. 세상이 돌아가고 있는 이야기가 아니면 세상 인심에 대한 것을 농담 섞어 지나가는 이야기처럼 하는 것이 대화의 전부였다. 믿음성을 주는 남자였다. 그래서 그미는 진담을 해도 무방한 남자란 생각을 했다.

"그럼 뭐라고 부르지요?"

마담이라고 부르지 말라는 말에 하 사장은 달리 부를 말이 없지 않느냐는 투로 물었다.

"선술집 주모를 뭐라고 부르지요?"

"글쎄, 색시 아니면 아주머니라고 부르겠지."

"저두, 그런 축에밖에 더 끼지 못할 여자 아녜요!"

"그렇지는 않지. 적어두 강남의 주인님이신데……."

"아주머니가 더 친근하게 들리잖아요?"

"그래두 아주머니 냄새는 안 나는 것 같아."

"그럼 마담 냄새는 나나요? 불란서 향수 냄새 같은……."

강 여사는 빙그레 웃고 하 사장 옆을 떠났다. 그쯤 이야기를 했으면 마담
이라 부르든 아주머니라 부르든 마음대로 하라는 태도였다.

손님에게 술병을 날라다 주고 안주접시를 가져다 주는 일 이외에 말하자
면 술잔에 술을 부어 준다든가 하는 개인적 서비스를 하지 않기 때문에 어
떤 손님 옆에도 오래 앉아 있지 않는다. 그런 만큼 그리 바쁠 것은 없다. 한
자리에서 서서 손님들의 탁자를 지켜 보다가 술이나 안주가 떨어진 기미를
살피고 그리로 가서 주문을 맡으면 된다. 그러니까 눈만은 항상 바쁘게 움
직여야 한다.

그미가 눈만을 움직이며 서 있을 때 앞자리에서 술을 마시고 있던 하 사
장이 같이 대작하고 있는 손님과 하는 말이 들렸다.

"일성산업이 건재해 있는 동안 그건 염려 말게."

그 다음 말은 귀에 들어오지 않았다. 하 사장이 일성산업의 사장이라는
새로운 사실을 발견했다는 기쁨이었다. 따지고 보면 그리 기쁜 일이라고 말
할 수도 없는 일이었다. 각계각층을 망라한 술손님 가운데 아들이 다니는
회사의 사장이 끼어 있다고 해서 그것이 무어 그리 놀라운 일이겠는가? 사
고를 저지른 것도 아니고 남달리 무능 직원도 아닌 바에야 아들을 위해 특
별 부탁할 필요도 없다. 그런데도 그미는 자기도 모르게 하 사장 곁으로 가
서 허강우를 아느냐고 물었다.

"무슨 부에 근무하는 사람인데요?"

하 사장은 자기와 어떤 관련이 있는 여자가 될지도 모른다는 호기심에 찬
눈으로 강 여사를 바라보며 물었다.

"무역부에 있다나 봐요."

그미는 무관한 사람의 이야기라는 듯 흐릿한 말투로 대답했다. 많은 사원의 이름을 전부 기억하고 있을 리 만무한 사장일 테지만 기억 못하는 사원 중의 한 사람인 강우를 자기 아들이라고 말했댔자 결국 싱거운 사람은 자기만이 되고 만다. 자주 다니는 술집 아주머니의 아들이라고 해서 특별 대우해 줄 까닭이 없다. 도리어 술집 아주머니의 아들이라고 해서 강우를 색안경으로 볼지 모를 일이다.

"무역부의 허강우?"

하 사장은 기억을 깊게 해서 특별 유의하겠다는 태도를 보였다. 그러나 그미는,

"아는 친구의 아들이에요."

해 버리고 하 사장 곁을 떠났다. 그리고는 계산을 하고 일어설 때까지 하 사장과의 시선을 피하며 경계를 했다. 그런데도 하 사장이 그미를 부르고,

"내가 맥주를 사지. 맥주홀에 같이 안 가겠소?"

하고 말했다.

나이 든 손님 가운데는 가끔 자기를 유혹하는 남자가 있다. 고마운 일이라 할지 모르지만 그런 것을 일체 거절해 온 그미다. 사십대에도 탈선하지 않았던 터에 오십이 지난 지금 그런 것은 오직 웃음거리밖에 안 되었던 것이다. 하 사장은 반드시 딴 마음을 먹고 있는 것이 아니란 믿음성 같은 것이 있기는 했지만, 손님과의 개인적 관계를 맺지 않는다는 것이 그미의 상업정책인 만큼 하 사장을 따라갈 수는 없었다.

"전 술을 먹을 줄 몰라요."

"그럴 수가 있나. 한 잔만 합시다."

"가게를 빌 수도 없구요. 가서 많이 마시구 가세요."

"아니, 난 강 마담이 기분 좋아서 그러는 거야. 이야기를 하면 통할 것 같아. 그것뿐이야."

"다음 또 오셔서 이야기하면 되지 않아요?"

"정 못 가겠단 말인가?"

"그런 일 해 본 적이 없어요."

"그래? 그렇담 남의 절개를 꺾을 순 없지."

추근거리는 일 없이 하 사장이 돌아가자 그미는 갑자기 고독감을 느꼈다.

전쟁! 수많은 사람의 운명에 변화를 가져다 준 전쟁, 그 가운데서 남편을 잃고 과부가 된 여자가 오륙십만 명이나 된다고 한다. 약한 여성 오륙십만 명이 약한 위치에서 보다 더 비참한 운명 속에 떨어지고 말았다는 사실 하나만 보아도 전쟁이 얼마나 잔인하다는 것을 알 수 있다. 그러나 그 비참한 전쟁 속에서도 운명의 피해를 받지 않는 여성이 많다. 아니 피해 받은 여성의 몇십 배 몇백 배나 많을 것이다.

그런데 나는 몇백 배나 많은 그 여성 속에 끼지를 못하고 하필 피해자 속에 끼어야 했던가? 만약 피난 행렬 속에서 남편이 폭탄에 맞지 않았다면 나는 과부 신세를 지지 않을 수 있었을 것이다. 과부라는 것은 도대체가 불행한 이름이다. 어떤 조건 밑에서도 과부 그 자체가 불행한 것인데, 나는 짐이 있을망정 날개가 없는 그런 과부였다.

남자나 여자나 할 것 없이 짝이 없는 혼자일 때 가장 큰 고독을 느끼는 법이다. 그러나 나는 그런 고독을 느낄 여유가 없을 만큼 현실이 절박했었다. 딸과 아들, 이 두 남매를 굶기지 말아야 하며 그 애들을 교육시켜야 했다. 그것이 나의 지상(至上) 과제였다. 부산 국제시장 한 구석에서 잠도 제대로 자지 못하며 아동복을 제품해서 팔았다. 반찬을 골라가며 경제적이고도 영양 가치 있는 것을 만들어 먹을 시간이 없었다. 모든 시간과 정력을 제품하는 데 바치고 있으면서도 새벽잠에서 깰 때 가끔 남편을 그리워한 때가 있었다. 때로는 막연한 그리움이기도 했으나 때로는 몸이 조이는 듯한 육체적인 그리움이기도 했다. 그럴 때 나는 나를 불결한 고깃덩어리처럼 스스로를 꾸짖었다. 그렇게 삼사 년을 살았다. 피난길에서 서울로 다시 환도할 때 나는 삼사 년 동안 애들을 별 탈 없이 길러 가며 살아 온 사실에 대해 경탄했다. 살았다는 것은 죽지 않았다는 것을 뜻한다. 죽지를 않았을 뿐 아니라 그새 모은 돈이 장사 밑천으로 이루고 있었다.

그때 나는 세상에 기적이 있다고 믿었다. 그 기적이란 곧 나의 삶이었다.

비록 고생을 했다 할망정 어떻게 해서 나는 죽지를 않았을까? 기적 아니고
는 도저히 살았을 것 같지가 않았다. 동시에 한 번 있었던 기적은 두 번도
세 번도 반복될 수 있다는 자신이 들었다.

˙나는 서울로 환도하면서 그새 번 돈으로 애들을 남 못지않게 교육시키겠
다는 생각을 가졌다. 아버지 없는 애들이지만 아버지 있는 애들 못지않게
길러야 한다. 그래야 애들이 아버지 없는 슬픔을 느끼지 않을 것이다. 그래
서 밑천을 없애지 않고 돈 벌 수 있는 장사를 생각해 보았다. 애들 옷을 만
들어 파는 일은 계속하고 싶지 않았던 것이다. 그것은 너무나 고달픈 일이
었기 때문이었다. 밤잠을 못 자며 손이 쉴 새 없이 일해야 하는 일이 너무나
힘들었던 것이었지만 그 제품을 시장에 가서 내 손으로 소매상에 팔아야 한
다. 돈푼이 생겨서 그런 생각도 했을 것이지만 서울서는 시장에 보따리를
들고 나가기가 조금 거북스러웠다.

6·25 전 남편이 살았을 때 나는 그래도 교장의 아내였다. 많은 부하 교
원들에게 사모님 소리를 들으며 살았었다. 교원의 부인들도 거의 다 알고
지내던 터였다. 그러던 내가 보따리를 가지고 시장에 다니며 장사하는 꼴을
보일 수 있는가 하는 자존심이 살아났던 것이다. 더구나 과부가 되면 여자
의 운명이란 저렇게 되고 마는 것이란 인상을 주기가 싫었다. 그래서 좀더
천하지 않은 고급한 생활 방법이 없을까 하고 생각해 보았다. 그럴 즈음 우
연히도 여학교 때의 동창을 만났다. 이런 때 돈을 벌지 않고 언제 돈을 버느
냐 하며 돈독이 오른 눈으로 여러 가지 돈벌이 방법을 말했다. 돈벌이를 하
기 위해 거리에 나선 모양이었다.

집을 사 둔다. 땅을 사 둔다. 그리고 공장을 짓고 물건을 만든다. 이런 것
들이 그미의 구상 속에 들어 있는 돈벌이 방법이었다. 나는 돈 번다는 데는
극구 찬양을 했지만 돈을 오랫동안 앉혀 둘 수는 없다고 말했다. 얼마 안 되
는 돈을 앉혀 두고 그 동안은 무엇을 먹고 살 것인가? 그랬더니 그미가,

"그럼 나하구 술집을 할까?"

하는 것이었다. 말도 안 되는 말이다. 굶어 죽게 되었기로서니 남편의 체면
을 생각지 않을 수 없다. 그때 내 나이 삼십에 반이 갓 지난 터이라 타락이

란 것도 생각지 않을 수 없었다. 작부가 되는 것은 아니지만 그래도 남자들과 접촉해야 한다. 자주 접촉하게 되면 결국 빠지게 되는 것이 인간이다. 그런 것은 생각할 수도 없는 일이었다.

나는 첫마디에 거절했다. 그랬더니 그미가 명동에 좋은 자리가 있는데 놓치기가 아깝다면서 나더러 돈만 대라고 했다. 영업은 자기가 할 테니 돈만 내고 반반씩 나눠 먹자는 것이었다. 나는 동사라는 것을 좋아하지 않는다. 더구나 나는 뒤에 앉아 있고 그미만이 앞에 나서 돈을 만지는 그런 동사를 어떻게 할 수 있겠는가? 동사를 거절하자 그미는 돈을 빌려 달라고 했다. 조그만 집이지만 옛날부터 술집이었던 관계로 손님이 많을 것이라는 것이었다. 아직 술집이 그리 많지 않을 때 자기가 가게에 나가서 직접 장사를 하면 손님을 끌 수가 있다는 것이었다.

나는 매달 일 할의 이자를 주겠다는 그미의 말을 듣고 그 이자만으로 생활이 충분히 될 수 있다는 것을 생각했다. 집을 쓰고 장사를 한다니 본전을 떼일 위험성은 없다. 그리고 뭐니뭐니 해도 장사는 술장사가 제일이라는 나의 단순한 지식을 믿고 내 총재산 일백만 환을 주었다. 아무리 친구 사이라 해도 돈 거래는 분명히 해야 한다는 생각 밑에 보증인까지 있는 차용증서를 받았다. 몇 달 동안 재미를 보았다. 장사가 잘 되어 신바람이 난다고 하며 이자를 매달 꼬박꼬박 가져다 주었다. 그러나 반 년이 지나지 않아 이자를 거르기 시작했다. 장사가 안 되어서가 아니라 딴 사업을 시작해 돈이란 돈은 전부 그리로 밀어 넣어야 하기 때문이라고 했다.

그것은 거짓말이 아니었다. 폭격으로 반 이상 무너진 공장을 헐값에 사서 그것을 개축하여 못 철사 등 건축용에 쓰이는 철물을 만들 작정이었다. 폐허가 된 도시를 수복하는 데 가장 많이 쓰일 건축용 자재가 얼마나 유리하다는 것도 짐작이 되는 일이었다. 내 친구는 남의 돈을 끌어다 공장을 개축하는데 전력했다. 그러나 건축이 채 끝나기도 전에 사기에 걸렸다는 것을 알았다. 6·25 전 이미 제삼 저당까지 설정한 집이었다. 개축비용의 얼마는 받기는 했으나 그 밖에 것은 고스란히 뺏기고 말았다.

빚투성이가 된 그 친구에게 내 빚을 받을 도리가 없었다. 그 친구의 호의로 명동의 술집을 그대로 인수하게 되었다. 그래서 큰 손해는 보지 않게 되었지만 나는 그것을 팔아 딴 사업을 하려고 하지 않았다. 판다고 하는 것이 그리 쉬운 일도 아니었지만 그 친구가 장사할 때 장사가 잘 되는 것을 직접 보아왔기 때문에 내 손으로 직접 영업해 보겠다는 마음이 들었던 것이다.

그때 딸애는 국민학교 졸업반이었고 아들애는 국민학교 이학년이었다. 그 애들의 교육비가 해마다 늘어날 것을 생각할 때 이잣돈만 뜯어먹고 살 수 없다는 마음에 수입이 좋은 술집을 직접 맡기로 했다.

친구가 술장사하는 동안 여자로서의 처신 문제에 대해 별로 걱정하는 것을 보지 못했다. 그미는 나와 동갑이었지만 남편이 있었다. 남편이 있으니까 마음이 든든하기도 했겠지만 나 보기에 그미가 그런 문제에 대해 마음 흔들리지 않고 있는 것은 돈벌이에 대한 그미의 마음이 악착스러웠기 때문인 것 같았다. 즉 마음만 단단하면 어떤 유혹에도 넘어가지 않는 방법이라는 것을 보았던 것이다.

나는 내 친구와 달리 남편이 없다. 그것은 마음속에 허점(虛點)이 있다는 것을 뜻한다. 그래서 약간 위험성이 있다고 생각했다. 남보다 몇 배의 단단한 마음을 가진다. 그것은 나에게 가능한 일인 것 같았다. 나는 나를 그렇게 믿었던 것이다. 그렇다면 위험할 아무것도 없다.

나는 술장사를 하는 십여 년 동안 나 자신에 대해 위험성을 느껴 본 일이 한 번도 없었다. 어떠한 유혹에 대해서도 두려워해 본 일이 없었다. 유혹이 있을 때 나는 그것을 당장에 물리쳤고 또 그것을 그 자리에서 잊곤 했다. 내게는 두 자식밖에 없었다. 그것이 나의 전부였다. 무엇하고도 바꿀 수 없는 가장 귀중한 존재들이었다. 그래서 딸애를 아무 일 없이 길러 시집까지 보냈다. 아들은 대학을 졸업한 뒤 지금 취직까지 하고 있다. 그렇다고 내 할 일을 다 했다고 생각지는 않는다. 딸이 부유한 집에 시집가서 애까지 낳고 걱정 없이 살고 있지만 그렇다고 해서 그 운명이 고정된 것이 아니다. 아니 할 말로 나처럼 언제 과부가 될지 모른다. 아들 강우 역시 그렇다. 착하고 유순한 그 애 성격으로 보아 험난한 세파를 요리하며 남보다 잘 살게 될지가 의문이다. 말하자면 그 애들의 장래를 언제까지나 걱정해야 한다.

그런데…….

그미는 하 사장이 돌아간 뒤 한 시간쯤 있다가 계산을 끝내고 가게를 나섰다. 삼십 분쯤 더 있어야 문을 닫는 것이지만 일하는 사람에게 뒤처리를 맡기고 일찍 돌아가는 것이었다.

어쩐지 피곤을 느꼈다. 삼십 분쯤 참을 수 없는 것도 아니었지만 참는다는 것이 싫었던 것이다. 삼십 분 동안의 수입이 얼마가 되던 그런 걱정도 하기가 싫었다. 그럴 리도 없었지만 수입금 전액을 떼먹은들 어떠랴 하는 생각이었다.

전보다 삼십 분 일찍 귀가하는 때문인지 그미는 택시나 합승 탈 생각을 않고 걷기를 시작했다. 시청 앞으로 해서 광화문을 거쳐 사직동 집까지 걸어가는데 삼십 분도 안 걸린다는 계산을 안 한 것은 아니지만 그냥 걷고 싶었던 것이다.

무심히 걸었다. 무엇을 생각하려는 것도 아니요, 무엇이 머리에 떠오르는 것도 아니었다. 무엇 때문에 피곤한지도 생각해내려 하지 않았다. 조금 피곤하다고 해도 전에 없이 정말 전에 없이 일찍 가게를 떠나야 할 까닭이 무엇인가 하는 것에 대해서도 생각하려 하지 않았다. 공기 이외에 아무것도 들어 있지 않은 고무풍선처럼 머릿속에 왕래하는 아무것이 없었다. 오직 피곤만을 느끼며 광화문을 지나 야주개 골목을 걸었다. 야주개 골목을 지나 사직공원 앞을 걷고 있을 때였다. 큰길가에서 엄마 엄마하고 울고 있는 사내애가 있었다. 그미는 걸음을 멈추고 그 애를 바라보았다. 열한 시가 다 된 깊은 밤에 지나다니는 사람도 별로 없는 거리에서 엄마를 찾으며 우는 애가 그미의 마음을 붙잡았던 것이다.

그미는 애에게로 가까이 갔다.

"집이 어디니?"

그러나 애는 훌쩍일 뿐 대답을 안 했다.

"왜 여기 나와 울지?"

그래도 애는 대답을 안 했다. 이상했다. 물론 거지 애가 아니다. 입은 옷을 보아도 알 수 있었다. 더구나 엄마를 부르며 울었다는 것은 엄마도 집도 있다는 것을 증명해 준다.

그미는 답답했다.

"말해 봐. 내가 집을 찾아 줄게."

애는 벙어리처럼 말이 없었다. 그미는 성의를 보여 주려는 데도 애가 받아들이지 않으니 할 수 없이 발길을 돌리는 수밖에 없었다. 그러나 그미는 그러지를 못했다. 여러 가지로 달랬다. 있는 수단을 다해서 물어 보았지만 애는 막무가내였다. 정말 할 수 없었다. 할 수 없이 애의 손을 잡고 반강제로 파출소까지 데리고 갔다.

"무슨 사연이 있는 애 같은데 부모를 찾아 주세요."

그러고 나서야 집으로 돌아갔다. 돌아가면서도 가슴이 미어지는 것 같은 울적함을 느꼈다. 처음 그 애를 보았을 때와 꼭 같은 기분이었다. 부모가 있는데도 집을 나와 부모를 찾는 그 애의 심정이 6·25 때 부모를 잃고 망연히 서서 울기 만하던 그런 애처럼 생각되었던 것이다.

얼마나 답답할까? 얼마나 두려울까? 그 애의 마음이 자기 마음을 파고드는 것 같았다. 자기 집 대문 앞에 이르렀을 때까지 그 애 일만이 가슴에 꽉 차 있었다. 파출소에서는 과연 그 애의 집을 찾아 줄까? 파출소에서 집을 찾아 주지 않는다면 그 애는 어디로 갈까? 고아원? 고아원으로 간다면 영영 부모를 잃고 마는 애가 될 것이 아닐까? 이런 생각을 하며 그미는 자기가 이상하다고 생각했다. 거리에서 수많은 거지 애들을 보았다. 추운 겨울날 입지를 못해 뻘건 살을 드러내 놓고 배고프다고 죽어 가는 소리를 하던 거지 애들. 그런 거지를 보고도 돈 한 푼 던져 준 일이 없었다. 마음이 흔들려 본 일이 없었던 것이다. 그런데 배가 고파 우는 것도 아닌 어린애를 보았을 때 왜 이렇게까지 상심하고 있을까? 알 수 없는 일이었다.

집에 들어가는 길로 그미는 아들이 들어왔는가를 물었다. 식모 애가 걱정되는 표정으로 아직 돌아오지 않았다고 대답했다. 그런 대답을 들으리라고 물어 본 것이 아니었는데도 돌아오지 않았다는 말을 듣자 고개를 끄덕이었다. 수긍이 갔던 것이다. 그러면서 생각한 것이,

‘어디서 술에 정신을 잃고 있는 것이나 아닐까?’

‘못 갈 데를 가서 몸을 버리는 것이나 아닐까?’

이런 것이었다. 그미는 연이어 조금 전 사직공원 앞에서 만났던 어린애를 생각했다. 그리고,

‘강우가 그 애처럼 되지나 않을까?’

하는 걱정을 했다. 어쩐지 엄마를 속으로 부르며 거리를 헤매고 있을 것만 같았다. 한참 동안 강우의 걱정을 하고 난 뒤에야 아침 일을 생각하고,

‘술집을 그만둔다구 그랬는데…….’

하는 생각을 했다. 강우의 의사대로 할 것을 약속했는데도 무엇 때문에 거리를 헤매며 집에 돌아오지 않는 것인가?

꼭 하고 싶어 해 온 장사가 아니다. 오직 자기들을 위해서 돈벌이를 해 온 것뿐이다. 소문이 나지 않도록 주택까지 일부러 멀리 잡았다. 술집 여자라는 것이 외모로 드러나지 않도록 하기 위해 가게에 나갈 때도 짙은 화장을 안 했다. 옷차림도 여염집 여자 이상 수수하게 차리고 다녔다. 그런데도 술집 주인이란 그 자체가 싫다면 할 수 없다. 애들을 다 기르고 교육도 끝냈으니 돈 벌려고 악착같이 달려들 필요가 없다. 이제 그만두어도 굶어 죽지는 않는다.

이런 마음의 결심이 생겼는데도 강우는 어째서 자기를 믿지 못하고 여태까지 거리를 방황한담.

서둘 필요가 없어서 아직 아무에게도 부탁을 하지 않았지만 가게를 파는 것이 그리 힘든 일은 아니다.

참, 애두. 이때까지 누구를 위해 살아왔는데 제 말을 안 들을라구.

그미는 아침에 불쑥 술집을 그만두라는 강우 말에 아직 돈을 좀더 벌어야 한다고 한 자기를 후회했다. 그 말 때문에 강우가 자기를 의심하고 있을 것 같았기 때문이었다. 그 말만 안 했더라면 강우는 ‘그래 나두 진력이 났다.’ 라고 한 내 마지막 말을 믿었을 것이다.

강 여사는 시계를 보았다. 열한 시 반이었다. 아직 삼십 분이 남아 있었다. 삼십 분 안에 돌아오겠지. 안 돌아올 애가 아니야. 한 번도 속을 썩인 일

이 없었으니까.

강 여사는 기다렸다. 돌아올 것을 믿으면서. 그러나 삼십 분이 지나도록 강우는 돌아오지 않았다. 할 수 없었다. 자리를 깔고 누웠다. 얼마 동안 불만은 끄지 않았다. 삼십 분이 더 지난 뒤에는 불까지 껐다. 그러면서도 행여나 하는 생각에 잠을 이루지 못했다. 행여나 할 것이 없는데도 행여나 해지는 마음이었다. 더구나 통금시간이 지나 집으로 오다가 교통사고가 나지 않았을까. 또는 경찰서 유치장 신세나 지고 있는 것이 아닐까 하는 생각을 하자, 잠은 더욱 오지 않았다. 잠이 안 온다고 생각할 때 문득 하 사장의 얼굴이 눈앞에 떠올랐다. 맥주홀에 가자고 하는 것이 거절하자 더 긴말을 안 하고 돌아간 하 사장.

강 여사는 자기가 하 사장에게 강우 이야기를 그 이상 더 하지 않은 것을 잘 한 일이라 생각했다. 만약 강우 이야기를 했다면 하 사장은 자기를 경멸했을지 모른다. 남에게 부탁하기를 좋아하는 여자라고.

강 여사는 손님들 가운데서 얼마 안 되는 술을 사며 이런 일 저런 일 부탁하는 사람들을 수없이 보아 왔다. 남이 듣는데도 부끄럼 없이 부탁의 말을 간곡히 하는 사람을 볼 때마다 얼마나 구역질이 났던가? 그런데 하 사장이 자기에게서 구역질을 느낀다면 그때 자기는 하 사장을 다시 볼 수 없게 될 것이다.

그뿐만도 아니었다. 강우처럼 그렇게 장성한 아들이 있다는 것을 느낀다면 다시 찾아보고 싶어하지 않을 것이다.

사람이란 피차간 서로를 잘 모를 때가 좋은 것이다. 개인의 내막을 전부 알 때는 흥미를 잃어버리게 되는 수가 있다.

그래도 잠이 들었던 모양이다. 아침에 눈을 떴을 때 눈시울이 무겁고 머리가 띵했다.

자기 모르게 강우가 돌아왔을 리 만무하지만 그미는 식모 애에게 강우가 안 돌아왔느냐고 물었다. 안 왔다는 말을 듣자 그미는 처음으로 아들에게 대한 비애를 느꼈다. 자기는 밤잠을 제대로 자지 못하며 걱정과 기다림 속에서 초조하게 지냈건만 강우는 자기 생각을 조금도 안 하고 태평하게 아직 돌아오지 않고 있다.

피치 못할 사정이 있어서가 아니라 돌아오고 싶지가 않아 돌아오지 않은 것으로만 생각되었다. 내가 걱정할 것을 조금만 생각했다면 어떤 일이 있어도 돌아왔을 것이다. 이런 생각을 할 때 그미는 콱 죽어 버렸으면 했다. 하나밖에 없는 아들에게 버림을 받은 것 같았던 것이다. 아들에게 버림을 받고서야 무엇을 바라보며 살 것인가? 생에 대한 희망도 기대도 가질 수가 없을 것 같았다.

그미는 아침도 안 먹고 슬픔 속에 잠겼다. 식모 애에게 걱정을 안 주기 위해서라도 먹어야 한다고 생각했지만, 밥이 통 목구멍으로 넘어가지 않았다. 밥상을 그대로 내놓고 멍하니 앉아 있는 그미의 귀에는 그래도 강우의 발소리가 들려오는 것 만 같았다. 식모 애의 발소리를 강우의 발소리로 착각하고 몸을 일으킬 뻔한 것이 몇 번인지 몰랐다. 꼭 올 것만 같았다. 꼭 오고 있는 것만 같았다.

오겠지. 설마 아주 나가기야 했을라구. 술은 좀 할 줄 아니까 친구들과 어울려 술을 마시다가 친구 집에서 자고 있는 것이겠지. 그럴 나이도 되지 않았는가? 그 애가 일부러 내 속을 상하게 하려고 그러는 것은 절대 아닐 것이다. 술집을 그만두라고 했을 때, 그만둔다고 말하지 않았던가? 그런 만큼 자기를 못 믿어 고민하고 있지는 않을 것이다. 무엇 때문에 나를 믿지 못하겠는가?

과연 강우는 돌아왔다. 열 시가 넘어서였지만 창백한 얼굴로 돌아온 강우를 볼 때 그미는 소리내어 울 뻔했다. 죽었다가 돌아온 아들 같았다. 얼싸안고 내 자식아 하며 울고 싶었다. 그러나 그미는 냉정을 가장했다. 어떤 마음으로 돌아왔는지를 모르면서 격정적인 모습을 보여 줄 수가 없었던 것이다.

"어디서 자구 오니?"

"친구 집에서요."

강우의 대답도 극히 사무적이었다.

"술을 마셨던 거로구나……"

“네.”

그것으로 이야기는 끝난 것 같았다. 그 뒤의 말이 나오지 않았기 때문이었다. 그렇게까지 마음을 조이며 기다렸던 아들이 돌아왔는데 사무적인 몇 마디 말로 그친다는 것이 있을 수 없는 일이었다.

그러나 더할 말이 없는 데야 어쩌랴. 그미는 생각던 끝에,

“출근두 안 하니?”

하고 물었다.

“일요일두 모르세요?”

퉁명스런 강우의 대답. 그미는 아차 했다. 어젯밤에 일요일에는 손님이 적기 때문에 안주 재료를 적게 사 놓으라는 말까지 해 놓고도 오늘이 일요일이라는 것을 잊고 있었다니.

“그럼 푹 쉬어라.”

“………”

강우는 대답도 안 했다. 너무나 살벌한 분위기였다. 남이 본다면 갈등이 심한 집안 같을 것이다. 그미는 처음으로 당하는 그런 분위기 속에서 빨리 빠져나갈 수 있는 방법을 생각했다. 그대로는 있을 수 없었다. 있어도 안 될 일이었다. 그래서 내가 술집을 그만두겠다는 말이 믿어지지 않느냐고 물으려 했다. 그런 말로 강우의 마음을 풀어 주어야 한다고 생각했기 때문이다.

그런데 그미가 말을 꺼내기 전 강우가 먼저,

“그거 그만두지 않으면 집을 나가겠어요.”

하는 것이었다. 그것은 불만이라기보다 도전이었다. 증오심이 철철 넘치는 도전적 말이었다.

그미는 대답하기에 앞서 아연했다. 언제부터 증오심을 가지고 있었던가? 어디서 출발한 증오심이란 말인가? 증오로 대한 일이 한 번도 없는 그들이었다. 최소한도 그미는 강우에게 증오심을 가져 본 일이 한 번도 없었다. 또 증오 받을 만한 일도 해 본 기억이 없다.

그러나 자기보다도 흥분한 사람이 강우다. 흥분한 강우와 시비를 가리다가 정말 언쟁이 벌어진다. 언쟁은 잘못하다가 감정의 균열을 가져온다.

"그만두지 않는다구 누가 그러던. 가게가 팔리는 대루 그만둔다."

강 여사는 강우가 마음을 풀 수 있도록 극히 부드럽게 말했다. 그 말에 달리 불만이 있을 수 없을 것이다. 그런데 강우가,

"그런 돈으루 공부한 게 후회돼요."

하고 정말 의외의 말을 했다. 그러니까 강우는 현재만이 아니라 과거까지도 수치스럽게 생각하는 모양이었다.

이해할 수 없는 일이었다. 옛날 사람과도 달리 현대인이 어찌 그런데 구애되고 있을까? 요즘 세상에 술장사를 한다고 해서 그것을 천시하는 사람이 얼마나 있는가? 더구나 그미는 술장사를 하면서도 자식들에게 부끄럼을 줄 행동은 한 번도 안 했다. 그새 수천 수만의 술손님을 대했을 것이다. 어떤 손님 한 사람을 붙잡고 물어 보아라. 내가 경멸받을 행동을 한 번이나 했는가?

그미는 분한 마음이 들었지만 이제 철이 들어 생활을 비판해 보려는 강우를 탓할 수가 없었다. 어디서 무슨 일을 당한 것이나 아닌가 하는 걱정을 했다.

"누구한테서 무슨 말을 들었니?"

사실 강우의 출세에 지장을 준다면 자기로서 아무런 큰소리도 할 수 없을 형편이었다.

"그만둬요. 말하기 싫어요."

강우는 도전적 태도를 버리지 않았다. 완전한 무시 완전한 경멸을 숨김없이 나타냈다.

"미안하다."

강 여사는 미안하다는 말로 이야기를 끝내려 했다. 무엇이 미안한지 왜 미안하다는 말을 해야 하는지 그미는 몰랐다. 그러면서도 미안하다는 말을 하고 자기 방에 돌아왔을 때 그미의 눈에서는 뜨거운 눈물이 흘러내리고 있었다.

멍하니 창 밖을 내다보다가 자기도 모르게 흐르는 눈물을 닦고는 또다시 창 밖을 멍하니 내다보았다. 의식이 뚜렷한 것 같지가 않았다. 몽롱한 의식

속에서 눈물 흘리고 있는 것만이 그미의 정신이 살아 있는 것 같은 인상을 주었다.

몇 시간이 지났는데도 그미는 울지 말아야겠다는 의식의 작용권 외에 있었다. 그야말로 혼몽한 의식 상태에 있을 때 어떤 여자가 강우를 찾아왔다. 얼마 안 되어 식모 애가,

"예쁜 여자가 왔어요."

새 사실을 보고하듯 알려 주었다. 그때야 그미는 눈물을 그쳐야 한다고 생각했다. 그리고는 가벼운 화장으로 눈물 자국을 지워 버렸다. 새 옷을 갈아입으면서 식모 애에게 얼음 화채를 준비하게 했다. 그미는 큰 쟁반에 물빛 화채 그릇을 놓아 가지고 아들 방으로 갔다. 강우를 스물여섯까지 기르는 동안 처음으로 강우를 찾아온 여자다. 강우에게 귀중한 여자이리라고 생각지 않을 수 없었다. 강우에게 귀중한 손님이라면 어머니로서 모른 체해서는 안 된다. 강우와 같이 반갑게 맞이해 주어야 한다.

"더운데 일부러 오셨군요."

강 여사는 쟁반을 강우와 여자 사이에 놓고 어머니답게,

"집이 누추해서……."

좌우간 새 손님에게 나쁜 인상을 주지 않으려고 노력했다. 그런데 강우가,

"경숙이는 뭘 해요?"

퉁명스럽게 물었다. 그것은 식모를 둬 두고 왜 어머니가 왔느냐는 나무람이었다.

"그 애는 점심 준비를 하느라구……."

그미는 점심 준비까지 하며 손님 대접을 빈틈없이 하고 있다는 뜻을 밝혔다. 어머니로서 당연한 일이니 걱정 말고 놀기나 하라는 뜻이었다. 그런데도 강우는 고마워하는 마음 대신 역정을 냈다.

"어머니는 가 계세요. 우리가 알아서 마실 테니……."

마치 어머니가 방해물이 되는 것처럼 말했다.

"그래라."

그미는 순순히 아들의 방에서 나왔다.

"천천히 놀다가요."

여자 손님에게까지 부드럽게 말했다. 그미는 식모에게 돈을 주어 반찬거리를 사 오게 했고 반찬으로 무엇 무엇을 만들라는 지시까지 했다. 그리고는 아무 말도 않고 집을 나왔다. 그냥 앉아 있을 수가 없었던 것이다. 어머니로서의 최선을 다하는데도 역정만 내는 강우. 집으로까지 찾아왔으면 공개리에 교제하는 여자일 텐데도 어머니에게 소개 한 마디 안 하는 강우.

생각할수록 죽고 싶을 뿐이었다. 앞이 보이지 않도록 암담했던 것이다. 죽는 길밖에 아무것도 없는 것 같았다. 죽어야 한다는 생각을 하면서도 그미는 파출소엘 들렸다. 집을 나오자 어젯밤의 어린애가 걱정스러웠던 것이다. 아직까지 엄마를 찾지 못했다면 지금도 울고만 있겠지. 그미는 파출소에 들리지 않을 수 없었다.

파출소에 들어가 순경이,

"딱한 일입니다."

하며 엄마를 찾아 줄 수 없다는 사유를 이야기했다.

애를 사직공원 근처까지 데리고 와서 잠깐 다녀올 데가 있으니 꼼짝 말고 기다리라는 말을 한 뒤 애 엄마가 종적을 감추었다는 것이었다. 애의 말을 듣고 집으로 찾아가 보았지만 애 엄마는 물론 살고 있던 셋방에 보따리 하나 없는 것으로 보아 애를 내버리고 도망간 것이 틀림없다는 설명까지 첨부했다.

대개 짐작이 갔다. 얼마든지 있는 일이다.

"그럼 그 애는 지금 어디 있습니까?"

"숙직실에 있습니다."

그미는 곧 근처 과잣집에 가서 맛있는 과자를 한 봉지 샀다. 그것을 순경에게 준 뒤,

"그 애를 어떻게 하시겠습니까?"

하고 물었다.

"어떤 고아원으로나 보내야겠지요."

그 말에 그미는 잠시 고개를 숙이고 생각했다. 그리고는 숙직실로 통할 것 같은 복도로 들어섰다. 복도를 끼고 하나밖에 없는 방—— 그것이 숙직실임에 틀림없을 것이라 생각한 그미는 실례랄 것도 생각지 않고 문을 열었다.

오도카니 어른처럼 앉아 꼼짝도 않고 있는 어린애를 보자 그미는 방 안으로 올라가 와락 끌어안았다. 그리고는 그의 뺨에 입술을 댔다. 입술을 대는 순간 눈이 감겨졌다. 옛날 남편에게 안겨 뽀뽀하던 때의 감각이 되살아난다. 오랫동안 잊고 있던 남자의 살결. 그미는 한참 동안이나 입술을 댄 채 눈을 감고 있었다. 그러면서 '나는 남자를 그리고 있는 것인가?' 하고 생각했다. 그러나 곧 '아니야, 사람을 그리워하고 있는 거야.' 혼자서 자기 말을 부정하는 것이었다.

그미는 눈을 뜸과 동시에 입술을 떼고 숙직실을 나왔다. 책상 위에 놓고 잊었던 과자 봉지를 순경에게 주고 어린애에게 먹이라 부탁했다.

나는 정말 사람이 그리운 모양이다. 남편이 죽었을 때도 느끼지 못했던 인간모정(人間慕情)이다. 남편이 죽었을 때 나는 슬픔만을 느꼈었다. 슬픔 이외에 아무런 감정도 없었던 것이다.

피난민 행렬을 따라 평택 근처까지 갔을 때였다. 무거운 짐을 졌기 때문에 언제나 앞서서 걸어가던 남편을 나는 잊고 있었다. 빈 몸이었지만 강우를 업고 민혜의 손을 잡고 걷는 것이 남보다 몇 배나 느렸다. 업히는 때가 걷는 때보다 많았지만 그 날은 강우가 통 걸으려 하지 않았다. 다 큰 애를 업고 가려니 무거움에 짓눌려 남편이 얼마나 앞섰을까 따위는 생각할 겨를도 없었다. 그저 앞서 걷고 있으려니만 생각하며 걷고 있을 때 비행기의 폭음이 들렸다. 비행기라 해도 이쪽 비행기니 무서울 것이 없다 생각했는데 모두들 길가로 도망가 땅 위에 엎드렸다. 나도 그러는 수밖에 없었다. 마침 길가에 언덕이 있었고 언덕에는 소나무가 몇 그루 서 있었다. 그 소나무 밑에 가서 애를 내려놓고 엎드렸다. 어린애들도 엎드리게 했다. 얼마 동안을 꼼짝 않고 있는데 저 앞에서 폭탄 터지는 소리가 들렸다. 과연 비행기에서 폭탄이 떨어진 모양이었다. 적군이 수원 근처까지 왔다니 피난민 행렬을 적군의 행렬로 오인했던 모양이었다.

비행기 소리가 멀어지자 피난민들은 일어나 다시 신작로로 모여 걷기 시작했다. 나도 걷기 시작했다. 얼마를 걸어가는데 포탄에 쓰러진 시체가 몇 개 논바닥에 드러나 보였다. 나는 혹시나 하는 마음에 시체에 눈을 주고 유심히 살폈다. 그러나 남편 같은 사람은 보이지 않았다. 그럴 테지 하는 안도감이 들었다. 몇 명도 안 되는 피해자 가운데 내 남편이 낄 수가 없었다. 그래서는 안 될 일이었다. 나는 안심을 하고 걷기를 계속했다.

얼마는 걷고 있는데 나처럼 처져 걷고 있는 가족들을 기다리는 남자들이 보였다. 무리를 지어 길가에 앉아 담배를 피우며 걸어오고 있는 사람들을 살피는 것이었다. 나는 내 남편도 그 중에 있으리라고 생각했다. 있어야 한다고 생각했다. 폭격에 죽은 사람이 있는데 떨어져서 걷던 사람이 한 번 만나야 서로 안심할 것이 아니겠는가? 나의 경우 걱정하는 나를 안심시키기 위해서라도 기다렸다가 나를 만나 줘야 할 것이기 때문이었다. 물론 나는 안심하고 있다. 그러나 남편의 얼굴을 볼 때까지 그래도 혹시나 하는 마음을 없앨 수가 없었다. 그런데 가족들을 기다리고 있는 사람 가운데 내 남편은 없었다. 아무리 찾아봐도 보이지 않았다.

"큰일난 줄 알았어요."

"바루 내 옆 사람이 죽지 않았어……."

"이젠 꼭 같이 가요."

이런 말들을 주고받으며 가족과 환담하는 사람들이 얼굴의 주름살을 펴느라 긴 한숨들을 내쉬었다. 나도 빨리 그런 긴 한숨을 내쉬고 싶었다. 그래서 앞을 향해 걷기를 시작했다. 얼마를 걸어도 남편을 찾을 수 없었다. 이상한 생각이 들었다. 불길한 예감이 가슴을 조이기 시작했다. 길가에 앉아 쉬고 있는 사람마다 남편의 인상착의를 말하고 물었지만 그런 사람 보았다는 이가 없었다.

나는 멀리 가면 갈수록 되돌아가야 할 길이 멀어진다는 생각을 했다. 남편이 죽었다면 아까 포탄이 터진 그 지점에서일 것이다. 설사 죽지 않았다고 해도 만나지 못하는 한 죽었는지 살았는지를 확인해야 안심이 될 것 같았던 것이다. 가서 시체들을 좀더 자세히 살펴보자. 정말 남편의 시체가 없다면 당분간 만나지 못한다 해도 걱정할 것은 없다.

나는 시체들이 있는 그 지점으로 되돌아갔다. 벌써 시체를 신작로까지 옮겨다 놓고 둘러앉아 통곡하는 가족들이 있었다. 나도 저렇게 울어야 하지 않나 생각할 때 가슴이 떨렸다. 그러면서도 나만은 저렇게 불행할 수 없다는 생각을 했다.

하나의 시체를 굽어 내려다 볼 때마다 나는 그것이 남편 아님을 보고 과연 내 남편은 아니었구나 하고 안심했다. 새로운 시체 앞으로 걸어갈 때도 이것 역시 내 남편은 아닐 것이라는 확신을 가졌다. 시야에 들어오는 시체를 모조리 그 가까이까지 가서 살펴보았다. 과연 남편은 없었다. 나는 안심을 하고 남편이 멀리 앞에서 걸어가고 있다는 생각을 했다.

참으로 이상했다. 내 남편이 죽지 않았다는 생각에 그 많은 시체를 보고도 끔찍하다는 느낌 이외에 별다른 느낌을 갖지 못했다. 한 시간 전까지만 해도 피난을 간다고 살 수 있는 곳을 찾아 피곤도 모르고 걷던 사람이 시체로 변했다. 얼마나 무상하고도 얼마나 허무한 일이냐? 얼마나 슬픈 일이냐? 그런데도 나는 그런 느낌이 절감되지 않았던 것이다. 그런데 발길을 돌려 신작로로 나오는데 논두렁 밑에 떨어져 있는 시체 한두 구가 보였다. 나는 그것을 빼놓을 수 없었다. 웬일일까? 첫 번째 시체가 바로 남편이었다. 나는 물이 질벅이는 논바닥에 그냥 쓰러졌다. 그리고는 시체를 안고 통곡했다. 그럴 수가 없다는 생각도 채 하지 못했다. 그저 눈앞이 캄캄해지는 것만 느꼈던 것이다. 신작로에서 기다리고 있던 애들이 쫓아와서 울기 시작했지만 내 눈에는 애들도 보이지 않았다.

얼마를 울고 있는데 어떤 사람이 와서 울고만 있으면 어떻게 하느냐고 말했다. 내가 넋 잃은 사람처럼 멍청히 대답도 못하고 있을 때 그 사람은 적군이 수원까지 왔는데 빨리 묻고 빨리 떠나야 한다고 말했다. 나는 그 사람의 말에 수긍을 했다. 어떤 사람인지도 모르는 사람의 도움으로 남편의 시체를 길가에서 멀지 않은 언덕 한 모퉁이에 묻었다. 그리고는 그 남자에게 고맙다는 말도 제대로 하지 못하고 다시 피난길을 떠났다. 웬만한 정신만 있었다 해도 나는 그 사람의 이름쯤 알아 두었을 것이다. 그러나 나는 그 사람의 이름도 주소도 묻지 못했다. 그럴 정신적 경황이 없었던 것이다. 기차도 타고 트럭도 타며 삼사 일이나 걸려 부산에 도착한 뒤에야 나는 그 사람의 고마움을 느꼈다. 그 사람이 아니었다면 시체를 묻지도 못했으리란 생각을 했다. 어떻게 해서든지 찾아내 감사를 드리고 싶었다. 그러나 찾을 길은 전혀 없었다. 그것은 단순한 고마움에서였을 뿐 다른 감정은 조금도 없었다. 죽은 남편의 죽음에 대해서도 원통하고 슬플 뿐 그 이외의 감정을 가지지 못한 때였다. 살아 주었더라면 하는 생각은 있었지만 죽고 싶도록 그리운 감정은 없었다. 그것은 민혜와 강우가 내게 있었기 때문이었다. 그 애들을 기르고 교육시킬 생각이 내 가슴의 전부를 채우고 있었다. 어렵고 힘든 일이지만, 내 힘으로 해 나가야 할 일이란 결정적인 생각에 다른 상념이 들어올 여지가 없었다.

그 뒤 민혜가 시집 갈 때도 나는 슬펐다. 내 전력을 기울여 내 인생 전부를 소모하여 기른 딸이 남의 소유로 내 곁을 아주 떠날 때 나는 내 몸의 일부가 떨어져 나가는 것 같은 슬픔을 느꼈다. 여자는 출가타인이라 하지만 내 딸만은 그럴 수가 없을 것 같았다. 그러나 떠나가고야 말았다. 울 수도 없는 슬픔에 얼마나 눈물을 흘렸는지 모른다. 그러나 내 마음은 비어 있지 않았다. 강우가 있었던 것이다. 강우 하나만으로도 족하다는 생각을 했다. 내 몸의 단물을 전부를 뽑아 길러 낸 강우는 곧 나다. 그 강우가 아직 내 옆에 있는데 나는 어째서 남편이 죽었을 때보다도 민혜가 시집갈 때보다도 마음이 허전할 것일까?

강우가 나를 무시 또는 경멸했다 해도 그것은 나를 아끼는 마음에서 그랬을 것이다. 나에게 반항하는 기색을 보였다 해도 그것은 젊은 사람 공유의 경향이 아닌가?

어쨌든 나는 모든 것을 잃을 때처럼 허전하다. 상처투성이의 고혼(孤魂)처럼 사람이 그립다.

2

　강 여사는 명동으로 나가는 길에 복덕방부터 들렀다. '강남'을 팔아 달라는 것이었다. 복덕방 주인이 얼마나 받겠느냐고 물을 때 삼백만 원을 말했다. 그런데 복덕방 주인은 싸다 비싸단 말 한 마디 없이 그냥 알았다고만 대답했다. 복덕방쟁이들은 매매가 되게 하기 위해 파는 사람의 값을 깎는 것이 보통이다. 그런데도 비싸단 말 한 마디 안 하는 것은 삼백만 원으로 매매가 될 수 있다는 자신이 있기 때문일 것이다.

　그미는 값을 잘못 부른 것이라고 생각했다. 좀더 알아보고 값을 부를 것을 하고 후회했다. 그러나 한 번 해 논 말이니 취소할 수도 없어 그 집을 나왔다. 그 대신 그미는 곧 다른 복덕방으로 갔다. 이번에는 자기가 먼저 값을 정하는 대신 복덕방 주인에게 얼마를 받을 수 있겠느냐고 물었다. 능구렁이 같은 복덕방 주인이 솔직하게 시가(時價)를 말할 까닭이 없다. 도리어 얼마를 받겠느냐고 거듭 물었다.

　강 여사는 여자가 뭘 알겠느냐고 적당한 값을 알려 달라 했다. 그런데도 복덕방 주인은 집을 가 보지 않고 어떻게 말할 수 있느냐면서 끝내 값을 말하지 않았다. 그미는 그럼 같이 가 보자고 해서 복덕방쟁이를 데리고 가게까지 갔다. 다 보이고 나서 다시 물었을 때 복덕방쟁이가,

　"사백만 원은 받을 수 있겠죠."

하는 것이었다. 그 금액은 자기가 팔아 줄 가능성을 내다보고 부른 금액일 것이다. 강 여사는 앉은 자리에서 백만 원을 벌었다는 생각을 했다. 처음에 갔던 복덕방만 믿고 가만 앉아 있었다면 삼백만 원밖에 받지 못할 것이 아닌가? 참으로 무서운 세상이다. 한 동네 살면서 한 사람은 사백만 원 보는 것을 한 사람은 삼백만 원이 적당한 가격처럼 군소리 한 마디 안 하다니. 사백만 원짜리를 삼백만 원에 사 준다고 해 놓고 뒤로 돈을 더 얻어먹을 작정인가? 부동산 가격이 복덕방의 농간으로 오르고 내리고 한다는 말이 있지만 너무 심한 것 같았다. 심한 것은 둘째로 소에게 물린 것처럼 어리둥절했다.

어리둥절해서 그런지 가게를 판다는 것이 어쩐지 실감나지 않았다. 십 여
년 동안 그것으로 밥을 먹었다. 밥 정도가 아니다. 애들 공부를 시켰다. 그
러던 것을 하루 아침에 팔아 버리다니……. 수입도 수입이려니와 이제부터
는 생활이 없어진다. 하루 종일 무엇을 하며 소일할 것인가?

일요일인데다가 한낮이라 손님도 없었다. 허전했다. 마치 가게를 팔아 버
린 뒤처럼 할 일이 없는 것 같았다. 할 일이 없는 것뿐 아니라 허공에 떠 있
는 것 같았다.

문득 길 잃은 어린애 생각이 났다. 지금쯤 고아원으로 가고 있을지 모른
다. 엄마를 부르며 울고 있겠지. 그러면서도 순경을 따라 알지도 못하는 곳
으로 걸어가고 있을 것이다. 측은하게 생각되었다. 측은하게 생각되면서도
어쩔 수 없다. 데려다가 길러 줄 수도 있다. 애정을 잃은 어린애에게 애정을
부어 준다. 자기도 애정을 소생시켜 그것을 활력소로 새롭게 살 수 있다. 그
러나 안 될 일이다. 아들과 딸이 반드시 반대할 것이다. 자식의 반대하는 것
을 어미가 어떻게 혼자 마음대로 할 수 있을 것인가?

허공에 떠 있는 것처럼 안절부절 어찌할 바를 몰랐다.

지금 아들 강우는 젊은 여자와 같이 집에서 즐겁게 놀고 있겠지. 강우는
어째서 그 여자를 소개도 안 시켰을까? 소개는 고사하고 친절을 다하는 자
기를 쓴 오이 보듯 했을까? 그 젊은 여자하고는 가깝고 나하고는 멀어졌단
말인가? 알 수 없는 일이었다.

길에서 연필꽁지 하나를 주워 와도 그것을 내게 보이고 하던 강우였다.
집안에 데리고 온 여자를 혼자만의 손님인 듯 옆에 접근도 시키지 않다니.
세상에 강우보다 더한 사람이 없고 세상에 어머니보다 더한 사람이 없던 둘
사이였다. 그러던 강우가 알지도 못하던 여자를 데려다 놓고 어머니는 있으
나마나한 존재로 취급하다니. 있으나마나한 존재가 아니라 눈의 가시 같은
존재로 취급하다니? 세상이 두 조각으로 갈라져도 있을 수 없는 일이었다.

모두가 꿈 같았다. 어제 오늘 일어나고 있는 일들이 모두 꿈만 같았다. 꿈
아니고서야 있을 수 있는 일이 아니다.

강 여사는 가게를 일하는 사람들에게 부탁하고 숭인동에 있는 딸네 집으

로 갔다. 꿈 같은 현실 속에서 깨어나고 싶었던 것이다. 허공에 떠 있는 듯
한 불안에서 자기 위치를 잡아야 했던 것이다.

딸 민혜는 어머니가 웬일이냐면서 반갑게 맞아 주었다. 바쁜 생활 때문에
별반 찾아가지 못하던 딸네 집이라 민혜가 반가워할 것은 분명하다. 그런데
도 강 여사는 딸이 아들보다도 낫다는 생각을 했다. 비록 남의 사람이 되었
다 해도 핏줄은 부인할 수 없다고 생각했다.

"점심 어떻게 하셨어요?"

우선 먹을 것을 생각하는 민혜였다. 먹고 싶은 생각이 없다고 하는데도
식모를 시켜 밥을 짓게 했다. 그리고는 과자를 꺼낸다 과일을 깎는다 하며
먹는 것에 신경을 썼다. 사실 가장 반가운 사람을 만났을 때 맛있는 음식을
대접하겠다는 생각보다 더 진실된 것이 없다. 다급하게 해야 할 이야기가
없는 이상 먹는 것으로 정을 나누는 수밖에 없었다.

강 여사는 흐뭇한 분위기 속에서 민혜의 집안일을 묻기 시작했다. 남편도
잘 있고 애들도 건강하냐고. 그 말에 민혜는 기다란 설명을 했다. 남편은 회
사 일로 늘 출장이라는 것, 출장서 돌아올 때는 반드시 애들 선물을 사 온다
는 것, 얼마 전에는 자기 드레스까지 사 가지고 왔더라는 것들을 자랑스럽
게 이야기했다. 애들 이야기도 마찬가지였다. 얼마 전에는 무엇을 먹고 체해
서 병원엘 갔었다는 것, 병원에서 의사가 주사를 놓으려 할 때 막 도망을 쳐
서 혼났다는 것 등 듣는 사람까지 애정을 느낄 수 있도록 이야기했다.

자기 이야기를 거의 다하고 나서야 어머니의 이야기를 물었다. 그때 강
여사는 가게를 내놓았다는 이야기부터 꺼냈다.

"왜요?"

민혜가 놀라는 눈으로 강 여사를 쳐다보며 물었다.

"강우가 싫대. 에미가 술집을 한다는 말이 듣기 싫은 모양이더라."

그러면서도 강 여사는 강우에 대한 불만이라는 태도를 보이지 않았다.

"그래요?"

민혜는 잠시 생각한 뒤,

"잘 하셨어요. 그거 아니래두 이제 먹구 살 텐데요."

하고 가게 내놓은 것에 대해 찬의를 표했다.

"강우가 벌잖아요? 그리구 가게 판 돈을 놀리면……."

"참 그렇군……."

강 여사는 미처 생각지 못했던 일이라는 듯 웃음을 섞어 가며 말했다. 그러자 민혜가,

"저두 벌써부터 그걸 그만두시게 할까 했어요. 조금두 명예스러운 직업은 아니잖아요."

하고 말했다.

"명예스러운 건 없지만 불명예스러울 것두 없잖니? 그런데두 강우는 그런 데서 번 돈으로 공부한 것을 후회한다더라."

"그럴 거예요. 저두 그것 때문에 눈물 흘린 때가 한두 번이 아니었으니까요."

"눈물을 흘리다니?"

"엄마한테 말은 안 했지만, 애 아빠와 싸울 때 저보구 뭐라는지 아세요? 술장수 딸이니까 할 수 없다구 그러는 거예요."

"그래?"

강 여사로서는 처음 듣는 말이었다. 가슴아픈 말이었다. 뭐라고 대꾸도 할 수가 없었다. 그런 것도 모르고 결백하다는 것만을 하나의 자부로 남부끄러운 줄 모르고 살아 온 것이 한스러웠다.

"그렇지만 이젠 그런 장사 그만두게 됐으니까 문제는 해결된 셈이죠. 너무 걱정 마세요."

"한 번 이력서에 오른 거야 없어질 수 있겠니?"

"과거가 무슨 소용 있어? 현재가 중요하지."

"잘못하면 강우가 장가를 못 들지두 모르겠다."

"연애를 하나 보던데요."

이 말에 강 여사는 새로운 사실에 또다시 섭섭함을 느꼈다. 민혜에게는 연애한다는 사실을 알리고 자기에게만 숨겨 온 강우다. 그것은 강우에게 있어서 자기보다 민혜가 더 가깝다는 증거다. 그럴 까닭이 없을 것 같았으나

엄연한 사실을 부정할 길 없음이 서글펐다.

어렸을 때는 밖에서 친구에게 매를 맞고 돌아와서도,

"엄마, 가만 있는데 그 새끼가 때렸어."

하며 울던 강우였다. 학교에서 정근상을 타 가지고는 엄마에게 자랑하고 싶어 가게로 달려와,

"나 상 탔어."

하며 어쩔 줄 몰라 하던 강우였다. 무엇이나 엄마에게 이야기 안 하고 못 배기던 그 애가 이제는 엄마가 필요 없다는 말인가? 설사 술장사를 한다고 해도 그럴 수는 없을 것이다. 술장사를 하건 매춘가에서 포주 노릇을 하건 엄마는 엄마가 아닌가?

강 여사는 민혜나 강우나 할 것 없이 그들이 짝을 만들면서 자기를 멀리한다는 생각을 했다. 민혜도 남편에게서 듣기 싫은 소리를 듣고 자기의 술장사를 수치스럽게 생각했다고 말했다.

강우가 지금 자기를 경멸하는 것도 시간적으로 보아 연애를 시작한 뒤부터다. 짝이 생기면 어미에게 쏟던 정까지 짝에게 기울여야 한단 말인가? 짝이 생기기만 하면 어미는 무용지물로 되어 버린단 말인가?

나는 스무 살이 좀 지나 결혼을 했다. 학교도 고등학교밖에 졸업하지 못했다. 대학을 졸업하지 못했기 때문인지 결혼식이 있기 며칠 전부터 울기 시작했다. 엄마의 품을 떠나는 것이 슬펐던 것이다. 나도 그때 여자란 어느 때건 결혼을 해야 하고 결혼을 하면 부모를 떠나야 한다는 것쯤 모르지 않았다. 결혼을 하면 남편의 사랑을 받고 또 남편을 사랑하게 되는 것, 그래서 부모의 정을 잊어도 슬퍼하지 않는다는 것쯤 모르진 않았다.

결혼하기 전부터 남편 될 사람과 교제를 해 왔기 때문에 이성에 대한 애정을 누구 못지않게 느끼고 있었다. 그러나 슬펐다. 그 슬픔은 남편을 생각하는 즐거움과 아무 관계가 없었다. 누구에게서도 느낄 수 없는 애정, 부모에게서만이 느낄 수 있는 애정을 잃어버린다는 슬픔이었다.

국민학교에 다닐 때였다. 시골집이라 오릿길을 가야 학교가 있었다. 매일

학교에서 돌아올 때쯤이면 어머니가 집에서 한 마장쯤 되는 느티나무까지 꼭 마중 나오곤 했다. 육 년 동안 하루도 빼지 않았다. 우산을 가지고 가지 않았는데 비가 오는 때가 있다. 그런 때면 아버지나 어머니가 우산을 갖고 반드시 학교까지 왔었다.

국민학교를 졸업하고 서울로 와서 중학교를 다녔다. 방학이 되어 시골집에 내려가면 내가 없을 때 거두었던 것을 조금씩이라도 남겨 두었다가 따로 주었다. 밤은 황률로 만들어 주었고 감은 곶감으로 만들어 두었다가 주었다. 그러한 애정은 고등학교를 졸업하고 몇 해 집에 있을 때까지도 계속했다. 아니 결혼하는 날까지 계속했던 것이다. 그러한 애정은 누구에게서도 받을 수 없을 것 같았다.

내가 결혼해서 간 곳은 대전이었다. 집에서 남쪽으로 백 리나 떨어진 곳이었다. 시집살이가 그리 고된 것은 아니었지만 나는 어떤 핑계를 대서라도 몇 달에 한 번씩 친정을 찾아갔다. 편지로 소식을 듣고 있으면서도 부모들이 보고 싶어 견딜 수가 없었던 것이다.

친정 부모는 아직 젊었다. 어머니가 겨우 사십을 지났을 때였다. 그런데 부모들이 늙어 얼굴에 주름살이 많이 생기면 그때는 부모가 더욱 보고 싶어질 것 같았다. 안부가 걱정이 되어 하루도 마음이 놓일 것 같지 않았다. 그래서 친정집이 시집 가까이로 이사 오기를 얼마나 바랐던지 모른다. 친정 부모에게 여러 번 조르기도 했다. 그러나 시골서 기반을 닦고 사는 집이라 내 말이 끝내 받아들여지지 않았다.

그런데 아버지가 급환으로 돌아가셨다. 동생이 몇이나 있었고 생활에 곤란을 느끼지 않았지만 어머니가 개가를 했다. 그때 나는 아버지가 돌아가신 때보다도 슬프게 울었다. 어머니의 애정을 잃어버렸다는 슬픔이 아니었다. 이때까지의 애정이 거짓만 같았기 때문이었다. 거짓 애정 속에 속아 살아온 내 인생이 슬펐던 것이다.

그 뒤 나는 어머니가 어디서 사는지도 몰랐다. 그쪽에서도 알려 주지 않았지만 나도 알려 하지 않았다. 그런데 삼 년쯤 지났을 때 남편이 서울로 전근되었다. 할 수 없이 시부모들과 떠나 우리 부부만이 서울로 이사 왔다. 이

사 온 지 몇 달도 안 되어 나는 어머니를 만났다. 우연히 극장에서 만났던 것이다. 그것도 영화가 끝나고 나오다가 나의 남편이 먼저 발견하고 나에게 알려 주었던 것이다. 어머니는 혼자였다. 순간 나는 망설였다. 어떻게 해야 할지를 몰랐던 것이다. 그러면서도 나는 내 마음속에 천사와 악마가 들어서 싸우고 있는 것이라는 생각을 했다. 만나야 한다는 것은 천사요, 만나지 않아야 한다는 것은 악마 같았다.

오래 생각할 새가 없이 나는 악마가 될 수 없다는 결론을 얻고 어머니에게로 달려갔다.

"어머니……."

내 부름에 뒤를 돌아본 어머니가 나보다 더 당황하는 기색을 보였다.

"연화로구나!"

어머니는 나의 손을 잡기까지 했으나 손이 떨고 있음을 나는 알았다.

"그새 별일 없었어요?"

달리 할 말을 찾아낼 수가 없었기 때문에 극히 평범한 인사의 말을 건네었다.

"응……."

어머니는 긴말을 못했다. 긍정적인 대답을 했지만 그것이 긍정의 뜻인지 회피의 말인지 구별할 수가 없었다.

"우린 몇 달 전 서울루 전근 왔어요."

나는 어머니의 이야기를 물을 수가 없어 우리의 이야기를 알렸다. 그래 남편이 슬금슬금 옆으로 와서 어머니에게 인사를 했다.

"석 서방두 왔군!"

어머니는 반가운 인사를 못했다. 마지못해 아는 체하는 것뿐이었다. 그리고는 이야기를 할 생각도 안 하고 그 자리를 피할 궁리만 하는 것이었다.

"집은 어디세요."

내가 물었을 때 어머니는,

"삼청동이다."

할 뿐 번지를 가르쳐 주지 않았다. 찾아오지 말라는 뜻이었다. 나는 어머니의 마음을 짐작할 수 있었다. 그래서 오래 이야기하면 할수록 어머니를 괴롭히는 결과가 될 것 같아 어색한 해후(邂逅)를 끝내려 했다. 그러나 그냥 헤어지기가 힘들었다. 경멸한다는 인상을 남기고 싶지 않았기 때문이었다. 한 마디만 더 묻자. 그래서 경멸한다는 느낌을 주지 않도록 하자.

"식구는 몇이나 되셔요?"

그것은 그새 어린애라도 낳지 않았는지 그것이 알고 싶었기 때문이었다. 그런데 뜻밖에도,

"나 혼자야."

쓸쓸한 대답을 했다.

"혼자라니요?"

혼자라는 말의 뜻을 몰라 물었더니,

"또 혼자가 됐다."

하고 이번에는 약간 가벼운 감정으로 대답했다.

"돌아가셨나요?"

"내가 죄값을 받은 거지. 네 아버지와 꼭 같은 병으루 죽었다."

"네?"

나는 죽음이라는 말에 놀라고 말았다. 아버지의 죽음에 슬픔을 느껴 본 경험이 있기 때문인지 죽음 자체가 어떤 슬픈 의미를 가져다 주었던 것이다. 더구나 아버지와 꼭 같은 병이라니…….

아버지는 아직 젊은 나이에 고혈압과 심장마비로 갑자기 돌아가셨다. 정말 허무하게 돌아가셨다. 오래 앓다가 돌아가셨다면 그래도 단념할 수가 있었을 것이다. 전날까지 아무렇지도 않던 분이 하루 사이에 돌아가시고 말았다. 그때 나는 어머니와 함께 당황하고 놀라고 허무하고 슬픈 종잡을 수 없는 감정 속에 정신을 차리지 못했다. 그와 꼭 같은 죽음을 어머니는 두 번째 당한 것이다.

"언젠데요?"

"서너 달 됐다."

서너 달이라면 우리가 서울로 이사 올 무렵이었다. 어쩐지 어머니와 만날

기회가 그때부터 마련되고 있었다는 생각이 들었다.

"삼청동 몇 번지세요?"

나는 노상에서 긴 이야기를 할 수 없다고 생각했다. 집으로 찾아가야 한다. 집으로 찾아가 긴 이야기를 해야 한다는 생각이 들었다.

"곧 이사할 작정이다."

그러니까 어머니는 아직까지 찾아오지 말라는 생각을 버리지 않고 있었다.

"이사 가셔두 좋아요. 몇 번지세요?"

내가 다그쳐 묻는 바람에 어머니는 할 수 없다는 듯이 번지를 가르쳐 주었다.

옆에 서 있는 남편이 민망하기도 해서 어머니와 헤어졌지만 다음날 나는 남편의 허락을 맡고 어머니를 찾아갔다. 교육계에 종사하는 분이라 남편도 내 의견에 반대하지는 않았던 것이다.

그리 큰 집도 아니었다. 부인 있는 남자와 눈이 맞아 서울로 도망와 산다는 말을 들었다. 이왕 첩 소리를 들을 바에는 무엇 때문에 이런 집에서 살고 있나 하는 생각이 날 정도였다.

그러나 나는 어머니의 과거를 캐물을 수가 없었다. 어머니의 상처를 파헤치는 무례를 범할 수가 없었던 것이다. 다만 내가 경멸하지 않는다는 것만 보여 주고 싶을 뿐이었다. 사실 나는 어머니를 되살아 온 어머니로 생각했다. 과거에 나를 자기 몸처럼 사랑해 주던 그 어머니가 내 앞에 다시 나타난 것이라고 생각했다. 미워지지가 않았다. 미워할 수가 없었다.

그래서 나는 사 가지고 갔던 과자와 과일을 내놓고 그것을 권하는 것으로 나의 감정을 표시했다.

"건 왜 사 왔니?"

어머니는 아직 나를 남처럼 생각하시는지 예의적인 말을 했다.

"어서 잡수세요. 그새 많이 늙으셨어요."

과일을 깎아 권하면서 어머니를 측은한 눈으로 바라보았다. 그때 어머니는,

"죽구 싶은 생각밖에 없다."

하면서 울기를 시작했다.

"왜 그런 말씀을 하세요?"

나는 어머니의 심정이 이해되기 때문에 위로의 말을 했다.

"너희들 볼 면목이 있니?"

아마 나를 만나지 않았다면 죽고 싶은 마음이 적었을 것이다. 나는 우연히 만났던 어제의 일이 후회되었다. 나를 만나지 않기만 했다면 어머니는 체면 없는 여자란 생각은 안 해도 좋은 채 살아 나갈 것이니까.

"우리가 어린앤가요? 이젠 다 이해할 수 있어요."

나는 내 밑으로 있는 두 동생을 생각했다. 모두 출가를 했다. 그 애들은 아직 어머니를 속으로 원망하고 있을 것이다. 그러나 나나 동생들이나 모두가 여자다. 여자의 운명이란 누구도 예언할 수 없다. 누가 언제 어머니같이 되지 말라는 법이 있는가? 왜 그런 생각이 들었는지 모른다. 그런 생각이 들어서 그런지 어머니를 가혹하게 심판할 여자는 한 사람도 없을 것이다.

나는 진심으로 어머니를 어머니라 부르고 싶었다. 과거를 깨끗하게 잊을 수 있을 것 같지는 않았다. 그러나 과거 몇 년 동안 공백 기간으로 무시해 버릴 수는 있을 것 같았다. 그래서 이중적이 아닌 순수한 눈으로 어머니를 바라볼 수 있었다. 그런데 어머니는 그렇지가 않았다. 어디까지나 나의 시선을 피하는 것이었다.

"어디루 이살 가세요?

과거는 묻어 둔다 해도 앞으로의 일에는 관심을 가지지 않을 수 없었다. 그것이 어머니에 대한 나의 애정이었다. 그런데 어머니는,

"아직 모르겠다."

하고 맥없는 대답을 했다.

"이사 갈 집두 마련치 않구 팔았어요?"

나는 죽은 남편과 살던 집이 싫어서 팔아 버리는 것이라고만 생각하고 물었다."

"그렇게 됐다."

어머니는 될 수 있는 대로 대화를 피하려 했다. 아직 남이란 생각이 드는 모양 같았다. 이상했다. 자기 몸처럼 아끼고 사랑하던 딸이다. 한 몸은 아니지만 한 치의 거리도 없이 감각까지 서로 같이 느끼며 살던 사이다. 내가 조금만 아파도 나와 꼭같이 아파하던 어머니가 아닌가? 그런 사이가 한 번의 과오로 남남이 되어 대화도 제대로 나누기 싫어하다니…….

"말씀하세요. 제가 미우세요?"

"벼락맞겠다. 내가 너를 미워하다니……."

"그럼 왜 이야기두 안 하세요."

"이야기할 체면이 있어야지."

"어머니두, 어머니는 저를 낳아 주신 어머니가 아니세요?"

나는 어머니란 말을 강조했다. 그리고는 말끝마다 어머니란 말을 썼다. 어머니란 호칭, 그것이 애정을 불러일으키는 가장 강한 힘이라 생각했던 것이다.

"다음에 이야기할게."

어머니는 그래도 나를 멀리 하고 있었다.

"싫어요. 어머니…… 어머니는 아직 나를 미워하구 있어요. 내가 어머니를 미워했다구……."

"그렇지 않다니까. 내가 어떻게 너를 미워하겠니? 생각해 봐라."

"그럼 왜 이야길 안 하세요? 어머니……."

"앞으로 알게 될 건데 뭘……."

"어머닌 이제부터 아무의 어머니두 아니세요. 우리들의 어머니예요. 그럴 수밖에 없지 않아요?"

나는 졸랐다. 단절되었던 애정을 도로 찾으려고 안간힘을 썼다.

어머니는 마지못해 이야기를 꺼냈다. 남편의 전실 자식들이 와서 집을 팔았다는 것이다. 그래서 자기는 셋방 얻을 돈도 없어 아직 갈 곳을 정하지 못했다는 것이다. 그런 이야기를 하고 나서,

"나는 다시 개가할 생각두 해 봤다. 죽을 수가 없기 때문에 말이다. 전처럼 사내가 좋아서 그런 생각을 해 본 것 아니다. 그렇지만 이젠 나이도 나이

지만 그러는 것이 무서워졌다. 두 사내를 잡아먹은 여자는 세 사내를 잡아 먹는다더라."

마치 자기가 사내를 잡아먹는 여자라는 것처럼 말했다. 남자가 죽으면 여 자가 잡아먹은 것으로 되어 있는 세상이 무섭게 생각되었다. 어머니는 정말 그렇게 생각할지도 모른다. 두 남자가 꼭 같은 병에 죽었으니까. 그러나 어 머니가 사내를 잡아먹은 끔찍한 여자라고는 생각되지 않았다. 그럴 수가 있 는가? 나를 그렇게도 사랑하던 어머니다. 사랑이 풍부한 여자가 사람을 잡 아먹다니……

"다시는 그런 말씀 마세요. 자기 운명 때문에 죽은 거지 왜 어머니 가……."

나는 차마 잡아먹는다는 어휘를 사용할 수가 없었다.

"한 계집이 한 남편을 섬길 수 없는 팔자란 결국 사내를 잡아먹는 팔자지 뭐니?"

어머니는 자기를 운명론적으로 처리하려 했다. 이해할 수 있을 것 같았 다. 어쨌든 여자가 운명론에 빠질 때, 그 인생은 비참하기 마련이다. 거기에 는 회한도 있을 것이다. 동시에 운명에 대한 절망도 있다.

나는 어머니에게서 시들어진 인생을 느꼈다. 희열이든 고뇌든 삶의 한 가 운데서 살던 사람이 삶의 권외에서 삶을 멀리 바라보기만 하며 살아야 하는 한을 겪은 인생, 거기에는 오직 연민이 있을 뿐이었다. 이제 새로운 삶을 부 어 넣어 줄 길은 없는 것이다.

"어머니, 우리 집에서 같이 살아요."

나는 그것이 어머니에게 줄 수 있는 최대의 연민이라고 생각했다. 우선 먹고 살게 해야 한다. 그리고 생에 대한 불안감을 갖지 않게 해야 한다. 그 이상 정말 줄 것이 무엇인가? 그미가 자기의 삶을 가지려면 여성으로서의 위치를 차지하는 길을 선택해야 한다. 이제 그런 선택권을 완전히 상실한 어머니다. 생에 대한 불안감을 느끼지 않는 것이 최대한의 바람일 수밖에 없는 여자다. 그러나,

"나를 희롱하는 건 아니겠지?"

어머니는 나의 진의를 의심하는 모양이었다.

"무슨 말씀을 그렇게 하세요? 전 어머니를 어머니로 생각하고 한 말예요. 어머니에게 그 말이 잘못한 말일까요?"

"글쎄, 어머니의 자격이 없는 내가 아니니?"

"그럼 어머니가 아니란 말씀입니까?"

"에미라 불릴 수 있겠는가 생각해 봐라."

"저를 딸루 생각하기 싫다는 건 아니겠지요?"

"그걸 말이라구 하니?"

"그럼 아무 문제 없어요. 제가 어렸을 때 사랑하시던 그 딸루만 생각하세요. 저두 그때의 어머니루만 생각할 테니까요."

그래도 어머니는 마음이 개운치 못한 것 같았다.

나는 생각했다. 어머니의 경우가 아니고 아버지의 경우라면 어떨까 하고. 집을 나가 처자식을 잊고 살다가 그 생활을 청산하고 돌아온 아버지라면 별로 꺼릴 것 없이 반갑게 맞이할 것이다. 아버지도 몇 마디의 사과로 일은 끝날 것이 아닌가? 남자와 여자가 달라야 할 것이 무엇이겠는가?

어머니는 끝까지 체면 없는 에미라고 하며 내 말을 받아들이지 않았다. 이상한 일이었다. 아버지가 살아 있으면서 어머니를 용서 못한다면 모른다. 과거를 묵살한다는데도 딸의 집에까지 못 갈 것이 무엇인가?

나는 한 데서 자겠는가, 식모살이를 하겠는가 하며 어머니의 마음을 꺾으려 했다. 그런데도 어머니는 식모살인들 못할 것이 무엇이냐고 물었다. 사내를 둘씩이나 잡아먹은 년이 못할 것이 무엇이겠느냐는 것이었다.

그 마음을 알 수 있을 것 같았다. 자기 학대를 하고 싶은 마음이었다. 자기를 갈가리 찢어 죽이고 싶은 심정일 것이다. 딱했다. 한 번의 과오로 그렇게까지 자책과 자학을 감행해야 하는 여자의 운명. 사실은 큰 과오랄 수도 없다. 남편이 죽은 뒤 개가를 하는 것이 무슨 과오겠는가? 자식들을 시부모에게 맡겨 두고 도망가듯 갔다는 것이 인도적인 문제가 될지는 모르지만 인도적이란 한 사람의 주관적인 위치를 무시하고 말할 성질의 것이 아니다.

나는 강제다시피 어머니를 끌었다. 그렇지 않고서는 어머니의 운명이 운명적인 밑바닥으로 떨어질 것이 분명했기 때문이었다. 늙은 여자로서 가장 비참한 운명의 길. 최후에는 행려병자가 될 것밖에 없다.

어머니는 할 수 없이 나를 따라나섰다.

강 여사는 자기가 남편이 죽은 뒤 곧 개가를 했다면 어쨌을까 하고 생각했다. 민혜와 강우는 그때부터 자기를 경멸했을 것이다. 그리고 자기는 정신적으로 피곤을 느껴 지레 늙어 버렸을 것이다. 짝이 생기자 그 짝들의 제삼자적 냉시(冷視)에 휘말려 자기를 경멸하는 아들과 딸이니 주관적 감정의 불협화를 느낄 때 그냥 있었을 것인가?

더구나,

"빨리 결혼시켜 내 보내세요."

하고 민혜가 충언을 할 때 강 여사는 머리가 아찔해졌다. 경멸받을 것 없이 따로따로 살라는 말이다. 같이 살면 죽을 때까지 경멸받아야 한다는 말인가? 죽을 때까지 경멸받아야 할 과오를 저질렀단 말인가? 그래도 강 여사는,

"그 애가 따루 살겠다던?"

냉정하게 물었다. 그 말이 민혜 혼자의 말인지 강우가 한 말을 민혜가 옮겨 하는 말인지 그것이 알고 싶었던 것이다.

"요즘 여자들이 시부모와 같이 살고 싶어하나요. 저두 그런데요, 뭐."

"강우가 그런 말을 했는가 말이다."

"강우라구 제 아내 의사를 따르지 않을 수 있겠어요?"

"글쎄 그 애가 직접 그런 말을 했느냐구 묻지 않니? 넌 왜 딴 말만 하지?"

"강우두 그랬어요. 그렇지만 그건 요새 젊은 사람들 전부의 생각일 거예요."

"알았다."

강 여사는 알고 싶은 것을 전부 안 듯한 느낌이었다. 결국 강우가 자기를 멀리 하려는 것을 분명하게 알았던 것이다.

강 여사는 알고 싶던 일이었지만 차라리 모른 채 지냈던 것이 나을 것 같

은 생각이 들었다. 강우와의 애정의 줄이 끊어지다니⋯⋯. 강우와 자기와 연결되었던 줄을 끊어 그것을 자기 짝에 연결시키다니⋯⋯. 있을 수 없는 일이었다. 있을 수 없는 일이 엄연하게 있으니 기막힌 일이다.

해 놓은 밥이니 먹고 가라고 민혜가 붙드는데도 불구하고 강 여사는 민혜의 집을 나왔다. 아버지가 돌아가신 때나 어머니가 개가한 때나 또는 남편이 죽은 어느 때보다도 가장 힘든 때 같았다. 일생에서 가장 어려운 때를 만난 것 같은 마음으로 가게까지 돌아온 강 여사는 스스로 술을 따라 마셨다. 영업을 시작한 뒤 취객들의 강권에 못 이겨 몇 방울씩 마시는 체는 했지만 한 번도 마셔 본 적이 없는 술이었다.

한 잔을 다 마셨는데도 취하는 것 같지가 않아 두 잔을 거푸 마셨다. 두 잔도 부족한 것 같아 석 잔을 마셨다. 석 잔을 마셨을 때 얼굴이 화끈해지며 가슴이 두근거리기 시작했다. 술의 효과가 나타난다고 생각했다.

아직 손님이 없는 시간이었기 때문에 그미는 식탁 위에 두 팔을 펼치고 거기에 얼굴을 묻고 취기를 음미할 수 있었다. 관자놀이가 소리를 내며 고동을 했다. 정신이 아찔해지며 아무것도 생각할 힘을 잃었다. 그 상태대로 잠이 들었으면 했다.

'술이 이래서 좋다는 거겠지. 자기를 잊을 수 있는 술.'

그러나 조그만 잔으로 석 잔밖에 안 먹은 술이 오래도록 취기를 계속시켜 주지는 않았다. 얼마 안 가서 제 정신으로 돌아온 그미는 정신을 잃을 때까지 술을 마시고 싶은 충동을 느꼈다.

진탕 마시고 집으로 가서 잠이나 잘까? 가게야 내가 없는들 영업이 안 되랴. 내가 없다고 손님이 안 올 것도 아닐 것이고.

그런데 가게를 삼백만 원에 팔아 달라고 부탁했던 복덕방 주인이 찾아왔다. 내부를 돌아보려 함이었다. 강 여사는 복덕방 주인이 들어서기가 바쁘게,

"가게 안 팔기루 했어요."

하고 잘라 말했다.

"아니 오늘 아침에 팔아달라지구⋯⋯."

"사정이 그렇게 됐어요. 미안합니다."

복덕방 주인은 별 여잘 다 본다는 듯이 못마땅한 얼굴로 돌아갔다. 강 여사는 사백만 원 이야기하던 복덕방 주인이 와도 꼭 같은 말을 하리라 생각했다. 어차피 혼자 산다면 가게를 팔 필요가 없었던 것이다. 그것을 시작한 것도 또 그것을 팔려고 한 것도 모두 자식들 때문이었다. 이제 자식들이 나를 버렸는데 자식 생각하는 일을 해서는 무엇 하겠는가? 내가 살아갈 길이 중하다. 이제부터 생각할 것은 그것뿐이다.

나를 위해 산다는 것, 그것만이 진실일지 모른다. 잘못되어도 후회할 것이 없다. 누구를 탓할 수도 없다.

강 여사는 자기 어머니를 생각했다. 아버지가 돌아가시자 어머니는 좋아하는 남자가 생겼다. 그 남자가 오래 살지는 못했지만 그 사람과의 사랑을 위해 체면도 자식들도 돌보지 않구 돌진했다. 그 결과가 슬픔으로 끝났다 해도 그미는 후회하지 않았을 것이다.

그러나 나는? 나를 위하지 않고 자식들을 위해 희생되어 왔다. 그 결과 남은 것은 무엇일까? 경멸밖에 없다. 희생의 보상이 경멸이라면 나는 그 경멸에 대해 무슨 보상을 해야 하는가?

강 여사는 껍질로 온몸을 감싸고 사는 소라처럼 자기 몸을 움츠려야 한다고 생각했다. 일단 몸을 움츠리고 생각하자, 어느 것이 나를 위한 진실인가를. 그런 생각을 하며 그미는 술에 대한 홍미도 잊고 있었다.

그런데 하 사장이 일착으로 찾아왔다. 처음 보는 손님과 둘이서 들어오자,

"안녕하십니까?"

범연한 인사를 한 뒤,

"술 좀 주시겠습니까?"

하며 강 여사를 바라보았다. 주문 받으러 오라는 눈치였다. 그미는 그들 옆으로 가 섰다.

"무슨 안주를 하실까요?"

"뭐 맛있는 거 아무거나 한 접시 주십시오."

강 여사는 주방 있는 데로 가서 뭐 새로운 것이 있느냐고 물었다. 물 좋

은 전복이 있다고 했다. 그러나 그미는 그것이 비싼 안주라는 것을 생각하고 생굴은 없느냐고 물었다. 있다는 대답이 나오자 곧 하 사장에게로 가서,

"생굴을 드리죠."

하고 말했다.

"좋두룩 하십시오."

하 사장이 믿으니까 마음대로 하라는 뜻으로 말하자, 그미는 곧 주방으로 가서 굴회 한 접시를 주문했다. 그리고는 늘 서 있는 주방 옆 자기 위치에 서 있을 때 하 사장이,

"조금만."

하고 그미를 불렀다. 그미는 기다리고 있었다는 듯 지체없이 그리로 갔다.

"내 친군데 인사하십시오. 참으로 오래간만에 만난 중학 동창생입니다."

하 사장이 자기 친구를 소개할 때 그녀는 마음이 흐뭇했다. 오래간만에 만난 옛날 친구를 자기 집으로 데리고 왔다. 조용한 집이 얼마든지 있으련만 우선 자기 집으로 데리고 온 것은 자기 때문이리라.

"참 반가우시겠어요. 맘놓구 술을 드세요."

그미는 자기소개를 할 필요가 없기 때문에 친숙한 사람을 대하듯 말했다.

"정말 오래간만에 만났습니다. 한 이십 년만일까? 졸업한 뒤 한 번밖에 못 만났으니까요."

"그래두 남자들은 좋을 거예요. 오래간만에 만난 친구끼리 술을 나눌 수가 있으니까요."

그미는 그 자리에 앉아 그들과 어울리고 싶었다. 그들이 나누는 우정 속에 자기도 한몫 끼고 싶었다. 그러나 하 사장이 다음 말을 꺼내기 전 자기 위치로 돌아갔다. 주가(株價)를 떨어뜨려서는 안 된다는 생각 때문이었다. 손님 옆에 붙어서 축 늘어지는 일을 안 하기 때문에 하 사장이 거의 매일 찾아오는 것이 아니겠는가?

하 사장은 친구와 이야기를 하면서도 강 여사를 가끔씩 쳐다봤다. 윙크를 하는 것도 아닌데 그의 시선이 그미 얼굴에 따갑게 와 닿았다. 술병과 안주

접시를 들고 옆으로 가서 그것을 쟁반에서 내려놓을 때 그미는 자기 손이 약간 떨리는 것을 느꼈다. 그러면서도 소독저 껍질을 벗겨 두 사람 앞에 가지런히 놓고는,

"오늘 특별 서비스를 해 드리죠."

하고 술잔에 술을 따르기까지 했다. 좀체 없는 일이었다. 그러고는 의자에 앉기까지 했다.

"초고추장에 찍어 잡수세요."

안 해도 무방한 말까지 했다. 그때 하 사장이 흐뭇한 태도로 술잔을 비운 뒤,

"마담이란 말이 자기에게 어울리지 않는다는 분이야. 그래서 아주머니라 부르기루 했지. 참 좋은 아주머니야."

강 여사를 소개하며 빈 잔을 친구에게 내밀었다. 그미는 또 술을 따랐다. 그러면서,

"아주머니라구요? 고맙습니다."

하고 웃었다.

"뭐 고마워할 것까지는 없겠지요."

"시장에 가면 장사꾼들이 으레 쓰는 그 아주머니란 말을 존경하는 분에게서까지 듣게 됐으니까 고맙지 뭐예요."

이 말에 하 사장은 얼굴을 약간 붉히고,

"미안합니다. 원체 국문학에 조예가 없어서 말이 부족합니다. 용서합시오."

진심으로 사과하는 태도를 보였다. 사과하는 태도뿐 아니라 어떻게 해야 할지를 몰라 쩔쩔맸다.

강 여사는 그에게 무안을 줄 수가 없어,

"마담과 아주머니란 말만 빼면 무어라 불러도 좋아요."

하고 웃음을 지으며 말했다.

"그럼 강 사장이라 할까요?"

"선생님이 사장이시니까 아무나 사장인 줄 아세요? 술집 여자가 사장

은……."

"주점 강남의 사장이래두 망발될 게 없지 않소?"

"웃기시네요."

강 여사는 하 사장의 어깨를 탁 치고 소리를 내어 웃었다. 그때 새 손님들이 들어와 그 자리에서 일어서지 않을 수 없었다. 우선 자기 위치로 가서 새로 들어온 손님들이 자리에 앉기를 기다렸다. 새 손님을 지켜 보면서도 그미는 자기를 사장이라고 한 하 사장을 생각하고 속으로 웃었다. 잘못하다가는 장관이니 총리니 하는 말까지 듣지 않을까 하는 생각도 했다.

손님들이 계속 들어왔다. 따라서 그미는 바빴다. 바쁘기 때문에 앉아 있을 시간도 없었지만 그미의 눈은 하 사장에게서 별반 떠나지 않았다. 하 사장의 옆 빈자리가 마음에 걸렸던 것이다. 그러나 하 사장이 돌아갈 때까지 그미는 끝내 그 자리에 가서 앉지를 못했다. 하 사장은 이 날 밤 같이 맥주 마시러 가자는 말도 안 하고 그냥 돌아갔다. 그가 어제같이 나가자고 했다면 그미는 따라갔을지도 모른다. 같이 나가자는 말이 나오기를 기다리고 있었으니까. 하 사장이 손을 흔들며 가게를 나설 때 그미는 하 사장이 필시 이 차로 딴 술집에 갈 것이라는 생각을 했다. 젊은 색시들이 있는 집으로 가서 기분을 낼 것이다.

강 여사는 야릇한 심정에 사로잡혀 손님들이 새로 들어와도 반가운 인사를 보내지 못했다. 그러나 내 사람도 아닌데 하는 생각에 야릇한 심정의 자기를 자조해 버렸다. 세상에는 내 편이 한 사람도 없다. 하 사장도 절대로 내 편이 아닌 것이다. 서글퍼지는 것 같았지만 할 수 없었다. 영업을 끝내고 집으로 돌아갔을 때 강 여사는 그냥 있을 수 없을 만큼 가슴 부글부글 끓는 것을 느꼈다. 구토를 하든가 배설을 하든가 해야 속이 안정될 것 같았다. 속을 안정시키지 않고는 니코틴을 먹은 뱀처럼 몸이 뒤말려 견딜 수가 없었다.

강 여사는 우선 강우를 만나야 한다고 생각했다. 자기가 일생 처음 느끼는 것 같은 고뇌를 부어넣어 준 사람은 강우다. 그 강우와 부닥쳐야 한다. 시정시킬 것을 시정시키고 이해시켜 대화의 문을 열자. 대화의 문을 열지 않고 혼자 괴로워한다는 것은 강우에 대한 애정의 포기다. 어찌 강우에 대한 애정을 포기할 수 있겠는가? 무엇하고도 바꾸지 못했던 강우에 대한 애정만은 포기할 수 없다.

강 여사는 식모가 열어 주는 대문에 들어서자 우선 강우가 집에 있는가를 먼저 물었다. 있다고 대답했다. 그래도 귀를 모으며 자기 방까지 갔다. 말소리가 들렸다. 강우의 방에서 나는 소리였다. 그미는 식모를 불러 강우의 방에 누가 와 있느냐고 물었다. 아침에 왔던 그 여자가 아직까지 있으리라고는 생각되지 않았던 것이다. 그런데 식모는 아침에 왔던 그 여자가 어딜 갔다가 다시 들어와 지금 강우 방에 있다고 대답했다. 저녁도 집에서 먹었다는 말을 덧붙이며. 그미가 강우와 이야기할 것만 생각하며 천천히 옷을 갈아입고 있을 때 강우의 방문 열리는 소리가 들렸다. 계속해서 들리는 발소리. 물론 밤이 깊었으니 여자가 돌아갈 때도 되었을 것이다. 그러나 그미는 자기가 오자마자 그 여자가 가는 것이란 생각을 했다. 그미는 금시 눈시울이 뜨거워짐을 느꼈다. 경멸을 받는 것만이 아니었다. 눈의 가시 같은 존재가 된 것이다. 그미는 옷을 마저 갈아입고는 방바닥에 멍하니 앉았다. 대문 소리가 났다. 대문 닫히는 소리도 났다. 그러나 강우가 돌아오는 소리는 들리지 않았다. 이별을 아끼고 있겠지. 이별을 아끼고 있는 강우의 가슴 속에는 나를 방해자처럼 못마땅하게 생각하는 마음이 가득 차 있겠지.

강 여사는 전화번호부를 뒤적였다. 자기를 구원해 줄 목소리를 찾는 것이었다. 다이얼을 돌렸다. 그러나 통화 중이었다. 그미는 수화기를 힘없이 놓았다.

나를 구원해 줄 목소리가 어디 있는가? 그에게는 처자가 있을 것이다. 뗄 수 없는 처자 앞에서 어찌 나를 구원할 수 있는 목소리가 나오겠는가? 그미는 처음으로 하 사장에게 엄연히 처자가 있으리라는 것을 처음으로 생각했다. 구원받을 수 없는 여자, 나는 어디를 가든 구원받을 길이 없는 것이다.

어떤 개인 인쇄소에 있던 사람이었다. 단신 부산으로 피난해 왔지만 당장 먹을 것이 없어 부두 노동을 하는 사람이었다. 그 사람이 내가 사는 바로 옆방에 세 들고 있었다. 결혼은 했지만 일 년 전 아내가 죽을 때까지 애가 하나도 없었다는 것이었다. 불쌍한 남자였다. 본시 육체노동을 하던 사람이 아닌데도 부두 노동에 별반 불평을 말하지 않았다. 명랑한 성격이었다. 그래서인지 애들이 그를 무척 따랐다. 일감을 흩어 놓고 밤낮 일만 하기 때문인지 애들은 그의 방에 가서 노는 때가 많았다. 학교 공부도 가르쳐 주는 모양이었다.

그러나 나는 그에 대해 하나의 이웃 사람 이상의 다른 감정을 조금도 가져 보지 못했다. 아침저녁으로 밥짓는 궁상스런 꼴을 보아도 나는 아무렇지도 않게 생각했다. 이왕 하는 밥이니 쌀만 대 주면 밥 한 그릇쯤 더 지을 수 있다. 그런데도 그럴 생각을 안 했던 것이다. 그이도 그런 청을 하려고 하지 않았다. 때로는 생선을 사다가 구질구질하게 비늘을 훑고 내장을 뽑아내는, 어울리지 않는 모양을 보면서도 나는 나와 상관없는 일이라 그저 그런 것을 하나 보다 하는 식으로 볼 뿐이었다.

애들을 통해 나는 그의 홀아비 된 연유를 알았다. 그이도 내 사정을 다 알았을 것이다. 그러나 그가 내 방에 들어오는 일이 별로 없는 만큼 서로 이야기를 나눈 일이 없었다. 일감을 널어놓은 비좁은 방이나 가끔 찾아오는 때가 있기는 했다. 그런 때는 반드시 센베이(煎餅)라든가 캐러멜 같은 것을 사들고 와서 주로 애들하고만 이야기를 했다.

어떤 날 아침, 조반 짓는 기색이 없었다. 나는 그런가 보다 하고 생각했다. 남이야 조반을 짓건 말건 내가 참견할 것이 무엇인가? 나는 제품한 어린애들 옷을 팔러 국제시장엘 갔다 왔다. 그런데도 그의 방은 닫힌 채였다. 방문이 밖으로 잠겨 있지 않은 것으로 보아 그가 방 안에 있는 것이 분명했다. 밥도 안 짓고 일하러 나가지도 않는 것은 몸이 아픈 때문이리라. 나는 그렇게 생각할 수밖에 없었다. 앓는다면 내가 모른 체할 수는 없었다. 나보다도 애들과 가깝게 지내는 사람이지만 어쨌든 문을 두들겼다. 그리고 문을 방싯 연 다음 자리에 누워 있는 그에게 어디가 아프냐고 물었다. 조금 아프다고 대답했다. 밥을 조금 먹어야 하지 않느냐고 물었다. 조금도 먹을 수가 없다고 대답했다. 몸살이라는 말에 나는 문을 닫아 버렸다. 조금 안심이 되었던 것이다. 그래서 내 방으로 가서 일을 하고 있었지만 신경이 자꾸 그리로 갔다. 몸살이라도 밥을 굶어서야 되겠는가? 죽이라도 끓여 줘야 한다. 애들이 학교에 가고 없으니 죽을 끓이느냐고 물어 볼 수가 없다. 약이라도 사다 주고 싶었다. 그러나 무슨 약을 사 와야 할지 모를 뿐 아니라 내 돈으로는 사다 줄 수가 없다. 한 푼이라도 헛돈을 쓸 수가 없었던 것이다. 나는 애들이 학교에서 돌아올 때까지 기다릴까 했다. 애들을 시켜 그가 요구하는 것을 알아 도와줄 수 있는 것을 도와주리라 생각했던 것이다.

그러나 애들만 기다리고 있을 수는 없었다. 죽이라도 먹고 기운을 잃지 않게 해야 한다는 생각이 하나의 의무처럼 머리에서 떠나지 않았기 때문이었다.

나는 죽을 끓였다. 흰죽을 끓여서는 그에게로 가져갔다. 문을 두드리고 문을 연 뒤 밥상을 들여놓으려 했다. 발치에 상을 놓고 먹으란 말이나 하고 문을 닫으려 했던 것이다. 그런데 문을 열고 인기척을 하는데도 그는 일어나지를 못했다. 견딜 수가 없을 만큼 아픈 모양이었다. 나는 차마 상만 들여밀 수가 없었다. 상을 가지고 머리맡까지 갔다.

"그래두 좀 잡숴야지요."

"먹지 못하겠어요."

"죽을 끓였어요. 조금만이라두 드세요."

"고맙습니다."

몹시 아파하는 그를 보며 나는 병상을 자세하게 묻고 싶었다. 신열에 신음하는 것 같아 머리에 손이라도 얹어 보고 싶었다. 그러나 그럴 수는 없었다. 밥상을 논 채 그냥 나와 버렸다. 남의 남자 방에 들어가는 것이 안되었지만 상을 가지러 갔을 때도 또 들어가지 않을 수 없었다. 그는 죽을 한 그릇 거의 다 먹었다. 내가 끓여다 주지 않았으면 어떻게 했을까 하는 생각을 했다. 방 안에 들어간 김에,

"약을 사다 드릴까요?"

하고 물었다.

"낫겠지요."

"빨리 나셔야지요."

"괜찮습니다."

"양약이 좋을까요, 한약이 좋을까요."

"한약이 좋기는 하지요."

그때 나는 돈 이야기를 했어야 했다. 그러나 차마 그 말이 떨어지지 않아 그냥 나왔다. 사다가 주면 그 뒤 돈을 주겠지 하는 생각으로 한약방엘 가서 몸살 약 한 첩을 지어다 달였다. 달인 약사발을 들고 다시 방으로 들어가 어서 마시고 땀을 내라고 말했다.

그때는 그뿐이었다. 그 약을 먹고 그는 몸살이 나았는데 다시 일하기 시작하자 하루는 고기 한 근을 사 왔다. 약값 대신 고마운 뜻을 표하는 것인 모양이었다. 오래간만에 대하는 고기라 고맙게 받아 애들 반찬을 만들었다. 그렇지만 애들만 줄 수가 없어 고깃국 한 그릇을 그에게 보냈다. 이래서 나는 전과 달리 그를 단순한 이웃으로만 생각하지 않았다. 빨래 걱정도 해 주었고 김치 걱정도 해 주었다. 그도 마찬가지였다. 가끔 먹을 것을 사 들고 내 방으로 찾아왔다.

그러면서 몇 달을 지낸 뒤 그가 어떤 출판사에 취직을 했다. 옷도 양복으로 갈아입고 매일 출근을 하게 되었다. 나는 참 잘 되었다고 생각했다. 그래서 어떤 날 밤 그에게 장가를 들라고 말했다. 그런데 그는 내 말에 엉뚱한 소리를 했다. 살림을 합치자는 것이었다. 밥해 먹기가 불편할 뿐 아니라 경비도 많이 드니 살림을 합치면 서로가 편리할 것 같다면서 자기 월급을 몽땅 나에게 맡기겠다는 것이었다. 둘이서 결혼해서 살자는 뜻이라고 해석했다. 그래서,

"거 무슨 말씀을 그렇게 하시죠?"

당치도 않은 말은 하지도 말라고 대답했다.

"아주머니도 밤낮 그렇게 고생하실 것 없잖습니까?"

그는 구체적인 말까지 했다. 그래서 나는,

"천천히 생각해 보겠어요. 얼마 동안 여유를 주십시오."

그가 무안하지 않도록 말했다. 남편으로 부족한 사람이라고는 조금도 생

각지 않았다. 다만 결혼에 대한 나 자신의 태도가 문제였다. 남편이 죽은 지 일 년도 못 되어 결혼한다는 일이 있을 수 있는가? 지금은 소식도 모르지만 시부모들이 어딘가 살고 있는데 그들과 의논도 없이 혼자 결정지을 수 없는 일이다.

나는 애들을 생각했다. 그 사람과 결혼할 때 그 애들이 행복해질 것인가 하고. 애들과 친하게 지내고 있다. 그에게는 따로 애가 없다. 그러니 애들에게 아버지 대신해 줄 수 있는 사람일지 모른다. 그런 점으로 생각할 때 그와 결혼해도 무방하다는 마음도 들었지만 나는 재혼이라는 것을 생각말아야 한다고 결심했다.

어떤 조건으로라도 결혼을 해서는 안 된다는 생각이었다. 하나의 고집일지 몰랐다. 어쨌든 나는 결혼 안 할 것을 결심하고 그 집에서 이사를 갔다. 그 사람이 모르게 그가 출근한 사이에 이사를 해 버렸다. 피하는 것이 거절하는 최선의 방법이라 생각했던 것이다.

그 집에서 이사를 하자 나는 나를 구원했다고 생각했다. 어떤 함정에 빠질 뻔했던 위기에서 나를 구원한 것이라 생각했던 것이다.

3

강우가 자기의 여자를 배웅해 주고 돌아왔다. 현관을 들어서서 복도를 걸어오고 있는 발자국 소리를 들을 때 강 여사는 혹시 강우가 자기 방에 들려 잘 자라는 인사라도 하지 않을까 기대했다. 그래 주기를 바랐던 것이다. 강우가 어떤 마음을 먹고 있었다 해도 자기 마음을 백 분의 일쯤 알기만 한다면, 그래야 할 것 같았다.

'엄마, 잘 자.'

어린애처럼 이러 말 한 마디만 해 준다면 이때까지 혼자 괴로워하던 것들이 얼음 녹듯 녹아 없어질 것 같기도 했다. 그러나 강우의 발걸음은 그미의 방을 그냥 지나쳐 버렸다. 어떤 기대에 대한 실망이 그미의 가슴을 숨막히게 했다. 그미는 또 울어야 하나 생각했다. 울기를 시작하면 그것이 끝없는 것이 될 것 같았다. 절망 이외에 달리 바랄 것이 없을 것 같았다. 그새 괴로워한 것만 해도 지나칠 정도였다.

그미는 울지 말아야 한다고 생각을 하며 강우의 방으로 갔다. 강우는 그새 잠옷으로 갈아입고 잠자리에 들 준비를 하고 있었다.

"왜 주무시지 않구……."

그미를 보자 강우가 피곤한 기색을 보였다. 그렇다고 곧 후퇴할 수는 없었다.

"피곤하니?"

피곤하지 않다면 할 이야기가 있다는 것을 암시하며 물었다.

"괜찮아요. 무슨 일이라두……."

강우는 그래도 어머니에 대한 체면을 생각하는지 냉정하지가 않았다.

"잠깐만 할 이야기가 있어서."

"말씀하세요."

강우는 깔아 논 요 위에 앉았다. 그리고는 그미에게도 앉기를 권했다.

"오늘 왔던 여자 누구니? 참 좋아 보이더라."

그미는 이렇게 말머리를 꺼냈다. 그 여자가 좋은지 나쁜지 한 번도 생각해 본 일이 없었던 일이지만 강우에게 이야기를 시키기 위해서는 우선 칭찬을 해 줘야 했기 때문이었다.

"아는 여자예요."

그래도 강우는 뚭뚭한 태도였다. 그렇지만 그미는 그만큼이라도 말 상대해 주는 것을 다행한 일이라고 생각하고 강우와의 이야기를 원활히 하려는 노력을 했다.

"어미란 장성한 아들이 하루바삐 자기의 배필을 맞아 행복한 가정을 만들기 바라는 거다. 내가 악모가 아닌 이상 어찌 너의 행복한 가정을 바라지 않겠니? 네가 정말 좋아하는 여자라면 빨리 약혼을 하구 성혼까지 해라."

"저두 그럴 생각입니다."

강우의 태도가 조금 나긋나긋해졌다. 무슨 말을 물어도 거역치 않고 대답할 것 같았다. 그래서 강 여사는 그 여자의 집안을 묻고 싶었다. 우선 그 것을 아는 것이 순서이기도 했던 것이다. 그러나 그것을 물을 수가 없었다. 그것을 계기로 해서 자기의 직업이 화제에 오를 것 같았기 때문이었다. 그 래서,

"학교는 졸업한 여자니?"

하고 여자의 학력부터 묻기 시작했다. 강우는 그 여자가 ○○여자대학교 영 문학과를 금년 봄에 졸업한 처녀라고 고분고분 대답했다. 그리고는 그미의 아버지가 어떤 국영기업체의 고급직원이라는 것까지 자진해서 설명했다.

강 여사는 고마웠다. 그 여자 앞에서는 그렇게까지 경멸의 태도를 보이던 강우가 고분고분 묻지도 않는 말까지 해 주는 것은 그새 마음이 달라졌다는 것을 뜻한다. 이때까지 한 번도 속을 썩여 준 일이 없던 강우인 만큼 잠시나 마 어미를 괴롭히고 나서 마음이 편할 리 없었을 것이다.

강 여사는 자기 마음이 편협했던 것을 후회했다. 마음속에 일어났던 일시 적인 현상을 보고 그것이 그 사람의 전부처럼 생각한다는 것은 틀림없는 편 협한 일이다. 더구나 자기의 그런 편협심 때문에 자기 인생관까지 달라지게 끔 괴로워했다는 것은 열등한 의식의 소치일 것이다.

"이름은 뭐지?"

강 여사는 며느리 될 여자의 이름을 몰라서야 되겠느냐는 식으로 다정하 게 물었다.

"송영주요. 나이는 스물넷이구요."

강우는 또 묻지도 않은 것까지 알려 주었다. 애정이란 요구하는 것 이상 으로 줄 때 더욱 따뜻해 보이는 법이다.

"그래? 나이두 꼭 맞는구나. 그래 언제쯤 결혼할 생각이니?"

"의논해서 정해야지요."

"빨리 하자. 그래서 내가 빨리 손주를 봐야겠다. 손주만 보면 나는 죽어 두 한이 없을 거다."

그미는 벌써 행복에 젖어 있는 듯한 환각 속에 있었다. 그래서,

"색싯집 어른들에겐 인사를 했니?"

혹시 영주네 집에서 반대하지나 않을까 하는 걱정도 했다.

"몇 번이나 놀러 갔었는데요. 내락은 이미 얻구 있어요."

강우가 전과 다름없이 자기를 어머니로 믿고 무슨 말이나 다 하는 것을 보자, 그미는 안심된 마음으로 하고 싶던 말의 실마리를 꺼냈다.

"그러면서 우리 집엔 왜 오늘에야 데리구 왔니?"

악의도 아니요, 따지는 것도 아니었다. 그저 지나가는 말처럼 물었던 것이다.

"어머니가 무서워서요."

강우가 싱그레 웃으며 대답했다. 농담으로 들으라는 말 같았다. 그러나 강 여사는,

'내게 보이는 것이 무서운 게 아니라 나를 영주에게 보이는 게 무섭단 말이지?'

하고 반문하려다가 말았다. 농담이라도 뼈가 있는 농담 같았기 때문이었다. 그러나 그러면 정면충돌할 가능성이 보이는 것 같아,

"그래 내가 이때까지 무서운 엄마 노릇을 했단 말인가?"

역시 웃음을 띠고 강우의 말을 액면대로 받아들이면서 농담조로 넘겼다.

"그런 건 아니지만 혹시 어머니가 영주를 싫다고 하실까 봐…… 싫다고 하시면 전 고민 아녜요?"

"네가 좋다는데 왜 내가 싫다겠니? 또 내가 싫다구 하자. 설사 그런대두 넌 내 말에 굴복을 해서 되겠니? 네가 옳다는 대루 나가야지."

강 여사는 조금씩 아들의 마음을 떠 보는 말을 했다.

"물론 어머니가 반대하신대두 저는 제 뜻을 관철시킬 결심였어요. 그렇지만 괴로운 것은 괴로운 것 아녜요?"

옳은 말이었다. 그리고 아들에게 그만한 의지가 있다는 것은 믿음직스런 일이었다. 그러면서도 강 여사는 강우가 영주를 자기에게 일찍 보여 주지 않은 데는 석연치 않은 이유가 있다고 생각했다. 만약 어머니를 어머니로 믿고 조금의 잡념도 갖지 않았다면 잠시나마 자기에게 괴로운 시간을 만들어 주지 않았을 것이다. 그러나,

"난 첫눈에 들더라. 왜 반대를 하니? 반대할 것이라 생각한 네 맘을 알수 없다."

하고 반대할 까닭이 없다는 것을 강조했다.

"그럼 내일이라두 데려다가 인사를 시키지요."

"그래야지. 내일 데리구 오너라. 몇 시쯤 오겠니?"

"아무래두 퇴근 뒤라야죠. 퇴근하자마자 데리구 오죠."

"그래라. 내 저녁밥 준비를 해 놀게."

"그런데 어머니……."

강우가 무슨 어려운 청이 있는지 말끝을 맺지 못했다.

"뭔데?"

그미가 말을 독촉하자 강우는 싱글벙글 웃으며,

"영주가 수정과를 좋아한대요. 어머니가 맛있게 만들어 주실래요?"

응석을 피듯이 말했다.

"그래라. 거야 못하겠니? 내 실력을 한 번 발휘해 볼까."

그미는 정말 즐거웠다. 오래간만에 보는 듯한 강우의 응석이 자기들의 애정을 되살려 주는 것 같았기 때문이었다. 그미는 내일 저녁 잔치를 차리듯음식을 만들리라고까지 생각했다. 솜씨를 다해서 맛있는 음식을 만든다. 그래서 새 식구와 함께 즐거운 한 때를 보낸다. 그미는 내일 아침부터 음식 만들 생각을 하며 부풀어지는 가슴을 억제할 수 없었다.

인간이 그런 것처럼 가족이란 것도 쌍쌍이 있을 때 틀이 잡히는 법이다. 근 이십 년 짝짝이만 살던 집안에 한 쌍의 새 부부가 생기게 되었으니 이제잃었던 가족의 틀이 잡히기 시작한다. 집안 꼴이 생기고 집안에 질서가 생긴다. 잃었던 웃음을 되찾을 것이고 번영의 싹이 돋을 것이다. 말하자면 사는 것 같은 생활이 시작된다.

그미는 강우가 더 긴말을 안 해도 좋았다. 빨리 자기 방으로 가서 잠을자면서 내일을 기다리리라 생각했다. 강우가,

"어머니……."

하고 또 그미를 불렀다. 이쪽에서 할 말이 없다고 하는데 저쪽에서 할 말이

있다는 것은 무엇일까? 그미는 자기를 더 즐겁게 해 줄 말이 나오기를 기대하며,

"왜 그러니?"

설사 힘든 청을 해도 모두 들어 줄 것처럼 대답했다. 그런데 강우는 뜻밖에도 그미의 가슴을 철렁하게 하는 말을 했다.

"누나한테서 전화가 왔는데 가게를 팔기루 하셨다면서요?"

그미는 가슴이 철렁했지만,

"내놨다, 오늘."

하고 아무렇지도 않게 말했다. 가게를 사려고 복덕방쟁이가 찾아왔던 것을 그대로 돌려 보냈다는 것을 죄처럼 생각할 필요가 없었다. 내일이라도 다시 가서 부탁하면 그뿐이다. 더구나 복덕방이 하나만도 아니다.

"얼마에 내놨어요."

"사백만 원에."

그미는 사백만 원이 아니라 삼백만 원에라도 흥정해 버리고 싶은 생각이었다. 그것을 팔면 아들이 떳떳해질 것이고 며느리 될 애가 마음놓고 시집 올 수 있을 것이다.

"빨리 파세요."

강우는 티없는 맑은 눈으로 그미를 바라보며 만족한 듯 말했다.

"살 사람만 나서면 당장에 팔아 버리련다."

"살 사람은 있겠죠?"

"있구말구. 자리가 얼마나 좋은데……."

그미는 오늘 낮 복덕방방쟁이가 벌써 찾아왔더라는 말만은 안 했지만 자신 있는 태도였다.

"그럼 언제 결혼해두 괜찮겠어요?"

"그렇구말구. 그 걱정은 말구 네 할 일이나 해라."

"한 백만 원은 있어야겠는데요."

"그거야 쓰는 대루 쓰지, 백만 원이라구 못을 박아 놀 것 있니?"

"내일 영주가 오면 약혼 날짜와 결혼 날짜를 대강 정해요."

"그러자. 쇠뿔은 단김에 빼랜다구 빨리 하두룩 해라."

그미는 정말 그럴 생각이었다. 자기가 살아 있는 동안 마지막 잔치가 될 것이다. 사백만 원 전부를 써도 아깝지 않을 것 같기도 했다.

돈은 해서 무엇할 것인가? 아들이 벌어오는 것으로 얻어먹고 살면 그뿐이다. 그미는 정말 행복했다. 그 행복감이 얼굴에 철철 넘쳐흐르고 있었다. 그런 얼굴을 본 때문인지 강우가,

"고마워요."

하며 끓어 엎디어 절이라도 할 것처럼 감격한 표정을 지었다.

"자아식, 고맙기는, 네가 좋으면 내가 좋은 게 아니냐?"

"사실은 오늘까지 어머니를 원망했어요. 결혼이 안 될 뻔했으니까요."

드디어 강우의 입에서 그가 그렇게까지 괴로워하던 말이 나오고야 말았다. 그러나 그 원망이 현재에 속하는 것이 아니라 과거에 속하는 것임을 분명히 말해 주었기 때문에 그미는 즐거웠던 감정의 선이 끊어지지 않은 상태에서 강우를 대할 수가 있었다. 감정의 선이 끊어지지는 않았지만 그런 말을 안 들었을 때보다 마음이 무거워진 것만은 사실이었다.

"왜 결혼이 안 될 뻔했지? 여자가 반대해서?"

쓸쓸하게 물었다.

"영주야 그럴라구요? 영주의 아버지가 반대를 했지요."

"그래 그새 양해가 됐니?"

"누나한테서 전화가 왔기에 영주하고 영주네 집엘 가서 그 말을 다 했어요. 그랬더니 반대하던 기세가 가라앉구 말았지요."

"네 누나가 좋은 일을 했구나……."

"누나가 좋은 일을 했나요? 어머니가 일을 잘 처리하셨지."

"일찍 말했더라면 일찍 팔아 버렸을걸……."

"그걸 말씀드릴 수가 있어야지요."

"얘두, 말 못할 게 뭐니? 에미한테 말 못할 게 뭐람."

"그래두……."

"일은 참 잘 됐다만 앞으룬 뭐든지 직접 말을 해라. 내가 누굴 위해서 사

는데 네게 나쁜 일을 해서 내가 살 수 있을 것 같으니……."

"앞으룬 그러지요."

"약혼을 하거든 대전두 한 번 가자. 할아버지 할머니한테 보고를 드려야 않겠니? 참 기뻐들 하실 거다."

"그러지요."

이렇게 그들은 원만하게 대화를 끝냈다.

그러나 자기 방으로 돌아온 강 여사는 자기가 기쁜 것인지 씁쓸한 것인지를 분간할 수 없는 심정이었다. 강우와 부딪치는 일 없이 순탄하게 여생을 보낼 수 있게 됐다는 생각은 틀림없이 기쁜 일이었다. 그러나 술집 영업을 그만두었다고 해서 반대하던 태도를 버렸다는 영주네 집안 일이 불만스럽게 가슴에 남는 것은 씁쓸한 일에 틀림없었다. 본인들의 강청에 의해 반대 의사를 버렸다 해도 애초 반대하던 경멸심은 어딘가 남아 있을 것이다. 사소한 일만 생겨도 그것을 끄집어내어 트집을 잡으며 또다시 경멸할지도 모른다. 그렇게 되면 결국 강우가 불쌍해지는 것이지만 그런 강우를 보는 자기 또한 강우 못지않게 불행해질 것이다. 한 번 지은 죄는 낙인으로 얼굴에 남는 것처럼 한때의 경멸받은 직업은 죽을 때까지 가문에 새겨진다. 잘못하면 강우의 자식대까지 가계보(家系譜)로 남을지도 모른다.

강 여사는 내일 저녁의 메뉴를 생각하면서도 언제 폭발될지 모르는 자기 직업이 시한폭탄처럼 위험한 것이란 생각을 했다.

다음날 그미는 가게에 전화로 연락을 해 놓고 종일 음식 준비를 했다. 영주가 좋아한다는 수정과를 비롯하여 갈비찜, 닭볶음, 도미 프라이 같은 기본 요리를 만들고는 생선회, 잡채, 야채샐러드도 만들었다. 그 밖에도 가게에서 늘 보는 굴 프라이, 송이요리, 생선구이 등 십여 종의 요리를 만들어 놓고는 손님을 기다렸다. 손님이 올 때쯤 해서는 식모에게 다시 데우도록 말해 놓고 그녀는 옷을 갈아입기 시작했다. 사치스런 색깔의 옷도 별로 없다. 그렇지만 그 중에서도 가정부인 티가 나는 빛깔의 옷을 골랐다. 그것을 몸에 걸치고 거울 앞에 섰다. 거의가 비슷비슷한 것이지만, 그 중 칙칙한 것을 골랐다는 생각 때문인지 거울에 비친 얼굴이 늙어 뵀다. 시어머니 노릇을 할 자리인데 도리어 늙어 보이는 색이 좋을지도 모른다. 그런데도 그미는 골랐던 옷을 제쳐 놓고 딴 것을 골랐다. 연분홍 양단이었다. 그것을 몸에 걸치고 보니 얼굴이 한결 훤해 보이며 나이도 조금 젊어 보였다. 이왕이면 조금이라도 예쁘게 보여야 한다. 그미는 그 옷을 입고 다시 거울 앞에 섰다.

어쩐지 술집 냄새가 나는 것 같았다. 어떤 옷인들 술집에서 안 입은 것이 있으련만 어쩐지 술냄새까지 나는 것 같았다. 그미는 두 손으로 치맛자락을 훑어 내리며 또 한 번 옷을 보았다. 가정여자들도 다 입은 옷이다. 조금도 야단스러운 데가 없다. 그런데도 술냄새가 나는 것은 무엇 때문일까?

새 옷을 해 입어도 마찬가지겠지? 옷에서 나는 냄새가 아니라 몸에서 나는 냄샐 것이다. 코로 맡는 냄새가 아니라 눈으로 맡는 냄샐 것이다. 말하자면 어떤 옷을 입어도 마찬가지리라는 생각에 그미는 그 옷을 입은 채 그대로 손님을 기다렸다. 다섯 시 반쯤이 되자 강우와 영주가 함께 왔다. 그냥 놀러왔다가 인사하는 것과 달리 초청받고 오는 것이 되어서 그런지 영주가 몹시 새침했다. 행동거지가 신중했다. 큰절은 아니지만 허리를 굽혀 인사를 할 때부터 정중했다. 인사를 받고,

"참 잘생겼구나."

마음에 든다는 의사표시를 할 때도 영주는 그야말로 새색시처럼 고개를 다소곳이 숙이고 있었다.

강 여사가 식탁을 놓고 요리를 나르기 시작할 때도 몸 하나 까딱하지 않았다. 너무 얌전하다는 생각을 하며 식사를 시작했다. 식사를 하면서도 영주는 딴눈 한 번 팔지 않았고 또 말 한 마디 하지 않았다. 먹는 것도 시원치 않게 먹었다. 강 여사가,

"어디 몸이 불편한가?"

하고 걱정할 정도였다. 정말 몸이 아프거나 마음이 우울하거나 한 사람 같았다.

"왜 기분 나빠?"

강우까지가 이상스럽게 볼 정도였다.

"아무렇지두 않아요."

영주가 처음으로 웃음을 띠고 강 여사와 강우를 번갈아 쳐다봤다. 그럴 때는 아프거나 기분이 나쁘거나 한 여자 같지가 않았다.

"그럼 이야기 좀 해."

강우가 답답하다는 듯이 말했지만, 영주는 또 대답을 안 하고 새침해졌다.

"반찬 맛이 어때? 우리 어머니 솜씨를 좀 칭찬해 줘야 할 거 아냐?"

그때 영주는,

"맛있어요."

억지 대답을 했다.

강 여사는 자기 이야기가 도마 위에 오를 것 같아 얼른 식구가 몇이냐? 집은 어디냐? 양친 나이는 몇이냐? 하는 것들을 물었다. 질문 형식으로 말을 꺼내자 영주는 별 수줍음 없이 명확한 어조로 대답을 했다. 말을 시키지도 않고 이야기를 기대하기만 했던 자기가 잘못이란 생각을 했다.

"오늘 여기 온다는 걸 양친님께 말씀드렸나?"

"네."

"언제쯤 약혼하자는 말도 있었구?"

"그런 말은 아직 없었어요."

"빨리 하두룩 하지. 안 그러니?"

강 여사는 강우를 바라보며 응원을 청했다. 그런데 영주가 또 입을 다물어 버렸다.

"빨리 하두룩 하겠어요."

강우가 두 사람의 의견을 대신해서 대답하듯 말했다.

"지금이 오월이니까, 유월 안으루 약혼을 하구 가을엔 결혼식을 하두룩 하지."

"그러죠, 뭐."

강 여사와 강우는 서로 같은 의사였다. 그런데 영주는 또 말이 없었다. 말이 없다는 것은 동감이란 뜻이라 해석할 수 있었다. 그래서 강 여사는,

"이젠부턴 자주 놀러 와. 집하구도 익숙해져야 할 거 아냐?"

앞으로 살림할 것까지 내다보며 화제를 돌렸다.

"네, 오겠어요."

영주는 아무런 불만도 없다는 듯이 다소곳이 대답했다.

식사를 끝내고 상을 치웠다. 그릇을 전부 내가고 식탁에 행주질을 한 뒤 과일과 차를 가져오게 했다. 그런데 강 여사는 또 이상한 것을 보았다. 자기가 그릇들을 내가고 식탁을 훔치고 그리고 찻그릇을 가져다 놓는 데도 영주는 손 한 번 까딱하지 않는다는 것이었다. 그런 이야기가 오고 갔으면 이제부터는 손님이 아니라 한 식구처럼 자기 일을 도와줄 것이라 생각되었던 것이다. 그런데도 영주는 자기 앞에 갖다 놓은 찻잔 하나 바로 놓지 않았다. 강 여사가 사과를 깎고 귤껍질을 벗기는데도 그냥 바라보기만 했다. 그러나 강 여사는 조금도 다른 생각을 안 했다. 첫날이니까 아무래도 스스럽겠지. 앞으로 친해져야지.

그래서 과일접시를 영주 앞에 놓고 많이 먹기를 권했다. 먹는 데 별로 사양하지는 않았다.

그런데 강 여사는 얼핏 자기가 눈치 있는 시어머니가 돼야 한다는 생각을 했다. 그들을 위해 자리를 비켜 줘야 한다는 생각이었다. 자기 때문에 영주가 어려워하는 것이라 생각했던 것이다. 자기가 피해 줌으로 자유스럽게 즐길 수 있는 시간을 줘야만 눈치 없는 사람이란 말을 안 들을 것이다. 그래서,

"차를 마시며 이야기를 하구 있거라. 난 좀 나가 봐야겠다."

하고 일어섰다. 영주는 한 마디의 말도 하지 않았다. 강 여사가 방을 나서려 할 때 자리에서 일어나 인사의 표시를 했을 뿐이었다.

오늘은 가게에 안 나가려던 강 여사였다. 그러나 가게로 가는 도중 그미는 일이 잘 되었다고 생각했다. 하루 종일 한 번도 나가지 않은 일이 없는 그미였다. 자기가 없어도 손님은 여전히 찾아드는지? 찾아왔던 손님들이 자기가 없다고 해서 투덜거리지나 않는지? 그뿐만도 아니었다. 하루의 수입이 얼마나 올랐는지 직접 자기 눈으로 봐야 했다.

조금 늦기는 했으나 과히 늦은 것도 아니란 생각을 하며 가게로 갔지만, 그 동안 어쩐지 마음이 허전한 것을 느꼈다. 웬일인지 몰랐다. 종일 수고를 아끼지 않고 음식을 만들었건만 그 음식의 효과가 드러난 것 같지가 않았다. 즉 수고는 많고 효과는 적은 듯한 허전함이었다. 다들 맛있게 먹었다. 음식에 대한 불만은 조금도 없었다. 그런데도 허전함은 무엇 때문일까?

그것은 영주에 대한 불만이었다. 영주가 마음에 쏙 들어오지 않았던 것이다. 새침데기. 손 하나 까딱 않는 얌체. 그런 영주의 얼굴이 새삼스럽게 눈앞에 떠올랐던 것이다. 그래 가지고 시집살이를 할 수 있을까?

그러나 강 여사는 그런 생각을 하는 자기가 잘못이라고 단정했다. 자고로 며느리를 사랑하는 시어머니가 없다고 한다. 자기도 그런 시어머니가 되어서는 안 된다는 자각심이 떠올랐던 것이다. 며느리의 발뒤꿈치가 달걀처럼 보인다는 그런 시어머니가 돼서는 안 된다고 생각했다.

그미는 가게에 들어서자 손님이 전처럼 많은 것을 보고 흐뭇한 마음을 가졌다. 늦어서 미안하다는 마음으로 그미는 손님에게 돌아다니며 많이들 드시라고 인사를 했다. 대부분의 낯익은 손님들은 왜 늦었느냐고 농담조로 시비를 걸었다. 그미는 웃음으로 대해 주고는 맨 마지막 테이블로 갔다. 거기에는 하 사장이 혼자 앉아 있었다. 웬일인지 오늘은 혼자였다. 하 사장에게만은,

"늦어서 미안합니다."

라고 인사를 했다.

"바쁜 일이라두 있었나 보군요?"

하 사장은 농담이 아닌 말을 정색한 얼굴로 물었다.

"네, 집에 손님이 와서요. 오신 지 오랬어요?"

그미는 자기 집안 이야기가 하기 싫어 오래 기다렸느냐는 말로 이야기를 돌렸다.

"조금 됐지요."

하 사장은 그리 유쾌한 기분은 아닌 모양이었다.

"미안합니다."

그렇게 여러 번 미안하다는 말을 안 해도 좋았다. 그런데도 또 미안하다는 말이 저절로 나왔다. 미안하다는 말이 나을 뿐 아니라 술도꾸리를 들고 술을 부어 주기까지 했다. 그때 하 사장이 주머니에서 무엇을 슬그머니 꺼내,

"이런 거 좋아하실지?"

하며 내밀었다. 종이에 싼 딱딱한 물건이었다. 그미는 손님들이 있는 데서 무엇인지는 모르지만 그런 물건을 받는다는 것이 어정쩡했다. 누가 보면 반드시 오해할 것이다. 그렇다고, 젊은 여자처럼 이런 거 안 받아요 하고 그 자리에서 돌려 주는 무례한 일도 할 수 없었다. 그미는 남들이 보지 않게 손님들을 종이를 풀었다.

나무로 만든 검둥이 인형 한 쌍이었다. 주먹에 쥐어질 만큼 작은 장난감. 그미는 가볍게 놀라는 표정을 지었다.

"어머나! 이런 걸."

뜻밖의 선물이었지만 즐거운 표정을 짓지 않을 수 없었다. 값나가는 물건이라면 한 번쯤 사양이라도 했을 것이지만 그런 성질의 것도 아니어서,

"이걸 왜 사 오셨지요?"

하고 선사한 의도를 물었다.

"길가에서 팔기에 샀죠. 전부터 사고 싶었던 것이기에."

"이런 게 취미세요?"

"취미랄 건 없지만, 이런 걸 책상 위에 놔 두고 싶은 생각은 전부터 가지구 있었지요."

"그럼 댁에 갖다가 놓으시지 않구."

"우선 강 여사 책상을 장식하구 싶습니다."

강 여사는 하필 한 쌍으로 된 흑인을 샀느냐고 묻고 싶었다. 어떤 의미가 있는 것처럼 생각되었던 것이다. 그러나 그런 의미를 물으면 대화가 복잡해질 것 같아,

"고맙습니다."

하고 호의만 받아들였다.

그것을 다시 종이로 싸서 카운터로 쓰는 책상서랍 속에 넣으며 하 사장이
엉큼하다고 생각했다. 내가 혼잔 줄 알고 그런 것을 사다 준 것에 틀림없다.
말 대신 그런 물건으로 자기 마음을 떠 보려는 엉큼한 사람. 그러나 그런 생
각을 하면서도 하 사장이 그렇게 나쁘다고는 생각되지 않았다. 가져다가 책
상 위에 놓고 애완하리라. 춘향과 이도령 같은 쌍쌍의 인형이 아니라 낯설
은 깜둥이 인형이기 때문에 책상 위에 놔 두어도 무방할 것 같았다. 깜둥이
지만 쌍쌍이라는데 어떤 향수 같은 것을 느낄 수도 있을 것 같았다.

그런데 하 사장이 일어섰다. 그리고는,

"나, 갑니다."

하고 돌아가려고 했다.

강 여사는 순간 자기가 무얼 잘못했나 하고 생각했다. 엉큼하다는 생각
그것이 하 사장을 화나게 했다면…… 그미는 엉뚱한 생각에 스스로 마음
켕겨 했다. 어젯밤에는 전화를 걸다가 그만둔 자기. 그러면서도 하 사장을
엉큼한 사람이라고 할 수가 있을 것인가?

그미는 얼른 하 사장에게로 달려갔다.

"벌써 가세요? 좀 드릴 말씀이 있었는데……."

그러나 일어서서 나가던 사람이 발길을 돌릴 수가 없을 것이다.

"내일 오지요."

화난 얼굴은 아니었지만 무뚝뚝한 대답이었다. 강 여사는 그 이상 더 뭐
라고 말할 수가 없었다.

"그럼 내일 꼭 오세요."

하고 그를 보냈지만 끝까지 웃는 낯을 보이지 않고 돌아간 그의 잔영(殘影)
이 가슴을 어설프게 했다.

다음날 그미는 공연히 일찍 가게로 나갔다. 하 사장이 올 수 있는 시간이
아님을 뻔히 알면서도 그가 기다려졌다. 그를 기다리지 않을 때는 어젯밤
그 목인형을 책상 위에 세워 놓고 바라보던 생각을 했다. 영원한 부부. 옆에
있으면서도 바라만 보는 부부. 가까우면서도 공간을 가운데 두고야만 사는
부부. 그렇기 때문에 그리운 마음은 조금도 변함이 없이 영원히 계속될 것

이다.

하 사장이 이 목인형을 살 때 어떤 상상을 하며 샀을까? 혼자 사는 내가 외롭지 말라고 인형이나마 짝지은 것을 산 것일까? 그렇지 않으면 하나는 자기, 하나는 나라고 가상을 하면서 샀을 것인가?

강 여사는 그러지 않으리라고 생각했다. 처자가 다 있을 하 사장으로 어찌 그런 생각을 할 수 있겠는가? 다만 장난감으로 샀을 것이다. 어린애들의 마음을 달래기 위해 장난감을 사는 부모의 마음 그대로일 것이다. 그런 장난감에 달리 무슨 의미가 있겠는가?

아무런 의미가 없는 것이라 생각하면서도 그미는 하 사장을 눈앞에 그렸다. 지금쯤 자기 집에 있을 것이다. 아내가 옆에서 시중을 들고 있을 것이다. 넓은 방일 것이지만 두 사람이 마주앉아 있는 방은 넓어 보이지가 않을 것이다.

그런데 내 방이 왜 이리 넓은 것일까? 강우는 잠을 자는지 조용하다. 온 집안이 조용하다. 텅 빈 것 같다.

그미는 어젯밤 혼자의 생각을 품은 채 가게를 둘러봤다. 손님 없는 방 안이 넓어 보였다. 사람들은 세상이 좁다고들만 하는데 나에게는 세상이 왜 넓게만 보이는 것일까?

저녁때가 되었다. 손님이 찾아들기 시작했다. 그미는 또 하 사장을 생각했다.

퇴근할 시간이 되었는데 왜 아직 안 올까? 참으로 자기 멋대로의 생각이었다. 그가 퇴근하자 자기를 찾아와야 한다는 법이 없다. 친구를 만나야 할 일도 있을 것이고 또 저녁 대접을 하느라고 손님을 청하는 일도 있을 것이다. 술을 마신다고 해서 반드시 자기 집에 와서 술을 마셔야 한다는 법도 없다. 그는 자유를 가지고 있다. 어젯밤 약속한 일이 있다. 오늘 다시 온다고. 그러나 그런 것을 약속이랄 수는 없다. 술집 주인에게 또 오겠다고 하는 말은 인사다. 어떤 손님도 버릇처럼 하는 인사다. 절대로 약속이 아니다. 약속이 아니라면 그 말을 믿고 기다린다는 것이 우스운 일이다.

하 사장을 기다리는 동안 어떤 젊은 손님이 들어왔다. 젊은 여자와 같이였다. 두 사람이 술을 청해 조용히 마시고 있었다. 한참 동안 마시던 남자가 여자에게 권했다. 여자는 사양을 했다. 그런데도 열심히 권했다. 여자를 꾀는 것이 분명했다.

강 여사는 강우를 생각했다. 강우도 저렇게 여자를 꾈까? 영주를 저런 식으로 꾀어 자기 것으로 만들었을까? 자식이란 나이가 들면 어머니보다 다른 여자를 필요로 한다. 고정된 어머니의 애정이 있지만 그것으로는 만족하지 않는다. 꾀어서라도 필요한 여자의 애정을 요구한다.

그리고는 어머니 품을 벗어난다. 멀리 달아나는 것이다. 어머니에게는 자식이 자기의 것이 되지 않는다. 새로운 여자의 것에서 만족하는 아들이 된다. 아들의 애정을 송두리째 뽑아가는 여자를. 그런데 어쩐지 영주가 강우의 애정을 송두리째 뺏어가도 좋을 여자 같지가 않다. 어딘가 마음에 걸리는 데가 있는 여자 같다. 말하자면 그리 탐탁하지 않는데 그래도 강우의 애정을 송두리째 뺏고 있다. 강 여사는 자기 어머니를 생각했다.

내가 어머니를 내 집으로 모신 것은 오직 어머니가 불쌍한 마음 때문이었다. 물론 내가 딸로서 딸의 의무를 다 해야 한다는 애정 이전의 의무감도 없지는 않았다. 어쨌든 자식이라고 딸 삼 형제밖에 없는 어머니였다. 그 중 두 딸은 어머니를 죽을 때까지 안 보겠다고 했다. 그러니 나밖에 돌봐 줄 사람도 없었다. 남편에게 내 마음을 말하자 그도 그러는 수밖에 없지 않겠느냐면서 내 말에 동의했다. 나는 별 부담 없이 어머니를 우리 집으로 모셨다.

어머니는 아무런 생각이 없는 여자처럼 우리 살림을 도왔다. 식모도 두지 못하게 하고 모든 일을 혼자 맡아 했다. 내가 할 일이 없을 만큼 무슨 일이나 다 해 주었다. 아침에는 일찍 일어나지 못하게 했다. 나는 마음놓고 잤다. 남편이 밥상을 받을 때야 일어나 세수도 못한 채 조반을 먹었다. 그래도 아무렇지도 않았다. 꼼짝 안 하고 놀기만 하면서도 아무렇지 않은 것도 어머니가 남이란 생각을 조금도 갖게 해 주지 않았기 때문이었다. 딸을 위해 있는 어머니란 생각을 갖고 일을 해 주었기 때문이었다.

그래도 나는 나대로 어머니를 위해서 무엇인가 해 드려야 한다고 생각했다. 식모처럼 돈을 드릴 수는 없었다. 그러나 어머니 이름으로 통장이라도 만들어 얼마씩 저금을 해 드릴까 하는 생각을 하고 남편의 의사를 물었다. 그때 남편이 돈은 해서 무엇 하느냐고 말했다. 어머니에게 필요한 것은 돈이 아니라 돈 아닌 어떤 다른 것이리라는 것이었다. 그것이 무엇이겠느냐고 물었다. 남편은 무엇인지 모르나 필요한 것이 무엇인가 있을 것이 아니겠느냐고 말했다. 예를 들면 딸네집을 찾아다니며 바람을 쏘이게 한다든가 친척집엘 찾아가 과거 자기가 걸어온 이야기들을 하도록 하는 그런 것들이라는 것이라고 말했다.

나는 남편의 말이 그럴 듯하다고 생각했지만 그럴 수는 없을 것이라고 말했다. 그것은 어머니가 그러고 싶다 해도 저쪽에서 반가워하지 않고 도리어 경멸하는 눈으로 볼 것이기 때문이었다. 어머니는 차라리 우리 집에서 살며 아무도 만나지 않는 것이 좋으리라고 생각했다.

그렇다고 해서 어머니가 우리 집에서 일이나 해 주는 것으로 완전히 만족해 있다고는 생각지 않았다. 그때 나이 오십도 안 되었을 때였다. 마음의 공허 같은 것을 느끼고 있을 것이다. 그렇다고 해서 나는 어머니더러 재혼하라는 말은 할 수 없었다. 두 번씩이나 남편을 잃어버린 어머니에게 그런 말은 도리어 어머니 마음을 아프게 하는 것처럼 생각되었던 것이다. 그리고 어머니에 대한 불손한 말이라 생각되기도 했다. 딸을 사랑하고 외손자들을 사랑함으로 자기 생활의 전부로 삼고 있는 듯한 어머니를 험난하고 추한 세계로 몰아내려는 일 같았다.

그러나 그냥 있을 수 없었다. 한 번쯤 어머니의 마음을 헤아려 보고 그녀의 뜻을 받들어 줘야만 한다고 생각했다. 그래서 하루는 조용한 시간을 타서,

"어머니! 너무 고생만 하시는데 어디 바람이라두 좀 쐬구 오실 데 없어요?"

하고 물었다.

"바람은 무슨 바람?"

어머니는 조금도 잡념이 없다는 듯 내 말을 가볍게 물리쳤다.

"답답하시잖아요? 밤낮 일만 하시구……."

"내가 좋아서 일하는 건데 넌 그게 마음에 걸리는가 보구나. 내한테 할

일이 없어 봐라, 정말 답답해서 못 살 거다.”

“그래두 제가 미안하잖아요.”

“네가 그런 소릴 하면 내가 미안해서 너의 집에 있겠니? 아무 말 말구 내 하는 대루 내버려다오.”

나는 할 수 없어 그럼 돈이 필요하면 언제라두 말해 달라고 했다. 그랬더니,

“내가 돈은 해서 뭣하니? 참 못하는 소리가 없구나.”

하며 돈 이야기도 더 하지 못하게 했다. 할 수 없었다. 어머니 이상도 아니요, 어머니 이하도 아닌 마음으로 어머니를 대한다면 별일이 없으리라 생각했다. 일만 하시는 어머니지만 그래도 철따라 나들이옷을 만들어 드렸다. 그리고 애들에게 먹을 것을 줄 때마다 어머니에게도 그것을 드렸다. 철없는 애들이 어머니를 못살게 굴 때는 절대로 애들 편역을 들지 않고 그들을 꾸중했다. 어머니에게 마음 불편한 일을 안 했던 것이다.

나는 어머니가 진심으로 만족해하는 줄 알았다. 그런데 우리 집에 오신 지 일 년쯤 되었을 어떤 따뜻한 봄날 어머니가,

“나 좀 나갔다 오겠다.”

하고 말했다. 어딜 가는 것이냐고 묻지 않을 수 없었다. 그랬더니 뜻밖에도,

“절엘 좀 가 볼까 하구……..”

하는 것이었다. 그때 나는 뭐라고 대답해야 할지를 몰랐다. 불공을 드리러 가는 것일 텐데 누구를 위한 불공일까? 우선 나는 그렇게 생각했다. 산 사람을 위한 불공 같지는 않았다. 죽은 사람을 위한 불공이라면 두 번째 남편을 위한 것일까? 그렇지 않으면 첫 남편 즉 우리 아버지를 위한 것일까? 나는 속으로 아버지인 첫 남편을 생각하고 있기를 바랐다. 그러면서도 한편으로는 아무 생각도 없이 살림만 하는 어머니 마음속에 딴 그림자들이 도사리고 있었다는 사실에 놀랐던 것이다. 내가 너무 단순한 탓이었으리라고 생각했다. 살림을 하면서도 비어 있는 마음을 한 번도 사려 보지 못한 내가 너무나 단순했던 것을 깨달았다.

어리둥절했던 내가,

“어떤 절엘요?”

하고 물었다. 무엇하러 가느냐는 말은 차마 물을 수가 없었던 것이다.

　"삼각산에 여승만 있는 절이 있다더라."

　"가시면 당일룬 못 오시겠지요."

　"글쎄 가 봐야 알겠다."

　"며칠이라두 천천히 다녀오세요."

　빨리 돌아오라면 내가 일이나 시켜먹으려고 그러는 것같이 보일 것이다. 그것이 싫어 천천히 다녀오란 말을 했다. 그리고 불공을 드리려면 돈이 필요치 않겠느냐고 돈도 마련해 드렸다.

　어머니가 절로 떠난 뒤 나는 그 달이 바로 내 아버지가 돌아가신 달이라는 것을 기억해 냈다. 그래서 어머니가 절에 가신 것은 아버지의 제삿날을 기해서 불공드리려 함이었다는 것을 알았다. 나는 어머니의 마음을 이해하고 어머니가 과연 나의 어머니란 생각을 했다.

　그런데 어머니가 이틀이 지나고 사흘이 지나도 돌아오시지 않았다. 나는 사흘이건 열흘이건 아버지에 대한 죄책감이 풀릴 때까지 절에 계시다가 오시기를 기대했다. 가슴에 못이 박혔을 아버지에 대한 죄책감 때문에 마음 편한 날이 없었다면, 이런 때 마음이 풀리도록 나가 계시는 것을 어찌 나무라겠는가? 마음이 아주 풀린 뒤 돌아오시면 그때부터는 마음에 걸리는 것 없이 나를 대할 것이라고 생각했던 것이다. 그런데 열흘이 지나도 어머니는 돌아오지 않았다. 그냥 기다리고만 있을 일이 아니었다. 나는 조바심이 나 남편에게 어떻게 했으면 좋으냐고 물었다. 남편이 어떤 절로 가셨느냐고 물을 때 나는 누가 이럴 줄 알았느냐고 도리어 화를 냈다. 남편에게 화를 낼 일이 아니었다. 내 좁은 소견을 감추기 위한 방위책이었다고나 할까? 여자란 믿기만 하면 그 뒷일을 내다보지 못하는 법이다. 어머니가 이렇게 안 돌아오시리라고는 정말 꿈에도 생각지 못했던 것이다.

　남편은 너그럽게도 나를 나무라지 않았다. 나무라지 않을 뿐 아니라 삼각산에 있는 비구니들의 절을 찾아간다고 했다. 미안하기는 하지만 그래 달라고 부탁하지 않을 수 없었다.

　남편이 삼각산으로 간 날 어머니에게서 편지가 왔다. 이왕 편지를 할 것이면 하루 일찍 해 주실 것이지 하며 편지를 뜯었다.

"나는 너에게까지 내가 절에 가는 이유를 말하지 못했다. 물론 네 아버지가 돌아가신 날 불공이라도 드리자는 것이 목적이었지만, 나는 그 밖에도 다른 생각을 가지고 있었다. 절에서 허락만 한다면 절에서 살겠다는 생각이었다. 물론 절에서 허락을 안 한다면 나는 다시 돌아가려고 했다. 이런 것들을 너에게 이야기할 수 없었던 것을 나쁘게 생각지 말아다오. 사람의 마음은 하나요 둘일 수 없다고들 한다. 그렇지만 나는 두 남편을 섬겼다. 그 두 남편이 다 죽자 나는 과연 누구의 아내였던가 하는 생각을 했다. 여러 가지로 생각했지만 내 남편은 너의 아버지다. 그렇다고 두 번째 남편은 남편이 아니겠는가? 나는 그것을 알 수 없었다. 너희들 앞에서는 내색도 안 했지만 나는 괴로워했다. 결국 나중 남편도 내 남편이었다는 생각을 없앨 수가 없었다. 그렇다면 제사를 지낼 경우 나는 두 번 제사를 지내야 하지 않겠니? 나는 아직까지도 그것을 결정짓지 못했다. 여편네가 남편의 제사를 지낸다면 한 번밖에 지낼 수 없다.

나는 죽을 때까지라도 이 문제를 풀어야겠다. 그것을 푸는 길은 속세를 떠나 절로 들어가는 길밖에 없다. 내가 가장 믿는 너에겐들 어찌 의논할 수가 있겠니? 다행히 충청도 어떤 절엘 가면 받아 줄 것이라는 말을 이곳 보살들에게서 들었다. 그래서 지금 그리로 가는 길이다. 앞으로는 별고생도 안 할 테니까 내 걱정은 말아다고. 그리고 일생 풀어도 풀어질지 모르는 문제를 가지고 살아야 하는 에미니 죽은 것이라 생각하고 잊어다고. 아내 노릇을 못하는 여편네가 어찌 에미 노릇은 할 수 있겠니? 아예 찾을 생각도 말아다고. 죽은 사람이라고 여겨다오. 그 동안 너의 참마음을 알고 네게 머리를 숙이며 지내던 나다. 너를 슬프게 한다는 이것도 또한 죄가 되리라 생각한다. 그러니 나를 위해서 슬퍼해 주지 말아다고."

그 뒤 나는 어머니를 찾으려 하지 않았다. 찾는다는 것이 어머니를 괴롭히는 일 같았기 때문이었다. 만약 내가 어머니를 슬프게 했다면 나는 어머니를 찾고야 말았을 것이다. 어머니는 자식을 나에게 뺏겼다든가 하는 생각을 가진 분이 아니었다. 뺏고 빼앗기는 그런 문제를 떠나 자기를 찾으려는 문제에 골몰하신 분이다. 자기 충실의 길을 찾으려 하신 분이었다.

강 여사는 자기가 어머니에 비해 차원이 얕은 슬픔 속에서 살고 있다는 생각을 했다. 차원이 얕은 슬픔이 범인에게는 더 고통스러운 것이 아닌가 하고도 생각했다. 이런 생각을 하고 있을 때 하 사장이 왔다.
하 사장은 들어오자마자 또 목인형을 꺼내 놓았다. 이번에는 나무로 만든 쥐 한 쌍이었다. 종이로 싸지도 않은 쥐 한 쌍을 내놓으며,
"매일 이런 것 하나씩 사다 드리지."
하고 말했다. 한 쌍에 백 원 안팎짜리니 선물이라고도 말할 수 없다. 선물이라고 말할 수 없는 것이지만 매일 사다 주겠다는 것은 그의 취미라고나 할까? 강 여사는 그래도 고맙단 말을 안 할 수 없었다.
"어제 주신 걸 책상 위에 세워 놓고 얼마나 오래 바라봤는지 아세요? 사다 주시는 대루 받아 모았다가 한꺼번에 돌려 드리지요."
그냥 받기만 하겠다는 체면 없는 말을 할 수가 없었던 것이다.
"도루 받을라구 드리는 건 아닙니다. 무어나 수집하는 것두 재미있는 일이니까 모아 보십시오."
강 여사는 목인형을 책상서랍에 넣어 둔 뒤 다시 하 사장에게로 가서,
"요새는 왜 혼자 오시죠?"
하고 웃음 말했다.
"혼자 오면 못씁니까?"
하 사장도 웃음을 지었으나 억지웃음이었다.
"만날 친구가 없어졌는가 해서 물은 거뿐예요."
"내일부턴 친구와 같이 오죠."
어쩐지 시비조였다.
"참, 선생님두."
"사람이란 때루 혼자이구 싶은 때가 있잖습니까?"

“선생님두요?”

“선생님두라니요? 그래 나는 사람이 아니란 건가요?”

“참, 선생님두 선생님처럼 나이도 들구 사회적 위치두 높구 또 가장으루 권위도 가지신 분이 그럴 수 있느냐는 거지요?”

“그렇게 봐 주어서 고맙군요.”

하 사장은 이 날따라 왜 비꼬기만 하는 것일까? 그렇지 않아도 심정이 고르지 못한 날 속을 긁어 주려고 하는 이유가 무엇일까? 내게 유감스런 마음이 있다는 말인가? 강 여사는 참을 수가 없었다.

“제가 우는 것을 보구 싶어 그러시나요?”

“천만에요, 강 여사처럼 거룩하신 분을 내가 울릴 수가 있소?”

“싸움을 해야 시원하시겠어요?”

“강 여사와 싸울 사람은 따루 있겠지.”

강 여사는 가슴이 막혀 와서 말을 할 수 없었다.

어쩐 일인지 정말 눈물이 나오려고 했다. 그미는 획 돌아서서 카운터 있는 곳으로 가 의자에 앉았다. 벽을 향해 앉아서는 집으로 가고 싶기만 했다.

그런데 한참 말이 없던 하 사장이 누구에게랄 것 없이 주방을 향해,

“술 한 되만 주시오.”

굵은 목소리로 말했다.

강 여사는 갑자기 자리에서 일어나 하 사장에게로 가,

“저녁 잡수셨어요?”

하고 물었다.

“한 잔하구 가서 먹지요.”

그때 그미가 하 사장의 옷소매를 잡아끌었다.

“나가 저녁을 먹어요.”

그것은 명령 같은 것이었다. 하 사장이 어물거릴 때 그미는 소맷자락을 힘껏 잡아당겼다. 안 일어날 수가 없을 만큼. 그미는 하 사장을 끌고 근처 중국요릿집으로 들어갔다.

그리고는,

“제가 그렇게두 미우신가요?”
하고 물었다.
“미우면 인형 같은 걸 사다 드리겠소?”
“그럼 왜 말끝마다 못마땅해 하시는 거죠?”
“내가 왜 그랬을라구요? 그럴 까닭이 없는데…….”
“전 어제부터 하 사장님께 의논드릴 말이 있어서 조용히 만나려구 했었어요.”
강 여사는 자기의 문제를 하 사장에게 의논해야 한다고 생각한 일은 없었다. 의논의 상대가 될 만한 사람인 것만은 틀림없다.
그런데도 그렇게 말한 것은 자기를 비꼬기만 하는 하 사장에게 자기의 심정을 왜 몰라 주느냐고 하소하고 싶었기 때문이었다.
“무슨 의논인데요?”
하 사장이 이렇게 물을 때 강 여사는,
“가게를 팔아야 할 일이 생겨서 그걸 말씀드리려구 했어요. 대단한 일은 아니지만 의논할 사람이 있어야지요.”
하고 말했다.
사실은 모든 것을 빼앗긴 것 같은 정신적인 문제를 이야기하고 싶었을 것이다.
그러나 그런 이야기를 하기에는 아직 하 사장과의 거리가 먼 것 같았다.
“어떤 일인데요?”
“안 해요. 저를 그렇게 미워하는 분에게 그런 이야긴 해서 뭣해요?”
“참 기가 맥히는군요. 내가 그래 강 여사를 정말 미워하는 것 같아요.”
“정말 미워하는지 가짜루 미워하는지 저 같은 무식한 여자가 알아요?”
“그러지 마십시오. 나두 요새 맘이 편치 않아 걷잡을 수가 없는데.”
“높으신 분두 맘이 편치 않을 때가 있나요.”
“비꼬시는군요.”
“하 사장처럼 그런 기술은 없어요.”
“우리 고사를 지냅시다.”

"제가 죽은 여자처럼 보이세요?"

"그러지 말자니까요. 내가 먼저 이야길 하지요."

"저 같은 여자가 들어두 괜찮을 이야기라면 듣기루 하지요."

"참, 강 여사는 좋지 못하군요."

"좋지 못한 줄 이제야 알았어요?"

"정말 한 대 때려 줄까?"

"아무한텐 맞아두 좋은 여잔 아닐 텐데요."

하 사장은 어이가 없는지 한참 동안 그미를 멀거니 쳐다보다가,

"강 여사, 우리 그러지 맙시다."

하고는 손을 내밀어 그미의 손을 잡았다. 그리고는,

"나에게두 고민이 있습니다. 좋은 의견을 좀 들려 주십시오."

하고 자기 이야기를 꺼내기 시작했다.

4

나에게는 딸이 형제 있습니다. 다 성년해서 결혼을 했습니다. 맏딸은 애가 둘이나 있지만, 남편이 무직 상태여서 집에 와 살고 있습니다. 혼자 와 있는 것이 아니라 남편과 자식 전부 데리고 와 있습니다. 결혼한 지 일 년도 안 되어서부터이니까 집에 와서 산 지가 벌써 사 년째 되는 셈입니다. 그 사 년 동안 무척 내 속을 썩이고 있지요. 생각해 보십시오. 내 자식만이라도 보기 힘든 그 꼴을 사 년 동안이나 참으며 보고 있는 내 심정이 얼마나 썩었겠는가. 딸의 남편이니 사위지요. 내게 친아들이 없으니 아들 노릇할 자격이 없는 건 아닙니다. 정말 곱게만 군다면 사위라고 나무랄 것이 무엇이겠습니까?

그러나 미운 사위는 남보다도 못합니다. 하는 짓 하나 하나가 눈에 거슬릴 때 때려서라도 내쫓고 싶은 마음이 듭니다. 그런데 딸은 아무래도 제 남편 편입니다. 딸애도 무능하면서도 일만 저지르는 제 남편을 좋아하지 않습

니다. 좋아하지 않으면서도 내가 미워하면 슬그머니 자기 남편 편역을 듭니다. 나는 아무래도 같이 살 수가 없을 테니 일찌감치 이혼을 하라고 합니다. 그러면 새끼가 둘씩이나 있는데 이혼을 어떻게 하느냐는 것이 딸입니다. 나는 딸애가 속을 빼놓고 사는 것 같아 울화가 치밀기도 했지만, 그래도 속으로 무던한 애라고 생각했습니다. 요즘 여자치고 무던하다 할 수 있지 않습니까? 그렇지만 이 애들은 사 년 동안 계속해서 내 속을 썩인 것이 사실입니다. 그 이야기는 조금 뒤에 하지요.

결혼한 지 일 년 좀 남짓한 둘째딸 이야기부터 하겠습니다. 이 애가 며칠 전 또 집으로 왔습니다. 남편과 이혼을 하고 아주 온 것입니다. 나하고는 한 마디의 의논도 없이 이혼을 한 것입니다. 이혼을 하고 혼자 제 힘으로 산다면 모릅니다. 내게 와서 내 밑에서 살려는 애가 어찌 애비에게 한 마디 의논도 없이 이혼을 하겠습니까? 몇 달 전에 와서 남편의 결점을 말한 일이 있습니다.

남편이 자기를 사랑 안 하는 것은 아니지만 너무나 횡포했다는 것이었습니다. 직장이라고 아침에 나가서는 매일 늦게야 돌아왔다는 것입니다. 밤 열 시 전에 들어오는 일이 별로 없었다는 것입니다. 술을 마시거나 그렇지 않으면 당구를 친다는 거죠. 게다가 '섯다'라든가 화투를 하기 시작하면서부터는 밤을 새우고 다음날에나 들어오는 때가 잦았다나요. 와이셔츠 깃이 새까매 가지고 부석부석한 얼굴로 돌아올 때 아내 된 사람으로 보기 싫기도 했겠지요. 그러나 그것도 참을 수 있다는 것이었습니다. 가장 참을 수 없는 것은 가족을 시켜 자기를 감시하고 있었다는 사실이라더군요. 종일 아무데도 나가지 못하게 했답니다. 혹시 동창생과 약속이 있어 나갔다 오면 그것을 가족들에게서 들어 가지고 못 살게 굴었다는 거죠. 그냥 야단치는 게 아니라 어떤 남자와 만난 것이 아니냐고 생트집을 부렸다는 거죠.

그래도 그때는 하나의 불만처럼 말했을 뿐 이혼할 눈치는 보이지 않았던 것입니다. 그래서 나도 그 애가 알아듣도록 타일러 보냈던 것인데 이삼 일 전 보따리를 싸 가지고 와서는 이혼을 했다고 하니 놀라지 않을 수 없었습니다.

나는 그 애의 마음을 돌려 다시 시집으로 가게 여러 말로 권유했지만 소용없었습니다. 인간 취급을 못 받는 그런 생활은 죽어도 못한다는 것이었습니다. 결혼하면 아무래도 부자연스러운 것인데 그 부자유를 부자유로 생각지 말아야 한다고 말했고 이제 애라도 낳으면 살림에 쫓겨 부자유를 부자유로 느낄 여유도 없다고 말했습니다. 그랬더니 그 애는 그런 것이 결혼 생활이라면 다시 결혼을 안 하고 혼자 늙어 죽겠다는 것이었습니다.

나는 이혼을 아주 반대하는 사람도 아닙니다. 그리고 딸의 이혼이 나의 사회생활에 어떤 영향을 끼친다 해도 그것을 두려워하는 사람이 아닙니다. 다만 딸애의 생각을 조금만 돌리면 결혼 생활을 계속할 수 있다는 마음에서 마음을 돌이키려 했던 것입니다. 딸애의 마음을 조금만 돌이킬 가능성이 있다면 사위 되는 사람을 만나 다음부터는 조금 주의하도록 타이를 작정이었습니다. 그러나 딸애가 원체 고집을 부리니까 사위를 만날 생각도 못하고 있습니다. 나는 슬펐습니다. 이혼할 때도 내 의견을 들으려 하지 않았지만 돌아와서도 내 말을 용납하지 않으려는 그 태도가 슬픔을 안겨 준 것입니다.

그런데 어제 그 사위가 집으로 찾아왔습니다. 백배 사죄를 하는 것이었습니다. 차후로는 그런 일을 절대 안 한다는 것이었습니다. 그 결심이 실현성 있는 것인지는 둘째로 진심에서 우러나온 것이 틀림없는 것 같아 나는 사위를 용서하려고 했습니다. 그러나 딸애는 미동도 안 했습니다. 죽어도 싫다는 것이었지요. 사위는 다시 그런 일이 있으면 그때는 정말 이혼하자 해도 군말 않겠다고 했습니다.

나는 한 번쯤 용서할 수 있는 일이라고 생각했습니다. 큰 죄를 지었다고 해도 부부간에는 한 번쯤 용서할 수 있는 일이니까요. 다른 여자를 사랑한 것이 아니라고 해서 사위의 죄가 크지 않다는 것이 아닙니다. 딴 여자를 사랑 안 했다 해도 자기 아내를 사랑하지 않았다는 것은 큰 잘못이니까요. 아내를 사랑하지 않은 것이 죄 될 것 없다고 말들 하지만 사랑해야 될 아내를 사랑 안한 것이 어찌 죄가 아니겠습니까? 나는 그렇게 생각합니다. 부부생활을 하면서 딴 사람을 사랑한다는 것은 부부가 지켜야 할 의리를 지키지 않은 데서부터 출발된 것입니다. 지켜야 할 애정과 의리를 지키지 않았다는 것이 원인이 되어 새로운 죄악이라는 결과를 초래한 것이라 볼 수 있는 것입니다. 법에서는 동기보다 결과를 더 중하게 여기지만 사회적인 윤리면에서는 동기를 더 중요시해야 하는 것이 아니겠습니까? 그런 만큼 내 사위가 내 딸을 사랑하지 않았다는 사실을 경시할 수가 없습니다. 그렇지만 그것도 한 번쯤은 용서할 수 있다고 생각하는데 딸애는 용서할 수가 없다는 것이었습니다. 그러니 애비 된 내 마음이 좋을 까닭이 있겠습니까?

그리고 결혼했던 남자와 이혼을 했으면 조금쯤 슬퍼해야 한다고 생각합니다. 일부러 슬퍼하는 것이 아니라 저절로 슬퍼지는 슬픔이라면 어떤 것으로도 그것을 대치할 수가 없을 것입니다. 그런데 딸애는 집에 오는 날부터 나돌아다닙니다. 술까지 마시고 돌아오는 때가 있습니다. 슬픔이라든가 고통을 잊어버리려는 노력이라고 해석할 수도 있습니다. 그러나 어디 그럴 수가 있습니까? 잘 한 일도 아닌데 이혼한 것을 광고하며 돌아다니니 말입니다. 어린것이라면 회초리로 종아리라도 때려 주고 싶은 지경입니다. 때리지도 못하는 안타까움.

딸이나 아들이나 다 마찬가지겠지요만 자식들이 크면 다 남이 된다는 것을 절실히 느꼈습니다. 앞으로 재혼을 할 경우 그 비용이라든가 모든 책임을 애비에게 지울 것입니다. 책임은 지우면서도 애비를 애비로 생각지 않는다는 것입니다. 다시 말해서 자기들이 필요할 때는 부모요, 필요하지 않을 때는 그 존재도 인정치 않는다는 것이지요.

큰딸도 비슷합니다. 자기들끼리는 밤낮 싸우면서도 이혼하라는 내 말을 들으려 하지 않지요. 내가 큰사위를 두 번씩이나 취직을 시켰습니다. 제 힘으로는 취직도 못하는 주제에 번번이 상관과 싸우고 직장을 나와 버렸습니다. 무얼 믿고 그러는지 통 알 수가 없는 노릇입니다. 그래서 다시는 취직을 시키지 않기로 결심했지만 동시에 희망이 없는 녀석이라고 단정지었습니다. 희망이 없다고 단정지은 사위에게 딸을 맡길 수가 있겠습니까? 딸에게 이혼을 권했습니다. 그때 딸애는 아까도 말씀드렸듯이 애가 둘씩이나 있는데 어떻게 이혼할 수가 있느냐는 것이었습니다. 나는 사위는 밉다 해도 딸애의 인정을 인정하지 않을 수 없었습니다.

　그런데 둘째딸이 이혼하고 돌아온 날 큰딸애가 불쑥,

　"아버지. 철이 아빠를 양자루 입적시킬 수는 없어요?"

하고 물었습니다. 나는 그 말의 뜻을 눈치챘지만 모른 척하고,

　"우리 나라엔 서양자라는 게 없지 아마……."

했더니,

　"그럼 우리 상속은 어떻게 되는 거지요?"

　구체적인 질문을 했습니다. 그런 것을 생각하는 것도 있음직한 일이겠지요. 더구나 둘째딸이 무작정 와 있게 됐으니까. 그렇지만 내가 아직 노쇠하지도 않았는데 그런 말을 내 앞에서 할 수 있겠습니까?

　그러니까 자식이란 유산을 상속받으려 할 때만 아버지가 필요한 것인가 봅니다.

　"그런 거 아직 말하고 싶지 않다."

　나는 대답을 회피해 버렸지만 슬펐습니다.

　참 내가 이야기 안 한 것이 하나 있습니다. 내 처에 대한 것입니다. 내 처는 삼 년 전에 죽었습니다. 그래서 작년부터 재혼을 생각해 보았습니다. 역시 불편한 데가 많은 것 같더군요. 그리고 가족이란 틀에 맞아야지 한쪽 귀가 떨어져 나가면 기계가 제대로 돌아가지 않듯 원활한 것 같지가 않습니다. 큰딸애가 친절하게 나를 돌봐 주고 있지요. 식모를 감독해서 내가 불편하지 않도록 무척 신경을 쓰고 있습니다. 그러나 아래서 오는 사랑이란 받기만 하는 것이지 요구할 수가 없는 것이더군요. 그리고 내가 주는 입장이 아니라 받는 입장이 된 것 같아 부자유스런 것 같습니다. 경우에는 내가 불쌍한 존재로 딸애의 동정을 받고 있는 것 같은 생각도 들곤 합니다. 그러니까 늙어도 사람은 배필을 가지고 살아야 하는 것 같아요. 그래야 가정도 원만해지고 가족도 평화를 유지하게 되는 것이 아닌가 생각합니다. 그러나 어른이 된 딸을 두고 내가 후처감을 내 손으로 구할 수가 있겠습니까? 딸애의 입에서 그런 말이 나오기를 기다렸습니다. 사실 친구들 가운데 후처감을 소개해 주겠다는 사람이 있었습니다. 그래서 딸애에게 그런 말을 비치기까지

했지요. 그런데 딸애는,

"제 시중만 가지고는 부족하세요?"

하며 섭섭해하는 태도를 보였다.

"그런 것은 아니지만 자꾸만 조르는 사람이 있어서 그러는 거다."

나는 친구를 빙자했습니다. 그만하면 내 마음을 앎 직도 한데 딸애는,

"다 늙으셔서 남의 입에 오를 일을 해선 뭣 해요."

어디까지나 반대였습니다. 딸이 반대하는데 어떻게 재혼을 합니까? 큰딸이 그러니 작은딸도 그럴 것입니다. 딸들에게 주책이란 말을 듣고 싶지 않았습니다. 그래서 이때까지 재혼을 못했던 것이지만, 요 며칠 사이에 딸의 마음을 알자 나는 또 한 번 슬퍼졌습니다. 내 재혼을 반대한 것은 나를 위함이 아니라 유산 상속 때문이었다는 사실을 알았기 때문입니다.

옛날부터 자식은 홀아비 된 아버지의 짝을 만들어 주어야 효자가 된다고 했습니다. 홀아비 된 애비를 위해서 자식은 후처를 얻어 주어야 한다는 것이 아니겠습니까? 그러나 요즘은 자식들은 홀아비가 된 애비의 고독보다 자기가 받을 상속에만 눈이 밝습니다.

요즘 세상에 자식에게 효도를 받으려는 이가 얼마가 있겠습니까? 그러니 효도라는 것이 자취를 감추어 버렸지만 슬픈 것은 가족제도의 붕괴입니다. 최소한도 부모와 자식 사이에는 이해타산을 떠난 정의(情誼)가 있어야겠는데 그것이 없어져 가고 있다는 것입니다. 부모와 자식 사이에 순수한 정의가 없어진다면 가족제도가 어떻게 유지되겠습니까? 모두가 서양에서 들어온 개인주의 사상 때문이라고 생각합니다만 이렇게 나아가면 우리 나라 사람들이 가지고 있는 아름다움이 송두리째 뿌리 뽑히는 것이 아닐까 생각합니다. 가장 중요한 그것이 뿌리 뽑힌다면 사회구조도 달라져야 할 것이고 사회 윤리도 달라져야 할 것입니다. 사회복지제도도 생겨야 할 것입니다. 그런 것들이 생기기 전에 고유의 정신이 없어지고 만다면 이 땅에는 비극만이 초래되는 것이겠지요.

강 여사는 자기가 하려던 이야기를 못한 채 하 사장의 이야기만 들었다.

이야기를 들은 뒤에 오는 허전함이 자기 이야기를 꺼낼 힘을 잃게 했다. 하 사장도 자기 못지않게 외로운 사람이란 생각이 가슴을 채웠던 것이다. 따라서 자기 또래의 오십대 모두가 겪고 있는 공통된 고통이란 생각도 들었다.

"그러니 어떻게 하면 좋지요?"

강 여사는 하 사장 개인의 문제가 아니라 오십대 전체에 대한 문제점을 들어 하 사장의 의견을 물었다.

"어떻게 할 순들 있습니까? 그냥 살다가 죽는 거죠."

"그럼 우린 희생적 존재란 건가요?"

"그렇겠지요. 그렇지만 그것은, 우리들 부모들 때부터 싹튼 희생이라 할 수 있을 겁니다. 우리 부모 때부터 그런 희생을 조금씩 받기 시작했으니까요?"

"그럼 우리 자식들 대에는 어떻게 될까요?"

"거야 더 심하겠지요. 그들이 우리에게 정의를 보여 주지 않은 대가를 그들 스스로가 받을 것입니다. 좀더 큰 대가가 되겠지요."

강 여사는 하 사장의 말을 이해할 수 있는 것 같기도 하고 이해할 수 없는 것 같기도 했다. 그래서 전체적인 이야기는 그만하고 자기 이야기를 꺼냈다.

"저는 어떻게 하면 좋을까요?"

"강 여사는 어떤 문제가 있는데요?"

하 사장이 그미의 가정 이야기를 들을 의무가 있는 듯 물었다. 그미도 이야기해야 할 의무가 있는 듯 자기가 언제부터 혼자가 되었다는 것, 또 두 자식을 어떻게 교육시켰다는 이야기를 했다. 그리고 강우에 대한 이야기까지 하고 나서,

"그 애가 가게를 팔아 없애라고 합니다. 저도 팔아 버리는 것이 자식들을 위해 좋은 일이라구 생각합니다. 그런데두 마음이 아주 내키지 않는 데가 있습니다."

하고 말끝을 맺었다. 그러자 하 사장은 별반 생각할 일도 아니라는 듯,

"팔지 마십시오."

하고 간단히 대답했다.

"왜요?"

"아드님이 가게를 팔라는 이유는 뭐지요?"

"결혼에 지장이 있는 것 같아요."

"그럴 겁니다. 강 여사에게서 이야기를 들은 뒤 강우의 얼굴을 봤습니다. 그 애 몰래 나만이 봤지요. 그리고 그 애 직속상관에게 생활태도에 대한 것도 물어 봤습니다. 나쁜 애는 아닙니다. 그러나 결코 효자 노릇할 애는 아닌 것 같습니다. 그러니까 강 여사의 직업을 부끄럽게 생각할 것입니다."

"저두 그 애한테서 효도를 바라는 것은 아녜요. 에미로서의 의무와 애정을 다 하려는 것뿐이지요."

"어머니에게 진실된 애정을 느낀다면 어머니의 직업에 구애되지 않을 것입니다. 결혼에 그런 것이 문제된다면 그런 것을 문제삼지 않는 여잘 골라야죠. 직업에 무슨 귀천이 있습니까? 강 여사가 술집에서 술이나 따르는 여자라면 또 모릅니다. 주인입니다. 주인일 뿐입니다. 그것이 뭐 그리 큰 문제가 됩니까?"

"그래두 수치스럽게 생각하니 구태여 그 직업을 가질 필요두 없지 않겠어요?"

"좋은 말입니다. 그런데 그 뒷일을 또 생각해야 합니다. 요즘 젊은 사람들은 특별한 이해관계가 없는 이상 부모와 함께 살기를 꺼려합니다. 부모들도 자식이라 해서 꼭 데리구 살려 할 필요가 없지요. 분가를 시키는 겁니다. 자유스럽게 또 재미있게 살도록 해 줘야 합니다. 그러니 강우도 결혼을 하면 독립생활을 할 때 집을 따로 사려 하지 않을 것입니까? 결국 가게 판 돈으로 그 애 집을 사 줘야 될 것입니다. 그렇게 되면 강 여사는 혼자서 무얼 먹구 사시지요?"

"지금 살구 있는 집이 있잖아요? 그걸 팔아서 셋집에 들고 현금을 놀리지요."

"좋은 생각입니다. 마음 편할 대루 하십시오."

하 사장은 강 여사의 자유의사에 맡길 수밖에 없었다. 강 여사도 자기 의사대로 하겠다는 뜻을 밝혔다.

"제일 중요한 것이 제 마음 아니겠어요. 굶어 죽어두 마음만 편하면 되니까요."

음식점에서 나와 하 사장과 헤어지고 가게로 돌아온 강 여사는 얼마 동안 멍하니 앉아 손님 대접도 제대로 못했다. 하 사장을 비롯해서 그의 딸들과 사위들이 안개에 떠서 그미 눈앞을 빙빙 돌았다. 횃불 같은 것을 노끈에 매어 빙빙 돌리듯 그들의 얼굴이 연속선을 이루어 눈앞에 떠올랐다. 그 중 하 사장의 얼굴이 가장 크고 선명하게 보였다. 이때까지 남부러울 것 없이 행복하게 살리라 생각했던 하 사장이다. 그에게 없는 것이 무엇이겠는가? 많은 것을 가지고 있으면서도 불행하다니……. 갖는다는 것, 그 형체나 종류 여하를 막론하고 갖는다는 것은 형벌인가? 자식을 갖는다는 것, 돈을 갖는다는 것, 그렇다면 갖는 것이 많을수록 형벌을 받아야 한다는 것인가?

강 여사는 어렸을 때를 생각했다. 행복스러웠다. 가진 것이라고는 입은 옷과 학교에서 공부하는 책들뿐이었다. 쓰고 먹고 하는 것 모두가 자기의 것이 아니었다. 부모들의 소유물 속에서 산 것이다. 자기마저 부모의 소유였다. 소유가 없기 때문에 꿈을 가지고 살 수 있었다. 옥토끼가 산다는 달나라에 가 보고 싶었고 천사들이 타고 다닌 칠색 무지개를 타 보고 싶었고 천사들이 타고 다닌 칠색 무지개를 타 보고 싶었다.

국민학교 책에서 배우기 전에 나무꾼과 선녀 이야기를 어머니에게 듣고 동네에서 십리나 떨어져 있는 저수지에 간 일이 있었다. 친구 애들을 꾀어서 나물 캐러 간다고 가서는 소나무 그늘 밑에 앉아 호수와 하늘을 몇 시간이고 바라보았었다. 혹시나 밧줄이 하늘에서 내려오지나 않을까 하는 생각에서였다. 푸른 하늘이었다. 저수지의 물도 푸르렀다. 푸르고 잔잔한 수면을 보며 그 물 속에 들어가 목욕을 하고 싶었다. 몸을 깨끗이 씻어야 하늘에서 밧줄이 내려올 것 같았던 것이다. 그래서 친구 애들과 목욕하자고 말해 보았지만 깊어서 무섭다고 하며 뛰어들 생각들을 안 했다. 혼자서라도 목욕을 하고 싶었다. 옷을 벗어 곱게 개켜 놓은 뒤 물 속으로 들어갔다. 조심조심 깊이를 재가며 들어갔다. 물 속에 몸을 잠그고 몸을 씻었다. 오래오래 씻었다. 그 사이에 개켜 놓은 옷을 어떤 나무꾼이 와서 가져갈 것을 기대했다. 그러면 할 수 없이 그 나무꾼과 같이 살게 된다. 어린애를 셋이나 낳는다. 그때 나무꾼이 옷 훔쳤던 이야기를 한다. 그리고 조르는 바람에 그 하늘옷을 내 준다. 그 하늘옷을 입었을 때 하늘에서 밧줄이 내려와 세 아이를 업고 양쪽에 끼고 해서 하늘로 올라간다.

그러나 몸을 씻고 나와 보았을 때 개켜 놓은 옷이 그대로 있음을 보았다. 일부러 곱게 개어 놓았던 수고가 헛수고로 돌아간 것을 슬퍼했다. 애들이 목욕을 뭐 그리 오래 하느냐고 야단치는 바람에 옷을 주워 입고 집으로 돌아왔지만 그냥 돌아오기가 얼마나 아쉬웠는지 모른다.

그 뒤 얼마 동안 저수지에서 목욕하는 꿈을 꾸었다. 그러나 꿈 속에서도 밧줄을 쥐고 하늘로 올라가 보지는 못했다.

지금 생각하면 철없는 어리석은 꿈이었다. 그러나 그 꿈이 이루어지기를 얼마나 열망했던가? 죄 없는 꿈이었다. 그림과 같은 꿈이었다. 그런 꿈도 내게 가진 것이 없었기 때문에 품을 수 있었던 것이 아니었을까.

결혼을 했다. 남편과 공동의 소유이기는 했지만 내 것이라는 것이 늘기 시작했다. 자식이 생겼다. 내 소유의 자식들이었다. 그 뒤부터 나는 고생을 하기 시작한 것이다. 형벌을 받기 시작한 것이다.

하 사장은 재산이라는 것이 있기 때문에 나보다 좀 더한 형벌을 받고 있을지 모른다.

강 여사는 하 사장이 불쌍하다는 생각을 했다.

가진 것을 없애야지. 적게 가질수록 그만큼 불행이 적어질 것이다.

강 여사는 가게를 팔아야 한다고 생각했다. 그리고 강우가 달라는 대로 모두를 주어 버리자. 그러면 몸도 가벼워지고 마음도 가벼워질 것이다. 국민학교에 다니던 어린 때와 같은 꿈만 갖고 살 수는 없을지 모르지만 순수한 마음으로 살 수가 있을 것이다. 강우도 결혼을 시켜 내보낸다. 그러면 완전히 나 혼자만의 생활로 돌아간다. 갖는다는 것이 아주 없어지고 만다.

이런 생각을 하며 열한 시가 지나 집으로 돌아갔을 때 강우가 강 여사 방으로 왔다. 강우는 돌아온 지가 얼마 안 되는지 옷을 갈아입지 않은 채였다.

"가게 팔렸어요?"

강우는 그 말을 물으려고 별렀던 모양이었다. 그미는 아무 생각 없이,

"아직은……."

하고 대답했다.

"왜 빨리 안 팔릴까?"

강우가 안달이 난 것처럼 말할 때 그미는 마음이 굳어지는 것을 느꼈다. 달팽이가 몸을 움칠하고 껍질 속으로 감추듯이. 그래서,

"그게 그리 팔리겠니?"

하고 쉽사리 팔리지 않을 것이란 말을 했다. 그것은 안 팔릴지도 모른다는 말 대신으로 한 말인지도 모른다. 팔아서 강우가 요구하는 대로 주어 버리겠다던 마음과 아주 반대의 마음이었다.

"안 팔리면 어떡허지요?"

"할 수 없지 어떡허니?"

그것은 확실한 반발이었다. 주고 싶다가도 달라고 먼저 말하면 주고 싶어지지 않은 심정이었다. 주는 것은 자기 의사다. 어째서 요구를 하는 것일까? 요구에 응해 준다는 것은 싫다.

"약혼식을 빨리 올리려구 했는데……."

가게가 안 팔리면 약혼식도 할 수 없다는 말인가? 강 여사는 그렇다면 약혼식도 그만두렴 하고 말해 주고 싶었다. 그러나 그럴 수는 없었다. 아들과 싸울 수는 없다고 생각했던 것이다. 부모와 자식이 일대 일이 되면 언제나 싸우게 된다. 부모와 자식이 일대 일이 될 수는 없다. 부모는 어디까지나 자식의 위에 있다. 위에 있는 사람이 아량을 보여 줘야 한다. 희생도 해야 한다. 어찌 자식에게 아량이나 희생을 요구할 수 있을 것인가?

"빨리 약혼식을 올리도록 하자. 그새 가게가 팔리겠지."

"그렇지만 약속을 했는데요."

"가게를 판다는 것은 남과의 거랜데 거래가 맘대로 되니? 약속을 안 지키겠다는 것은 아니니까……."

그미는 그런 약속이 약혼의 전제가 될 수 있는가고 생각했다. 만약 그 약
속이 움직일 수 없는 것이라면 그런 약혼은 파기시키고 싶었다. 그러나 그
럴 수가 없었다.

"좀 곤란한데……."

곤란해하는 강우의 얼굴을 보자 하 사장의 말이 생각났다. 나쁘지는 않지
만 효도할 애 같지는 않습니다. 정말 효도할 애는 못 된다. 어째서 그런 약
속은 했으며 설사 약속을 하고 싶어도 왜 자기와 의논도 없이 혼자 제멋대
로 약속을 했단 말인가? 효도는 못할망정 자기와 관계있는 일에 한해서라
도 의논을 해야 할 것이다. 그미는 자기가 완전히 무시당하고 있다는 슬픔
을 깨물으면서도,

"그래 언제쯤 올리기루 했니?"

"열흘 뒤."

"정한 날 올리두룩 해라. 그새 가게를 팔두룩 해 볼게……."

"글쎄요."

"글쎄요가 뭐니? 정했으면 정한 대로 하는 거지."

강 여사는 벽에 붙어 있는 캘린더를 바라보며 날짜를 더듬었다. 그리
고는,

"토요일이구나. 알았다. 장소두 정했니?"

"××호텔이에요."

"우리가 준비할 건 뭐니?"

"전부 신부 집에서 하기로 했어요."

"그래두 약혼반지하구, 네 옷 한 벌쯤은 사야지 않겠니?"

"거야 물론이죠."

그미는 모든 것을 신부네 집에서 책임진다는 말에 고마움을 느꼈던 것이
지만, 강우가 거야 물론이라는 말에 또 마음이 굳어지는 것을 느꼈다. 이 애
는 어째 이럴까? 아무리 필요한 것이라 해도 걱정하는 투로 요구는 못할망
정 그래 당연한 것이니 말할 필요도 없다는 태도를 취할 것이 뭔가? 그러다
가는 자기 마음에 맞지 않는 반지를 살 경우 싸우자고 덤벼들 것이 아닐까?

만약 아들 아닌 딴 사람이 이렇게 나온다면 반드시 싸우게 될 것이라고 생각했다. 그러나 아들과 싸울 수가 없었다.

"반지는 어떤 걸루 하겠니?"

"다이아지요, 뭐."

역시 상상했던 대로였다. 다이아로 혼자 정하고 있는 그에게 다른 보석반지를 사 준다고 하면 싸우자고 덤벼들 것이다.

"그럼 내일루라두 신부를 데리고 금방엘 가자."

그미는 아들이 하자는 대로 해 주기로 마음먹었다.

"몇 캐럿짜리로 살까?"

다만 얼마나 큰 것을 사느냐가 문제였다.

"반 캐럿짜리는 사야겠지요."

그미는 놀랐다. 반 캐럿이면 돈이 얼만가? 그것도 자기와 의논 없이 영주하고만 결정지어 버렸다. 울컥 화가 치밀어 올랐다. 과부로 돈을 벌기가 얼마나 힘이 들었는데 그런 것도 모르고 제멋대로 쓰려 한다. 몇 억만 재산가의 장자로 알고 있단 말인가?

돈을 쓰려고 하는 것은 또 좋다. 돈을 쓰려면 쓰는 돈에 대한 감사를 해야 한다. 돈을 쓰면서도 그 돈을 모은 사람을 경멸하고 있지 않은가? 경멸하는 사람의 돈이기 때문에 함부로 쓰겠다는 말인지.

강 여사는 또 하 사장의 말을 생각했다.

'부모와 자식 사이에는 이해타산을 떠난 정의(情誼)가 있어야겠는데 그것이 점점 없어져 가고 있습니다.'

그것이 시대적인 추세인 것 같았다. 하 사장이나 자기만의 문제가 아니고 사회 전반의 문제인 것 같았다.

'그래두 그럴 수가 있담.'

시대의 추세라고 해도 있을 수 없는 일이라고 생각되었다.

설사 엄연히 있는 현상이라고 해도 어쩔 수 없는 일이라고 체념하기가 힘들 것 같았다.

그래도 부모들은 자식에 대해 정의를 가지고 있다. 자식들이 부모를 대하듯 이해타산으로 대하는 부모가 어디 있겠는가? 혹시 있을지도 모른다. 그러나 그것은 백에 하나가 될까? 자식에게 요구하는 것이 없다. 요구하는 것이 없는 이상 거기 이해타산의 관념이 따를 수 없다. 있다면 기대라고나 할까? 그 기대란 자식이 잘 되기를 바라는 가장 순수한 기원(祈願)에 지나지 않는다. 오직 주는 것뿐이다.

참으로 알 수 없는 일이다. 개인주의가 극도로 발달하고 있는데 그런 순수 감정이 남을 수 있을까? 손해 보는 감정일지도 모른다. 일방적인 감정이니까. 그러면 그 손해 보는 감정을 부모만이 가져야 한다는 것은 원죄와 같은 것이란 말인가? 형벌! 곧 원죄와 통하는 것일까?

다음날 강 여사는 아들과 며느리가 될 영주를 데리고 금방으로 가서 그들이 마음에 든다는 다이아반지를 샀다. 아무 불평 없이 사 주었던 것이다. 이왕 사 줄 것을 가지고 인색하다는 인상을 주기가 싫었던 것이다. 오십만 원을 내놓을 때 가슴이 뻐근했지만 할 수가 없었다. 반지뿐이 아니었다. 강우의 양복을 맞추고 오는 길에 영주를 데리고 한복 만드는 집으로 가서 약혼식 날 입을 옷을 한 벌 맞췄다. 그것은 그들이 바란 것이 아니었다. 오십만 원을 쓰는 데 돈 만 원을 아낄 필요가 없다고 생각했던 것이다. 돈 만 원을 선심 씀으로 며느리에게 호감을 산다는 것이 얼마나 큰 수확인가?

바라지도 않던 옷을 맞춰 줄 때 강우와 영주는 정말 좋아했다. 그렇게 좋아할 수가 있을까 의심할 정도였다. 역시 젊으니까 그러리라 생각했다. 좋아하는 것을 보자 그미의 마음은 더 커졌다. 그들을 데리고 다시 금방으로 가서 저고리에 달 노리개를 샀다. 금으로 만든 것이 실용성 있기는 하지만 그리 화려한 것 같지 않아 비취로 만든 것을 샀다. 이만 원이었다.

강우와 영주는 비싼 물건을 사 주는 데 무척 좋아했다. 그러나 강 여사는 그것을 살 때 눈물을 흘릴 뻔했다. 자기가 약혼할 때 남편에게 받았던 노리개를 부산 피난을 가서 장사를 할 때 장사 밑천으로 그것을 팔았다. 남편에게서 받은 노리개와 결혼반지 전부를 팔 때 눈물을 흘리던 그 눈물과 다른 눈물이 쏟아지려는 것을 겨우 참았다. 부산서는 슬퍼서 눈물을 흘렸었다. 남편이 준 것을 팔아야 한다는 것이 슬펐다. 영원히 간직해야 할 것을 없앤다는 것이 슬펐었다. 그러나 지금은 일방적인 애정을 기울이는 자기가 슬펐던 것이다. 돌아오지 않을 애정을 혼자만 기울이는 자기가 불쌍했던 것이다.

강우는 어떻게나 좋은지 금방을 나올 때 그미의 팔을 끼었다. 팔을 끼고는 매달리기라도 할 듯이 잡아끌기는 했다.

그때 그미는 영주에게,

"이건 강우가 사 주는 거다. 죽을 때까지 간직해야 한다. 알겠니?"

하고 말했다. 자기가 못한 것을 며느리에게 부탁하는 것이었다.

강우와 영주를 보내고 집으로 돌아왔을 때 손님이 기다리고 있었다. 대전서 온 맏동서였다. 반가웠다. 몇 해 만인지 몰랐던 것이다.

강우가 대학에 입학했을 때 시부모를 찾아 인사를 갔던 것이 마지막이었으니까 오륙 년이 훨씬 넘는다. 그렇지 않아도 강우의 약혼을 앞두고 한 번 내려가려던 참이었는데 잘 왔다고 생각되었다.

문안 인사를 끝내자 강 여사는 가장 기쁜 소식으로 강우의 약혼 이야기를 꺼냈다. 그리고 며느릿감에 대한 소개도 했다.

소개한 것은 결국 자랑이었다. 자랑하고 싶은 것도 무리는 아니었다. 시집 도움을 별반 받지 않고 여자 혼자의 손으로 자식을 길러 공부를 시켰고 또 결혼까지 시키게 되었으니 말이다.

자식이 미워도 남에게는 자랑하고 싶은 것이 어머니의 마음이라는 것을 맏동선들 어찌 모를 것인가? 자식 자랑, 며느리 자랑 하는 강 여사의 호흡에 맞추어 장단을 쳐주었다.

그러나 강 여사의 이야기가 끝나자 곧 집안 걱정을 꺼냈다. 남편이 경영하던 제본공장이 화재로 불탔다는 것이었다. 그래서 이번에는 연탄공장을 만들어 볼 작정인데 자본이 부족해서 걱정이라는 말을 했다. 아는 사람들에게 말해서 돌리기는 돌렸지만, 그거 가지고는 부족하니 백만 원만 빌려 달라는 결론이었다.

강 여사는 난처했다.

우선 친척간에는 돈 거래를 안 해야 한다는 생각이 앞섰다.

도로 받지 않을 작정이라면 모르지만 그렇지 않은 한 돈이 친척간의 사이를 멀리하는 원인이 된다는 것을 잘 알고 있기 때문이었다. 그리고 그만한 돈이 있는 것도 아니었다. 은행 저금과 여기저기 돌려주고 있는 것들을 회수하면 없는 것도 아니지만 얼마 앞두지 않은 강우의 결혼을 생각할 때 그 돈을 전부 써 버릴 수가 없었다.

강 여사는 강우의 결혼을 구실로 불가능하다는 말을 했다. 아무리 앓는 소리를 해도 소용이 없었다. 사정이 딱한 줄은 알면서도 할 수 없었다. 하룻밤 자고 내려가는 맏동서에게 돈 오천 원을 주고 시부모 고기나 사 드리라고 말했다.

맏동서를 떠나보낸 뒤의 그미 가슴은 허전하기 짝이 없었다.

무리하면 변통할 수 없는 것도 아닌데 자기 사정만 생각하고 협력을 거절했다. 백만 원 요구하는데 오천 원을 주어 돌려 보냈다.

시부모를 모시고 살아야 하는 시형에게 그렇게 할 수가 있는가?

세상을 험하게 살아오는 동안 세상에 대한 인정을 잃어버렸다는 것일까? 인정을 잃어버린 사람처럼 고독한 사람이 또 있을까? 어쩐지 자기가 고독한 사람이 된 것 같았다.

거절을 당한 시가에서는 자기에게 얼마나 실망을 느낄 것인가?

그래도 돈 벌었다는 소문은 듣고 있을 것이다. 돈이 있으면서도 빌려 달라는 것마저 거절했다는 것은 그 가족과 인연을 끊는 것이라 생각할지 모른다. 재가도 하지 않고 시가의 도움 하나 없이 혼자서 자식들을 길러 낸 자기에게 돈 빌려 달랄 면목이 없을 것이지만 사정이 딱하면 체면을 모르게 되는 것이 인간이다.

얼마나 딱하면 체면도 불구하고 돈을 빌리러 시아주머니를 보냈을 것인가.

일찌감치 가게로 나갔다. 방 안에 혼자 앉아 있을 수가 없었던 것이다.

낮부터 손님 없는 가게에서 이 일 저 일 하고 있을 때 하 사장 생각이 났다. 공연히 만나고 싶었던 것이다. 하 사장을 만나면 별 이야기를 안 한다 해도 가슴이 조금 후련해질 것 같았다.

회사로 전화라도 걸까? 그러나 그럴 용기는 없었다. 저녁때쯤 들리겠지.

막연한 기대를 가지고 있을 때 복덕방 할아버지가 찾아왔다. 가게를 살 사람이 나섰다면서 어떤 젊은 사람을 대동하고 왔다.

강 여사는 별로 생각지도 않고 말했다.

"좀더 있다가 팔기로 했어요."

복덕방 할아버지가 놀란 얼굴로 그 이유를 물었다.

"집안에 좀 우환이 생겨서요."

긴 이야기가 하고 싶지 않아 이런 거짓말을 해서 돌려 보냈다. 그리고는 왜 가게를 안 팔려고 했는가를 생각해 보았다.

결국 하 사장의 말 때문이었다. 안 파는 것이 좋겠다고 한 하 사장의 말이 자기의 앞을 내다보고, 또 자기를 위해서 해 준 말처럼 가슴에 남아 있었던 것이다.

하 사장이 나에게 해로운 말은 안 하겠지,

강 여사는 복덕방 할아버지를 돌려 보낸 데 대해 후회를 하지 않았다.

5

날이 어두워 갈 때 하 사장이 왔다. 기다림에 지쳐 있던 때라 그가 반갑기보다 역겨웠다. 왜 이제야 오느냐고 볼멘소리라도 하고 싶은 마음이었다. 그러나 손님들 눈치도 눈치지만 어디 그럴 사이가 되느냐고 도리어 자기 감정을 비웃는 강 여사였다. 몇 시에 온다는 약속이 있었던 것도 아니다. 약속도 없이 술을 팔아 주러 찾아 주는 것만도 고맙게 생각해야 한다고 스스로 타이르는 그미였다. 더구나 하 사장은 들어오자마자 선물을 내밀었다. 약속한 일이 있는 목제인형이었다. 조그마한 인형, 돈으로 치면 백 원 안팎의 것이지만 한 번 한 약속이라고 잊지 않고 사다 주는 그것이 고마웠다.

"뭘 또 사 오셨어요?"

"심심해서 사 온 거지."

하 사장은 결혼식장에서 남자에게는 쓸데없는 세탁 가루비누를 받아다가 여사무원에게 주듯, 인형을 주고는,

"저녁을 먹으러 갑시다. 빚을 갚아야 할 테니까……."

하고 말했다. 빚을 갚아야 한다는 말에 강 여사는,

"전 아무것도 꿔 드린 것이 없는데요."

하고 소녀처럼 토라졌다.

"유치원에 가서 말을 다시 배워야겠군요. 어서 갑시다."

하 사장은 강 여사의 감정을 무시한 듯 가게를 나가기 시작했다. 강 여사는 할 수 없다는 듯이 그의 뒤를 따랐다. 진짜로 토라진 것도 아니면서 공연히 한 번 그래 본 자기를 혼자 웃으면서…….

한길에 나가서도 강 여사는 앞서서 혼자 걷는 하 사장에게,

"같이 가요."

하고 신경질적으로 소리를 질렀다.

"빨리 좀 걸으면 어때요?"

하 사장은 그래도 화를 내지 않고 강 여사가 뒤따라오도록 천천히 걸었다. 강 여사가 빠른 걸음으로 가서 하 사장과 나란히 걸었다. 그러자 화낼 일이 없어 심심한 듯이 무엇인가 짜증부릴 구실을 찾기 시작했다. 아무 건덕지가 없었다.

하 사장이 중국요릿집을 지나 계속해서 걸을 때야 구실이 생겼다는 마음과 함께,

"어디로 가시는 거예요?"

짜증스럽게 물었다.

"얻어먹는 사람이 말두 많군. 따라오기나 해요."

"싫어요. 말 안 하면 안 갈 테예요."

"노상에서 창피하게 그러지 말구 따라와요."

"왜 말 안 하는 거죠?"

"강 여사 잡아먹을 데루 가지는 않을 테니까 따라오기만 해요."

하 사장은 끝내 가는 곳을 말하지 않았다. 계속 앙탈을 하면서도 강 여사

는 그의 뒤를 따랐고. 하 사장이 인도한 곳은 충무로에 있는 한정식 집이었
다. 오붓한 이층 방으로 올라가자 그제야 하 사장이,

"왜 그리 신경질이 심하죠?"

따지듯이 말했다.

하 사장이 따지며 묻자 강 여사는 그만 신경질을 더 낼 수가 없었다.

"누가 신경질을 냈어요? 가는 델 알리지 않구 무턱 따라오기만 하라니까
그랬지……."

"그래 이 집이 마음에 안 드십니까?"

"누가 안 든다구 그랬어요?"

"그럼 앉으십시오."

강 여사는 하 사장과 마주앉았다. 그리고는 그를 바라보며,

"화나셨어요? 화내지 마세요. 남자가 화내면 무서워요."

"화내는 남자를 많이 보셨나 보군……."

"또 신경질을 나게 하시려는 거예요?"

"그만둡시다. 난 여자가 신경질 내는 거 제일 무서워하니까요."

"신경질 내는 여자를 많이 보셨나 보군요?"

"강 여사는 꼭 소녀 같은데…… 이때까지는 어른으로만 봤는데……."

"뭐가 소녀 같지요?"

"화를 잘 내구. 또 남의 흉내를 잘 내니까."

이때 찻잔을 들고 여급이 들어와 음식 주문을 맡았다. 한정식 이인분과
맥주 세 병을 청했다.

강 여사는 이런 고급 음식점이 오래간만이었다. 그미는 음식값이 요즘 얼
마나 올랐는가가 무엇보다도 궁금했다. 직업의식 때문인지 꼭 알고 싶었다.

그래서 실례일 줄 알면서도,

"일인분이 얼마예요?"

하고 물었다.

"왜 묻지요?"

"처음이니까 알구 싶어서 묻는 거죠."

"허허, 이런 데가 처음이시라. 그럼 앞으로 가끔 모시구 다녀야겠군요.
서울 양반이 서울을 몰라서 쓰나……."

"안 알아두 좋으니까 음식값이나 알려 주세요."

"일인당 팔백 원입니다."

"어머, 그럼 맥주값까지 합하면 천 원이 훨씬 넘겠네요."

"요릿집에 가면 일인분 만 원 이상짜리가 있습니다."

"그런 말은 들었어요. 사장님두 그런 델 가끔 다니세요?"

"다니지요. 사업을 하려면 할 수 없으니까……."

"그럼 돈 없을 때만 우리 집에 오세요?"

"그렇게 생각이 듭니까?"

"몰라서 묻는 게 아녜요?"

"글쎄 나두 모르겠어요."

"정말요?"

"어디 거짓말하는 사람하구만 상대하셨나?"

"그럼 내일부터 오시지 마세요."

"건 또 왜요?"

"왜 오시는지 모르면서 오실 필요 없잖아요?"

"공연히 손님 하나 잃어버릴려구……."

"잃어버려두 좋아요."

강 여사는 공연히 심술을 피우고 싶었다. 왠지 알 수 없었다. 그래야 심정
이 펼 것 같았던 것이다. 그런데 더 심술을 부릴 수 없게 음식이 들어왔다.
삼십여 가지나 되는 반찬이 그득한 상이었다.

"이걸 어떻게 다 먹어요?"

"정말 젓가락이 갈 만한 건 몇 가지 안 될 겁니다."

그런 것 같기도 했다. 어쨌든 술을 따라야 했기 때문에 하 사장 잔에 맥
주를 부었다. 그러자 하 사장도 강 여사 잔에 맥주를 부었다.

"자 마십시다."

그래서 강 여사도 술잔을 들고 한 모금 마셨지만 술 한 모금이 들어가자

심술부리던 이때까지의 자기가 후회되었다. 할 이야기가 있어서 기다리던 사람인데 할 이야기는 안 하고 왜 심술만 부렸을까? 하 사장 말처럼 나이에 어울리지 않게 소녀처럼 된 이유가 무엇일까?

"선생님!"

그미는 사장 대신 선생이라고 불렀다. 그리고는 표정을 부드럽게 하고 이야기를 꺼냈다.

"귀찮은 이야기를 드려도 괜찮을까요."

"무슨 말씀인데요?"

"나이 들면서 살기가 힘들다는 걸 자주 느껴요."

"말씀을 해 보세요."

그래서 강 여사는 맏동서가 왔던 일, 그리고 백만 원을 빌려 달라는 것을 오천 원 주어 보낸 일들을 이야기했다.

"그럴 수밖에 없었지만 돌려 보내고 나니 가슴이 찜찜해요."

그러자 하 사장은 백만 원은 뭣에 쓰려는 돈이냐고 물었다. 강 여사는 돈의 용처를 설명했다.

"가능하면 돌려드리지 않구……."

하고 강 여사의 처사가 잘못이라는 듯 말했다.

"쥐 모으면 그만한 돈이 없는 건 아녜요. 그렇지만 애 결혼식을 앞두고 돈을 그렇게 쓸 수가 있어야지요."

하 사장이 강 여사의 재산 목록을 알 까닭이 없다. 그런데도,

"돈을 주어 보냈더라면 좋을 뻔했어."

혼잣말처럼 중얼거렸다.

"혼자서 애들을 기르느라구 고생할 때 한 푼두 보내 주지 않은 시형인데두요?"

"멀리 사니까 마음이 미치지 못했겠지요."

"피난살림 때야 어디서 사는지두 몰랐을 테니까 할 수 없다고 하지만 환도한 뒤 서루 왕래가 있을 때두 한 푼 없었어요."

"그때는 강 여사의 생활이 폈을 때가 아닙니까?"

“살림이 폈다구 과수루 혼자 사는 계수를 못 본 척할 수 있을까요?”

“저쪽이 나빴다구 합시다. 그래두 곤경에 들어 있을 때는 도와줘야겠지요.”

하 사장은 무조건 도와줘야 한다는 의견이었다.

“돈 거래가 의를 상하게 하는 근본이거든요. 저는 그 돈으로 시댁과 제가 단교되지나 않을까 걱정했어요.”

“옳은 말입니다. 돈처럼 치사한 것이 없으니까요. 강 여사가 돈을 안 빌려 주면 그것으루 단교가 될 수두 있습니다. 시아주버니 되시는 분이 석탄 장사를 하려구 한대지요? 석탄 장사는 십중팔구 손핼 안 볼 겁니다.”

“걸 누가 알아요.”

“설사 장사가 안 되어 돈을 못 받는 경우가 생긴다구 합시다. 그래두 돌려줘야 합니다. 먹구 살겠다는데 굶어 죽으랄 수 있겠어요? 돈을 주고도 의를 상하는 경우도 있겠지만 돈을 안 주구 의를 상하는 것보다는 몇 배 나을 겁니다.”

“그럼 이제라도 돌려줘야 한단 말씀인가요?”

“그러는 게 좋을 것 같습니다. 현금이 모자라면 내가 돌려드리지요.”

“이자를 물면서까지 그래야 할까요?”

“이자는 안 받겠습니다.”

“그런 법두 있나요?”

“법을 깨뜨리는 것이 위험한 일이라는 것두 알구 있습니다. 그렇지만 위험한 일을 한 번 해 보지요.”

그래서 며칠 뒤 강 여사는 하 사장이 무이자로 꾸어 준 돈 백만 원을 가지고 강우와 영주와 함께 대전으로 내려갔다.

시어른들이 생존해 계시는데 약혼 전 인사를 가는 것이 당연한 일이었다. 그래서 전부터 생각해 오던 일이었지만 돈 문제를 계기로 해서 급작스레 떠났던 것이다.

강 여사는 하 사장의 돈을 무이자로 쓰는 데 미안감은 느낄망정 하 사장의 말과 같은 위험은 느끼지 않았다. 이쪽에서 요구한 것이 아니다. 자진해서 돌려준 것이다. 그리고 시아주버니의 사업이 잘 되지 않아 갚지를 못할 때는 자기 돈으로 돌려 주면 그뿐이란 생각을 했던 것이다.

아들과 며느리를 앞세우고, 게다가 시댁에 돌려줄 돈까지 갖고 떠나는 마음이 흐뭇했다. 욕심 같아서는 하 사장이 정거장에 나와 주었으면 했다. 그러나 그것은 바랄 수 없는 일이었다. 아무렇지도 않은 사이라 해도 아들과 며느리의 눈에 이상하게 보일 수가 있기 때문이었다. 다 큰 자식에게 의심을 받는다는 것은 싫었다. 그리고 하 사장이 강우가 근무하고 있는 회사 사장이라 서로 얼굴까지 아는 처지다. 아들이라고 해서 어미의 일을 덮어 두기만 한다는 법이 있을까? 늙은 것이 소문을 퍼뜨리며 살기도 싫었다.

기차에 오른 강 여사는 오래간만에 타 보는 기차가 되어 그런지 집을 떠나는 소녀처럼 가슴이 설렘을 느꼈다. 설렘이 아니었다. 마음이 가라앉는 것이었다. 눈에 들어오는 것이 보기가 싫었고 귀에 들리는 것이 듣기 싫었다. 그미는 피곤에 지친 사람처럼 자리에 앉아서는 강우 내외가 서성거리는데도 눈을 주지 않았다. 그미는 눈을 창 밖으로 돌렸다. 아직 기차가 떠나기까지 시간이 있는데도 차를 놓칠까 허겁지겁 뛰어다니는 사람들이 보였다. 그런 사람들을 보기는 보면서도 자기와 아무 관계가 없는 사람들이란 생각을 했다. 기차가 떠날 무렵 플랫폼은 조용해졌다. 그 많은 사람이 떠나는데 전송 나온 사람은 극히 적었다. 기차가 움직이기 시작할 때였다. 기차에서 오륙 미터나 떨어져 있는 거리에서 어떤 중년 부인이 손수건으로 눈물을 닦고 있는 것이 보였다. 주위에 아랑곳없이 울고만 있었다. 떠나기 시작하는 기차에 시선을 줄 생각도 안 했다. 눈물을 그치려고 하는 것은 확실했다. 그러기에 연이어 손수건으로 눈을 닦는 것이 아니겠는가? 그러나 눈물이 좀체 마르지 않는 모양이었다. 기차가 한참 동안 나갔는데도 몸을 돌이켜 기차를 보려 하지 않았다. 차라리 몸을 저쪽으로 돌려 버렸다. 강 여사는 그 여자가 보이지 않을 때까지 창 밖으로 그 여자를 바라보았다. 돌아갈 생각도 않고 선 자리에 그대로 있었다. 무척 슬픈 사연이 있는 것 같았다. 아들이 죽고 며느리가 친정으로 아주 떠나는 것일까? 강 여사는 자기에게도 자기를 위해서 저렇게 울어 주는 사람이 있었으면 하는 생각을 했다. 불행해도 좋다.

아니 불행해지고 싶었다. 불행할 때 인간은 비로소 사는 맛을 느끼는 것이 아닐까.

강 여사는 자기가 행복한가 하고 생각해 보았다. 장성한 아들과 그의 아내가 될 색시를 앞에 하고 앉아 있다. 불행하게 볼 사람은 하나도 없을 것이다. 남보기에 그럴싸한 여자다. 그러나 자기가 죽었을 때 지금 그 여인과 같이 슬피 울어 줄 사람이 있을까? 강우가 울어 주겠지. 그렇지만 정말 슬퍼서 눈물을 흘릴까? 옆에 사랑하는 사람이 있는데 슬픈 감정이 우러날까? 나를 위해 진심으로 슬퍼할 사람은 나로 인해 불행을 느끼는 사람뿐일 것이다. 그런데 나 때문에 불행을 느낄 사람이 어디 있는가? 불행해진 대로 아무 보람이 없는 불행일 것이다.

강 여사는 문득 하 사장을 생각했다. 불행하지는 않다고 해도 그가 플랫폼에서 떠나는 자기를 위해 손수건이라도 흔들어 주었으면 하고. 그러면 불행해지지 않아도 좋을 것 같았다. 삶의 보람, 그것은 나에게 관심을 가진 사람이 많다고 느낄 때 생겨지는 감정이 아닐까? 그런 사람이 많을수록 보람은 크게 느낄 것이다. 그런데 지금 나에게 관심을 가지고 있는 사람이 누구란 말인가?

그때에는 나에게 민혜 하나밖에 없었다. 민혜가 두 살 때였으니까 힘든 일도 별반 없었다. 그런데도 남편은 시댁에 부탁해서 그곳 처녀애를 데려다가 식모로 두었다. 나를 아끼는 마음에서였다. 서울로 이사 온 지 얼마 안 된 내가 나갈 데도 없고 하니 말벗이라도 있어야 하지 않겠느냐는 세심한 배려에서였다고도 할 수 있다. 그때 우리는 깊은 애정 속에 살고 있었다. 결혼한 지 삼 년이 되었고 둘 사이에 처음으로 생긴 아이가 말을 배우며 재롱을 피웠다. 부부의 애정이 절정에 이르는 느낌이었다.

나는 할 일이 없었다. 애기와 같이 놀며 시간을 보내는 것 외에 할 일이 없었다. 놀면서 남편이 돌아오기만 기다렸다. 남편은 퇴근 시간이 되기가 바쁘게 돌아왔다. 하루도 틀림없었다. 그이가 돌아오면 애기와 셋이서 집안에 꽃을 피웠다. 부러울 것도 없었고 부족한 것도 없었다. 갖다 주는 남편의 월급만 가지고 다음달 월급이 나올 때까지 살면 그뿐이었다.

그런 것을 행복이라고 할 것이다. 아무런 부족도 그리고 아무런 불만도 없는 생활을 계속하는 동안 나는 행복에 불만을 품기 시작했다. 나도 모를 일이었다. 행복에 대한 회의가 아니었다. 따지고 보면 행복에 대한 불만이랄 수도 있었다. 공연히 트집을 부리고 싶었던 것이다. 행복에 겨웠던 것인지 몰랐다.

오후만 되면 그이를 기다렸다. 그이가 돌아올 때쯤 되면 눈이 빠지도록 기다렸다. 눈은 온통 시계에만 가 있었다. 그럴 때 남편이 돌아오면 그보다 더 즐거운 일이 없었다. 내 남편이 제일이라는 생각도 했다. 저녁을 먹고 잠자리를 같이할 때까지도 그랬다. 그러나 잠을 청하느라 눈을 감으면 내 생활이란 무엇일까 하는 것을 생각하기 시작했다. 먹고 자고 먹고 자고 하는 것밖에 없다. 매일 꼭 같은 일을 반복한다. 그것이 생활일까?

나는 내 남편이 너무나 평범한 인간이란 생각을 했다. 너무 단순한 인간이라고 생각했다. 좀더 변화 있는 생활을 해 주는 사람이라면…… . 대개의 여자들은 남편 때문에 속을 썩이고 있는데 이이는 그런 일 한 번 안 시킨다. 이혼만 안 하는 범위 내에서 변화를 일으켜 주었으면…… . 그것은 그에 대한 불만이라기보다 너무나 평온한 나 자신에 대한 불만이었는지 모른다. 그러나 그이는 그럴 가능성을 조금도 보여 주지 않았다. 일요일 같은 날 나는 그에게 등산을 가거나 낚시질을 가라고 권했다. 그런데 그이는 일주일 동안 피곤했던 몸을 하루쯤 쉬어야 한다고 종일 집에만 붙어 있었다. 내 옆을 조금도 떠나 주지 않는 그가 고마우면서도 지루하기도 하다는 것을 느꼈다. 사내가 얼마나 못났으면 여편네 옆을 잠시도 떠나지 못할까?

무더운 여름날이었다. 낮에 더위를 참을 수 없다면서 팬츠바람으로 목물을 끼얹고 있었다. 그러다가 식모애를 불러 잔등을 밀어 달라고 했다. 미안해서 나에게 부탁을 못하고 식모애를 시키는 것이리라 생각하면서도, 나는 신경이 곤두서는 것을 느꼈다. 열여덟 살밖에 안 된 처녀지만 처녀의 손길이 더 부드러운가 하는 생각도 했다.

그 일이 있은 뒤부터 나는 좀 덜 심심하게 되었다. 생각할 일이 생겼으니

까 말이다. 어떤 때는 일부러 식모에게 야단을 쳤다. 그리 큰 잘못은 아니라
고 생각하면서도 야단을 쳤던 것이다. 남편의 반응 보기 위함이었다. 그런데
그이는 대단치 않은 일에 신경질을 부리는데도 못들은 체했다. 나는 히스테
리에 걸린 여자처럼 계속해서 종알거렸다.

　그랬더니 남편은 듣기가 면구스러운지,

　"이제 그만두시우."

하고 나를 억제했다. 그때 나는 옳구나 생각하고 더 신경질을 부렸다. 그랬
더니 그이가,

　"그만하면 알아들었을 거 아뉴?"

하며 얼굴을 찡그렸다. 드디어 나는 그에게 대들었다.

　"그 애 편을 드는 거유?"

　"편은? 말 같지두 않은 소리 말어."

　"다 알았어요. 그 애가 야단맞는 게 애처롭지요?"

　"못하는 소리가 없군……."

　"왜 능청을 부리시죠? 속이 들여다보이는데……."

　그래서 우리는 정말 오래간만에 말다툼 같은 것을 했다. 조금 마음이 후
련한 것 같았다. 물이 있는지 없는지 알 수 없던 잔잔한 호수가 조그만 파동
으로 물이 있다는 것을 느끼게 했다.

　나는 심심하면 식모 애를 들볶았다. 그이가 식모 애에게 친절하게 대해
주는 것을 보기만 하면 눈에 쌍심지를 켜고 그이를 못마땅하게 생각했다.
이러기를 얼마 동안 계속하자 남편과 식모 애의 관계가 정말 수상하다는 생
각을 했다. 내가 안 보는 데서는 친절하게 이야기를 해 주다가도 내가 나타
나기만 하면 일체 이야기도 안 한다. 어떤 때는 내가 들으라는 듯이 일부러
식모 애에 대한 불평을 털어놓기도 했다. 어떤 날 조반상을 내다가 설거지
까지 한 뒤 김칫거리를 사다가 혼자 김치를 담근 그미에게,

　"수고했다."

하고 기분 좋은 말을 했다. 그랬더니 옆에 있던 그가,

　"정말 수고했군. 우리 집 살림을 혼자 해."

하며 그 애를 칭찬하는 것이 아닌가? 나는 참지를 못하고,

"당신은 별 참견을 다 하시는구려."

하고 편잔을 주었다. 내가 오래간만에 그 애 칭찬하는 것이 그렇게도 좋았던가 하는 앙칼진 마음 때문이었다.

"수고하는 걸 수고한단 말두 말란 말이오?"

그이답지 않게 그이가 언성을 높였다. 수상한 일이었다. 그 뒤 나는 어떻게 해서든 그들이 수상한 일을 하도록 하고 그것을 직접 내 눈으로 보고 싶었다. 그이가 집에 있는 날 나는 일부러 시장에 간다고 하여 집을 나갔다. 그리고는 가까운 상점에서 찬거리를 사 가지고 빨리 돌아왔다. 그런데도 그이는 안방에 있었고 식모애는 부엌에 있었다. 그래서 내 연극에 넘어가지 않는단 말이지 하고 속으로 생각하며 언젠가 발각이 날 때가 있을 것이라고 그때를 기다렸다. 그런데 하루는 뜻밖에도 그이가 식모애를 돌려 보내라고 말했다. 그 이유는 그 애 때문에 가정에 불화가 올 것 같다는 것이었다. 그 말에 나는 정말 화를 냈다.

"그런 말 하는 당신이 수상한데요. 벌써부터 수상하다구는 생각했지만 정말 수상해요."

"수상하기는 뭐가 수상하다는 거요."

"맘이 켕기니까 그 앨 없애려는 것 아녜요?"

"켕기기는 뭐가 켕겨? 당신두 너무하오. 사람을 그렇게 몰라서야 앞으루 어떻게 산담."

"그렇게 모르는 년하구 누가 살래요? 잘 알아 주는 여자하고 살구려."

"되지두 않은 소리 그만둬요. 어쨌든 그 애가 있으면 집안이 무슨 일이 생기구야 말 것 같으니까 보냅시다."

그 말에 나는 언젠가 그이가 한 말을 기억했다. 그 애는 젖가슴이 유달리 크다. 식모살이 하는 처녀들은 대부분 그렇다고들 하지만. 브래지어를 안 하고도 크게 보이는 것에 신경이 쓰였던 그이가,

"저 앤 그게 왜 그렇게 크지?"

라고 감탄하듯 말했다. 그때 나는,

　　"걱정두 팔자지."

하고 넘겨 버렸던 것이다.

　　남편은 그 애에게 관심이 있는 것이다. 그래서 그 애 때문에 자기가 일을 저지를 것 같은 예감에 사로잡혀 있는 것이다. 그러기에 사전에 내보내려는 것이 아닌가? 그래서 나는 자신이 없는 그런 남편이 얄미워.

　　"안 돼요. 그 애가 없으면 내가 식모 노릇을 하게요."

하고 반대했다.

　　드디어 남편은 그 애를 돌려 보내고 말았지만 그 애를 돌려 보내고 그이와 싸울 건덕지가 없게 되자 나는 다시 생활이 심심함을 느꼈다.

　　기차가 대전에 도착했다. 역 광장에 나왔을 때 강우가 택시를 붙잡으려는 것을 강 여사가 버스로 가자고 했다. 강우는 영주를 대접해서라도 택시를 타고 싶었을 것이다. 그 마음을 모르지 않지만, '그런 걸 타구 가면 인상이 달라질지 모르지 않니?' 하고 버스 타야 하는 이유를 설명했다. 그런 설명에 강우도 고집을 않고 버스를 탔지만 강 여사는 세상 살기가 얼마나 조심스럽다는 것을 새삼 생각했다.

　　노인네들은 택시 같은 것을 타고 다니는 것을 싫어한다. 돈이 얼마나 많아서 그런 데 돈을 쓰느냐고 반드시 못마땅하게 생각한다. 그런 것이 싫어서 버스를 탔지만 강 여사도 만원 버스에 탄 영주 보기가 민망스러웠다. 영주는 둘째다. 우선 자기가 불편했다. 셋의 버스값에 얼마만 보태면 택시를 탈 수 있는데 남의 눈이 두려워 타고 싶은 것도 마음대로 탈 수가 없었던 것이다. 사람 틈에 끼어 시달리다가 버스에서 내린 강 여사는 강우와 영주에게 노인네들에게 뿐 아니라 손윗어른들께는 큰절을 해야 한다고 말했다. 어른들은 무엇보다도 예절이 깍듯한 사람을 좋아한다. 예절을 지키고 못 지키는 것으로 사람의 됨됨을 정하려 한다. 강우가 홀어미 밑에서 자랐기 때문에 예절을 모른다고 비웃음을 사서는 안 된다. 혼자서 기른 것도 서러운데 애비 없이 자라 버릇이 없다는 말을 들으면 얼마나 슬플 것인가? 그리고 며느리가 될 애가 예절을 몰라 서울서도 상놈의 자손이란 말을 들어서는 안 될 것이다. 강 여사는 결혼도 하기 전에 색시가 인사를 가는 자체가 예절에 어긋난 일이 아닌가 생각했다. 그렇다면 돈을 써 가며 인사를 왔다가 도리어 욕만 먹고 돌아가게 될 것이다.

그러나 강 여사는 마음 든든한 데가 있었다. 돈을 가지고 왔다는 사실이었다. 웬만큼 잘못된 일이 있다 해도 돈 때문에 노인들이 눈감아 줄 것 같았던 것이다. 무엇보다도 돈이 가장 큰 발언권을 가지고 있는 세상이다. 친척과 가족 사이에서도 돈으로 그 관계가 깊어질 수가 있고 또 엷어질 수도 있다. 만약 자기가 백만 원을 가지고 오지 않았다면 시부몬들 진심으로 반가와 해 줄 것 같지 않았다. 돈이 있으면서도 난처해 있는 시집을 도와주지 않는 며느리라고 속으로 못마땅히 여길 것이다. 강우의 결혼 같은 건 하나도 즐거울 것이 없으리라.

강 여사는 시집에 들어가는 즉시로 맏동서를 만났다. 자기를 보고 형식적으로나마 반가워하며 밖에까지 뛰어나온 사람이 맏동서였던 것이다. 강 여사는 우선 애들을 소개시키고 난 뒤 그미의 귀에다 입을 대고,

"그 돈 변통해 가지구 왔어요."

지나가는 말처럼 말했다. 그리고 맏동서가 뭐라고 말하기 전,

"다들 계시지요?"

하고 시부모들에게 관심을 옮겼다. 돈 이야기를 길게 하면 돈 행세나 하려는 것 같은 인상을 주리라 생각했기 때문이었다. 맏동서는 돈을 가져왔다는 말에 따로 반색할 시간이 없었다. 강 여사가 빨리 방 안으로 들어가 시부모를 봬야 한다고 서둘렀기 때문이었다.

그런데도 맏동서의 태도가 달라졌다는 것이 확실하게 보였다.

"어서 올라와요."

그미는 강 여사를 끌어올리다시피 했다. 강우에게도 이제 얼마 만인가 하며 수선을 떨었다. 그런가 하면 안방으로 달려가 시부모들에게 강우네가 왔다면서 좀 나와 보라고 떠들썩이었다.

강 여사는 돈 가져왔다는 말을 안 했다면 맏동서가 저리 서둘지는 않으리라고 생각했다. 맏동서가 시부모들과 귓속말을 했겠지. 늙은 시부모들이 마

루로 나오며,

"귀한 손님들이 소문두 없이 왔구나."

활짝 핀 얼굴로 반색을 했다.

"강우가 벌써 장가를 다 들구……."

"강우 색시로구나. 예쁘기두 해라."

떠들썩한 가운데 모두가 안방으로 들어가 큰절을 하기 시작했다. 먼저 강여사가 했다. 그리고는 강우와 영주가 차례로 큰절을 했다. 그런데 영주가 큰절을 할 때였다. 미니에 가까운 스커트를 입고 큰절한다는 것부터가 무리였다. 여자의 큰절은 치마를 입고 해야 하는 법이다. 그래야 다리 전체가 가릴 수가 있다. 그러나 짧은 스커트를 입고 큰절을 하기 힘들다. 얼마나 신경이 쓰일 일이겠는가? 신경을 쓴 나머지 영주가 한편으로 쓰러지고 말았다. 옆에 서 있던 강우가 빨리 팔을 잡아 주기는 했지만 큰절을 하다가 만 것은 사실이었다. 영주의 얼굴이 홍당무가 되었다. 강 여사도 마찬가지였다. 그러나 강우만은 싱글싱글 웃었다. 그에게는 큰절이 실감나지 않았을 테니까. 그러나 강 여사에게는 체면이 있었다.

"다시 해라."

영주에게 말했다. 영주는 다시 할 자신이 없었을 것이다. 얼굴을 붉힌 채 고개를 숙이고만 있었다. 그때 맏동서가,

"그 옷을 입구 큰절을 어떻게 하오. 그만둬라, 그만둬."

하며 강우와 영주를 앉혔다. 그러자 시부모들도,

"그만했으면 됐다. 앉아라."

큰절 안 해도 흉보지 않을 것처럼 말했다. 그때야 강 여사는 안심이 되었다.

"신식 여자들은 큰절을 못하게 돼 있어요."

며느리를 위해 변명의 말을 했다. 그 뒤 두 집이나 되는 시사촌집에 가서도 그들은 큰절을 생략했다. 그럴 줄 알고 맏동서가 따라가 큰절 못하는 이유를 설명했지만 그래도 시사촌들은 탐탁해하지 않는 눈치였다.

강 여사도 마음이 개운치가 않았다. 당연히 큰절을 해야 할 것인데도 할

수가 없다는 것이 꺼림칙했던 것이다. 옷 때문에 큰절 못한다는 것을 이해한다고 해도 그들은 큰절도 못할 옷을 왜 입고 다니느냐고 못마땅하게 생각할 것이다.

사실은 강 여사도 오래간만에 친척 어른들께 고개나 꾸뻑하는 것으로 예절을 다한 것으로 넘긴다는 것에 어떤 부족감 같은 것을 느꼈다. 인사도 정의 표시다. 어른에 대한 정의 표시가 겨우 고개를 숙이는 것으로 그칠 수 있을 것인가.

서양 사람들은 반가운 사람을 만나면 연령을 불구하고 서로 포옹을 한다. 키스까지도 한다. 감정의 서양식 표현이다. 그만한 표현을 한다면 애정의 교류가 깊어질 수 있다. 그러나 동양 사람은 아무리 반가운 사람을 만나도 이성 관계를 빼고는 포옹을 하지 못한다. 키스는 생각도 못하는 일이다. 그렇기 때문에 큰절로 존경과 애정도 표시하지 못하고 포옹과 키스로 애정과 친절감도 표현하지 못하는 형편이다. 동양 사람은 애정 표시도 못하며 살아야 하다니…….

강 여사는 친척들의 눈이 무릎 위까지 올라간 영주의 스커트로 쏠리고 있는 것을 못 본 체할 수도 없었다. 대전이라고 미니스커트를 입은 여자가 없을 것이 아니다. 많이들 보아 왔겠지만 자기들 집안에서 보는 그것에 새삼스런 느낌을 가질 것은 사실이었다. 강 여사는 이래저래 신경을 써야만 했다. 그미는 친척들에게 인사를 오면서까지 미니스커트를 입고 온 영주가 못마땅하기도 했다. 남들이 다 입는 것을 안 입으면 촌스럽다고 생각되겠지만 그것도 장소를 가려 입어야 할 것이 아닌가?

강 여사는 문득 요즘 여성들이 노출증에 걸려 있다는 것을 생각했다. 될 수 있는 대로 몸을 드러내 놓으려 한다. 그것은 결국 남자의 눈을 끌려고 함이 아닐까? 남자의 눈을 끈다는 것은 결국 여자가 부수적이라는 것을 자인하는 일이다. 남자가 어디까지나 주체다. 주체적인 남자의 눈을 끌어 남자의 호감을 사겠다는 가장 소극적인 행동이기도 하다. 여권의 존중 운운하고 있지만 남자를 윗자리에 모셔 놓고 거기에 매달리려고 하는 이가 여성들 자신이다.

그런데 양장 때에는 미니스커트를 입은 여자도 한국 치마를 입을 때에는 속치마가 안 보이게 치맛자락을 여미는 까닭은 무엇일까? 단순히 격식에 따르려는 마음일까? 그렇지 않으면 한복을 입을 경우에만 노출증이 없어진다는 것일까.

강 여사는 자기 자신을 생각했다. 몇 해 전까지는 자기도 양장을 했었다. 그러니 시대적으로 따지면 미니스커트와 한복의 중간 지대에서 산 셈이다. 그렇기 때문에 어떤 편에서 볼 때에 순수하지도 못하다. 얼간이다. 그런데도 미니에 마음이 기울어지지 않음은 무슨 까닭일까? 정신은 구세대에 속해 있다는 거겠지.

미니를 싫어하니까 확실히 구세대일 것이다. 그러나 미니를 싫어하는 구세대라고 해서 배격당해야 할 이유는 무엇일까? 구세대에나 신세대에나 적응하며 살 수 있다면 그뿐이다. 인간은 적응성 있게 살아야 한다. 적응성 있는 사람을 회색분자라고 할지 모르나 적응성 없이 어떻게 살 수 있다는 말인가? 극단적인 사고방식은 오래 가지 못하는 법이다. 구세대건 신세대건 마찬가지다.

강 여사는 얼치기지만 자기의 위치를 변경시킬 수 없다고 생각했다.

큰 삼촌댁을 나오려고 할 때 사촌 동서가,

"겨울에는 무릎이 시리겠군."

하고 동정인지, 빈축인지 모를 말을 했다. 그때 맏동서가 사촌 동서의 옆구리를 툭 쳐 다시 그런 말이 나오지 않게 했지만 강 여사는 얼굴이 화끈해짐을 느꼈다.

다시 시댁으로 돌아갔을 때는 시형도 돌아와 있었다. 가난한 살림인데도 융숭한 대접을 했다. 마음을 그렇게 넓게 쓸 수가 없을 것 같았다. 정거장으로 나올 때는 택시까지 잡아 주었다.

강 여사는 하 사장을 생각했다. 그가 돈을 주었기 때문에 가족적 분위기를 느낄 수 있었기 때문이었다.

하 사장은 역시 아는 것이 많고 마음 쓸 줄도 아는 사람 같았다.

"결혼 날짜를 정하는 대루 알려 주십시오."

정거장에서 시형이 한 말이었다.

"바쁘실 텐데 오실 것까진 없어요."

"안 가다니요? 큰애비 구실을 한 번도 못했는데……."

이런 말들이 모두 돈을 주어서 감사하다는 마음에서 나오는 것이라 생각되었다. 강 여사는 거듭거듭 하 사장이 고맙게 생각되었다.

6

기차 안에 오른 강 여사는 피곤을 느꼈다. 몇 해 동안 쌓였던 일을 하루에 다 치러 버렸다는 안도감 같은 것이 없지 않았지만, 어쩐지 너무 많은 일을 한꺼번에 해치웠다는 미진한 느낌도 없지 않았다. 조용히 이야기할 사이도 없이 허둥지둥 왔다갔다 하며 친척들에게 인물 선이나 보인 셈이니 자기의 도리를 다했다고 말할 수도 없었다. 그야말로 오래간만에 갔으니 시부모에게 따뜻한 국이라도 끓여 대접하며 그새 무심했던 자기를 사과하기도 했어야 할 것이었다.

강우는 자기 사촌들과 같이 극장 구경을 가거나 하며 좀더 친숙하게 지냈어야 마땅할 것이었다.

돈 문제만 없었다면 시부모나 친척들이 얼마나 섭섭해했을 것이며, 속으로 나무람을 얼마나 했을 것인가? 다만, 돈 문제 때문에 그들은 자기네의 허물을 허물로 생각지 않고 환대를 했고 또 좋은 얼굴로 보내 주었다. 결국 친척도 돈이었다. 강 여사는 돈이 좀 많았으면 하는 생각을 해 보았다. 아니 물 쓰듯 써도 아까운 줄 모르게 있었으면 하고 생각했다. 그러면 자기를 조금 싫어하는 사람에게까지 막 써 버린다. 그렇게 하면 자기를 미워할 수가 없을 것이다. 자기가 부족함을 느끼거나 잘못이 있음을 느끼는 사람에게도 마구 쓴다. 평소에 자기에게 불평을 품고 있던 사람들도 푸짐하게 쓰는 돈으로 불평이 사라지게 될 것이다.

돈 생각을 하자 기차표 사던 `일이 머리에 떠올랐다. 역에서 필요한 사람에게만 차표를 판다면 기차표의 암거래가 있을 수 없다. 그러나 역에서 손님에게 직접 파는 기차표는 몇 장도 안 되는 모양이었다. 대부분이 암거래로 흘러나오고 있었다. 그래서 사는 사람은 반값 이상을 더 내고야 산다. 강여사도 그렇게 샀다. 어떤 방법으로든 돈을 벌어야겠다는 생각을 가진 사람들 때문에 수많은 사람들이 피해를 받고 있다. 그러나 그런 사람들은 단순히 먹고 살기 위해서 그런 것들을 한다. 그런데 크게 돈을 버는 사람들도 마찬가지다. 악착스럽게 굴어야 돈을 번다. 천만 원을 벌려면 수백만 원을 유용하게 써야 한다. 큰 돈을 버는 사람일수록 비록 부정이라고 해도 그런 돈을 많이 쓴다. 그래야만 재벌이 되는 모양인데 그렇게 해서 돈을 번 사람들은 사회의 영웅이 된다. 요즘의 영웅은 오직 '갑작'부자뿐이다. 그러나 영웅이면서도 많은 사람에게 욕을 얻어먹는 영웅이 된다. 번 돈을 쓰지 않으므로 벌 때의 수단 방법이 사람들의 머리에 뿌리박히기 때문이다. 왜 남에게 욕먹는 사람들이 될까? 자기가 만들어 내는 돈이 아니라 남의 돈을 거두어 모아 자기 것으로 만드는 것인데 그걸 그리 아낄 필요가 무엇이람.

강 여사는 다방을 경영하는 어떤 여자의 말이 기억났다. 커피 한 잔의 실비가 육 원 내지 칠 원인데 그것을 오십 원에 팔고 있다는 것이었다. 남들이 다 그렇게 하니 자기만이 싸게 받을 수는 없을지 모른다. 사실은 그러지 않을 수 없다는 말도 무시할 수는 없었다. 원체 세금이 많고 그 밖에 뜯기는 데가 많다는 것이었다. 그것은 강 여사 자신도 알고 있다. 세금을 적게 내려고 발버둥을 쳐야 하고 여기저기서 손 내미는 사람들에게는 죽는시늉을 해야만 한다.

언젠가의 일이었다. 늘 들리곤 하던 세무서원이 찾아왔다. 찾아와서는 술을 한잔 달라고 했다. 이제는 술까지 공짜로 얻어먹으려는 것인가 생각하고 불쾌감을 느꼈지만 할 수 없이 술과 안주를 내 놓았다. 그랬더니 그가,

"나 모가지 잘렸습니다."

하는 것이었다.

강 여사는 뜨끔했다. 매달 삼천 원씩 주머니에 넣어 준 그 일 때문에 파면되었으리라는 마음이 들었던 것이다. 그래서 책임감 같은 것을 느끼며,

"어떡허지요?"

하고 물었더니,

"할 수 없죠. 어떡헙니까?"

별로 미련이 없는 듯 대답했다.

"달리 취직을 하셔야겠네요?"

"어떻게 되겠지요."

만사태평인 듯한 태도였다. 그때 강 여사는 자기한테만 돈을 받지는 않았을 것이란 생각을 했다. 그래서 책임감을 느낄 필요가 없었지만, 술을 마시고 난 뒤 술값을 치르려 할 때 그것만은 받을 수가 없어 그냥 돌려 주었다. 그런 일이 있은 다음 세금이 오천 원 이상 올랐다. 강 여사는 옳지 않다고 생각하면서도 옳지 않은 일을 안 할 수가 없었다. 새로 어떤 세무서원이 찾아오기 시작했던 것이다. 영업실태를 조사한답시고 한 달에 한 번씩 기웃거리니 나쁜 짓을 하라고 기회를 만들어 주는 것이 아니겠는가? 옳지 않은 줄 알면서 옳지 않은 그런 방법으로 돈을 모으게 되면 으레 더 인색하게 되는지 모른다. 그러니까 요즘 세상에는 재벌이 많이 생기면서도 자선가가 나오지 않는다. 신문에 피알(PR)을 하기 위한, 그래서 자기 사업에 도움이 될 돈들을 내는 것 같지만 재벌에서 자진 경영하는 자선기관은 별반 눈에 띄지 않는다.

강 여사는 돈을 많이 벌어 자선사업을 해 보았으면 하고 생각해 보았다. 그미가 하고 싶은 사업이 꼭 하나 있었다. 양로원이었다. 한국에는 늙어서 의지할 데 없는 노인들을 위해 만들어 놓은 쓸 만한 양로원이 없다. 죽음을 촉진시키는 양로원이 아니라 늙음의 슬픔을 잊게 할 양로원이 절대 필요하다고 생각하는 것이었다.

그러나 그런 것을 경영할 만한 돈을 어떻게 벌 것인가? 그런 수단이 없다. 옳지 않은 방법을 써야만 돈을 버는데 옳지 않은 방법을 생각해낼 만한 머리가 없다. 조금씩 벌어서 시댁 친척들을 기쁘게 해 주는 일이나 했으면 하는 생각에 그쳤다. 시댁 노부모들은 현재도 그렇지만 과거에도 화려하게 살아 보지 못했다. 큰 돈을 들여 고급 양옥을 사 드리지는 못한다 해도 텔레비전이라든가, 라디오 같은 것을 사 드리고 옷과 음식 걱정을 안 하게 하는 정도로만 도와드린다 해도 그들은 만족해할 것이다. 생을 즐기다가 돌아가실 수 있을 것이다. 돈 백만 원, 그것도 그냥 드린 것이 아니고 빌려 드렸던 것인데 그래도 얼마나 기뻐했던가? 그것 때문에 과거에 며느리 노릇 못한 허물이 묻혀 버렸으면 애들의 무례한 행동들이 가려졌던 것이다. 점심을 먹을 때였다. 할아버지가 영주에게 어떤 학교를 나왔느냐고 물었다. 그때 옆에 있던 강우가,

"이 양반이요? ××대학 교육과를 졸업했습니다."

하고 말했다. 참으로 얼굴이 뜨거워지는 말이었다. 어른 앞에서도 자기가 좋아하는 사람을 존칭해 불러야 하는 것으로 아는 것이다. 아버지가 없이 자랐기 때문에 가정교육이 없었다고 얼마나 비웃었을 것인가? 노인으로 그냥 넘길 수 없는 일이었다. 그런데도 시아버지는 그 말을 못 들은 체하고 대학교 졸업이라는 것만 기특하게 생각하는 표정을 지었었다.

기차가 어느새 조치원을 지나고 있었다. 강우가 문득 식당에 가서 저녁을 먹자고 했다. 강 여사는 저녁때가 되었다고 생각하는 동시 영주에게 냉담할 수가 없다는 생각에,

"참 배가 고프겠구나……."

하며 자리에서 일어설 차비를 했다. 그런데 영주가 뜻밖에도,

"전 싫어요."

하고 냉정하게 말했다. 그것은 진심으로 밥 먹고 싶은 마음이 없다는 표현이 아니었다.

"왜 그러니?"

강 여사는 영주를 달래는 태도로 물었지만,

"먹기가 싫어요."

영주는 계속 토라진 말투였다.

"그러지 말구 가."

강우가 끌었지만 그래도 영주는 싫다는 말뿐이었다. 강 여사는 대전서의 모든 일이 마음에 걸리는 것이라고 생각했다. 서툰 집에 가서 어울리지 않

는 분위기 속에 몇 시간 동안이나 있었으니 실수한 일도 실수한 일이지만 부자유가 이만저만이 아니었을 것이다. 그 여운이 남아 어정쩡해 있음을 이해할 수 있었다.

"시원한 것두 좀 마시구, 가자……."

부드럽게 권했다. 그런데도 영주는 그냥 고집이었다. 강 여사는 끝까지 굽히지 않는 영주를 보자 약간 화가 났다.

"그럼 우리만이라두 가서 먹구 오자."

강우와 둘이서라도 식당차에 가려고 했다. 그런데 이번에는 강우가,

"나두 먹구 싶지 않아요."

하고 영주에 동조했다.

강 여사는 눈물이 나올 것 같은 마음이었다. 아직 결혼식도 올리지 않은 며느리가 시어머니에게 굴하려고 하지 않는다. 그런데다가 아들은 완전히 자기 아내의 편이다.

고립이었다. 그러나 강제로 아들과 며느리를 자기 편으로 만들 수는 있었다. 어른에 대한 태도를 고치도록 꾸지람을 하는 방법이다. 그런 법이 어디 있느냐고 꾸지람을 하면 식당엘 갈 것이다. 그러면 앞으로도 그런 고집을 부려 자기를 고립 상태에 빠뜨리지 못할 것이다.

그러나 강 여사는 그들을 꾸짖지 못했다. 용기가 없었던 것이다. 이대 일이라는 힘의 불균형에서 오는 것은 아니었다. 정점을 향해 걸어가고 있는 젊은 세대와 정점에서 내리막길을 걷고 있는 낡은 세대의 차이를 느꼈던 것이다. 그들은 정점을 차지하려고 공통 의식을 가지고 있다. 이미 정점을 내놓은 세대에서 양보할 까닭이 없다.

"싫은 걸 어떻게 억지루 먹어요?"

그들은 꼭 같이 반발할 것이다. 그 반발을 무엇으로 막을 것인가? 막지 못할 때의 비애는 더욱 커질 것이다. 그미는 묵묵히 앉아 있었다. 그들에 대해 불만이 있다는 태도로 보이지 못하며……. 그러다가 지나가는 판매원을 불러 들고 가던 광주리를 내려놓게 했다. 앉은 자리에서나마 먹을 것을 사서 주리라는 생각이었다.

판매원을 세워 논 뒤 '무얼 먹을래?' 하고 물었는데도 대답하는 이가 없었다. 강 여사는 강우에게,

"좀 골라라."

사뭇 명령하듯 말했을 때야 강우가 카스텔라니 오징어포니 사이다 같은 것을 집었다. 강 여사는 카스텔라의 포장지를 찢어 영주와 강우의 순서로 하나씩 주었다. 그리고는 먹으라는 말을 하고 먼저 한 입 뜯어 입에 넣었다. 그런데도 영주는 먹을 생각도 안 했다.

"그러지 말구 어서 먹어라."

그래도 먹지 않을 때 강우에게 사이다를 영주에게 주라고 말했다. 영주는 사이다도 받지 않았다.

강 여사는 속이 뒤틀렸다. 그것은 영주가 아니꼽기 때문만이 아니었다. 너무나 비굴해진 자기가 비참하게 생각되었던 때문이었다. 며느리에게까지 아첨해야 할 필요가 무엇일까? 아첨을 하는데도 받아들이지 않는 며느리를 그냥 보고만 있어도 좋은가?

아무리 오만의 시대라 해도 너무 심한 일이라고 생각했다. 귀천을 가릴 것 없이 오만 한 가지로만 살고 있는 세상이다. 상점 점원이 손님에게 오만하고 택시 운전사가 손님에게 오만하다. 식모가 주인에게 오만하고 거지까지도 오만을 생명으로 삼고 있다. 며느리가 시어머니에게 오만할 것은 당연하다. 그러나 시어머니만은 오만할 수가 없단 말인가? 옛날에는 늙은이의, 아니 나이 먹은 사람의 오만이 절대적이었다. 그런데 지금은 반대로 젊은 사람이 오만하다. 늙었다는 것이 죄라는 말인가? 죄일지도 몰랐다. 늙으면 죽을 날이 가깝다. 죽음을 내다보는 사람에게 참여의 권리가 있을 리 없다. 참여의 권리를 상실했다는 것은 인생에 낙오되었다는 것을 뜻한다. 낙오자는 죄인이다.

강 여사는 스스로를 슬퍼해야 할 것 같았다. 아들과 며느리의 설계에 참여할 자격이 없다는 서글픔이었다. 그러나 서글프다고 해서 관여도 안 할 수는 없었다. 그들과 등지고 살 수가 없다고 생각되었기 때문이었다. 늙었다고 해도 앞으로 같이 살아야 할 그들이다. 십 년을 같이 살지 이십 년을 같

이 살지 모른다. 그 동안 어찌 그들과 등지고 살 수가 있을 것인가? 타협을 해야 했다. 참여가 아니고 타협을 해야 한다. 그러기 위해서는 자기를 굽혀야 한다. 결국 자기가 굽히는 수밖에 없었다.

"피곤해서 그럴 거다. 좀 먹구 기운을 내라."

영주가 반항적인 침울 속에 있는 이유를 알면서도 피곤 때문이라는 말을 쓰며 종이컵을 그미 손에 쥐어 주었다. 그리고는 강 여사가 직접 사이다를 따라 주었다.

"네가 먹어야 우리두 먹지 않겠니?"

말이 목에서 걸렸지만 강 여사는 애써 가며 듣기 좋은 말만을 했다. 영주는 할 수 없이 사이다를 받아 마셨다. 그러자 강 여사는 카스텔라를 주며,

"어서 먹자. 어떡허겠니? 산다는 게 그렇게 힘든걸. 약혼식을 올리기 전에 할아버지께 너희들의 얼굴을 보여야 도리를 다하는 것이라구 생각했던 내가 잘못이었나 부다. 결혼이나 한 뒤 천천히 내려갈걸……."

자기의 심정을 알아달라고 호소하듯 말했다. 그때 강우가,

"결혼한 뒤에는 다시 안 가두 되겠지요?"

하고 물었다.

강 여사는 그럴 수 없다고 생각했다. 할아버지의 정을 모르며 자랐다고 해도 손자는 손자의 도리를 다해야 할 것이다. 그러나 강 여사는 강우와 영주에게 마음의 부담을 줄 수 없었다.

"너희들 마음대로 하렴."

그들의 의사에 일임하기로 했지만 속으로는 강우가 너무 한다고 생각했다. 어른을 모시고 싶어하지 않는 마음은 결국 어른을 존경하지 않는 마음이라, 어른을 존경할 줄 모르는 마음은 곧 유아독존의 망상적 사상이다.

사람은 하늘에 감사할 줄 알아야 한다. 마찬가지로 인간에게도 감사하는 마음을 가질 줄 알아야 한다. 그래야만 인간은 겸손할 수 있고, 또 스스로도 살맛을 느낀다. 거기에 질서가 유지되기도 한다. 감사하는 마음이란 결국 남을 존경할 줄 아는 마음에서 우러나오는 것인데, 남을 존경하지 않을 경우 남는 것이 무엇이겠는가? 오직 자기 혼자일 뿐일 것이다. 자기 혼자만

을 생각하게 되면 자기가 낳은 자식도 모르게 될 것이다. 자식뿐 아니라 자기에 대한 존경심마저 잃게 되고 나아가서는 자기의 가치까지 상실해 버릴 것이다.

내가 시집을 간 해였다. 스무 살 안팎의 나이로 무엇을 안다고 할 것인가마는 오직 맹종이 있을 뿐이었다. 맏동서가 있었지만 시련을 겪어야 한다는 것인지 시부모 시중을 내게 맡겼다. 아침 저녁으로 시부모에게 문안을 드려야 했고, 이부자리 펴고 개는 일까지 했다. 밥상은 꼭 내 손으로 갖다 올려야 했고, 요강 심부름도 나만이 맡은 일이었다. 바깥출입이 없는 어른들이라 낮이나 밤이나 한시도 마음놓지 못하고 신경을 안방에 기울이고 있어야 했다. ‘애야’ 하고 부르기만 하면 어디서 무엇을 하다가도 뛰어가야 하기 때문이었다. 그렇다고 남편 시중을 안 들 수는 없었다. 무엇이나 갖다바쳐 주기를 바라는 남편이었다. 양말 한 짝 자기 손으로 찾지를 않았다. 매일 아침 손수건까지 가져다 바쳐야 했다. 그러니 그 고달픔이란 말할 나위 없었다. 그러나 나는 시집살이란 그런 것이려니만 생각하고 별로 불만을 품지 못했다. 심신이 피곤해서 어쩔 줄을 모르고 있을 때 남편이,
　"고생이 많구만, 미안해."
하며 나를 안아 준다. 그러면 모든 피곤이 싹 가시는 것이었다. 남편이 애정에 불만을 느끼지 못하게 했던 것이다.
　불만은 느끼지 않는다 해도 고된 시집살이에 친정집이 그리워지는 것만은 어쩔 수 없었다. 그럴 때면 어떻게 눈치를 채고 차마 내가 입 밖에 꺼내지 못하는 내 요구를 미리 들어 주는 시부모였다. 그래서 두어 달에 한 번씩 친정집엘 다녔던 것이지만, 나는 친정집에 가서도 시댁에 대한 불만을 말하지 않았다. 당연히 해야 할 일이 힘에 겹다고 불평을 말하면 부모들이 내 불평을 받아 주지 않을 것이 뻔했기 때문이었다. 그런 경우 부모들은 불평을 말하는 나에게 반드시 꾸중을 할 것이었다.
　"고생되지는 않니?"
　어머니가 물어도,

"남들이 다 하는 건데요."

나는 어른처럼 대답을 했다. 그뿐이 아니었다. 시집에서 필요한 일들을 어머니에게 새로 배우기까지 했다. 옷을 말리는 일이라든가, 옷을 만드는 법 이라든가. 그래서 앞으로는 시부모의 옷까지도 내 손으로 만들어 드리도록 했던 것이다.

그만큼 나는 며느리로서의 위치를 충실히 지켜 가려 했다. 또 그러는 것 이 당연한 일이라고 생각했다. 그런데 시집간 지 열 달쯤 되었을까 할 때였 다. 집에서 굿을 한다고 했다. 누구의 병을 고치기 위해서가 아니었다. 관습 적으로 해마다 하는 굿이었다. 그래야만 집안에 질환이 없고 또 식구들이 다 잘 된다는 것이었다. 내가 무엇이라고 말할 수 없는 일이었지만 속으로 는 불만이었다. 그래서 남편에게만 지금이 어떤 세상인데 굿을 하느냐고 아 들로서 그런 것쯤 막아야 한다는 말을 했다. 그랬더니 남편이,

"난들 왜 이야길 안 했겠어. 해야 소용없는 일이니까 내버려 두는 거지. 어른들은 노여움을 잘 타기 때문에 말할 수두 없어."
하고 말했다. 어른들을 노엽게 할 수 없다는 것이 남편의 마음이었다.

"그래두 창피하지 않아요? 남들이 보구 뭐라겠어요? 더구나 당신은 학교 선생이 아녜요."

"그러니까, 내가 주장해서 굿을 한다구 생각할 사람은 없을 거 아냐? 그 날은 종일 나가서 들어오지두 않을 작정이니까……."

"당신은 나가서 보지 않는다지만 나는 어떻게 하지요?"

"당신은 친정집에 가구려."

남편에게는 부모의 뜻을 꺾으려는 마음이 추호만큼도 없었다. 나도 그런 남편을 도리어 존경했다. 집안에서 나는 그런 일을 하면, 우선 자기의 명예 에 관계되는 일이라고 악을 써 가면서라도 반대할 것 같은데 어디까지나 부 모의 의사를 존중하는 남편이었다. 오만하지 않고 자기의 의사를 꺾으므로 부모를 위한다는 그 마음이 얼마나 귀한 것인가?

굿을 하기 직전 나는 남편을 통해 친정에 보내 줄 것을 호소했다. 그런데 시부모는 나의 뜻을 내 남편의 입을 통해 듣자 나를 직접 불러들였다. 나는

죄를 지은 때처럼 두근거리는 가슴으로 안방에 들어갔다. 머리도 들지 못했다. 아니나 다를까 시아버지가 엄격한 목소리로 말하기를 시작했다.

"네가 새 식구로 들어왔기 때문에 하는 일인데, 네가 친정엘 간다는 말이 무슨 말이냐?"

나를 위한 굿이라니 말만은 고마웠다. 그러나 조금도 달갑지가 않았다. 도리어 부끄러운 일이라고 생각했다. 집안에 모인 사람들이 전부 나를 쳐다볼 것이다. 무당이 나를 축복해 주는 동안 나는 몸 둘 곳을 못 찾아 안타까워할 것이 아니겠는가?

나는 물론 기독교인이 아니다. 기도교적인 사상을 가져 본 일도 없다. 그러나 굿이 단순한 미신에 지나지 않는다는 것을 알고 있다. 미신이라도 생각하면서도 무당 앞에서 무당의 축복을 받는다는 것이 얼마나 낯 뜨거운 일이겠는가?

그러나 시아버지 앞에서 거역하는 말을 감히 할 수가 없었다. 묵묵히 앉아 있었더니 이번에는 시어머니가,

"그 날 남들이 추는 춤을 잘 봐 둬라, 네 차례가 오면 너두 춰야 하니까?"

하는 것이 아닌가? 무당 앞에 앉아 축복받기도 낯간지러운 일이라고 생각하는데 무당과 함께 춤을 추다니, 나는 그것만은 죽어도 못한다고 생각했다.

"춤이란 걸 춰 본 일이 한 번두 없는데요."

나는 그것이 시부모에 대한 예절이 아니라 생각하면서도 입을 열고야 말았다.

"너를 위한 굿인데 네가 춤을 안 춘대서야 말이 되느냐?"

시아버지의 준엄한 말이었다. 그러자 시어머니도 한 마디 했다.

"춤이래야 별거 있니? 팔 다리를 들썩이면 되는 거지."

나는 국민학교 때부터 학예회라는 데 나가 본 일이 없었다. 노래는 물론 춤 같은 것과는 담을 쌓고 있었던 것이다. 그런 내가 무당의 장고에 맞추어 춤을 춰야 하다니…… 이왕 대답질을 한 이상,

"그것만은 용서해 주십시오."

하고 탄원했다. 그러나 소용이 없었다. 시키는 대로 해야 한다는 것이었다.

그 날 밤 나는 남편 옆에서 울었다. 시집살이를 못하면 못해도 춤만은 출 수 없다고 말하면서…… 절망 같은 감정에서 흐느끼고 있는 나를 보자 남편은 한참 동안 할 말을 잊고 있었다. 남편의 위치에서 딱했던 모양이었다. 한참 뒤에야,

"당신 마음 알겠어. 그렇지만 시집살이를 못 하면 못 해두 춤을 출 수 없다는 말만은 취소해 줘. 당신에게 중요한 것이 뭐지? 시부모보다도 내가 아닐까? 만약 내가 가장 중요한 것이라면 그 밖에 다른 문제는 모두가 부차적인 것이 아닐까? 제발 시집살이 못하겠다는 말만은 그만둬 줘."

자기 심정을 말했다. 그이는 차마 시부모가 시키는 춤을 추라고 꼬집어 말할 수가 없었을 것이다. 그러나 춤을 추라는 말과 무엇이 다를 것인가?

"그러니까 춤을 추라는 게 아녜요?"

"결국 우리가 분가하는 수밖에 없다구 생각해. 분가하지 않는 한 당신은 그야말로 고된 시집살이를 안 할 수가 없단 말야. 그래서 나는 벌써부터 서울루 학교를 옮길 운동을 하구 있어. 그러니까, 서울루 갈 때까지만 참아 줘. 그 동안 부모님의 뜻을 거역할 수는 없지 않아?"

이렇게까지 말하는 남편에게 거역할 수가 없었다. 그 뒤 나는 속이 상했지만 남편 앞에서도 울지를 못했다. 그리고 굿을 하는 날 어쩔 수 없이 춤을 추고야 말았다. 무당 앞에서 춤을 출 때 나는 얼굴이 달아올라 견딜 수가 없었다. 그러나 춤추는 시늉을 했던 것이다. 꼴이 사나웠을 것이지만 눈을 감고 어깨를 들썩 다리를 들썩했다. 어쩔 수 없는 숙명이라고 생각하면서,

그 날 밤, 늦게야 돌아온 남편이 이불 속에서 나를 힘껏 안아 주었다. 이렇다 할 말 한 마디 없이 그냥 안아만 주는 것이었다. 남편의 품에 안긴 채 나는 모든 일이 잘 되었다고 생각하며 잠들었다.

약혼식이 있는 날이었다. 약혼식 준비는 신부의 집에서 책임진다는 관습에 따라 강 여사는 손님처럼 ××호텔엘 갔다. 객실 같은 조그만 방에 몇 개의 테이블이 놓여 있고 그 둘레에 의자가 빽빽이 서 있었다.

신랑 옆자리에 앉은 강 여사는 식장에 들어서기 전부터 그런 생각을 가졌

던 것이지만 신부측 가족에 비해 신랑측 가족이 자기 혼자라는 데 대해 모든 면에서 꿀리는 것 같은 불안감을 느꼈다. 대전에 알리지 않은 것이 아니지만 결혼식 때나 올라온다면서 한 명도 오지 않았다. 그러니 자기 혼자만이라는 것이 어쩔 수 없는 사실이지만, 그미는 자기네가 친척도 없는 너무나 외로운 집안 같은 비굴감을 느꼈다. 어디서 날아왔는지도 모르는 바위 틈새의 한 그루 잡목 같은 느낌이었다.

요즘은 약혼식을 대수롭지 않게 생각들하고 있다. 그러지만 막상 당하고 보니 외롭기 짝이 없었다. 친척이 전혀 없는 것이 아닌데도 남들이 고독한 집안으로 볼 것만 같았던 것이다. 그런 점에서도 강 여사는 가족제도라는 것이 필요하다고 생각했다. 가족제도가 균형을 잡고 있으면 외로울 때도 외롭지가 않다. 서로 의지하며 산다는 것은 사회생활에서도 안정감을 준다. 생활이 안정감을 줄 뿐 아니라 그것이 사회의 질서를 유지하는 근본적 바탕이 되기도 한다.

강 여사는 보잘 것 없는 집안이란 인상을 주는 것 가운데 자기가 술집을 경영한다는 사실이 크게 작용하리라는 것을 생각했다. 직업에 귀천이 없다고들 하지만 어찌 귀천이 없을 수 있겠는가? 술은 물이다. 그 속에 무엇이 들었든 물은 물이다. 홍분제를 섞은 물이다. 그 홍분제를 여자가 판다. 많은 남자를 상대로 여자가 파는 것이다. 만약 남편이 있다면 또 모른다. 남편도 없는 여자가 혼자서 홍분제 장사를 한다는 것이 어찌 떳떳한 일이겠는가? 떳떳치 못한 것은 역시 천한 것이다.

강 여사는 자기에게 남편이 없다는 것도 비굴감을 느끼게 하는 하나의 원인이라고 생각했다. 남편이 죽었다는 것이 잘못일 수는 없었다. 불가항력의 일이었다. 그러나 있어야 할 것이 없는 것만은 사실이었다. 그미는 어젯밤 하 사장에게 한 자기 말을 생각했다.

"강우의 아버지 대신 그 애 약혼식에 참석해 주실 수 없을까요? 남자가 한 명두 없어서 외로울 것 같아요."

그때 하 사장이,

"무슨 자격으루 참석하지요?"

당치도 않는 일이라는 듯 말했다.

"그 애 아버지 친구라면 되잖아요?

"거짓말이 통할까요?"

"그 애가 근무하고 있는 회사의 사장 자격으로두 참석할 수 있잖아요."

"그렇긴 하군요. 시간 봐서 가 보지요."

"그러실 것 없이 꼭 나오세요."

그렇게 말하기는 했지만 붙들고 늘어질 수는 없었다. 이 구실 저 구실 붙여 가며 하 사장을 참석시킨다는 것이 너무나 궁색한 일 같았던 것이다. 하 사장도 마음이 그리 내키지 않는지 그 말을 다시 하지 않았다.

그런데 신부 옆에 앉아 있는 신부의 아버지를 보며 강 여사는 자기에게도 병신이나마 남편이 있었으면 하는 생각을 했다. 병신이나마 남편 자리에 앉아 줄 남자가 있기만 하다면 누구나 자기를 깔보지는 못할 것이다. 그러나 없는 남편을 어디서 구할 것인가? 남편은 아니라 해도 남자라는 것이 한 명만 있어도 짝이 기울지 않을 것 같았다.

신부측은 남자가 네 명이나 나와 있었다.

강 여사는 손목시계를 보았다.

두 시에서 십 분밖에 지나지 않았다. 지금이라도 늦지 않다는 생각을 했다.

그러면서도 오리라는 기대는 갖지 않았다. 처음부터 그미는 하 사장이 올 사람이 아니라고 단정짓고 있었기 때문이었다.

'좀 와 주면 어떤가?'

하 사장이 참석한대도 어색할 것이 없다고 생각하는 강 여사였다.

강우가 다니는 회사의 사장인데 축복하는 의미에서라도 참석하는 것이 당연하다. 그런 만큼 강 여사는 참석해 주지 않는 하 사장을 속으로 나무라고 있었다. 그저 나무랄 뿐이었다. 안 올 사람을 기다릴 필요도 없었다.

그런데 식이랄 것도 없이 신랑 신부의 선물 교환을 시작하려고 할 때였다. 뜻밖에도 하 사장이 방 안으로 들어왔다.

모든 사람의 시선이 그리로 집중했지만, 하 사장은 조금도 서둘지 않고 침착한 태도로 강우 옆까지 걸어왔다.

강우가 일어서서 절을 한 뒤 그 옆자리를 비워 주자 하 사장은 의자에 앉을 태세로 엉거주춤하면서도,

"늦어서 죄송합니다."

침착한 인사를 했다.

그때 강우가,

"저의 회사 사장님입니다."

하 사장을 소개하자 신부측 사람들이 모조리 놀라는 눈동자를 움직였다.

신랑 편을 사고무친한 외로운 사람들로 생각했을 그들이니까 놀랄 만도 한 일이었다.

강 여사는 하 사장이 고마웠다. 자기의 비굴함을 일시에 일소시켜 준 하 사장이 고마워 그 앞에 가 큰절이라도 하고 싶었다. 그러나 강우를 사이에 하고 앉아 있는 하 사장에게,

"와 주셔서 고맙습니다."

한 마디 정중한 인사를 했을 뿐이었다.

다정한 말을 서로 나누지 못했지만 강 여사는 하 사장이 자기의 비굴함과 열등감을 해소시켜 주었다고 생각했다.

예물 교환을 끝내자 음식이 들어오기 시작했다. 음식을 먹는 동안 그녀의 신경은 줄곧 하 사장에게로 가 있었지만 그미는 하 사장과 자기가 가까운 것을 조금도 비치지 않았다.

어디까지나 강우의 회사 사장으로 참석한 것처럼 보이려고 했던 것이다. 그러면서도 속으로는 오늘 저녁 그를 후히 대접해야겠다고 생각했다. 곤경에서 자기를 구해 준 사람이다. 반드시 있어야 할 빈자리를 메워 준 사람이다.

신부의 아버지와 어머니가 신부를 가운데 끼고 앉아 있듯이 강우를 가운데 끼고 양옆에 앉아 있는 하 사장과 자기. 그것은 하나의 환각에 지나지 않겠지만 강 여사에게 있어서는 흐뭇한 광경이 아닐 수 없었다.

열등감에서 늘어뜨렸던 어깨를 겨우 추켜들려고 할 때였다.

"신랑 신부, 합창이나 한 번 해라."

신부측 친척 되는 사람이 제안을 했다.

그러자 신랑 신부는 사양할 생각도 없이 자리에서 일어나,

"뭘 할까?"

하고 서로의 얼굴을 쳐다봤다.

"화잇 하우스."

강우가 말하자 영주가 고개를 끄떡하고 노래를 부르기 시작했다.

달콤한 노래였다.

달콤한 그들의 감정에서 우러나오는 노래라고 생각되었다.

'저 애들이 내 마음속을 들여다볼 생각이나 하고 있을까?'

강 여사는 혼자 생각했다. 그들은 오직 자기들 감정에만 충실한 것이다. 그리고 앞으로도 자기 감정대로만 살아갈 것이다.

만약 굿을 한다고 하며 영주더러 춤을 추라고 하면 영주는 생각할 것도 없이,

"이혼하겠어요."

하고 그 날로 집을 뛰쳐 나갈 것이다. 강우가 어떤 말로 만류한대도 듣지 않을 것이다.

또,

"내가 외롭지 않니? 제발 나가지 말고 집에 있어 주렴."

한다고 해도,

"볼일이 있는 걸요."

하며 자기 하고 싶은 대로 할 것이다. 자기감정만 살리며 살 것이다.

즐겁기만 하여 부르는 그들의 노랫소리가 강 여사에게는 슬프게 슬프게 들리는 것을 어쩔 수 없었다.

7

아들 강우의 약혼식이 있은 뒤 며칠이 지난 어떤 날 하 사장이 가게로 들

렀을 때였다. 강 여사는 며칠째 혼자 생각하고 있는 계획을 이야기하려 했지만 그 말을 꺼낼 기회가 좀체 오지 않았다.

그것은 하 사장이 이 날도 혼자 왔고 또 우울하게 술을 마시고 있었기 때문이었다. 전에도 혼자서 온 예가 없는 것이 아니었다. 그러나 혼자 오는 날보다는 친구와 같이 오는 때가 더 많았다. 그런데 요새는 계속해서 혼자만 왔다. 혼자 와서는 강 여사에게 무슨 이야기를 하는 것도 아니었다. 그저 술만 마시는 것이었다. 술맛을 음미하는 것인지 한 잔을 마신 뒤 한참 있다가 또 술을 마셨다. 어떻게 보면 생각할 시간을 갖기 위해서 술을 마시는 것 같았다. 어떻게 보면 풀 수 없는 슬픔에 젖어 있는 가슴에 술을 붓고 있는 것 같기도 했다.

그러한 하 사장을 볼 때 강 여사는 그의 가슴 속을 파헤치고 그 슬픔의 이유를 알아보고 싶었다. 그리고 그 슬픔에 대해 위로의 말을 해 주고 싶었다. 진심으로 보기가 딱했던 것이다. 딸들 때문에 속을 썩이고 있는 것일까? 그렇지 않으면 사업이 뜻대로 되지 않아 고민하고 있는 것일까?

고민하는 이유를 알고 싶었지만 하 사장이 강 여사를 접근시키지 않았다. 저녁을 먹었느냐고 물어도,

"먹었습니다."

깍듯한 존경어를 쓰며 범접할 수가 없게 했다.

"요즘은 왜 혼자만 오시지요?"

그래도 하 사장은,

"혼자 오는 것이 보기에 안됐습니까?"

그저 무뚝뚝하기만 했다.

"너무 울적해 보여서요."

강 여사는 남자가 어쩌면 저럴까 하고 생각했다. 어떻게든 말을 시켜 마음을 풀어 주려는데 그것도 모르고 무뚝뚝하게만 대하다니……

강 여사는 하 사장을 내버려 두는 수밖에 없었다. 보기가 딱했지만 할 수가 없었던 것이다. 그러나 얼근해서 돌아갈 때 그미는 하 사장의 뒤를 따라섰다.

"집에서 저녁이나 한 끼 대접해 드리려는데요……."

다른 말로는 하 사장의 일을 열 수가 없었다. 또 어떤 말로도 그의 우울을 풀어 줄 수 없다는 것을 알았기 때문에 그미는 말하기 거북하나마 자기 계획을 말하지 않을 수 없었다. 거절해도 할 수 없었다. 자기의 진심을 보여 주는 것뿐이었다. 그것마저 받아들이지 않는다면 그때는 최후다.

"집에서요?"

하 사장이 의외라는 듯 물었다. 그것은 그미의 진심을 고맙게 생각한다는 태도였다.

"네, 집에서요. 제 손으루 만든 음식을 대접하구 싶어요."

"그럴 필요가 없을 텐데요?"

하 사장은 강 여사의 진심을 받아들이기가 거북한 듯 말했다. 이럴 때 그녀는 아들 약혼식 때 일부러 와 주셔서 얼마나 고마웠는지 모른다고 그 답례로 초대한다는 말을 하고 싶었다. 그러면 하 사장은 달리 아무 생각도 않고 고맙게 응답해 줄지 모른다. 그러나 신세를 졌으니 신세를 갚는 것이란 말이 하기가 싫었다. 이유야 그것임에 틀림없지만 무슨 계산장 같은 사고방식을 보이기가 싫었던 것이다.

"꼭 필요가 있어야 초대하나요."

도리어 무조건이 더 좋지 않느냐는 투로 말했다.

"그렇기는 하지만……."

"딴 말씀 마시고 오시기나 하세요."

강 여사는 명령 비슷하게 말했다. 진심은 강경할수록 상대방을 즐겁게 해 주는 법이다.

"글쎄요."

"제 음식 솜씨를 한 번 보세요. 모레, 잊지 마세요."

그러고 나서는 자기 집을 대충 가르쳐 주었다.

"고맙습니다."

하 사장이 승낙을 했다. 역시 진심은 통하는 모양이었다. 그래서 그미는,

"무슨 일 때문인진 모르지만 너무 울적하게 지내지 마십시오."

하고 한 마디 하 사장에 관한 이야기를 했다. 그랬더니,

"고맙군요. 나를 그만큼 걱정해 주시니……."

하고 가슴을 터놓은 듯한 태도로 말했다. 강 여사는 가게에서라면, 하는 생각을 했다. 가게라면 그의 이야기를 더 들을 수 있고 또 자기는 그를 충분히 위로해 줄 수 있을 것 같았다. 그러나 노상이라 긴 이야기를 할 수 없었다.

"조심히 가세요."

그때 하 사장은 또,

"고맙습니다."

하고 말했다. 얼음 같은 마음을 녹여 주는 강 여사의 마음씨가 그저 고맙게만 느껴졌던 모양이었다. 그는 한참 걷다가 한 번 뒤를 돌아보았다. 돌아볼 뿐 손을 흔들거나 그런 일은 안 했다. 그래도 한 번 뒤를 돌아보고 걸어가는 그의 모습에서 강 여사는 고독 같은 것을 느꼈다. 나이 오십이 넘은 남자다. 오십대의 남자가 느끼는 고독은 어떤 것일까? 젊은 세대처럼 고독을 못 이겨 펄펄 뛰지는 않는다. 혼자서 술이나 먹는 정도다. 그러나 젊은 세대 못지않은 고독일지 모른다. 아니 젊은 세대보다 몇 배나 더 진한 고독일지 모른다. 인생 전체에서 느끼는 고독일 테니 어찌 젊은 세대의 고독에 비할 것인가?

가다 말고 한 번 되돌아보는 그는 역시 고독에 지친 때문일 것이다. 고독에 지쳐 허우적거리고 있는 것이다. 허우적거리는 마음의 표현이 고작 뒤를 한 번 돌아보는 것뿐인가. 강 여사는 한참 동안이나 혼자 걸어가는 하 사장을 바라보았다. 어쩐지 걸음이 부자연스러운 것 같았다. 공연히 비틀거리는 것 같았다. 뒤에서 자기가 보고 있다는 것을 느끼고 있기 때문이리라, 그는 확실히 나를 느끼며 걷고 있다.

다음 다음날 하 사장을 초대하는 날이었다. 강 여사는 출근하는 강우에게 오늘은 하 사장을 초대하니 영주를 일찌감치 집에 오도록 하라고 부탁했다. 그리고 강우는 하 사장을 모시고 오도록 당부했다. 아무리 생각해도 하 사장을 혼자 오라 할 수는 없었기 때문이었다. 강 여사는 아침 시장으로 가서 음식 재료들을 사들였다. 성의껏 있는 재간을 다해서 음식 준비를 했다. 왜

그런지 돈을 아끼고 싶지 않았다. 있는 재간을 총발휘하고 싶었다. 음식을 만들면서도 하 사장이 가다 말고 뒤돌아보던 모습을 눈앞에 그렸다. 부자연스럽게 걷던 걸음도 생각했다. 그러한 하 사장에게 자기의 성의를 조금도 아끼지 않고 고스란히 보여 주고 싶었다. 한 사람을 위해 잔치를 차리는 기분이었다. 남편의 생일에도 없었던 일이고 애들 돌날에도 없었던 일이었다.

여성잡지 부록에 있는 요리 만드는 법을 보아 가며 최고급의 재료를 가지고 시각적으로 아름답게 만드는 데 온 신경을 기울였다. 그런 자기 마음을 영주가 들여다볼 것 같아 가끔씩,

"잘 봐 뒀다가 다음에 이렇게들 해라."

마치 며느리가 될 영주의 요리법을 배워 주기 위한 시범처럼 말했다.

"너희들 결혼식 때 만들 음식을 한 번 연습해 보는 거다."

이런 변명식의 말도 했고,

"여자란 가끔씩 요리두 만들어야지, 손이 녹쓴단 말야."

"하 사장에게 잘 해 드려야 강우에게두 좋을 테니까……."

등등 하 사장과 자기와의 개인관계에 대해 의심하지 못하도록 이야기하기도 했다. 음식을 거의 다 만들고 올 시간이 가까웠을 때 강 여사는 하 사장에게 전화를 걸었다.

"잊지 않으셨겠지요?"

"지금 시계만 보구 있습니다."

"강우더러 모시구 오라 했으니까 같이 오세요."

"고맙습니다."

하 사장도 초대받는 사실을 기쁘게 생각하는 것 같았다. 강 여사는 더욱 기분이 좋았다. 그미는 다시 강우에게 전화를 걸고 하 사장에게 전화해 놓았으니 꼭 모시고 오라는 말을 했다. 그리고는 하 사장을 모실 자기 방을 청소하기 시작했다. 모든 것을 제 자리에 정돈해 놓았다. 특히 하 사장이 사 준 목인형들을 보기 좋게 책상 위에 가지런히 진열했다. 방에 손질을 끝내고도 혹시나 해서 또 둘러보곤 했다. 제 자리에 놓일 것이 제 자리에 놓이지 않으면 집안이 어수선해 보인다. 방이 어수선해 보이면 방 주인도 그렇게

보인다. 제대로 걸려 있는 액자까지도 다시 손을 댔다. 식후에 먹을 과일을 수건으로 닦고 가지런하게 놓았다. 방에 손질을 끝내자 옷을 갈아입고 가벼운 화장을 했다. 가벼운 화장이지만 단정한 화장이었다. 눈썹을 그리고 루즈칠을 했다. 거울에 입술을 가까이 대고 루즈칠을 할 때 그녀는 누구를 위한 화장일까 하고 생각했다. 이때까지 해 온 화장이다. 그런데도 거울에 비친 자기 얼굴을 보며 내 나이 오십이 다 됐는데 하는 생각을 했다. 약간 부끄러운 마음이 들었다.

내가 화장품을 처음 산 것은 결혼할 때였다. 그것도 내가 산 것이 아니라 어머니가 사 준 것이었다. 결혼하는 날은 예쁘게 보여야 하고 결혼 뒤에는 화장도 조금씩 해야 한다는 것이 화장품을 사 준 어머니의 말이었다.

결혼 전에도 나는 화장을 해 보았으면 하는 생각을 가졌었다. 그러나 어머니가 평생 화장을 안 하는데 나만 화장을 할 수가 없었다. 누구한테 곱게 보이려고 그러느냐고 말을 들을까 겁이 났기 때문이었다. 누구에게랄 것 없이 여자는 곱게 보이고 싶어하는 본능이 있지 않은가? 특히 미혼 처녀는 누구에게서나 예쁘다는 말을 듣고 싶어하는 법이다. 그래야만 좋아하는 사람이 생길 가능성이 많아지는 것이 아니겠는가?

그러나 나는 그런 생각을 가져 보지 못했다. 나이가 차면 부모들이 신랑을 골라 줄 것이니까 시집 못 갈 걱정이 없었던 것이다. 그런 것이 잠재의식으로 숨어 있었기 때문이었는지는 모르나 결혼 전에 화장을 못해 안달한 적이 없었다. 예쁘다거나 밉다는 것은 선천적으로 생긴 얼굴의 모양을 말하는 것이다. 얼굴색이나 곱게 한다고 그것이 전체 아름다움을 좌우할 수는 없다. 이런 생각 때문에 화장의 필요성을 크게 느끼지 않았는지도 모른다.

어쨌든 결혼하는 날 짙은 화장을 처음 했다. 퍽 기분이 좋았다. 모든 사람이 신부 예쁘다는 말을 해 주기 바랐다. 신랑 되는 사람이 나를 더 사랑해 줄 것이 아니겠는가? 그런데 결혼식에 참석했던 사람들이 나보고 무엇이라 말들을 했는지 모르지만 신랑의 입에서 내가 예쁘다는 말이 한 마디도 나오지 않았다. 내가 밉다는 것인가? 한 마디라도 예쁘다는 말을 해 주었으면

하고 기다렸다. 그래서 계속 화장을 했다. 그랬더니 신랑이 하루는,

　"화장은 뭣 하러 해. 화장 안 해두 예쁜데……."

하는 것이었다. 그 말을 듣자 나는 화장을 안 하기 시작했다. 남편은 입으로 예쁘다는 말을 안 하지만 속으로는 예쁘다고 생각하고 있음이 분명했기 때문이었다. 그것으로 만족했던 것이다. 그리고 남편이 화장을 그리 좋아하지 않는다는 것을 알았기 때문이었다. 말은 안 하지만 시부모들도 화장을 그리 좋아하지 않는 것이 분명했다.

　화장 안 해도 남편이 나를 사랑해 주었기 때문에 나는 화장을 잊고 살았다. 남편의 마음이 변하지 않는 이상 구태여 화장을 할 필요가 없었다. 화장뿐이 아니었다. 몸가짐 전체에 그리 신경을 쓰지 않았다. 머리도 하루에 한번, 그것도 남편이 출근한 뒤 빗질을 할 정도였다. 옷도 한 번 입기 시작하면 때가 끼어 못 입을 때까지 입었다. 애를 난 뒤부터는 더했다. 몸이나 얼굴에 관심을 가질 만큼 시간의 여유가 없었다.

　그러다가 서울로 전근 온 뒤부터 나는 조금씩 화장을 했다. 그것은 서울 여자 전부가 화장을 하는데 나만이 촌스럽게 보이기가 싫었던 때문이었다. 크림에 파우더를 바를 정도였다. 옷도 자주 갈아입었다. 그것을 보자 남편이 이상한 눈으로 보며,

　"좀 달라졌는데?"

하고 말했다. 달라져서 좋다는 것인지 나쁘다는 것인지 알 수 없었다. 그러나 깨끗하게 보일 정도의 화장이니까 그리 싫어할 것은 아니라고 생각했다. 그런데 하루는 우편배달부가 왔다. 친정에서 온 편지를 배달해 주러 온 것이었다. 그 배달부가 편지를 주면서 냉수 한 그릇을 청했다. 나는 아무 생각 없이 냉수를 떠다 주었다. 그랬더니 배달부가 내 고향이 충청도냐면서 말을 건넸다. 그렇다고 했더니 자기도 충청도라면서 고향 이야기를 몇 마디 했다. 그리고는 냉수를 잘 먹었다면서 나가려고 할 때 남편이 돌아왔다. 나는 가슴이 섬찍했다. 아무 이유가 없는데도 공연히 가슴이 두근거렸다.

　그런데다가 남편이,

　"전부터 아는 남잔가?"

하고 의심쩍어 하는 듯 물었다.

"아아니요. 친정에서 온 편지를 배달하러 온 사람예요."

"그런데 무슨 이야기를 그렇게 해?"

"봉투를 보구 자기 고향과 같으니까 말을 건네 본 것 같아요."

그 이상 남편은 더 말하지 않았다. 그런데 며칠이나 지난 뒤 내 얼굴을 보며,

"화장을 안 하면 안 되나?"

화장에 대한 이야기를 꺼냈다.

"화장 안 하는 여자가 어디 있어요."

내가 약간 불평스런 어조로 말했다.

"화장 안 하던 사람이 화장할 때는 마음의 변화가 있는 게 아닐까?"

"마음의 변화라니요?"

"요즘두 그 배달부가 오겠지?"

나는 그만 말문이 막히고 말았다. 사람을 의심해도 분수가 있지 어디 그럴 수가 있담.

"죄 될 소리 하지 마세요."

더 상대도 안 하려는데 남편이,

"당신을 의심해서가 아냐. 화장에 신경을 쓰는 당신에게 전부터 하구 싶던 이야기니까 하는 거야. 내가 당신을 사랑하는데 당신이 일부러 얼굴 단장을 할 필요가 뭐야? 얼굴 단장에 신경을 쓴다는 것은 결국 남에게 잘 보이기 위한 태도야. 남에게 잘 보이겠다는 마음속에는 구체적은 아니라 해두 무언가 딴 욕망이 들어 있는 거구. 내 맘은 변하지 않을 테니 걱정말구 살림과 어린애에게나 신경을 써 줘."

화장 반대론을 펼쳐 놓았다.

오직 남편을 위한 화장을 하던 것인데, 남편의 그렇게까지 싫어한다면 구태여 화장할 필요가 없었다. 그 날부터 화장을 중단했지만 남편의 마음을 알 수가 없었다. 화장한 것과 배달부와 몇 마디 말한 것을 관련시켜 마치 화장에 딴 의미가 있는 것처럼 해석을 하다니? 그러면 서울 여자들은 모두 딴

마음을 품고 산다는 말인가?

화장이란 하나의 유행과 같은 것이다. 저고리 기장이 짧게 유행하는 때가 있다. 그럴 때 긴 저고리를 입으면 유행에 떨어졌다는 느낌을 주기 이전 촌스럽다는 자격지심을 갖게 된다. 유행에 따르겠다는 마음에서가 아니라 촌스럽게 보이기가 싫어 짧은 저고리를 입게 된다. 그런데도 짧은 저고리를 입었다고 해서 아내를 나무라는 남편이 있다면 그것은 완전히 이해 부족이라 말할 수 있다.

화장도 마찬가지다. 모두가 그것을 한다. 안 하면 도리어 촌스러워 보인다. 나는 남편에게나마 촌스런 여자로 보이기가 싫었던 것이다. 남자란 어디서든 여자를 많이 보게 마련이다. 많은 여자를 보게 되면 그 여자와 자기 아내를 비교해 볼 것 또한 자연한 일이다. 내 남편이라고 나와 다른 여자를 비교하지 않을 수 있을 것인가? 그럴 때 다른 여자에 비해 내가 촌스럽다고 느낀다면 남편은 두말할 것 없이 내게 싫증을 느낄 것이다. 남편이 아내에게 싫증을 느낄 때 생기는 여러 가지 복잡한 일들을 미연에 방지하려는 노력이 어찌 비난의 대상이 되어야 한단 말인가?

그러나 어쩔 수 없는 일이었다. 남편이 싫어하는 화장을 누구를 위해 할 것인가?

몇 달을 화장 안 한 채 지냈다. 오직 남편이 화장 안 한 내 얼굴에서 싫증을 느끼지 말아 주었으면 하고 바랄 뿐이었다. 그러던 차에 남편이 근무하고 있는 학교 교사들이 가족 동반으로 소풍을 갔다. 가까운 교외로 가서 즐거운 하루를 보냈다. 그 날 교사들의 부인 가운데 화장 안 한 여자가 오직 나뿐이었다. 그것을 내색하지는 않았지만 나는 속으로 부끄럼을 느꼈다. 화장 안 한 것을 자랑으로 삼아야 할 텐데 부끄럼을 느낀 까닭이 무엇이었을까? 나는 그것이 시대의 흐름이라고 생각했다. 시대의 흐름이 부끄럼을 느끼게 한 것이다.

그런데 소풍을 계기로 해서 교사 부인들이 한 달에 한 번씩 모이기로 했다. 그냥 모일 수가 없으니 계를 만들자는 거론이었다. 나만 혼자 반대할 수가 없었다. 남편에게 의논했더니 남편도 달갑게 찬성하지는 않으면서 하지 말라는 말은 안 했다. 그래서 한 달에 한 번씩 곗돈을 가지고 교사 부인들과 만나 점심을 먹으며 즐거운 한 때를 보내기 시작했다. 그 모임에 나가는 날 나는 차마 화장을 안 할 수 없었다. 같은 직장에 있는 남자들의 부인들이 모이는 모임이란 어떤 면에서나 자기 자랑을 위한 모임이라 말할 수 있다. 잘 산다는 자랑, 애기 자랑, 집 자랑, 남편 자랑, 심지어는 옷 자랑까지 겹친다. 그리고 누구는 얼마나 예쁘고 저쩌고 하며 미인 콘테스트까지 하게 된다. 그런 자리에 내가 화장을 안 하고 나갈 수는 없었다. 남편이 무어라든 그 날만은 화장을 해야 했다. 그런데 한 번도 화장한 얼굴을 남편에게 들킨 일이 없었다. 그것은 우리들의 모임이 점심때를 이용했기 때문이었다. 그러던 것이 한 번은 발각되고야 말았다. 월례적으로 만나는 날이 토요일이었던 것이다. 그것을 모르고 나갔다가 모임에서 토요일이니까 일찍들 돌아가자는 말에 나는 깜짝 놀랐다. 변소에 가서라도 화장을 지우고 갈까 했지만 변소에서 화장을 지운 것을 알 때 부인들의 뒷공론이 어떨 것인가? 그것이 무서워 그냥 돌아왔다. 남편도 이해해 주려니 하는 마음이 없지 않았다.

집에 돌아오니 남편이 벌써 와서 기다리고 있었다. 그리고 화장한 얼굴을 보고도 아무 말 안 했다. 이제 그런 것이 문제될 수 없다고 남편도 체념한 것이리라 생각했다. 애를 둘이나 낳았고 또 그새 남편 속을 한 번도 썩힌 일이 없는 만큼 여자들 모임에 나가며 화장한 것이 문제될 수 있겠는가?

안심을 하면서도 나는 혹시나 하고 남편의 눈치를 살피며 화장을 지워 버렸다. 저녁을 먹고 잠자리에 들 때쯤에는 그런 일쯤 씻은 듯 잊어버리고 있었다.

그런데 남편은 잠자리에서 곁을 주지 않았다. 조금 다르다는 생각을 했다. 그러나 잠자리에서 곁을 안 준다고 여자가 무슨 말을 할 수 있겠는가? 오해받을 일을 할 수가 없어 나대로 잠이나 청하려 했다. 그런데 남편은 잠을 못 이루고 있었다. 잠 못 들어 고생하는 일이 없던 남편이 이 날만은 무슨 고민에 사로잡혀 있음이 분명했다. 남편이 고민하고 있다는 생각을 하면서도 나는 그것을 묻지 못했다. 나도 잠 못 들어 하고 있다는 것을 알릴 수가 없기 때문이었다. 건드려 주지 않는다고 서글퍼하는 것이라 오해받기가 싫었던 것이다.

열두 시가 지나고 한 시가 가까운 데도 남편이 잠 못 들고 가끔 가는 한숨을 속으로 죽이는 것을 볼 때 나는 할 수 없어,

"무슨 일이 생겼수?"

하고 물었다.

"아니."

남편은 이야기하려 하지 않았다.

"그런데 왜 잠을 못 주무시지요?"

"글쎄 잠이 잘 안 오는데……."

"말씀해 주세요. 무슨 일예요?"

남편은 입을 열지 않았다.

"나까지 잘 수가 없잖아요."

"곧 잠들 거야. 걱정말구 어서 자기나 해."

나는 남편에게 무슨 일이 생겼을까 하고 생각해 보았다. 알 수가 없었다.

"학교에서 무슨 일이 있었어요?"

"생길 일이 있어?"

그렇다면 무슨 일일까? 나는 내 화장 때문이리라고는 털끝만큼도 생각지 못했다. 그렇지만 생각나는 것이 그것뿐이어서,

"내가 화장을 해서 그러는 건 아니지요?"

"아니야."

그런데 그 '아니야.'라는 말에 힘이 없어 보였다. 그래서 이런 때 변명을 해 둬야 할 것 같아,

"여자들만 모이는데 화장 안 하고 갈 수가 있어야지요."

하고 잘 했다고 생각지는 않는다는 태도를 보였다. 그때 남편은,

"누가 화장 때문에 그런대?"

마치 그런 것은 문제 삼지도 않고 있다는 듯이 말했다. 나는 안심이 되었다. 그래서,

"화장을 지우고 오려 했지만 여자들 앞에서 그럴 수가 있어야죠."

이 말로 끝을 냈다. 그리고는 뒤돌아 누워 있는 남편을 돌리고 가슴에 안기려 했다. 그랬더니 남편이 자기 몸을 빼서,

"어디 나갔다가 돌아올 때는 화장을 지우고 오우?"

하고 물었다.

"당신이 보면 화를 낼 테니까……."

나는 웃으며 남편에게 교태를 부리고 싶었다. 그런데 남편은,

"외출할 때는 언제나 화장을 하는 거지?"

무거운 목소리로 물었다.

"외출할 데가 있어요?"

남편은 말이 없었다. 가벼운 한숨을 내쉴 뿐이었다. 그렇게까지 괴로워하는 남편에게 사과하지 않을 수 없어,

"미안해요. 그렇게까지 걱정하실 줄을 정말 몰랐어요. 다시는 어떤 일이 있어두 안 할게요."

하고 진심으로 말했다.

그런 뒤로 나는 정말 화장을 안 했다. 남편의 몰이해에 대해 불만도 품지 않았다. 몰이해라는 생각도 가질 필요가 없었다. 그가 화장을 싫어하는 것은 있는 그대로의 나를 사랑하기 때문이었다. 화장하는 마음을 불순한 것으로 보고 나를 의심하는 것이 아니라 단정한다면 남편을 기분 나쁘게 생각할 아무런 이유가 없었다.

며칠 뒤 남편이,

"난 정말 당신의 화장 안 한 얼굴이 좋아. 싱싱하고 청초한 피부가 화장으루 도리어 죽어 보이거든. 당신이 더 예뻤으면 하는 욕심을 가져 본 일이 없는 나야. 내 마음 알아 줘."

할 때 나는 생각할 것도 없이,

"알구 있어요. 잘 알구 있어요."

하고 그런 말을 다시 못하게 했다.

얼마 안 있어 6·25가 나고 남편이 죽었지만 나는 환도할 때까지 화장을 한 번도 안 했다. 미장원에도 한 번 가 보지 않았다. 그럴 만한 정신적 여유

도 없었지만 남편이 싫어하던 것을 그가 죽었다고 해서 하기가 싫었기 때문이었다.

화장하는 것을 저승에서 본다면 남편이 얼마나 기분 나쁠까 하는 생각을 하면 그것을 도저히 할 수가 없었다.

그러나 환도한 뒤 <강남>을 경영하기 시작하면서부터 나는 화장을 했다. 화장을 안 할 수가 없었던 것이다. 손님을 접대하는 영업이 아닌가? 그러나 화장을 해도 남편이 슬퍼할 행동만은 절대 안 한다는 결심을 스스로 믿었기 때문이었으리라. 얼굴에는 화장을 하나 마음에는 늘 화장을 안 했다.

거울을 보며 자기 나이 오십이 다 됐다는 생각을 한다는 것은 오십이 다 된 여자가 화장은 무슨 화장인가 하는 자기 혐오의 감정 때문이었을 것이다. 그것은 과거에 화장을 하면서도 어떤 특정인을 위해서 화장해 본 기억이 한 번도 없기 때문이기도 했다. 남에게 촌스럽게 보이지 않기 위해 화장을 해 보았고 영업을 시작한 뒤로는 손님들에게 깨끗지 못한 인상을 줄까 걱정이 되어 화장을 했을 뿐이었다.

그러나 지금 그미는 확실히 하 사장이라는 한 사람을 생각하며 화장을 하고 있다. 남편의 얼굴이 거울 앞에 떠올랐다. 찡그린 얼굴이었다. 강 여사는 잠시 손을 멈추고 눈을 감았다. 그것은 남편에게 미안하다는 생각 때문인지 찡그린 남편의 얼굴을 눈앞에서 지워 버리기 위한 것인지 그미도 확실히 알지 못했다. 어쨌든 그미는 시작했던 화장을 중단할 수 없었다. 습관된 일을 하듯 기계적으로 화장을 끝냈다.

하 사장이 왔을 때는 아들과 영주를 시켜 그를 접대하게 했다. 식사 때에는 다 같이 먹도록 했다. 말하자면 자기 개인의 손님이 아니라 강우의 사장이며 강우가 신세진 사람으로서 대접하는 것처럼 보이려 했다. 단 둘이만 앉아 있는 자리고 그래서 음식을 자기만이 권한다면 얼마나 다정할까 하는 것을 생각했지만 그미는 단 둘만이 있는 기회를 만들지 않으려 했다. 자식 앞에서 조금도 떳떳치 못한 태도를 보이기가 싫었던 것이다.

아들이 곧 남편 같은 생각이 들었던 것이다. 화장도 싫어하는 남편이 딴 남자 앞에서 취하는 자기 행동을 감시하고 있는 것처럼 느끼기도 했다. 음식을 다 끝내고 돌아갈 때 그미는 강우와 꼭같이 현관까지 나가 하 사장을 배웅했다. 한 걸음도 강우보다 더 나가지를 않았고 인사도 가장 형식적인 말로 했다. 강우나 영주 보기엔 개인적인 감정이 있다고 오해할 수 없을 만큼 자기를 엄격하게 다루었던 것이다.

그런데도 강우에게서,

"어머니, 어머니두 결혼을 하시지."

하는 말을 들었다. 하 사장을 보내고 식탁을 내보낸 뒤 영주랑 셋이서 남은 과일을 먹을 때였다. 강 여사는 도둑질이나 했을 때처럼 가슴이 내려앉았다. 그렇게 조심하노라고 했는데 강우에게 눈치챌 일을 했던가 하는 생각이 들었던 것이다. 그러나 냉정을 위장하며,

"그게 무슨 소리냐?"

강우를 노려봤다. 다시는 그런 말을 하지 말라는 위협 같은 말이었다. 그러나 강우는 눈 하나 깜짝하지 않고,

"혼자서 늙는 것보다 낫지 않아요?"

이야기를 전개시켰다.

"에밀 뭘루 보구 하는 말이냐?"

"여자루 보는 거지요. 그래 어머닌 여자가 아니세요?"

"여자문 다 여자냐? 이때까지 결혼 안 하구 살았다. 무슨 말을 그렇게 함부루 하니?"

"이때까지는 우리들 때문에 결혼을 안 하셨지만 이제는 그럴 필요가 없잖아요."

"듣기두 싫다. 다 늙은 에미를 놀릴 셈은 아니겠지."

"알아보니까 하 사장님두 혼자라던데요."

"건 또 무슨 소리지? 하 사장과 내가 무슨 상관이니?"

"다 같이 외로우신 분인데 짝을 졌으면 꼭 좋을 것 같아서요."

"너 오늘 그 분을 초대한 데 대해 오해를 하나 보구나? 오늘은 네 약혼 때 나와 주신 그 신세를 갚기 위한 거야. 그 이상 아무 의미두 없다. 공연히

쓸데없는 생각을 하지 말아라."

"두 분이 좋아하시면 어때요? 참 어머니두 이상하셔."

이때 영주가 옆에서 한 마디 했다.

"두 분이 퍽 어울려 보이던데요."

강우와 영주는 비꼬는 태도가 아니었다. 느낀 것을 솔직하게 표현하는 것뿐인 것 같았다. 기분이 나쁘지 않았다. 그러나 나쁘지 않다고 해서 자기 감정을 그대로 보일 수는 없었다.

"너희들 못하는 소리가 없구나."

체면을 살리기 위해 불쾌를 가장했다. 그리고,

"피곤해서 좀 눠야겠다."

하면서 강우와 영주를 내보냈다.

혼자가 되자 강 여사는 거울 앞에 가서 화장을 지우기 시작했다. 늙었다고 안 할 수는 없지만 아직 주름이 그리 많지 않은 자기 얼굴을 보며 강 여사는 결혼이란 걸 생각했다. 이제까지는 강우 남매를 위해 결혼이라는 것을 생각지도 못하며 살아왔다. 인생의 대부분을 희생시킨 것이다. 그러나 이제 강우까지 결혼을 하게 되었다. 자기들끼리 넉넉히 살 수가 있게 되었다. 그런데도 그들을 위해 자기를 구속시킬 필요는 없을 것 같았다. 더구나 강우가 자기의 결혼을 원하고 있다. 이제 자기의 즐거움을 맛보며 살 수가 있을 때라고 생각 들었다.

이제 결혼을 안 하면 다시는 그런 기회가 없을 것이 아니겠는가? 혼자서 늙는다는 것보다 더 비참한 일이 어디 있겠는가? 젊었을 때는 누구를 위하든 간에 남을 위해서라도 살려는 의욕을 가질 수 있다. 또 삶의 보람도 느끼는 것이다. 그러나 얼굴이 쪼글쪼글 늙으면 무슨 의욕으로 살 것이며 삶의 보람은 어디서 맛볼 것인가? 바깥세상은 구경할 생각도 못하고 방 안에 앉아 방바닥이나 쓸며 살 것이다. 어디가 아파도 누구 하나 따뜻한 위로의 말 한 마디 안 해 줄 것이다.

하 사장이라면 모든 일을 보살펴 줄 것이고 언제나 따뜻한 마음으로 어루만져 줄 것이다. 그가 옆에만 있다면 고독하지도 않을 것이고 혼자 살아온 과거를 후회하지도 않을 것이다. 늙어서 고독하면 과거가 얼마나 후회될까? 과거가 후회되는 생활일수록 비참한 법이다.

강 여사는 하 사장과의 결혼식을 생각해 보았다. 젊은 사람들처럼 결혼식을 거행할 수는 없을 것 같았다. 그렇다고 해서 보따리를 싸 가지고 가서 식모살이처럼 살림을 시작할 수도 없다. 친척과 가장 친한 친구들을 불러 놓고 간촐한 음식을 먹으며 결혼을 선언한다. 그리고는 곧 신혼여행을 떠난다. 여행에서 결혼의 즐거움을 맛본다. 그리고 부부의 애정을 느낀다. 젊었을 때 결혼하는 것처럼 가슴이 부풀어오르겠지.

어디로 여행을 떠날까? 기차를 타고 멀리 가는 것도 좋지만 비행기를 타고 제주도에 가는 것이 가장 좋겠다. 끝이라는 곳, 그 이상 더 갈 곳이 없다는 느낌을 주는 제주도. 거기는 귤밭이 많다고 한다. 노란 귤이 주렁주렁 달린 귤밭 사이를 그이와 함께 거닌다. 해녀들이 물고기처럼 헤엄치는 바닷가를 거닐기도 한다.

인생을 새로 출발하는 기분일 것이다. 인생을 두 번 산다는 것은 그만큼 인생이 풍부하다는 것을 뜻하는 것이 아닐까.

'그러나.'

강 여사는 '그러나.'라는 말과 더불어 이때까지 생각해 온 꿈 같은 것들을 중단하지 않을 수 없었다. 첫째 하 사장이 그런 것을 원하고 있는지가 의문이었다. 그가 원하지 않는다면 생각할 수도 없는 꿈이 되고 만다. 만약 그이가 승낙만 하면 그도 행복해질 것이 틀림없다. 딸린 식구가 하나도 없다. 새로 애가 생길 리도 없다. 단 둘이서 얼마든지 자유롭게 사랑할 수 있다. 서로를 생각하는 것만이 서로의 생활 전부가 될 것이다. 그림자처럼 붙어 다닌다. 가려운 데를 살펴 긁어 준다.

그러나 그가 과연 그런 것을 원할지 알 수 없는 일이다. 원하고 있을 것 같기도 하고 원하지 않는 것 같기도 하다. 사실이야 원하고 있을지 모르지만 소원대로 할 수 없는 사정이 있을지 모른다. 그것을 누가 알 것인가? 딸들이 그렇게들 억세다니 방해할 수도 있는 노릇이고…….

그런데 그의 의사가 어떤 것인지를 타진해 볼 도리가 없다. 중간에 사람을 내세울 수도 없는 노릇이지만 그렇다고 해서 직접 물어 볼 수도 없는 일이었다.

사실 그것이 힘들었다. 그 뒤도 자주 만났지만 강 여사는 한 번도 그런 것을 입 밖에 꺼내지 못했다. 하 사장이 먼저 입 열기를 기다렸지만 그는 그런 기미도 보여 주지 않았다.

강 여사는 혹시 강우가 자기에게만이 아니라 하 사장에게도 결혼을 권유해 주었으면 하고 바랐다. 만약 자기의 결혼을 진심으로 바라고 있다면 그런 성의쯤 보일 수도 있으리라고 생각했다. 그러나 강우는 그럴 생각까지는 하지 못하는 모양이었다. 하 사장에게는커녕 자기에게도 두 번 다시 그 이야기를 꺼내지 않았다.

강 여사는 가끔 하 사장의 꿈을 꾸었다. 같이 들길을 걷는 꿈이기도 했고 밥상을 같이 하는 꿈이기도 했다. 어떤 때는 자기가 병들어 누워 있을 때 걱정하는 얼굴로 옆에 앉아 약을 권하는 꿈이기도 했다. 꿈을 깨고 나면 하 사장이 더욱 그리워졌다. 결혼하자는 말을 꺼내기만 하면 그가 좋아서 승낙할 것 같은 자신이 생기기도 했다. 그러나 막상 만나면 꿈꾸었다는 말도 하지 못했다. 그런 이야기를 할 때의 자기 얼굴이 얼마나 뜨거워질까를 생각하면 도저히 용기가 나지 않았던 것이다. 친절히 대해 주고 의미 있는 웃음을 웃어 주는 것으로 그쳤던 것이다.

한 번은 하 사장이 프로레슬링 구경을 가자고 했다. 강 여사는 같이 구경 가자는 말이 고마워 밤 영업도 생각할 겨를 없이 따라나섰다. 구경이라고 같이 가는 것이 처음이었다. 강 여사는 달콤한 영화 구경을 가는 것보다 몇 배나 가벼운 마음으로 따라나섰다. 사실 젊은 사람들의 영화를 보고 그 젊은 행동을 그대로 따를 수는 없다. 따를 수 없는 행동을 부러워만 한다는 것은 부질없는 일이다. 차라리 감정과 거리가 먼 운동 구경을 하는 것이 마음 편하다. 그래서 하 사장도 레슬링 구경을 택했을 것이다.

장충체육관에서 수많은 관중들과 숨가쁘게 레슬링 구경을 하고 있을 때였다. 한국 대표선수가 미국 선수에게 두들겨 맞았다. 꼼짝 못하고 쓰러진 채 맞고 있는데 미국 선수가 한국 선수의 이마를 물어뜯었다. 심판이 떼어 놓으면 잠시 중단했다가 또 물어뜯었다. 그것을 보고 있을 때 강 여사는 쇼크를 받은 것처럼 몸이 떨렸다. 그리고 자기도 모르는 새 하 사장에게 기댔고 그의 팔을 붙잡았다.

"너무 흥분하지 말어."

하 사장이 웃으며 말할 때 한국 선수가 겨우 일어섰다.

"너무한데요."

강 여사는 경기에 익숙지 못한 것을 부끄러워하면서 하 사장에게 안겼던 환각을 즐기고 있었다. 너무 흥분하지 말라고 하면서 강 여사의 손을 잡아 주던 하 사장이었다.

잊어버렸던 감정이 새로 살아나는 것 같았다. 눈으로 볼 수 있고 손으로 만질 수 있는 것이라면 고이 가슴에 안고 언제까지나 만져 보고 싶은 그런 감정이었다. 강 여사는 그런 감정을 안고 하 사장의 체온을 느낄 수 있는 행복감에 젖어 있었다.

힘껏 안겨 보았으면!

그미는 가슴 속에서 갈망이 일어나는 것을 느꼈다. 그 갈망이 아름다운 것 같았다. 그리고 아름다움을 지닐 수 있는 자기가 아직 희망에 살 수 있다는 생각을 갖게 했다.

눈은 무시무시한 레슬링 장면에 가 있지만 마음속에서는 하 사장에 안기는 환상에 잠겨 있었다.

이런 때 그미가 만약 젊은 여자라면 어떻게 해서라도 자기의 갈망을 상대방이 느낄 수 있도록 표현했을 것이다. 표현 안 하고는 배기지 못했을 것이다. 그러나 그미는 그러지를 못했다.

경기가 끝나고 돌아올 때까지 갈망이 없는 여자처럼 꾸며야만 했다.

몇 달이 지나 강우의 결혼식이 얼마 남지 않을 때까지도 그미는 속으로만 하 사장을 그릴 뿐 아무런 행동 표시도 못했다.

하 사장도 하루하루가 꼭 같은 태도였다.

그런데 하루는 강우가 처음으로 그 이야기를 꺼냈다.

"어머니, 정말 결혼할 생각 없어요?"

강 여사는 대답하기가 곤란했다. 그래서,

"아직 나는 그런 생각 안 해 봤다."

하고 자기 의사를 직선적으로 표현하는 데 망설였다.

"정말 모르겠군요. 남들 같으면 벌써 했을 텐데……."

"그래 넌 내가 빨리 결혼했으면 하구 진심으로 바라니?"

"그럼요. 뭐 땜에 안 합니까?"

"언제부터지? 그런 생각을 한 게."

"전부터죠. 전에는 왜 안 하실까 하구만 생각했던 거지만 요즘은 꼭 하셔야 할 것같이 생각돼요."

"건 왜지?"

"우리가 결혼을 하면 어머니가 적적하실 거 아녜요."

"이제 적적하구 말구가 있니? 너희들 잘 사는 것 보는 것만으루 만족하는 거지. 얼마 있다가 손자가 생기면 손자 사랑에 살 거구……."

"어머닌 우리가 결혼한 뒤에도 같이 살 작정이세요?"

"그럼 어떡하니?"

"우린 생각이 좀 다른데요."

"다르다니?"

"아무래도 영주가 좀 불편할 것 같아서……."

"그래?"

강 여사는 강우의 마음을 이제야 알 수 있었다.

자기에게 결혼을 권하는 것은 결국 자기들이 따로 나기 위함이다.

자기들이 따로 날 때 강 여사가 혼자 적적할 테니 그때를 위해 결혼을 권하는 것이다. 강 여사를 위하는 것이 아니라 자기들의 분가를 위함이었다.

강 여사는 일생을 속아 산 것 같은 느낌이었다. 서글펐다.

하나밖에 없는 아들이 자기를 떼어 버리기 위해 결혼이란 미명을 빌고 있는 것이다. 말하자면 자기는 그들의 행복에 장애가 되는 존재인 것이다.

그렇다면 나가야지. 구태여 같이 살자고 할 필요가 무엇인가? 나는 나대로의 행복을 달리 구하는 수밖에 없다. 강 여사는 하 사장을 만나기로 결심했다.

그리고 하 사장에게 자기의 심정을 털어놓을 용기를 가다듬었다.

8

그 뒤 강 여사는 하 사장을 몇 번이나 만났지만 이야기할 만한 시간을 얻지 못했다. 하고 싶은 이야기를 다 하려면 조용한 장소로 가야 할 것인데 조용한 곳으로 가자는 말이 떨어지지 않았던 것이다. 조용한 음식점이나 다방 같은 데 가는 것이 힘든 일이 아니라 거기까지 가자는 말을 하기가 힘들었다. 특별한 이야기가 없어 그냥 저녁이나 먹잔다거나 차를 마시자고 하며 그를 데리고 나간다면 그리 힘든 일이 아니었다. 같이 가서 하고 싶은 이야기가 있기 때문에 힘들었던 것이다.

'사십만 되었대두…….'

강 여사는 자기가 나이에 따라 죽어 가고 있는 용기를 생각했다. 이유가 어쨌든 오십이 다 된 여자가 결혼하자는 말을 어떻게 할 수 있을 것인가? 얼마 안 있어 할머니란 말을 들을 나이다. 할머니는 할머니로서의 길을 걸어야 할 것이 아닌가?

한편 나이가 문제가 아니란 생각도 했다. 육십이건 칠십이건 자기가 여자로서의 생활을 할 수 있고 남자를 필요로 한다면 얼마든지 결혼을 할 수가 있다. 다만 상대방과의 애정이 문제될 것이다. 이런 생각을 할 때 용기를 못 낼 것이 무엇인가 하고 스스로를 채찍질도 해 보았으나 막상 하 사장을 만나면 용기가 나지 않았다.

하 사장이 핀잔을 주리라는 생각은 별반 없었다. 비록 결혼을 찬성하지 않는다 해도 무안을 느끼게끔 서툴게 대해 주지 않을 것을 믿는다. 다만 문제는 자기가 결혼하고 싶다는 의사를 스스로 표시하기가 부끄러웠던 것이다.

남자에 대한 향수가 아주 없는 것은 아니다. 그러나 오랫동안 혼자서 살아왔기 때문에 감각적인 생리가 둔해진 것이 사실이다. 그런 만큼 혼자서 살 수 없는 것이 아니다. 그런데도 결혼을 하고 싶다면 그건 생리 문제 때문이라고 오해할지 모른다. 그런 오해는 싫다. 이십 여 년이나 아무 사고 없이 지낸 자기의 과거를 모욕하는 일이다.

그런데 하 사장은 그러한 자기 심중을 조금도 아랑곳하지 않았다. 망설이고 있는 그 마음을 조금이라도 들여다본다면 무엇이라고 한 마디쯤 꺼낼 것이다. 아무 말도 없는 하 사장이 야속했다. 그가 먼저 말만 꺼낸다면 일은 자연스럽게 진전될 것인데…….

강 여사는 이야기할 기회가 끝내 없으면 그냥 혼자 살다가 죽는 것이라고 생각했다. 그것이 운명이라면 어쩔 도리가 없는 일이다. 나이 들면 사람은 더욱 운명적이게 마련이다. 운명에 맡긴다는 생각으로 초조함을 잊으려고 할 때 강우가 하루는,

"하 사장님과 이야긴 해 보셨어요?"

독촉하는 투로 물었다. 강 여사의 신경이 곤두섰다.

"그래 넌 에미를 꼭 쫓아 보내야 하겠니?"

"어머니두, 왜 그렇게 말씀하세요. 전 어머니의 행복을 위해서 말씀드리는 건데!"

강우는 신경질 내는 강 여사를 달래는 투로 말했다.

"내 나이에 어떻게 결혼하잔 말을 꺼낼 수 있어?"

"나이가 어떻다는 거지요? 저는 어머니가 절대루 늙었다구 생각 안 합니다."

"환갑이 지나야 늙었단 말을 하겠니?"

"환갑이 지나두 그 나이에 맞는 상대가 있으면 결혼할 수 있는 거 아닙니까?"

얼핏 들으면 그럴 듯한 말이었다. 그러나 강 여사에게 있어서는 나이를 막론하고 결혼할 수 있다는 우격다짐이라 들렸다. 결혼해서 나가도록 하겠다는 말로밖에 달리 해석이 되지 않았다.

"남들은 자기 어머니가 혼자서 살기를 바란다는데 넌 어쩜 그렇니?"

"부모가 혼자 됐을 때 결혼을 하게 하는 자식이 효자라든데요."

"네가 효자라는 거구나."

"그렇죠."

"네 아버지가 저승에서라두 아시면 기뻐하시겠다. 효자 났다구……."

"아버지두 이해하시겠지요. 어머니를 진심으루 사랑하셨다면……."

"옳다, 옳아."

강 여사는 눈물이 나오려는 것을 겨우 참았다. 눈물을 참으면서 강우에 대한 분노를 억눌렀다. 어미를 내쫓으려면서도 그것을 효도란 말로 바꾸려는 가증스런 마음.

자기 어머니를 남에게 뺏길 경우 그 자식들은 자기가 세상에서 가장 불행하다고 생각한다. 그런데 내 아들은 자기 어머니를 남에게 떠넘기려 하다니.

다음날 강 여사가 용기를 내어 회사로 하 사장에게 전화를 걸었다. 조용히 하고 싶은 이야기가 있다고 말하자 하 사장은 점심시간에 만나자고 했다. 이 날 하 사장을 만나는 데는 용기가 별반 필요 없었다. 결혼하자는 말을 할 생각이 아니었기 때문이었다. 자기 신상에 대한 의논이나 할 생각이었던 것이다. 어떤 한정식 집에서 만났을 때 강 여사는 거리낄 것 없이 이야기를 꺼냈다.

"강우가 결혼을 하면 자기들끼리만 살구 싶어서 나를 쫓아내려구 합니다."

사실은 사실대로 이야기하는 것이기 때문에 마음이 켕길 것도 없었다.

"쫓아내다니요?"

"글쎄 나더러 결혼을 하라누만요."

"참 효자군요."

"쫓아내기 위해서 결혼하라는 건데두요?"

"이유야 어쨌든 어머니를 행복하게 해 주겠다는 생각이 말입니다."

"그럼 사장님두 내가 결혼하는 것을 찬성하신단 말씀인가요?"

"물론이죠. 좋은 사람만 있거든 빨리 하십시오. 사실이야 이미 늦었지요."

"정말입니까?"

"정말이구 말구요. 무엇 때문에 혼자 삽니까?"

세상은 변했다고 생각되었다. 남자나 여자나 혼자서는 살지 못하는 세상
이 된 모양이었다.

"그럼 좋은 사람 하나 소개해 주십시오."

강 여사는 용기를 내어 말했다.

"글쎄요, 내가 아는 홀아비 가운데야 강 여사 눈에 찰 사람이 있어야
지……"

이 말에 강 여사는 눈물이 쏟아지려는 것을 겨우 참았다. 첫째 홀아비라
는 말이 싫었다. 물론 자기가 미혼 총각을 바라는 것은 아니다. 그러나 홀
아비란 어감이 세상에서 버림을 받은 남자를 뜻하는 것 같았다. 동시에 자
기는 세상에서 버림을 받은 사람에게나 어울리는 여자란 생각이 들었던
것이다.

그것만도 아니었다. 하 사장이 자기는 어떠냐고 물어 보지 못하고 하필이
면 친구 홀아비를 소개해 준다고 할까? 강 여사는 하 사장이 자기와의 결혼
을 생각지 않고 있다는 사실을 알았다. 그렇다면 결혼 이야기를 더 할 필요
가 없었다. 결혼 그 자체가 목적이 아니었기 때문이었다. 하 사장이라면, 하
는 생각에 결혼을 반대하지 않았던 것뿐이었다.

"농담이었어요. 양로원에 가는 한이 있어두 곱게 늙겠어요."

"처량한 이야기 그만두십시오. 양로원은 무슨 양로원입니까?"

"자식에게서 쫓겨나면 거기라두 가야지 않아요?"

"늙는다는 게 불행한 일이군요."

"사장님두 늙었다구 생각하시나요?"

"늙었지요. 마음은 늙지 않았을지 모르지만 늙었다구 느끼게 해 주는 것
들이 너무 많아서 안 늙었달 수가 없지요. 우선 손자들이 할아버지라 부르
니 어떡헙니까? 딸들이 결혼을 안 했을 때는 그렇지두 않았는데 딸들이 결
혼하구 자식을 낳으니 늙었단 생각이 안들 수 없지요."

"저두 얼마 안 있어 할머니 소릴 듣게 되지 않았습니까? 할머니라니 참

기가 막혀서……."

"아직두 젊었다는 증겁니다. 늙었다는 말을 듣기 싫어하는 것이 말입니다."

"젊기는요."

"정말입니다. 그러니까 결혼을 하십시오."

강 여사는 하 사장에게 눈을 흘겼다. 어째서 자기 이야기는 숨겨 두고 남의 이야기만 한담.

"제 걱정은 마시고 하 사장이나 결혼하세요."

그러자 그때야 하 사장이 비로소 자기 이야기를 꺼냈다.

"난들 왜 결혼 생각을 안 하겠습니까? 할 처지가 못 되니까 못하는 거죠? 할 수만 있다면 벌써 했을 겁니다."

"그래 그 집 딸들은 아버지 내쫓을 생각을 안 하나요?"

"내쫓으면 자기들 손핸데 내쫓아요?"

"그러면서두 아버지를 위하는 것이란 말을 하겠군요?"

"그럼요. 젊은 여자를 데려오면 속만 쓸 거라구 그러지요."

"그래 그 따님들이 무서워서 결혼을 못하시는군요."

"그렇지만은 않지요. 가정불화가 커질까 봐 내가 안 하는 거지……."

"좋은 아버지시군요."

"좋은 아버지가 돼서 그런 건 아니지요. 가정불화가 일어나면 그 틈바구니에 끼어 내가 견뎌낼 수 없을 것 같아서 그러는 거지."

"재산을 나눠 주고 따루 사시면 되잖아요?"

"그럴 생각도 해봤지만 애들이 말을 들어야지요."

"말 듣구 안 듣구 상관하실 거 뭡니까? 자기 뜻대루 하시면 되지요."

"그럴 순 없어요. 자식이라구 그것들밖에 없는데……."

"따님들 때문에 사장님이 희생하시는군요?"

"희생인지 뭔지 모르겠습니다. 더구나 요샌 사업두 잘 되지 않아 아무 생각이 없습니다."

하 사장은 사람을 잘못 믿었다가 손해 본 이야기를 했다. 보세가공을 하는 한편 몇 달 전부터 안성 부근에 낙농 경영을 시작했는데, 토지를 사들이고 시설하는데 지불한 금액 중 팔촌뻘 되는 상무가 삼백만 원을 떼먹고 달아났다는 것이었다.

"믿었던 사람에게 속았다는 것이 분하기도 하지만 벌여 논 사업에 자금이 부족해서 큰일입니다."

그러니 하 사장이 정신을 차릴 수 없다고 한 말을 이해할 수 있을 것 같았다.

"참 제가 빌려 쓴 돈두 빨리 갚아야겠네요? 그새 이자두 못 드리구
……."

강 여사는 시형에게 돌려주려고 빌려 쓴 돈 생각이 났다.

"그만한 돈은 어디서나 돌릴 수 있습니다. 좀더 큰 돈이 필요해서 그러는 거지요."

하 사장은 강 여사가 미안을 느끼지 않도록 앞으로 필요한 돈이 천 만원 이상이라는 말을 했다.

"그래두 쓴 돈은 돌려 드려야지요."

"그 분두 사업을 시작한 지가 얼마 안 될 텐데 돌려 줄 수 있겠습니까? 말두 하지 마십시오."

"저루서야 어떻게 가만 있을 수 있습니까?"

"미안하게 생각할 거 없다니까요. 공연히 친척끼리 의 상하는 일 마십시오. 내가 자진해서 빌려 드린 것이니까."

그래도 강 여사는 그 돈을 돌려 주어야 한다고 생각했다. 자기를 위해 하 사장은 이자도 바라지 않고 자진해서 돈을 돌려주었다. 그런데 하 사장이 돈 때문에 곤경에 빠져 있을 때 빌려 쓴 돈도 갚아 주지 않는다면 자기는 의리가 없는 사람이 될 것 아닌가?

강 여사는 그 날 밤 시형에게 편지를 썼다. 그새 이자 한 번 안 보내 준 시형이 그 돈을 곧 돌려 줄 것 같지가 않았지만 하 사장의 사정을 적고 될 수 있는 한 빨리 돌려 달라는 말을 했다.

강 여사는 편지를 부치고 난 뒤에도 돈 보내 올 것을 기대하지 않았다.

그 대신 자기 돈으로 갚을 생각을 했다. 그러나 그것은 힘든 일이었다. 강우의 결혼식만 아니라면 불가능한 일도 아니겠는데 현금이란 현금은 모조리 결혼식 준비에 들이밀어야 하니 꼼짝할 수가 없었다. 아는 친구가 많거나 하면 어디서 빌릴 수도 있겠는데 그미에게는 그럴 만한 사람이 하나도 없었다.

웬만한 여자들은 사업 안 해도 돈을 얼마든지 돌릴 수 있다고들 한다. 나도 계나 했더라면 이런 때 백만 원쯤 문제가 아닐 것이다. 그런데 왜 나는 계 하나도 들지 않았을까? 여자들끼리 밀려다니는 것을 싫어했다. 밀려다녀서 좋은 일이 하나도 없으리라 생각했던 것이다. 그러나 고고하게 살아서 뭐 그리 대단한 결과가 나타났는가? 나를 훌륭한 여자라고 칭찬해 주는 사람이 한 명도 없다. 자식까지도 술집을 경영한다고 도리어 수치감을 느끼고 있다.

이제라도 계 마담들을 사귈까? 그들과 어울려 다니며 때로는 놀아도 볼까? 춤바람이 나고, 또 또……. 그런데도 슬퍼할 사람은 없을 것이다. 슬퍼하면 또 무슨 소용인가? 나대로 살면 그뿐이 아니겠는가? 그러다 죽으면 그뿐인 것이다. 죽으면 곧 썩어 버릴 몸. 시체는 일 년도 남지 못한다. 없어지고 마는 것이다.

강 여사는 그 뒤 기회만 있으면 술을 마셨다. 권하는 손님이 있을 때 그것을 사양치 않았다. 하 사장의 돈도 꼭 돌려 줘야 한다는 생각도 없었다. 정 독촉을 하면 가게나 집을 팔아 갚자. 걱정할 필요도 없다고 생각했다.

어떤 날 하 사장이 가게에 왔을 때,

"애 결혼식 때문에 요동할 수가 없네요. 어떡허면 좋지요?"

그미는 돈걱정 안 할 때가 없다는 투로 말했다.

"걱정 말라니까요. 왜 내 말을 그렇게 안 들을까?"

하 사장이 도리어 불만스러운 얼굴로 말해도,

"정 급하시면 가게를 팔겠어요. 똑바루 말씀하세요."

그미는 걱정에 눌려 죽겠다는 듯이 말했다.

"내 말을 그렇게도 믿지 못하는 겁니까?"

하 사장이 신경질적으로 이야기할 때 그미는 그 이상 거역할 수 없다는 태도를 보였지만 내심, 말로 때우려는 자기에게 속아넘어가는 하 사장이 불쌍하다고 생각했다.

말하자면 그미는 하 사장에게도 진실되지 못한 마음을 가졌던 것이다.

어떤 날 강 여사는 단골손님의 권으로 술을 마구 마셨다. 좌석이 기분 좋기도 했지만 술을 많이 팔면 그만큼 매상고를 올릴 수 있다는 생각에서였다. 과거에는 의식적으로 금기해 오던 일이었다. 술이 만취된 사람에게는 술을 팔지 않았다. 그래서 손님들에게 좋은 인상을 주어 왔던 것이지만, 이제 그럴 필요가 없다고 생각했던 것이다. 장사를 하는 바에야 수입 올리는 것을 목적으로 해야 한다. 수단과 방법을 가릴 필요가 무엇인가.

어쨌든 손님의 술을 마시고 몸을 단정히 가눌 수 없는 채 집으로 돌아갔다. 웬일인지 그때까지 기다리고 있던 강우가 그미를 그미 방까지 부축해 주었다.

"웬일이냐? 아직 자지 않고!"

강 여사는 취기를 감추며 물었다. 그때 강우가,

"어머니는 요즘 왜 그러시죠? 좀 달라진 것 같아요."

하고 걱정을 했다. 말로나마 고마웠다. 오래간만에 느끼는 따뜻한 정이었다.

"네가 결혼하게 되니까 마음이 좋아서……."

이런 거짓말도 할 수 있는 강 여사였다.

"좋다구 술을 마시나요?"

"술이란 좋아서 먹구 슬퍼서 먹구…… 그런 것 아니냐?"

"나두 매일 술을 마실까요?"

강 여사는 말문이 막혀 버렸다. 강우의 침이 그미의 마음을 찔렀기 때문이었다. 변명의 말도 나오지 않았다. 자기가 잘 했다는 마음이 조금이나마 있어야 변명할 용기가 생기는 것이니까?

강 여사가 말을 못하고 있을 때 강우가 또 물었다.

"말씀해 주세요? 왜 술을 마시지요?"

이 말에도 강 여사는 대답할 수가 없었다. 강우가 이해할 수 없는 일, 그리고 이해해 주기를 바랄 수도 없는 일을 어떻게 말할 것인가?

"손님들의 권에 못 이겨 마셨던 것뿐이다. 이젠 안 마시지."

앞으로는 술을 안 마시겠다는 마음을 보여 주는 길밖에 없었다.

"정말 부탁예요."

강우는 진심으로 걱정되는 모양이었다.

"알았다. 술을 마신들 딴 일이야 있겠니?"

잘못했다는 말을 차마 할 수 없고 그러니 앞으로나 걱정하지 않도록 하는 수밖에.

오래간만에 모자의 마음이 진실로 얽혀 있을 때였다. 강우가,

"나 아파트 방 하나 얻기루 했어요. 저두 많이 생각했지만 그렇게 할 수밖에 없는 것 같아요. 결국 어머니가 혼자 외롭게 지내셔야겠는데 어머니의 마음이 점점 약해지는 것 같아 걱정예요."

하고 말했다.

"정말이냐?"

강 여사는 술이 갑자기 깨는 것 같았다.

"네, 전세로 들까 해요."

강 여사는 정말 고독이란 걸 느꼈다. 방금 옆에 있던 사람을 잃고 혼자 광야에 선 것 같은 느낌이었다. 행복스럽다고 느끼며 살아온 과거는 아니다. 그러나 이제부터는 불행이란 걸 느끼며 살아야 할 것 같았다. 불행 속에서도 혼자가 아니란 생각에 불행을 잊을 수 있었다. 그런데 이제는 정말 혼자다. 아무도 없다. 혼자일 경우에는 행복도 불행으로 느끼게 될 것만 같았다.

"같이 살자. 내가 조금두 불편을 주지 않을 테니. 있는지 없는지도 모르게 조용하게 살게. 차마 혼자서야 어떻게 사니?"

강 여사는 자기의 진심을 털어놓았다.

"어머닌 젊은 사람들의 마음을 이해해 주셔야 할 거예요. 특히 신혼 초의 기분을요. 절대루 어머니가 싫어서 나가는 게 아닙니다."

"안다, 알아. 그렇지만……."

"아파트의 시설이 좋아 신혼부부 생활에는 가장 적당하대요. 영주뿐 아

니라 친구들까지 모두 그런 말을 합니다. 몇 해만 거기서 살다가 어머니를 모시겠어요."

 "우리 집을 아파트식으로 고치자꾸나. 정말 내가 너희들 생활에 부자유를 주지 않을게. 너희들 하라는 대로 한다."

 강 여사는 그들이 원하는 대로 처신할 수 있다고 생각했다. 얼굴을 대하지 않도록 하라면 그렇게라도 할 수 있을 것 같았다. 혼자 사는 것만은 싫었던 것이다.

 나는 정신적으로나마 자식들에게 기대 본 일이 없었다. 소가 몸이 근지러울 때 언덕에 몸을 비빈다. 언덕이 소를 필요로 하는 것이 아니라 소가 언덕을 필요로 하는 것이다. 말하자면 나는 애들이 비빌 수 있는 언덕이었을 뿐이었다.

 6·25 때 피난 행렬에서였다.

 큰애 민혜는 열두 살이었으니까 제 발로 걸었다. 다리가 아프고 발바닥에 물집이 생겼어도 어른처럼 걸어가는 수밖에 없었다. 혹시 지나가는 짐수레가 있으면 사정을 해서 태우는 때가 있었지만 그런 때가 자꾸 있지는 못했다. 혹시 짐수레가 있어도 짐짝을 싣고 자기의 가족들이 타고 가기 때문에 어린애 하나라도 더 태워 주려 하지를 않았다. 그러니 계속해서 걷는 수밖에 없었다. 애처로웠다. 가끔씩 칭얼거리기는 하면서도 안 걷는다는 말은 안 했다. 위급한 때에는 어린애들도 어른이 되는 모양이었다.

 얼마를 걷다가는 다리가 아프다면서 떼를 쓰다가 기어이 업혀 가고야 마는 자기 동생 강우를 볼 때,

 "고걸 걷고 뭘 울어……."

하며 동생을 나무라는 민혜였다. 그러나 정 다리가 아픈지 민혜도 할 수 없었다. 마냥 땅 위에 주저앉아 걷지를 못하겠다면서 눈물을 찔끔거렸다. 나는 그 애를 달랠 수도 꾸중할 수도 없었다. 전날 밤 나는 민혜의 발을 만져 준 기억이 났기 때문이었다. 물집이 몇 군데나 생겼는지 몰랐다. 그래서 바늘로 물집을 터뜨리고 돌을 구워 그것으로 물집 자리를 문질러 주었다. 물집 자

리가 빨리 아물게 하기 위함이었다. 그때 민혜는 눈물을 떨어뜨리면서도 참았다. 아프고 쓰라린 것을 참느라고 얼굴을 찡그리는 것이 측은해 견딜 수 없었다. 그러나 내일 아침에는 또 걸어가지 않을 수 없다는 생각에 물집 자리가 밤새 아물기만 바라며 뜨거운 돌로 문지르고 문질렀던 것이다.

그런 일이 있었던 만큼 민혜가 걸을 수 없다고 주저앉아 울고 있는 것을 야단칠 수가 없었던 것이다. 아무리 달래고 야단을 쳐도 걸을 수가 없을 것 같았다. 나는 할 수 없이 강우를 걸리게 하고 그 대신 민혜를 업었다. 아빠는 짐만 해도 힘에 겹다는 것을 알고 있기 때문에 아빠에게 청을 할 수가 없었기 때문이었다.

사실은 나도 지칠 대로 지쳐 있을 때였다. 열두 살이 지난 애를 업고 간다는 것이 불가능했다. 허리가 아파 견딜 수가 없었다. 그러나 내가 손을 들어 버리면 우리는 전부가 발을 멈춰야 했다.

하루라도 빨리 대구까지 가서 자리를 잡고 일을 해야 했다. 아빠는 대구까지만 가면 학교 선생들을 만날 수 있으니까 무슨 일이든 하게 될 것이라고 매일처럼 말하고 있었던 것이다. 나 하나 때문에 대구엘 늦게 가면 어떻게 할 것인가?

그런데 민혜가 업힌 것을 보자 이번에는 강우가 땅바닥에 주저앉아 버렸다. 아무리 손을 잡아끌어도 소용이 없었다. 다리가 아프기도 했었지만 샘이 생겼던 것이다.

다 큰 애 둘을 한꺼번에 업을 수도 없고 그렇다고 해서 한 애만 업을 수도 없고. 나는 난처했다. 우선 민혜를 내려놓고 생각했다. 가기는 가야겠는데 어떻게 했으면 좋겠는가? 아빠는 자기의 짐이 무거우니까 딴 생각할 여유가 없었을 것이다. 뒤도 돌아보지 않고 그냥 걷고 있었다.

나는 생각했다. 한꺼번에 두 애를 업을 수는 없으니까 한 애는 업고 한 애는 머리에 이는 수밖에 없다고. 그러나 몸뚱이를 그냥 일 수는 없었다. 판대기를 하나 얻어 그 위에 한 애를 앉히고 이는 수밖에 없었다. 그런데 그런 판대기를 구할 수 없었다. 나는 민혜를 잠시만 걸리게 했다. 그리고 판대기만 얻으면 다시 업어 준다는 말을 했다. 민혜가 절름거리며 따라왔다. 그냥 울상이었다. 등에 업힌 강우가 조금씩 미안한지 내 몸에 찰싹 붙어 머리까지 등에 대고 있었다. 한참 동안 걷고 있을 때 넓이 한자 길이 석자쯤 되는 판자 하나를 주울 수 있었다. 뭣 하러 가지고 가다가 떨어뜨린 것인지를 알 수 없었다. 또 그런 것은 주워 가는 사람 왜 하나도 없었는지 모른다. 나는 내가 필요하게 쓰라고 누군가가 버리고 간 물건이라 생각하고 그것을 든 채 언덕이 있는 길까지 갔다. 한길보다 조금 낮은 거기서 강우를 언덕에 올라가 판대기에 앉게 하고 그 애를 머리에 이었다. 그리고는 민혜를 등에 업었다. 몇 걸음은 그대로 걸었다. 그러나 얼마 안 가서 목이 빠지는 것 같았고 허리가 끊어지는 것 같았다. 정말 걸을 수가 없었다. 그러나 안간힘을 써 가며 걸었다. 지나가는 사람들이 나를 힐끔힐끔 쳐다봤다. 진기한 풍경인 듯 웃음을 터뜨리는 사람도 있었다.

그런데 강우는 공중에 떠서 가는 기분인지 머리 위에서 발을 흔들거리며 좋아했다.

"다리를 흔들지 마."

나는 소리를 질렀다. 그러자 강우는 가만히 있었다.

"고생하시눈요."

짐도 없이 지팡이를 짚고 가던 어떤 노파가 나를 동정했다. 나는 아무 대답도 안 했다. 대답할 필요가 없기 때문이 아니라 대답할 말이 없었던 것이다.

내 자식을 이고 업고 가는데 고생스러우면 그것을 고생스럽다고 말할 수 있었겠는가? 그런데 노파는,

"저런 고생할 걸 자식은 뭣 때문에 낳는지."

혼자 중얼거렸다. 자기는 애를 낳지 않았다는 것일까? 나는 그 노파를 힐끗 째려보았다. 내가 보기 딱해서 한 말이겠지만 못마땅했던 것이다. 그러나 나는 아무 말도 안 했다. 내게 지워진 짐을 메고 갈 뿐이었다.

십 분쯤 걸었을까. 이제는 더 걸을 수가 없다고 생각될 때, 짐을 놓고 앉아 있던 아빠가 쉬어가자고 했다. 나는 애들을 내려놓고 그이 옆에 앉았다.

"그렇게 해 가지구야 가겠소? 어디서 하루 쉬어 가지."

아빠가 나를 보며 말했다.

"글쎄요."

나는 더 걸을 자신이 없었기 때문에 아빠의 말에 따를 심산이었다.

"그럽시다."

아빠가 단안을 내려 우리는 가까운데 있는 동네로 가 거기서 하루를 쉬기로 했다.

만약 격전지가 가까운데 있고 적군이 우리가 있는 데까지 밀려올 것이 눈에 보인다면 우리는 어떻게 했을까? 가기는 가야 할 것이다. 그런데 내가 두 애를 이고 업고 갈 수가 없다면……. 그때는 애들을 내버리고 갔을까? 나는 피난 도중에서 부모 잃은 애들을 적지 않게 보았다. 모두가 부모들이 일부러 버리고 간 애는 아니었을 것이다. 그러나 자기들만이 살겠다고 부모들이 혼자 달아나 어쩔 수 없이 떨어진 애도 개중에는 있었다.

정 배가 고파 젖먹이 애가 잉어로 보여 자기 자식을 잡아먹은 어머니가 있었다고 한다.

"당신두 좀 눕구려."

짐짝에 몸을 기대고 비스듬히 누워 있던 아빠가 말했다. 민혜도 그 옆에 누워 있었다. 모두 지쳐 버린 모양이었다. 기운이 있어 보이는 건 강우뿐이었다.

"어떻게 방법을 생각해 봐야 하잖겠어요?"

아무리 지쳤다 해도 질편하게 누워 있는 아빠가 못마땅해 나는 쫑알댔다.

"방법이 무슨 방법이야?"

"가다가 죽으면 어떡해요?"

"죽는 때까지 가 보는 거지."

나는 이때처럼 아빠가 미운 때는 없었을 것이다. 달려가 가슴을 마구 패 주고 싶을 만큼 미웠다. 죽을 때까지 가 본다는 그의 말이 어쩐지 자기만은 죽지 않을 것이란 생각에서 나온 말 같았다. 왜 그렇게 생각되었는지 몰랐다. 자기 혼자만 살기 위해서는 애들을 버려도 할 수 없다는 생각을 가지고 있는 것처럼 보였다.

"짐을 가지구 가서 뭣 해요? 다 팔아서 달구지라두 세 내요."

이때까지 이렇게 강경한 태도로 대해 본 일이 한 번도 없는 나였지만 아빠를 전적으로 경멸한 나는 어쩔 수 없었다.

"말 같지 않은 소린 하지두 마."

아빠는 내 말을 들은 체도 안했다.

"그럼 혼자 가세요. 난 애들하구 여기서 살겠어요."

나는 애들하고란 말에 힘을 주었다. 그런데 아빠는 말뜻을 모르고,

"어린애 같은 소리 그만둬."

내 말을 일소했다.

나는 애들을 버릴 생각이냐는 말을 차마 못했다. 그 끔찍스런 말을 어찌 입에 꺼낼 수가 있었겠는가? 더구나 애들이 듣고 있는 자리에서,

"나는 애들하구 같이 죽을래요."

애들을 버릴 수 없다는 뜻을 이런 말로 표현했는데도 아빠는 알아채지를 못했다.

"왜 그런 불길한 소리를 하지? 갈 때까지 가 보는 거야. 가다가 정 못 가게 되면 다 함께 죽는 거지."

"이래 가지고 가기는 어딜 가요?"

"내일 아침까지 쉬문 또 걸을 수 있어."

"못 간다니까요. 빨리 달구지를 빌려 보세요. 손수레를 하나 사든 가……."

"누가 달구지를 빌려 줄 거야. 이곳두 장차 어떻게 될지 모르는데 자기들 피난 준비를 하구 있을 거 아냐? 손수레는 가다가 파는 데가 있으면 사지."

나는 피난 보따리와 애들을 싣고 부모들이 끌고 가는 손수레를 여럿 본 일이 있었다. 우리도 그런 것을 사 가지고 왔더라면 아무 일도 없었을 것이라고 생각했다. 그러나 손수레를 어디서 살 것인가?

"동네 사람들한테 물어나 봐요."

아빠는 할 수 없다는 듯 우리가 짐을 내려놓은 동네 어귀에서 동네로 들어갔다. 나는 아빠에게 기대를 걸지는 않았다. 아빠 말처럼 달구지나마 빌려

줄 사람이 있을 것 같지 않았던 것이다. 얼마 뒤 돌아온 아빠가,

　"모두 못 빌려 주겠대. 자기들두 언제 떠나게 될지 모르는 판이라구
……."

하고 자기의 예상이 틀림없다는 듯 말했다.

　나는 가만 있었다. 말해도 소용없는 일임을 알았기 때문이었다. 밥을 지
어 먹고 남의 헛청간에 짚을 깔고 잘 때였다. 애들이 잠든 것을 살펴본 뒤,

　"애들을 정 데리구 갈 수 없게 되면 어떡허지요?"

하고 나는 조용한 목소리로 아빠에게 물었다. 그때 아빠는 별로 생각지도
않고 대답했다.

　"다 같이 죽는 거지."

　그 말에 나는 얼마나 기뻤는지 몰랐다. 한데서나마 아빠 가슴에 안겨 버
리고 싶었다. 만약 아빠 가슴에 안기기만 했다면 그 품 속에서 나는 한없이
울었을 것이다.

　"고마워요."

　나는 아빠에게 들리지 않을 만큼 가는 목소리로 혼자 중얼거렸다. 세상에
서 우리 아빠처럼 착한 사람이 없을 것이라는 생각도 했다.

　다음날 아침 우리는 또 걷기를 시작했다. 민혜가 가벼운 몸으로 아빠 옆
을 따랐다. 하루를 쉰다는 것이 그만큼 새 활력을 주는 모양이었다.

　나는 강우를 가끔 업어 주기도 하고 때로는 걸리기도 하며 아빠 뒤를 따
랐다. 흐뭇한 마음이었다. 한 시간쯤 걸었을까. 길가에서 조금 쉬고 일어났
을 때 민혜가 칭얼거리기 시작했다. 나는 그 애를 달래며 걸었다. 강우가 걷
고 있는 때라 잠깐 민혜를 업어 줄까도 생각했지만 열두 살이나 난 애를 업
는다는 것이 얼마나 우스꽝스런 일인가? 나는 정 못 걷는다면 업어 주리라
생각하며 별별 말로 꼬이면서 그 애에게만 신경을 쓰고 있었다. 그런데 뒤
따라오는 것이라 생각했던 강우가 보이지 않았다. 뒤를 돌아보았지만 통 보
이지 않았다. 가슴이 철컹 내려앉았다. 애를 잃어버린 것이나 아닌가 하는
생각이 들었던 것이다.

　"강우야!"

나는 소리를 질러 강우를 불렀다. 대답을 기다렸으나 어디서고 대답하는 소리가 들리지 않았다. 미칠 지경이었다. 강우의 이름을 부르고 부르는데 옆에 있던 민혜가,

"저기 있네요."

하며 논 한가운데를 가리켰다. 나는 겨우 안심했지만 무엇 때문에 논 한가운데까지 들어갔는지 알 수 없었다.

"강우야!"

빨리 돌아 나오기를 바라며 소리쳤지만 강우의 귀에는 내 목소리가 들리지 않는지 뒤도 돌아보지 않았다. 살금살금 앞으로만 걸어가는 것이었다. 허리를 꾸부정하고 발소리를 죽여 가며 논두렁을 걸어가는 폼이 무엇을 잡으려고 뒤쫓고 있는 것 같았다.

"강우야."

나는 있는 힘을 다해서 소리쳤다. 메뚜기나 개구리를 잡는 것이라 생각했다. 지금이 어떤 때라고 그런 것을 잡느라 시간을 보낸담. 나는 답답한 채 따라갈 생각을 안 하고 소리만 지르고 있는데 강우가 논 가운데 있는 조그만 못에 풍덩 빠지는 것이 보였다. 그때야 나는 기겁을 하고 뛰어갔다. 못에는 조그만 새 한 마리가 헤엄을 치고 있었다. 강우는 물 속에 빠져 머리도 보이지 않았고.

나는 강우가 죽는 것이란 생각만 하며 달려갔다. 정신없이 달렸다. 못에 이르러서는 생각할 새도 없이 물 속으로 뛰어들었다. 어떻게 하자고 뛰어들었는지 알 수 없었다. 수영을 할 줄 아는 것도 아니었다. 물이 깊기만 했다면 영락없이 죽었을 것이다. 그런데 뜻밖에도 물은 그리 깊지 않았다. 내 키로 한 키가 조금 못 되었다. 땅이 발에 밟혔다. 그래서 강우를 끄집어내고 물을 토하게 해서 살려 놓았다. 강우를 살려 놓고 난 뒤에야 내가 무모했던 것을 알았다. 그러나 무모했기 때문에 강우를 살렸다는 생각을 하자 무모한 용기가 살아가는데 얼마나 필요하다는 것을 알았다.

앞서 가는 아빠가 눈으로 볼 수 있는 곳에 있었다면 나는 우선 아빠를 불렀을 것이다. 보이기는 하는데도 멀어서 목소리가 안 들려 뒤를 돌아보지

않는다면 나는 아빠가 있는 데까지 달려갔을 것이다. 아빠 옆에까지 가서야 강우가 물에 빠졌다는 말을 해서 아빠를 못까지 뛰어가게 했다면 이미 시간이 늦어 강우를 물에서 건져낸다 해도 목숨을 건지지 못했을 것이다.

그 뒤 우리를 기다리며 쉬고 있는 아빠에게 가서 그 이야기를 했을 때 아빠는 잠시 놀라는 표정이었다. 그러나 이미 지나간 일이라 아무렇지도 않은 듯,

"무얼 잡으러 갔었니?"

웃으며 강우에게 물었다.

"새야."

"무슨 새?"

그때 내가,

"뜸부기 새끼 같든데요."

하고 대답했다.

"그래 새 새끼가 너한테 잡힐 것 같든?"

아빠가 또 웃었다.

"손이 닿는 데 있었는걸, 뭐."

강우는 아직도 새를 놓치고 만 것이 아쉬운 듯 말했다.

"건 잡아서 뭣하게?"

"가지구 놀지."

"자아식."

아빠는 강우의 머리를 쓸면서 또 웃었다. 이런 이야기를 하면서도 아빠는 끝까지 나에게 수고했다는 말을 안 했다. 죽음을 무릅쓰고 물 속에 들어갔던 내가 한 마디의 칭찬을 받을 만한 가치도 없다는 말인가? 그러나 아빠가 수고했다는 빈말 한 마디 안 해 준데 나는 조금도 섭섭하지가 않았다. 강우가 살아서 아빠와 웃으며 이야기한다는 것만이 대견스러웠던 것이다. 그 대견스런 생각이 가슴에 차 있어 딴 생각을 할 여유가 없었다. 받을 것을 손톱만큼도 생각지 않고 주기만 했던 것이다. 주는 것이 전부였고 그것은 어디까지나 무조건이었다.

9

“제가 불효자식이라구는 생각지 마세요. 요즘 세상에서는 결혼하면 으레 독립생활을 하는 것으루 돼 있잖아요? 그걸 알아 주셔야지요.”

강 여사가 빌다시피 말했는데도 강우는 그미의 말을 받아들이려 하지 않았다.

“누가 불효자식이라니? 그렇겐 생각 않는다. 허지만 가족이라야 나 혼자뿐인데 다른 사람하구는 또 사정이 다르지 않니?”

강 여사는 이런 말을 하면서도 왜 자기는 아들에게 몸을 의탁하려고 하는가 생각했다. 주기만 했던 자기다. 받을 생각을 해 본 일이라고는 털끝만큼도 없었다. 그미는 자기를 이해할 수 없었다. 나이 때문만이라고는 생각되지 않았다. 아직 활동력이 있다. 경제적으로는 혼자서 능히 살 수 있다. 따지고 보면 강우가 아파트를 얻고 나가겠다는 데 섭섭함을 느끼는 것은 경제적으로 의지할 데가 없어진다는 것 때문이 절대로 아니다. 지금도 강우는 그미에게서 돈을 뜯어 가면 갔지 그미에게 도움이 되지는 않고 있다.

만약 자기가 경제적 조건 때문에 강우가 나가겠다는 것을 반대한다면 자기는 치사한 인간일 게다. 절대로 경제적인 이유가 아니었다. 오직 인정 때문이었다. 인정 없이 못살 것 같은 감정의 문제였다. 다 큰 아들에게 아기자기한 인정을 맛보며 살고 있는 것은 아니다. 더구나 영주와 사귀기 시작한 뒤 강우의 정은 자기에서부터 영주에게로 옮겨갔다. 앞으로도 그럴 것이다. 첫째로 영주, 둘째도 영주일 것이다. 그렇지만 어미와 자식이란 끊을 수 없는 관계, 그 관계 속에 보이지 않는 인정의 줄은 남아 있다. 그 줄만 생각하면 된다.

물론 강우가 독립해 산다고 해서 그 줄이 끊어지는 것은 아니다. 아주 끊어지는 것은 아닌데도 끊어지는 것처럼 느껴진다. 그것은 아주 끊어지지는 않는다 해도 너무나 가늘게 보이기 때문이다. 머리털보다도 더 가늘게, 보일까말까 하는 그런 줄을 믿고 어떻게 산담.

강 여사는 자기가 오직 인정 때문에 슬퍼하는 것이기 때문에 자기가 치사

하지는 않다고 생각했다. 그러나,

"많이 생각하구 하는 일일 테니 맘대루 해라."

하고 강우의 청을 받아들였다. 그럴 수밖에 없다고 생각한 때문이었다. 할 수 없는 일을 가지고 반대한댔자 결국 자기가 약질(弱質)로밖에 보이지 않을 것이다.

마음이 약해서 혼자 살기를 두려워한다는 인상을 준다. 혼자서 살기가 두려워 그를 붙든다면 그것도 치사스런 일에 속한다.

자식에게까지 치사스럽게 보이며 살 수 있을 것인가? 죽어도 우는 소리를 하지 말고 살자.

그러나 그미는 그 뒤로 또 술을 마셨다. 기회 있는 대로 술을 마셨다. 일부러 안 마실 필요가 없다고 생각했던 것이다. 거의 매일 밤처럼 술을 마시고 들어갔지만 강우는 될 수 있는 대로 안 본 체했다. 술 마시는 심정을 약간은 이해하는 모양이었다. 이해를 하기 때문에 말릴 수가 없었을 것이다. 말릴 수 없으니 차라리 안 본 체하는 것이겠지만.

가끔 하 사장만이 이해할 수 없는 일이란 듯,

"뭣 때문에 안 마시던 술을 마시지요?"

하고 물었다. 그럴 때 강 여사는,

"하 사장은 뭣 때문에 술을 마시지요?"

하고 반문하는 것으로 대답을 삼았다.

"남자들이 마시니까 여자두 마셔 마땅하단 말이군요?"

"남자구 여자구 할 것 있어요. 마시게 되면 누구나 마시는 거지."

하 사장은 어이가 없는지 더 말하지 못했다.

어떤 날 하 사장이 날이 어둡기 전에 가게로 와서는 같이 저녁이나 먹자고 했다. 강 여사는 그의 저녁을 얻어먹고 싶지가 않았다. 사양했다.

"오래간만이니 갑시다."

"신세만 지구 있는데 저녁을 또 얻어먹어요?"

"그런 이야기 다 필요 없어요. 저녁 한 끼쯤 가지구 그걸 신세루 생각하시나요?"

"그건 신세 아닌가요."

"섭섭한데요. 그럼 그만두십시오."

하 사장이 시무룩한 얼굴로 술이나 달라고 했다. 무척 처량해 보였다. 또 미안하게도 생각되었다. 그래도 자기에게 진심을 보여 주는 유일한 사람이다. 그를 처량하게 만들다니,

"가십시다. 제가 사겠어요."

그미는 하 사장의 겨드랑에 손을 넣고 그를 일으켰다. 하 사장은 마지못해 일어나는 듯 일어났다. 입이 쓴지 말은 한 마디도 않고.

로스구이 집으로 갔다. 2층 좌석은 비교적 조용했다. 거기서야 하 사장이 입을 열었다.

"강우 결혼식이 며칠 안 남았죠. 몹시 바쁠 때 술을 먹을 정신이 있어요?"

또 술 이야기를 꺼냈다. 그런데 강 여사는 강우의 결혼식 이야기를 듣자 쏟아지는 눈물을 참지 못했다.

정말 강우의 결혼식은 며칠 남지 않았다. 그래서 강우는 몹시 바쁘게 지내고 있다. 주례 교섭이니 결혼청첩장 인쇄니 교환할 선물 준비, 그리고 그날 입을 양복 준비 등 눈코 뜰 새가 없는 것 같았다. 그러나 강우가 그리 바빠 서둘러도 자기에게는 할 일이 없다. 자기 집 잔치 같은 기분이 통 나지 않을 정도다. 그런데 하 사장이 바쁜데 술 먹을 정신이 있느냐고 한다. 술 먹을 정신이 없을 만큼 바빠야 할 때 자기는 술이나 먹고 있으니 슬픈 일이 아니겠는가?

"왜 울지요?"

우는 이유를 알 수 없어 답답한지 하 사장이 물었다. 그저 슬프기만 한 강 여사로서 대답할 말이 있을 수 없었다.

"내가 말을 잘못했습니까?"

하 사장이 오해를 하는 것 같았다.

"아아니요."

하 사장의 말 때문이 아니라는 것만 밝혔다.

"그럼 왜 우시지요? 답답한데요."

"그냥 울었어요."

"여자는 그냥두 잘 울어요."

우는 이유를 밝히기 싫을 때 여자들 공통의 답변이다.

"좌우간 최근 강 여사의 태도가 이상해요. 무슨 일이라두 있는 게 아닙니까?"

아무것도 없어요."

강 여사는 하 사장의 마음을 잘 알고 있었다. 진심으로 자기를 걱정해 주는 마음이었다. 그러나 눈물이 마르기 전에는 아무 말도 할 수가 없었다. 음식이 들어오자 강 여사는 철판에 얇게 썬 고기를 올려놓았다. 눈물을 흘렸다 해도 여자가 할 일은 해야만 했던 것이다. 익은 고기를 뒤집어 놓고 식사를 시작할 때 하 사장이 또,

"내게두 이야기하기가 싫습니까?"

하며 이야기해 주기를 요구했다. 그때 강 여사는,

"외로운 거예요."

하고 한 마디로 대답했다. 그리고는 그 말이 자기에게 어울리지 않는 듯 하 사장을 보며 어색하게 웃었다.

"그럴 나이는 다 지나지 않았을까요?"

강 여사는 자기의 말이 자기의 마음을 정확히 표현했다고는 생각하지 않았지만 하 사장이 자기를 이해하지 못하는 것 같은 말에,

"하 사장은 고독을 모르구 사십니까?"

하고 반문했다.

"글쎄요, 젊은 사람들 같은 고독은 없겠지요."

"전 안 그래요. 죽을 때까지 고독을 느낄 것 같아요. 늙어 갈수록 모든 사람이 자기에게서 떠나간다고 느끼게 되니까 말예요. 결국 고독이란 혼자라는 데서 오는 감정 아녜요?"

"그거야 강 여사뿐이겠습니까? 인간 공동의 문제겠지요."

"사람에 따라 사정이 다 다르지 않아요? 저는 요즘 강우가 결혼한다는

바람에 마음이 어수선해 견딜 수가 없어요. 더구나 그 애가 결혼 뒤에는 아파트를 얻어 나간다지 않아요? 하나밖에 남아 있지 않은 인간관계의 선이 끊어져 나가는 것 같아요."

강 여사는 고기를 뒤집어 놓으며,

"그래서 술을 마신 거예요."

하고 말을 끝냈다. 말을 다 해 버리니 속이 약간 후련해지는 것 같았다. 말만 해도 속이 시원해지는 것 같기는 했지만 자기 말에 대한 하 사장이 반응을 기대하는 강 여사였다. 그런데 하 사장은,

"그 녀석이 왜 그럴까? 하나밖에 없는 어머니를 모시잖구."

하고 강우를 나무랄 뿐 강 여사의 마음을 건드리지 않았다. 강우를 나무라는 것이 곧 그미의 고독을 어루만지는 것이 될지도 모른다. 그러나 강 여사는 고독의 언저리를 만지는 것일 뿐 핵심을 눌러 주는 것이 아니라고 생각했다.

강 여사는 생각했다. 그 고독의 핵심을 눌러 그 존재를 없애 줄 사람은 세상에 한 사람도 없을 것이라고. 하 사장의 진실이 거짓이 아니라 해도 그런 정도의 진실 가지고는 자기의 고독을 어쩌지도 못할 것을 알았다. 그래서,

"요즘 애들은 전부가 그렇다면서요."

이미 체념하고 있다는 듯 말했다.

"정말 그런 것 같아요. 부모와 자식이 서루 의뢰심을 안 갖는다는 것은 좋은 일이지만 가족제도는 엉망이 되는 거지요. 한국 사회란 아무래두 가족제도에서 출발된 게 아닙니까? 사회구조가 완전한 개인주의로 개편되지 않았는데 가족제도가 먼저 파괴되어 가구 있으니 거기 부작용이 일어날 수밖에요."

하 사장은 전체적인 이야기만 함으로써 강 여사 개인의 이야기를 회피하려는 것 같았다.

"그런 어려운 이야기는 모르겠지만 인정이란 것이 점점 자취를 감추는 것 같아 그게 슬퍼요. 인간이 무엇을 바라구 삽니까? 얼기설기 얽혀 있는

인정 때문 아녜요? 그런데 부모와 자식 사이의 인정마저 희박하게 되니 어디서 인정을 찾겠습니까?"

"옳은 말입니다. 그런데 부모와 자식 사이가 일대 일로 처리된대두 또 모릅니다. 너는 너, 나는 나라면 얼마나 좋겠습니까? 그러나 그런 게 아닙니다. 부모는 언제까지나 자식에 대한 책임을 가지고 살아야 합니다. 자식은 부모에게서 무엇이나 받아야 할 의무가 있구요. 일방적이지요. 누가 나오구 싶어서 나왔느냐? 부모가 낳아 주었으니까 싫어두 나왔다는 거지요."

이것은 하 사장이 자기 집안 사정을 중심으로 해서 하는 말이었을 것이다. 그러나 강 여사에게도 공감이 가는 말이었다.

"글쎄, 우리 때에는 부모에게 왜 낳아 줬느냐는 반항적인 말을 생각지두 못하지 않았어요. 아무리 불행할 경우에라도 그것을 운명이라 생각하거나 체념하는 것이 고작이었지요. 하느님이 인간을 왜 만들었을까 하고 하느님을 원망하기는 했지만요."

"하느님을 원망하는 것이나 부모를 원망하는 것이나 비슷비슷한 말이겠지요. 그렇지만 부모가 저희들이 좋아서 낳았으니 책임을 져야 한다는 사고는 가장 옹졸하고 졸렬한 것이 아닐까 합니다. 부모도 자식에게 책임감을 안 느끼는 사람두 없지는 않겠지만. 안 그렇습니까? 능력이 없어 그걸 감당하지 못하는 부모가 있을 뿐 책임감을 안 느끼는 사람은 없을 겁니다."

"저는 책임감 이상이라구 생각해요. 부모의 애정이 어찌 책임감에서 나온 것이겠습니까? 능력이 있건 없건 애정에는 별 차이가 없을 겁니다."

"그러니까 요즘 젊은 사람들은 무분별한 것 같아요. 순간적 감정이라든가 순간적 생각을 조금두 참으려 하지 않거든요. 그것뿐일 겁니다. 자기들이 자식을 낳고 그 자식들 입에서 자기들이 한 말이 그대로 나올 때를 생각지 않거든요."

아무리 이야기를 해도 하 사장은 일반론을 이야기하여 그것을 개탄함으로 자기의 고독을 이해한다는 정도밖에 애기하지 않는다. 핵심을 붙잡고 같이 울어 줄 사람이 아닌 것이다. 그래도 강 여사는 저녁을 다 먹고 났을 때,

"저를 그렇게까지 알아 주시는 분이 계시니까 앞으룬 조심하겠어요. 고

마워요."

그 정도의 이야기만으로도 마음이 한결 달라졌다는 듯이 말했다.

"자기를 위하는 건 자기밖에 없습니다. 자기에게 해롭지 않게 해야겠지요."

"그렇구말구요."

이렇게 하 사장과 헤어졌지만 그미는 그 날 밤에도 또 술을 마셨다. 술을 마시고 집에 돌아가서는 강우가 자기 방에 있는지 없는지도 알아보지 않고 자기 방으로 들어가 화장도 지울 생각 않고 그냥 자리 속에 들어갔다.

어쩐지 하 사장을 만나기 전보다도 마음이 더 울적했다. 정말 혼자라는 생각이 들었다. 지구 위에 동그마니 혼자서 있는 느낌이었다. 눈물이 나왔다. 아무리 울어도 시원치 않을 것 같았다.

그러나 혼자라는 것은 과연 슬픈 것인가 하는 생각이 들었다. 혼자보다 더 자유스러운 것이 어디 있을까? 인간이 갈구하는 것 가운데 가장 큰 것이 자유다. 그 자유 속에는 모든 행동의 책임이 자기에게만 있다. 누구를 탓할 것도 없다. 누구를 미워할 것도 없다.

강 여사는 바야흐로 자기가 자유 속으로 들어가고 있다는 생각을 했다. 그 자유 속에서 멋대로 살 수가 있을 것이다.

다음날 가게로 나갔을 때 주점 강남을 경영하다가 자기에게 넘겨준 고등학교 동창생이 찾아왔다. 그미가 계를 꾸미고 있는데 빈자리가 하나 있으니 꼭 들라고 권했다. 오십만 원짜리 곈데 한 달에 이만 원 정도 내면 된다고 했다.

강 여사는 여자들이 몰려다니는 것이 보기 싫어 이때까지 그런 것에 손을 댄 일이 없다. 그러나 이 날 동창생의 권유를 받자 조금도 주저하지 않고 승낙했다. 강 여사가 승낙하자 동창생은 오늘 바로 첫모임을 가지게 됐으니까 같이 나가자고 했다. 따라가지 않을 수 없었다. 어떤 한식집이었다. 이십여 명의 같은 또래 여인들이 방에 그득 앉아 있었다. 생소한 얼굴들이었지만 같은 계의 회원이란 생각에 별로 생소함도 느끼지 않았다. 가지고 갔던 돈을 내고 간단한 점심을 먹었다. 그리고는 가게로 돌아오려는데 동창생이 강 여사를 붙잡고 조용히 말했다.

"좀 놀러가지 않을래?"

"어디루?"

"우리 집에 내가 담근 포도주가 있어."

그리고는 강제로 끄는 것이었다. 강 여사는 좋다고 생각했다. 친구 집에서 포도주를 마시고 기분을 내는 것도 해롭지 않을 것 같았기 때문이었다.

그런데 그 집에 모인 여자가 자기 말고도 대여섯 명이나 되었다. 모두 같은 계의 회원이었다. 포도주가 나왔다. 그러나 포도주는 마시는 둥 마는 둥 하고 화투판을 벌였다. 그것이 목적이었다는 것을 알 수 있었다.

"넌 할 줄 모르지?"

동창생이 물었다.

"뭔데?"

민화투라면 모르지도 않지만 그런 것 같지가 않아 물었다.

"도리짓고땡이야."

"해 본 일 없어."

"그럼 구경이나 해."

그들이 화투를 시작했다. 친구는 강 여사를 자기 옆자리에 앉히고 도리짓고땡에 대한 것을 열심히 설명했다. 강 여사는 하지는 않지만 봐 둘 필요는 있다고 생각하여 열심히 구경했다. 조금씩 알게 되면서 어느 정도 재미있는 도박이란 것을 알았다. 운수가 좋으면 자기도 돈을 딸 것 같은 생각도 들었다.

"늘 하니?"

강 여사는 동창생에게 물었다.

"할 일 있니?"

"재미있겠다."

"이거만 붙잡구 있으면 자식이 죽었대두 모른다는 거야."

그런데 친구가 돈을 잃었다. 백을 톡톡 털고 일어섰다. 잃을 것 같지 않은데 만 오천 원이나 잃었다고 했다.

"내가 빌려 줄까?"

강 여사는 공연히 동정심이 일어났다. 잃다가도 운이 돌아오면 딸 수 있는 게 도박이 아닌가 하는 생각이 들기도 했다.

"이런 데서는 남에게 돈을 꿔 주지 않는 법이야."

동창생은 돈 잃은 것이 분하지도 않은 모양이었다. 그럴수록 강 여사는 그미에게 동정이 갔다.

"난 하지두 않는 사람인데……."

"돈을 꿔서 하면 꼭 잃은 법이야."

도박에는 여러 가지 미신이 있는 모양이었다. 싫다는 것을 억지로 꿔 줄 수가 없어 그 이상 돈 이야기를 안 했다. 친구라고 하나밖에 없는데 그 친구가 돈을 잃었으니 마음이 좋을 까닭이 없었다. 더 앉아 있기가 안되어 돌아갈 차비를 할 때였다. 친구가,

"내가 봐 줄게 너 한 번 해 보지 않을래?"

하고 말했다. 그것은 자기 대신 너라도 돈을 좀 따라는 말 같았다.

"할 줄두 모르는데."

한 번 사양했다.

"서툰 사람이 잘 되는 법이야. 내가 뒤에서 봐 줄 테니 정말 한 번 해 봐."

강 여사는 뒤에서 봐 주기만 하면 자기도 돈을 딸 수 있을 것 같았다. 돈을 따면 돈 잃은 동창생에게 그냥 주고 싶기도 했다.

"그럴까?"

강 여사는 동창생과 자리를 바꾸어 앉았다. 그리고 판돈을 낸 뒤 자기 패를 잡고 동창생의 코치를 받으며 도리짓고땡을 했다.

첫 번에는 졌다. 그러자 동창생이,

"처음에는 지는 것이 재수 좋은 거야."

하며 계속 판돈을 대게 했다.

두 번째는 땄다. 유쾌했다. 판돈 전부를 거둬들이는 쾌감이 이루 말할 수 없었다.

몇 번을 지고, 몇 번을 따고. 그렇게 하며 몇 시간을 계속했다. 계산해 보니 오천 원을 따고 있었다. 오천 원이 그리 많은 돈은 아니지만 그냥 돈이 왔다갔다 하는 가운데 저절로 생긴 돈이라 생각하니 신기하기도 하고 공것 같기도 했다. 돌아가서 영업을 해야 한다는 생각을 잊게 할 만큼 재미도 있었다.

날이 어두울 때까지 계속했다. 이만 원을 땄다. 강 여사는 가게 때문에 가 봐야겠다는 한 뒤 일어서려 했다. 다들 아쉬워하는 표정이지만 할 수 없는 일이 아니냐면서 가 보라고 했다. 강 여사는 동창생에게 그미가 잃은 돈 일만 오천 원을 주었다. 그래도 자기는 오천 원의 이익이다. 그런데 동창생은 받지 않았다. 절대로 받을 수 없다는 것이었다.

화투판에서 그런 법이 어디 있느냐면서 강 여사에게 그런 순진성을 버리라고 했다. 본의가 아니었지만 딴 돈 전부를 가지고 돌아왔다.

그런데 다음날 동창생에게서 전화가 왔다. 오늘도 오라는 것이었다. 강 여사는 그러다가 화투에 미치지나 않을까 걱정했지만 이기고 안 갈 수 없었다. 가서 돈만 따 가지고 오면 밑질 것도 없다는 생각이었다. 이 날도 강 여사는 만 원쯤 땄다. 운수가 좋다고 생각했다.

그래서 다음날도 또 다음날도 화투판에 갔던 것이지만 그미는 후회를 안 했다. 전체를 계산하면 딴 것이 몇 푼도 안 되었다. 몇 푼은 안 되지만 잃지는 않았다. 재미는 그 이상 더할 것이 없다. 재미가 있고 돈을 따고 하니 억지로 그만두려 할 필요가 무엇인가? 누가 뭐랄 사람도 없다. 뭐라고 하면 또 무슨 상관인가?

대개 아침에서 저녁까지 했다. 영업에 대한 집념 때문이었다. 그러나 아침부터 밤이 깊을 때까지 하는 경우도 있었다. 그럴 때는 대개 돈을 잃었을 경우였다. 돈을 잃었을 때는 영업에 대한 집념도 없었다. 자기가 없어도 영업은 된다는 마음이 들었던 것이다.

강우가 결혼하는 날까지 그렇게 했다. 그러니 자연 강우도 알게 되었고 가게에서도 알게 되었다. 그러나 그것이 그미의 손을 얽어매지는 못했다.

강우의 결혼식 전날이었다. 대전 시댁에서 손님들이 왔다. 딸 민혜도 와

있었다. 그런 줄 알면서도 그미는 화투판에서 밤 열한 시쯤 되어서야 돌아
왔다. 친척들 앞에서는 그미는 급한 일이 있어서 늦게 왔다면서 미안하다는
말을 했다. 그러나 민혜만은 늦은 이유를 알고 있었다. 친척들은 모두 딴 방
에서 자게 하고 민혜하고만 같은 방에서 잤는데 불을 끄고 눕기가 바쁘게
민혜가 말했다.

"엄마, 그건 왜 시작했수?"

강 여사는 민혜가 말하려는 것을 짐작하고 태연히 대답했다.

"심심하니까 하는 거지."

"그거 해서 돈 땄다는 사람 못 봤어요."

"나두 돈 따려고 하는 것은 아니다. 그까짓 거 잃으면 얼마나 잃겠니? 조
그맣게 그냥 심심풀이루 하는 건데."

"심심풀이래두 그걸 하면 세상일을 다 잊는다는데……."

"세상일을 잊어버리려구 한다."

"집안은 무슨 꼴이 되겠수?"

"집안이 뭐 있니? 나 혼자 사는 것도 집안이니?"

"그걸 말씀이라구 하세요?"

"그게 사실인데 어떡허니? 내일부터 강우가 아파트에 나가 사는 걸 알
지?"

"그건 알구 있지만……."

"그럼 누가 남니? 또 나를 생각해 줄 사람은 누구구?"

"자식이 나가서 살면 엄말 잊어버리는 건가요?"

"잊어버리지 않는 것으루 너희들은 너희들의 할 일을 다 하는 것이라구
생각해?"

"그럼 어떡해요?"

"달리 할 수두 없겠지."

"그러시지 말구 달리 마음잡을 것을 생각하세요."

강 여사는 도박 때문에 다른 마음 안 먹은 걸 다행으로 생각하라는 말을
하고 싶었으나 참았다. 사실 자기가 도박을 안 하고 그 대신 다른 데 마음을

뺏긴다면 그때 자식들은 무엇이라고 할 것인가?

"잠이나 자자."

민혜가 뭐라고 해도 소용없는 일이라고 생각했다.

"엄마, 정말 그만둬."

민혜는 어린애처럼 보챘다.

"알았다니까. 어서 자자."

딸을 시집보낼 때는 섭섭하지만 아들을 장가보낼 때는 기쁘다고들 한다. 그러나 아들의 결혼식장에 나온 강 여사는 조금도 기쁨을 느끼지 못했다. 아들의 결혼식이란 생각보다도 아들과의 결별식이란 생각이 가슴에 그득 차 있기 때문이었다. 결혼식만 끝나면 아들은 영 자기에게서 떠나고 만다. 예식장 맨 앞자리에 앉아 결혼식이 시작될 때를 기다리고 있는 강 여사는 전날 밤 민혜와의 대화를 기억했다.

"엄마두, 자식이라고 죽을 때까지 끼구 사시겠어요?"

그때 강 여사는,

"끼구 살 수는 없어도 같이는 살아야 하지 않겠니?"

하고 말했다.

"어디서든 자식이 행복하게 살면 되잖아요? 부모가 자식의 행복 이외에 무엇을 바랍니까?"

그때 강 여사는 대답을 못했었다. 민혜의 말이 옳기 때문이었다. 그럼 나는 자식의 행복을 바라고 있지 않다는 것일까? 강우의 행복을 바란다면 자기 곁을 떠난다고 해서 슬퍼할 까닭이 없지 않을까? 이런 생각을 해 보았지만 슬픈 마음에는 변함이 없었다. 이십 분만 지나면 결혼식이 끝난다. 결혼식만 끝나면 신혼여행을 떠난다. 신혼여행에서 돌아오면 아파트로 나간다. 자기 곁에서 아주 떠나는 것이다.

그미는 강우가 떠난다는 생각만을 하는 것이었다. 떠난다는 것이 순간적이 아니라 영원한 것으로까지 생각되었다. 그미는 그냥 울고만 싶었다. 사회자가 장내를 정리하고 신랑 입장을 선언했다. 강우가 혼자 선뜩선뜩 걸어 사회자 앞으로 갔다. 무표정한 얼굴이었다. 걸어야 하는 길을 걷는 것 같은 표정이라고 생각되었다.

신랑이 사회 앞에 가서 돌아서자 결혼행진곡이 울렸고 거기 발을 맞추어 신부가 걸어 들어오기 시작했다. 조금도 낯선 얼굴이 아니었지만 강 여사는 멀리서부터 가까이 올 때까지 신부의 얼굴을 지켜 봤다. 특히 신부 화장을 한 얼굴이 매우 아름다워 보였다. 아름다운 얼굴처럼 그미의 생활도 아름답 겠지. 오늘부터 아름다운 생활이 창조될 것이다.

그러나 강 여사는 새로운 아름다움의 창조 뒤에는 기성의 아름다움 하나 가 파괴되고 있음을 느꼈다.

또 울고 싶었다. 그러나 신랑 신부의 선물 교환이 있고 주례의 주례사가 있은 뒤 신랑과 신부가 손님들을 향해 절을 할 때였다. 자기의 행복을 축하 하기 위해서 참석한 손님들에게 고개를 숙여 인사하는 것을 보는 순간 강 여사의 눈에서 눈물이 흘렀다. 참고 참던 눈물이었다.

그러나 그 눈물은 슬픔의 눈물이 아니었다. 슬픔이라면 슬픔이 아닐 수도 없겠지만 자기의 고독감에서 출발된 슬픔은 아니었다.

'저렇게 감사하는 마음을 가진 애들인데…….'

그런 아들과 며느리에게서 고독만 찾고 있던 자기의 협심에 대한 슬픔이 었다. 자기의 인간적 한계성이 너무 좁았다는 자기비판이었던 것이다. 누구 나 다 자기의 행복을 기원한다. 그런데 저 애들은 그 행복의 달성에 대해 세 상에 감사를 드리고 있다. 감사를 드리는 마음처럼 아름다운 것이 또 있겠 는가? 그 아름다움 앞에서 약간의 희생쯤 있을 수 있다. 아니 희생이 있기 때문에 아름다울 것이다. 그리고 희생에 대해 그들은 감사를 드리고 있을 것이다. 나는 강우를 사랑했다. 정말 내 몸처럼 사랑했다. 내 몸처럼 사랑 했다면 사랑한 강우를 위해 조금쯤 희생된다고 해서 슬퍼만 할 것이 무엇 인가?

강 여사는 눈물을 손가락으로 닦았다.

눈물 닦는 것이라고 볼 수 없게 하기 위함이었다. 한 방울의 눈물을 닦고 나자 그 뒤부터는 울고 싶은 마음이 생기지 않았다. 결혼식이 끝나고 사진

을 찍을 때 그미는 신랑 신부에게 가서,

"트렁크는 누구에게 맡겼니?"

하고 물었다. 그것은 그미의 애정의 표현이었다.

"친구가 가지구 정거장에 나올 거예요."

강우가 대답했다. 그 한 마디의 물음과 대답으로 이야기는 끝났지만 그 말 한 마디 했다는 것이 얼마나 가슴 시원했는지 모른다. 결혼식이 끝나고 신랑 신부가 정거장으로 직행할 때 강 여사는 뒤따라 정거장까지 갔다. 가야 한다는 의무감을 느꼈던 것이다. 정거장에는 어린애들을 밖에 내보낼 때처럼 여행에 대한 여러 가지 주의를 시켰다. 필요 이상의 주의들이었지만 강우와 영주는 아무 불평 없이 고스란히 받아들였다.

"배고프면 열차식당에 가서 밥을 먹어라."

"네!"

말 안 해도 알 이야기다. 그들이 몰라서 굶을 것인가?

"돈은 영주 네가 잘 간직해라."

"네."

이런 필요 이상의 말을 하면서도 그미는 그들 행복에 공감하고 싶었다. 행복한 것을 보는 것만도 행복한 일인지 몰랐다. 그런데 기차가 떠날 때 옆에 있던 강우의 친구들 사이에서,

"자식, 오늘 굉장히 점잖은데……."

하며 픽픽 웃는 소리가 들려 왔다. 그 말이 아무것도 아니라는 생각을 하면서도 강 여사는 가슴 한구석 정맥이 켕기는 것을 느꼈다. 누가 정맥 한 끝을 잡고 그것을 당기는 것 같았다. 허리를 펼 수가 없었다. 강 여사는 강우의 친구들을 못마땅한 눈으로 흘겨봤다. 왜 평온해진 자기 마음을 뒤틀어 놓느냐고 반항하고 싶은 마음이었다.

'굉장히 점잖은데'라는 말은 오늘에 한한 일이란 뜻이었다. 말하자면 오늘의 강우는 보통 때의 강우와 다르다는 말이 아니겠는가? 그러나 얼마 전 손님들 앞에서 감사한 뜻으로 인사한 것도 위장이라는 것이리라. 따라서 나는 위장된 행동에 속았다는 것이 아닌가? 강 여사는 달음질치듯 플랫폼을

빠져 나왔다. 그리고는 강우의 친구들에게 인사도 없이 인파 속에 몸을 숨겼다. 모두가 싫었던 것이다. 오래간만에 아름다운 감정을 가져 보았는데 어째서 그 감정을 하루도 부지하지 못하게 하는 것일까?

강 여사는 자기 몸을 숨기고 싶었다. 누구도 자기를 보지 말아 주었으면 하는 마음이었다. 그래서 일부러 버스를 탔다. 사람이 많은 가운데서 자기의 존재를 잊고 싶었던 것이다. 정말 인간이란 너무하다고 생각했다. 조그만 일을 가지고 인생 전체를 해석하려 한다. 또 아무것도 아닌 일로 자기의 인생을 결정짓기도 한다. 그러다가는 자기를 후회하고 웃다가는 또 아무것도 아닌 일로 울고 절망하곤 한다. 도대체 인간이란 것이 우스웠다.

강 여사는 집에 가서 보낼 사람은 보내고 남을 사람은 집에 남도록 했다. 친척들이 자기 하고 싶은 대로 했던 것이다. 그럴 수밖에 없다고 생각했다. 강우가 손님들 앞에서 고맙다고 인사한 것이 위장이듯 친척들이 축하차 일부러 온 것도 모두 위장이란 생각이 들었기 때문이었다. 축하를 위함이 아니라 체면을 유지하기 위함이다. 그렇고 그런 것인데 붙들어 놓고 못 가게 할 필요가 없다. 가는 사람을 붙잡고 섭섭해하는 것도 결국은 위장이 아닐 것인가? 강 여사는 저녁을 먹자 가게로 나갔다. 그것은 하나의 습관이기도 했지만 일을 해야 한다는 의무감이기도 했다. 오늘 같은 날 하루쯤 쉬어도 무방했다. 아직 시골로 돌아가지 않은 친척도 있다. 그런데도 장사를 하기 위해 가게에 나왔다는 것은 먹고 살아야 한다는 꽉 박힌 관념 때문일 것이다. 먹고 살아야 한다는 관념이란 결국 현실적인 것이다. 사람이란 이 현실적인 굴레 속에서 살다 죽는 것이다.

가게로 나오기는 했지만 정신이 얼떨떨했다. 어느 것이 자긴지 알 수 없는 정신적인 혼동 속에서 안개에 싸인 듯한 자기를 느꼈다. 신문을 펼쳤다. 혼몽한 채 세상을 바라보는 그런 심정이었다. 신문에 눈을 두고 있을 때 장한 어머니로 표창 받은 어떤 여자의 이야기가 눈에 들어왔다. 육 년 동안 불구의 딸애를 업고 학교에 다녔다는 이야기였다. 애를 업고 학교까지 갔다가 돌아와서는 행상을 하며 생계를 유지했다. 무척 고달팠을 것이다. 그러나 강 여사는 그 기사를 읽으며 그 여인을 부럽게 생각했다. 어린 딸은 장차 커서도 결혼을 못할 것이다. 그런 만큼 그 딸애는 죽을 때까지 자기 엄마 옆에서 살 것이다. 어머니 되는 여자는 딸애가 불구라는 것이 슬프다 해도 죽을 때까지 딸애에게 정을 주며 살 수 있을 것이다. 정을 주며 살 수 있다는 것보다 더 흐뭇한 일이 어디 있겠는가? 신문을 읽고 있을 때 하 사장이 들어왔다. 강 여사를 보고 놀라는 표정이었다.

"오늘두 나왔어요?"

"오늘이 뭔 날인데요?"

강 여사는 공연히 빈정거리고 싶었다.

"난 안 나왔을 줄만 알았는데……."

"안 나왔을 줄 알면서두 들리셨군요? 술이 그리워서."

"그래두 혹시나 하는 마음은 있었죠."

"그만두세요."

강 여사는 섭섭했다. 하 사장이 자기 가게를 찾아오는 것은 오직 술 때문이란 생각이 들었기 때문이었다. 그런데 하 사장은 그런 강 여사의 마음은 아랑곳하지 않고,

"아까 식장에서 우는 것 같던데……."

하고 딴 이야기를 꺼냈다.

"그럼 하나밖에 없는 아들의 가장 행복한 날인데 감격 안 할 수 있어요?"

"그렇기두 하겠군요."

강 여사는 이 날 하 사장이 술을 얼마 마시든 관여하지 않았다. 다 마시고 돌아갈 때도 잘 가라는 말 한 마디만 했을 뿐이었다. 그 역시 남이란 생각이 들었던 것이다. 남이 아닌 적이 한 번도 없었지만 이 날은 특히 남이란 생각이 들었던 것이다. 모두가 남이다. 모두가 남일 때 그녀는 자연 혼자라는 생각을 안 할 수가 없었다.

다음날부터 그미는 또 화투를 시작했다. 화투에서 번번이 졌다. 번번이 지기만 하니 봉창하고 싶은 마음이 생겼다. 판돈을 올리기도 했다. 그래도 졌다. 판돈이 큰데 지기만 하니 잃어버린 돈의 액수가 엄청나게 늘어났다. 돈이 딸렸다. 빚을 얻었다. 몇 십만 원의 돈쯤 문제가 안 되었다. 마음이 편

치 않으니 화투도 안 된다고 생각을 했으나 집문서를 맡기고 큰돈을 얻었다. 집이 홀딱 날아가는 것이 아닐까 하고 걱정이 생겼다. 그러나 그런 걱정을 가지고 화투를 하면 화투가 잘 되지 않는다는 생각을 해서 걱정을 안 하기로 했다. 집이 날아가도 상관없다는 느긋한 마음으로 했지만 역시 또 지기만 했다. 원체 실력이 없기 때문이리라 생각하고 손을 끊을까 했다. 그러나 화투에 무슨 실력이 있는가? 운이 좋아 끗발이 나오면 돈을 딴다. 말하자면 운이 칠할 이상이다. 강 여사는 자기가 그렇게 운수 나쁜 여자라고 생각지 않았다. 계속해서 하기만 하면 운이 돌아올 때가 있을 것만 같았다. 그래서 이때까지 잃어버린 돈을 봉창하고야 말겠다고 생각했다.

운이 돌아오도록 어떤 날은 거지에게 동냥을 주기도 했다. 어떤 날은 자동차 운전수에게 팁을 주기도 했다. 그래도 잘 되지 않을 때는 박카스를 몇 병씩이나 마시고 머리의 긴장을 풀기도 했다. 그러나 그미는 돈을 잃었다. 집이 고스란히 날아가고 말았다. 분했다. 여자가 도박을 하다가 집을 날려 버리다니. 화투판에 끌고 간 동창생을 원망했다. 그리고 밤낮없이 화투만 하는 여자들을 증오하기도 했다. 그러나 잃은 것은 잃은 것이다.

집을 팔아 버리고 셋집을 얻었다. 고소하다고 생각했다. 잘못한 만큼 벌을 받아야 한다고 생각했다. 그 대신 화투판에서 손을 끊었다. 가게만 남은 것을 다행하게 생각하면서…….

10

그미가 얻은 셋집은 우이동에 있는 열두 칸짜리 조그마한 집이었다. 도심지에서 멀리 떨어져 있는 곳으로 정한 것은 자기를 귀양 보내는 것 같은 심정에서였다. 우이동도 주택지로 개발되어 많은 인구가 살 뿐 아니라 교통도 상당히 편리해졌다. 그러나 강 여사는 몇 해 전까지만 해도 등산객이나 소풍객 아니면 찾아가는 사람이 없던 곳임을 생각했다. 우이동 하면 우선 백운대를 연상한다. 백운대 밑 산`속, 거기서 혼자 조용하게 살고 싶었다. 그뿐만도 아니었다. 도심 지대에서 방 하나 얻을 돈으로 거기서는 작으나마 온채를 빌릴 수 있다. 온채라야 방이 두 개에 부엌과 변소가 붙어 있을 뿐이었다.

전화와 냉장고, 그리고 텔레비전을 모두 팔아 버렸기 때문에 강 여사는 집안에 있는 시간에는 정말 귀양살이를 연상했다. 누구 하나 찾아올 사람도 없다. 얼굴을 볼 수 있는 사람이란 집 지켜 주고 밥지어 주는 식모 한 사람뿐이었다.

강우와 민혜는 모두 그미를 공격의 대상으로 삼고 있으니 찾아오리란 기대도 가질 수 없었다. 특히 강우가 더했다. '차라리 어머니가 바람을 피웠다면 이해하겠어요. 뭐가 부족해서 도박을 합니까?' 하던 강우였다.

어쨌든 다 지나간 일이었다. 강 여사는 집에 돌아오는 길로 귀양살이를 생각했고 또 얼마 동안 귀양살이 같은 생활을 해야 마땅하다고 생각하고 있다.

가게에 나갔다가 돌아와서는 잠을 자고 다음날 다시 가게로 나가는 것이 생활의 전부였다. 시내에서 돌아와 잠잘 때까지 하는 일이 있다면 그것은 화장이었다. 세수를 하고 나면 정말 할 일이 없었다. 할 일이 없으니까 거울이나 마주보는 것이 일이었다. 나이 오십이 다 되어 화장을 하면 무엇 하겠는가? 화장의 필요성을 잊은 지 오래 된다. 그러나 심심풀이로 화장을 하는 것이었다. 눈썹을 그려 본다. 아이섀도를 해 본다. 루즈를 바른다. 그러고 나서 거울을 보면 약간 망측스럽기는 했으나 조금쯤 젊어 보인다. 조금쯤 젊어 보이는 얼굴로 자리에 들어간다. 어두운 방에 누워 있는 자기가 젊은 여자 같은 착각을 느낀다. 자기의 육체를 만져 본다. 젊었을 때처럼 탄력이 있을 리 만무했다. 그러나 누가 애무를 해 주면 달게 받을 자신이 있는 것처럼 생각한다.

다음날 아침에는 다시 세수를 하고 새 화장을 한다. 밤 화장과는 아주 다르다. 분이나 바르고 엷은 루즈칠을 하는 정도다. 좀더 젊게 화장을 할 수가 있지만 그러지를 못하는 것이다. 자신이 없기 때문이었다. 젊게 보이고 다닐 만한 용기가 없었다. 딸이 시집가서 애를 낳았으니 할머니다. 외할머니가 된

지는 벌써다. 이제 일 년만 있으면 강우도 애를 낳을 것이니 친손자를 가지게 된다. 할머니. 할머니는 손자와 손녀를 사랑하는 것으로 전부를 삼는 법이다. 젊어 보이려고 짙은 화장을 할 수 있겠는가?

강 여사는 연령에 대해 자신이 없는 것과 마찬가지로 외부 사람을 대하는 데도 자신이 없었다. 강우의 말처럼 여자가 도박을 하다가 집까지 팔았으니 누구를 떳떳한 낯으로 대할 수 있겠는가? 강우나 민혜가 찾아오지 않는다고 해도 탓할 수가 없었다. 하 사장은 꾸준하게 찾아 주지만 그이 볼 면목도 없었다. 결국은 고독 때문에 도박을 시작했던 것이지만 지금 와서 그것을 핑계로 자기 합리화할 수가 없었다.

어제까지 하 사장은, 이왕지사를 가지고 후회만 하고 있으면 뭣하겠느냐? 과거는 잊고 앞으로 살아갈 궁리나 해야지 않느냐고 위로해 주었다. 그럴 때 강 여사도 후회보다는 앞으로의 생활을 신중히 할 결심이라고 했지만 우울한 표정을 없애지 못한다.

더구나 하 사장의 빚을 갚지 못하고 있는 만큼 그의 호의를 받아들이는 체하지 않을 수 없었다. 노름을 하다가 집까지 판 여자라고 속으로는 경멸할 것이 사실이다. 속으로는 경멸하면서 겉으로만 친절을 베푸는 사람에게 친절이 고맙다고 그냥 받아들인다면 자기는 양심도 없는 매춘부와 같다는 인상밖에 달리 줄 것이 없다.

그런데 어젯밤 하 사장이,

"정 그렇게 인생을 우울하게 살겠소? 아직 이삼십 년은 더 살 수 있는 나이에……."

하며 근엄한 태도로 물었다.

"이삼십 년요? 오십이 지나면 자기 나이를 사는 게 아니랍니다. 언제 죽을지 누가 알아요?"

강 여사는 마치 죽음을 내다보며 살고 있는 것처럼 말했다.

"그러니까 실의(失意)뿐이로군요. 나 같은 건 있으나 마나구……."

하 사장은 정말 슬픈 눈으로 강 여사를 바라보았다. 강 여사는 어쩐지 하 사장이 측은해 보였다. 연민의 정이 가는 것이었다. 자기 때문에 진심으로

슬퍼하고 있는 사람을 볼 때 연민의 정을 느끼지 않을 사람이 어디 있을 것
인가? 연민의 정을 느꼈지만 강 여사는,

"하 사장님이 제 옆에 있는 사람이라구 생각하시나요?"
하고 물었다. 그것은 하 사장이 자기 때문에 슬퍼할 것도 없고, 자기는 하
사장에게 연민의 정을 느낄 필요가 없다는 것을 말함이었다. 사실 하 사장
이 자기의 연민을 받을 만한 사람이 절대로 아니라고 생각했던 것이다.

"그렇겠지요. 나 같은 것이야 옆에 있다구 생각지도 않겠지요."

하 사장은 자기를 더 비하(卑下)했다. 그럴 아무 이유가 없는데도 자기 비
하하는 것을 보니 또 측은한 마음이 들었다. 내가 뭐기에 하 사장을 슬프게
하고 있을까? 아니 내가 뭐기에 하 사장이 나 때문에 저렇게 슬퍼하는 것일
까? 그러나 강 여사는,

"술이 취하셨나 보군요. 빨리 돌아가시기나 하세요."
하고 그를 돌려 보냈다. 그를 돌려 보내고 혼자 집으로 돌아올 때 그미는 또
고독을 느꼈다. 하 사장이 고독하게 보였고 그 고독한 사람을 기쁘게 해 주
지 못하는 강 여사.

남을 기쁘게 해 줄 줄 모르는 사람처럼 불쌍한 사람도 없을 것이다. 강
여사는 왜 자기가 단 한 사람도 기쁘게 해 주지 못하는지. 그 이유를 알지
못했다. 그런데 오늘은 하 사장이 통 나타나지를 않았다. 매일 반드시 들러
야 한다는 법이 없으면서도 그가 하루만 안 오면 걱정이 되었다. 걱정은 둘
째로 자기가 허전해서 견딜 수 없었다. 무엇 때문에 장사를 하고 있는가 하
는 생각까지 들 만큼 허전했다. 더욱이 어제 그를 섭섭하게 돌려 보낸 것이
가슴에 걸려 안절부절 어떻게도 할 수가 없었다.

자기에게 완전히 실망을 느끼고 이제부터는 만나지도 않으려는 것이 아
닌가? 하는 생각도 들었다. 밤 열 시까지 들리지 않으며 안 오는 것이 결정
적이었다. 그런데도 그미는 삼십 분을 더 있었다. 보통 때는 열 시 정각에
가게를 떠나 집으로 돌아가던 그미였다. 삼십 분 늦게 떠났지만 그때까지
하 사장이 보이지 않을 때 그미는 정말 하 사장이 자기에게 실망을 느꼈을
것이라고 생각했다.

한 사람을 기쁘게 해 주지 못하고 실망만 주는 여자가 살아서는 무엇 할까? 그미는 자기가 미워졌다.

이 날 밤에는 밤 화장도 안 했다. 자기에 대한 흥미마저 잃었던 것이다. 세수만을 하고 자리에 들어갔다. 잠옷 속으로 자기 몸을 만져 보았다. 자랑할 만한 것이 하나도 없다고 생각되었다. 비교적 살이 찐 편이어서 쪼글쪼글한 노파처럼 가죽과 살이 따로 놀지는 않는다. 아직은 피둥피둥한 편이다. 그러나 누워 있는데도 배가 툭 나와 있다. 비곗덩어리가 차 있는 배다. 유방은 축 늘어져 있다. 가슴에 착 달라붙어 있는 것이 아니라 더운 데서 녹은 껌처럼 흘러내리고 있다.

남편이 살아 있다고 해도 정열적으로 애무해 주고 싶을 만한 매력이 하나도 없는 육체였다. 결국 늙었다는 것을 자인하는 것이었다.

강 여사는 언젠가,

"차라리 바람을 피웠다면……."

하던 말을 기억했다. 바람을 피웠다면 이해를 하겠는데 도박을 했으니 이해를 할 수 없다는 말이었다. 그것은 자기가 아직은 바람을 피울 수 있다는 것을 뜻하는 말이기도 했다. 그러나 그미는 바람을 한 번도 피우지 못했다. 그것은 정말 자기가 늙었다고 생각했기 때문이었을까? 바람을 피우지 않는 이유가 늙었다고 생각했기 때문은 아니었다. 좀더 다른 이유가 있었던 것이다. 그러나 그 이유라는 것을 지금 생각할 때 우습기만 했다. 아들이 차라리 바람을 피웠다면 하고 말한 그 말이, 범할 수 없다고 생각했던 모든 것을 우습게 만들었기 때문이었다. 남들은 아무렇지도 않게 여기는 것을 그는 범할 수 없다는 금기(禁忌)로 삼아 왔었다. 그래서 자기를 더욱 늙게 만들기만 했다.

매력도 없는 육체를 보물처럼 간직하고 있는 자기가 우스웠다. 비록 술김이라 해도 얼마나 많은 남자들이 자기의 육체를 넘보았던가? 물론 그것이 사랑이랄 수는 없다. 그러나 꼭 사랑이어야만 즐거움을 나누라는 법은 없다. 그런데도 즐거움을 거부하는 것이 곧 아름답게 자기를 지키는 것으로 생각해 왔었다.

하 사장에게도 그러했다. 마음 문을 열어 놓고 그가 들어올 수 있는 길을 터 주었더라면 그와도 얼마든지 즐길 수가 있었을 것이다. 그것이 계기가 되어 두 사람은 뗄 수 없는 사랑 속에 빠졌을 것이 사실이다. 그러나 사랑 속에 빠진다는 것부터가 무서운 일인 것 같아 언제나 경계하며 지내 왔다.

하 사장과 사랑에 빠졌다 해도 강우나 민혜는 바람을 좀 피운 것쯤 하고 아무렇지도 않게 생각했을 것인데…….

자식들까지 아무렇지도 않게 생각하는 것을 왜 자기는 기피하며 살아왔을까?

이제 머지않아 개도 거들떠보지 않을, 매력은 고사하고 쓸모조차 없게 될 육체를 보물처럼 아껴 둘 필요가 무엇일까? 강 여사는 옛날 남편이 잠결에 다리를 자기 다리 위에 포개던 일을 생각했다.

분명 잠에 들어 있으면서도 자기를 향해 몸을 돌리고 한 손으로 자기 어깨를 감싸곤 했었다. 잠을 설치게 하는 일들이었지만 그러는 것을 한 번도 귀찮게 생각해 본 일이 없었다. 강 여사는 남편 다리 대신 하 사장의 다리가 자기 다리 위에 겹치는 것을 상상해 보았다. 남편 대신 하 사장의 팔이 자기 어깨를 감싸는 장면을 상상해 보았다. 가슴이 조여드는 것 같았다. 소리를 내며 고동치는 것 같기도 했다. 확실히 하 사장도 그런 장면을 생각해 보았을 것이다. 인간인 이상 생각을 안 해 보았을 리가 없다.

온몸에 힘이 저절로 주어졌다. 발가락 끝이 쪽쪽 뻗는 것 같았다. 하 사장이 그리웠던 것이다. 잠이 잘 오지 않을 지경이었다.

다음날 아침이었다. 전에 없던 일로 하 사장이 집으로 찾아올 것 같은 착각 속에서 가슴을 설레었다. 공연히 대문 밖으로 귀를 기울이기도 했다.

이사한 집을 가르쳐 달라고 할 때 찾아올 것이 겁나 가르쳐 주지 않았던 일을 후회했다. 조그만 셋집에서 사는 초라한 꼴을 보이기 싫었기 때문이었다. 초라하면 어떻단 말인가? 여자의 소견이 좁은 것이라는데 스스로 염증을 느꼈다. 집만 가르쳐 주었다면 자기가 이렇게도 보고 싶어할 때 그가 찾아올 것이 아니겠는가? 가까운 사람끼리는 마음이 통한다고 한다. 여기서 보고 싶을 때는 저기서도 보고 싶어한다.

강 여사는 하 사장이 자기 집을 모르는 줄 알면서도 그를 기다렸다. 가르쳐 주지는 않았다 해도 가게에 가서 물어 알 수 있다는 생각에서였다. 화장을 하고 옷까지 갈아입은 채 기다렸다. 보통 열두 시쯤이면 집을 나가는 것이지만 두 시까지 기다렸다. 안 오는 사람이란 생각을 하니 어쩐지 그가 야속스러웠다. 마음이 통하지 않는다는 점에서였다. 마음이 통하지도 않는 사람을 생각하고 있었다는 생각을 하니 허전해서 견딜 수가 없었다.

그러나 가게로 나가자 곧 하 사장의 회사로 전화를 걸었다. 어제도 나오지 않았으니 무슨 사고라도 생긴 것이나 아닌가 하는 생각에서. 사무실에서는 그가 어제 목장으로 가서 오늘에야 올라온다는 말을 전해 주었다. 한결 마음이 놓였다. 시골 가 있는 사람을 기다렸던 자기가 도리어 민망스러웠다.

일하는 사람을 시켜 오늘 쓸 안주의 재료를 사 오게 한 뒤 가게 안을 정돈하고 있을 때였다. 순경이 어떤 소년 하나를 데리고 왔다.

"강연화 씨입니까?"

순경의 물음에 대답을 하면서도 강 여사의 시선은 어린 소년에게 가 있었다. 확실히 본 듯한 얼굴이었다. 소년은 강 여사와 시선이 마주치자 곧 고개를 숙였다.

'어디서 본 앨까?'

혼자 생각하고 있을 때 순경이,

"사직동 파출소에 있는 사람입니다."

자기 소개를 했다. 그 말을 듣자 강 여사는 그때야 그 어떤 애를 생각해 냈다. 순간 그 어린애에게로 가서 덥석 안았다.

"잘 아시는군요. 그렇지 않아두 그 애가 강 여사를 찾구 있기에 여기까지 데리고 왔습니다."

순경의 말에 강 여사는 놀라지 않을 수 없었다. 언젠가 집 근처에서 울고 있는 애를 파출소까지 데려다 준 일이 있었다. 그런데 그 애가 자기를 찾아 다녔다니?

"이 애가 어디 있었는데요?"

"그새 고아원에 있었는데 어제 저녁 강 여사 댁 근처를 빙빙 돌구 있었습니다. 하는 행동이 수상해서 데려다가 물었더니 강 여사가 보구 싶대요. 물론 강 여사의 성도 이름도 모르고 있었습니다. 집을 가리키며 여자 주인을 만나고 싶다나요. 무슨 관계냐고 물었더니 별 관계는 있는 것 같지 않습니다. 그래서 고아원으로 다시 보내려 했더니 막 울면서 고아원엔 다시 안 가겠다지 않습니까? 그래서 강 여사가 사시던 집으로 갔더니 이사 간 데는 모르구 여길 가르쳐 주더군요."

순경의 이야기를 듣자 강 여사는 어린애에게,

"내가 보고 싶었니?"

하고 물었다. 애는 대답을 안 했다. 대답 못하는 심정을 충분히 알 수 있었다. 그미는 더 생각할 것도 없이 순경에게 말했다.

"제게 맡겨 두구 돌아가십시오. 맡겠습니다."

순경을 돌려 보내자 그미는 소년을 데리고 종업원들이 기거하는 방으로 들어갔다. 그러고는 처음으로 물은 말이,

"내가 보구 싶었니?"

한 번 물은 말을 되풀이해서 물었다.

어린애는 또 대답을 안 했다. 대답 없는 애를 끌어안았다. 이번에는 끌어안았을 때는 그미의 눈에서 눈물이 흐르기 시작했다. 아무 말도 않고 끌어안은 채 눈물만 흘리다가,

"나하구 같이 살자."

하고 말했다. 나하고 같이 살자는 말은 그새 고생을 얼마나 했느냐? 또는 그새 나는 너를 한 번도 생각지 못했는데, 라는 말을 줄인 말이었다. 그미는 그때 파출소로 데려다 준 것을 잘못한 일이라고 그 애에게 사과하고 있었다. 그리고 한 번도 생각해 주지 못한 것을 사과하고 있었다. 사과 이외에 할 말이 없었다. 그러나 철모르는 어린애에게 그 말이 나오지 않아 그 말을 대신한 말로, 같이 살자는 말을 한 것이었다.

"참 용타. 날 찾아와서."

그미는 소년을 안심시키는 말을 골라 했다.

"그땐 딴 식구가 있었지만 지금은 나 혼자뿐이야. 나하구 단 둘이서 살

아."

그뿐만도 아니었다.

"고아원에서 학교에 다녔지?"

학교에 보낼 생각까지 비쳤다.

"다녔어요."

그 애가 입을 열고 한 첫 번째 말이었다. 학교에 대한 미련은 있는 모양이었다.

강 여사는 우선 그 애의 이름을 물었다. 양경구라고 했다. 지난번에는 이름도 묻지 않고 넘겼었다. 그러나 이번에는 그 애를 자기 호적에 입적시켜야 하지 않을까 하는 생각까지 했다. 그러나 아직 그럴 필요는 없다고 생각했다. 부부의 불화로 애를 내버린 부모들이지만 어딘가 살아 있을 것이다. 기회를 보아서 찾아 줘야 한다는 생각을 했다.

우선 길러 주자. 하루를 재워 줬고 파출소로 데리고 갈 때 먹을 것을 사 준 것뿐인 자기를 보고 싶어 찾아온 애다. 부모 대신 정을 기울여 줄 사람을 그리워하고 있는 애다. 자기를 부모 못지않게 생각하고 있을지도 모른다.

강 여사는 종업원 한 사람을 시켜 경구와 같이 목욕탕에 가게 했다. 그리고 자기는 가까운 백화점으로 가서 경구가 갈아입을 옷을 샀다. 내복에서 양말까지 모조리 샀다.

가게로 돌아왔을 때는 경구도 목욕을 하고 와 있었다. 옷을 갈아입혔다. 그리고는 경구를 데리고 백화점으로 가서 새 운동화를 사 신기고는 빵집으로 갔다. 맛있는 것으로 골라 자꾸만 먹였다. 귀여웠다. 먹는 것이 귀엽게 보이는 것은 애정이 짙은 증거다.

"많이 먹어라."

그때 경구가 샐쭉 웃으며 말했다.

"많이 먹었어요."

젖이 갓 떨어진 어린애가 재롱을 하며 웃는 그런 웃음을 보자 강 여사는 수십 년 쌓였던 체증이 쑥 내려가는 것 같음을 느꼈다.

강 여사는 경구를 데리고 창경원으로 갔다. 한시바삐 둘 사이를 친밀하게

만들고 싶은 마음이었다. 손을 잡고 동물 구경을 할 때 경구는 제법 자기감
정을 표현했다.

"사자지요? 어느 것이 암놈인가요?"

경구는 무섭다면서 강 여사의 손을 힘껏 잡았다.

코끼리 앞에서였다.

"굉장히 크네요!"

경구가 놀라는 표정을 지었다.

"너 입때 창경원 구경두 못했니?"

"못했어요."

경구는 아무렇지도 않게 대답했다. 그러나 강 여사는 공연히 그의 과거를
건드렸다고 생각했다. 될 수 있는 대로 과거를 생각지 않게 해 줘야 한다.
어린애나마 과거를 생각하면 자연 부모를 그리워하게 될 것 아닌가.

낙타 앞에 이르렀을 때 경구가,

"쑥 들어간 데 물주머니가 있지요?"

하고 물었다. 아는 것도 많았다.

"그렇단다."

창경원을 나설 때 강 여사는,

"너 나를 엄마라구 부를래?"

하고 말했다. 뭔가 호칭이 있어야 하겠기 때문이었다.

"엄마두 아닌데……."

경구가 반대를 했다. 반대나마 자기 의사를 솔직하게 표시할 수 있는 사
이가 됐다는 데 강 여사는 흐뭇함을 느꼈다.

"그럼 아주머니라구 불러야겠구나."

"아주머니요?"

경구는 아주머니란 말도 맘에 들지 않는 모양이었다.

강 여사는 아무렇게 불러도 무방하리라 생각했다. 엄마면 어떻고, 아주머
니면 어떠랴. 서로 믿고 서로 애정을 쏟으면 그뿐이다. 그런 인척 관계를 떠
나 그냥 사랑하는 것이다. 사랑만 하면 삶의 보람을 느낄 것이고 고독을 외

면할 수 있다.

창경원을 나오자 그미는 택시를 타고 우이동 집으로 갔다. 가게로 데리고 가서 술장수 하는 자기 꼴을 보이기가 싫었던 것이다.

자동차에서는 경구가 엉거주춤 앉아 창 밖만 내다봤다. 처음으로 택시를 타 보는 즐거움이 도취된 모양이었다. 강 여사는 좋아하고 있는 경구의 등을 쓸어 주었다. 귀여웠던 것이다. 집에 이르자 식모에게 저녁반찬을 지시하고 경구를 잘 부탁하고 나왔다. 가게까지 이르는 동안 그미는 줄곧 경구를 생각했다. 자기가 그리워 고아원을 탈출해 나온 경구. 경구는 지금 자기 말고 달리 의지하고 살 사람이 없다. 어머니 이상으로 자기를 따를 것이다. 대학을 졸업하려면 아직 십오륙 년이 있다. 그 뒤는 어떻게 될지 모르지만 그때까지만은 정만 쏟아 주어도 불만스럽게 생각지 않을 것이다. 최소한도 십오륙 년 동안은 고독을 모르며 살 것 같았다.

강 여사는 신에게 감사드렸다. 신이 자기를 위해 경구를 보냈다는 생각이 들었기 때문이었다. 어쩌면 신은 가장 위험한 때 경구를 보내 주었을까? 이제는 하 사장을 그리워하지 않아도 좋았다. 육체에 대한 고뇌를 느끼지 않아도 좋았다.

또 강우나 민혜가 자기를 완전히 버려도 좋았다. 이미 그들은 자기에게 멀어진 애들이다. 그런데다가 집을 판 이후 그들은 자기를 가장 부정(不貞)한 여자처럼 취급하고 있다. 어쩔 수 없는 일이다.

그러나 이제 경구가 나타난 것이다. 모든 문제를 해결해 준 경구.

가게에서 손님 접대를 하며 손님들의 분위기를 조절해 나가고 있을 때 하 사장이 들어왔다. 반가웠다. 하루를 걸렀을 뿐인데 오래간만에 만나는 것 같은 느낌이었다. 그러나 지난밤 그리움에 몸부림치던 때와는 달랐다. 얼마든지 냉정해질 수가 있었다.

"많이 바쁘셨나 보군요?"

어제 오지 않았던 일에 대해 그저 이런 식으로 말할 정도였다. 그새 회사로 전화 걸었다는 이야기도 숨겼다.

"시골에 좀 갔다오느라구!"

하 사장은 역시 좋은 사람이었다. 어제 오지 못했던 이유를 설명했다.

"어제 갔었어요?"

뻔히 알면서도 강 여사는 모르는 체 물었다.

"어제 갔다가 오늘……."

"피곤하시겠네요? 그럼 빨리 술부터 드셔야겠네."

강 여사는 주방으로 가서 술과 안주를 주문해 놓고는 자기 위치로 갔다. 자기 위치에서 손님들 전체를 바라보며 생각했다. 만약 경구가 나타나지 않았다면 지금 자기는 하 사장에게 어떤 태도로 대하고 있을까 하고. 우선 반가워서 그이 옆을 떠나지 않을 것이다. 그리고는 술이라도 마셔가며 흐트러진 자세로 그의 부드러운 손을 기다릴 것이다. 여자가 술을 마시며 남자에게 흐트러진 자세를 그대로 보인다는 것이 얼마나 보기 흉한 일이겠는가?

주방에서 술과 안주가 나왔다. 강 여사가 쟁반을 들고 하 사장에게로 가서 술을 권했다.

"많이 잡수세요."

하 사장은 아무 말 않고 그미의 얼굴을 쳐다봤다. 그미의 마음속을 정찰하는 태도 같았다. 그미는 너무 쌀쌀맞게 대할 수는 없다는 마음에,

"어젯밤엔 기다렸어요."

한 마디를 하고 자기 위치로 돌아왔다. 그래도 하 사장에게로 눈길이 자주 갔다.

마치 그이도 없어서는 안 될 사람인 것처럼. 그런데 하 사장은 술 마시는 시간보다 무엇을 생각하는 시간이 더 많았다. 강 여사는 혹시 자기가 마음을 열어 놓고 있지 않기 때문에 거기서 오는 불만을 느끼고 있는 것이나 아닐까 생각했다.

조금 미안했다. 남에게 피해를 줬다고 생각할 때 사람은 마음이 약해지는 법이다. 그미는 하 사장에게로 갔다.

"많이 피곤하신 것 같군요."

그의 마음을 어루만져 준다고 하는 말이었다.

"네, 조금."

“그럼 빨리 돌아가서 쉬시지요.”

그를 위해 준다는 말이 고작 이런 것이었다. 그래 하 사장이,

“빨리 없어지란 말인가요?”

하고 날카로운 눈으로 쳐다봤다.

“무슨 말씀을 그렇게 하시죠?”

강 여사는 그때야 정신이 바짝 드는 것 같았다. 너무나 냉정했던 자기가 후회되기도 했다.

“내버려 둬요. 갈 때가 되면 갈 테니까.”

하 사장은 아무래도 심상이 편치 않은 모양이었다.

강 여사는 화제의 초점을 흐리게 하려고 일부러 딴전을 부렸다. 그리고는 하 사장의 대답도 기다리지 않고 자기 위치로 돌아왔다. 마음이 좋지 않았다. 자기가 말을 잘못했다거나 태도를 좋지 않게 보이지는 않았다. 그렇지만 하 사장의 심상이 편치 않은 이유가 자기에게 있다는 것쯤은 알고 있다. 그러니 강 여사도 마음이 좋을 까닭이 없었다. 그렇다고 해서 하 사장 옆에서 필요 이상의 애교를 부릴 수도 없었다. 애교를 부릴 수 없다는 생각도 결국은 자기 마음에 여유가 있다는 데서 온 것이리라. 자기 마음이 절박하다면 상대방의 마음을 풀어 줘야 한다는 것을 애교라고 생각지 않았을 테니까.

강 여사는 모른 체 하 사장을 내버려 뒀다. 정말 갈 때가 되면 갈 것이려니 생각하며, 그미의 머릿속에는 도리어 하 사장보다도 경구가 자리를 차지하고 있었다. 빨리 들어가서 경구를 보고 싶을 뿐이었다. 그래서 그미는 하 사장을 눈여겨보는 한편 시계를 들여다보는 것을 잊지 않았다.

열 시가 되어도 하 사장은 돌아가지 않았다. 그미는 할 수 없다 생각하고 그때까지의 계산을 대충 끝낸 뒤 현금을 핸드백 속에 넣고 하 사장에게로 갔다.

“먼저 가 봐야겠어요.”

먼저 돌아간다는 말을 했다.

“그래요, 나두 가야지.”

하 사장이 따라 일어섰다. 그런데 하 사장은 아무 말 않고 그냥 뒤따랐다.

강 여사는 눈치를 살피며 급행버스 정류장으로 걷고 있을 때였다. 뒤따르던 하 사장이 택시를 불러 세우고 그미를 불렀다. 그녀가 뒤로 돌아서서 머뭇 거리고 있을 때 하 사장이,

"빨리 타요."

하며 그미를 기다렸다. 그미가 타기 전에는 자기도 타지 않을 모양이었다. 강 여사는 할 수 없이 차에 올라탔다. 그리고는,

"어디루 가지요?"

하고 물었다.

"댁까지 바래다 드릴게요."

하 사장은 강 여사에게 대답하고 운전수에게는 우이동까지 가자고 말 했다.

강 여사는 가슴 속이 훈훈해짐을 느꼈다. 정말 처음이었다. 남자가 자기 를 집에까지 바래다 준 일이 한 번도 없었던 것이다. 충만감을 느꼈다.

"돌아오실 때가 적적하실 텐데요?"

충만하기 때문에 하 사장이 적절할 것까지 생각할 수가 있었다.

"적적할지 어떨지는 돌아올 때 봐야지요."

하 사장이 긴장된 얼굴로, 그러나 의미 있는 말을 했다.

"굉장히 먼데 혼자 돌아오실 걸 생각하세요."

순전히 예의적인 말이었다.

"내 걱정은 마십시오."

하 사장은 친절을 베푸는 자기의 용기에 스스로 긴장되고 있는 것 같 았다.

강 여사는 잠시 동안이나마 그의 긴장을 풀어 주고 싶었다.

"하 사장에게두 용기란 게 있군요?"

그미는 그의 턱 아래서 그의 얼굴을 쳐다보며 슬그머니 웃었다.

"나를 용기가 전혀 없는 사람이라구 생각했군요?"

"용기 없는 분으루 알았는데요."

"용기 없이 사업을 할 수 있어요?"

“참 그렇군요. 몰라봐서 미안합니다.”

미안하다면서 또 한 번 웃었을 때 하 사장이 처음으로 웃음을 지었다.

“나두 남자란 걸 알아야 합니다.”

“아 그러세요? 난 남자가 아니신 줄 알았는데…….”

그러자 하 사장이 무릎께에 있는 강 여사의 손잔등을 꼬집었다.

“멍이 들면 어떡허지요?”

“죽을 때까지 없어지지 않는 멍이 들었으면…….”

그러면서도 하 사장은 정말 멍이 들 만큼 힘껏 꼬집지는 못했다. 그 대신 응결되었던 감정이 조금 풀렸는지,

“강 여사는 참 나빠!”

하고 말했다.

강 여사는 그가 무엇을 말하려는 것인지 대강 짐작이 가기는 했지만,

“뭐가요?”

하고 물었다. 듣고 싶었다. 그의 입에서 나오는 말을 직접 듣고 싶었다. 그리고 무슨 말이든 모두 받아들이고 싶었다.

“남의 진실을 받아들이려 하지 않거든…….”

강 여사는 그의 말에 대답하기가 힘들었다. 아니 말로 대답할 수가 없었다. 그냥 그의 가슴에 안김으로 대답을 대신할 수가 없었다. 가장 진실된 대답이 그것밖에 없는 것 같기도 했다. 그러나 백미러로 보고 있을 운전수의 시선이 켕겼다.

“깍쟁이가 돼서 그런 거예요.”

라고 대답해 버렸다.

“보기에는 그렇게 깍쟁이 같지가 않은데…….”

그때 하 사장이 그미의 손을 끌어다가 치마 속에 넣고 꼭 쥐었다. 치마에 가렸으니 운전수가 보지 못할 것이다. 보지 못하리라 생각하며 스스로 안심하는 것 같았다. 절박한 감정일 때는 눈이 어둡게 마련이다. 보고 외면하는 사람도 보지 못하고 지나쳐 가는 것처럼 생각하는 법이다.

강 여사는 일부러 시선을 창 밖으로 보내고 치맛자락을 잡아당겨 두 사람

의 손을 충분히 가리게 한 뒤 하 사장의 손을 힘주어 잡았다.

만약 하 사장이 안아 주었다면 그미는 눈을 감고 안겼을 것이다. 자기가 세상을 보지 않는 것처럼 세상도 자기를 보지 않으려니 하는 심정으로.

그러나 손잡는 것이 고작 클라이맥스였다. 손을 잡은 그들은 그것이 말의 대신이기나 한 것처럼 입을 다물어 버렸다. 강 여사집 근처에 이를 때까지 계속 말이 없었다.

골목길로 접어들려고 할 때였다. 강 여사가,

"여기 세워 주세요."

택시를 세웠다.

"다 왔어요?"

하 사장이 물었을 때 그미는,

"네."

하고 대답했다. 거짓말이었다. 걷고 싶었던 것이다. 차에서 내린 강 여사는 길가에 있는 잡화상 앞에서,

"잠깐만!"

하고는 가게 안으로 들어갔다. 경구 줄 물건을 사기 위함이었다. 시내에서 사 가지고 올 경황이 없어서 여기서나마 사려고 했던 것이다. 캐러멜과 비스킷을 사 가지고 나올 때 강 여사는,

"집에 어린애가 하나 와 있어요."

하고 과자 산 이유를 설명했다. 혹시 하 사장을 대접하기 위해서 산 것처럼 오해할까 두려웠기 때문이었다. 이 깊은 밤에 하 사장이 자기 집에 들어가지는 않을 것이다. 그런데도 왜 그런 것까지 생각했는지 모른다.

어두컴컴한 골목이었다. 열 시 반이 지난 변두리 골목이라 인적도 없었다.

"한참 가나요?"

"네, 조금."

그들의 목소리가 움츠러든 것 같았다.

하 사장이 뒤를 돌아보았다. 사람이 있는가를 살피는 모양이었다. 강 여

사는 그것을 알면서도 그와의 거리를 넓히지 않았다.

그가 드디어 강 여사의 손을 잡았다.

두 사람의 손이 다 같이 떨렸다. 그러나 약속했던 것처럼 두 손에는 각기 힘이 주어졌다.

하 사장이 와락 강 여사를 안았다. 강 여사는 발걸음을 멈추고 그에게 몸을 내 맡겼다. 얼마 동안을 그러고 있었는지 모른다. 그미의 몸을 풀어 주고 다시 걷기 시작할 때 하 사장이,

"미안합니다."

하고 말했다.

강 여사는 아무 말도 안 했다. 정말 미안해서라기보다도 자기의 마음을 엿보려고 하는 말인 줄 알지만 무어라고 대답할 수가 없었다. 그 대신,

"이제 거의 다 왔어요."

하고는,

"혼자서 어떻게 가시지요."

하고 물었다.

"내 걱정은 말라니까요."

하 사장은 다시 그미의 손을 잡았다. 그리고는 자기 얼굴을 그미의 얼굴에 댔다.

뜨거웠다.

강 여사는 자기의 얼굴도 뜨거워지는 것을 느꼈지만 어쩐지 부끄러운 일을 하는 것 같았다. 그래서,

"저 집이에요."

하고는 걷기를 시작했다. 집 앞에까지 가서 집을 가르쳐 준 뒤,

"고맙습니다."

하고 정중하게 말했다. 어쩐지 장난으로 사는 인생 같지가 않았다. 정중하게 사는 인생 같았던 것이다.

"고맙습니다."

하 사장도 꼭 같은 말을 했다. 그이 역시 강 여사와 꼭 같은 느낌인 모양

이었다. 그런데다가 그들은 작별을 앞두고 있었다.

잠시 서로의 얼굴만 쳐다보며 말을 못했다. 미진한 것이 있다는 것일까?

"혼자서 어떻게 가세요?"

강 여사가 먼저 입을 열었다. 혼자 보내기가 안되었던 것이다.

"괜찮다니까……."

하 사장은 미련을 주지 않기 위해서인지 몸을 휙 돌렸다. 두어 걸음 걷다가 다시 돌아서서,

"안녕히 주무세요."

했다. 그리고는 돌아서서 걷기를 시작했다. 대여섯 걸음쯤 걷고 나자 다시 돌아서더니,

"내일 들릴게요."

하고는 계속 걸어갔다.

강 여사는 아무 말 않고 그이 뒷모습만 바라보았다. 눈물이 나오려고 했다. 돌아가는 길이 얼마나 쓸쓸할까? 그의 뒷모습이 보이지 않는데도 한참 동안 서 있다가 집안에 들어갔다.

그런데 경구는 잠이 들어 있었다. 잠들어 있는 경구를 한참 지켜 보다가 옷을 갈아입었다.

사람은 아무것이나 사랑해야 살 수 있다. 그래서 경구가 나타난 것을 구세주가 나타난 것처럼 기뻐했었다. 그런데 하 사장이 또 나타났다. 하나도 족한데 둘씩 겹쳤으니 나는 양손에 꽃을 들고 살게 마련인가? 충만감이 포화상태에 이른 것 같았다.

강 여사는 세수를 했다.

그리고는 경대 앞에 앉았다. 그리고는 있는 것을 다 꺼내 화장하기를 시작했다.

여자란 고독할 때는 고독해서 화장을 하고 행복할 때는 행복해서 화장을 하는 모양이었다. 화장이 끝나면 자는 일밖에 할 일이 없다. 그리고 내일 아침에는 다시 세수를 해야 한다. 그런데도 시간 가는 줄을 모르고 화장을 했다.

옆에서 자고 있는 경구를 보아도 그 애가 보물처럼 보여 흐뭇했다. 쓸쓸하게 돌아간 하 사장을 생각해도 그가 푹신한 담요 같아 흐뭇했다.

세상이 다 외면을 해도 상관없을 것 같았다.

설사 세상이 다 자기 얼굴에 침을 뱉어도 상관없다고 생각했다.

화장을 다 끝내고 난 뒤 그미는 거울에 비친 자기 얼굴을 보며 생각했다.

'복 없는 여자루 생기지는 않았는데…….'

그리고는 거울을 향해 입을 찡끗하고 한 번 웃어 보았다.

11

경구는 영리한 애였다. 고아원 생활을 했지만 고아 근성이 아직 몸에 배지 않아 순진하기도 했다.

"너 심심하지?"

강 여사가 물었을 때 경구가 씩 하고 웃기만 했다. 대답 없이 웃기만 하는 것은 묻는 말을 긍정하는 뜻이다. 약삭빠른 놈 같으면 심심하지 않다고 거짓말을 했을지도 모른다. 좀 우둔한 녀석이라면 심심해 죽겠어요 하고 픽 마음을 털어놓았을 것이다. 그러나 경구는 그저 씩 하고 웃을 뿐이었다. 부정을 안 하면서도 웃기만 하는 애가 더 귀여웠다.

강 여사는 우선 학교에 전학시켜야 한다고 생각했다. 그러기 위해서는 경구가 있던 고아원을 찾아가야 했고 또 그 애가 다니던 국민학교를 찾아가기도 해야 했다. 그곳 수속을 다 끝내고 내일에는 전학할 학교만 찾아가면 학교 문제가 해결되게 된 때 강 여사가,

"내일 나하구 학교에 가자."

하고 말했다. 그러나 경구는 그 말에 대답을 않고,

"그 학교에두 고아들 있나요?"

하고 물었다.

강 여사는 묻는 말의 뜻을 알 수 있었다.

"있을지두 모르지. 그렇지만 넌 그런 애들과 같이 놀지 않아두 되니까 걱정 마."

"고아원 애들은 참 나빠요."

"그러니까 넌 그 애들 하구 놀지 말란 말야."

그래도 경구는 고아원 생활이 머리에서 사라지지 않는지 시무룩한 표정이었다.

강 여사는 그 애에게 고아라는 생각을 안 갖도록 해 주는 것이 급선무라고 생각했다. 그래서 이때까지 그렇게 괘념하지 않고 있던 호칭 문제를 다시 꺼냈다. 생각의 시정은 말의 시정에서부터라는 마음이 들었기 때문이었다.

"너 나보구 엄마라구 부르기 싫지?"

경구가 자기를 엄마라고 부르기 시작하면 고아라는 관념도 차차 잊어버리게 될 것 같았다.

경구는 대답을 안 했다. 못하는 것일지도 몰랐다. 그미는 경구가 피동적으로라도 엄마라는 말을 쓰도록 해야 한다고 생각했다.

"엄마라구 그래. 임시 엄마는 엄마가 아니니?"

"………"

"응? 그래."

"………"

"자, 엄마라구 한 번 그래 봐."

경구는 그래도 엄마라는 말을 안 하다가 한참 뒤에야,

"엄마, 나 변소 좀 갔다 올게."

하며 일어섰다. 그냥 엄마라고 부르기가 어색하니까 변소 간다는 말을 하는 김에 어물쩍 엄마라는 말을 써 보는 경구가 귀여웠다. 강 여사는 우선 그 애를 끌어안았다. 그리고 이마에 입맞춤을 하고,

"갔다 와라."

그를 놓아 주었다.

다음날 집에서 얼마 멀지 않은 곳에 있는 국민학교로 가서 전입학 수속을 했다.

그때 교장이,

"댁의 아드님이십니까?"

하고 물었다.

"네."

대답은 했지만 어쩐지 마음이 켕겼다. 어떻게 해서 경구가 고아원에서 왔다는 사실이 드러난다면 자기는 거짓말한 것이 폭로된다. 세상에 비밀이 어디 있는가. 그러나 그때는 그때고 거짓말을 안 할 수 없었다.

"잘 생겼는데요. 성적두 좋구!"

교장이 경구 칭찬을 해 주었다. 침에 발린 말만은 아니었다. 강 여사는 흐뭇했다. 경구가 잘못 생겼고 또 공부를 잘못한다 해도 할 수 없는 일이다. 어차피 자식처럼 기를 바에야 남에게 칭찬받는 애를 기르는 것이 얼마나 즐거운 일인가?

강 여사는 생각했다. 경구가 결혼할 때까지, 그러니까 근 이십 년 동안 경구를 사랑할 수 있다. 친자식에게는 일종의 의무감이 있지만, 경구에게는 의무감이 아닌 자발적인 애정으로 대할 것이다. 그러면 경구도 진실된 애정을 가지고 자기를 대해 줄 것이고 그 애정이란 모자의 그것과도 비슷하겠지만 경우에 따라서는 이성적인 감정도 섞일 수가 있을 것이다. 물론 이성적인 애정은 아니라 해도 이성적인 애정을 방불케 하는 애정일 수가 있다.

시아버지가 며느리를 특히 사랑하고 친척 누이동생이 친척오빠를 유별나게 따르는 그런 심정. 그것은 추한 감정이라 말하는 사람이 없다. 시아버지가 며느리를 대할 때 자기 아들의 아내라는 것을 잠시 잊는다 해도 탈선만 하지 않는다면 아름다운 현상이라고 볼 수가 있다.

경구가 커서 얼굴에 여드름이 생긴다. 그럴 때 경구의 손을 잡고 걸어다닐 때의 흐뭇함. 약간이나마 남성을 느낀다고 하는 데 더 즐거움이 있을 것이다. 그러다가 자기가 칠십이 되고 경구가 삼십이 되어 결혼을 하면 그때는 자기가 죽어도 여한이 없을 것이다.

"책가방이랑 사야지."

강 여사는 경구를 데리고 시내로 나갔다. 가게에는 좀 늦어도 상관없다.

경구의 손을 잡고 백화점으로 갔다.

말랑말랑한 경구의 손, 그것이 사내의 손이라 생각할 때 쾌감을 주었다. 만약 소녀의 손이라고 생각한다면 쾌감이고 불쾌감이고 간에 아무런 감정도 없었을 것이다. 그러나 경구의 손을 놓기가 싫게 감촉이 좋았다.

책가방 연필 공책 등 경구가 필요한 것들을 사 주고 그 길로 가서 점심까지 먹었다. 양식 먹는 법을 가르쳐 주며 점심을 먹고 있을 때 경구가,

"엄마, 이거 미국 사람들이 먹는 거야?"

하고 물었다.

강 여사는 경구가 아무렇지도 않게 엄마라고 부를 때 남편에게서 여보라는 말을 처음 들을 때보다 만족함을 느꼈다. 평생 엄마 하는 말을 한 번도 들어 보지 못한 여자 같았다.

"그렇단다."

"미국 사람들두 밥을 먹나?"

"미국 사람들두 밥을 먹을 줄 알지. 대개 빵을 먹지만……."

그때 경구 앞자리에 끼웠던 냅킨이 떨어졌다. 강 여사는 얼른 일어서서 그것을 다시 채워 주었다. 어른이라면 해 주고 싶어도 해 줄 수 없는 일이다. 그녀는 무엇이나 자기 손으로 경구를 돌봐 줄 수 있다는 것이 즐거웠다. 만약 그가 코를 흘린다 하면 코를 씻어 줄 때도 쾌감을 느낄 것이다.

문득 강우도 이런 식으로 길렀을 텐데 하는 생각이 들었다. 틀림없이 그렇게 길렀을 것이다. 그런데 지금 그때의 정은 언제 있었더냐는 식으로 지금은 남남이 되어 버렸다. 남남도 아니었다. 강우는 자기를 가장 못할 짓을 한 여자처럼 적대시하고 있다. 강우뿐 아니라 민혜도 마찬가지다.

애정을 포함한 모든 감정이란 물거품에 지나지 않는 것일까? 그 감정 앞에서는 과거라는 것이 아무 역할도 못하는 것일까?

경구도 결국 그렇겠지. 결혼만 하면 그때는 자기 아내만을 제일로 생각할 것이다. 자기 같은 늙은이는 없으니만도 못한 존재로 생각할 것이다. 그러나 강 여사는 그래도 좋다고 생각했다. 자기를 필요로 할 때까지 만이라도 사랑해 주자. 사랑을 하는 동안이라도 자기는 행복할 테니까.

점심을 먹자 그녀는 경구에게 배드민턴 라켓 두 개와 공을 사서 보냈다. 그런 것으로라도 동무를 빨리 사귀어 자기 없을 동안 심심찮게 지내도록 해 주려는 마음이었다.

경구를 보낸 뒤 강 여사는 가게로 오는 도중 햇수박이 상점에 즐비해 있는 것을 보았다. 순간 강우를 생각했다. 그것을 사 가지고 한 번 찾아가야겠다는 생각이 들어 상점으로 들어가 가격을 물었다. 큰 것이 삼백 원이라고 했다. 강 여사는 값만 물어 보고 그냥 나오기가 안되어 다시 들리겠다는 말을 했지만 내일이 바로 일요일이라는 것을 생각했다. 내일 수박을 사 가지고 강우를 찾아가야지. 저는 나를 어떻게 생각하든 나는 그의 어머니다. 내 뱃속에서 열 달을 순전히 내 피로 살아왔다. 그리고 철이 들 때까지 갖은 고생을 하면서도 잠시나마 방심하는 일 없이 보살펴 주며 키웠다. 그런 아들이 지금 자기에게 실망을 주고 있다 해서 자기마저 강우와 꼭같이 대할 수는 없다. 그런데 가게로 찾아온 하 사장이 내일 그의 축산장으로 놀러 가자고 했다. 그새 융자를 해 가지고 축산장을 본격적으로 건설하고 있기 때문에 구경할 만하다는 것이었다. 하 사장은 축산장을 구경시키려는 것만이 목적이 아닌 것 같았다.

“자동차를 한 대 샀어요. 여기저기 뛰어다니려니까 아무래두 필요한 것 같아서…….”

하는 것으로 보아 새 차를 샀으니 그거로 드라이브를 하자는 것이 주목적인 것 같았다.

강 여사는 어쨌든 즐거운 일이라고 생각했다. 하 사장과 드라이브를 하는 것도 즐거운 일이요, 그의 축산장을 구경하는 것도 즐거운 일이었다. 정말 오래간만에 서울을 떠나 본다. 오래간만에 시골 풍경을 구경한다는 것이 얼마나 신선한 일인가? 더구나 외국 그림에서 본 평화스럽고 아름다운 목장. 서양의 유명한 정치가들은 정계를 떠날 때 대개 시골 농장으로 간다고 한다. 그들이 돌아가는 농장 가운데는 반드시 목장이 있다.

평화의 상징인 소들이 한가롭게 풀을 뜯어 먹는다. 넓디넓은 들에는 곡식이 파랗게 자라고 있다. 늙은 향나무가 있고 그 향나무 밑에는 샘이 있다.

그런 데를 하 사장과 같이 거닌다.

"좋아요. 그렇지만 오전에는 강우한테 갔다 와야겠는데요."

강 여사는 드라이브를 찬성했지만 오후에 떠났으면 하고 말했다.

"그러지요, 뭐. 오후에 떠나두 넉넉하니까……."

하 사장이 너그럽게 대해 주자 강 여사는 가슴이 푸른 하늘처럼 트이는 것 같음을 느꼈다. 아무런 협잡물도 없다. 투명체처럼 맑기만 하다. 누가 들여다본다 해도 깨끗하기만 할 것 같았다.

"거기 주택두 지었어요?"

강 여사는 하 사장이 은퇴한 정치가들처럼 거기 가서 살 계획은 없냐는 뜻으로 물었다.

"별장 같은 것을 하나 지을 작정입니다."

"별장요?"

강 여사는 별장이라는 말에 매력을 느꼈다. 별장 하면 서울에 집을 두고 필요한 때만 내려가서 사는 집을 말한다. 한 곳에만 오래 머물러 살지 않고 가끔씩 거주를 이동해서 산다는 것이 또 얼마나 멋진 일이겠는가? 강 여사는 급경사의 삼각형 지붕을 연상했다. 풍차가 있는 외국식 가옥이었다. 외계와 단절된 산 속의 독채. 그 앞에 호수가 있다면 더욱 좋을 것이다.

"언제쯤 지으세요?"

"빨리 지으렵니다. 가끔씩 내려가면 묵기두 해야 할 테니까요."

"집터는 정했나요?"

강 여사는 그 집이 바로 자기가 살 집이기나 한 것 같은 착각을 느끼고 있다.

"대강 정했지요."

"집 설계두 저한테 보여 주세요."

"힘들지 않은 일이죠."

다음날 아침 강 여사는 일찍부터 서둘렀다. 하 사장과 약속한 오후 한 시 이전에 강우의 집에서 나와야 한다는 생각 때문이었다.

조반을 먹자 곧 옷을 갈아입고 나들이 준비를 했다. 그런데 경구가 어디를 가느냐고 물었다.

"좀 볼일이 있어 나간다."

강 여사는 별로 생각도 않고 강우의 존재를 숨겼다. 어쩐지 경구가 알아서 좋을 일 같지가 않았던 것이다.

밤낮 나가서 살고 있는 강 여사다. 그러니 경구도 강 여사의 외출에 별로 개의하지 않고,

"난 배드민턴을 하며 놀래."

자연스럽게 말했다.

"그래라. 착하지."

강 여사는 경구의 머리를 쓸어 주며 기특하게 여겼지만 속으로는 미안하기 짝이 없었다. 모처럼의 일요일인데 데리고 나가서 시내 구경이라도 시켜 줘야 할 일이다. 그리고 강우에게 간다 해도 경구를 데리고 가야 할 일이다. 부모를 잃어버린 불쌍한 애니까 동생처럼 귀여워해 주라고 강우에게 떳떳이 소개해야 할 일이다. 그런데 자기는 어째서 강우네 집에 경구를 데리고 갈 생각도 안 했을까.

강우에게 말 들을 것이 겁났기 때문이었다. 그렇지 않아도 자기를 멸시하고 있는 강우다. 그런 강우에게서 무엇 때문에 고아를 데려다가 기르냐고 핀잔을 받는다면 자기는 강우에게 약점투성이의 인간이 된다. 그것이 싫었다. 자식에게 약점을 잡히며 살고 싶지가 않았다.

그러니 나는 남에게 떳떳치 못한 일만 하며 사는 인간이란 말인가?

강 여사는 객관적으로 생각할 때 아들 딸이 다 있으면서도 경구를 데려다 산다는 것이 그리 잘 한 일이 아니라 생각되었다. 그것도 자식들과 상의를 해서 했다면 모른다. 한 마디의 말도 없이 경구를 데려다 기르는 것은 강우나 민혜를 무시한 행동이라 볼 수도 있다.

강 여사가 옷을 갈아입고 집을 떠나려고 할 때였다. 오래간만에 민혜가 찾아왔다. 반가웠다. 찾아오지 않을 때는 자기를 적대시한다고 좋지 않게 생각했었지만 막상 찾아온 것을 보니 반가웠다.

"웬일이냐. 이렇게 일찍."

찾아온 것을 의아스럽게 말할 수는 없었다. 아침 일찍 찾아온 것이 놀랍다는 식으로 말했다.

"애 아빠가 출장가구 없어요. 그래서 여기 왔다가 강우한테까지 들리려구요."

민혜가 일찍 온 이유를 설명했다.

"잘 됐다. 나두 지금 강우한테 가려던 길인데……."

강 여사는 잘못하다가 하 사장과의 약속 시간을 어길 것 같아 불안했지만 오래간만에 온 민혜를 대접 안 할 수 없었다. 커피를 내고 과자를 권하며 그 동안 지난 이야기들을 나누었다. 그런데 민혜가 경구를 보고 웬 애냐고 물었다. 강 여사는 난처했지만 목격하고 있는 민혜에게 거짓말을 할 수는 없었다. 간단히 경구를 데리고 살지 않을 수 없게 된 경과를 이야기했다. 그랬더니 갑자기 얼굴색을 붉히고,

"어머니두, 참 일을 좋아하시는군요."

핀잔을 주는 것이었다.

"그럼 어떡허니? 고아원을 도망쳐 내한테루 온걸!"

"딱하기는 하군요. 그렇지만……."

어느 정도 이해는 가나 그럴 수는 없다는 태도였다. 그러나 더 길게 면박을 주지 않고 딴 이야기를 꺼냈다. 할 수 없다고 생각하는 눈치 같았다. 그래서 별 충돌 없이 강우의 집엘 갔다. 갈 때 수박 한 덩이 사 가지고 가는 것을 잊지 않았다. 그런데 강우의 집에 가자 민혜가 경구 이야기를 꺼내고 그때 못 다한 말들을 하기 시작했다.

"강우야, 글쎄 어머니가 우리하군 의논두 없이 고아를 데려다가 같이 살구 있잖니? 난 일을 좋아하는 어머니가 싫어!"

강우의 동의를 구하는 투로 말했다.

강 여사는, '내가 일을 좋아한다구, 혼자 살기가 힘들어 그런 애라두 데리고 사는 심정을 이해할 수 없니?' 하고 한 마디 해 주고 싶었지만 이대 일이라는 숫자에 눌려 그 말을 입 밖에 꺼내지 못했다.

"고아를 데려왔으면 양자군요?"

강우는 아주 놀라는 태도였다. 그냥 놀라는 태도만이 아니었다. 적대시하고 또 경멸하는 것 같은 눈초리로 강 여사를 바라보았다.

참을 수가 없었다. 둘이 합세를 해 가지고 어디까지 공격해 올까? 그러나 그들과 싸울 수도 그리고 도망쳐 나올 수도 없는 강 여사였다.

"물론 양자겠지."

민혜가 부채질을 했다.

"우리만으루는 부족하시다는 건가요?"

강우가 대답을 들어야겠다는 태도로 물었다. 강 여사는 어차피 대답을 안 할 수 없었다.

"너희들은 에미를 이해하려구는 안 하누나."

결국 자기 이해를 구하는 수밖에 없었다.

"그럼 아무나 딱한 사정을 이야기하구 양자를 삼아 달라면 승낙하시겠어요?"

고문하는 식으로 묻는 강우의 말이었다.

"내가 그렇게 지각두 없는 여자라구 생각하니?"

"그 애는 정말 어쩔 수 없어서 양자루 삼으셨다는 건가요?"

강 여사는 강우가 계속해서 양자 양자 하지만, 자기는 경구를 자기네 호적에까지 넣을 생각은 해 본 일이 한 번도 없었다. 애가 결혼할 때까지 길러서 공부를 시킬 생각은 했지만…….

사실은 맨 처음 그 애가 왔을 때 어떻게 해서든 그 애 부모를 찾아 주리란 마음을 먹었었다. 그 애가 착하고 영리하기 때문에 귀여운 마음이 들어 학교에 전학시키고 하느라 그런 것을 잠시 잊고 있었지만…….

"넌 양자 양자 하지만 누가 양자루 한다든?"

"고아를 기르면 결국 그렇게 되는 게 아닙니까?"

"그 애 부모가 언제 나타날지두 모르면서 넌 어떻게 그런 말을 하니?"

그때 민혜가 또 쐐기를 질렀다.

"도루 찾아갈라치면 애당초에 내버리지 않았을 거예요. 어머니는 말을 꾸며 댈라구 그러시지 말구 솔직히 말씀하시는 게 어때요?"

그러자 강우가 결론을 내리듯 말했다.

"어머니가 우리에 대한 애정이 없어진 건 뻔한 일이니까 말씀하시나마나 지요."

목을 따고 피를 토해야 할 말이었다. 어떻게 그런 말을 함부로 할 수가 있을까? 강 여사는 눈물이 흘러 볼이 뜨거워짐을 느꼈다. 떨어지는 눈물이 치맛자락을 적셨지만 치맛자락을 포갤 생각도 안 했다.

"오늘에 와서 너희들이 내게 하구 싶은 말은 결국 그 말 한 마디로구나."

슬펐다. 과거가 모래성처럼 무너져 흔적도 남지 않는 것 같았다.

"그런 말 듣게 되지 않았어요?"

"그래라. 마음대루 생각을 해라. 난 경구하고 죽을 때까지 살겠다."

강 여사는 더 참을 수가 없었다. 뛰쳐 나오고야 말았다. 누구 하나 붙잡는 사람도 없었다.

하 사장과 만나기로 약속한 다방으로 가서 시계를 보며 아직 한 시간이나 남아 있었다. 그러나 기다릴 시간이 지루하리라는 생각도 못하고 앉았다. 정말 시간에 대한 관념도 없었다. 혼을 빼앗긴 사람처럼 사고력을 잃고 있었다. 그저 인생이 억울하고 분할 따름이었다.

"일찍 오셨군요?"

옆에 앉아 하 사장이 인사를 할 때도 그녀는 그저 그가 왔는가 보다 정도로 생각했다. 하 사장이 반가운 줄도 몰랐다.

"오늘은 날씨가 좋은데요."

하 사장은 계획대로 일이 진행되어 감을 즐겁게 생각하는 모양이었다.

"점심 먹었어요?"

그는 강 여사의 침울을 아직 간파하지 못했는지 계속 이야기를 주워 섬겼다.

"안 먹었지만 먹구 싶지 않아요."

"그래서야 쓰나. 빨리 나가 점심을 먹읍시다. 나두 사실은 안 먹었는데……."

"혼자 잡숫구 오세요. 저는 여기 있을게."

"그런 법이 있어요. 자, 어서 나갑시다."

귀찮을 정도였다. 그러나 음식이 목구멍으로 넘어갈 것 같지가 않았다. 음식을 시켜 놓고 먹지 않으면 그건 실례가 되는 일일 것이고.

"정말 혼자 갔다 오세요."

그미가 완강한 태도를 보이자 그때서야 하 사장이,

"무슨 일 있어요?"

하고 물었다.

"무슨 일은요!"

그미는 절대로 입을 열지 않을 작정이었다. 자식들과의 이야기를 어찌 타인에게 이야기할 수 있을 것인가? 더구나 자식과의 싸운 이유는 자기에게 있다. 잘잘못은 고사하고 자기가 싸움의 재료를 만든 것이다. 그런데도 하 사장에게 이해를 구하려는 태도로 이야기를 한다면 자기가 경멸을 받는 결과밖에 가져올 것이 없다. 하 사장은 자기를 이해하려고 할 것이다. 자기를 슬프게 하지 않으려고 애쓰는 사람이니까. 그렇지만 속으로는 자기를 경멸할 것이 분명하다.

"아무래두 다른데?"

"다르기는요. 아무 일두 없어요."

"이야기 좀 해 주면 어때?"

남자는 여자의 전부를 알고 싶어한다. 이런 때 하 사장의 마음이 얼마나 답답하리라는 것쯤 능히 짐작이 갔다. 그러나 그미는 입술을 깨물며 대답을 안 했다. 그저,

"아무 일두 없으니까 걱정 마세요. 어서 가기나 합시다."

강 여사는 하 사장을 끌고 밖으로 나왔다. 그리고는 길가에 기다리고 서 있는 새 자동차를 보고,

"저 차군요?"

하고 그리로 걸었다. 하 사장이 얼핏 뛰어와서 차 문을 열고 그미를 들어가게 했다. 그리고는 잠깐만 기다리라 한 뒤 길가에 있는 과자점으로 갔다.

카스텔라와 사이다를 사 가지고 온 하 사장이,

“아무래도 시장할 거야.”
하며 그것들을 뒷창 밑에 놓았다. 세심한 준비심이 감탄할 만했다.
　차가 달리기 시작한 뒤부터 제일 한강교에 이를 때까지 하 사장은 말을
안 했다. 궁금증을 풀어 주지 않는 강 여사에게 말을 걸 만큼 마음이 내키지
않는 모양이었다.
　강 여사는 눈치를 채고,
　“이 차 얼마 주셨지요?”
　말을 시켰다.
　“백칠십만 원 줬습니다.”
　하 사장의 대답은 심드렁했다.
　“제가 빌려 쓴 돈을 돌려 드려야겠는데 어떡허지요?”
　“………”
　“왜 대답이 없으시죠?”
　“뭐라구 대답할까요?”
　“돈이 필요하니까 빨리 돌려 달라구 그러셔야지.”
　“대신 대답을 해 주어 고맙군요.”
　“그래두 좀더 참아 주셔야겠어요…… 아무래두 제가 갚아야 할 것 같으
니까.”
　“좋두룩 하세요.”
　하 사장이 마음은 아직도 풀리지 않은 모양이었다. 그미는 미안했다. 자
기를 위한 계획으로 지금 서울을 빠져 즐거운 여행으로 들어가고 있는데 하
사장이 우울해 있다. 그것도 자기 때문이다.
　“저 때문에 불쾌하신 모양이군요.”
　그미는 자식들과의 사이에 있었던 일들을 숨김없이 이야기할 작정이었다.
자기가 설사 경멸을 받게 된다고 해도 우선 하 사장의 마음을 풀어 줘야 한
다고 생각되었기 때문이었다.
　“우울이 전염된 모양 같군요.”
　하 사장은 역시 점잖았다. 그런 말을 하는데도 그미를 자극시키지 않을

말을 골라 했다.

"미안해요, 사실은 강우하고 좀 다퉜어요. 제가 경구란 애를 기르구 있잖아요. 그걸 가지구 공연히 트집을 잡지 않아요."

"자식으루 그럴 수두 있겠죠. 그리 기분 좋은 일은 아닐 테니까!"

하 사장이 첫마디부터 자기 편이 되어 주는 말은 할 수 없을 것이다. 찌푸했던 감정이 그렇게밖에 할 수 없게 했을 것을 알 수 있다. 그러나 그미는 섭섭했다. 아들 편을 들어 주는 그가.

"그래 제가 잘못했다는 건가요?"

"그런 건 아니지만 강우의 입장으로는 그럴 거라는 거죠."

"어쨌든 내가 강우에게 말 들을 만한 일을 했다는 거 아닙니까?"

"곡해하시군요. 강우가 섭섭해하는 것을 알 수 있다는 것뿐입니다. 그렇지만 그 녀석이 강 여사의 마음을 안다면 설사 그렇게 생각했다 해두 그런 말을 할 수가 없겠지요."

강 여사는 하 사장의 진심을 알 수 있었다. 그러나 처음부터 자기 편이 안 되어 주었다는 섭섭함을 없앨 수가 없었다. 그렇다고 토라진 말을 할 수도 없어서 입을 다물고 있을 때 그가,

"그러니까 세상에는 자기 하나밖에 없다는 겁니다. 자식이라구 믿구 살 수 있어요."

하고 말했다. 그래도 그미가 입을 열지 않자 그가 그미의 마음 움직임을 살피고,

"내가 뭘 잘못 말한 게 있나요?"

하고 물었다.

"아니요."

부정을 하면서도 명랑해지지가 못했다.

"참 힘들군요."

하 사장이 고개를 창 밖으로 돌리며 한숨을 내쉬었다. 불쌍하게 보였다. 결국 따지고 보면 다 같이 불쌍한 사람이다. 다 같이 외로운 사람이다. 그런데 무엇 때문에 자기가 그를 슬프게 해 줘야 하는가?

　강 여사는 비스듬히 그의 가까이로 몸을 기대고 그의 팔을 꼈다. 그리고
는,

　"고속도로지요?"

하고 말했다. 하 사장이 대답하기도 전에,

　"처음 와 봐요. 참 멋진데요."

하며 몸을 더 기울여 그의 몸을 지그시 눌렀다. 그때 하 사장이 팔에 힘을
주어 오그라뜨리며 팔 안에 들어 있는 그미의 팔을 눌렀다. 그리고는,

　"정말 처음인가요?"

　아무 말도 없었던 듯 물었다.

　"와 볼 새가 있어요?"

　강 여사는 낼 수 있는 대로 속도를 내어 달려 봤으면 생각했다.

　"미안하군요, 바빠서 그만……."

　"부산까지 막 달렸으면……."

　"아직 마음이 울적한 모양이군요."

　"좀더 빨리 달릴 순 없어요?"

　"위험합니다."

　강 여사는 운전수가 백미러로 자기들을 슬금슬금 보리라는 생각도 잊고
몸을 하 사장에게 아주 기대어 버렸다. 어디다 기대기라도 해야 할 심정이
었다. 하 사장은 그미의 중량감과 체온을 음미하는지 아무런 반응도 보이지
않았다.

　강 여사는 하 사장에 기댄 채 앞을 내다봤다. 백 킬로 이상의 속도를 내
고 있는지 차가 싱싱 달린다. 길가의 잡초들이 어른 어른거린다. 무슨 풀인
지 그 형태를 눈으로 붙잡을 수가 없었다.

　앞이 툭 터 있는 시원한 전망, 아무리 빠르게 달려도 걸릴 것이 없다. 누
가 막을 사람도 없다. 속에 괴어 있던 협잡물이 저절로 발산해 버릴 것 같
았다.

　"끝없이 달렸으면……."

　강 여사는 혼잣말 비슷하게 중얼거렸다.

"누구하구?"

하 사장이 물었다. 처음으로 하는 의미 있는 말이었다. 그미는 묻는 말의 뜻을 알고,

'당신하구요.'

그가 만족해할 말을 해 주고 싶었다. 정말 하 사장과 함께 끝없이 어디론가 달려가고 싶었다. 그러나 그런 말을 낯이 간지러워 어떻게 입 밖에 꺼낼 수 있을 것인가? 그미는 자기가 조금만 젊었다 해도 그 말을 했을 것이라고 생각했다.

늙는다는 것이 이래서 싫은 거겠지. 늙는다고 해서 욕망이 아주 없어지는 것은 아니다. 줄어지는 거겠지. 욕망이 줄어지니까 이것저것 살피게 되니까 행동을 마음대로 못하게 되는 것이다.

강 여사는 '당신하구요.' 하는 말 대신,

"하 선생하구 같이 가구 싶다면 좋겠지요?"
하고 물었다.

"그럼 달리 같이 가구 싶은 사람이 있나요?"

"그런 사람이 있으면 좋게요?"

예까지 이야기를 하자 강 여사는 그 이야기를 그 이상 더 끌고 가고 싶지 않았다. 자기도 바라는 즐거운 이야긴데 어째서 끝내기를 두려워하는 것일까? 강 여사는 그런 자기를 알 수 없었다.

"시장하시죠? 카스텔라 먹읍시다."

그미는 등 뒤에서 카스텔라를 내렸다. 사이다도 마셨다. 한눈에 바라뵈는 언덕 위로 올라가 풀밭에 앉았을 때 하 사장이 그 이야기를 다시 꺼냈다.

"강 여사는 끝없는 여행이 하고 싶다 했을 때 그 반려로 나를 생각하지는 않았지요?"

"그건 왜 물으시죠?"

귀에 솔깃한 이야긴데도 강 여사는 자기의 진실을 말할 용기가 없었다. 그래서 하 사장의 말을 막고,

"참 좋은데요. 어떻게 알구 이런 데다 자리를 잡았지요."

축산장에 대한 이야기를 꺼냈다. 사실 주위 환경이 마음에 들었다. 그리 높지 않은 구릉이 몇 개나 있었다. 거기에는 들도 있었고 개천도 있었다. 축산 뒤 언덕에는 푸른 숲도 있었다. 한편 축산을 하며 한편 농사를 지으며 살아도 좋을 곳이었다.

"누구한테 말을 듣구 와 봤지요."

"농사를 짓구 소젖을 짜구 참 살기 좋겠는데요. 화원을 만들어 꽃을 심어 팔아두 돈벌이가 될 거구요."

그녀는 그 땅이 자기 것이라면 얼마나 좋을까 생각했다.

"마음에 드나요?"

"들어요. 정말 마음에 드는데요."

"여기 와서 살아두 좋겠지요?"

"와서 살구 싶어요."

"나두 그런 걸 생각하구 저쪽에다 별장 같은 주택을 한 채 지으려 합니다."

하 사장이 주택 지을 장소를 손가락으로 가리켰다. 개천가였다. 축사에서는 근 이백 미터나 떨어져 있었고 근처에는 소나무 밭이 있었다.

"자리를 잘 잡으셨는데요."

그때였다. 하 사장이,

"강 여사!"

하고 그미를 불렀다. 그미는 고개를 그에게로 돌리며,

"네?"

대답했다. 하 사장은 무엇인가 중대한 발언을 할 것 같았고 강 여사는 어떤 발언도 받아들일 태도였다.

"집을 다 짓거든 우리 여기 와서 살까요?"

하 사장의 발언은 과연 중대한 것이었다. 그런데도 그는 침착하게 말했다. 마찬가지로 강 여사도 침착한 태도였다.

"정말예요?"

믿어지지 않는 말에 의혹을 느낀다는 뜻인지 뜻하지 않은 말에 놀랐다는 것인지 어쨌든 그미는 반문하는 말에도 침착성이 깃들고 있었다.

"결심했어요. 자식들에게는 지금 집을 주어 버리고 다시는 생각지 않기루. 사업두 정리하구 나는 여기 와서 축산에나 힘쓸 생각입니다."

"나두 이런 데서 여생을 보내구 싶어요."

이만하면 두 사람은 완전 합의를 본 셈이었다. 그러나 그들은 언제 어떻게 결혼을 하자고 결혼에 대한 이야기는 한 마디도 안 했다.

결혼식이라는 것을 생각할 수 없다는 것일까? 결혼 같은 것은 문제도 되지 않는다는 것일까?

"곧 설계도가 될 겁니다. 살기 편하도록 꾸며 보기는 했지만 한 번 봐 주십시오. 역시 살림할 여자의 눈이 필요할 테니까……."

"그러죠. 일층인가요 이층인가요?"

"이층으루 부탁을 했는데요. 그렇지만 이층에는 여름에 쓸 방과 베란다 뿐입니다."

"건 좋아요. 하지만 너무 클 필요는 없습니다. 아담하구 깨끗하면 그뿐 아녜요?"

"그럼요. 아래층에도 방이 세 개밖에 없습니다. 그 대신 있을 것만 다 있으면 되지요. 내부장치에만은 돈을 들일 작정입니다."

"어떻게요?"

"수세식 변소와 목욕탕이 있구요. 벽과 마루에 쓸 나무는 최고루 하겠습니다. 응접실에는 뻬치카를 만들구 예쁜 샨데리아를 매달구."

"부엌은요?"

"프로판가스루 음식을 만들 수 있두룩 개량식 부엌을 만들어야죠."

"그럼 됐어요. 그 이상 더 바랄 것이 뭐 있을라구……."

그들은 그들이 같이 살 집의 설계에 대한 이야기를 하면서도 애정 교류에 대해서는 한 마디의 말이 없었다. 그런 이야기는 생략해도 될 만큼 애정에 초연했다는 것일까?

그렇다면 대화의 형식도 달라져야 할 것이다. 여보라든가 당신이라든가로 비약해야 할 것인데 여전히 하 선생 강 여사를 그대로 쓰고 있었다.

서울로 돌아가는 차 안에서 하 사장이,

"이 차를 마음대루 쓰세요."

했을 때 강 여사는 그랬으면 얼마나 좋을까 하고 생각했다.

복잡한 합승을 타고 그 먼 길을 다니느니보다 크라운 자가용으로 다니면 얼마나 빠르고 편할까? 같이 살기로 한 사이라면 네 것 내 것 할 일이 없다. 그걸 타고 다니는 것이 당연한 일일지 모른다.

그런데도 그미는,

"셋집에 살면서 자가용은요."

하고 일단 거절했다.

"셋집에 사는 사람은 차두 못 타나요?"

"남들이 비웃지요."

"못 탈 차두 아닌데……."

사실 그렇다. 못 탈 차가 아니다. 그런데 강 여사는 왜 사양을 해야 하는가?

그들이 서울에 도착했을 때는 이미 날이 저물고 있었다.

"저녁이나 먹읍시다."

그런데 강 여사는 저녁까지 사양했다.

"늦었는데 가 봐야지요."

"이왕 늦은걸, 뭐!"

사실 그렇다.

이왕 늦은 바에야 저녁쯤 먹고 간들 어떠랴. 하 사장과 같이 산다면 가게는 물론 팔아야 한다. 더 미련을 가질 것이 못 된다.

"참 고집두……."

하 사장이 못마땅한 모양이었다.

"고집으루 늙었는데요. 고집을 빼면 남을 것 있어요?"

강 여사는 웃었다.

하 사장의 말에 추종하지 않으면서도 그것이 악의가 아니라는 듯…….

혼자서 가게에 들어섰을 때였다. 손님들이 자기들끼리 왁자하니 떠들며 싸우고 있었다.

"건방져. 뭐 하구 처먹는 놈인데 그렇게 건방지냐?"

"이게 말버릇이 뭐야. 후레자식인가?"

누가 말리는 사람도 없었다. 서로 말하는 것으로 보아 큰 일로 싸우는 것이 아니었다.

옆 사람의 자리를 잘못 건드린 것이 도화선이 되어 싸움으로 번진 모양이었다.

"처음 들어올 때부터 건방지게 봤어. 자식이 왜 째려보는 거냐?"

"보지두 못하니?"

대단치 않은 것으로 싸우면서도 싸움은 커질 우려가 있었다. 말로 떠드는 것이 아니라 양쪽 다 손을 건들거리고 있었다.

"이 새끼가……."

드디어 한 사람이 상대방을 때렸다. 그때 강 여사는 그들 사이로 들어가서 싸움을 말렸다. 곱게 술을 마시다가 돌아갈 것이지 싸움은 무슨 싸움이냐고. 그미의 말을 듣고 가라앉을 사람들이 아니었다. 한 대 맞은 사람이 달려들었다.

그랬더니 처음 손질한 사람이 손에 닥치는 대로 술병이니 접시니 할 것 없이 마구 내던졌다. 상대방도 마찬가지였다.

"여보세요. 그릇은 왜 깨는 겁니까?"

강 여사는 소리를 질렀다. 그러면서도 그들의 손을 붙잡고 싸움을 말렸다.

그때 한 사람이,

"이건 뭐야?"

하며 강 여사를 내밀쳤다. 나가 떨어졌다. 강 여사는 일어나 그들에게로 가서,

"싸우려거든 나가서 싸워요."

그들을 밀어냈다.

"여기선 싸우지두 못해?"

한 사람이 방 안에 있는 물건을 함부로 집어 던졌다. 그때야 종업원들이 나와 그들을 쫓아 보냈지만 방 안은 엉망이었다.

성한 것이라고는 하나 남지 않은 것 같았다.

강 여사는 종업원들이 기거하는 방으로 들어갔다. 서글펐던 것이다.

술장수를 하니 술김에 싸우는 손님을 안 볼 수 없다. 적지 않게 겪은 일인데도 이 날만은 왜 서글펐는지 몰랐다. 눈물이 나오려는 것을 겨우 참았다.

"여자 혼자 산다구 깔보구들 그러는 거지……."

그미는 술손님들까지 자기가 과부라고 해서 깔보는 것 같았다.

'병신이라두 남편이 있어야 한다지.'

그미는 빨리 술장사를 집어치워야 한다고 생각했다. 그리고 빨리 하 사장을 남편으로 하고 남에게 꿀리지 않게 살아야겠다고 생각했다.

12

허전한 마음으로 돌아갔다. 허전한 마음이 아니라도 언제나 쓸쓸한 길이었다. 밤 열한 시가 다 되어 서울이 최후의 발악을 할 때다. 조금만 있으면 죽은 듯 고요해질 거리지만 휴식처를 찾아 돌아가는 사람들의 아우성이 극도에 달한다. 천국행 최종열차를 타는 사람들처럼 차 잡기에 결사적이었다. 합승에도 버스 이상으로 서 있는 사람이 대부분이다. 발을 밟는다고 투정하는 사람, 한 번 서면 떠날 줄 모른다고 투덜대는 사람, 이게 버스지 합승이냐고 소리지르는 사람. 차라리 그렇게 소란한 것이 좋을 만큼 혼자의 긴 시간은 언제나 지루하고 쓸쓸했다. 특히 이 날은 무거운 중압감에 눌려 있었기 때문에 강 여사의 귀에는 차내의 소음도 들어오지 않았다. 차내 풍경에 신경을 기울이려 하다가도 강우와 민혜의 얼굴이 눈앞에 떠오르기만 하면 머리가 아찔해지곤 했다. 그리고 과부라는 것을 면치 못하는 이상 앞으로도 병신 노릇만 하며 살 것 같아 어지럼증 같은 것을 느꼈다.

하 사장과 결혼할 마음을 먹었지만 그와 결혼할 때 친척들은 무엇이라 할 것인가? 또 강우와 민혜는 얼마나 경멸할까?

세상에 눈을 감고 결혼을 해 버리지. 그리고는 시골로 가서 아무도 보지 않고 살면 그뿐 아니겠는가? 이런 생각을 하다가도,

"어머니 우리들에 대한 애정이 식었어요."

하던 민혜의 말이 머리에 떠오르면 자식들에게 배신했다는 인상을 줄 것이 두려워졌다. 자식들에게까지 배신자라는 말을 듣고 살면 얼마나 행복하게 살 것인가?

명동에서 수유리까지의 길이 원체 먼 것이지만 몇백 리 길처럼 느껴졌다.

집에 도착했을 때까지 허전한 마음에 변화가 없었다. 그러나 잠들어 있는 경구를 볼 때 비로소 그미의 마음이 약간 가라앉는 듯했다. 잠들어 있는 경구의 얼굴이 너무나 평화스럽게 보였기 때문이었다. 다문 입에나 감고 있는 눈에 힘을 조금도 주지 않고 있다. 방념 상태다. 방념해도 안심이 되기 때문에 무방비 상태에 있는 것이다.

강 여사는 경구가 이렇듯 안정된 상태에서 잠들 수 있다는 것은 그가 자기를 믿고 있기 때문이라고 생각했다. 만약 그가 조금이라도 자기를 의심하거나 불만스럽게 생각한다면 이렇게도 평화스런 얼굴로 잠들 수 없을 것 같았다. 그미는 경구가 좀더 어리다면 자기 젖을 물려 주고 싶은 충동을 느꼈다. 잠들어 있지만 혹시나 배가 고프지 않을까 하는 그런 마음이었다. 자면서도 젖을 먹는 애처럼 행복할 수는 없다. 칭얼거릴 필요도 없다. 필요한 것을 느끼기만 하면 곧 그것을 알고 그것을 이루어 주는 사람이 언제나 옆에 있다. 경구를 그런 애로 만들고 싶었다.

강 여사는 평화스럽게 잠자고 있는 경구 옆에 앉아 그의 얼굴을 마냥 바라보았다. 아무리 보아도 싫증이 나지 않는 얼굴이었다. 얼마 동안을 넋 잃고 보고 있을 때 그미의 얼굴에는 눈물이 떨어지기 시작했다. 눈물을 흘리면서도 그미는 경구에게서 눈을 돌리지 않았다.

"이 귀여운 애를……."

그미는 경구의 머리를 쓸기까지 했다. 귀여운 애다. 그러나 언젠가는 또

불행을 맛보게 되고야 말 것 같았기 때문이었다.

그미의 머릿속에는 어느새 강우가 하던 말이 자리잡고 있었다.

'양아들.'

친자식들이 경구를 양아들이라고 백안시를 할 것이다. 백안시뿐이 아니라 눈 안의 티처럼 생각할 것이다. 그렇다면 경구는 행복해질 수가 없다. 또 자기도 그를 행복하게 해줄 능력을 잃게 된다.

강 여사는 그때서야 처음으로 눈물을 닦으며 생각했다. 하루빨리 그의 친부모를 찾아 줘야 한다고. 친부모 밑에서 살면 불행도 운명이라 생각하게 된다. 불행을 불행으로 느끼며 사는 것보다는 덜 불행할 것이다. 그러나 그 생각이 가슴 속에서 자리를 잡기도 전에 강 여사는 자기의 생각을 지워 버렸다. 설사 자기가 경구의 친부모를 찾기 위해 신문에 광고를 낸다고 하자. 내버리고 간 그 부모들이 그런 광고를 볼 만한 성의나 가졌을까? 설사 광고를 본다고 해도 찾아갈 만한 애정을 가지고 있을까? 애정은 있을지 몰라도 찾아갈 만한 형편이 못 될 것만 같았다. 그렇다면 신문광고를 낸다고 해도 아무 효과가 없을 것이다. 또 신문광고 외에 그 부모를 찾는 방법이 어디 있는가?

강 여사는 결국 경구를 자기가 기르는 수밖에 없다고 생각했다. 경구를 행복하게 해 줄 최선의 방법은 자기가 기르는 길밖에 없다. 그러나 강우와 민혜의 박해를 어떻게 막을 것인가?

강 여사는 아무래도 하 사장과 결혼해야 한다고 생각했다. 그와 결혼을 해서 농장으로 간다. 그러면 경구도 데리고 갈 수 있다. 자기도 또 경구도 박해를 받지 않고 살 수 있다. 그렇게 살면 강우도 민혜도 체념을 하고 자기를 잊을 것이다. 세상 모든 사람들에게서 망각된 채 살 수 있다.

그미는 내일이라도 하 사장과 결혼에 대한 구체적인 의논을 하리라 생각했다.

그래서 다음날 가게로 나가 하 사장에게 전화를 걸고 만나자고 했다. 그러나 막상 만났을 때 결혼이란 말을 입 밖에 꺼낼 수가 없었다. 배가 고프지도 않은 때 식사 시간이 지났다고 해서 남보고 밥 사 달라는 것 같은 기분이었다. 젊은 사람들은 무조건 같이 살고 싶은 욕망에 결혼을 서두른다. 애정의 갈망이다. 그러나 그미에게는 애정보다도 더 앞서는 것이 있는 것 같았다. 물론 하 사장이 싫은 것은 아니다. 그러나 옆에 없으면 쓸쓸해 못살 만큼 그를 갈망하는 마음이 절실해 본 때가 별반 없다. 나이 탓일까? 그렇지 않으면 자기 정열을 견제하는 것이 너무 많기 때문일까? 견제라 해도 그것을 뿌리치면 뿌리치지 못할 것도 없다. 뿌리칠 만큼 마음의 자세가 준비되어 있지 못한 때문일까? 어쨌든 하 사장을 안 보면 보고 싶어 못 견딜 그런 정열이 스스로 우러나야 할 텐데 그렇지가 못하다. 그것은 사실이다.

강 여사는 그러한 자기를 생각하며 결혼 문제로 하 사장을 불러낸 것에 부끄럼을 느꼈다. 결혼하잘 자격이 없는 것처럼 생각되었던 것이다. 그미는 그러한 자기를 불쌍한 여자라고 생각했다. 좋은 사람이면 죽도록 사랑할 수 있어야 하지 않는가? 좋으면서도 죽도록 사랑하고 싶은 마음이 이어나지 않는 것은 확실히 불행한 일이다.

정열만으로 인생을 살 수 없게 된 나이기 때문인지 모른다. 그미는 자기를 합리화시키기도 했다. 장가가고 시집간 아들 딸을 둔 여자가 무슨 정열적인 사랑을 한담. 그저 죽을 때까지의 여생을 불행하지 않게 보내면 그뿐 아니겠는가? 그냥 살다가 죽는 것이다. 그렇게 생각하면서도 결혼 이야기는 꺼내지 못했다. 얼굴이 뜨거워지는 것 같았기 때문이었다. 그 대신,

"제가 고아 하나를 기르고 있다는 이야기했던가요?"

경구 이야기를 꺼내고 말았다.

"아직 못 들었는데요……."

강 여사는 경구를 기르게 된 경위를 설명했다. 그러고 난 뒤,

"전 그 애의 행복을 위해 끝까지 기를까 해요. 선생님은 어떻게 생각하세요?"

하고 하 사장의 의견을 물었다.

"좋겠지요."

"남의 일처럼 말씀하지 마세요. 우리 집 애들은 굉장히 반대를 하구 있어요."

“결혼해서 나간 애들이 그런 걸 간섭할 필요가 뭡니까? 이상하군요.”

“자기들에 대한 애정이 없어졌기 때문에 남의 애에게서나마 애정을 느끼려는 것이라고 해석하는 거죠.”

“설사 그렇다 해두 외로운 어머니를 생각한다면 그런 소릴 못할 것 같은데.”

하 사장이 경구를 기르는 데 반대하지 않는 것은 확실했다. 그러나 그가 결혼을 생각하면서 한 말인지 제삼자의 입장에서 한 말인지를 알 수 없었다. 결혼을 생각할 때는 견해가 달라질 수 있을 것 같았다. 그러나 그것을 어떻게 물어 볼 것인가?

강 여사는 조금 답답했다. 만약 결혼을 할 때는 문제가 다를 것이 아니냐고 묻는다면 그가 어떻게 나올 것인가? 그가 거추장스런 일을 싫어할 경우에는 결혼도 재고해야 할 것이고 경구 문제도 달리 생각해야 한다. 그런데 하 사장은 결혼 문제를 입 밖에 비치지도 않았다. 결혼 문제만 꺼내면 경구 문제를 선결 문제로 내세울 수 있을 텐데…….

그미는 할 수 없어서,

“가게를 팔아 가지구 시골로 가서 살까 해요.”

하고 엉뚱한 말을 꺼냈다. 그러면 하 사장이 결혼에 대한 이야기를 꺼낼 것 같았기 때문이었다.

“뭐요?”

하 사장은 놀란 눈으로 그미를 바라보면서 말을 이었다.

“우리 농장으로요?”

놀란 표정과 나중 말과는 서로 어긋났다. 강 여사가 자기를 떠날 궁리를 하는 것이라 생각할 때 그것은 놀라운 일이었다. 그러나 놀라운 일로 취급하기가 싫었기 때문이었으리라. 결혼해서 자기 농장으로 가고 싶다는 말로 해석하고 싶었던 것이다.

“경구를 데리고 그런 델 갈 수 있어요?”

강 여사는 경구 때문에 결혼을 단념할 수밖에 없지 않느냐는 뜻으로 말했다.

“그 앨 데리고 못 갈 게 어디 있어요?”

“선생님이 싫어할 텐데…….”

“어차피 우리 사이에서는 애가 없을 텐데 우리들 애처럼 기르면 좋잖습니까?”

이 말을 하며 하 사장이 빙그레 웃었다.

“정말요?”

“그럼. 단 둘이서 살기는 아무래도 심심할 텐데 잘 됐지 뭡니까?”

강 여사는 하 사장이 고마웠다. 그러나 그런 생각을 가졌으면 왜 진작 그런 말을 못해 주었을까 하고 약간 하 사장이 얄미워졌다. 나이가 들었어도 용기가 없어서 그랬을까?

강 여사는 내친 김에 할 이야기를 다 해야겠다고 생각했다.

“그럼 언제쯤 결혼하지요?”

“결혼요?”

하 사장이 약간 놀란 표정으로 반문했다. 그 놀라는 속마음을 알 수가 없어 강 여사는 긴장한 얼굴로 물었다.

“결혼을 생각하구 계신 건 아니군요?”

그때 하 사장이 웃으며,

“예식장에서 결혼을 해야 할까요?”

하고 말했다.

그때야 강 여사는 하 사장의 마음을 알 수 있었고 그래서 안심할 수가 있었다.

“결혼식은 아니래두 결혼은 해야 하잖아요?”

그미도 지금 나이에 결혼식장에서 결혼식을 올릴 수는 없다고 생각했다. 그러나 어떤 형식으로나마 결혼했다는 표시는 있어야 할 것 같았다.

“그럼 어떻게 결혼을 할까?”

“건 나두 모르겠어요.”

“새 옷을 입구 단 둘이서 맞절을 하지. 냉수나 떠 놓구. 그럼 되지 않아?”

“그것두 좋지요. 그렇지만…….”

아무래도 무방할 것 같았다. 그러나 단 둘만의 결혼식은 조금 어설플 것 같았다.

"양쪽 자식들에게만은 알려야 하잖겠어요. 그러니까 그 애들만이라두 합석시키구……."

"거 힘들지 않은 일이지. 그렇게 합시다."

일단 이야기가 끝나자 강 여사가 또 물었다.

"언제쯤 할까요?"

"나는 목장 집이 끝나는 대루 거기 가서 같이 살까 했는데……."

"그럼 그 집이 준공된 뒤 하지요."

"그럽시다. 서울서 말 퍼뜨리며 살 거 있어요. 애들을 모아 놓고 결혼을 선언한 뒤 그 날루 내려가두룩 허지."

"그게 언제쯤 될 것 같아요?"

"넉넉잡아 달 반이면 될거요."

강 여사는 달 반! 하고 달 반이란 기간을 생각했다. 짧은 기간이란 생각도 들었지만 무척 긴 느낌도 들었다. 그 동안 어떤 변화라도 생기면 어떻게 한담. 물론 하 사장의 심경에는 변화가 없을 것이다. 그렇게 믿어졌다. 다만 자기 마음에 변화가 생길 것이 겁났다. 꼭 변하리라는 것은 아니었다. 그래야 할 이유가 있다는 것도 아니었다. 다만 그럴 가능성이 있을 것 같다는 위구였다.

서글픈 일이었다. 남을 믿지 못한다는 것이 아니라 자기 자신을 믿지 못한다는 것이었다. 자기를 믿지 못하는 사람처럼 서글픈 사람이 또 있을 것인가?

강 여사는 그러한 자기를 이야기할 수는 없었다. 자기를 믿을 수 없으니 빨리 결혼하자는 말은 더더욱 할 수 없었다.

그런 뒤 며칠이 지난 어떤 날 하 사장이 강 여사를 불러냈다. 어떤 그릴이었다. 조용한 방에서 단 둘이 식사를 할 때였다.

"나 앞으루 강여살 찾아가지 않을 거요."

하 사장이 정색하고 말했다. 강 여사는 그 말의 뜻을 몰라 잠시 어리둥절했다.

"왜요?"

"남들이 있는 데서 만나기가 안된 것 같아서."

이 말을 듣자 가게로 술 마시러 나오지 않겠다는 말임이 확실했다. 충분히 이해할 수가 있었다. 강 여사는 웃음을 지으며 마음대로 하라고 대답했다. 그러자 하 사장이,

"마음의 표십니다. 받으십시오."

하고 반지가 든 케이스를 내 놓았다. 그미는 그 자리에서 케이스를 열어 보았다. 진주가 박힌 백금반지였다. 번쩍이지 않는 진주지만 그것을 보는 눈이 황홀해지는 것 같았다.

죽은 남편에게서 약혼반지 받던 기억이 머리에 떠올랐다. 금에 수정이 끼어 있는 반지였다. 그러나 여러 사람 앞에서 받았고 또 그 자리에서 껴 보지도 못했다. 약혼식이 끝난 뒤 집으로 돌아가서야 혼자 껴 보았었다. 혼자서 그것을 낄 때 그녀는 자기가 이제부터 한 남자의 여인이 되었다는 생각을 하며 가슴을 설렜었다. 반지가 손가락을 감싸고 있는 것처럼 자기가 남편의 애정 속에 쌓여 있음을 느꼈었다.

그러나 지금의 느낌은 조금 달랐다. 내게도 남자가 있다. 나도 혼자가 아니라는 생각이 마음의 대부분을 차지하고 있었다. 애정에 감싸인다는 생각보다도 외롭지가 않다는 생각이 지배적이었다. 그러나 그미는,

"끼워까지 주세요."

하고 반지를 하 사장에게 주었다. 그래 보고 싶었던 것이다. 타오르지 않는 감정을 타오르게 하고 싶었다.

"그러지."

하 사장은 반지를 받아 그미 손가락에 끼워 주었다. 그리고는 그 반지에 입맞춤을 해 주었다. 순간 그미는 그것으로 만족하는 듯한 하 사장에게 불만을 느꼈다.

"반지가 그렇게 좋으세요?"

하 사장이 강 여사의 마음을 알았다는 듯이 그미의 손에다 입맞춤을 했

다. 그래도 그미는 성이 차는 것 같지 않았다.

"손이 좋으세요?"

그때 하 사장이 그미에게로 와서 입에 키스를 해 주었다.

그때야 그미는 만족감을 느꼈다.

"눈치가 빠르신데요."

"둔감하다는 뜻이군요?"

그들은 서로 바라보며 웃음을 나누었다. 그러고 난 다음에야 강 여사가,

"전 뭘 드릴까요?"

하고 물었다.

"뭘 주긴? 꼭 교환이라야 할 법 있나?"

"그래두 받기만 할 수 있어요?"

젊었어도 마찬가질 것이다. 소위 약혼선물인데 받기만 할 수가 있겠는가? 받았으면 주고 싶을 것이다. 그때의 준다는 것은 애정의 표현이다. 애정의 표현으로 주고 싶은 것이다. 그러나 지금 강 여사가 하 사장에게 무엇인가를 줘야 한다는 것은 반드시 애정의 표현을 뜻하는 것이 아니었다. 어른이 받기만 할 수 있는가 하는 계산적인 것이었다. 상대방이 필요 없다고 해도 의무적으로 줘야 한다는 체면적인 것이기도 했다.

"절차를 빼구 살아야 할 사람들인데."

하 사장은 한결같이 대단찮은 일처럼 말했다.

"그래두 그럴 순 없어요. 저두 반지루 할까요?"

"반진 싫어. 남자가 뭐 그런 걸 끼구 다녀?"

"제가 드리는 거니까 한 번 껴 보세요. 이때까지 안 껴 보셨지요?"

"안 껴 봤지."

"그러니까 의의가 있잖아요. 제가 드린 걸 죽을 때까지 끼세요."

"그럴까?"

하 사장이 겨우 동의를 했다. 동의를 해 주어 고맙기는 했지만 강 여사는 자기가 한 말에 가슴이 써늘해 옴을 느꼈다. 죽을 때까지란 말이었다. 아무나 쓸 수 있는 말이지만 어쩐지 하 사장이 늙었다는 것을 뜻하는 말처럼 생

각되었기 때문이었다. 늙기로는 자기나 마찬가지다. 그러니 그런 뜻으로 말했다 해도 그가 불쾌하게 생각지는 않을 것이다. 그러나 결혼을 이야기하면서 상대방이 늙었다는 것을 자각하게 했다면 얼마나 미안한 일이겠는가? 그래서 그 말을 더 생각지 않도록 얼른 따 말을 꺼냈다.

"무슨 반지루 할까요? 보석반지는 남자한테 어울리지 않을 거구…… 백금 통반지루 할까요."

"백금은 남자에게 어울리지 않지."

"그럼 금으루 하지요. 그렇지만 금은 값이 너무 쌀 텐데……."

"꼭 비싸야 하나?"

하 사장이 빙그레 웃었다.

"그렇지는 않지만……."

"그러지 말구 이렇게 합시다. 우리 결혼하는 날 꼭 같은 반지를 만들어 하나씩 끼두룩."

"그것두 좋군요. 그 대신 그 반지는 제가 사겠어요."

"누가 사는 게 문제 아니겠지. 꼭 같은 것을 같이 낀다는데 의의가 있으니까……."

"좋두룩."

강 여사는 고집을 피우고 싶지 않았다. 그가 하자는 대로 하고 싶었다. 체면 같은 것이 따지고 싶지 않았다. 오랫동안 잊었던 의뢰심. 모든 것을 맡기고 맹종하고 싶었다. 오래간만에, 정말 오래간만에 응석을 피우고 싶은 심정이랄까.

반지에 대한 이야기가 끝나자 이번에는 하 사장이,

"얼마 남지 않았으니 가게를 빨리 파십시오. 얼마 동안이라두 좀 쉬는 게 좋지 않아요?"

하고 말했다.

강 여사는 그 말이 옳기도 했지만 맹종하고 싶은 마음이 더 앞서서,

"그러겠어요."

하고는,

“그래서 선생님 돈두 갚구……."

한 마디를 덧붙였다.

“언제까지 선생님인고?”

하 사장이 아프지 않게 꼬집듯 말했다.

“자연 고쳐지겠죠. 성급할 필요 없잖아요?”

“성급해서 그런 건 아냐. 그렇지만 그런 말을 쓰니까 돈을 갚아야 한다는
의무감을 아직 가지게 되는 게 탈이지."

“그럼 그 돈을 갚지 않아요?”

“이제 네 것 내 것이 있을까?”

“전 그 돈 갚지 않구는 결혼 안 할래요.”

“대단하군. 그럼 빚을 갚구 남는 돈은 어떻게 하지?”

“애들에게 줘 버리거나 내 이름으로 저금을 하겠어요.”

“농장 집이 완성되면 그걸 거기 이름으루 등기하려구 하는 데 그건 어떨
까?”

강 여사는 대답할 말이 없었다. 결혼을 한다고 해도 결혼이란 실감이 나
지 않기 때문일까? 그미는 하 사장과 다른 생각을 하고 있었다.

“그렇게까지 할 필요 없잖아요?”

강 여사는 자기가 하 사장과 너무도 거리가 먼 생각을 하고 있었다는 데
미안감을 느끼면서 미온적인 태도를 취했다.

“그게 당연한 일 같은데……."

“글쎄요.”

그미는 끝까지 좋다든가 나쁘다는 말을 못했다. 다만 자기가 결혼이라는
데 대한 준비 태세가 부족했음을 통감할 뿐이었다.

며칠 뒤 강 여사는 민혜를 찾아갔다. 이미 결정된 일이니 안 알릴 수가
없기 때문이었다. 민혜를 먼저 찾아간 것은 민혜가 강우보다 나이가 위라는
점에서 순서를 따른 것은 아니었다. 앙칼진 말을 서슴없이 할지 모르지만
그래도 딸애가 아들보다 조금 만만하게 생각되었기 때문이었다. 뭐라고 독
설을 퍼붓는다 해도 그것을 무시해 버릴 수가 있을 것 같기 때문이었다.

사실 결혼 이야기를 하기 위해서 찾아가기란 힘든 일이었다. 무섭기까지
한 일이었다. 반드시 찬성하지 않을 것이 분명했기 때문이었다. 그럴 때 자
기는 무엇이라 이해시켜야 할까? 애들은 반드시 통속적으로 해석하고 멸시
할 것이다. 그런 애들을 이해시키는 것이 불가능한 일 같았다. 그러나 결정
된 사실이라고 하면 이해는 못한다 해도 체념은 할 것이다. 또 체념을 안 하
면 도대체 자기를 어떻게 할 것인가? 어느 정도 배짱을 가지고 민혜를 대했
다. 그러나 결혼 이야기를 단도직입적으로 꺼낸 것은 아니었다.

"만약 네가 내 나이쯤 되어서 과부가 되었다면 너는 어떻게 하겠니?"

이런 식으로 물었지만 민혜는 눈치를 채고,

"엄마, 결혼하시게요?"

하고 물었다.

"글쎄, 너라면 어떻게 하겠는가 그것부터 말해 봐라."

"그때 돼 봐야 알지 지금 어떻게 말해요. 그렇지만 엄마 나이 때라면 혼
자 살 거예요."

민혜는 조심성 있게 말했다. 그러면서도 강 여사의 결혼을 반대할 기세임
이 분명했다. 그렇다고 이야기를 중단할 수가 없어서,

"만약 내가 결혼한다면 어떻게 하겠니?"

하고 물었다.

"어떻게 하기는요? 그건 엄마의 자윤데. 그래 어떤 사람하구 하세요."

민혜가 조금 너그러운 태도를 보이자 강 여사는 하 사장에 대한 이야기를
했다.

"그 분요? 언젠가 강우한테서 들은 일이 있어요. 좋은 분이라든데요."

뜻밖에도 민혜는 반대보다 찬성이 뜻을 보였다. 역시 여자가 되어서 여자
에 대한 이해가 빠른 것이 아닐까? 강 여사는 조금 안심되는 마음으로 자기
변명을 시작했다.

"그런 거 생각한 일 전혀 없었다. 그런데 강우가 장가를 가고 난 뒤부터
마음이 조금씩 달라졌지. 그런데다가 하 사장이란 분이 결혼을 신청하지 않
았겠어. 그에게 빚진 돈두 있거든. 또 그와 결혼하면 그리 고생하지 않구 살

것 같기두 하고 그래서 승낙을 했다.”

“잘 하셨어요. 저희들 때문에 이때까지 고생하셨지만 이제야 고생하실 거 뭐예요? 언제쯤 결혼식을 올리시는데…….”

“결혼식이랄 거 있어? 같이 살면 되는 거지. 지금 집을 짓구 있는데 그 집만 다 지으면 그리루 가서 살련다.”

“집두 잘 짓겠군요?”

“시골에다 짓구 있다더라.”

“참 이상적이시네요. 조용한 곳에서 두 분이 참 좋으시겠어요. 우리두 놀러 갈게요.”

“그래라.”

민혜는 점심까지 대접하면서 정말 진심으로 축하하는 기분이었다. 한결 마음이 좋았다. 세상에 자기를 이해해 주는 사람이 있다는 데 어떤 보람 같은 것을 느끼기도 했다.

그러나 나쁜 것을 잘못 먹은 때처럼 불안한 것이 있었다. 생각지만 않으면 아무렇지도 않은 일일 것이지만 그것이 맹장염을 일으키지나 않을까, 또는 담석증이 생기는 것이나 아닐까 걱정하기 시작하면 안절부절하게 된다.

민혜가 너무나 이외로 자기에게 이해적이라는데 도리어 그미는 불안을 느꼈던 것이다. 그럴 수가 없는 일이었다. 자기 어머니가 딴 남자와 결혼한다고 할 때 비록 그것이 타당성을 가진 것이라 해도 감정적으로 유쾌할 수가 없다. 민혜도 처음에는 자기 같으면 혼자 살 것이라는 단정적인 말을 했다. 그러다가 갑자기 태도를 달리하여 진심으로 잘 된 일처럼 말했다. 어쩐지 불길한 예감이 드는 것이었다.

특히 민혜의 집을 나올 때 그미가,

“그 애는 어떻게 하지요?”

하고 경구 이야기를 묻는 순간 강 여사는 민혜의 축하가 진심이 아니라는 것을 짐작했다.

“데리구 가서 같이 살기루 했다.”

강 여사가 사무적으로 대답했을 때 민혜가,

"좋으시겠어요. 더 행복하시겠는데."

하고 비꼬는 말을 했다. 확실히 비꼬는 말이었다. 그렇게까지 양자라고 비양하던 민혜가 경구와 같이 살게 되어 더 행복하겠다고 말하는 것을 진심이라 말할 수가 없었다.

그 날로 강 여사는 강우까지 찾아갔다. 겪을 홍역이라면 빨리 겪어야 한다는 마음이었다.

강우도 그미의 결혼 이야기를 듣는 순간 불쾌한 표정을 지었지만 금시 태도가 달라졌다. 이해한다는 것이었다. 자기들 생각 말고 행복하게 살라고 축복의 말까지 했다. 며느리만은 어리둥절해서 말을 못했지만,

그런데 강우도 경구의 일을 물었다. 데리고 가서 같이 살 것이란 말을 하자 그는 경구에 대해서도,

"하 사장이 이해만 하신다면 그 애가 도리어 두 분을 행복하게 해 줄지 모르지요."

아주 너그러운 태도였다.

다만 한 가지 불쾌한 것은 가게를 팔면 얼마나 받느냐고 묻는 말이었다. 그것은 가게를 판 돈 가운데서 자기 몫이 얼마나 될 것인가를 계산하고 있는 말 같았다.

"삼백만 원 받겠지. 그렇지만 그 돈으루 대전 큰집에 돌려준 돈을 갚아야 하니까 한 이백만 원 남겠군."

강 여사는 가게 판돈을 자식들이 요구할 경우 백만 원을 떼 놓을 생각이었다.

"그 백만 원을 하 사장에게 빌렸다면서요?"

"그래두 갚을 건 갚아야지."

"부부 사인데두요."

강우는 그 돈을 갚을 필요가 무엇이냐는 뜻으로 말했다. 그래야 자기 몫이 그만큼 많아질 것이다.

"난 그러기 싫다. 갚을 건 갚아야지. 그 대신 큰집에서 받으면 네가 쓰렴."

강 여사는 강우의 생각하는 방식이 싫었기 때문에 명확한 태도를 보였다.

"그럼 그 돈에 대해서는 제가 직접 하 사장께 말씀드릴까요?"

강우는 하 사장에게 그 돈을 갚지 않도록 하고야 말 모양이었다. 강 여사는 홍분했다.

"내가 돈에 팔려 가두룩 할 셈이냐? 나는 그럴 순 없다."

그러자 강우도,

"그럼 나머지 돈은 전부 절 주겠습니까?"

따지듯 물었다.

싸움이 벌어지는 것이라고 생각되었지만 가만 있을 수가 없는 일이었다.

"어떻게 너만 주겠니? 민혜두 줘야지. 그리구 난 돈이 필요 없니?"

"그러니까 이백만 원을 삼분하시겠다는 겁니까?"

"그건 내게 맡겨라. 유산을 물려받는 게 아니니까 법적으루 해결지을 문제는 아니다."

"그래두 어머닌 부자와 결혼하지 않습니까? 그 돈에 손을 대지 않아두 살 수 있잖아요?"

"그이는 그이구 나는 나지. 나는 돈이 필요 없냐?"

"어머니가 정 그러시다면 저두 생각이 있습니다. 마음대루 하세요. 한 푼 안 줘두 좋습니다."

강우가 협박조로 나올 때 강 여사는 정말 슬펐다. 자기들을 어떻게 해서 공부시켰는가? 공부시킨 것만으로 만족으로 감사해야 할 것이다. 그런데 강우는 지금 자기를 알몸으로 벗겨 내쫓으려 한다. 돈이 필요 없을지도 모른다. 그렇다고 해서 자기 손으로 모은 돈을 몽땅 내놓고야 간다는 말을 할 수 있을 것인가?

"너는 대학을 졸업한 것만으루 만족할 순 없니? 나는 돈이 아까워서 그러지 않는다. 전부를 네게 주어두 좋다. 그렇지만 네 생각이 나를 노여웁게 했다. 그래 생각이 있다면 날 어떻게 할 작정이냐?"

"어머닌 부잣집에 시집가면서 셋방살이하는 아들을 그렇게 생각하셔야 합니까? 최소한도 집 한 채는 있어야 할 것 아닙니까?"

"그건 나두 알구 있다. 그렇지만 네가 잘만 하면 거기 가서두 너를 생각할 수 있잖니? 내가 거길 간다구 너를 아주 잊을 것 같으니?"

"그만두세요. 결혼하면 타인이 되는 거예요."

강 여사는 어이가 없었다. 민혜나 강우가 자기의 결혼을 이해하는 것처럼 말한 것은 결국 자기가 타인이 된다는 데 찬성한 것이 아니겠는가? 타인이 되는 것을 환영하는 뜻에서 자기의 결혼을 찬성한 것이다.

어미와 자식 사이도 어미가 결혼함으로 타인이 될 수 있을까? 강 여사는 자기도 자식들과 타인이 될 것을 예상하며 결혼하려고 했을까 하고 자문해 보았다. 딱히 생각해 본 일이 없다. 그러나 자식들이 자기를 타인으로 만드는데 환영의 뜻을 표한다면 자기도 그러는 수밖에 없지 않나 하고 생각했다. 좋다. 완전히 타인이 되는 것이다. 그들이 나를 생각지 않고 산다면 나도 그들을 생각지 않으며 살 수 있다.

강 여사는 돈에 대한 타협을 포기하고 강우의 집을 나왔다. 이왕 타인이 된다면 강우에게 굴하고 싶지가 않았던 것이다. 좋게 해 주건 좋지 않게 해 주건 강우가 나를 잊어버릴 게 뻔하다. 평생을 희생해 온 내가 최후를 비굴하게 끝낼 필요가 없다. 이때까지 희생해 온 것도 비굴해서가 아니었다. 순수한 애정으로였다. 최후를 비굴하게 하면 과거 전부가 비굴의 역사로 변할지도 모른다.

그 날 밤 가게에 들렀다가 집으로 돌아왔을 때 역시 평화스럽게 잠들고 있는 경구를 보자 강 여사는 경구 뺨에 얼굴을 대고 또 눈물을 흘리기 시작했다.

일생을 헛살았다는 생각이 가슴에 사무쳤기 때문이었다. 무엇을 위해 살아왔던가? 살고 난 뒤에 얻은 것은 무엇인가?

강 여사는 갑자기 울음을 그쳤다. 그리고는 얼굴을 들어 경구를 멀리 바라보았다. 경구의 얼굴이 가슴에 꽉 찼다. 빈틈이 조금도 없다는 느낌이 들만큼 그의 얼굴이 가슴을 꽉 차게 했다.

자기의 마음뿐이 아니었다. 온 세상이 경구의 얼굴로 꽉 차 있는 것 같았다.

그것은 경구를 사랑하는 마음이었다. 내게 아직 사랑할 수 있는 마음이 있다.

사랑할 수 있는 마음보다 더 귀하고 또 중한 것이 무엇인가? 나는 울지 않아도 좋다. 인생을 살고 얻은 것이 사랑이라면 그 밖에 것은 전부를 잃어도 아까워할 것이 없다.

경구를 사랑하는 마음이 남아 있는 한 자기는 죽지 않아도 좋다고 생각했다.

또 하 사장이 있지 않은가? 나를 사랑해 주고 내가 사랑할 수 있는 사람이다. 사랑할 수 있는 두 사람이 있는데 슬퍼할 것이 무엇인가?

그런데 강 여사는 문득 하 사장에 대한 사랑에 약간의 암영을 느꼈다. 촛불이 온 방 안을 비추나 촛불 밑은 약간 어둡다. 어째서인지 알 수 없는 일이었다. 문득 그런 생각이 났다. 여자로서의 생리가 끊어진 지 두 달이 지났다. 그 동안 그것과 결혼을 관련시켜 생각해 본 일이 한 번도 없었다.

그런데 어째서 지금 문득 그것으로 해서 하 사장에 대한 사랑에 그림자 같은 것을 느낄까? 이때까지는 긴가민가해 오다가 문득 그것이 연령과 관련된 결정적 상태라는 것을 깨달았기 때문일까?

어쨌든 그미는 하 사장을 남편으로 사랑하는 데 자기가 결함이 있는 여자란 생각을 했다. 아직 남자에 대한 감각이 무딘 것 같지 않지만 머지않아 남자라는 것을 불필요하게 될 것이다. 하 사장은 남자다. 남자는 거의 죽을 때까지 여자를 느끼려 한다고 한다. 그가 나를 사랑하려고 할 것인가?

젊었을 때부터 결혼 생활을 해 온 부부라면 모른다. 그런 사이라면 생리적인 자연현상에 대해 이해와 체념을 가지고 그래도 부부의 정을 지속할지 모른다. 그러나 결혼의 첫발을 내디디려는 지금 그것을 무시하고 출발할 수가 있을까?

어디 가서 의논을 해 보고 싶은 심정이었다. 늙은 노파들은 알 것이다. 폐경이 곧 여성으로서의 단절인가를. 그런데 그런 것을 물어 볼 만한 노파가 하나도 없다. 그미는 문득 친정어머니를 생각했다. 친정어머니라면 친절하게 잘 가르쳐 줄 것이다.

그러나 친정어머니는 지금 살아 있는지 죽었는지도 모른다. 어머니가 불행한 여자로 머리에 떠올랐다. 자기가 모시고 살려 했지만 끝내 집을 나가 종적을 감춘 어머니였다.

만약 그 어머니가 아버지를 잃고 두 번째 결혼을 안 했다면 자기 손으로 자기 일생을 불행하게 끝내려 하지 않아도 좋았을 것이다. 어머니의 불행은 재가에서 결정되었다. 두 번째 남편이 죽지만 않았다 해도 어머니는 자기를 그렇게 학대하지 않았을 것이다.

여자의 운명은 남자에게 매어 있다. 틀림없는 이야기다.

그런데 나는 무엇 때문에 다 늙은 지금 남자에게 매달리려 하고 있는 것일까? 내 손으로 내 운명을 개척해 나갈 능력을 상실했단 말인가?

그러나 강 여사는 이제 어떻게도 할 수 없다는 생각을 했다. 하 사장과의 약속도 약속이지만 딸과 아들에게 이야기해 버린 이상 주책없는 여자가 될 수는 없었기 때문이었다. 더구나 경구를 위해서는 주저할 일이 못 되었다.

만약 여자로서 폐인이 되어 가고 있는 점이 문제라면 하 사장과 사전 타협을 하자. 사실대로를 이야기해서 용납할 수 없다는 대답을 듣는다면 깨끗이 결혼을 파기하자.

그러는 수밖에 없다.

그러나 그 말을 어떻게 입 밖에 꺼낸담. 아무리 부부가 될 사이라고 해도 말이다. 그것을 위해서 결혼하는 것이 아닌데, 사실 그미는 자기의 결혼이 육체적인 것을 전제로 한 것이라 생각하고 싶지 않았다. 그런 것을 도외시하고라도 결합할 수 있는 사람들 같았다. 그런 것을 떠나서도 사랑할 수 있다면 그것이 더 위대한 사랑이 아닐까?

경구를 사랑하듯 그런 마음으로 하 사장도 사랑할 수가 있을 것이다. 하 사장도 그러한 자기의 생각에 찬동해 주겠지.

아무것도 아닌 것 같으면서 또 무시할 수도 없는 일 같아 하 사장과 격의 없는 대화를 가지려 했지만 그런 기회가 좀체로 오지 않았다. 아니 그 말이 입에서 떨어지지가 않아 몇 번씩 만나고도 그 말을 꺼내지 못한 채 며칠을 지냈다.

궁리궁리하다가 하 사장을 초대하기로 했다.

조용히 단 둘이서 점심을 먹는 시간에 묻고 싶은 말을 물을 수 있는 분위기가 조성될 것 같은 마음에서였다. 반찬은 없지만 점심이나 같이 먹자고 했을 때 하 사장은 별 생각 없이 승낙을 했다. 승낙하고 난 뒤에야,

"생일인가?"

하고 물었다.

"생일 아니면 집에서 점심 한 끼 대접 못하나요?"

"그렇기는 하지."

하 사장은 장차 아내가 될 강 여사가 사는 집이라 앞으로는 자기 집처럼 드나들 수가 있을 것이란 생각을 했을 것이다. 강 여사가 아들 딸을 내 보내고 혼자 자유스럽게 살고 있다는 것을 생각할 때 더욱 그랬을 것이다.

"정말 아무것도 없어요. 그런 줄 알구 오세요."

강 여사도 그냥 놀러 오는 데 의의가 있다는 것을 알리고 싶어 거의 같은 말을 되풀이한다.

"아따 남의 집엘 가나? 점심은 안 먹으면 또 어때? 다음부턴 놀러두 좀 가야겠어."

"내가 집에 있는 시간이 있어야죠."

"놀러 오지 말라 그 말이로군?"

"그런 건 아니지만 사실이 그러니까 하는 말이죠."

"오전 중에두 집에 없나?"

"참 오전 중에 오시면 되겠군요. 오전에 오셨다가 같이 나오두룩 하시지."

"바쁜 일만 없으면 매일이라두 데릴러 가지. 내 차루 말이야."

이렇게 해서 일요일 점심때 하 사장이 강 여사의 집에 오기로 했다.

그 날 강 여사는 정말 반찬을 여러 가지 만들지 않았다. 그렇다고 해서 너무 무성의하다는 인상을 줄 수 없어서 갈비찜 한 가지를 푸짐히 만들었다.

점심상이 들어오기 전 그미는 경구를 불러 하 사장에게 인사를 시켰다. 그리고는 놀다 오라고 내보냈다. 식모에게 점심상을 들여오게 했다. 다시 또 들어올 일이 없게 숭늉까지 모두 들여오게 했다.

"반찬은 없다구 미리 말했으니까 전 몰라요."

"이건 반찬이 아니구 안준가? 지저분하게 많은 것보다 알짜루 한 가지가 났지."

이것은 숟가락을 들기 전이 대화였다. 그리고 난 뒤 덮혀 놓은 정종을 술 잔에 부어 하 사장에게 권했다.

"혼자 마실 수 있나? 자……."

하 사장이 술 주전자를 들 때 강 여사는 자기 잔도 미리 준비해 놓고도,

"주신다면 마시지요."

가벼운 겸손을 보이며 술잔을 내밀었다. 몇 잔을 권커니 받거니 하다가,

"저고리를 벗으세요."

하며 강 여사가 하 사장 뒤로 갔다. 저고리를 받아 못에 걸고 나서는 하 사 장 옆에 엉거주춤 앉아,

"어서 드세요."

주전자를 들고 잔 비우기를 기다렸다. 하 사장이 술을 마신 뒤 빈 잔을 내밀고 술을 받자, 강 여사는 맞은편 자기 자리로 갈 양으로 하 사장의 어깨 에 손을 짚고 일어서려 했다. 그때 하 사장이,

"내 술두 한 잔 하구 가."

하며 강 여사의 손을 잡아끌었다.

"그러죠."

그미는 하 사장에게 바싹 다가앉아 미소를 띠며 술잔을 받았다. 술잔에 술을 부었을 때도 그미는 웃음을 지으며 하 사장을 쳐다본 뒤 그것을 반쯤 만 마시고 상 위에 놓았다. 그리고는 젓가락으로 김치를 집으면서 하 사장 무릎을 지그시 눌렀다. 그때였다. 예상했던 대로 그가 그미의 허리를 껴안고 는 상반신을 당겨 입맞춤을 했다. 그미는 눈을 감고 그것을 달게 받았다. 맛 이 있는 것 같았다. 어떤 맛인가 생각해 보았지만 맛의 성질을 알 수 없었

다. 그미는 젊었을 때 남편과의 교섭에서도 꼭 그런 맛을 느꼈던 것이라고
생각했다. 나이에 따라 감각이 조금도 달라진 것 같지가 않았다.

만약 내가 이미 여자가 아니라면 그런 감각도 잃었을 것이 아닌가? 그런
감각을 잃지 않은 것으로 보아 아직 여자를 잃지 않고 있음이 틀림없었다.
이 자리를 만든 목적이라고 할 수 있는 말을 꺼낼 절호의 기회가 바로 이때
라 생각했다.

"아직은 정정하신데 젊은 여자를 고를 걸 그랬어요?"
하고 말문을 열었다.

"당신은 늙었다구 생각해?"

"늙구 말구요. 여자가 오십이면 여잔가요?"

"그럼 이러는 것두 싫어?"

"아직은 싫지 않지만 언제 싫게 될지 알아요?"

"그런 거 생각할 필요 없어."

하 사장이 그런 말을 하며 다시 입맞춤을 했다.

"진담인데 여잔 남자보다 빨리 늙는대요. 그런 걸 생각 안 했다가 후회하
지 마세요."

"늙으면 서루 등을 긁어주는 재미루 산다지 않아? 후회는 뭘 후회해. 나
두 다 늙었는데……."

"정말 후회하지 않지요?"

"그런 소리 하지두 말어."

"똑똑히 이야기하세요. 후회하실 것 같으면 지금 말씀하셔야 해요."

"절대루 후회 않을게. 어떻게 맹세할까? 하라는 대루 할게."

"그럼 좋아요."

강 여사는 하 사장이 가슴에 안겨 버렸다. 안심하고 그와 결혼할 수 있다
는 안도감에서였다. 그리고 그의 너그러움에 감사하고 싶은 마음이 들었다.

"그런 것이 다 걱정되었수?"

그가 강 여사를 안은 채 물었다.

"걱정하지는 않았지만……."

그미는 그것이 자기들의 결혼조건이 될 수도 있다는 말을 차마 할 수 없었다.

"걱정하지 말아요. 이때까지두 혼자서 지내온 나니까……."

"알아요."

강 여사는 그가 그런 면에서 믿을 수 있다는 확신을 얻었다. 정말 육체적인 남자라면 이때까지 혼자 지냈을 까닭이 없을 테니까.

식사를 끝내자 강 여사는 식모에게 경구를 불러다가 점심을 먹이라고 했다.

"제 방에서 지금 먹구 있는걸요."

식모의 말에 그미는 밥을 다 먹거든 그 애를 자기 방에 오도록 하라고 말했다. 앞으로 하 사장 밑에서 길러야 할 애다. 친숙해지도록 만들어 줘야 한다는 생각이 들었던 것이다.

얼마 안 있어 경구가 비실비실 방 안으로 들어왔다.

"인사 드려라."

강 여사는 '네 아버지한테'라는 말을 하고 싶었다. 얼마 안 있어서 그렇게 불러야 할 것을 지금이라고 해서 아저씨란 말을 쓸 수가 없었기 때문이었다. 그러나 아버지란 말도 아저씨란 말도 쓸 수 없었다.

경구가 시키는 대로 하 사장에게 허리를 굽신 하고 절을 했다. 그리고는 어쩔 줄을 몰라 멍하니 서 있을 때 하 사장이 경구를 불러 옆에 앉히고는 이름 나이 등을 물었다.

"공부를 잘 한다지?"

머리를 쓸어 주기도 했다. 그리고는 오백 원짜리 두 장을 꺼내 주며,

"사구 싶은 걸 사라."

하고 손에 쥐어 주었다.

강 여사는 하 사장이 경구에 대해 애정을 가지려 노력하는 것이라 생각했다.

강 여사와 하 사장이 시내로 들어가기 위해 집을 나설 때 하 사장이 경구에게,

"자동차 타구 시내 안 갈래?"

하는 것을 볼 때 강 여사는 마음이 흐뭇했다. 빈말로 하는 것 같지가 않았기 때문이었다. 강 여사는 제발 그가 경구를 데리고 가 주었으면 하고 속으로 생각했다. 그러나,

"올 때는 어떡허구요?"

하고 말했다.

"자동차루 보내면 되잖아?"

하 사장은 경구에게 옷을 갈아입게 했다. 하 사장도 그런 마음이겠지만 강 여사는 경구에게 자가용차를 한 번 태워 주고 싶었다. 그래서,

"경구 좋겠네, 자가용을 다 타 보구. 빨리 옷을 갈아입어."

하고 경구보다도 더 좋아했다. 경구는 처음 보는 사람의 차를 타기가 어색했지만 강 여사의 말에 용기를 얻어 금시 옷을 갈아입고 그들 뒤를 따랐다. 자동차가 있는 데까지 좁은 골목을 걸어 나갈 때 강 여사가 경구의 한 손을 잡자 하 사장도 딴 손을 잡아 셋이 그야말로 정다운 부모와 아들처럼 걸었다. 강 여사는 앞으로 어디를 가든 늘 이렇게 셋이서 손을 잡고 걸을 수 있다는 행복감에 젖었다.

강 여사가 가게로 가서 일을 보고 있다가 하 사장의 전화를 받았을 때 그 행복감은 절정에 달한 것 같았다. 하 사장은 전화로 그가 경구를 데리고 남산 놀이터에서 놀다가 팔각정까지 구경시킨 뒤 자동차로 데려다 주었다는 말을 했다. 그리고 어린이용 자전거도 한 대 사 주었다고 했다.

"자전거가 얼마짜린데요?"

강 여사는 더할 수 없는 행복감을 느끼며 물었다. 자전거의 가격으로 하 사장의 경구에 대한 애정을 재 보기나 하려는 듯.

"돈 만 원 줬지요?"

물론 그 정도리라고 생각했지만 만 원이 넘는다는 말에 그미는 그저 고마움을 느낄 뿐이었다.

"그 비싼 것을 왜 샀어요?"

"시골 가서 살려면 그런 것이 필요할 것 같아서. 비싼 것은 아냐."

하 사장이 장차 있을 농촌 생활까지 생각하며 경구에게 선물을 주었다고 생각할 때 그미의 감격은 더 컸다. 하 사장은 확실히 자기와의 장래 생활을 벌써부터 계획하고 있다. 그 생활 속에는 경구도 한몫 끼어 있으니까 경구를 사랑하려는 마음을 기르고 있다.

강 여사는 앞으로 자기가 행복해지는데 경구가 절대로 필요하다는 것을 알고 있다. 만약 경구의 마음에 불행의 씨가 자란다면 그때 강 여사는 자기도 불행을 느낄 것이다. 그것을 미리 알아차리고 하 사장이 경구를 사랑해 주고 있다. 하 사장이 경구를 사랑만 해 준다면 경구가 마음의 불행을 느끼지 않아도 좋게 된다. 동시에 자기도 별 잡념 없이 행복 속에 살게 된다.

강 여사는 하 사장에게,

"고맙습니다."

하고 진심에서 우러나오는 감사를 했다. 감사 이외에 달리 할 말이 없었다.

"그런 말 하는 당신 얼굴이 보구 싶군."

"조금 전에두 보셨는데……."

"그래두 또 보구 싶은걸."

강 여사는 하 사장의 목소리 속에 파묻혀 버리고 싶었다. 그 목소리가 감돌고 있는 방 안 공기까지 자기를 행복스럽게 해 주는 것 같았다. 세상에 나처럼 행복스런 사람이 있을까? 강 여사는 정말 자기보다 더 행복한 사람이 없을 것 같았다. 부족할 것이 하나도 없는 행복감이었다. 만약 경구가 없다면 애를 낳을 수 없는 자기 연령에 비애를 느낄 것이다. 그럴 때가 오고야 말 것이다. 그런데 다행히 경구가 있다. 경구는 자기가 낳은 애가 아니다. 그렇다고 하 사장이 전실 부인에게서 얻은 애도 아니다. 두 사람 모두의 애가 아니다. 그렇기 때문에 두 사람 모두의 애가 될 수 있다.

강 여사는 자기도 빨리 새 생활에 대한 준비를 해야 한다고 생각했다. 과거를 완전히 잊고 앞으로 있을 행복을 위해 전념해야 할 때라고 생각했다.

우선 가게를 팔아야 했다. 가게를 팔고 집안에 들어앉아 미래에만 몰중해야 했다. 그것이 자기 감정을 충족시킬 것이니 따라서 하 사장을 위해서도 성실한 태도일 것이다. 그래서 복덕방을 찾아갔다. 언젠가 찾아갔던 일이 있는 복덕방을 피해 새 복덕방을 찾아가 될 수 있는 대로 빨리 팔아 달라고 했다. 시가보다 싸게라도 빨리 처분하고 싶었다. 빨리 팔고 집에 들앉아 있으면 하 사장 보기에도 덜 미안할 것이고 또 경구를 좀더 마음껏 보살펴 줄 수가 있다.

그런데 복덕방에 내놓은 지 사흘도 안 되어 작자가 나섰다. 사백만 원을 받았다. 사백만 원을 받고 집과 집안에 있는 물건 전부를 물려 주었다. 현금은 받았지만 빈 몸이 된 기분이었다. 빈 몸으로 앞으로의 생활에 돌진한다는 기분이었다.

누구보다도 기뻐하는 사람이 하 사장이었다. 가게를 팔고 집에 들어앉아 있을 때 맨 처음으로 찾아온 사람도 하 사장이었다.

"심심하겠는데……."

"멍에 벗은 소 같아요. 몸이 가벼워 날 것 같기도 한데 심심하긴요."

"하기야 여잔 집안 살림만 하기에두 바쁘니까……."

"그럼요. 조금씩 살림 공부두 해야잖겠어요?"

"살림 공부 따루 할 것 있수? 다 알 구 있을 텐데……."

"새 살림인데 새루 공부해야지요."

하 사장은 만족스럽게 웃으며,

"고맙소."

그미의 손을 움켜잡았다.

그때 강 여사는 잊고 있던 일을 생각해낸 듯 벌떡 일어나 옷장 속에 넣어 두었던 현금 전부를 꺼내 놓고,

"이거 가게 판 돈이에요. 전부 맡아 두세요."

하고 말했다.

"그걸 왜 내가 맡아?"

하 사장이 사양하자,

"제가 가지구 있다가 잃어버리기라두 하면 어떡해요?"

강 여사가 돈에 대한 욕심이 없는 것을 보였다.

"그러지 마. 당신 것은 당신 것으루 가지구 있는 게 좋을 거야."

이때 강 여사는 하 사장에게서 빌려 쓴 백만 원을 돌려 줘야 할 것이라는 말을 했다. 그러나 이제 네 돈 내 돈 할 것이 없으니까 전부를 하 사장이 가지고 있는 게 좋을 것이란 말을 한 뒤,

"강우가 이 돈을 탐내구 있어요. 반드시 말썽을 부릴 테니까 내가 갖고 있구 싶지 않아요."

강우에 대한 이야기까지 했다. 지금 와서 강우에게 가게 판 돈까지 주고 싶지는 않았다. 무엇보다도 감정적으로 그랬다. 줄 의무감도 느끼지 않았지만 주고 싶은 마음도 없었다. 그러나 그것도 자기 마음대로 하고 싶지가 않았다. 하 사장의 말대로 처리하고 싶은 심정이었다.

"강우가 눈독을 들이구 있다면 줘 버리지 뭐?"

하 사장은 돈보다도 모자의 의리를 생각하며 말했다. 그리 많은 돈은 아니지만 그리 적은 돈도 아니다. 그것 때문에 그들 모자의 사이가 나빠지고 또 강 여사가 그 일로 마음 써서는 안 된다. 그것이 하 사장의 마음이었다.

그러나 강 여사는 일이 귀찮게 될 것을 염려하는 것으로만 해석되어,

"말썽 부리면 어때요. 그러는 그 애가 싫어졌어요."
하고 자기 진심을 털어놓았다.

"나두 그 애가 이 돈을 바란다는 것이 염치없는 일이라 생각해요. 그렇지만 요새 애들이 어디 염치를 생각해요."

하 사장은 자기의 이야기도 곁들여 했다. 출가외인이라고 하는데 애비가 죽기도 전에 재산을 노골적으로 탐내는 딸과 사위들의 이야기였다. 그러나 귀찮아서 지금 집을 두 딸에게 주기로 했다면서,

"나두 그 애들과 마지막입니다. 다음 내가 죽을 때는 재산을 사회사업에 바치는 한이 있어두 그 애에게는 주지 않을 작정이니까."
하고 자기의 진심을 말했다.

강 여사는 하 사장의 마음을 이해할 수 있었다. 그리고 동감이었다.

"그러니까 이 돈을 가지구 있다가 마음대루 처분해 주세요. 나는 관여하구 싶지가 않아요. 강우에게 전부를 줘두 좋구 민혜와 갈라 줘두 좋아요. 안 줘두 좋구요. 전 그 애들과 `돈 이야기를 하기 싫으니까."

강 여사는 그 돈을 조금도 아깝게 생각지 않았다. 차라리 한 푼도 없이 가벼운 몸으로 하 사장에게 맡기고 자기는 아는 체도 하고 싶지 않았다. 일생을 희생시켜 가며 키운 애들과 돈을 가지고 최후를 싸움으로 끝내기가 싫었다. 그렇다고 해서 애들이 좋아하게 돈을 자진 내주고 싶지도 않은 심정이었다.

"내게 일임한다는 거군. 나중에 불평이 없겠지? 그것만 확실하다면 받아서 처리를 하지."

하 사장은 강 여사의 마음을 이해할 수 있었다. 그래서 돈을 맡았다.

강 여사는 홀가분해졌다. 강우나 민혜가 뭐라 해도 자기와 직접 대하지 않는 한 걱정할 필요가 없게 된 것이다. 강우와 민혜가 자기를 원망하지 않는다면 자기의 인생은 과거하고는 순탄한 마음으로 작별할 수 있다. 이제 남은 일이 무엇이겠는가? 앞으로 있을 여생이 흔들리지 않도록 과거를 청산하는 일뿐이다. 강우와 민혜가 자기에게서 아주 떠나가는 사실이 섭섭한 것이 아니다. 그들이 자기 여생에 아무런 작용도 해 주지 않았으면 하는 것이 유일한 염원이다.

그런데 현금을 하 사장에게 맡긴 지 일주일쯤 되는 어떤 날 강우가 집으로 찾아왔다.

"가게는 파셨더군요?"

가게로 찾아갔던 모양이었다.

"응, 팔았다."

"언제쯤 결혼하시나요?"

"시골집이 준공되는 대루 할 생각이다."

담담하게 묻고 대답하는 모자간의 대화였다. 강 여사는 끝까지 그런 식으로 대화를 끝냈으면 했다. 비록 마음속에 칼을 품고 있는 강우라 해도 그것을 휘두르지 않고 순탄한 어조로 말해 주기만 한다면 자기도 격하지 않으리라 생각했다. 마음속에 오래 파문을 일으킬 격돌이 있어서는 안 된다. 앞으로 있을 현실 생활이 과거에 속하는 일 때문에 영향을 받아서는 안 된다.

강 여사는 부엌으로 나가 식모에게 커피를 준비시키고 경구가 오거든 방 안에 들어오지 못하도록 하라고 말했다. 경구를 보면 강우가 또 비꼬는 소리를 할지 모른다는 생각 때문이었다. 무엇으로든 마찰을 일으키지 않고 싶었다. 어떤 종류의 마찰이든 그것은 돌의 역할을 하는 것이라고 생각되었다. 잔잔한 호수에 파문을 일으키는 돌.

강 여사는 제발 호수처럼 고요하게 살려는 자기 마음에 파문이 일어나지 않게 해 주기만 바라는 마음이었다.

강 여사는 강우에게 구슬을 다루는 조심스런 마음으로 그의 아파트 생활에 대해 이것저것을 물었다. 그리고 아내를 대할 때는 진심으로 사랑하는 태도를 보여 줘야 한다는 것을 노파심에서 걱정해 주었다.

"예펜네는 휘어잡아서 길을 들여야지 사랑만 해서 되는 건가요?"

강우의 말은 약간 반항적이었지만 강 여사는,

"네 소신껏 해라. 사실 여자를 버릇없이 만들어 놓으면 결국 사내가 고생하게 되는 거니까."

하고 아들의 의사를 존중해 주었다. 그런 것 가지고 아들과 의견을 대립시킬 필요가 없었기 때문이었다. 그런데 강우가,

"저 어머니한테 청이 하나 있는데요."

아주 고분고분한 태도로 딴 이야기를 꺼냈다. 필연 힘든 문제려니 생각되었다. 동시에 그의 고분고분한 태도가 기분 나빴다.

"뭔데?"

"우리 회사에 과장 자리가 하나 볐는데 어머니가 잘 말씀해서 나를 그 자리에 앉게 해 주세요."

과연 힘들 일이었다. 아직 결혼도 하기 전인데 하 사장에게 그런 인사문제를 가지고 어떻게 청탁할 것인가? 더구나 아들의 문제를 가지고. 그러나 한 마디로 거절도 할 수가 없었다.

"네가 입사한 지 얼만데 벌써 과장이 되겠니? 그런 건 연조루 정하는 거 아니냐?"

강 여사는 강우가 납득할 수 있는 이야기로 자진 철회하기를 바라는 수밖에 없었다.

"세상에 원칙이 어디 있어요? 책임자가 하면 그대루 되는 거지."

"그래두 남들의 입이 무섭잖니?"

"누가 뭐래요? 사장이 제 맘대루 하는데……."

"시킨 대두 네가 힘든 일을 맡아 할 수 있니?"

"자리에 앉혀만 놓면 누구나 다 하는 거예요. 그런 걱정 마시구 사장님께 말씀이나 해 주세요."

"사장이 말을 안 들을 땐 어떡허지?"

"결혼기념으루 꼭 해 달라구 해 보세요. 그까짓 것 안 들어 줄려구요."

"그런 말을 내가 할 수 있을까?"

"어머니 자식을 위해 그 말 한 마디두 할 수 없습니까? 최후의 소원일지두 모르는데……."

강 여사는 면전에서 거절하는 날 강우와 충돌할 것이 분명하다고 생각했다. 나중에야 어떻게 되든 당장에는 충돌을 피해야만 했다.

"말은 해 보마."

이것으로 이야기의 매듭을 지으려 했지만 강우가,

"정말 마지막 부탁일 거예요. 알아서 처리하세요."

협박적으로 말했다. 그래도 그미는,

"글쎄 말해 본다니까……."

하고 그 이상 더 이야기하기를 회피했다.

그런데 강우는 계속해서 돈 문제를 꺼냈다. 요구할 것을 전부 요구해 버릴 모양이었다.

"돈은 하 사장에게 전부를 맡겼다. 처분권두 일임하구. 그러니 하 사장을 만나 봐라. 너 줄 것을 준비하구 있을 거다."

강 여사는 돈 문제에 대해서도 언성을 높이지 않고 타협적으로 말하려 했다. 그러나 강우가 갑자기 신경질을 발칵 냈다.

"하 사장에게 맡겼다구요? 하 사장과 무슨 관계가 있는 돈인데요?"

그래도 강 여사는 언성을 높이지 않았다.

"가지구 있으면 잃어버릴지두 모르구 해서 맡겼다."

"찾아다 놓세요. 돈 문제루 하 사장을 만날 수는 없습니다."

"인사를 할 겸 한 번 찾아가 봐라. 그럼 거기서 알아채리고 돈을 줄 테니까."

"싫다니까요."

"싫을 건 뭐니? 안 보구 지낼 수 있냐?"

"아버지 하구 인사를 하란 말입니까? 나는 아직 그럴 생각이 없습니다."

강우가 이렇게까지 말하는데 강 여사로서 무엇이라고 말할 수 있을 것인가? 그미는 강우더러 하 사장을 아버지라고 부르란 말을 강요할 수가 없었다. 또 그럴 생각도 아니었다.

그미는 잠시 생각했다. 강우의 태도로 보아 하 사장을 아버지라 부를 생각이 없는 것이 사실이다. 그렇다면 그것은 자기가 바라던 일이 아닐까 하고. 과거와 현재를 확연하게 구획지으려는 자기라면 강우가 하 사장을 가까이 대하지 않도록 만들어야 한다. 죽을 때까지 하 사장을 아버지라 부르는 일이 없도록 해야 한다.

"너더러 그이 보구 아버지란 말을 하라는 게 아니다. 그냥 사장이라구 불러도 무방하다. 내 좁은 소견에 네가 인사나 해야 하지 않을까 생각했던 것뿐이다."

강 여사가 자기의 뜻을 명확히 밝히자 강우는 마치 그런 것이 문제가 아니라는 듯 돈이나 찾아다 놓으라고 했다. 강 여사는 그 말에 끝까지 반대할 수가 없었다. 하 사장과 관계없는 돈을 하 사장에게 맡길 이유가 없다는 그와 무슨 말을 하겠는가?

"찾아다 놀 테니 며칠 뒤 한 번 들려라."

이래서 강우와의 표면적인 격돌은 면했지만 마음속으로는 전보다도 거리가 더 멀어진 것을 느꼈다.

며칠 뒤 강 여사는 처음으로 하 사장을 그의 회사로 찾아갔다. 그미는 하 사장에게 그새 강우와 만났던 일을 이야기하고 오늘 이 사장실에서 강우를 만나게 해 달라고 말했다. 하 사장에게 맡겼던 것을 강우의 말을 들었다고 해서 다시 돌려 달라고 말하기가 미안했다. 그렇다고 해서 하 사장더러 혼자 강우를 불러다가 일을 처리해 달랄 수도 없었다. 강우가 어떻게 나올지 모르기 때문이었다. 그래서 삼자가 한 자리에 모이는 것이 가장 무난한 방법이라고 생각했던 것이다.

하 사장은 그것도 좋은 방법이라면서 당장에 강우를 부르려 했다. 강 여사는 잠깐만 하고 그를 저지한 뒤,.

"회사에 과장 자리가 하나 비었나요?"

강우가 부탁하던 말을 꺼냈다.

"총무과장이 최근에 그만뒀지."

"이건 그 애 청두 아니구 제 청두 아니에요. 그러니까 조금두 부담감을 느끼시지 말구 듣기만 하세요. 그 애 눈치가 그 자리를 바라는 것 같은데 어림두 없는 일이죠?"

"그 녀석이 그런 말을 합디까? 엉뚱한 놈인데……."

"저한테두 딱히 그렇단 말은 안 했어요. 그러니까 조금도 달리 생각지 마시랬지 않아요?"

"알았어."

"그 애한테두 그런 말 들은 척 마세요."

"알았다니까."

강 여사는 하 사장이 승낙만 한다면 그야말로 강우를 위해 최후의 선심을 쓰고 싶었다. 그러나 하 사장의 눈치로 보아 이야기가 고려의 여지도 없다는 것을 알았다. 어쩔 수 없는 일이었다. 강우가 최후라면서 부탁한 것을 이루어 주지 못한 게 약간 꺼림칙했다. 결혼 조건으로 내세워서라도 일을 성취시켜 달라고 한 그가 어떻게 나올지 문제였다. 강우가 체념만 해 주면 아무 걱정도 없을 것인데.

하 사장이 비서를 시켜 강우를 불러 왔다. 그리고는,

"내가 개입할 문제가 아니다만 곧 결혼할 사이고, 또 나와 부채 관계가 있고 해서 할 수 없이 개입했다. 오해 없기를 바란다. 그런데 네 어머니는 내게 빚이 백만 원 있다. 그새의 이자를 받을 생각은 없다. 그것은 교분이 있기 전이니까 원금만은 받아야겠다. 나머지 삼백만 원인데 이 돈에 대해서는 도의상 세 명이 분배해야 한다. 본인이 죽지 않고 살았으니 법적으로 한다면 본인의 의사로 처분될 것이 마땅하지만 본인의 의사도 혼자 갖고 싶어 하는 것이 아니다. 그러니까 세 명이 어떻게 분배하면 가장 합당하겠는가 말해 봐라.”

하 사장은 한 마디 한 마디를 분명하게 말했다. 감정적인 말이 용납될 수 없었다.

“저는 신혼생활을 하구 있습니다. 아파트 방을 하나 빌려 살고 있는데 집 한 채는 있어야 하잖겠습니까?”

강우는 결국 따지기보다 사정을 하는 태도였다.

“그건 네 사정이다. 사무적인 일에 그런 개인적 사정이 용납될 수는 없다. 우선 분배 원칙을 정해라. 그 뒤 네가 두 분에게 사정해 보는 것은 별 문제지만.”

“돈이 가장 필요한 사람이 누군가를 생각해 주셔야 하잖겠습니까?”

“글쎄 그건 원칙을 정한 뒤에 말하라니까. 나는 그것까지 관여할 수는 없다. 네 어머니가 자기 몫을 네게 준다면 줄 수 있는 일 아니냐? 아마 네 어머니두 자기 몫이라구 자기가 가질 생각은 없을 거다.”

“그럼 사장님께 좋두룩 해 주십시오.”

“삼등분을 해라. 그 뒤 네가 네 누나를 찾아가 사정을 하면 전부가 네 것 될 수 있지 않니?”

“사장님 말씀대루 하겠습니다.”

강우라고 해서 불만이 있을 리 만무했다.

“고맙다. 이제부터 분배하지.”

하 사장은 비서를 불러 총무과 직원에게 보증수표 백만 원짜리 석 장을 떼 오도록 하라고 명령했다. 그리고는 강 여사에게,

“할 말이 있거든 지금 하시오.”

하고 말했다. 그때 강 여사는,

“제 것을 강우에게 주세요.”

하고 말했다 그것이 곧 하 사장의 뜻이라고 생각했기 때문이었다.

강우에게 수표 두 장을 준 하 사장이 이번에는 강우의 어깨를 툭 치며,

"자네의 직위 문제는 조급하게 생각할 것 없어. 나두 충분히 생각하구 있으니까. 어머니두 퍽 걱정하구 있는 것 같은데 내한테 일임해 줘. 절대루 섭섭하게는 하지 않을 테니까."

하고 말했다. 그때 강 여사는 가슴이 조마조마했다. 하지 말아 달라고 당부했던 것을 하 사장은 조금도 거리낌없이 다 털어놨다. 강우가 어떻게 나올 것인가. 그런데 강우는 뜻밖에도,

"잘 알았습니다."

딴 말을 한 마디도 못했다. 그저 송구스런 태도로 사장실을 나갈 뿐이었다.

강 여사는 안심이 되었다. 하 사장 덕분에 강우 문제가 완전히 해결된 것이다. 이제 강우 문제로 자기 장래가 파문에 싸일 일은 없게 되었다. 장래는 장래만으로 축복받게 될 것이다.

또 며칠이 지난 어떤 날 하 사장이 찾아와서 이번에는 자기가 강 여사를 자기 집으로 초대한다고 말했다. 초대한다는 것이 우습지 않느냐고 말했을 때 하 사장이,

"내 딸들과 정식으로 인사를 해야지 않겠소."

하며 빙그레 웃었다. 그들의 승인을 받자는 것은 아니지만 한 번 치르기는 해야 할 일이었다. 그러나 강 여사는 약간 불안했다. 하 사장의 딸들이 자기를 경멸하며 불손한 언사를 쓴다면 그때 자기는 어떻게 할 것인가? 주저되는 일이 아닐 수 없었다.

"좀 떨리는데요."

강 여사가 자기감정을 솔직하게 말하자 하 사장은 빙그레 웃으며,

"걱정할 것 없어요. 걱정시키려구 초대하겠소?"

하고 말했다.

"그래두……."

"딸들이 손수 음식을 만들기까지 한다구 그랬으니까 안심해."

그래도 강 여사는 첫선을 보이러 가는 처녀의 마음처럼 한편 설레고 한편

떨렸다. 아버지나 어머니의 재혼을 진심으로 기뻐할 자식이 없다면 하 사장의 딸이라고 하 사장의 결혼을 진심으로 축하할 리 없다. 어쩔 수 없이 승낙을 했겠지만 어쩔 수 없이 승낙한 사람들이 어떤 때 그 불만을 터뜨릴지 모른다. 그것이 불안하기도 했다.

그런데 초대받은 날 하 사장 집엘 갔을 때 강 여사는 놀라지 않을 수 없었다. 딸들이 정말 이름 있는 날처럼 새 옷들을 입고 강 여사를 반가이 맞이해 주었다. 요리강습회에 나갔을 것 같은 솜씨의 요리가 나왔다. 그보다도 놀라운 것은 그미들이 강 여사보고 어머니란 말을 제법 자연스럽게 자주 쓰는 일이었다.

다른 말과 달리 어머니라는 말은 절대 함부로 쓰지 못하는 법이다. 강우는 하 사장을 아버지라 부르지 않겠다는 말을 노골적으로 했다.

"어머니 옆에 계시니까 아버지 얼굴이 훤해 보이는데요."

"어머니, 맛이 없지만 저희들 성의를 봐서 많이 잡수셔야 해요."

그미들은 말마다 어머니 어머니였다.

여자들이니까 남자보다는 현실에 잘 적응하는 것이라 생각되었다. 어쨌든 기분이 나쁘지 않았다. 만약 딸들이 어머니 대신 아버지의 여자라든가 그런 투의 말을 쓴다면 어떨 것인가?

강 여사는 기분이 좋으면서도 뒷맛이 그리 좋지는 않았다. 그래서 집으로 돌아올 때 하 사장에게 물었다.

"어떻게 교육을 시켰길래 첫날부터 저를 따르지요?"

"다 속셈이 있어서 그러는 거겠지. 내 교육 탓은 아닐 거야."

하 사장이 쓴웃음 웃었다.

강 여사는 그 속셈이 무엇일까 하고 생각했다. 힘든 숙제 같았지만 곧 풀 수가 있었다. 하 사장에게는 재산이 있다. 그 재산을 보고 딸들이 현실에 적응하고 있다. 그러나 자기에게는 아무 재산도 없다. 강우에게 속셈이 있을 수가 없다.

결과적으로 자기가 하 사장의 딸들로부터 어머니란 말을 들으면서 살게 되었지만 그것이 자기의 행복을 더해 주리란 생각은 조금도 들지 않았다.

하기야 따로따로 사니까 어머니란 말을 들어도 일 년에 몇 번밖에 듣지 않을 것 같았다. 그렇다면 들으나마나 한 일이기도 했다. 문제는 자기가 하 사장보다 먼저 죽어야 하는데 있다. 자기가 하 사장보다 먼저 죽기만 한다면 하 사장의 재산을 가지고 자기를 괴롭힐 사람은 없을 것이다. 죽은 뒤에야 재산이 누구의 손에 들어가든 상관할 바가 없다. 그러나 만일 하 사장이 자기보다 먼저 죽을 때는 어떻게 될까? 딸들이 자기를 발가벗겨 내쫓지나 않을지?

그러나 죽는 일은 아무도 임의로 할 수 없다.

내가 먼저 죽는다고 누가 보장할 수가 있는가? 강 여사는 조금 우울했다.

과거와 차단된 미래가 행복이 보장되었다고 생각했던 마음이 조금씩 흔들리기 시작했다.

그런데 그보다 더한 일이 생겼다.

대전 큰집에서 동서가 찾아왔다. 소식을 다 듣고 온 모양이었다.

동서의 입에서 나온 첫말이 결혼 문제였다.

"부잣집에 시집을 간다구요?"

강 여사는 직접 알리지 않은 일이라고 해서 놀랄 필요가 없었다. 또 비꼬는 말이라고 해서 나무랄 필요도 없었다.

"부자랄 것까지는 없습니다."

그미는 자기의 재혼을 긍정하는 것으로 대답의 전부를 삼았다.

"딸린 자식두 하나 없다면서요?"

"그런 것 같아요."

"팔자두 좋으셔."

동서는 부러운 듯이 말했다. 그러나 강 여사는 자기가 만족스럽다는 것을 보일 수가 없었다.

"평생 기구하게 살았는데요."

"남의 도움 한 번 안 받구 살았는데 뭐가 기구해요?"

강 여사는 남의 도움을 받지 않기 위해 얼마나 고생했는지 아느냐고 한마디 해 주고 싶었다. 그리고 남편 없이 혼자 사는 생활처럼 고달프고 슬픈 일이 어디 있느냐는 말도 해 주고 싶었지만 참았다.

사람이란 누구나 현재만을 생각하는 법이다. 그리고 자기가 누구보다 불행하다고 생각하는 법이다.

가난하게 살고 있는 동서와 의견을 달리하면 말다툼밖에 할 것이 없다.

강 여사가 대꾸를 안 하자 동서가 이번에는 자기가 찾아온 용건을 꺼냈다.

부자와 결혼을 하니 가난한 시댁을 좀 봐 달라는 것이었다.

전번에 빌려 준 백만 원에 대해서는 이렇다 할 말 한 마디도 없이…….

강 여사의 마음이 좋을 리 없었다.

전번에 빌려 준 돈은 둘째다. 아직 결혼도 안 했는데 벌써부터 도움을 바라는 그 마음씨가 언짢았다.

"아직 결혼두 안 했는데 돈 이야길 할 수 있어요?"

강 여사는 첫 마디에 거절을 했지만,

"가게 판 돈두 있을 텐데?"

동서는 뻔뻔스럽게도 가게 판 돈에까지 언급을 했다.

"그건 강우와 민혜에게 벌써 다 줬는데요."

그러는데도 동서는,

"좋은 일이 있을 때 선심 좀 쓰시우. 우린 연탄공장을 조금 늘려야 그새 빚두 좀 갚구 밥이나 먹을 것 같아서 그러는 거예요. 늙은 시부모를 모른 체하구 그렇게 가실 수 있어요?"

하며 늘어붙었다.

강 여사는 자기에게 돈이 있다고 해도 한 푼이나마 줄 생각이 아니었다.

"시부모님께 도리는 아니지만 어쩔 수가 없군요. 자유롭게 쓸 돈이 한 푼이나 있어야지요."

"살림하는 데루 찾아갈 수야 있어요. 그러니까 가시기 전에 생각을 좀 하세요."

"찾아오셔두 좋아요. 그렇지만 그 양반이 뭣 때문에 그런 돈까지 내겠어요. 저두 내란 말을 할 수가 없구요."

"그러시면 정이 상하지 않아요? 저금두 있을 거구 지금 살고 있는 이 집
두 있는데…….”

"저금은 한 푼두 없습니다. 이 집은 셋집이구요.”

"삭월세는 아니겠지요.”

"전셋집입니다. 그 돈은 받을 수 있지요.”

강 여사는 전세로 든 집세까지 생각하고 있는 동서가 너무 심하다고 생각
했다. 그러나,

"사십만 원을 줬으니까 그 돈을 받으면 전부 드리지요. 제가 쓸 수 있는
돈의 전부입니다.”

하고 그 돈을 전액 주기로 했다. 그 대신 다시는 더 줄 것이 없으니까 그쯤
알라고 못을 박았다.

조금 분하기도 하고 섭섭하기도 했지만 그것으로 과거의 인간관계가 아
주 끊어진다는 생각에 마음이 도리어 후련했다. 과거는 아주 관계가 없는
것이 되었다. 이제부터 나만의 미래가 기다리고 있다. 하 사장과 내가 한 일
을 잘 했다고 칭찬해 줄 것이다.

어서 집이 준공되고 행복된 새 생활이 시작되었으면…….

14

가을 하늘이 높푸르렀다. 흰 구름처럼 둥실둥실 떠다니고 싶을 만큼 툭
틘 하늘이 넓기만 했다. 가슴이 답답한 일도 없고 마음이 허전할 일도 없지
만 강 여사는 자꾸만 하늘을 쳐다봤다. 어렸을 때 들은 선녀 이야기가 생각
났다. 새끼줄을 타고 하늘로 올라갔다는 선녀가 바로 저 하늘 위에 갔을까?
얼마나 올라가면 선녀가 사는 곳이 있을까?

강 여사는 어렸을 때 살던 시골도 생각했다. 콩이 여물고 벼이삭이 고개
를 숙이면 공연히 들고 나갔다. 보이는 시야가 모두 풍성하게 보이기 때문
이었다. 풀숲에서 팔딱팔딱 뛰는 메뚜기를 밟지 않으려고 조심스럽게 발을

내디딜 때 그저 조마조마하기만 하였다.

엄마에게는 고구마를 쪄달라고 조르면서도 아궁이에서 밤알을 넣어 몇 알씩 구워 먹는 재미가 최고였다. 뒤뜰에서 배를 따먹으면서도 감이 빨리 익기만 바라던 그때는 생각이 먹는 것뿐이었다. 먹어도 또 먹고 싶고 해서 종일 생각하는 것이 먹는 일이었다. 딴 걱정이 하나도 없었다.

그런데…… 지금은 늙은 것이다. 고구마나 밤이나 감 같은 것은 하나도 먹고 싶은 생각이 없다. 그때는 먹는 것만이 사는 것 같았는데 지금은 먹는 게 문제가 아니다. 사는 것은 사는 것인데 앞으로도 안정되게 살 수 있는 길을 걱정하는 것이 사는 것으로 되어 있다.

높은 하늘 위로 가면 산다는 데 신경을 쓰지 않고 살 수 있지 않을까?

가을은 무엇인가를 생각게 하는 계절인 모양이었다.

아무런 이유도 없이 그런 생각을 하며 마루에 앉아 있을 때 하 사장이 찾아왔다. 약속도 없이 찾아온 그가 반가웠다. 벌떡 일어나 그를 맞이했다.

"어떻게 일찌감치……."

반갑다는 인사였다. 마루를 내려서서 팔을 붙잡고 올라오고 싶었지만 강 여사는 자기의 나이를 생각했다.

"오구 싶어서……."

하 사장이나마 '오구 싶어서' 대신 '보구 싶어서' 하고 말해 주었으면 얼마나 좋을까?

강 여사는 어쩔 수 없는 일이라고 생각했다. 그나 나나 모두 늙은 것을 어떻게 하겠는가? 마루로 올라선 하 사장이,

"날이 참 좋지? 어디 교외루나 나갈까?"

하고 말했다. 반가운 말이었다. 그렇지 않아도 어렸을 때의 고향을 생각하고 있었는데 교외로 나가 한적한 가을 풍경을 보며 다시 고향 일을 추억해 보는 것이 얼마나 정서 깊은 일일까?

"그럼 도시락을 만들어야지요?"

강 여사는 즐거운 감정 속에서도 점심 걱정을 했다.

"가서 사 먹지. 어디 가면 밥 파는 데 없을라구……."

“만들어 가는 게 더 맛있잖아요?”

강 여사는 맛도 맛이려니와 돈의 낭비를 생각했다. 여자의 본성이랄까? 감정에 도취되기 전에 경제적인 것을 먼저 생각하는 강 여사였다.

“이제 언제 만드노? 그냥 가. 그런데 경구는 어디 갔지?”

역시 남자는 감정세계로 돌입하는데 역시 저돌적이다. 먹는 것 같은 데 신경을 쓰려고 하지 않았다. 그 대신 경구를 데리고 가려는 마음이 고마웠다. 강 여사는 식모를 불러 경구를 찾아오게 했다. 일요일이라고 조반을 먹자 자전거를 가지고 나간 경구였다.

식모가 경구를 찾으러 학교 운동장엘 갔을 때 강 여사는 하 사장에게도 말하지 않고 가게로 나가 쇠고기와 채소를 사 가지고 왔다. 아무래도 점심을 싸 가지고 가야 셈평이 펼 것 같았기 때문이었다. 그런데서 사 먹은 음식이 비싸기만 하고 먹을 만한 것이 못 되어서만은 아니었다. 가족적인 분위기를 느끼고 싶었던 것이다. 집에서 만들어 가지고 간 음식을 먹으면서 오래간만에 가족이라는 것을 느끼고 싶었다. 반드시 맛이 있어야 할 것도 없었다. 만들기 쉬운 김밥을 만들었다.

“고집두……”

하 사장은 고집이라면서도 속으로는 만족스러운 모양이었다. 가정적인 여자를 싫다고 할 남자가 있을 것인가? 빙그레 웃기만 했다.

“내가 만든 음식이 맛없을 것 같아서 그러시는 건가요?”

강 여사는 하 사장이 진정 그런 것을 싫어하는 것이라고는 생각지 않았다. 그저 해 보는 말이었다.

“천만에. 미안해서 그러는 거지.”

“언제부터 그런 미안이 없어질까요?”

강 여사는 하 사장이 아직 거리감을 가지고 있는 데 불만인 듯 말했다.

“죽을 때까지 그런 맘 가지구 살아야 하지 않아?”

하 사장의 마음을 충분히 알 수 있었다. 미안감, 그것은 곧 존경심일지도 모른다. 부부간이라고 해도 존경심이 있어야 애정이 오래가는 법이다. 그러나 미안감 같은 것 느끼지 않고 직선적인 애정을 보여 주었으면 하는 마음을 속일 수 없었다. 속일 수 없는 감정이지만 강 여사는 그런 감정이 속에 들어 있지도 않은 것처럼.

"이 애가 어딜 갔을까?"

아직도 오지 않는 경구를 걱정했다.

바로 그때였다. 경구가,

"엄마, 왜 그래?"

하며 집안에 들어섰다.

경구를 보자 그미는 얼른,

"너 인사 안 드리니?"

하고 하 사장을 가리켰다. 경구라고 하 사장을 못 봤을 리 없다. 보고도 인사를 안 했을 뿐이었다. 그러나 강 여사가 그런 말을 하자 경구는 마지못해 머리만 꾸뻑하고 인사를 했다.

"어딜 놀러 갔었니?"

하 사장이 물었다. 그것은 관심의 표현이었다. 그런데 경구는,

"학교 운동장에요."

의무적으로 대답하는 것이었다.

"자전거를 탔니?"

"네."

"이젠 꽤 잘 타겠구나?"

"………"

경구는 대답을 안 했다. 대답하기가 싫은 모양이었다.

강 여사는 경구가 하 사장을 그리 달갑게 생각지 않은 것을 눈치채고,

"자동차 타구 소풍간다. 빨리 옷을 갈아입어라."

하고 경구가 어색한 자리를 피하도록 말했다. 경구는 강 여사의 말이라 거역하지는 않았지만 조금도 신바람이 나지 않은 모양이었다. 옷을 갈아입고는 우두커니 서 있을 뿐이었다. 그래도 하 사장은 그의 손을 잡고,

"자 가자."

자동차 있는 데로 걷기를 시작했다.

자동차에 오를 때 강 여사는 경구를 어떤 자리에 앉힐까 생각했다. 보통 가족 같다면 애를 가운데 자리에 앉힐 것이다. 그런데 경구가 어색해 할 것이 걱정이었다. 그렇다고 끝자리에 앉히면 남보기가 사나울 것이고. 그미가 경구를 위해서 끝자리에 앉히는 것이 좋으리라는 생각을 하고 있을 때 경구가 운전석 문 옆에 가 있는 것이 보였다. 경구를 보자 운전수가 재빠르게 문을 열어 주었고 경구는 운전수 옆자리에 앉았다.

강 여사는 하 사장을 쳐다보며 웃음을 지었다. 웃을 수밖에 없었던 것이다. 잘 했다고 칭찬할 수도 없고 또 뒷자리에 오란 말도 할 수가 없었기 때문이었다. 하 사장도 마주 웃었다. 동감인 모양이었다. 그러나 차가 움직이기 시작할 때 저놈이 어떻게 해서 그런 것을 다 알까 하고 걱정했다. 부모 없는 애는 눈치가 빠르다고 하지만 너무 심한 것 같았다. 자기가 방해되리라는 것을 알 만한 나이가 아니었다. 또 방해는 무슨 방핸가? 다 늙은 사람들인데…….

강 여사는 경구가 하 사장이 싫어서 일부러 피한 것이나 아닌가 생각했다. 그렇다면 큰일이다. 앞으로 숱한 날을 어떻게 같이 산담.

그들이 산정호수로 방향을 정하자 강 여사는 곧,

"너 호수 구경한 일 있니?"

하고 경구에게 물었다. 일부러 말을 시키는 것이었지만 강 여사는 풍선에 바람을 넣는 기분이었다. 제발 터지지 말고 커져 주기를 바란다.

"아아니."

"호수란 거 뭔지 알기는 하니."

"그것두 모를라구. 물이 많은 데지 뭐."

경구가 조금쯤 기분이 나는 모양이었다. 그때 하 사장이,

"지금 호수로 가는 거야. 좋지?"

하고 곁들였다.

좋다는 말이 듣고 싶어서였으리라. 그런데 경구는 하 사장의 말에 대답을 안 했다. 하 사장이 무안해질 것 같아 강 여사가,

"좋지 않니?"

하고 따져 물었다. 그때야 경구가,

"좋아."

하며 뒤를 돌아봤다.

"호수에서는 뽀트두 탈 수 있다. 좋지?"

하 사장이 비슷한 말을 또다시 할 때, 이번에는 경구가,

"네!"

하고 의젓하게 대답을 했다. 자기도 너무 쌀쌀맞게 굴어서 안 된다는 것을 안 모양이었다.

강 여사는 경구가 심심찮게, 그리고 하 사장이 딴 생각을 않게 하기 위해 계속해서 경구에게 이야기를 시켰다. 우이동을 지나가면 백운대 이야기를 해 주었고 도봉을 지나갈 때는 천축사 이야기를 해 주었다. 그 많은 등산객들을 보고는 너도 커서 등산을 하라고도 했다. 꽤 먼 산정호수까지 가며 계속해서 이야기를 하기는 정말 힘든 일이었다. 할 말이 없어서 입을 다물고 있을 때는 경구의 동정을 살피느라 이야기할 때보다 몇 배나 더 신경을 썼다.

경구는 신이 나서 좋아하는 때도 있었지만 어른처럼 멍하니 앉아 초점 없는 시선을 던지기도 했다. 그럴 때면 저 애가 자기 친부모를 그리워하고 있는 것이나 아닌가 해서 가슴이 써늘해졌다.

어쨌든 경구 때문에 이렇게 오랜 시간 동안 신경을 써 보기는 이것이 처음이었다.

호수 앞에 이르러 차에서 내렸을 때부터야 강 여사의 신경은 조금씩 풀리기 시작했다. 그것은 관광차 또는 자가용으로 놀러 온 사람들이 많았기 때문이었다. 많은 사람 가운데 끼게 되자 신경을 쓰지 않아도 세 사람의 거리가 가까워졌던 것이다.

산모퉁이 길로 해서 호수까지 갔을 때 경구가,

"이게 호수야?"

하며 탄성을 올렸다. 호수를 둘러싸고 있는 산도 좋고 물 위에 비친 하늘도 좋은지 경구는 깡충깡충 뛰었다.

강 여사는 처음으로 흐뭇한 마음이 되어 경구의 손을 잡았다. 그러자 하 사장도 그의 다른 손을 잡았다. 손에 손을 잡고 호수 북쪽까지 걸어갈 때 경구가,

"빨리 뽀트 타요."

하고 졸랐다.

"한 바퀴 돌아와서 타자."

하 사장이 대답했다. 정말 한 식구가 된 기분이었다.

북쪽 끝까지 갔다가 돌아와서 하 사장이 경구를 태우고 보트를 탔다. 하 사장이 젓는 보트가 멀리까지 갔을 때 혼자 둔덕에 앉아 있던 강 여사는 자기도 모르게 푸른 하늘을 쳐다봤다. 사면을 둘러싸고 있는 푸른 산도 보았다. 그리고는 자기도 모르는 한숨을 내쉬었다.

죽은 남편 생각이 났던 것이다. 남편과는 이렇게 경치 좋은 곳을 찾아본 일이 한 번도 없었다. 강우를 태우고 보트를 저어 본 일도 없다. 그래도 행복했던 그 시절.

그 남편이 지금 저 높은 하늘에서 자기를 내려다보고 있을 것 같은 생각도 들었다. 선녀가 새끼줄을 타고 올라갔다는 저 하늘 꼭대기.

강 여사는 갑자기 얼굴을 숙였다. 하늘을 볼 수가 없었던 것이다.

한참 뒤 보트가 강 여사 바로 앞에 와서 멎었다. 강 여사는 물가까지 가서,

"좋았지?"

하며 경구의 손을 잡아끌어 주고 싶었으나 그러지도 못했다. 하 사장에게도 수고했다는 말쯤 해야 한다고 생각했지만 그 말도 할 수가 없었다. 하늘이 자기가 하는 말과 행동을 전부 내려다보고만 있는 것 같았기 때문이었다.

하 사장과 경구가 보트에서 내려왔을 때야 겨우,

"점심을 먹어야지요?"

했을 뿐이었다. 빨리 먹고 빨리 돌아가야 하지 않겠느냐는 속마음이 들여다보이는 말이었다. 정말 빨리 돌아가고 싶었다. 서울에 가도 그 하늘이 그 하늘일 것이지만 왜 호수 위에 있는 하늘을 두려워하는 것일까?

　싸 가지고 간 점심을 먹고 서울로 돌아오는 동안 강 여사는 경구에게 말을 시킬 생각도 못했다. 자꾸만 하늘이 보였던 것이다. 경구가 어른처럼 초점 잃은 눈으로 밖을 내다보고 있어도 그 애 마음을 달래 줄 생각을 안 했다.

　“왜 재미가 없었나?”

　하 사장이 의아스런 눈으로 물어도,

　“없긴 왜 없어요.”

　재미있었다는 뜻의 대답을 하면서도 재미있었다는 표정을 짓지 못했다.

　하 사장이 집까지 데려다 주고 돌아간 뒤 강 여사는 침울했던 감정을 씻어보려고 경구에게 말을 건넸다.

　“재미있었지?”

　“응, 다음 일요일에두 또 가.”

　그때 강 여사는,

　“너, 하 사장님보구 아버지라구 그럴래?”

라고 말하고 싶었다. 자주 같이 다니려면 우선 경구가 하 사장과 사이가 가까워져야 할 것 같았기 때문이었다. 그러나 그 말을 차마 할 수가 없었다. 만약 남편이 그 말을 들으면 마음이 어떨까 하는 생각이 어떤 공포감 같은 것을 느끼게 했다.

　남편과 같이 민혜와 강우를 데리고 경치 좋은 곳에 놀러가 본 일이 한 번도 없으면서 내가 낳지도 않은 경구를 데리고 호사하러 소풍을 다니는 자기가 죄를 지은 것 같기도 했다.

　“하 사장님이 바쁘지 않다면 또 가자구 말해 보지.”

　그미는 경구에게 대답 안 할 수가 없어서 이렇게 대답했지만 다시는 그런 소풍을 안 갈 생각이었다.

　그런데 경구가,

　“우리두 자동차나 한 대 있었으면…….”

하고 말했다. 강 여사는 그 말의 뜻을 묻지 않았다. 묻지 않아도 알 수 있었기 때문이었다. 경구는 하 사장을 좋아하지 않는 것이었다. 하 사장의 차를 타지 않고 다른 차로 놀러 갔으면 하는 생각을 가지고 있다. 다음 일요일에 또 가자는 것도 단 둘이 가자는 뜻이었으리라.

그것은 큰일이었다. 앞으로 같이 살면서까지 그러면 경구는 슬픈 애가 될 것이고 하 사장은 실망을 할 것이다.

"너, 하 사장님 좋지 않니?"

그미는 경구를 타이를 목적으로 경구의 솔직한 대답을 요구했다. 그러나 경구는 대답을 않고 도망치듯 밖으로 나가 버렸다. 민감한 애니까 하 사장을 무조건 싫어할지 모른다. 어린애의 심리로 능히 있을 수 있는 일이다. 싫은데도 같이 살아야 하고 싫은데도 아버지라 불러야 한다면 경구는 고아의 고아가 될 것이다. 한 번 아닌 두 번째의 고아라는 의식 속에서 살게 된다.

강 여사는 경구와 같이 오래오래 행복하게 같이 살겠다던 생각이 헛된 꿈이었다는 것을 깨달았다. 무조건 싫은 사람을 무조건 좋게 만들 가능성은 없다. 경구가 끝까지 하 사장을 좋아하지 않는다면 경구는 물론 자기도 행복해질 수는 없다. 하 사장은 늘 불쾌할 것이다. 다음날 그미는 신문사로 가서 사람찾기 운동 속에 경구의 이름도 끼워 주도록 부탁했다. 사람 찾아 주기를 오래 전부터 계속해 온 신문이었다. 그리고 다른 신문사에 가서는 광고료를 내고 사람찾기 광고를 냈다. 그것이 효과를 거두건 말건 자기로서 해 봐야 하는 일이라고 생각했기 때문이었다.

역시 애들에게는 뭐니뭐니 해도 부모가 제일이다. 가난해도 그렇다. 학대를 해도 마찬가지다. 방법만 있으면 어떤 방법을 써서라도 경구에게 그 부모를 찾아 주고 싶었다.

광고를 내고 난 뒤부터 그미는 매일 경구의 부모를 기다렸다. 아버지건 어머니건 누구라도 찾아올 것만 같은 마음이 들었던 것이다. 버릴 때야 어쩔 수 없는 심정으로 버렸겠지만 자기의 피를 어찌 잊을 것인가? 눈물 홀리는 마음으로 찾아올 것 같았다. 만일 자기가 그런 일을 당했다면 자기로서는 모른 체 잊고 있을 수가 도저히 없을 것 같았기 때문이기도 했다. 강우가 지금도 어리고 자기는 강우를 길에서 잃어버렸다고 가정하자, 그때 그미는 그야말로 침식을 잃고 강우를 찾아 헤맬 것이다. 찾지 못하면 길에서 쓰러져 죽는 날까지 찾아다닐 것이다. 누가 단념하라고 권한들 말을 어찌 들을 수 있을 것인가?

그러나 아무도 찾아오는 사람이 없었다. 날이 지날수록 찾아올 것 같은 예감이 굳어졌지만 사오 일이 지나도록 아무도 찾아오지 않았다.

하 사장에게도 광고 냈다는 말은 안 했다. 그것은 그것을 알렸다가 경구 부모가 끝내 찾아오지 않을 경우를 생각했기 때문이었다. 그 부모가 찾아오지 않으면 할 수 없이 경구를 길러야 한다. 그러면 할 수 없이 기르는 애라고 해서 하 사장이 더 불쾌하게 생각할 것이 뻔했다. 자기도 할 수 없이 기른다는 말을 듣고 싶지가 않았다.

어쨌든 경구 부모가 빨리 찾아와야 한다고 생각하며 그들을 기다렸다. 그런데 기다리는 사람 대신 편지 한 장이 왔다. 경구 어머니라는 여자에게서였다. 강 여사는 본인 대신에 온 편지에 의아심을 품고 편지를 읽었다.

경구를 생각하는 마음이 적어서가 아니라 어쩔 수 없는 사정 때문에 그 애를 데려갈 수가 없다는 내용이었다. 그 대신 만나서 자세한 이야기를 하고 싶으니 한 번 만나 달라고 했다. 경구에게는 모든 것을 비밀로 하고.

강 여사는 그 여자를 만나지 않을 이유가 없다고 생각했다. 경구를 데려가건 데려가지 않든 만나야 했다. 꼭 데려가 달라고 말하고 싶지는 않았다. 정 데려가지 못한다면 할 수 없는 일이지만 그럴 경우 우선 자기 사정 이야기를 듣고 납득을 해야 한다고 생각했다. 그리고 앞으로도 자기가 어머니로서 경구를 기르는 데 불안감이 없도록 해야 했다.

그미는 지체 없고 그 여자의 편지에 있는 주소로 찾아갔다.

여자는 아직 젊어 보였다. 얼굴도 깨끗하게 생겼다. 몸치장도 지저분하지가 않았다.

조그만 셋방에서 살고 있는 그 여자는 강 여사를 반갑게 맞이했다. 그러나 죄를 지은 사람 같은 비굴감을 보여 주지 않았다.

"오시라구까지 해서 죄송합니다. 찾아가면 경구를 만나게 될 것 같아 할수 없어 오시란 거예요."

이렇게 서두를 꺼낸 여자는 그새 자기 자식을 내버리는 어미가 어디 있겠느냐고 자기의 잘못을 충분히 알고 있는 것처럼 말했다.

강 여사는 사리가 분명하면서도 움직일 수 없는 현실 속에서 사는 여자라는 느낌을 받았다. 알면서도 어쩔 수 없는 현실에 체념하고 있는 여자였다.

여자는 경구를 내버리지 않을 수 없었던 이야기를 했다. 남편이 싫은 것은 아니었다. 서적 외판을 직업으로 하고 있는 남편은 수입이 없는데다가 폐병 환자였다. 몸이 약하기 때문에 남만큼 활동을 할 수 없어서 수입도 적었다. 그런데다가 약을 써야 하니 가정생활이 정상적일 수 없었다. 더구나 건강을 걱정하는 나머지 남편 구실 하기를 회피했다. 자연 부부의 거리가 멀어졌다. 그런데 지금의 남편인 남자가 나타났다. 조금이라도 돈벌이를 할 생각에 참외장사를 했다. 길가에 참외를 놓고 있었는데 그 사내가 매일 와서 참외를 사 먹었다. 그래서 가까워졌는데 남편이 그것을 알고 질투를 하기 시작했다. 그런데 그 질투가 점점 심해짐에 따라 그 사나이의 유혹이 또 커졌다. 여자는 이왕 의심을 받고 있는 김이라 크게 받으나 적게 받으나 일반이란 생각이 들었다. 그래서 그 사내의 유혹을 받아 주었다. 그러고 나니 남편의 의심과 질투가 싫어진 정도가 아니라 그런 의심과 질투를 받으며 같이 살 필요가 무엇인가 하는 생각을 하게 되었다. 사나이도 남편과 헤어지고 자기와 살자고 했다. 그래서 남편과 헤어질 것을 결심했다.

그런데 남편은 경구를 여자에게 맡기려 했다. 수입도 없는데 병이 점점 중해 가니 자기가 맡을 수 없다는 것이었다. 그러니 여자도 경구를 맡을 수가 없었다. 결국 경구를 거리에 버리는 수밖에 없었다.

이야기를 일단 끝낸 여자는 경구가 잘 있느냐고 물었다. 학교에도 다니냐고 물었다. 그러고 나서는 강 여사의 가정 형편을 묻기 시작했다. 강 여사는 자기가 애도 없이 혼자서, 그러나 먹기에 궁색함이 없이 지낸다는 이야기를 해 주었다.

"그럼 정말 친자식처럼 기르구 계시겠네요?"

"그러기는 하구 있지만 아무래두 제 친부모만 하겠어요. 그 애의 장래를 생각해서 그런 신문을 냈던 거지요."

"그 애가 아주머닐 친엄마처럼 따르지 않아요?"

"따르기는 하구 있어요. 그래도 핏줄이 있잖아요? 핏줄이 땡길 거예요. 말은 안 하구 있지만 그런 것이 보이는 것 같아서……."

"그렇지만 제가 그 애를 데리구 살 수 없는 걸 어떡허겠어요? 마음이 없어서가 아녜요. 형편이 그래서 그러는 거지."

"그럼 내가 바깥어른을 한 번 만나 볼까요?"

"소용없는 일예요. 보통 사람과 다른 사람이니까요. 웬만하면 제가 단념하다시피 했겠어요?"

"그럼 경구를 데려올 수가 없다는 건가요?"

"경구 아빠는 죽었을지두 몰라요. 그러니 할 수 없잖습니까? 정 싫으시다면 고아원엘 보내시지요."

"그럴 생각은 추호두 없습니다."

"그럼 종종 연락이나 해 주세요. 사람의 일이니까 언제 어떻게 될지 알아요? 제 욕심으룬 그 애 주소나 늘 알구 있구 싶어요. 얼굴 대할 면목은 없어두 주소나 알구 있다가 만날 수 있게 될 때 찾아가겠어요."

강 여사는 그미가 자기에게 편지를 하고 만나자고 한 심중을 충분히 알 수 있었다. 그래서 긴말을 안 하고,

"주소가 변경될 때마다 편지를 하지요. 거기서도 늘 주소만은 알려 주시오. 경구는 내 진심껏 기를 테니 걱정 말구……."

한 뒤 돌아왔다.

어쩔 수 없이 경구는 자기가 길러야 했다. 경구 마음속에 불행이 싹튼다고 해도 자기가 길러야 했다. 경구에게 갈 곳이 없는 이상 어쩔 수 없는 일이었다.

언제 그 여자의 현실에 변화가 생겨 경구를 찾아갈 것인가 하는 것이 새로운 불안이기는 했다. 남편의 마음이 변한다든가, 나쁘게 말해서 그 남편과 다시 헤어지는 일이 있을 수가 있다. 그때는 반드시 경구를 찾아갈 것이다. 그때가 언제쯤 올까? 오기는 올 것 같았다. 그렇다면 자기는 임시로 경구를 맡고 있는데 지나지 않는다. 임시로 맡고 있는 경구를 친자식처럼 사랑할

수가 있을 것인가? 만약 그런 것을 하 사장이 안다면? 그가 안다면 그런 애를 한시라도 맡을 필요가 뭐냐고 할지 모른다. 그런 말은 안 한다 해도 친자식이란 마음은 털끝만큼도 가지지 않을 것이다. 그렇게 되면 이때까지 경구에 대해 갖고 있던 아름다운 감정은 완전히 깨지고 만다. 경구는 불안과 공포 속에서 불행을 맛보아야 한다.

그러나 강 여사는 그 여자를 만났던 일을 자기 혼자만 알고 있는 한 문제는 크게 악화되지 않을 것이라고 생각했다. 설사 그 여자가 경구를 데리고 간다 해도 그 날까지 자식처럼 대하면 하 사장도 자식처럼 취급할 것이다. 경구도 그저 부모처럼 자기들을 대할 것이다. 혼자만 알고 있자. 그래서 경구의 불행을 하루라도 막아 주자.

그런데 하루는 하 사장이 와서 농장엘 가 보자고 했다. 집이 거의 다 되었으니 집에 필요한 것을 준비해야 하지 않겠느냐는 것이었다.

강 여사는 그 자리에서 동의했다. 앞으로 자기가 살 집이 보고 싶기도 했다.

"이번 일요일 경구를 데리구 가요. 소풍 가는 셈치구."

"그 애가 좋아할까?"

하 사장의 이 말에 강 여사는 가슴이 써늘해지는 것을 느꼈다. 산정호수에 갔을 때 경구가 하던 일들을 하 사장이 회의적으로 보고 있는 것이다. 경구는 회의적으로 보는 것까지는 좋았다. 하 사장이 경구가 싫어진 것이나 아닌가 하는 것이 걱정이었다.

"같이 가지 말까요?"

강 여사도 하 사장의 마음속을 진찰하지 않을 수 없었다.

"마음대루 하구려."

"싫으시다면 안 데리구 가두 좋아요."

"내가 싫을 건 없지. 그 애가 서먹서먹해하는 것 같아서."

"어린애니까 그렇지요. 아직 친해지지가 못해서 그랬을 거예요."

"자기 엄마가 딴 남자와 결혼할 때 자기 엄마를 뺏긴 것 같은 서글픔이 그 애에게두 있는 게 아닐까?"

강 여사는 하 사장이 한 걸음 더 나아가 생각하고 있음을 알았다. 자기로서 생각해 본 적이 없는 일이었다.

"그럴지두 모르지요."

강 여사는 그렇게 생각해 주는 것이 경구를 옹호하는 데도 편리할 것 같았다. 또 하 사장에게 이해를 구하기도 좋고.

그러나 하 사장은,

"너무 깜찍한 것 같아."

경구를 전체적으로 좋아하지 않는 기미를 보였다. 강 여사도 변명할 말이 없었다. 깜찍하다고 생각하는 그의 생각을 고쳐 줄 자신이 없었던 것이다.

"그럼 어떡헐까요?"

이런 말이 입 밖으로 나오려 했다. 그 애가 깜찍해서 싫다면 같이 살지 않도록 할까요? 그 애를 버릴 수 없다면 나와의 결혼을 중지할까요? 그런 뜻의 말을 묻고 싶었다. 그러나 그미는,

"어린애가 그렇지요, 뭐. 난 아주 영리한 애라구 생각해요."

경구를 위한 변명의 말을 한 마디 했다 하 사장은 그미의 말을 가지고 시시비비하지 않았다. 아무 말도 않고 돌아가기는 했지만 강 여사로서 마음이 편할 리 없었다.

경구로 해서 무슨 일이 벌어질 것만 같은 예감이 들었다.

만약 끝까지 하 사장이 경구를 좋아하지 않는다면? 그때는 자기와 하 사장도 끝장을 내야 하지 않을까? 강 여사가 아직 결혼도 하기 전인 지금부터 하 사장과 헤어질 것을 생각했다는 것은 슬픈 일이었다. 정상적인 결혼을 하는 사람으로 결혼 전에 헤어질 것부터 생각하는 사람은 없을 것이니까. 그러나 강 여사는 슬픈 일처럼 생각되지가 않았다. 만약 하 사장과 자기 가운데 어떤 한 사람의 결함으로 그런 일이 있을 것 같지 않았다. 다만 경구가 문제다. 경구 때문에 하 사장이 마음을 쓰거나 또 하 사장 때문에 경구가 불행해지는 일은 있을 수 있다. 그런 때 강 여사는 취해야 할 길은 뻔할 것 같았다. 자기 혼자서라도 경구를 행복하게 해 주어야 하는 일이었다.

같이 살게 되면 서로 감정이 융화되겠지.

강 여사는 이런 가능성이나 붙잡아 보는 수밖에 없었다. 사실 한 집에서 살며 서로 가깝게 지내게 되면 경구가 하 사장을 경원하는 일이 없게 될 가능성이 있다. 동시에 하 사장도 진심으로 경구를 귀여워해 주게 될 것이다. 그렇게 되기나 바랄 수밖에 없었다.

그런데 저녁을 먹고 있을 때 웬일인지 강우가 찾아왔다. 아무 예고도 없이 찾아온 강우가 고맙게 생각되어 밥을 권했다. 강우는 사양도 않고 밥상으로 와 앉았다. 그미는 서먹서먹하지 않게 밥을 먹는 강우가 좋았다. 그래서 자기는 숫제 숟가락을 놓고 강우에게 반찬만 권했다.

지나간 일을 기억할 필요가 없었다. 지나간 일로 흐뭇한 지금의 감정을 손상시킬 필요도 없었다. 그저 오래간만에 느끼는 흐뭇함에 파묻히고 싶을 뿐이었다.

"올 줄 알았다면 반찬을 좀 만들었을걸……."

강 여사는 반찬 없는 밥을 먹이는 것만이 아쉬웠다.

"이만하면 충분한데요."

강우는 없는 반찬도 마다하지 않고 밥 한 그릇을 다 먹었다. 참으로 대견스러웠다. 그런데다가 경구의 머리를 쓸어 주며,

"경구지? 공부 잘 해?"

빙글빙글 웃기까지 했다.

"잘 하구 말구. 꼭 일등을 하구야 말겠다는데……."

강 여사는 그저 흐뭇하기만 해서 경구 편을 들어 주었다. 사람과 사람 사이의 감정은 오직 마음속의 벽으로 측정되는 법이다. 벽이 얇을수록 감정은 가깝게 느껴진다. 예고 없이 찾아왔다는 것, 그러나 사양 없이 밥을 먹었다는 것이 마음의 벽을 그렇게까지 얇게 해 주리라고는 강 여사는 미처 생각지 못했을 것이다.

그런데다가 강우가,

"어머니두 우리 집에 좀 놀러 오세요. 인제 언제 오시겠어요? 결혼하시면 만날 길이 정말 없을 텐데……."

인정 담긴 말까지 하는 것이 아닌가?

강 여사는 놀랐다. 어떻게 해서 강우의 입에서 그런 말이 다 나올까? 가게 판 돈을 아낌없이 주었다고 고마워서 하는 말이 아니기를 바랐다.

"갈게. 내일루라두 갈게. 깜빡 그 생각을 못했었구나."

그미는 정말 자기가 몰인정한 여자라고 생각했다. 설사 불쾌한 일들이 있었다고 해도 앞으로 만나기 힘든 자식을 찾아볼 생각도 않고 있다니…….

"결혼이 멀지 않았지요?"

"그런 것 같다."

"결혼하시면 정말 보기가 힘들겠어요?"

그미는 그럴 거라고 대답하기가 힘들었다. 자연 만나기가 힘들어질 것이 분명했지만 분명한 일을 긍정할 수 없는 마음이었다.

"내가 너희들을 찾아다니지."

궁여지책으로 한 말이었다. 궁해서 한 말이라는 것을 생각할 때 자기가 뻔뻔스럽다는 마음이 들었다.

"찾아오시기가 쉬워요? 바쁘실 텐데……."

강우도 바쁜 것이 이유리라고는 생각지 않을 것이다. 그런데도 바쁘다는 것을 이유로 들어 강 여사를 이해하는 체했다.

"바쁠 게 있니? 몇 식구두 안 되는 살림인데……."

그미는 하 사장 보기가 안되어 자식 찾아다니기가 힘들 것을 생각하면서도 강우의 말을 그대로 듣고 그대로 대답했다.

"우리가 찾아갈 수는 없구……."

강우는 하 사장을 가운데 놓고 생각하며 말했다. 당연한 일이다. 그러나 강 여사는 그런 것을 무시하는 체,

"못 올 거 뭐 있니? 모르는 사람도 아닌데……."

하고 억지를 써 보았다. 사실 억지였다. 강우로서는 하 사장을 사장으로 모시고 있다. 그러나 아버지로 모시는 것이 사장으로 모시는 것과 같을 수는 없는 일이었다.

강우는 그런 강 여사의 억지를 상대하지도 않고,

"아버지 제삿날에두 못 오시겠군요?"

하고 딴 이야기를 꺼냈다.

"왜 못 오겠니?"

그미는 이 말을 입 밖에 꺼낼 뻔했다. 그러나 쉽게 대답할 말이 아님을 알았다. 과거라는 것을 모두 뭉개버리고 자기의 새로운 미래만을 창조하기 위해 하 사장과 결혼하려고 한 자기였다. 자식들까지 다 잊고 새 출발한다는 자기가 유독 죽은 남편의 제사만은 머릿속에 남겨 둘 수가 있을까? 실제로 그것까지 무시할 수는 없을 것이다. 그렇다고 하 사장에게 전 남편의 제사를 치르러 간다는 말을 할 수가 있을까?

강 여사는 한국에서 제사라는 제도가 왜 있을까 하고 생각했다. 그것이 없었다면 지금 자기는 강우에게 대답할 말이 없어서 궁지에 빠지지 않아도 좋을 것이다.

"오실 수 없으면 우리끼리 지내지요."

대답 없는 강 여사를 보며 못 참석하는 것이 당연한 것처럼 말했다.

강 여사는 문득 며칠 전 산정호수의 일이 생각났다. 끝이 없이 파란 하늘을 보며 그 어딘가에 죽은 남편이 있어 자기를 내려다보고 있으리란 그 생각이 되살아났다. 어딘가에 있으면서 내려다보고 있는 사람의 제사를 안 지낼 수는 없다. 지내기는 해야 한다. 다만 자기가 거기 참석하느냐 안 하느냐가 문제다. 하 사장을 남편으로 섬기며 산다면 제사에 참석할 수는 없다. 두 남편을 섬기는 셈이 되니까. 그렇지만 어디선가 내려다보고 있을 그에게 제사도 안 지낸대서야 될 말인가?

"그때 봐서 오마."

강 여사가 강우에게 이런 말로 그 자리를 면하는 수밖에 없었다. 그러면서도 강우가 무엇이라고 추궁할 것을 속으로 겁내고 있었다. 그러나 강우는 도량이 넓은 사람처럼 그미를 조금도 괴롭히지 않고 그냥 돌아갔다.

강 여사는 강우가 돌아간 뒤 한숨을 길게 내뿜었다. 자기를 공박하고 재혼을 반대하면 어떻게 하나 조마조마했던 것이다. 그러나 마지막으로 아들의 정을 보여 주고 간 강우가 마음속에서 좀체 사라지지 않았다. 그는 아무런 요구도 없이 어머니라는 정을 끊기가 아쉬워서 찾아왔던 것이다. 마지막으로 따뜻한 말을 한 마디라도 하고 싶어서 왔던 것이다. 그새 파탄이 있었다. 그러나 모자의 선을 끊는다는 최종의 순간을 혼자 넘기기가 힘들어 찾아왔었다.

인간이란 현실에서 산다. 현실이 모자의 연을 끊게 하면 그것도 끊으며 살아야 한다. 그러나 나는 그 연까지 끊어 가면서 살아가야만 하는가? 강우는 오늘 현실적 필요성 때문에 찾아왔던 것은 아니다. 그런데 나는 현실적인 필요성만을 붙잡고 살려고 한다. 현실적 필요성이란 반드시 절대적인 것일까? 하 사장과 결혼하지 않으면 나는 현실적으로 살 수 없는 여잔가?

다음날 아침에는 민혜가 찾아왔다. 강 여사의 결혼이 가까워져 마음들이 들떠 있는 것인지 민혜는 처음부터 강 여사의 결혼을 재고할 수 없느냐고 물었다.

이제 재고고 뭐고 있느냐고 대답하자 민혜는 자기 외할머니 이야기를 꺼냈다. 강 여사 어머니였다.

"외할머니가 어떻게 되셨지요? 그 분이 외할아버지가 돌아가시자 곧 재혼을 하셨다면서요? 엄만 이때까지 참으셨는데……."

강 여사는 민혜의 말에 행방불명이 된 어머니를 생각했다. 재혼을 하고 또 거기서 불행하게 되었을 때 어머니는 자기가 부양하려고 했지만 면목이 없어서 절로 들어갔다가 행방불명이 되고 말았다. 자식도 볼 면목이 없다고 자식의 도움을 받지 못한 어머니.

"왜 그런 이야길 하니, 넌?"

강 여사는 도리어 민혜를 나무랐다. 그러나 속은 쓰렸다. 나도 민혜나 강우를 볼 면목이 없어서 절에 가는 신세는 되지 않을까? 절에 가는 것은 둘째 문제다. 자식들과의 연까지 끊고 최후를 슬프게 보내다면……. 인간은 죽을 때 후회함이 없어야 한다고들 한다. 죽을 때 후회한다는 것은 자기 인생을 후회하는 일이다.

자식이란 내가 낳았다고 하나 내가 난 것이 아니라 누군가의 뜻에 의해 낳게 된 생명이다. 그 생명들이 자기의 재혼을 슬퍼하고 반대하는 것도 그 누군가의 뜻일지 모른다. 저버린다는 것은 하늘을 두려워하지 않음이다.

강 여사는 죽은 사람에 대한 제사가 하늘의 뜻이 아닌가 생각했다. 하늘을 알고 하늘을 두려워할 줄 아는 마음을 넣어 주기 위한 하늘의 마음이다 그러나,

"그새 좀더 생각해 볼게."

하고 강 여사는 모호한 말로, 그러나 조금만 여유를 달라는 뜻으로 말했다. 민혜도 강제로 그미를 어떻게 할 수 없다는 것을 알고 여운만 남긴 채 돌아갔지만 마음속에서 부정했던 강우와 민혜가 긍정적인 존재로 강 여사를 괴롭혔다. 괴로운 시간들이 흘렀다. 이제 와서 하 사장에게 결혼을 거절할 수는 없다. 그렇다고 해서 하늘의 뜻이라고 생각되는 모자의 관계를 끊는다는 것도 힘든 일이었다. 잠이 오지 않는 밤을 새우며 괴로워했으나 결론이 나올 리가 없었다. 내리기 힘든 결론을 내리려니 괴롭기만 했다.

내일이면 하 사장과 함께 농장의 집 구경을 가기로 한 날이었다. 하 사장이 내일 일로 의논차 찾아왔다.

"열 시쯤 떠납시다."

"그러지요."

떠날 시간을 우선 정했다. 그러자 하 사장이,

"점심을 만들어 가지구 갈까?"

이번에는 자기가 먼저 점심 걱정을 했다.

"그러지요."

강 여사는 그저 피동적일 뿐이었다.

"그럼 맛있는 거 만들어."

하 사장이 반찬값이라 말하며 돈뭉치를 내 놓았다. 생활비로 주는 돈이리라. 그미는 돈을 본 체도 안 했다. 금액이 얼마나 될까 하는 데 별반 관심이 없기 때문이었다. 그런데 하 사장이 이번에는 경구 이야기를 꺼냈다. 농장에 같이 가는 문제가 아니었다.

"내 둘째 딸애가 자식이 없는데 경구를 그 애네 양자루 주면 어떨까? 부양료를 주면 받아들일 것 같던데……."

경구를 아주 남에게 주자는 이야기였다.

강 여사는 별반 놀라지 않았다. 그런 말을 할 수 있는 하 사장이라 생각했다. 이왕 자기 부모가 아닌 바에야 누구 밑에서 살면 어떠냐는 것은 하 사장이 아니라 해도 생각할 수 있는 일이었다.

"생각해 보지요."

그미는 결국 시간적 여유를 요구하는 도리밖에 없었다.

"잘 생각해 봐. 아무래두 그러는 게 좋을 것 같아."

하 사장으로는 그럴 것이다. 애정이 없는 애를 데리고 사느니 보다 남에게 주고 보지 않는 것이 편하리라.

"알았어요."

경구의 이야기를 끝내자 강 여사는 잠시의 간격을 두고,

"전번에 돌려 드린 백만 원 있잖아요? 그거 다시 빌려 주실 수 없어요?"
하고 말했다.

"뭣하게?"

하 사장이 도리어 놀라는 표정이었다.

"좀 쓸 데가 있어요."

"힘든 일은 아니지만 용처를 말해야지."

"용처를 말하지 않으면 주실 수 없나요?"

"그런 건 아니지만……."

"그런 게 아니라면 지금 좀 주세요."

하 사장은 할 수 없이 수표책을 꺼냈다. 백만 원짜리 수표를 받자 강 여사가,

"내일 농장엔 못 갈 것 같아요."

"어딜 가는데……."

"이 돈 갔다 줄 데를요."

구체적인 이야기를 회피하는 강 여사였다. 따라서 하 사장도 일부러 회피하는 강 여사에게 끈덕진 추궁을 할 수가 없었을 것이다. 찜찜했지만 찜찜한 대로 헤어지는 수밖에 없었다.

혼자 지내기 위해서는 돈이 있어야 한다고 생각했기 때문에 백만 원을 얻

어 놓았지만 그 돈을 가지고 장사할 생각은 없었다. 그렇다고 그 돈을 써버리릴 수도 없었다. 밑천으로 해서 살아가야 할 텐데 그 방법이 생각나지 않았던 것이다.

밤새 궁리한 뒤 다음날 아침 그미는 강우를 찾아갔다. 일요일이라 집에 있었다. 그미는 강우에게 자기가 들고 있는 집의 셋돈을 받아 대전 큰집에 전해 줄 것을 부탁한 뒤 자기는 좀 여행을 떠난다고 말했다. 강우가 어디를 가느냐 또는 언제 돌아오느냐고 물었지만 곧 편지를 하마고 한 뒤 나왔다. 그리고는 집으로 돌아와 정말 필요한 짐만 싸고 나머지는 전부 식모에게 준 뒤 경구를 데리고 서울역으로 갔다. 어디를 가느냐고 경구가 보챘지만 기차에 올라앉았을 때야,

"너하구 나하구 단 둘이서만 살 수 있는 데루 가는 거야."
하고 말했다.

기차가 떠날 때 강 여사는, '하 사장님 미안합니다. 자세한 이야기는 편지루 올리겠습니다.' 속으로 웅얼거리며 지금 가고 있는 옛날 고향을 머릿속에 그렸다. 백만 원이면 자기와 경구를 먹여 살려줄 것 같은 고향. 하늘의 뜻을 저버리지 않았으니 고향이 나를 버리지는 않겠지.

(원)《월간문학》 1968. 11~1969. 12,
(출)『신한국문학전집 25』어문각, 1982. 2.

새벽의 찬가, 가족 – 만우 박영준전집 12/중 · 장편

2006년 4월 25일 인쇄
2006년 4월 30일 발행

지은이 · 박영준
펴낸이 · 백규서
펴낸곳 · 도서출판 동연
출판등록 · 1992년 6월 12일 제2-1383호
주소 · 서울시 마포구 망원동 385-2 2층
전화 · 335-2630 / 팩스 · 335-2640

값 20,000원

무단 전재와 복제를 금합니다.
ISBN 89-85467-51-4 04810
ISBN 89-85467-31-X (세트)